The Secret History
of the Pink Carnation
by Lauren Willig

ピンク・カーネーションの秘密

ローレン・ウィリグ
水野 凜[訳]

ライムブックス

ピンク・カーネーションの秘密

主要登場人物

エイミー・バルコート……………………子爵の娘
リチャード・セルウィック………………諜報員
ジェイン・ウーリストン…………………エイミーのいとこ
グウェン・メドウズ………………………エイミーのシャペロン
エドゥアール・ド・バルコート…………エイミーの兄
マイルズ・ドリントン……………………リチャードの親友
ジェフリー（ジェフ）・ピンチングデイル・スナイプ……リチャードの親友
ガストン・ドラローシュ…………………警察大臣補佐官
エロイーズ（エリー）・ケリー…………大学院生
コリン・セルウィック……………………リチャードの子孫
アラベラ・セルウィック・オールダリー……リチャードの子孫。コリンのおば

プロローグ

地下鉄の列車が急停止した。まただ。

なんとか爪先で踏みとどまり、頭上のつかみ棒を握ったものの、その拍子に隣の男性の脇に顔を突っこんでしまった。おそらくフランス人だろう。黒のタートルネックのセーターを着ているし、制汗剤をつけていなくても臭いがしない。わたしは精いっぱいイギリス英語のアクセントをまねてもごもごと謝り、男性の脇の下から抜けだした。そのはずみに今度は突きでた傘につまずき、前に座っているジーンズ姿の男性の膝に尻もちをついた。

「どうも」ジーンズ姿の男性は、立とうともがいているわたしにウインクしてみせた。

〝どうも〟は便利な言葉だ。〝こんにちは〟にも、〝ありがとう〟にも、〝いいケツだな〟にもなる。わたしは真っ赤になり（赤っぽい髪がさぞ目立ったことだろう）、穴があったら入りたい思いでまわりを見た。車内は仕事帰りの疲れていらだったロンドンっ子たちでいっぱいだった。細いヘビでさえ通り抜けられるかどうかわからないのに、この二カ月間でフィッシュ＆チップスをちょっとばかり食べすぎた、健康的なアメリカ人女性が隠れられる隙間はあろうはずもなかった。

いや、〝ちょっとばかり〟というよりは〝ほぼ毎日〟かもしれない。なにしろ極小サイズのキッチンしかついていない地階のアパートメントに住んでいると、料理の腕をふるおうという気力がわいてこないのだ。

にやにやしているフランス人の隣にふたたび立ち、すでに五〇〇回も考えたことだが、なぜロンドンになど来てしまったのだろうとまた嘆いた。

ハーヴァード大学のワイドナー図書館でいつもの閲覧席に座り、学部学生が重いバックパックを担いで働きアリのように行ったり来たりしているのを窓から見ていると、奨学金をもらって大英図書館で研究するのはとてもすばらしいことに思えたのだ。もう学部学生の提出物に評価をつける仕事はせずにすむ！　延々とマイクロフィルムを見る必要もなくなる！　グラントともおさらばだ！

グラント……。

ちらりと名前が頭に浮かんだが、それ以上深く考えるのはやめた。グラント。ワイドナー図書館の地階にいれば平和にマイクロフィルムを眺めていられたものを、その待遇を捨て、ロンドンの地下鉄で缶詰のオイルサーディンよろしくぎゅうぎゅう詰めにされているのは彼のせいでもあるのだ。

グラントとは別れた。まだ少し未練はあるけれど。ハーヴァード大学にある会員制の〈ファカルティ・クラブ〉で歴史学部のクリスマス・パーティが催されたとき、トイレでグラントが学部課程を終えたばかりの芸術史専攻の学生といちゃついているところを見てしまったのだ。だから、彼にまったく非がなかったとは言えない。だけどいかにもヒステリーを起こした女のように、乱暴に指輪を抜き取ってグラントに投げつけたのはわたしのほうだ。

べつに婚約指輪だったわけではないけれど……。

列車ががくんと動きだし、乗客たちが疲れた顔で歓声をあげた。わたしはまた男性の膝に尻もちをつかないよう足を踏ん張るのに必死だった。一度なら不注意ですむが、二度目となれば誘っていると思われかねない。

でも、今わたしが興味があるのは、はるか昔にこの世を去った男たちだけだ。〈紅はこべ《スカーレット・ピンパーネル》〉、〈紫りんどう《パープル・ジエンシャン》〉、〈ピンク・カーネーション〉……。その響きを聞くだけで、忘れられた時代が鮮やかによみがえってくる。男たちがフロックコートを着て、膝丈のズボンをはき、剣より鋭い言葉のやりとりで決闘した時代だ。男たちが英雄になれた時代でもある。

〈紅はこべ〉は多くの人々をギロチンから救った。〈紫りんどう〉は大胆な手口でフランス警察当局を激怒させ、英国王ジョージ三世の暗殺を少なくとも二度は阻止した。そして〈ピンク・カーネーション〉は……一八〇三年から一八一四年にかけて、連日のように新聞に取りあげられるほど活躍した存在だが、その正体は不明だ。

〈紅はこべ〉と〈紫りんどう〉はフランス警察によってそれぞれ正体が暴かれ、パーシー・ブレイクニーとリチャード・セルウィックであることが判明した。諜報《ちようほう》活動から足を洗わざるをえなくなったふたりはイギリスの領地に戻り、子供たちを育て、ディナーのあとはワインを飲みながらフランスでの冒険談を披露して暮らした。だが、〈ピンク・カーネーション〉だけはどこの誰だかわからないままだ。

少なくとも、今のところは。

わたしはそれを調べるためにイギリスへ来た。大英図書館にある膨大な資料をしらみつぶしにあたり、大昔の噂話《うわさばなし》を集めれば、当時のフランス政府が優秀な人材をもってしても明らかにできなかった〈ピンク・カーネーション〉の正体がわかるかもしれないと思ったからだ。

博士論文のテーマを指導教授に相談したときは、もちろんそんなふうには言っていない。いかにも学者受けする小難しい言葉で、男性が自分の使命として隠密《おんみつ》行動を起こした場合の社会的な意義について考察し、歴史の間隙を埋めたいとかなんとか説明した。論文のタイトルは『フランス革命戦争及びナポレオン戦争における貴族の隠密行動について』だ。味もそっけもないとは思うが、『どうしてわたしは黒マスクをつけた男性が大好きなのか』としたのでは教授陣が納得してくれないと思ったのだ。

アメリカにいたときは、すべてがうまくいく気がしていた。黒マスクをつけてフランス政府を出し抜いた三人の貴族は、お互いに面識があったと考えられるからだ。一九世紀初頭のイギリス上流階級は狭い世界だ。フランスで隠密活動をしていた三人の男性が、お互いの経験を分かちあわなかったとは考えがたい。〈紅はこべ〉と〈紫りんどう〉の正体はわかっているし、ふたりがやりとりした書簡も数多く残されている。そういった史料を丹念に読めば、〈ピンク・カーネーション〉の正体を知るための手がかりがきっと見つかるはずだと思っていた。

ところが、なにも出てこない。なにひとつだ。約二〇年分に及ぶブレイクニー家の帳簿やセルウィックのメモに目を通した。ロンドンのキューにある国立公文書館に足を運び、重いノートパソコンを持って疲れた体を引きずりながら、ロッカーに荷物をしまったり、バッグの中身を検査されたりしたあと、ようやく一九世紀初頭の陸軍省の記録文書にもたどりついた。だが、当時の陸軍省が秘密諜報機関だったのを忘れていた。徹底した秘密主義なのだ。公文書には〝花の名前がついた友人〟といった表現のひとつさえ出てこない。

あせりがつのってきた。このままでは博士論文に義賊のおとぎばなしを書かなければならなくなる。わたしは最後の手段に打って出ることにした。書店の〈ウォーターストーンズ〉で『ディブレット貴族名鑑』を膝に抱えて床に座りこみ、パーシー・ブレイクニーとリチャード・セルウィックの子孫たちに片っ端から手紙を書いた。相手が一族に伝わる文献を見られる立場にあるかどうかは考慮しなかった。それほど必死だったのだ。おじいちゃんがうろ覚えの記憶で話していた、一八〇〇年代に秘密結社にいたというちょっと変わった祖先の話でもかまわなかった。次になにを調べればいいのか、とにかく手がかりが欲しかった。

送った二〇通の手紙のうち、返事が来たのは三通だった。

まず、ブレイクニーの領地を管理する現在の当主から、屋敷を一般公開する日程を知らせる事務的な手紙が送られてきた。ご丁寧にも『紅はこべ』の芝居の日程まで書かれていた。けれども、わたしとしては、黒マントをまとった観光客が〈紅はこべ〉を気取って片眼鏡をくるくるまわしているところを見たいわけではない。

次に、セルウィック家の屋敷であるセルウィック・ホールの所有者から、もっとがっかりする手紙が返ってきた。紋章の入ったいかにもお高くとまった便箋にこうタイプされていたのだ。いわく、セルウィック・ホールは現在も個人の住宅であり、いかなる意味においても一般の訪問客を受け入れるつもりはなく、公開してもよいと考える文献はすべて大英図書館におさめてある、と。〝とっとと失《う》せろ〟とまでは書かれていなかったが、そのニュアンスが多分に含まれているのは間違いなかった。

たったひとりの訪問客を受け入れるのさえ気に食わないのだろうか？

三通目の返事をくれたアラベラ・セルウィック・オールダリーは、今、オンスロー・スクエア四三番地でわたしの訪問を待っているはずだった。わたしはポケットから端の折れた紙切れを取りだし、サウス・ケンジントン駅の階段を駆けあがった。

雨が降っていた。さもありなんだ。傘を持って出るのを忘れるといつもこうなる。

オンスロー・スクエア四三番地の玄関の前で立ち止まって、雨で濡《ぬ》れた髪を手ですき、身なりを確かめた。ハーヴァード・スクエアにある〈ジミーチュウ〉で買ったときはとてもすてきに見えた茶色いスエードのブーツはすっかり雨に濡れ、もはやもとには戻りそうにないほど泥で汚れている。ヘリンボーン柄の膝丈のスカートはいつの間にか腰の周囲をくるりとまわり、背中側で平たくおさまっているべきファスナーのつまむ部分が、前でつんと突きだしていた。ベージュの厚手のセーターは裾にいくつも茶色のしみがついている。今日の午後、大英図書館のカフェテリアで誰かが手にしていたコーヒーカップにぶつかってしまったのだ。
これではミセス・セルウィックにおしゃれなお嬢さんだと思ってもらうのはあきらめるしかない。

スカートの前後を直し、ブザーを鳴らした。震え気味のひび割れた声が聞こえた。

「はい」

わたしはインターフォンに顔を近づけ、返答用のボタンを押した。

「エロイーズです」金属の格子に向かって大声でしゃべった。インターフォンは嫌いだ。ちゃんと正しいボタンを押したのか、声がきちんと向こうに届いているのか、いつも自信が持てない。このまま宇宙人のもとに転送されてしまうんじゃないかという気さえしてくる。

「エロイーズ・ケリーです。〈紫りんどう〉の件でおうかがいしました」

鍵がはずれたことを告げるブザーが鳴ったので、慌てて玄関のドアを開けた。

「二階へどうぞ」声だけが聞こえた。

わたしは階段を見あげた。そこには誰もいなかったが、ミセス・セルウィック・オールダリーがどんな人物かは容易に想像がついた。きっと髪は真っ白で、顔にはしわが刻まれ、古めかしいツイードの服を着て、曲がった腰で杖《つえ》をついているのだろう。腕は杖に負けないくらいごつごつしているに違いない。言われたとおりに階段をあがりながら、昨晩、練りあげた挨拶の言葉を心のなかで復習した。まずは時間を割いてくれたことに丁寧に礼を述べる。それから、立派な活躍をした祖先が歴史的に正しく評価されるように、微力ながら尽力させていただきたいと伝えるのだ。そうそう、年配の女性の耳に敬意を表して、大きな声でしゃべるのを忘れてはならない。

「まあ、かわいそうに。ずいぶん濡れてしまったのね」

濃紺のウールのスーツを着こなし、鮮やかな赤と金の二色使いのスカーフを首に巻いた上品な女性が、同情の念を浮かべた顔でほほえんでいた。真っ白な髪は――ただひとつ、そこだけは想像があたっていた！――細かいウエーブがかかっていて、手のこんだ編みこみにしてある。昔のヘアスタイルなのだろうが、ミセス・セルウィックがそうしていると女王のような気品が感じられた。威厳があり、背筋をぴんと伸ばしているせいか、身長一七五センチのわたしのほうが小さく感じられる（もっとも一七五センチというのは、八センチのハイヒールは身長の一部だと考えた場合のことだが）。

せっかく推敲《すいこう》を重ねた挨拶の文言は、レインコートの裾から垂れる水滴のようにぽたぽたと流れ落ちていった。

「あの、はじめまして」わたしは口ごもった。

「ひどいお天気ですものね」ミセス・セルウィックはわたしを招き入れ、びしょ濡れになったレインコートを椅子にかけるよう勧めた。「大英図書館からここへ来たの？　こんな雨の日にわざわざいらっしゃるなんて、たいへんだったわね」

ミセス・セルウィックのあとについて明るい雰囲気のリビングルームへ入った。濡れたブーツがぴちゃぴちゃと不吉な音をたてているのに気づき、使いこまれたペルシャ絨毯《じゅうたん》を汚してしまうのではないかと不安になった。大理石の暖炉では炎があたたかそうにパチパチとはぜ、その手前にチンツ張りのソファと二脚の椅子が据えられていた。コーヒーテーブルの端には趣味の広さをうかがわせる本が積み重ねられ、真ん中には菓子を盛った紅茶のトレイが用意されている。

ミセス・セルウィックがトレイにちらりと視線をやり、しまったというような声をもらした。

「あら、ビスケットを忘れたわ。すぐに戻ってくるから、どうぞくつろいでいてね」

そう言われても、とてもくつろげる気分ではなかった。ミセス・セルウィックは魅力的な女性だが、こうしているとどういうわけか、校長先生が来るのを待っている小学五年生に戻った気分になる。

背中で手を組み、暖炉に近寄ってみた。家族写真が並べられている。飾る順番にこだわりがあるふうではなかった。いちばん右端に、ひときわ大きなセピア色の肖像写真があった。社交界にデビューしたばかりの女性のようだ。一九三〇年代後半に流行したウエーブのかかったショートカットで、真珠のネックレスを首にかけ、生き生きとした表情で見あげている。それ以外はどれももっと新しいスナップ写真だった。黒い蝶《ちょう》ネクタイで正装している人もいればジーンズをはいている人もいるし、外で撮ったものもあれば室内のものもある。なかにはカメラや隣の人に向かって顔をしかめている写真もあり、仲のいい大家族らしい雰囲気が伝わってくる。

なかに目を引く一枚があった。真ん中あたりに結婚式で花束を渡すために着飾っているふたりの少女の写真があり、気になる一枚はこの少女たちの写真の後ろになかば隠すように置かれていた。男性が馬の脇腹に手を置いている。乗馬をしてきたばかりなのか、濃いブロンドの髪がくしゃくしゃになっていた。唇の形やすっきりと整った頬骨が、どことなくミセス・セルウィックに似ている。だが彼女の美しさが象牙の彫刻に類する優美さにあるのに対して、その男性の魅力はブロンドを照らしている太陽のような、あるいは彼が手を置いている馬のような、命の躍動感にあった。まるで写真を見ている者と冗談を交わしているとでもいうように、思わずつりこまれてしまう笑みを浮かべている。わたしはほほえみ返さずにはいられなかった。

そのとき、ミセス・セルウィックがチョコレート・ビスケットの皿を手に戻ってきた。ばつの悪さを覚えたが、すでに写真に向かって笑っている恥ずかしい姿を見られたあとだった。

ミセス・セルウィックはトレイの横にビスケットの皿を置いた。「写真を見ていたのね。他人の写真というのは、どういうわけか心惹《ひ》かれるものがあるわよね」

わたしはミセス・セルウィックのそばに戻った。スカートが湿っているのが気になり、花柄のソファの端にそっと腰をおろした。「知らない人の写真を見ると、つい想像をふくらませてしまって」わたしは言い訳をした。「とくに古い写真はそうなんです。どんな人生を送ったのだろうとか、どういった経験をしたのだろうとか……」

「それが歴史を学ぶおもしろさじゃないかしら？」ミセス・セルウィックがティーポットに手を伸ばした。それからは紅茶にミルクや砂糖を入れたり、ケーキを切り分けたり、ビスケットを取ったりしながら、会話は自然にイギリスの歴史についての軽いおしゃべりへと流れた。おかげで気まずさはいつの間にか薄れた。

わたしは促されるままに、歴史に興味を持った理由だとか（多感な年ごろに歴史小説を読みすぎたせいだ）、ハーヴァード大学歴史学部の方針についてだとか（複雑すぎてどこから説明していいかわからない）をとりとめもなくしゃべりつづけた。グラントと破局に至った理由（たくさんありすぎる）に話が及びそうになると慌てて話題を変え、一九世紀にフランスで隠密行動を起こした祖先について、子供のころになにか話を聞いてはいないかと尋ねた。

「ええ、聞いていたわ」紅茶を見つめたまま、ミセス・セルウィックが懐かしそうに答えた。「小さいころは、いとこたちとよくその遊びをしたものよ。順番に〈紫りんどう〉になったり、〈紅はこべ〉になったりするの。いとこのチャールズはいつもドラローシュの役をしたがった。ドラローシュというのは、フランス人の悪者よ。チャールズがまねるフランス訛《なま》りの英語がどれほど上手だったことか。俳優のモーリス・シュヴァリエだってああはいかなかったでしょうね。今、思いだしても笑えてくるわ。あのころは悪者といったら口髭《ひげ》をたくわえているものだと決まっていたから、チャールズも鼻の下に大仰な口髭を描《か》いて、母親の古いショールをマント代わりにはおっては、芝生を走りまわっていた。こぶしを振りまわして、〝〈ピンク・カーネーション〉め、覚えていろよ〟とすごむの」

その描写に引きこまれ、わたしは質問した。

「あなたはなにになるのがお好きだったんですか？」

「そりゃあ、〈ピンク・カーネーション〉に決まっているわよ」

わたしたちはティーカップ越しに目を合わせ、当然ですよねとばかりに笑いあった。

「あなたも〈ピンク・カーネーション〉に特別に興味があるんでしょう？」ミセス・セルウィックが思わせぶりに訊《き》く。「博士論文を書くのだとか？」

「そうなんです！」わたしはこれまでの進捗状況を説明した。〈紫りんどう〉がどんな活躍をしたか、〈ピンク・カーネーション〉がいかに正体を現さなかったかに関する章は書いたし、ふたりがそれぞれの秘密結社をどのように指揮したかについてもほんの少しは調べがついた。「でも、〈ピンク・カーネーション〉については肝心な点がなにひとつわからないんです。もちろん昔の新聞記事は読みましたから、改めてその活躍のすばらしさを知ることはできましたけれど、それだけです」

「どういうものを探しているの？」

わたしはまごつき、紅茶に視線を落とした。「それはなんといっても、『わたしが〈ピンク・カーネーション〉になった理由と方法』なんていう未発見の史料が見つかったら歴史家冥利に尽きます。ですが、彼について触れられている手紙とか、陸軍省の報告書とか、そういったものでもいいんです。次はいったいどこを調べればいいのか、その手がかりが欲しいんです」

「それならお役に立てるかもしれないわ」ミセス・セルウィックの口元にちらりとほほえみが浮かんだ。

「本当に？」わたしはびくりとした。一瞬で背筋が伸び、危うく膝からティーカップを落としそうになったほどだ。「なにか祖先にまつわる話でもあるんですか？」

ミセス・セルウィックが水色の目を輝かせ、内緒話をするように顔を近づけた。

「もっと驚く話よ」

思わず想像をめぐらした。手紙だろうか？　それとも辞世の言葉？　それが現在の子孫まで脈々と伝わってきたのかしら？　たとえセルウィック家にそんな秘密があるとしても、どうしてミセス・セルウィックはそれをわたしに教える気になったのだろう？　そこでわれに返り、期待に胸をふくらませた。「教えてください」息を凝らして尋ねる。

ミセス・セルウィックが優雅に立ちあがり、ティーカップをコーヒーテーブルに置くと手招きした。「見せてあげるわ」

わたしは慌てて音をたててティーカップを置き、彼女についていった。ミセス・セルウィックは広場を見おろすふたつの窓へと進んだ。窓と窓のあいだに、二枚の小さな細密肖像画が飾られている。一瞬、この絵のことだろうかと思い、がっかりした。ほかにそれらしきものが見あたらなかったからだ。窓の右側には八角形をした小ぶりのテーブルがあるものの、ピンク色のシェードがかかったランプと、陶磁器のキャンディ皿ぐらいしかのっていない。左側には本棚が並んでいるが、ミセス・セルウィックはそちらのほうへは目もくれなかった。

細密肖像画の真下にアンティークの大きな木箱があった。ミセス・セルウィックはその前に膝をついた。こういうものの歴史について勉強したわけではないけれど、ヴィクトリア＆アルバート博物館へは何度も出かけ、ゆっくりと展示品を見てまわったため、この木箱が一八世紀前半のものであることはすぐにわかった（あるいはよくできた複製品かもしれないけれど）。蓋を含めた全体に、色とりどりの枝と花や鳥の独特な模様があしらわれ、真ん中には極楽鳥がいる。

ミセス・セルウィックがポケットから美しい鍵を取りだした。

「このなかに……」鍵をまっすぐ鍵穴に向ける。「〈ピンク・カーネーション〉が本当は誰だったかわかるものが入っているのよ」

鍵は木箱に引けを取らないくらい装飾性に豊み、頭の部分に凝った渦巻き模様が刻まれていた。ミセス・セルウィックはその鍵を真鍮《しんちゅう》製の鍵穴に差しこんだ。ちゃんと油を差してあるらしく、蓋が跳ねあがった。気がつくといつの間にか、わたしはミセス・セルウィックのそばに膝をついていた。

木箱のなかを見て希望がしぼんだ。紙のたぐいはなく、古い恋文の一通さえも入ってはいない。目に入ったのは、色あせた古い象牙の扇子と、刺繍《ししゅう》を施された黄ばんだ布と、ぼろぼろのリボンで縛ってある干からびたブーケだった。たいして価値もなさそうなアクセサリーもいくつかあったが、それをじっくり見ることもなく、わたしはお尻をついて座りこんだ。けれども、ミセス・セルウィックはそこで手を止めなかった。静脈の浮きでた手で木箱の内側を探り、なにかを引っ張る。すると、内底がはずれた。その奥には……。わたしはまた膝をつき、木箱の端をつかんだ。

「これは……すばらしいわ」うまく言葉が出なかった。「まさか、すべて……」

「ええ、すべて一九世紀初頭のものよ」わたしの心のうちを察したかのように、ミセス・セルウィックがあとを続けた。「日付順にしてあるから、わかりやすいはずだわ」木箱の底に手を入れ、ふたつ折りにした紙の束を取りだし、それを脇に置いた。「これは関係ないわね」ちらりと奥をのぞきこみ、カタカタと音をさせたあと、長方形の箱を出す。図書館で本を保管するために使用される、酸性の塡料《てんりょう》や塗布剤を使っていない特別なボール紙でできた箱だ。

「エイミーのものから読むといいわ」

「エイミー？」わたしは箱を縛ってある紐《ひも》をほどこうとした。

ミセス・セルウィックはなにか言いかけたが、考え直したように口をつぐみ、アンティークの木箱の端に手をかけて立ちあがった。

「わたしなんかより、この手紙のほうがずっと雄弁に物語ってくれるでしょう」尋ねようとするわたしを優しくさえぎった。「わたしは書斎にいるから、なにかあったらいつでも来てちょうだい。廊下を進んだ右側よ」

「〈ピンク・カーネーション〉の正体は？」わたしは振り返り、部屋を出ていこうとするミセス・セルウィックに懇願した。「教えてください、彼はいったい誰なんですか？」

「読めばわかるわ」すでに姿はなく、声だけが返ってきた。

ああ……。唇を噛《か》み、手のなかにあるボール紙の箱を見つめた。ハーヴァード大学のワイドナー図書館に積みあげられた段ボール箱は古くて傷みがひどく、おまけに埃《ほこり》っぽいが、この灰色のボール紙はなめらかで、しみひとつない。大切に保管されてきた証拠だ。本当にこの中身を読めば、〈ピンク・カーネーション〉の正体がわかるのだろうか？

紐を引きちぎりたいくらいの気持ちだったが、ときおり火のはぜる音しか聞こえない静かな部屋にいると、慌てて手を動かすのがためらわれた。壁にかかった細密肖像画のなかのふたりが、肩越しにわたしの手元を見ているような気さえした。

それに……。無意識のうちに紐をほどきながら、自分に言い聞かせた。あまり期待しすぎないほうがいいかもしれない。彼女は大げさに言っているだけかもしれないのだから。あるいは少し頭の働きが鈍くなっているということもありうる。そんなふうには見えなかったけれど、じつは妄想にとらわれていて、〈ピンク・カーネーション〉が誰だかわかる証拠の品を持っていると思いこんでいるのかもしれない。蓋を開けてみたら、実際はビートルズの歌詞か素人の詩が書かれたものだったという事態も覚悟しておいたほうがいい。

紐の最後のひと巻きがほどけ、折り曲げただけの蓋が自然に開き、黄ばんだ紙の束が出てきた。いちばん上にある手紙にぞんざいな文字で日付が書かれており、一八〇三年三月四日と読めた。

素人の詩じゃなかった……。

興奮にめまいを起こしながら、分厚い紙の束をぱらぱらとめくってみた。保存状態のよいものもあれば、ところどころインクがにじんだり、折り目で文字が読めなくなったりしているものもある。なかには紙の端に赤い封蠟《ふうろう》の一部がついているものや、歳月による劣化のせいか、あるいは何度も読み返されたせいか、端が切れているものもあった。太くて力強い筆跡のものと、細くてしなやかな筆跡のものがまじっている。読みやすい文字とは言いがたいが、すべての手紙にひとつ共通する点があった。どれも一八〇三年に書かれたものだ。ざっと目を通していくと、走り書きのような文字の海からところどころ文章が浮かびあがってきた。〝腹の立つ人だ……お兄様は絶対に……〟

はやる気持ちを抑え、とにかく最初から読んでみることにした。暖炉の前で絨毯に座りこみ、スカートの裾を整え、ティーカップに紅茶を注《つ》ぎ、一通目を読みはじめた。あまり文法の正しくないフランス語だ。それを頭のなかで英語に訳しながら読んでいった。

〝一八〇三年三月四日　親愛なる妹へ――戦争が終わり、ようやくおまえにも故郷であるバルコート邸に帰ってこいと言える日が来た〟

1

〝生まれ故郷がおまえを待っている。なるべく早い便で帰国の予定を知らせてほしい。愛している。兄、エドゥアールより〟

「〝生まれ故郷がおまえを待っている……〟」エイミーは声に出して読んでみた。とうとう帰れる！　思わず手紙を握りしめ、夢見心地で天を仰いだ。これほど劇的な瞬間には稲妻のひとつも走るか、せめて雷雲ぐらいはむくむくと立ちあがってほしかった。だがシュロップシャーの空は下界での出来事など意に介さないとでもいうように、ただ静かにこちらを見返していた。

まったく、いかにもシュロップシャーらしいわね。

エイミーは草原に座り、人生の大半を過ごしてきたこの土地について思いをめぐらした。背後には波打つ丘陵が広がり、丘のひとつに赤煉瓦《あかれんが》の領主館がたたずんでいる。バートランドおじ様は左から三番目の窓がある部屋にいるのだろう。ひび割れた革製の椅子に座り、いつものように王立農業協会の最新の研究成果を読みふけっているに違いない。プルーデンスおば様は黄色とクリーム色をあしらった居間で椅子に座り、目を細めながら刺繍をしているのだろう。それがおば様の日課だ。なにもかもが穏やかでのんびりしていて、退屈きわまりない。

ここにいたのではわくわくすることはなにひとつ望めそうになかった。どこまでも連なる緑の牧草地に、毛の塊のようなヒツジが動いているのを眺めるのが精いっぱいだ。

長いあいだ、そんなつまらない日々を送ってきたが、それもようやく終わる。この手紙が来たからには、晴れてウーリストン・マナーを出ていき、あのおっとりとしたヒツジたちの群れともおさらばできる。もう、シュロップシャーきっての野心的な畜産家の姪《めい》、エイミー・バルコートではない。マドモワゼル・エーメ・ド・バルコートというしゃれた名前を名乗れるようになるのだ。フランス革命政府が貴族を処刑して爵位を廃止したことは、この際、忘れておくことにした。

フランス革命のせいでイギリスの田舎に住まざるをえなくなったのは、エイミーが六歳のときだった。一七八九年五月、エイミーは母親に連れられてイギリス海峡を渡った。二カ月ほど滞在する予定だった。母は姉妹を訪ねつつ、娘にイギリスの生活を見せるつもりでいたようだ。長年フランスで暮らしてはきたものの、心の底ではずっとイギリス人でありつづけたのだろう。

初めて会ったとき、大股で出てきたおじのバートランドはかつらが少し曲がっていた。その後ろに立っていたおばのプルーデンスは、刺繍用の円い枠を握りしめていた。戸口には、おそろいのモスリンのドレスを着た三人の女の子が群がっていた。いとこのソフィアとジェインとアグネスだ。母は言った。「ほら、遊び相手ができてよかったわね」

　ちっともよくなかった。アグネスはまだよちよち歩きでろくにしゃべることもできず、一緒に遊ぶには幼すぎた。ソフィアは暇さえあれば刺繍の見本にかじりついていた。ジェインは内気でほとんど話さず、そういう元気のない子はこちらから願いさげだった。一カ月もしないうちに、エイミーはフランスへ戻りたくてたまらなくなった。小さなトランクに荷物を詰め、それを一生懸命に持ちあげて廊下に出し、ずるずると押しながら母の部屋まで運び、もう帰る支度はできたと宣言した。

　母は弱々しいほほえみを見せたかと思うと顔をゆがめて泣きだし、エイミーをトランクのそばから引き寄せてきつく抱きしめた。

「ママン、どうしたの《ケス・キ・ス・パス》？」当時のエイミーはまだフランス語でしかものを考えることができなかった。

「フランスには帰れないのよ。少なくとも今はだめ。いつ大丈夫になるのかもわからないわ。ああ、あなたのお父様がおかわいそう。どうしてわたしたちがこんな目に遭わなければならないの？　それにエドゥアール、あの子はどうなってしまうのかしら」

　どうして兄の身がそんなに心配なのか、エイミーにはさっぱりわからなかった。ただ、フランスを発《た》つとき、抱きしめて〝いってらっしゃい〟と言うべきところで、兄が髪を引っ張ったり、腕をつねったりしてきたことが頭に浮かび、きっとばちがあたったのだろうと思った。だから、それをそのまま口にした。

母は悲しげな顔で娘を見た。「ああ、エイミー、そうじゃないの。これはあってはならないことなのよ」何度もため息をつきながらぽつりぽつりと話してくれたところによれば、どうやらパリで暴動が起き、王と王妃が幽閉されて、父と兄の身が危険にさらされているらしかった。

それからしばらくのあいだ、世間になんら影響を与えたとは思えないが、ウーリストン・マナーは反革命運動の拠点となった。誰もが新聞を食い入るようにして読み、残虐な行為が行われたという記事にでくわすと、イギリス海峡の向こう側へ向けて顔をしかめた。母はフランスやロンドンやオーストリアにいる頼れそうな友人に手紙を書き、何本もの羽根ペンを使いつぶした。〈紅はこべ〉が処刑の場に現れ、〝断頭台《マダム・ギロチン》〟の抱擁からすんでのところで貴族たちを奪い去ったと知ると、母は新たな希望を胸に抱いた。ロンドンから二〇〇キロ近く離れた土地の新聞にまで広告を載せ、〈紅はこべ〉に夫と息子を助けてほしいと依頼したのだ。

そうした落ち着かない雰囲気が続くなか、エイミーは子供部屋でなかなか寝つけず、自分が大人だったらフランスに戻ってパパを助けるのにと毎晩のように考えていた。もちろん、変装しなくちゃ。人の命を助けるときは変装するものよ。そんなのはみんなが知ってることだわ。エイミーはひとりになると使用人部屋に忍びこみ、召使いの服を着こんで、フランスの田舎にいる小作人が使うような荒っぽい言葉遣いを練習した。誰かに見られたときは、お芝居の練習をしているのだと嘘《うそ》をついた。自分たちのことで手いっぱいの大人たちは、心ここにあらずといった調子で〝あら、それはいいわね〟と言い、頭をなでるばかりで、そのお芝居とやらがいつまでたっても披露されないことを不思議に思う者はいなかった。

しかし、ジェインだけはだまされなかった。ある日、エイミーがぼろ入れのなかから引っ張りだしたペティコートを身にまとい、バートランドが捨てたかつらをかぶっていると、ジェインがやってきた。エイミーはぶっきらぼうに、シェイクスピアの『ヴェローナの二紳士』だと言い訳をした。ひとり芝居をしようと思って、稽古をしているのだと。

ジェインはまじまじと彼女を見つめたあと、遠慮がちに尋ねた。

「本当は違うんでしょ？」

とっさにうまい切り返しの言葉が思いつかず、エイミーはジェインをにらみつけた。ジェインは抱えていた人形を抱きしめながら、恐る恐る訊いてきた。

「なにをしてたのか教えて」

「ママにも誰にも話さないと約束できる？」怖い顔をしてみせたつもりだったが、かつらがずり落ち、片耳にかろうじて引っかかっている状態では、ちっともさまにならなかった。

ジェインが慌ててうなずく。

「わたしは」エイミーは厳かに宣言した。「〈紅はこべ〉の秘密結社に入って、パパを助けるの」

ジェインは人形を片手にだらりとぶらさげたまま、この新しく知った事柄についてじっと考えこんでいた。

「わたしも仲間に入れてくれる？」

実際に組んでみると、このいとこはすばらしく頼もしい存在だった。歯に煤《すす》や松脂《まつやに》をこすりつけてエイミーを干からびた意地悪ばあさんに仕立てあげたり、乳母に見つかる前にそれをこすり落とす方法を思いついたりしたのはジェインだった。フランスへ渡るルートを子供部屋の地球儀に描きこんだのも、板をきしませずに裏階段をこっそりおりる方法を編みだしたのも、やはりジェインだった。

だが、結局のところ、計画を実行に移す機会は来なかった。〈紅はこべ〉はふたりの少女が秘密結社に入る準備を着々と進めているとはつゆ知らず、愚かしくもその力を借りることなしに、エイミーの父親であるバルコート子爵の救出を試みたからだ。新聞記事によると、〈紅はこべ〉はバルコート子爵を脱獄させ、大樽《おおだる》のなかに隠し、安物の赤ワインだと偽って城門を通そうとした。なにごともなければ計画は無事に成功するはずだった。ところが、城門の番兵が一杯引っかけようと思いたち、大樽の栓を開けるよう命じた。すると赤ワインではなくバルコート子爵が出てきたものだから、頭にきて仲間を呼んだ。父は男らしく闘ったらしいが、革命兵士の一団にはかなうはずもなかった。一週間後、母のもとに小さなカードが届いた。ひと言〝申し訳ない〟とあり、署名代わりに赤い花の絵が描かれていた。

それを見て母は悲嘆に暮れ、一方、娘は激怒した。エイミーはジェインを証人として立ち会わせ、大きくなってフランスに戻ったら、いちばんにパパのかたきを討つと誓いを立てた。そのためにはフランス語を流暢《りゅうちょう》に話せなければならないが、どっぷりと英語の会話につかっていたため、いつの間にか母国語を忘れつつあった。そこで手始めに家庭教師の女性たちとフランス語でしゃべってみることにした。ところが、さすがレディの鑑《かがみ》と言うべきか、彼女たちが知っているフランス語は布地の色彩や最新のおしゃれ用品に限られていた。エイミーはフランスの劇作家モリエールの本を持って外へ行き、ヒツジに向かって朗読した。

任務の遂行にはなんの関係もなかったが、父親との思い出に浸りたくてラテン語やギリシア語の本も読んだ。父は娘を寝かしつけるため、毎晩のように気まぐれな男神や執念深い女神の話をしてくれたものだ。ウーリストン・マナーのろくに使われていない図書室に、それらの物語はすべてそろっていた。おじの興味は畜産関係に向いていたが、家族の誰かが昔読んだのか、図書室にはずらりと古典が並んでいたのだ。古代ローマの詩人オウィディウスやウェルギリウス、古代アテネの喜劇作家アリストファネス、古代ギリシアの詩人ホメロスなどをエイミーは読みあさった。無味乾燥な歴史書もあれば、なかなかきわどい愛の詩もあったが（家庭教師たちはラテン語などほとんど理解せず、ギリシア語に至ってはちんぷんかんぷんだったため、おめでたいことに古典ならどんなものでも教養を磨くのにいい本だと思っていたらしい）、何度も読み返したのはホメロスの『オデュッセイア』だった。主人公オデュッセウスは故郷へ帰るために戦った。わたしと同じだ、とエイミーは思った。

エイミーが一〇歳のときだった。定期的に送られてくる新聞に、〈紅はこべ〉は素性が明らかになり活動を停止したとの記事が挿し絵つきで載っていた。この事実を突き止めたのが新聞社なのかフランス政府なのか、その記事からはわからなかった。〝〈紅はこべ〉、マスクを取る！〟と『シュロップシャー・インテリゲンサー』紙には大見出しが打たれていた。おりしも『コスモポリタン・レディース・ブック』誌が〝〈紅はこべ〉の衣装とは？　フランス貴族を救いだす紳士のファッションを研究〟という題名で見開き一〇ページの特集記事を組んでいた。

エイミーは打ちのめされた。たしかにパパの救出のときは失敗したけれど、〈紅はこべ〉は多くの貴族の命を助けたすばらしい人だ。その彼が活動をやめてしまったら、わたしはせっかく磨いた語学力をどこで使えばいいの？　しかたがない、こうなったら自分で秘密結社を作るまでだ。そう思ったとき、新聞記事の一文に目を引かれた。〝わたしは残念ながら身を引かざるをえないが、〈紫りんどう〉があとを引き継いでくれるものと期待している〟と、〈紅はこべ〉ことパーシー卿《きょう》が述べたらしい。

エイミーはジェインのほうへ新聞を押しやった。「この〈紫りんどう〉って？」

それは誰もが初めて耳にする名前だった。ところが、この〈紫りんどう〉はたちまち新聞をにぎわす常連となった。移動サーカス団を組織し、なんと一週間のあいだに一五人もの貴族をパリから脱出させたのだ。本人は踊るクマの役をしていたのではないかと言われている。噂によれば、かの悪名高き革命派の政治家ロベスピエールは、最大の敵がなかに入っているとも知らずに、そのクマの頭をなでたらしい！　革命政府が貴族を処刑するのをやめて、イギリスとの戦争に力を注ぐようになると、〈紫りんどう〉はイギリス陸軍省の頼もしい諜報員となった。

〝ひとりの勇敢な男の活躍がなければ、この勝利はなかったであろう。紫の小さな花の名前で知られる男だ〟と、エジプトでフランス艦隊を撃滅させたネルソン提督は語っている。〈紫りんどう〉とはいったいどこの誰かという謎解きで、イギリスとフランスは国じゅうが盛りあがった。イギリス海峡のこちら側とあちら側で憶測が飛び交ったのだ。イギリス人は、パーシー・ブレイクニー卿がそうだったように、〈紫りんどう〉もわれらが同胞の貴族に決まっていると息巻いた。それどころか、じつはパーシー・ブレイクニー卿が名前を変え、フランス人をだましているのではないかと言う者もいた。ロンドン社交界では、きっとボウ・ブランメルだろう、あれほどおしゃれに気を遣うのは並たいていではないとか、いや、皇太子ウェールズ公の弟君で放蕩《ほうとう》者として知られるヨーク公ではないかなどと、さまざまな人物の名前があがった。国を追われたフランス人貴族が祖国のために戦っているのだろう、兵士に違いない、教えに背いた聖職者ではないか、という意見もあった。一方、フランス人はくそったれの邪魔者《ダムド・ニューサンス》だと言って悔しがった。もっとも、英語は残念ながら話せないだろうから、フランス語で似たようなことを言うしかなかっただろうが。

　彼は英雄よ。エイミーはそう断言した。

　もちろん、そんなことをしゃべる相手はジェインだけだ。これまでの計画はすべてそのまま続行することに決めた。ただし、活躍の場は〈紫りんどう〉の秘密結社に変更された。

　ところが、何年たってもいっこうにシュロップシャーの地から出られそうになかった。身近にいる黒マスクの男性といえば、追いはぎごっこをしている幼いいとこのネッドだけだ。家出をしてパリへ向かうことも考えてみたが、とてもたどりつけるとは思えなかった。イギリスとフランスの戦争が激化し、一般人が海を渡る手段がなくなっていたからだ。こんなことではフランスになど行けるわけはないし、ましてく紫りんどう〉を見つけるなんて、夢のまた夢だ。きっと、わたしはこのまま田舎で埋もれていくのよ。

そんなふうに絶望的になっていたところへ、待ち望んでいた兄の手紙が来たのだ。

「きっとここにいると思ったわ」

「なんですって？」青いスカートの裾が腕に触れ、エイミーははっとして幸せの絶頂からわれに返った。

ジェインだった。腕にかけたバスケットに野の花がたくさん摘まれているところをみると、ずいぶん長々と散歩をしてきたのだろう。だが、モスリンのドレスにはしわひとつないし、うなじでまとめられた薄茶色の髪はほつれ毛もなく、ボンネットの首紐は左右対称に整ったきれいな蝶結びのままだ。色白の頬が風で少し赤くなっているが、それさえなければたった今まで居間に座っていたかに見える。

「お母様が探していたわよ。薔薇色《ばらいろ》の刺繍糸はどこって」

「どうしてわたしが薔薇色の刺繍糸を使ったと思うの？　それに……」エイミーは兄からの手紙を振って、ジェインの言葉をさえぎった。「手紙が来たのよ。こんなときにわたしが刺繍なんかするわけがないでしょう」

「誰からの手紙？　またデリクが愛の詩でも送ってきたの？」

「いやだ」エイミーは身震いしてみせた。「冗談じゃないわ、ジェイン。やめて」そして、わざとらしく声を落とした。「これはお兄様からよ」

「エドワードから？」イギリス人であるジェインは、エイミーの兄の名前をエドゥアールではなくエドワードと英語風に発音した。「やっとあなたという妹がいることを思いだしていただけたわけね」

「意地悪を言わないで。お兄様は一緒に暮らそうと言ってきたの！」

ジェインは花の入ったバスケットをぽとりと落とした。

「嘘でしょう！」

「本当よ。すごいでしょう？」エイミーはジェインを手伝って落ちた花々をかき集め、優雅とは言いがたい手つきで無造作にバスケットへ戻した。

「もっと詳しく教えて。手紙にはなんと書かれているの？」

「それがすてきな話なの。戦争は終わったから、わたしがフランスへ戻っても大丈夫ですって。わたしに女主人の役割を務めてほしいと書いてあるわ」

「本当に危なくないの？」ジェインが灰色の目を心配そうに曇らせた。

エイミーは笑った。「もう暴動なんて起きないわよ。ナポレオンが第一統領になって何年たつ？　三年くらいになるんじゃないかしら。お兄様がわたしに帰ってこいという理由もまさにそれなのよ。ナポレオンは殺戮《さつりく》と強奪ばかり繰り返してきたにわか仕立ての政府を正統なものに見せたくて――」

「ずいぶんと偏った意見に聞こえるのは気のせいよね」ジェインがつぶやく。

「今では貴族に取り入ろうとしているのよ」エイミーはいとこの言葉をきれいさっぱり無視した。「でも実際に貴族とかかわっているのはナポレオンではなく、おもに妻のジョセフィーヌのほうなの。貴族の女性たちを屋敷に招待しているらしいわ。だからお兄様としては、その輪に入りこむためにわたしが必要というわけ」

「つまりは、殺戮と強奪ばかり繰り返してきたにわか仕立ての政府に食いこむため？」口調こそ穏やかだが、からかうような響きがある。

エイミーはいらだち、ひなぎくの花を一本、ジェインに投げつけた。「どうとでも好きに言えばいいわ。ねえ、ジェイン、わからない？　これこそわたしがずっと待ち望んでいたチャンスなのよ！」

「ナポレオンの屋敷でパーティの華になりたいの？」

もう一本、ひなぎくを投げつけてやろうかと思った。「違うわ」エイミーは両手を握りあわせ、目を輝かせた。「〈紫りんどう〉の仲間に入れてもらうのよ」

2

〈紫りんどう〉ことリチャード・セルウィックにとって、今日はあまりいい日ではなかった。アピントン侯爵の次男であり、娘の結婚相手を探している世の母親たちから格好の標的とされつつも、その魔の手を逃れて精力的にナポレオンの野心を阻んできたリチャードは今、ロンドンにある両親の屋敷の玄関広間で、すねた子供のようにブーツの靴底を床にこすりつけていた。

「いいかげんにして」アピントン侯爵夫人は愛情に満ちあふれた声で息子を叱りつけ、髪にシラサギの羽根でできた髪飾りを挿した。「たかが〈オールマックス〉の舞踏会に行くだけでしょう？　なにも銃殺隊の前に引きずりだそうとしているわけじゃないんだから」

「しかし、母上……」情けない哀願の口調になっていることに気づき、リチャードは渋い顔をした。くそっ。どうして家に帰ると、ぼくは一二歳の子供みたいな振る舞いをしてしまうのだろう。

息を吸いこみ、今度は努めて低い声を出した。「いいですか、母上。ぼくは忙しい身なんです。ロンドンにいるのはあと二週間だというのに、することがたくさんあって――」

レディ・アピントンが、子爵以下の身分の者であれば〝無作法にも鼻を鳴らした〟と言われかねない音をたてた。なんといっても、〝レディ・アピントンの咳払《せきばら》いほど怖いものはない〟と社交界でささやかれている女性なのだ。

「くだらない」彼女は扇子をひと振りして息子の言葉をさえぎった。「いくらあなたが諜報員だからといって、一生結婚しないわけにはいかないのよ。わかっているの？」そう言うと、そっとあたりを見まわし、使用人が聞いていないかどうか確かめた。使用人は噂話が好きなものだし、レディ・アピントンも息子の秘密が世間に知られるのを望んでいるわけではない。誰もいないとわかると、いちだんと声が高くなった。「うかうかしていると、すぐに三〇歳になってしまうわよ。〈紫りんどう〉だかなんだか知らないけれど……ああ、くだらない名前だこと！　とにかく、自分の務めを果たすのは当然でしょうに」

「ヨーロッパを軍事独裁から守るのも立派な務めですが」リチャードは母に聞こえないよう小声で文句を言った。ところが、大理石造りの玄関広間は音の響きがよすぎた。

「わたしは家に対する務めのことを言っているの。あなたがほんの二、三時間〈オールマックス〉の舞踏会に出ることを渋ったせいですてきな女性との出会いを逃して、結果的にアピントン侯爵家の爵位を受け継ぐ者が誰もいなくなる事態になったらどうするつもり？」レディ・アピントンは小首をかしげ、緑の目を細めて息子をにらんだ。この目はお互いに損だ、とリチャードは苦々しく思った。自分も同じ緑色の目を受け継いでいるのだが、目つきがあまりに鋭すぎるのだ。そのうえ母は、古代ローマの政治家キケロの再来かと思うほど口が達者で、オペラ歌手もかなわないくらいの声量があり、ナポレオンも太刀打ちできないであろう鉄の意志の持ち主だ。ぼくは何度も痛い目に遭わされてきた。このままでは、たとえナポレオンのヨーロッパ征服は阻止できても、次の社交シーズンが終わるまでに息子を結婚させようという母の決意から逃れるのは不可能な気がして、ときどき暗澹《あんたん》たる気分になる。

それでもリチャードは雄々しく闘った。「ですが母上、兄上のところは結婚してから毎年のように子供ができています。爵位についてはいらぬ心配だと思いますよ」

レディ・アピントンが顔をしかめた。「人生、なにがどうなるかわからないわ。思いもかけないことが起きるかもしれないじゃないの」作戦を練り直しているのか、赤褐色のシルクのドレスを着た彼女は衣《きぬ》ずれの音をさせながら玄関広間を行ったり来たりした。「あなただって、いつまでもスパイごっこをしているわけにはいかないのよ」

リチャードはぽかんと口を開けた。言うに事欠いてスパイごっこだって？　怒っていいのかあきれていいのかわからず、リチャードは母をにらんだ。エジプトのアブキール湾でネルソン提督に情報を流して、ナポレオンの艦隊を壊滅させたのは誰だ？　王立キュー植物園で、フランスの手先による国王暗殺を少なくとも四回は阻止したのは誰だ？　すべては〈紫りんどう〉こと、このリチャード・セルウィックじゃないか。母上への多大なる尊敬の念と息子としての愛がなければ、盛大な咳払いをして黙らせたいところだ。

だが、いつものごとくそう思うだけで実行に移すことはなかったため、母の説教はますます勢いづいた。「いったいいつまでヨーロッパをうろついているつもりなの？　もう一〇年になるじゃないの。パーシーでさえ、マルグリートに出会って〈紅はこべ〉をやめたというのに」

「マルグリートに出会ったからじゃありませんよ。正体がばれたからやめたんです」なにも考えずにそう言い返してから、ふと恐ろしい疑念が頭に浮かび、リチャードははっと顔をあげた。「母上、まさか……」

レディ・アピントンが足を止めた。「そんなことはしないわよ」いかにも残念そうな口調で言うと、壁のくぼみ《アルコーブ》に飾られた花をぼんやりと眺めた。「そうしたいのはやまやまだけど……。さすがのあなたも観念するでしょうからね」

未練を振り払うようにかぶりを振り、また玄関広間を行ったり来たりしはじめた。「でも、いくらなんでもあなたの邪魔はできないわ。お父様もわたしも、あなたのことをそれは誇りに思っているのよ。わたしたちに秘密を打ち明けてくれたことにも感謝しているわ。レディ・ファルコンストンのお気の毒なことといったら。ご子息がフランスの諜報員につかまって、身代金を要求するフランス語の手紙が来るようになるまで、陸軍省の諜報員だったことをご存じなかったのだから。しかも、あなたみたいになにか特別な名前があるわけでもなし、新聞に挿し絵入りで記事が出るわけでもなし。本当におかわいそうだわ」レディ・アピントンは誇らしげなほほえみを浮かべ、それから真顔になった。「わたしたちはただ、あなたに幸せになってもらいたいだけなのよ」

このままでは説教が〝わたしはあなたを産んだ母親なのだから、あなたにとってなにがいちばんいいのかよくわかっているのよ〟という内容に移りかねないので、リチャードは玄関のドアへ向かった。「母上、おっしゃりたいことは重々わかりました。でも、ぼくは本当に行かなければならないんです。今夜は陸軍省で――」

レディ・アピントンが社交界で恐れられている咳払いをした。「まあ、せいぜい〈ホワイツ〉で楽しんでらっしゃい」辛辣な口調で言う。

リチャードはドアから半分出たところで足を止め、信じられない面持ちで母を見た。

「どうしてわかったんです？」

レディ・アピントンは得意げな顔をした。「そりゃあ、母親ですもの」

リチャードが玄関を出てドアを閉めようとすると、背後から陽気な声が飛んできた。

「九時に〈オールマックス〉よ！　半ズボンをはいてくるのを忘れないで！」

彼が思わずもらしたうめき声は、ドアを勢いよく閉める音にかき消された。半ズボンだと？　くそっ。半ズボン着用が義務づけられていることをすっかり忘れたまま、耳をつかまれて〈オールマックス〉へ引きずられていったのはもうずいぶん昔の話じゃないか。リチャードは不機嫌きわまりない顔でアッパー・ブルック通りからセント・ジェームズ通りへ向かった。これでは母上の思う壺《つぼ》ではないか。陸軍省は母上をこそフランスへ送りこむべきだ。そうすれば一カ月のうちにはフランスじゅうの男たちを結婚させ、まんまと戦意を喪失させてしまうだろう。

「やあ、セルウィック！」

二輪馬車に乗った知人から声をかけられ、リチャードは適当に会釈を返した。午後五時を過ぎたばかりのこの時刻は馬車や馬に乗って逢瀬《おうせ》を楽しむ男女が多いため、めかしこんでハイド・パークへ向かう人々とひっきりなしにすれ違うはめになる。リチャードはうわの空でほほえみ返したり、うなずいたりしながらも、心はすでにイギリス海峡を越えてフランスに飛んでいた。

大きくなったら英雄になるのだと幼いときから心に決めていた。そう思うようになったのは、まだろくに物心もつかないころから母にシェイクスピアの『ヘンリー五世』の心躍る場面を読み聞かされて育ったせいかもしれない。よく子供部屋のなかを飛びまわり、見えないフランス人の敵を相手に戦ったものだ。あるいは午後になると庭に出て、父と〝アーサー王と円卓の騎士〟ごっこをして遊んだことも関係しているのだろう。庭にはギリシア神殿風の東屋《あずまや》があり、母がお茶会に使っていたのだが、その建物の下に聖杯が埋まっているのだと子供のころはずっと信じていた。ところがある日、ダヴデイル公爵未亡人と東屋でお茶を楽しんでいる最中にシャベルとつるはしを手に乗りこんだものだから、さすがに母も笑ってはくれず、聖杯探しは今後いっさい禁止だと言い渡された。

それからイートン校へ送られ、古典を学んだ。ギリシア神話のオデュッセウスやアイネイアスの冒険物語をひととおり読んだせいで、学者肌などという的はずれな評判が立った。だがリチャード自身は、自分も早く冒険に旅立ちたいということしか考えていなかった。

けれども、ひとつ問題があった。もう英雄が必要とされる時代ではなくなっていたのだ。

けるしかなかった。
残念なことに、世の中は至って平和で洗練されていた。したがって、なにか別の仕事を見つ

初めのうちは領地の管理をしていた。たいして広くはないが、自分の土地を所有していたのだ。しかしながら、中年で愛想がいい家令は誰からも慕われ、なにをさせても優秀だった。リチャードの仕事といえば、馬で領地をめぐり、小作人と世間話をしたり、ときおり赤ん坊にキスをしたりするぐらいしかなかった。それはそれで意義あることだが、農業を営む紳士の役割を演じているだけでは退屈で物足りなかった。

結局、リチャードもほかの貴族の若者たちと同じ道をたどった。遊びほうけたのだ。アピントン侯爵の次男は、一六歳になるころにはロンドンの高級な賭博場やいかがわしい館でたびたび姿を見かけられるようになった。カードゲームに多額の金を賭け、むちゃな馬の乗り方をし、シーツを取り替えるがごとく頻繁に愛人を作った。だが、それでも気持ちは満たされなかった。

もうこんなむなしい放蕩生活は終わりにしようと決めたちょうどそのころ、〈紅はこべ〉の活躍が新聞をにぎわせはじめた。アピントン侯爵家の領地とブレイクニー家の領地は何百年も前から隣接していた。パーシー・ブレイクニーはしばしばリチャードを狩りに連れていってくれたし、リチャードもブレイクニー家の厨房《ちゅうぼう》に入りこんではタルトをあさったり、図書室にこもって豪華な装丁の古典文学の本を読みふけったりした。書物にはすべてブレイクニー家の紋章入りの蔵書票が貼られていたが、なかの一冊に紅はこべの花が挟まれていた。

そのため新聞に〈紅はこべ〉の見出しが躍るようになると、リチャードはすぐにぴんときた。われらが隣人こそが、ヘンリー五世に勝るとも劣らぬ希代の英雄に違いないと。

リチャードは秘密結社の活動に加えてほしいと必死にパーシーに頼みこみ、なんとか彼の首を縦に振らせることができた。一度目の任務は成功し、二度目もうまくいき、三度目も首尾よくこなした。怖いもの知らずの気性が幸いしてか、やがて組織にとってなくてはならない存在になった。だからこそあのとき、パーシーも仲間もぼくを許してくれたのだろう……。記憶がよみがえりそうになり、慌てて思考を封じこめると、わざとはずみをつけて建物の石段をあがった。

〈ホワイツ〉に入るとほっとした。ここは男の城だ。煙草《たばこ》と酒の匂いが漂い、右手の部屋からはダーツが的にあたる鈍い音と、中心をはずしたのだろうと思われる悔しそうな声が聞こえた。一階をぶらぶらと歩き、カードゲームに興じている男たちの手のうちをのぞいてみたが、仲間に加わりたいと思うテーブルはなかった。三人が赤ワインを飲んでいる小さなテーブルのそばを通りかかったとき、妹に言い寄っている男たちのひとりに強引に引き留められた。ところがあまりに強く手を引っ張られたせいで男の隣の席に倒れこみ、その拍子にデカンターとグラス三個がのったテーブルをひっくり返してしまった。「こういう客は〈オールマックス〉にはいないな」リチャードはつぶやき、駆け寄ってきた従僕と赤ワインを浴びた三人に会釈して立ち去った。

図書室に行くと、目当ての人物がいた。

「セルウィック！」マイルズ・ドリントンは読んでいた新聞を放りだし、はじかれたように椅子から立ちあがると、リチャードの背中をたいそうな勢いで叩《たた》いた。そして自分の大げさな振る舞いを恥じたのか、少し顔を赤らめて急いで席に戻った。

妹のヘンリエッタはあるとき短気を起こし、マイルズのことを〝張りきりすぎの牧羊犬〟と評したが、それはあながち的はずれではなかった。砂のような色の金髪が顔にかかり、茶色い目を愛想よく輝かせているマイルズは、人間の親友として知られる人なつこい動物をほうふつとさせる風貌をしている。実際、彼はリチャードの親友でもあった。ふたりはイートン校で出会い、すぐに意気投合した間柄だ。

「いつロンドンに戻ってきたんだ？」マイルズが尋ねた。

リチャードは革のすりきれた隣の椅子に腰をおろし、長い脚を伸ばした。「ゆうべだ。木曜日にパリを発って、領地のアピントン・ホールでふた晩過ごし、夜中にこっちへ着いた」

そう言って、にやりとした。「じつは身を隠しているんだ」

マイルズが顔をこわばらせた。心配そうな顔で左右をすばやく確かめたあと、身をかがめてささやいた。「相手は誰だ？　ここまでつけられたりしていないのか？」

リチャードは大声で笑った。「違うよ、そんなんじゃない。母親から逃げているだけだ」

マイルズは体の力を抜き、すねた口調で言った。

「勘弁してくれ。それでなくても、おまえの身が心配でぴりぴりしているんだから」

「すまなかった」リチャードは感謝の笑みをもらした。気がつくと、いつの間にか好きな銘柄のスコッチ・ウイスキーが入ったグラスが手のなかにそっと置かれていた。ああ、古巣はいいものだ、とリチャードは思った。

マイルズも従僕からグラスを受け取り、椅子の背にもたれかかった。

「今度はなんだ？　また遠縁の娘でも押しつけられそうになったのか？」

「もっとたちが悪い」リチャードはひと口ウイスキーをあおった。「〈オールマックス〉だよ」

マイルズがそれはたいへんだとばかりに顔をしかめた。「まさか、半ズボンか？」

「そのまさかだ」

今まさに流行の先端をいく革製の長ズボンで身を固めたふたりは互いに黙りこみ、半ズボンをはかなければならないという恐怖についてしみじみと考えた。マイルズは酒を飲み干し、椅子の脇に置かれた低いテーブルにグラスを置いた。そして先ほどより慎重に室内を見まわし、静かな声で尋ねた。「パリはどうだ？」

マイルズは古い友人であるだけではなく、陸軍省とリチャードをつなぐ連絡係でもある。リチャードの任務が貴族の救出から諜報活動に変わったとき、陸軍大臣の判断によってマイルズがその役に任命された。ふたりは同じ環境に身を置き、同じ友人を作り、〈ホワイツ〉でしんみり昔話をしているところを頻繁に目撃されるよう努めた。ひそひそ話をしていても怪しまれない環境を作ったのだ。マイルズがリチャードの兄であるチャールズの家に足しげく通うのは妹のヘンリエッタに気があるからだと、マイルズ自身が周囲に言いふらした。へンリエッタも事情を理解してそれに協力していたのだが、チャールズの目には妹が少しばかりはしゃぎすぎているように見えてしかたがなかった。

リチャードは図書室のなかを見渡した。椅子の背もたれから白髪の後頭部がのぞいているのに気づき、目顔で誰だとマイルズに尋ねた。

マイルズが肩をすくめた。「ファルコンストンのご老体だよ。耳が遠くてろくに聞こえやしないし、いつも寝ているから大丈夫だ」

「ああ、あのファルコンストンの父親か。パリは……せわしないよ」

マイルズがクラヴァットを引っ張る。「どんなふうにだ？」

「やめておけ。近侍に叱られるぞ」

マイルズはしまったという顔で慌ててクラヴァットを直したが、美しい滝のようだった結び目はただの洪水になった。

リチャードは話を続けた。「テュイルリー宮殿の出入りが多い。いつも以上にだ。陸軍省には詳しい報告書を送っておいた。われらが友人、フランス警察省のドラローシュが作成した資料もつけてだ」してやったりとばかりに会心の笑みを浮かべた。

「たいしたもんだ！　おまえならやると思っていた。ロンドンに潜伏している諜報員のリストを、あのドラローシュの鼻先からかすめ取ってくるとはな。小気味いいことこのうえない。ツキに恵まれたやつだ」

リチャードの背中には手が届かなかったためか、マイルズは自分の椅子の肘掛けをうれしそうに叩いた。

「それで、第一統領とはうまくやっているのか？」

「もちろん」リチャードは答えた。「ナポレオンはエジプトの遺物を宮殿に移したよ」

エジプトの遺物と任務は一見なんの関係もなさそうに見えるが、イギリス陸軍省が送りこんだ課報員がナポレオンお気に入りの学者となると、また話は違ってくる。

イートン校の教師陣も驚いた古典言語の能力が、〈紫りんどう〉にとっては大いに役立った。パーシーはしゃれ者を決めこんでフランス社会に溶けこんだが、リチャードは古代遺物について長広舌をふるい、フランス人を油断させた。この国でなにをしているのだとフランス人からいぶかしがられたり、敵におもねるなとイギリス人から非難されたりしたときは、〝学者は世界という名の国家に属しているのです！〟と煙《けむ》に巻き、誰もわからないようなギリシア語の言葉を引用してみせた。おかげで最近はもうなにも言われなくなった。あの警察大臣補佐官のガストン・ドラローシュをもってしてもそうだ。リチャードの母にも引けを取らないしつこさを持ちあわせ、必ずや〈紫りんどう〉をとらえてみせると息巻いているドラローシュでさえ、『オデュッセイア』からのとりわけ難解な引用文を二度ほど聞かせてやると、リチャードのことを嗅ぎまわるのをやめた。

ナポレオンがエジプト遠征を決めたのはフランスにとっては不幸だったが、リチャードにとっては願ってもない幸運だった。リチャードはすでに遺物収集に執心している学者として知られていたため、当然のように遠征隊に同行する学術調査団のひとりに加えられた。古代遺物にうつつを抜かす学者のふりをしながら、エジプトの遺物よりフランスの活動に関する情報をしっかり収集したというわけだ。リチャードがもたらした内部情報によって、イギリスはナポレオンの艦隊に圧勝し、フランス軍をエジプトに封じこめた。

エジプトに長期滞在しているあいだに、リチャードはウジェーヌ・ド・ボアルネと急速に親しくなった。ウジェーヌはナポレオンの義理の息子で、温厚で明るく、友人を作るのがうまい男だった。ウジェーヌがリチャードのことを古代遺物の学者だと紹介すると、ナポレオンはすぐさま古代ローマの歴史家スエトニウスの著書『皇帝伝』について長々と議論を吹っかけてきた。リチャードが引用をふんだんに織りまぜながら冷静に応じると、ナポレオンは感心し、〝いつでも訪ねてきてくれ。古代について語りあおう〟と言った。それから一カ月もたたないうちに、リチャードは遺物調査の責任者に任命された。フランス軍が野営していたエジプトの砂漠ではなんの意味もない肩書きだったが、いざパリへ戻ってみると、リチャードはふた部屋を埋め尽くす遺物とともに宮廷に出入りする特権を得た。諜報員にとっては、これ以上望むべくもない幸運だ。その遺物が宮殿に移された。これでナポレオンの懐に潜りこめる……。

マイルズは山ほどのクリスマス・プレゼントをもらった子供のような顔でリチャードを見ていた。

「仕事場も宮殿に移ったのか？」

「そうだ、仕事場もだ」

「やったな！　すばらしい！」マイルズはわれを忘れて大声をあげた。内緒話もなにもあったものではない。

離れた席で、ファルコンストンが身じろぎした。「なに……？　なんだと？」

「たしかに」リチャードはよく通る声で言った。「ワーズワースの詩はすばらしいよ。だが、ぼくはカトゥルスのほうが好きだね」

マイルズがけげんな顔でリチャードを見て、ささやき声で尋ねた。

「なにを言っているんだ？」

「おまえが大声を出すからだろう」リチャードはマイルズをにらんだ。

「ワーズワースを読んでいるなんて噂が立ったら、ぼくは所属しているクラブを追いだされるだろうし、愛人にだって捨てられてしまう。評判ががた落ちじゃないか」マイルズが押し殺した声で大げさに嘆いた。

ファルコンストンがよろよろと立ちあがり、ふらつきながら杖をついた。部屋の反対側にリチャードがいるのに気づくと、ワイン色のベストに負けないくらい顔を真っ赤にした。

「どの面さげてここに来ている！　フランス人なんぞに取り入りおって」耳が遠いせいで、自分が体裁の悪いほど大声を張りあげているのに気づいていないらしい。「この恥さらしめ！」そう言って寄ってくると杖を振りあげ、その勢いでよろめいた。リチャードは慌てて彼の体を支えた。

ファルコンストンは目に怒りをたぎらせ、リチャードの手を振り払うと、ぶつぶつとひとり言をつぶやきながら図書室を出ていった。

驚いて立ちあがっていたマイルズが、気遣うような顔でリチャードを見た。

「こういうことはよくあるのか?」

「ファルコンストンだけだよ。タンプル塔に幽閉されている息子を早くなんとかしてやらないとな」

リチャードは椅子に戻り、グラスに残っていたウイスキーを飲み干した。

「心配するな。ぼくは気にしていない。彼には〈紫りんどう〉の噂話をしている若い娘たちをせいぜい怒鳴りつけてもらわないとな。今のままで正体が明るみに出たら、ぼくはどうなると思う?」

マイルズも腰をおろし、首をかしげて考えこんだ。金色の前髪が目の上に垂れている。

「そうだな、若い娘たちが熱狂するのは間違いない……」

「おまえにだって矛先が向かうかもしれないぞ。さぞ愛人から嫉妬されるだろうな」リチャードは淡々と言った。

マイルズはびくりとした。現在の愛人はオペラ歌手なのだが、よく通る声もさることながら、激怒するとすぐに手をあげることでも知られている。いつぞやもバレエの踊り子と戯れていたら後頭部を殴られ、危うく脳震盪《のうしんとう》を起こすところだった。二度とあんな思いはしたくないとマイルズは思っていた。「わかった、わかったよ……ああ、しまった! 舞台の前に、一緒に食事する約束をしていたんだ。ぼくが遅刻しようものなら、彼女は家にある皿の半数は割ってしまうぞ」

「大半はおまえの頭の上を飛ぶわけだな」リチャードは親切にもそうつけ加えた。「怪我《けが》をされては困るから、さっさと次の任務を教えてくれ」

「至極ごもっともだ」マイルズは力強く答え、陸軍省の代理にふさわしい威厳を取り戻そうと努めた。「いいか、次の任務について述べる。ナポレオンはこの平和な時期を利用して、必ずやイギリス上陸作戦を練ると考えられる」

リチャードは険しい顔でうなずいた。「だろうな」

「それについて、できるだけ探ってほしい。時期、場所、軍の規模など、わかりしだい伝えてくれ。パリからカレーまで、情報の運び屋を用意してある。以上!」マイルズは熱いまなざしに力をこめた。まるでキツネを見つけた猟犬だ。「これが今回の任務だ。ナポレオンのイギリス上陸を防げるかどうかはおまえの肩にかかっている」

リチャードはいつものごとく胸が高鳴った。パーシーはよくこれをあきらめられたものだ。わが身に与えられた任務の重大さを考えると、血わき肉躍る。イギリスの運命がおのれの肩にかかっているのかと思うと頭がくらくらした。もちろん、自分が祖国にとって唯一の希望だなどと勘違いしているわけではない。イギリス陸軍省には優秀な諜報員が大勢おり、パリで同じ任務についているはずだ。だが謙遜せずに言わせてもらうなら、自分に勝る人材はいないと自負している。

「暗号はいつものやつだな?」イートン校の一年生のとき、弱い者いじめをする学生監を出し抜くために、ふたりは暗号を編みだした。

マイルズがうなずく。「こちらにいるのは半月ほどか?」

リチャードは額をこすった。「そうだ。ちょっと個人的な用事をすませなければならないし、母との約束もあるからな。妹をあちこちエスコートして、財産目当ての男たちににらみをきかせることになっているんだ。どのみちナポレオンは来週、妻の暮らすマルメゾン城に行っているはずだ。あとのことはジェフに頼んできた」

「ジェフか。あいつはいいやつだ」

マイルズは立ちあがって伸びをした。

「こっちにいたら、また昔みたいに三人でひと晩じゅう盛りあがれるのに。まあ、ナポレオンの息の根を止めるまで、その楽しみはお預けだ。シェイクスピアの『ヘンリー五世』じゃないが、〝神よ、われらがイギリスとハリーと聖ジョージに神のご加護を〟というところだな」そう言うと、慌ててクラヴァットと髪を整えはじめた。「まずい。家に立ち寄って近侍に直してもらう時間はなさそうだ。じゃあな。ヘンリエッタにはぼくのキスを贈るよ」

リチャードは鋭い目でマイルズをにらんだ。

「頬にだよ! ぼくが彼女に手を出すわけがないだろう? べつに魅力がないわけじゃなくて、ほら、おまえの妹だから」

リチャードは友人の肩を叩いた。

「よくぞ言った。ぜひ、その心がけを貫いてくれ」

マイルズが、ぼくの姉たちはこいつより年上でよかったといったことをぶつぶつとつぶやいた。「おまえはヘンリエッタのことになると、恐ろしくとっつきにくい男になるな」

リチャードは片方の眉をつりあげた。一二歳のとき、鏡を見ながら何カ月も練習して身につけた技だ。だが、努力したかいはあった。

「少なくともぼくは、五歳のときペティコートをはかせられたりはしなかった」

マイルズがぽかんと口を開け、憤然として尋ねた。「誰から聞いた?」

リチャードはにやりとした。「情報提供者がいるんだよ」

決して一流の諜報員とは言えないマイルズは、しばらく考えた末に納得した顔になって目を細めた。「その情報提供者に言っておいてくれ。明日の夜、オールズワージー家の舞踏会でレモネードを取ってきてほしかったら、秘密をもらしたことを謝ったほうがいいとね。真摯な謝罪であれば、口頭でも手紙でもいい。ただし、ここで言う〝真摯な謝罪〟とはつまり〝懇願しろ〟ということだからな」とげとげしい口調で言うと、サイドテーブルに置いてあった帽子と手袋をつかんだ。「笑うな。ちっともおかしくない」

リチャードは考えこむように顎をさすった。

「ところでマイルズ、はかされたのはレースのペティコートか?」

マイルズはいらだたしげにうめき声をもらしたあと、挨拶もせずに大股で図書室を出ていった。

リチャードは友人が置いていった新聞を取りあげ、座り心地のいい革製の椅子に腰を落ち着けた。

あと半月だ。正体がばれれば処刑される危険を覚悟のうえで、二週間後にはフランスに戻る。

リチャードはその日が待ちきれなかった。

3

「いったいどうやって〈紫りんどう〉を見つけだすつもりなの？」ジェインはエイミーのあとを追って、白と青の二色使いの壁紙でととのえられた自室に入った。子供部屋を出て以来、ふたりでずっと一緒に使ってきた部屋だ。「フランスの警察が何年も追いかけていながら、いまだ正体さえわかっていないのよ」

寝室は嵐の直撃を受けた仕立屋の様相を呈しはじめていた。暖炉の置き時計にガーターが引っかかり、エイミーのベッドはふわふわした雪のようなペティコートの山で覆われ、エイミーが放り投げたボンネットがジェインのベッドの天蓋にのっている。ジェインは背伸びをして、天蓋の端から垂れさがっているピンク色のリボンを引っ張った。

今すぐに荷造りをすれば明日にはここを発てるとエイミーは考えているみたいだ。せっかちなところがいかにも彼女らしい、とジェインは思った。もしエイミーが天地創造にかかわっていたら、きっと神様をさんざんせっついて、七日間などという悠長なことは言わず、ほんの二日間で世界を創らせただろう。

靴下が何足かジェインのほうへ飛んできた。「覚えている？〈紫りんどう〉がよく立ち寄っていたという宿屋が新聞に載っていたでしょう。ほら、ドーヴァーの港町にある宿屋よ」

「〈フィッシャーマンズ・レスト〉ね」

「今でも利用しているかもしれないと『シュロップシャー・インテリゲンサー』紙に書いてあったわ。だから〈フィッシャーマンズ・レスト〉に寄って耳をそばだてていれば、なにか情報がつかめるかもしれない」

「その新聞には……」ジェインは指摘した。「ノッティンガムで頭がふたつあるヤギが生まれたという記事も載っていたわよ。それに先月は、また国王の頭がどうにかしてしまって、シャーロット王妃を摂政に指名したとあったわ」

「ああ、わかったわよ。たしかに『シュロップシャー・インテリゲンサー』紙はもっとも信頼できる新聞ってわけではないけど――」

「〝もっとも信頼できる〟だなんて、とんでもないわ」

「今日の見出しは見た？『シュロップシャー・インテリゲンサー』紙じゃなくて、もっとまともな新聞よ」何度もページをめくったのかしわくちゃになった新聞を取りあげ、エイミーは意気揚々と読みあげた。「〝イギリス国民の愛する花が、大胆な手口でフランスの機密書類を入手〟」

ドアが少し開き、その物音でエイミーは口をつぐんだ。それ以上、ドアの隙間が広がることはなかった。エイミーがベッドの下から引っ張りだしたトランクが邪魔していたからだ。

「失礼します、ミス・ジェイン、ミス・エイミー」二階を担当するメイドのメアリーが顔を突きだし、膝を曲げてお辞儀をした。「奥様から言いつかってきました。もうすぐディナーですが、お召し替えの手伝いは必要ありませんか？」

エイミーは大げさにおののきの表情を作ってみせた。常軌を逸したマクベス夫人を演じる女優のシドンズ（悲劇女優として知られるサラ・シドンズのこと。マクベス夫人は彼女の当たり役だった）さながらだ。「いけない！　今日は木曜日じゃないの」

「はい、お嬢様。明日は金曜日です」メアリーが意味なくつけ加える。

「ああもう、いやだ」

嘆くばかりで返事をすることにまで気がまわりそうにないエイミーに代わって、ジェインが優雅なほほえみを浮かべて答えた。

「手伝いはいらないわ。エイミーと一緒にすぐ階下《した》に行くとお母様に伝えて」

「かしこまりました、お嬢様」メイドはもう一度お辞儀をし、そっとドアを閉めた。

「まったく、いやになっちゃう」エイミーはぼやいた。

「桃色のモスリンのドレスはどう？」ジェインが促す。

「わたしは頭痛がすると言っておいて。いいえ、はやり病《やまい》がいいわ！　なにかそれらしい伝染病はない？」

「ついさっき、あなたが元気よく外を走っていた姿を、たぶん五人には見られていたと思うわよ」

「急に具合が悪くなったというのはだめかしら？」ジェインが首を振り、桃色のドレスを手渡した。エイミーはボタンをはずしてもらうためにおとなしく背中を向けた。「今日はデリクの相手をしている場合じゃないの。今夜だけは絶対にごめんだわ。いろいろ計画を立てなければならないんだから」ジェインがゆったりしたドレスを脱がせたため、エイミーの声がくぐもった。「ああ、どうして今日は木曜日なの?」

ジェインが同情するようにエイミーの背中をぽんぽんと叩き、桃色のドレスのボタンを留めた。

いつものごとく、今夜は一二人でのディナーだ。毎週木曜の夜になると、判で押したように色あせた紋章のついた時代遅れの馬車がウーリストン・マナーの私道に入り、判で押したように同じ顔ぶれが馬車から降りてくる。隣人のヘンリー・メドウズとレディ・メドウズ、ヘンリーの結婚適齢期を逃した妹、そして息子のデリクだ。

エイミーは化粧台の低い椅子に勢いよく腰をおろし、カールした短い髪をパチパチと音がするほど力をこめてブラシでといた。「今夜はとてもデリクの相手なんかできそうにないわ。彼と一緒にいて我慢できる人なんてそうそういないわよ!」

「〈紫りんどう〉を追いかけることを考えたら、デリクから逃げる方法なんていくらでもあるでしょうに」ジェインがエイミーの向こう側に腕を伸ばし、化粧台にのっている青いリボンの上にあったロケットを手に取った。

「そのふたりを一緒に並べないで」エイミーは顔をしかめて抗議した。そして両手の指を組んで顎をのせ、鏡に映るジェインに向かってにっこりした。「認めなさい。あなたもわたしに負けず劣らず、〈紫りんどう〉に会いたくてうずうずしているんでしょう？　そうじゃないとは言わせないわよ」

「誰かがついていって、あなたがむちゃをするのを止めなければならないもの」そう言いつつも、ジェインの目は輝いていた。

エイミーははじかれたように椅子から立ちあがり、いとこをひしと抱きしめた。

「ついにこのときが来たのよ！　ああ、何年待ったことか！」

「いろいろと計画を立ててきたものね」ジェインもいとこを固く抱きしめ返した。「だけど、歯に煤を塗ったり、お父様の古いかつらをかぶったりする方法は通じないと思わないと」

「たしかにそうね。でも、もっといい手を思いついてみせるから――」

ふいにジェインが一歩さがった。「お父様が反対したらどうするの？」

「あら、バートランドおじ様がそんなひどいことをするわけがないわ」


「冗談じゃない！」バートランドは答えた。

エイミーは顔をこわばらせた。「でも――」

おじはフォークを振りたててエイミーの言葉を制した。その拍子に、フォークから垂れた肉汁が宙を飛んだ。「かわいい姪っ子を血に飢えたフランス人どものなかに送りこむようなまねはできん。あいつらはみんな人間のくずだ。そうでしょう、司祭？」バートランドが司祭の黒いフロックコートを肘でつついたため、司祭は押されて従僕にぶつかり、従僕はガラスの容器に入ったフランス産の赤ワインをフランス産の絨毯に半分もこぼしてしまった。

エイミーは模様の刻まれたフォークを皿に置いた。

「お言葉だけど、バートランドおじ様、わたしにもフランス人の血が流れているのよ」

バートランドはお世辞にも言葉に気を遣うほうだとは言いがたかった。「気にすることはない。おまえの父親はフランス人にしては気のいい男だった。誰もおまえを悪く思ってなんかないよ、なあ、デリク？」

テーブル越しに、デリクがいかにもきざな笑みを向けた。エイミーはデリクの青みがかった薄緑のフロックコートを見てぞっとした。まるで気取ったカエルだ。

「どこかに出かけたいのなら、どうぞうちへおいでなさいな」バートランドの右隣に座っているミセス・メドウズが甲高い声で言った。勢い余って二重顎が揺れている。「あなたのためだったら、息子はいつでも喜んで薔薇園をご案内すると思うわ。ああ、もちろん、ちゃんと付き添い《シャペロン》の女性もつけてね」

ミセス・メドウズはシャペロン役を務める相手に手をひらひらと振ってみせた。夫の独身の妹、ミス・グウェンだ。こういうとき、ミス・グウェンはいつも決まった反応を見せる。いらだちをあからさまに顔に出すのだ。この母親や息子と一緒に暮らさざるをえなくなったら、わたしだって不機嫌になるわとエイミーは同情した。

「ミス・エイミー、ぼくの気持ちは赤い薔薇のように——」デリクが流し目をくれた。

父親が野太い声でさえぎった。「薔薇園なんか散歩しなくていい。馬に乗れ、馬に」ヘンリー・メドウズはテーブルの反対側、おばのプルーデンスの隣に座っている。「領地を見てまわるんだ。一石二鳥でちょうどいい。明日にでもミス・エイミーを招待したらどうだ？　ちょうど森のそばの柵を見てきてほしいと思ってたところだし」

「あら、ミス・エイミーは薔薇園のほうがいいんじゃないかしら？」ミセス・メドウズが意味ありげな視線をちらりと夫へ向けた。「ほら、若い人は……ロマンティックなのが好きでしょう？」

エイミーは左を向き、ジェインと顔を見あわせてしかめっ面をした。

末席にいるプルーデンスに目で助けを求めたが、テーブルの端からはなんの反応も返ってこなかった。プルーデンスが人生で情熱を傾けているのは、糸を何千メートル使ったのかと思うような刺繍を施した布地で、ウーリストン・マナーにあるすべてのものを覆い尽くすことだけだった。それ以外の出来事にはまったく興味を示さない。

作戦その一がうまくいかなかったため、エイミーは作戦その二に転じ、肩を怒らせてバートランドを見据えた。「わたしはフランスに行くわ。許可をもらえないのなら、それもしかたがないわね」反撃に備えて身構えた。

「なかなか威勢がいいじゃないか！」ヘンリー・メドウズが褒めた。「フランスの血統がまじると気性はおとなしくなるものかと思ってたよ」市場でヒツジを値踏みするような目でエイミーを見ている。

「母方の血のほうが濃く出るものだ。うちの子たちを見ればわかるだろう？　なかなかいいヘレフォード種だぞ」バートランドが言っているのが姪なのか、ヒツジなのか、娘たちなのか、あるいはその全部なのかはよくわからなかった。

「うちだって、ヘレフォードでヒツジを買ったことがある」

「それがどうした！　ティクルペニーから手に入れたヒツジに比べればたいしたことはない。アナベルという名でな。これがまたかわいい目をしてたんだよ」蠟燭《ろうそく》の明かりのなかで、バートランドは熱弁をふるった。

ふたりはさながら品評会のごとく、これまでに出会ったヒツジたちや、とりわけお気に入りだったヒツジたちのことを、次から次へと懐かしそうにしゃべりはじめた。まったくくだらない。こうなったら作戦その三を実行するまでだ、とエイミーは決意した。真夜中に家を出て、ドーヴァー行きの郵便馬車に飛び乗るのだ。頭のなかで荷造りを始めたとき、ジェインが穏やかな声で父親たちがヒツジを数えあげるのをさえぎった。

「タペストリーのことが残念だわ」ぽつんと言った。低い声だったが、男性の怒鳴り声にも等しい衝撃をもたらした。

エイミーはジェインを振り向いたが、とたんに足首を蹴られた。〝あなたもなにか言いなさいよ！〟という意味だろうか？　それとも〝余計なことは言わずにじっと座っていて〟という意味？　どちらか確かめるために蹴り返してみた。すると、今度は思いきり足を踏まれた。きっと〝余計なことは言わずに、じっと座っていて〟か〝蹴らないでよ〟ということなのだろう、とエイミーは解釈した。

ぼんやりと自分の世界に浸っていたプルーデンスが、誰かに指でも鳴らされたかのようにわれに返った。「タペストリーですって？」熱をこめて言う。

「ええ、お母様」ジェインが控えめな口調で答えた。「エイミーについてフランスへ行けば、テュイルリー宮殿にあるタペストリーを目にする機会に恵まれるかと思ったの」

このさりげないひと言に、一座は水を打ったように静まり返った。フォークが宙をさまよい、なかば開いた口元でワイングラスが傾いたまま止まった。おちびのネッドはアグネスの首筋からドレスのなかにこっそり豆を落としたところで固まり、ミス・グウェンでさえ先ほどのいらだちはどこに行ったのか、興味をそそられた表情でじろりとジェインを見た。

「まさか、ゴブラン織りの〈ダフネとアポロン〉シリーズのことじゃないでしょうね！」プルーデンスがひときわ高い声で言った。

「ええ、そのまさかよ、プルーデンスおば様」エイミーは口を挟んだ。すぐにでも左側を向いて両腕を広げ、いとこを抱きしめたい気分だった。プルーデンスは、なぜ戦争が始まる前にフランスへ旅行してテュイルリー宮殿にあるタペストリーの模様を写し取っておかなかったのかと、ずっと悔やんでいたのだ。「わたしたち、プルーデンスおば様のためにタペストリーの絵柄を写生したいと思っていたの。ねえ、ジェイン？」

「ええ」ジェインが優雅にうなずく。「でも、まだフランスへ行くのは危ないとお父様が言うのなら、やっぱりやめておくほうが賢明なのかもしれないわ」

テーブルの端を見ると、プルーデンスが動揺しているのがはた目にもわかった。夫の判断に寄せる信頼と、刺繍のために絵柄が欲しいという情熱のはざまで心が揺れ、体までもぞもぞと動いている。はやる気持ちが表れているのか、ターバン風の小さな帽子についている羽根飾りが小刻みに震えていた。「それほど危険でもないでしょう、あなた？」プルーデンスはテーブルに身を乗りだし、長年、刺繍ばかりしてきたせいですっかり視力の落ちた目で夫を見た。「それに、エドゥアールが責任を持ってこの子たちの身の安全をはかってくれるなら——」

「もちろんよ！　ちゃんとわたしたちを守ってくれるに決まっているわ。お兄様から来た手紙を読んでもらえれば……痛っ」またジェインに足を蹴られた。

「外国人というのは今ひとつ当てにならんからな」バートランドが不機嫌そうにワイングラスを揺らした。「だいたい、エイミーの母親はなんだってフランス人なんかと——」

「気持ちはわかるけれど、それはもうすんだ話だわ。それに、なんといってもエドゥアールはわたしたちの身内なのよ」

エイミーは膝の上で手を固く握りあわせた。ここで黙っているのは相当の努力を要した。怒りの言葉をのみこんでいるせいで、胸が大きく上下している。ジェインが我慢しなさいというように小さく首を振るのが見えた。デリクがさりげなく胸元をのぞきこんでいるのにも気づいた。むっとしてにらみつけたが、相手はどこ吹く風だった。だいたい目がこちらの顔を見ていないのだ。

「……ほんの二、三週間ならいいんじゃないかしら」プルーデンスの言葉が耳に入った。どうやら、うっかりおじとおばの会話を聞き逃していたらしい。「そんなに遠いわけじゃないんだし、なにかあったら連れ戻せばいいでしょう？」

かすかな希望がわいてきた。どうやら形勢が逆転しはじめているらしく、バートランドはほうけた顔でテーブルの向こう側にいるプルーデンスを見ている。これでもっと若ければ、いとしい恋人を見つめる男性そのものだ。一方、妻のほうはといえば、こちらももし若い娘なら媚《こび》を売っているようにしか見えない。かわいらしく首をかしげ、愛情のこもった目でほほえみかけている。まだ一二歳のいとこのネッドまでもがこの状況にぎょっとした顔をしていた。

デリクがあせった表情でふたりを交互に眺め、いきなり立ちあがった。

「行かせてはだめですよ！」調子はずれな声で言い、思いだしたようにつけ加える。「すみません」バートランドが妻から視線を離した。

ミセス・メドウズが唇を引き結び、プルーデンスに向かって言った。

「たとえふたりをフランスにやるとしても、何カ月も先の話になるわね。ちゃんとしたシャペロンを雇うとなると、見つけるのに時間がかかるもの。昨今じゃ、なかなかいい人がいないから」

「きっとお兄様が誰か用意してくれているに決まっているわ」エイミーは慌てて口を挟んだ。「すぐに出発すれば――」

「でも、誰が旅のお供をするのかしら？」ミセス・メドウズが立ちあがり、とがめるような目でテーブル越しにエイミーを見おろした。「ふたりきりで旅行するなんてもってのほかよ。か弱い女性だけで旅などしたら、悪い男どもや追いはぎに狙われるに決まっているわ」

「バートランドおじ様、誰か男性の使用人をつけてくれるわよね？」エイミーは懇願した。

「そうしたら、追いはぎに襲われる心配もないわ」

デリクが椅子に座りこみ、分厚い唇をとがらせた。

ミセス・メドウズは追いうちをかけるように責めた。

「世間からどう思われるか、よく考えてごらんなさい！」

「新聞に求人広告を出すしかなさそうね」プルーデンスがため息をつく。

「当たり前よ」ミセス・メドウズは押しつけがましく言った。「ほかの選択肢なんて考えられないわ」

エイミーは心ひそかに、夜の一一時までに家を抜けだせば深夜の郵便馬車に乗れるだろうかと考えた。

「わたしが同行するわ」

ネッドだけは残りの豆をアグネスのドレスに入れるのに忙しかったが、ほかの一〇人はいっせいに驚いた顔でミス・グウェンを見た。一〇人がいっぺんに声を発した。

「いつ発つの？　わたしなら明日の朝までに荷造りができるわ！」エイミーはほかの人たちに負けじと大声で尋ねた。

騒然とした空気のなかで誰も気がつかなかったが、アグネスが首筋に手をやって金切り声をあげ、ネッドの襟をつかんで顔が紫色になるまで揺さぶった。ネッドは緑色の小粒をまき散らしながら、ほうほうのていで食堂を逃げだした。

ミス・グウェンは落ち着き払って肉を切りながら、わめいている人々をひとりずつにらんで黙らせた。

「安心して、プルーデンス。わたしがちゃんとジェインとエイミーを見張っておくわ。それから、ミス・エイミー、あなたは朝までに用意ができても、わたしは無理ですからね」

ミス・グウェンは狙撃手並みの正確さで豆をひと粒フォークで突き刺した。

「出発は二週間後よ」

4

ドアが壁にぶつかる音がして、リチャードは反射的に振り返った。よからぬ展開を予想し、緊張が高まる。くそっ、この船に乗るのは自分だけのはずなのに。ドーヴァー海峡を越えてフランスのカレーに向かうこの小型定期船の船長に、リチャードはクラウン銀貨を一〇枚握らせ、カレーに到着したらもう五枚渡すと約束した。脂ぎった顔の船長はほかに客は乗せないと言ったのだ。いつもなら一週間ほど客待ちをするところだが、今日は風向きがよくなりしだい船を出すと。

そうなると、誰が乗りこんできたんだ？　これまでの経験からすると、あんなふうに乱暴にドアを開ける音がしたあとは、椅子が飛び、燭台《しょくだい》が倒れ、三カ国語で罵声が響き、ことによると運の悪い男が銃で撃たれ、火薬の臭いが漂う事態になる。船室は天井が低く、まともに戦うのは難しい。もし船が揺れれば……。リチャードはその先を想像して顔をしかめた。これはかなり巧みな剣さばきを要求されるだろう。そう思いながら、暗い気持ちでドアをにらんだ。

だがドアを開けて入ってきた相手を見て、思わず椅子ごと後ろにのけぞりそうになった。

大柄な荒くれ者が飛びこんでくるかと思いきや、興奮気味の若い女性がこちらに背を向けてドア口で足を止めたからだ。「どうしてだめなの？」誰かになにかを懇願しているらしい。

リチャードは咳払いをした。背中に細い切れこみの入った黄色いドレスを着た後ろ姿はなかなか色っぽい。だが、冗談じゃない。この船は貸し切りだ。たとえ魅力的な背中の若い女性だろうが、船室に入ってくる理由はなにもないはずだ。

女性は振り向かなかった。

「お願い、ミス・グウェン。船長だって、風向きが変わるまでにはまだ何時間もかかるだろうと言っていたもの。〈フィッシャーマンズ・レスト〉でレモネードを一杯飲むぐらいはかまわないでしょう？　その程度なら、べつに悪いことじゃないわ」

もう一度、リチャードは咳払いをした。しかも、今度はよく聞こえるようにはっきりと。黄色いドレスの女性は横目でちらりと彼を見た。小さくてかわいらしい鼻、意志の強そうな顎、それに大きな青い目をしている。一瞬リチャードに視線を向けたが、すぐにまた無視した。焦げ茶色のカールした髪を揺らして部屋の外へ向き直り、姿の見えないシャペロンとおぼしき女性の説得に戻った。

「ジェインも賛成してくれているわ。そうでしょう、ジェイン？」若い女性は続けた。「レモネードを一杯だけ。お願いよ、ミス・グウェン！」

どれだけ喉が渇いているというのだ、とリチャードは思った。たかがレモネード一杯にそこまでこだわる理由がわからない。もちろん、絶えずレモネードを摂取しないと具合が悪くなる不幸な病気でも患っているなら話は別だ。しかし、熱心に訴えている様子といい、リングに入る前のプロの拳闘士のように足を踏み鳴らしているさまといい、とても病気で体が弱っているふうには見えない。

リチャードはこの一方的な会話をしばらく眺めていた。だが、この若い女性の理屈のつけ方がどれほどおもしろかろうが、語気を強めるたびに揺れるスカートの裾がどんなに目に楽しかろうが、そろそろやめさせるべきだと判断した。読まなければならない書類があるし、ぐずぐずしていると、この騒がしい邪魔者を乗せたまま船が出航してしまうかもしれない。

「申し訳ないが」リチャードは声を張りあげた。ロンドンにまでも届きそうなほどの大声で言う。

ようやく注意を引くことができ、女性が振り向いた。真正面から見ると、先ほど横顔から受けた印象にたがわぬ顔立ちをしていた。古典的な美人ではない。大理石の彫像のような厳かさはないのだが、天才版画家が描いたエッチング作品みたいな、小ぶりだが存在感のある容貌だ。キューピッドが引く弓のような輪郭の唇は、笑ったり、嘆いたり、しゃべったりと、とにかくよく動く。いや、エッチングにするのはもったいない。エッチングには色みがないが、彼女は色彩豊かだ。髪は焦げ茶色だが、赤みを帯びた金色の光沢がある。マホガニー製のついたてを通して、その向こう側で燃え盛る炎を見ているようだ。眉は色が濃く、頬は色白で、目は驚くほど青い。

女性は戸惑っている様子だった。まるでたった今、船室に男がいることに気づき、どうしたものか迷っているといった顔だ。どうするべきか理解させるため、リチャードは冷ややかに片方の眉をつりあげてみせた。これを見れば、カードゲームでエースをそろえた詐欺師も怖《お》じ気《け》づいて勝負をあきらめ、筋金入りの工作員もうろたえて口を割ると世間から恐れられている仕草だ。女性は眉根を寄せ、一瞬、困惑の表情を見せたあと、にっこりしてリチャードのほうへ近寄ってきた。

「あなたは旅慣れているみたいね。ねえ、船が出るまでに、まだレモネードを一杯飲みに行くくらいの時間はあると思うでしょう？」

ぜひ、そうしてくれ。船のことなど忘れて、いつまでもゆっくりレモネードを楽しんでいるといい。そう言いかけたとき、別の人影が見えた。これが彼女のシャペロンか。〈オールマックス〉で死にそうに退屈な夜を何度も過ごしたおかげで、シャペロンにはふたとおりあるという結論に達した。妹をエスコートして数えきれないほどの舞踏会に出席し、膨大な時間を観察に費やしたかいがあり、シャペロンについては自説を持つようになったのだ。

どちらも婚期を逃した独身女性だ。もちろん、若い未亡人が妹の社交界デビューにつき添う場合もあるが、それは数に入れるまでもない。彼女たちは監視するより監視されるべき行動に走ることが多く、シャペロンといっても名ばかりだからだ。だが、まともなシャペロンにしても共通して言えるのは独身という点だけで、そこから先は大きくふたつに分かれる。ひとつ目は時代遅れの格好をした、脳みそが小さそうな女性だ。何歳だかわからないほどの年になっても、一七歳の娘が着るようなひだ飾りのついたドレスを身にまとっている。白いものが増えた薄い髪をちりちりにカールさせ、不器用なアオカケスが作った巣のような髪型をしている。話しかけられるとはにかみながら小声で答え、暇なときはお涙ちょうだいの小説を読み、一日に少なくとも二度はつき添っている相手の姿を見失う。恋をしている男や、女性といちゃつきたい男にとっては願ったりかなったりだ。お目当ての女性を連れだすのがどれほどたやすいかわからない。

ふたつ目はにらみをきかせたドラゴンみたいな女性だ。ドリス様式（ギリシア古典三様式のひとつ。パルテノン神殿がその代表）の太い柱で補強されているのではないかと思うくらい、背筋がまっすぐに伸びている。この手の女性はひだ飾りのついたドレスやカールした髪を見ると鼻で笑う。小言を言う機会を見つければ躊躇《ちゅうちょ》しないし、読むものといえば一七世紀の清教徒が書いた無味乾燥このうえない説教集だし、自分が監督している娘は鎖でつないでいる。

船室に入ってきた女性が威圧的な雰囲気を醸しだしているのを見た瞬間、リチャードは卓越した推理力を働かせ、即座にこれは後者だと判断した。白髪まじりの髪をひっつめにして、唇を引き結んでいる。ひとつだけそぐわないのは、それがなければさぞ簡素であろうと思われる灰色のボンネットに、どぎつい紫の花飾りがついていることだ。好意的に考えれば、おそらく帽子屋が注文を聞き違えて作り、女性には直しに出す時間がなかったのだろう。

とにかく、このたぐいの相手には賢く対応する必要がある。後者の女性のいい点は、ほぼ例外なく極端なまでの分別があることだ。リチャードは女性の足元にちらりと視線を向けた。灰色のドレスの裾から厚底の丈夫そうな黒いブーツが見えた。間違いなく分別の塊だ。

言葉を発しようと口を開きかけたとき、パラソルの先端が胸に突きつけられた。

「あなたは何者ですか？　どうしてわたしたちが貸し切りにした船に乗っているのです？」

「なんですって？」不覚にも声が少しかすれてしまったが、それでも不意を突かれて肺に空気を取り入れ損ねたにしては、すごみのきいた声を出せた。「貸し切りとはおかしなことを」

「ミス・グウェンがこちらの紳士と話をつけているあいだに、わたしとジェインは〈フィッシャーマンズ・レスト〉に行ってきても――」黄色いドレスの女性がうれしそうに言いかけたが、厳しい口調にぴしゃりとさえぎられた。

「どこにも行ってはなりません」ドラゴンはビーズ玉のような目をリチャードに向けたまま、黄色いドレスの女性の腕をつかんだ。「そうです、わたしたちの貸し切りです。船長だと名乗る脂っぽい顔の男性が、客はわたしたちだけだとはっきり言いました。あなたが乗員なら……その服装や言葉遣いから察するにおそらく違うのでしょうが、さっさと仕事にお戻りなさい。そうではないのなら、すみやかに出ていきなさい」

パラソルの先端にものを言わせ、なにがなんでもリチャードを船室から追いだす気でいるらしい。ひとまずその切っ先が届く範囲から逃げたほうがよさそうだ、とリチャードは判断した。これほど鋭い鋼の先端がついたパラソルなど、見たことも聞いたこともない。本来、パラソルは女性用の華奢な小物であり、凶器となるものではない。

椅子から立ちあがり、とがった先端から横歩きで逃れ、優雅にお辞儀をしてみせた。「どうかお許しを、マダム。自己紹介するのを忘れておりました。リチャード・セルウィック卿と申します」

シャペロンの女性はまだリチャードを突き刺したそうな顔をしていたが、礼儀はわきまえているのか、しぶしぶ挨拶に応じることにしたようだ。申し訳程度に膝を曲げ、ほんの少しばかり会釈をした。

「ミス・グウェン・メドウズと申します。わたしがお預かりしているふたりを紹介させてくださいい。こちらはミス・ジェイン・ウーリストン」どうやらもうひとりいたらしい。ミス・メドウズの背後から女性が現れ、膝を折り曲げてお辞儀をした。「そして、こちらはミス・エイミー・バルコートです」

青いドレスを着たおとなしそうな女性がエイミーと紹介されたほうの腕を取り、前へ進ませようとした。エイミーはその手をそっと握って首を振り、立っているところから動こうとしなかった。リチャードはこの成り行きに思わず見とれ、シャペロンの言葉が耳に入らなかった。再度パラソルの先をベストに突きつけられ、はっとわれに返った。

「聞いているのですか?」

子供のころダヴデイル公爵未亡人と何度も行きあった経験から、この年齢のいらだった女性を相手にするときは虚をつくほど謙虚になるのが得策だと学んでいた。

「いえ、マダム、ぼんやりしておりました」

「まあ。礼儀作法にかなった挨拶は終わったのですから、船室を出ていってもらえると至極光栄だと申しあげたのです」

「ところが、そういうわけにはいかないのです」リチャードは勝ち誇った笑みを浮かべ、さりげなくパラソルの先から身をかわした。「ぼくもこの船を貸し切りにすべく、船長に金を払っていましてね」

ミス・グウェンの顔が異様なほど赤黒くなった。どぎつい紫の花が怒りで震えはじめたのを、リチャードは勝利に酔いしれながら見つめた。もし彼女が男なら、間違いなく汚い言葉でぼくをののしっていただろう。だがそれがかなわないため、じれったそうにパラソルを動かしている。船長かこのぼくか、あるいは両方をひと思いに突き刺してやろうと考えているのだろう。

物静かなジェインがミス・グウェンに近寄り、なだめるようにそっと腕に手を置いた。

「なにか行き違いがあったんだわ。きっといい解決策が見つかるわよ」

ミス・グウェンはフン族のアッティラ王のごとき形相をしていた。

「こちらの男性が船を降りることが唯一の納得できる解決策よ」

リチャードはいらだちを覚えた。ミス・グウェンがエイミーと衝突している様子は見ていて楽しめなくもなかったが、いいかげんにしてほしかった。こっちは仕事があるのだ。しかも陸軍省の大事な仕事が。だいたい、先に船に乗ったのはぼくのほうじゃないか。

結論は出ているも同然だと考えたリチャードは、その事実を突きつけることにした。

「あとからいらしたのはそちらでしょう」

一〇六六年、先にイングランド王となったハロルド二世は、あとからやってきたのちの征服王に国を奪われるのだが、ここでも形勢は必ずしも先客に有利ではなかった。ミス・グウエンは征服王のごとき横柄な態度でリチャードを見据えた。「たしかに先に船に乗ったのはあなたかもしれませんが、わたしたちはレディです」そう言うと、レディらしからぬ怖い顔をした。「それに、こちらのほうが数で勝ってもいます。紳士たるもの、ここは譲るのが当然でしょう」

「〈フィッシャーマンズ・レスト〉でレモネードでも飲みながら、話しあいをするというのはどうかしら？」エイミーは期待をこめて提案した。

しかし、完全に無視された。

エイミーは一歩さがって腕組みをした。レディにあるまじき仕草だが、どうせミス・グウエンは彼女など見てはいない。決闘を見物するつもりで、ふたりの応酬を眺めることにした。言葉にはとげがあるが敬語は崩さず、切っ先を保護した剣で闘うフェンシングのように洗練された感がある。

リチャード卿が一歩前に進みでたため、ミス・グウエンは相手を見あげるしかなくなった。ミス・グウエンは女性にしてはかなり上背のあるほうだが、リチャード卿はそれよりさらに一五センチほど高く、ボンネットについた紫の花飾りを見おろしている。薄暗い船室にあっても、彼の金髪は輝きを放っていた。シュロップシャーの男性たちは髪を後ろでまとめてリボンで結んでいるが、リチャード卿はフランス風に短く切っている。さりげない自信が感じられ、デリクのいちいち鼻につく自慢げな態度に比べると、はるかに信頼できる感じがした。

磨きあげられたブーツといい、銀糸で細かな刺繍が施されたベストといい、すべてに上品さがにじみでている。デリクやその家族のけばけばしい服装とは大違いだ。ほかに客は乗ってこないと思っていたらしく、黒いフロックコートは脱いで椅子にかけられ、ベストのボタンははずされ、クラヴァットも緩められている。シャツの襟元が開いているため、男らしい喉がのぞいて見えた。昔、古代ローマの橋を侵入者から守った勇士ホラティウスの絵を見たことがあるが、それに似ているとエイミーは思った。

頬が熱くなった。どぎまぎするほどに。ふと、その喉が動いていないことに気づいた。船室が静まり返っている。顔をあげると、リチャード卿が彼女を見ていた。

エイミーは気まずくなり、慌てて口を開いた。「こんなことでもめるなんて時間の無駄だわ。お互い、次の船を待たなければならない理由なんてどこにもないもの。ここは充分な広さがあるし」腕を広げて船室のなかを示してみせた。

「なりません」ミス・グウェンがぴしゃりと言った。

エイミーは無意識のうちにかぶりを振って抵抗した。「どうして?」

「それは……」エイミーの勢いに気おされ、ミス・グウェンが言いよどんだ。「男性と同じ部屋で一夜を過ごすなんてもってのほかだからよ」

「あら」エイミーはミス・グウェンの薄い胸にピンで留められた時計をちらりと見た。まだ午後の四時を少しまわったところだ。兄の馬車はどのみち明朝まで迎えに来ないため、今夜はカレーで宿を取る予定になっている。たいして距離のないドーヴァー海峡を渡るのにそれほど時間がかかるとは思えなかった。日付が変わる前にフランスへ着けば、リチャード卿と同じ船室にいてもなんの問題もないはずだ。いや、もっといい屁理屈《へりくつ》を思いついた。誰も眠りにつかなければ、〝一夜を過ごした〟ことにはならない。「カレーまで行くにはどれくらいかかるの？」彼女はリチャード卿に尋ねた。

「天気によるが、二時間から三日というところだ」

「三日も？」

「天候が最悪の場合は」

「でも、ほら見て。今日はこんなにいいお天気ですもの。ほんの二時間ばかり同じ部屋で過ごすことに、いったいなんの問題があるというの？」

色よい返事が聞けることを期待しながら、エイミーは一同を見まわした。ふいにジェインが窓辺へ寄り、静かにというように片手をあげた。「みなさん、耳を澄まして」

エイミーは言われたとおりにした。波が船体にあたって砕ける音と、カモメの甲高い鳴き声と、船の揺れに合わせて鞄《かばん》が床にこすれる音がする。それだけだ。

「なにを聞けばいいの？」エイミーは興味津々で尋ねた。「とくにこれといって……ああ、そういうことね……」

リチャード卿が不機嫌な顔になったのを見て、彼も同じ結論に達したのだと悟った。

ミス・グウェンがいらだたしそうにパラソルで床を鳴らした。

「なんなの？　早く言いなさい」

エイミーは間違いないか確かめるようにジェインとリチャード卿の顔を見た。

「港の喧騒《けんそう》が聞こえないわ」

「そのようだな」リチャード卿が渋い表情でうなずく。「どうやら船はすでに港を出たらしい」

エイミーはうつむいてひとりごちた。「あきらめるしかないわね」これでもう〈フィッシャーマンズ・レスト〉に立ち寄る計画は実行不可能になった。だが、かまわない。どちらにしても、そこで〈紫りんどう〉に遭遇する見込みはほぼないに等しかったのだ。おそらく彼は今ごろフランスに潜み、命を賭して任務に携わる部下たちを指揮しているか、フランス当局の鼻先から極秘書類を盗みだしているに違いない。そう考えれば、とにかくできるだけ早くフランスに渡るのが最善の策に思えてくる。

「こうなったらしかたがないわ」エイミーは明るく言い、船室の小窓から外を見た。「ほら、もうもめるのはおしまい。あと二時間でフランスよ！　ジェイン、見て。波止場にいる人たちが人形みたいに小さく見えるわ」

ミス・グウェンは船室の真ん中で背筋を伸ばしたまま立ち尽くしていた。リチャード卿が椅子に腰をおろし、静かに言った。

「不愉快なのはお互い様ですよ。お嬢さんたちをぼくに近づけないようにしてくだされば、ぼくもあなた方の邪魔はしませんから」

ミス・グウェンがしぶしぶうなずいた。

「雨が降らないことを祈るばかりですわ」そう言い捨てると、さっさと連れのほうへ寄っていった。

きっかり四五分後、船室の小窓にぽつんと雨粒が落ちた。エイミーの落胆した嘆きの声で、リチャードはそれを知った。

「雨が降るわけはない、雨が降るわけはない、雨が降るわけはない」エイミーが呪文のように繰り返した。

「雨が降ることもある」リチャードは言った。

エイミーが少しもおもしろくなさそうな顔でリチャードを見た。とたんに船が揺れ、転びそうになってよろめいた。「本当に降りだしたのね」窓のそばに戻り、葬儀にでも参列しているような表情で外を眺めた。そしてすぐに、やっぱり訊かずにはいられないとばかりに振り返った。「カレーまでどれくらいかかるかしら?」

「さっきも言ったが――」

「はいはい、二時間から三日だったわね」いらだった様子だ。そういえば母上の飼いネコは、布でできたネズミの人形を目の前でひらひらされるとちょうどこんなふうになる。

「どのくらい天気が悪くなるかによるな」

「あなたはどれくらい悪くなると思う……」雷鳴に邪魔され、エイミーは口をつぐんだ。

「なんでもないわ」

「これくらいかな」

エイミーの言葉と、リチャードの返答が重なった。

こんな状況にもかかわらず、エイミーは笑ってしまった。薄暗い船室に比べて、雷の音がやけに陽気に聞こえたからだ。窓は小さく、そうでなくてもたいした明かりは入らないというのに、今は太陽が雲に隠れているため、嵐の気配に満ちた陰鬱な灰色の空しか見えない。部屋が暗いと〝眠り姫効果〟が生ずる。ジェインは寝台で刺繍中の布を手にしたまま、上品に脚を折り曲げて眠りこんでいた。ミス・グウェンは古びた木製の椅子に座り、自然の法則に逆らって背筋を伸ばしたまま、こちらもうたた寝をしていた。睡魔と船の揺れをもってしても、その鉄の背中から力が抜けることはないらしい。姿勢のよさは目覚めているときとまったく同じだ。

ほかに起きている人物といえば、リチャード・セルウィック卿しかいない。

エイミーはジェインに声をかけたい衝動をこらえた。先のことを考えるとてのひらがちくちくするほど落ち着かず、なんでもいいから誰かと話をしたくてしかたがない。どうにかして気を紛らせないと、今にも走りだすか、飛び跳ねるか、くるくるまわってしまいそうだ。ここにバートランドおじ様がいれば、ヒツジの交雑育種についての長々とした説明でさえも喜んで聞きたい気分だ。

リチャード卿は船室の反対側にいた。その大きな体には小さすぎる木製の硬い椅子に座り、片足をもう片方の膝にのせ、雑誌らしきものを読みふけっている。エイミーは慎みも忘れて目を凝らしてみたが、題名まではわからなかった。だけど、バートランドおじ様の畜産関係の手引書よりはましなはずだわ。いいえ……小型根菜の栽培方法ばかりを載せている雑誌があるらしいけど、リチャード卿はカブに執着するふうには見えないから、まさかそれを読んでいるわけではないだろう。元気を持て余してむずむずする感覚が手から脚に伝わり、エイミーは一歩を踏みだした。

暗くなりつつある船室を、明るい黄色のスカートがリチャードのほうへ進んだ。

「なにを読んでいるの？」

リチャードは分厚い冊子をテーブルにぽんと置いた。たいていの場合、古代遺物に関する文献はフランスの工作員だけでなく、詮索好きの若い女性を追い払う効果がある。

エイミーが薄暗いなかでまじまじと表紙を見つめた。

「『エジプト王立協会会報』ですって？　そんな団体があるとは知らなかったわ」

「あるんだよ」リチャードはそっけなく答えた。

彼女はむっとした顔をした。「そのようね」少しでも明るいほうへと冊子を傾け、ぺらぺらとページをめくる。「ロゼッタ・ストーンの解読は進んでいるの？」

「ロゼッタ・ストーンを知っているのか？」自分が失礼なことを口にしているのには気づいていたが、言わずにいられなかった。いつかわざとひとり言でロゼッタ・ストーンのことをつぶやいてみせたとき、そばにいた女性はこう言った。〝あら、新しく発見された宝石かなにかしら？　どんな色なの？　この青いドレスに合わせるなら、サファイアよりロゼッタ・ストーンとやらのほうが似合うと思う？〟

エイミーは顔をしかめた。「シュロップシャーの田舎にだって新聞はあるわ」

「古代の遺物に興味があるのかい？」

どうしてこの小娘とわざわざ会話をする気になったのか、リチャードは自分でも不思議だった。もっとましな時間の使い方はいくらもある。たとえば〈紫りんどう〉として次に携わる任務の奇策を練るのもそのひとつだ。大胆不敵な計画はぽんとわいてはこない。綿密に考え、知恵をひねりだすのには時間がかかる。それは別にしても、良家の若い女性にこちらから話しかけるのは大いなる危険を伴う。相手に誤解を与えるからだ。先祖代々伝わるベールをかぶり、オレンジ色の花束を手にし、三メートルもあるドレスの裾を引きずるという恐ろしい夢を見させることになる。

それがわかっていながら、ちょっとおしゃべりをしてみようかという気分になっている。愚かなことをしているものだ。

「古代の遺物に詳しいわけじゃないわ」エイミーは率直に答えた。「でも、古典を読むのが大好きなの。ギリシア神話でペネロペが大勢の男性たちからの求婚を巧みにかわしていく話とか、アイネイアスが困難をものともせず冥界におりていく物語とか……」

いずれにしても、文字を読むには船室が暗くなった、とリチャードは自分に言い訳をした。それに、彼女に下心はなさそうだ。これなら少しくらい会話をしても問題はないだろうし、暇つぶしにはちょうどいいかもしれない。べつに愚かなことをしているわけではない。

エイミーが続けた。「古代エジプトの文学は読んだことがないわ。だいたい、文学なんてあるのかしら。古代エジプトで知っているのは、ヘロドトスの歴史書に書かれていることぐらいよ。だけど、彼がエジプトについて説明している内容の半分は、大げさに書きたてているだけだと思うの。鼻から脳みそをかきだしたりとか、それを壺におさめたりとか、そんなのおかしいでしょう？　『シュロップシャー・インテリゲンサー』紙よりいいかげんだわ」

まさかギリシア語で原文を読んだのかと尋ねてみたくなったが、リチャードは我慢した。先刻ロゼッタ・ストーンの件で失礼な口をきいたばかりだというのに、またそんな質問をすれば彼女は侮辱されたと感じるかもしれない。「いや、それについては本当かもしれないとわれわれは考えている。墓の玄室に人の内臓が入ったカノプス壺を発見したからね」エイミーが目をらんらんと輝かせたのを見て、これが芝居なら一流の役者も顔負けだと思った。

「われわれですって？　あなたも墓のなかを見たの？」

「何年か前にね」

答えを差し挟む余地がないほど、矢継ぎ早に質問が飛んできた。すっかりテーブルに身を乗りだしている。もしミス・グウェンが目覚めてこの姿を見たら、行儀が悪いと激怒するだろう。リチャードが古代エジプトの神々について説明すると、エイミーは熱心に聞き入り、ときおりギリシアの神々との類似点について意見を述べた。

「きっと、ギリシア人とエジプト人のあいだにはなんらかの交流があったに違いないわ。ギリシア人のヘロドトスがエジプトを旅行しただけじゃなかったのよ。ほら、アンティゴネの神話はギリシアのテーベが舞台になっているけれど、エジプトにもテーベという名前の町があるもの。シェイクスピアがよくイタリアを題材にした作品を書いたみたいに、ギリシア人もエジプトに物語の源泉を見つけたのかもしれないわ」

　外ではなおも嵐が吹き荒れ、窓には雨が打ちつけ、船は目的地から遠ざかっていたが、ふたりともそんなことはすっかり忘れていた。

「感激だわ。こんなに中身のあるおしゃべりをしたのは初めてよ。シュロップシャーの人たちなんて、ヒツジか刺繍のことしか話さないんですもの。誇張じゃなくて本当なのよ。たまにおもしろそうな経験をした人がいても、すぐお天気のことに話題を変えてしまうんだから」

　エイミーがふくれっ面をしたのを見て、リチャードは思わず笑った。

「そうはいっても、ときには天気が気になることもあるんじゃないのか？」少しからかってみることにした。「ほら、今だってこの嵐のせいでぼくたちはこんなに困っている」

「そうね。でもあなたがお天気について語りだしたら、わたしはまた窓辺に戻っていらいらするか、ひと眠りするしかなくなるわ」

「明日は晴れると思うかい？」

「まあ、それがあなたの考えなのね。その会報だかなんだかを読みたいから、わたしを追い払うつもりなんでしょう？　ひどい人！　わたしとはおしゃべりをしたくないというなら、もう結構よ」エイミーは衣ずれの音をさせて椅子から立ちあがった。

一時間前はまさにそのつもりだったのだが、気がつくとリチャードはにやりとし、なんの考えもなしに彼女を引き留めていた。

「冗談だよ。きみがドレスや宝石や新聞で読んだ噂話を話題にしないのなら、ぼくも天気の話はしないと約束しよう」

「あなたのまわりにいる女性って、そんな人たちばかりなの?」

「そうじゃないのはほんの二、三人だな」

それはどういう関係の女性なのだろう、とエイミーは思った。そのうちのひとりは婚約者かしら?

「自分の幸運を喜んだほうがいいわよ。ヒツジの話よりはましだわ」

「でも、その二、三人はヒツジのように退屈だ」

薄暗い船室にふたりの笑い声があがった。

リチャードが椅子の背にもたれ、エイミーを見つめた。射抜くような視線に、エイミーはふと息が苦しくなった。船室のなかはもうかなり暗いというのに、リチャードの目だけが光を失っていない。めまいに襲われ、両手を脇におろして椅子の両端をつかんだ。嵐のせいで船が揺れているせいに違いない。きっとそうだわ。

リチャードはエイミーを見つめながら、自分が愉快な気分になっているのを不思議に感じていた。教養のある女性ならほかにも知っている。妹のヘンリエッタがそうだし、その友人たちにも頭でっかちと一蹴するにはあまりに器量よしの知的な女性が何人かいる。彼女たちが遊びに来ているとき、一、二度、みずから応接間へ行き、会話に加わったこともあるくらいだ。だが、そのうちの誰かとこれほどすぐに冗談を言いあえる仲になれるかというと、それは無理な気がする。

おそらく船室が暗いせいだろう。あるいはこの狭さが関係しているのかもしれない。どちらにしてもエイミーと話していると、マイルズやジェフと一緒にいるときと同様にくつろげる。だが、マイルズはまつげに縁取られた深い青色の目はしていないし、もちろんジェフにしたって、こんな白くて華奢な首をしてもいなければ、キスをしたくなるような鎖骨も持ちあわせていない……。

おそらく運命の神はこうなるのをわかったうえで、エイミー・バルコートをこの船にお乗せになったのだろう。

「きみに会えてよかったよ、ミス・バルコート。約束だ。どうしてもしかたがないとき以外は、天気の話もヒツジの話も持ちださない」

「いいわ」エイミーは両手を組んで顎をのせ、ふたたび会話を続けることにした。古代エジプトの墓やミイラや呪いなどの興味深い話がひととおり終わると、気になっていたことを尋ねてみた。「だけど、そのころエジプトにはフランス兵がたくさんいたんでしょう？　どうやって潜りこんだの？」

「フランス軍に同行していたんだ」

一瞬、その言葉が宙を漂った。エイミーは眉をひそめ、どういう意味だろうと考えた。

「捕虜だったということ?」

「違う。調査団のひとりとして、ナポレオンに招待された」

エイミーは姿勢を正した。顔をあげて両肩を後ろに引き、ミス・グウェンが見たら褒めてくれそうなくらい背筋をぴんと伸ばし、まじまじと彼を見る。

「ナポレオンに雇われていたの?」

「そういうわけじゃない」リチャードはゆったりと椅子の背にもたれかかった。「金の支払いはなかった。費用は自分で出したんだ」

「強制されたわけでもないのに、みずから進んでついていったの?」

「そんなぞっとしたような顔をしないでくれ。わかるだろう? 学者としては千載一遇の機会だったんだ」

エイミーは口を開きかけたが、言葉が出てこなかった。

そのとおり、わたしはぞっとしている。

学問のためとはいえ、この人はイギリス人としての義務も名誉もおかまいなしに、敵軍と行動をともにしたというの? ピラミッドの内部に入りたければ、イギリス軍がエジプトからフランス軍を追いだすまで待てばすんだ話なのに。いくらかでも感情があるのなら、しかも知性も教養も高い男性なら、どうして同胞を大量に処刑するような愚かで残酷な国に協力できるのだろう。それもたかだか二、三箇所の墓を調べるために。これはもう祖国への侮辱だし、人間性の冒瀆《ぼうとく》だ。

だけど……よくよく自分の心に正直になってみれば、わたしはリチャードが人間性を冒瀆したことに怒っているのではない。彼に裏切られたと感じて傷ついているのだ。そんなのはばかげている。ほんのちょっとしゃべっただけの人なのに。知りあってまだ二時間の相手を不誠実だと言って責めることなどできない。たとえ本当にそうしたのだとしても、少なくとも嘘をついたわけではないのだから。ただうっかり、フランス軍に同行していたと口を滑らせてしまっただけだ。

リチャードはユーモアがあり、話がおもしろくて魅力的だ。わたしは外国に行ったこともなく、バートランドおじ様の図書室にある書物で読んだ知識しかないのに、古代遺物についてわたしを対等に扱って説明してくれた。それどころか、心のこもった口調でわたしに会えてよかったとまで言ってくれた。それはつまるところ、わたしに気のあるふりをしたということになる。それ以上に罪深いのは、こちらの気を引こうとしたことだ。そのあげく、フランスに協力したなどと言いだした……。

そう考えると、目の前に座っている男性が卑怯《ひきょう》に思えてくる。ほんの三〇分前は優しい笑顔だと思っていたが、これはうわべだけのほほえみなのかもしれない。人柄のよさがにじみでていると感じていた緑の目も、今は悪意しか伝わってこない。黒っぽい服装は優雅というより危険な香りがする。まるでしなやかに忍び寄ってくるクロヒョウだ。まぬけな相手をだまして自分に好意を持たせたり信頼させたりする手練手管に長《た》けているのだろう。ああ、どうしよう。もしかすると、フランスの諜報員なのかもしれない。任務のためにイギリスへ帰国したと考えるとつじつまが合う。頭の片隅でジェインのようなしゃべり方をする理性の声が聞こえた。〝家族に会いに帰ったのかもしれないわよ〟エイミーはそれを黙らせた。

テーブルの向こう側で、リチャードが問いかけるように片方の眉をつりあげた。それを見たエイミーは、『エジプト王立協会会報』の冊子で頭をはたいてやりたい気分になった。嫌悪感をぶつけようと言葉を探す。「たしかに学問は大切だわ。でも、フランスはあんな残酷な振る舞いをした国なのよ。しかも祖国が戦っているというのに、よりによって敵の軍隊に入るなんて！」

「入隊したわけじゃない。一緒にエジプトへ行っただけだ」

「フランス軍がエジプトに遠征したのはまず軍事行動ありきで、遺跡の調査はおまけでしょう？　認識がなかったとは言わせないわよ。粗野なアメリカ人だってそんなことくらい知っているわ」

「ぼくにはぼくなりの優先順位があってね」こんなことを言えば挑発するだけなのはわかっていた。だが、エイミーの表情を見ていると、リチャードはつい意地悪をしたくなった。彼女はまるで、寝室の衣装だんすに元妻九人分のバラバラ死体があるのを発見したような顔で彼をにらみつけている。エイミーの言い分はすべて筋が通っているだけに、なおさら腹立たしい。彼はありもしない糸くずを袖から払う仕草をした。「おまけに専念するほうを選んだんだよ」

「それは、ギロチンで処刑された何千人もの不幸な人々の死を無視したのと同じよ。祖国を裏切り、処刑を見物する野次馬の仲間入りをしたんだわ」

〈紅はこべ〉ことパーシー・ブレイクニーが率いる秘密結社に入って以来、このぼくがいったいどれだけの人々をギロチン台から救ってきたと思っているんだ。五〇人？　一〇〇人？ひとり、救出に失敗したことだけが心残りなくらいだ。冷静になろうと努めたが、エジプトの砂漠からじわじわと立ちのぼる熱気のごとくいらだちがこみあげてきた。

「ギロチンとぼくの研究になんの関係があるんだ？」リチャードは物憂げに尋ねた。

ロンドンでしゃれ者を気取る男たちの口調をまねてみたのだ。案の定、エイミーは頭にきたという表情になった。

当然だ。彼が同じ立場なら、こんな身勝手で無神経な言葉を聞けば、やはり同様の反応を示すだろう。自分が感じの悪い態度をとっているのは自覚している。それがわかっているくせに、どういうわけか気に障り、エイミーがかっとなるのを見て留飲をさげた。リチャードのなかの、五歳児の分別しか持たない部分がいい気味だと言っているのだ。なにがいい気味なのかはよくわからないが、そんなのはかまうものか。

「あなたが同行した軍隊の指導者たちは、同じ国の人たちを殺す血も涙もない冷血漢なのよ。あなたがエジプトに行っていたころ、〈ギロチン広場〉の地面には処刑された人たちの血がまだしみついていたわ。フランス軍とかかわったというだけで、敵の悪事を許したも同然よ！」よほど感情が高ぶっているのか、声はうわずり、若干かすれていた。

「たしかにやつらはひどい振る舞いをした。だが、それは昔の話だ。きみは少しばかり時代遅れの話をしているぞ。フランスはもう何年も前に貴族の処刑をやめている」

「じゃあ、なに？　人食い人種がほんの二、三年野菜を食べたら、もう人食い人種ではないと言いたいわけ？　そんなことはないわ。かつて人の肉を食べていたという事実はなくならない。過去をぬぐい去ることはできないのよ」エイミーが声を詰まらせた。

突拍子もないたとえ話に、リチャードは一瞬、言葉を失った。「人食い人種と比べるのはやめよう。フランス人は馬肉こそ食べるかもしれないが、人肉を食すところまでは堕《お》ちていない」

「フランス人の食文化の話なんてどうでもいいわ」

「きみがその話を持ちだしたんじゃないか」

「そうじゃなくて、わたしが言いたいのは……いいかげんにしてよ、そんなのは比喩に決まっているじゃないの！」

「じゃあ、比喩的な言い方をすれば、ぼくはエジプトに行ったことで人肉の饗宴《きょうえん》に参加したことになるのか？」

「そうよ」

「きみはカレーへ行くんだよね？」

エイミーは目をしばたたいた。

「なんなの？　話題を変えたいのなら、もうちょっとましなやり方があるでしょう？」

「そうじゃない。フランス人は人食い人種だと言って痛烈に批判するきみが乗っているのは、フランス行きの船だと言いたかっただけだよ」

エイミーは返事に困り、いらだちに身じろぎした。話がどこに向かうのか、いやな予感がした。

「〝フランス軍とかかわったというだけで〟……そのあとはなんだったかな？」リチャードは平然と尋ねた。「〝敵の悪事を許したも同然〟だったかな？　たしかにそういう考え方もある。だが、ガラスの家に住む者は、隣のガラスの家に石を投げるな、と言うだろう？　叩けば埃が出るのはお互い様じゃないのか？　それに、きみが着ているそのドレスはどうなんだ？」エイミーは反射的にドレスの前身ごろを手で押さえた。「それはフランスのファッションじゃないのか？　しかも、革命以降のデザインだ。革命家たちとかかわるのが絞首刑にも値する罪なら、彼らの流行をまねるのはどうなんだい？　それは〝敵の悪事を許したも同然〟にはならないのかな？」

エイミーが勢いよく立ちあがったせいで、椅子が後ろに倒れそうになった。

「それはまったく別物よ！　あなたがエジプトに行ってからもう五年もたって――」

「人食い人種はいつまでたっても人食い人種なんだろう？」

「でも……イギリスはもはやフランスと戦争をしているわけじゃないし、それに……」

リチャードの理屈はぐうの音も出ないほど完璧に筋が通っている。それでも自分の主張は正しいとエイミーは信じていた。彼のしてきたことはどう考えても絶対に間違っている。なんて癪《しゃく》に障る人だろう。いつの間にか論旨をすり替え、詭弁《きべん》を弄している。こんな議論なんかするんじゃなかった。フランス軍に同行したと言われたとき、すぐさま席を立つべきだった。正論を通そうといつまでも言い争っていたわたしが愚かだった。

「それに？」袖口のレースをいじっていたリチャードが顔をあげた。

エイミーは胸に怒りがこみあげ、涙が出そうになった。ああ、男性に生まれていればよかった。そうすれば、こんなときは一発お見舞いしてやれるのに。

「勝手に決めつけないで。わたしがフランスに行く理由なんてなにも知らないくせに！」

彼女は忌まわしいものから逃げるようにスカートをひるがえし、窓辺に戻ってリチャードに背を向けた。

小さなテーブルのそばにひとり残されたリチャードは、これでもうエイミーは寄ってこないだろうと悟った。ようやく静かになる。邪魔をされずに仕事をしたかったんじゃなかったのか？　ランプに火を入れ、船室の隅にある寝台に移り、陸軍省から届いた書類を取りだした。それを膝にのせてページを開き、読もうと努めた。だが、怒りに満ちた青い目ばかりが思い起こされ、書類に集中できなかった。

5

「いったいなんの権利があって……」バシッ。「ぼくのことを決めつけるんだ？　そっちこそなにも知らないくせに」バシッ。リチャードは薄い枕を少しでも寝心地がよくなるようにふくらまそうと、何度も手で叩いた。「だいたい、どうしてぼくがこんなことを気にしなければならないんだ」バシッ。「おかしいだろう。いや、ぼくは断じて気にしてなんかいないぞ」もう一度、叩いた。こんなことで枕がふくらむとは思えなかったが、なにかを叩いていると少しは気が晴れる。まさかエイミーを叩くわけにはいかないからだ。

エイミーと口論したあとは、自分が占拠した寝台のそばを一歩も離れなかった。傷だらけの床に境界線が引かれているとでもいうように。悪天候のせいで薄暗かった船室が本格的に暗くなると、船室の真ん中にちゃんとした仕切りが必要だとミス・グウェンが言いだした。「あなたたちを男性と同じ部屋に寝かせるわけにはいきません」ミス・グウェンは若い女性ふたりに宣言し、船長のところへ予備の帆布を貸してくれと交渉しに行った。だが、どうやら船長は口で負けなかったらしい。手ぶらで戻ってきたミス・グウェンは、リチャードに外套《がいとう》を渡せと要求した。そして自分たちのものを含めて、四着の外套で船室を仕切った。空間の配分はとても公平だとは言えなかったが、それでも間に合わせの仕切りとしては充分だった。

けれども困ったことに、そんなものでエイミーとの一件を頭から追い払うことはできなかった。

リチャードはまた枕を叩いた。フランス人と親しくしているのをなじられたことが気になってしかたがない。今さらなんだ。そんなのはもう慣れっこになっているはずじゃないか。ぼくの所業に腹を立てているのは、なにも年老いたファルコンストンひとりではない。この数年間というもの、さんざん非難されてきたのだ。背後で聞こえよがしに嫌みを言われたこともあれば、面と向かって説教されたこともある。オールズワージー家の舞踏会でダヴデイル公爵未亡人から激しく叱責されたことを思えば、エイミーに言われたことくらいなんでもない。

だが、ダヴデイル公爵未亡人のときは、眠れずに枕を叩いたりはしなかった。

「おまえはとびきりの愚か者だ」リチャードはつぶやいた。若い女性はにこにこしているばかりで退屈なものだから、それを追い払えたのは幸いと思うべきじゃないか。いつもそのためにどれほど苦労しているか。しかし、正直に言うなら、エイミーはにこにことしているばかりではなかったし、退屈でもなかった。彼女は身を乗りだしたり、くすくす笑ったり、高い声を出したりとくるくる表情が変わり、にこにこ笑いとはほど遠かった。そのうえギリシアの歴史家ヘロドトスの書物を原書で読んでいる。悲劇作家ソフォクレスの戯曲は読んでいるのだろうか。もしそうだとしたら、どういう感想を持ったのだろう……。興味が芽生えたが、それは芽のうちにさっさと刈り取ることにした。どんなに古典文学を読んでいようが、ぼくのような職業の者にとって若い女性が妨げになるのは間違いない。それは五年前に痛い思いをして学んだ。

リチャードはその記憶を追いやった。誰にでも思いだしたくないことはある。

いずれにしても、ナポレオンのイギリス侵攻に関する情報を探らなければならないときに、パリでイギリス人の若い女性につきまとわれるのはまずい。リチャードはこの任務が下されるのを何年も待っていた。フランスが遅かれ早かれイギリスを攻めてくるのは間違いない。フランスにとって、イギリスはまだ侵略をはかっていない数少ない国のひとつだからだ。イタリアもオランダもオーストリアもナポレオンの手に落ちた。イギリスは海を隔てているために今のところその運命を免れているが、戦略に長けたナポレオンのことだ。いかなる手を打ってこないとも限らない。

ああ、それにしてもエイミーに嫌われたことが頭を離れない。

認めたくはないが、本当は自分が悪かったのかもしれないと感じているせいで、気になって眠れないのかもしれない。たしかにぼくの態度はひどかった。あれではエイミーが怒るのも無理はない。やや純粋すぎるきらいはあるし、いささか独善的ではあるが、それでも彼女の意見は至極もっともだ。立場が逆なら、ぼくも同じことを言っただろう。もちろんもっと感情を抑え、論理的な話し方をしたとは思うが。とはいうものの、実際エイミーに対するぼくの振る舞いは、紳士的でなかったどころか、はっきり言って冷酷だった。

くそっ。こんなことで悩んでいる時間はないのに。今は祖国のために力を尽くさなければならないときだし、そのためにはひと眠りしないと力も出ない。リチャードは毛布を耳まで引きあげ、なんとか眠りにつこうと努めた。

ところが残念ながら、枕と同じく毛布も薄かった。顔まで覆い隠していても、リチャードの鍛え抜かれた耳には誰かが寝台から足をおろした音が聞こえた。それに続いて、静かに床を歩く音がした。せっかく忘れようとしたところだったのに、うんざりする。おそらくエイミーだろう。あのシャペロンも、もうひとりの女性も、何時間も眠れずに起きだしてくるような女性には見えない。リチャードは前に使った客の臭いが残っている毛布から顔を出した。あいにく、前の客はあまり風呂好きではなかったらしい。そのとき、鈍い音と小さな悲鳴が聞こえた。どこかに足をぶつけたらしく、悲鳴のあとは片足をかばうような足音になった。リチャードは暗がりのなかでにやりとした。

だが、笑みはすぐに消え去った。船室を歩いていた者がそっとドアを開け、廊下へ出ていったからだ。リチャードは跳ね起きた。これは笑える事柄ではない。あの愚か者はなにをしているんだ。甲板には荒っぽい男たちがいるかもしれないとは思わないのか？　酔っ払っている船員とこんな真夜中に遭遇すれば、なにをされるかわかったものではない。リチャードは悪態をつき、寝台から足をおろした。

いや、待て。あとを追ってどうしようというんだ。リチャードは中腰のまま動きを止めた。

ぼくはエイミーの保護者でもなんでもない。ぼくとはかかわりたくないという態度をとっているのは向こうだ。ああ、大いに結構。ぼくのほうこそ彼女とはかかわりたくない。自分のことは自分でなんとかすればいいのだ。

リチャードは勢いよく寝台に座りこみ、はずみで壁にしたたか頭をぶつけた。こぶのせいで判断力に影響が出たのか——こぶができたのは間違いない——痛む頭をさすっていると、穏やかならざる想像が頭に浮かび、不安になってきた。甲板に出たエイミーは、星を見ようと手すりから身を乗りだし、足を滑らせて海に落ちるかもしれない。あるいは叫び声もむなしく、酒に酔った船員に物陰に引きずりこまれるかもしれない。

リチャードははじかれたように立ちあがり、ドアへ向かった。

エイミーは眠れなかった。窓が閉まっているため船室は空気がよどんで埃っぽく、おまけにミス・グウェンのいびきがうるさかった。船は眠りを誘うように軽く揺れていた。ジェインはこの揺れでぐっすり眠っている。一五分ほどのあいだに二回も寝台の上段を見たのだが、どちらのときも体にかけた毛布は規則正しく上下していた。それなのにエイミーだけが腹立つくらいに眠れず、ひとりもんもんとしていた。

いらだちを覚え、寝返りを打つ。「さあ、寝るのよ」そのつぶやきに応えるように、ミス・グウェンのいびきが大きくなった。エイミーは仰向けになった。ヒツジを数えようとしたせいで、シュロップシャーのことを思いだしてしまった。あれほど逃れたかったシュロップシャーだが、こうして思い返してみるとひどく懐かしい。ジェインと一緒に使ってきた白と青の二色使いの壁紙が貼られた部屋、数えきれないほど何度もこっそりとおりていった裏階段、果樹園でよく木のぼりをしたお気に入りの木……。いったいわたしはここでなにをしているのだろう？

シュロップシャーで計画を立てたときは、すべてがうまくいくと思えた。レモネードを一杯飲むため〈フィッシャーマンズ・レスト〉に立ち寄り、ジェインがミス・グウェンの気をそらしているあいだに、エイミーがお手洗いに行くふりをして席をはずす。ところが、どこがお手洗いかなかなかわからず、客席のあいだをうろうろと歩く。そのうちに、ふたりの男性がひそひそと話しこんでいる姿を偶然に見かける（ふたりの男性がひそひそと話しこんでいるのは間違いない）。そして、片方が連れに心配そうな声で、〈紫りんどう〉だとわかるような言葉をささやくのを耳にしてしまうのだ（どういう言葉かは想像もつかないが、聞けば絶対にわかる自信があった）。

だが、そうはいかなかった。作戦その一はとても簡単なものだったのに、それさえうまくいかなかった。ジェインとは作戦その七まで考えたが、その一以外は計画が複雑で、ミス・グウェンの厳しい監視の目を逃れて自由に動きまわれることが条件になる。たとえば作戦その二は、馬屋番の少年の格好をし、〈紫りんどう〉ではないかと思われる人物の廏舎《きゅうしゃ》に忍びこんで会話を盗み聞きするというものだ。しかし、そのためには少年の服を調達しなければならないし、何時間もの外出をミス・グウェンに認めさせなければならないし、なにより目的の人物を先に見つけださなければならない。作戦その三になると、さらにこみ入っていて……。

ジェインの言ったとおりなのだろうか。わたしはふたりを徒労に巻きこみ、わざわざフランスまで連れていこうとしているのかもしれない。

夜気が重くのしかかってきて、ふいにエイミーは耐えられなくなった。船室の息苦しさにも、ミス・グウェンのくぐもったいびきにも、ジェインの静かな寝息にも。とにかくひとりになりたくて、よろよろと寝台を離れ、手探りでショールを見つけた。上履きは履かなかった。素足のほうが足音がしないと思ったからだ。暗闇を手で探りながら、気分だけは経験豊富な諜報員の優雅さでドアの方向へと進んだ。

「痛っ」腰をかがめ、足の先を握りしめた。まったく、ミス・グウェンはいったいなにを考えてここに旅行鞄を置いたの？　こんなところにあったらつまずくじゃないの。顔をしかめ、爪先をさすった。この旅行鞄に煉瓦を詰めこみたい気分だ。

痛む足をかばいつつ、ドアのほうへ行った。片足が不自由だと、音をたてずに歩くのが難しい。ドア口で立ち止まり、耳を澄ました。変わった物音はしない。嵐は数時間前に過ぎ去り、今は船体を打つ静かな波音だけが聞こえる。ドレスの裾を持ちあげ、甲板に出る階段をあがった。

狭い階段の途中で、あることに気づいてふと足を止めた。こんな心配や不安を覚えるようになったのは、リチャードと喧嘩《けんか》をしたからだ。彼にフランス行きの理由を誤解され、独善的だと言わんばかりの口調で非難されたせいで、こんなふうに眠れなくなってしまった。すべてはリチャードが悪いのだ。

「あんなことを言わせておくんじゃなかった」ぶつぶつとつぶやき、階段をあがって甲板へ出た。ひんやりとした空気を胸いっぱい吸いこむと、ほっとして気分が明るくなった。「きっとうまくいくわ。絶対に大丈夫よ」

もっときつい言葉で言い返さなかったことだけが心残りだ。

暗闇に目が慣れてきた。足元に気をつけて甲板を進み、手すりに両腕をのせた。船室のかび臭さに比べると、甲板の床から立ちのぼるタールと湿った木の臭いさえ自由の象徴に思える。雨は優しい霧に変わっていた。月は雲に隠れ、隙間から繊細な銀糸のような光が何本もおりている。その神秘的な輝きを見ていると、人の運命を定める糸を紡ぐという三女神が出てくるギリシア神話を思いだした。あの光をじっと見つめていれば自分の運命の糸を発見でき、ほかの糸とより分けてのぼっていけそうな気がした。

「くだらないわ」エイミーはかぶりを振った。自分の運命ならもうわかっている。わざわざ雲の上まで行って探すまでもない。〈紫りんどう〉を捜しだし、秘密結社に入り、組織にとってなくてはならない人材となり、フランスの君主制を復活させるのだ。一見、優しそうな緑の目をした裏切り者の学者にあれこれ言われたからといって、あきらめたりするものですか。

彼女は手すりにもたれかかった。約一五年前にイギリスへ渡ってきたときも、こんな船に乗ってきたのだろうか？　その船旅の記憶はほとんどない。覚えているのは、お気に入りの人形を持ってくるのを忘れて大泣きし、母からキャンディをもらったことぐらいだ。母は手すりにわたしを座らせ、フランスにさよならをさせたのだろうか？　想像のなかではいつも、背が高くて上品な父が波止場でハンカチを振っている。母はわたしを手すりからおろして夫に投げキスをし、わたしは泣きながら〝パパ、またね《オ・ルヴォワール》〟と言って飛び跳ねている。そんなわたしが船から落ちないよう、母はふたたびわたしを抱きあげる。あまりに何度もその場面を思い描いてきたため、それがたんなる想像なのか本物の記憶なのか、区別がつかなくなっていた。もしかすると、本当にあったことなのかもしれない。そうだったらいいのにと思う。

霧を眺めていると、波止場でほほえんでいる父の姿が見え、母がつけていたラベンダーの香りが漂っている気がした。

お父様、お母様、あなたたちの無念はわたしが晴らしてみせるわ。そう心のなかで誓った。物思いにふけっていたせいで、背後の足音が聞こえなかった。近づく影も見えず、首筋にかかる息にも気づかなかった。

だが、耳元で響いた声は聞き逃すはずもなかった。

「こんなところに出てきてはだめだ」

6

あまりに突然、しかもすぐそばで声がしたため、びくりとして海に落ちそうになった。両親の面影は一瞬にして消え失せ、エイミーはわれに返った。

手すりにしがみつき、振り返りもせずに声をあげた。

「そっちこそ、こんなふうに近づいてこないで！」

「手すりにもたれかかっていると危ない」癪に障るほど落ち着いた声が返ってきた。「こういう船は修理が行き届いていないからな」

「わたしなら……きゃあっ」間の悪いことに、手すりがぐらついた。

「大丈夫だって？　そうでもなさそうだな」

リチャードが腕を支えたが、エイミーはその手を振り払った。

「警告してくれてどうもありがとう。でも、わたしのことは放っておいて」

もっと手すりが安定しているところでひとりになるつもりなのか、エイミーは甲板を横切った。リチャードはあとをついていきながら、さっきはあれほど頭にきていたにもかかわらず、思わず笑いだしそうになった。ぐらつくならぐらついてみなさいとばかりに、エイミーが勢いよく木製の手すりに肘をついたからだ。

「とげが刺さるぞ」リチャードは忠告した。

返事はなかった。顎をあげて肩を怒らせながら舳先《へさき》にしがみついている姿は、怖い顔をした船首像のように見えた。リチャードを徹底的に無視しようと心に決めているらしい。まあ、好きにすればいい。彼は遠慮なくエイミーを眺めた。濃い色の髪とは対照的に、白い肌が月明かりを受けて輝いている。甲板にあがり、夜空を見あげている姿を見かけたときは、夢想しているジャンヌ・ダルクみたいだと感じた。

当初の目的を思いだし、リチャードはかぶりを振った。「船室に戻るんだ」エイミーの背中に声をかけた。

「ここにいるほうが気持ちいいわ」言葉だけでなく行動でも示そうとするように、彼女は湿った甲板に座りこんで膝を抱えた。

リチャードは隣に腰をおろした。

エイミーは驚いてリチャードを見た。デリクは革ズボンに茶色いしみがつくかもしれないようなことは絶対にしなかった。茶色が問題なのではない。草の緑も、錆《さび》の赤も、しみというしみはすべて嫌ったのだ。そのため、デリクがぎこちなくそばに寄ってきたときは、柵を乗り越えたり、服が汚れそうな場所へ逃げたりすれば簡単に追い払えた。

「ズボンにしみがつくわよ」

「ドレスが汚れるぞ」リチャードが穏やかに答えた。

「こんな会話、くだらないわ」

「だったら、天気の話でもしようか？」

「なにも話したくないの」

「それは結構」リチャードが立ちあがり、腰をかがめて手を差しだした。「では、船室に戻ろう」

ネコが形の悪い毛糸玉をはねのけるように、エイミーは差し伸べられた手を払った。

「いやよ。ひとりで戻って」

「ミス・バルコート、こんなところにひとりでいてはいけない」

彼の口調に腹が立ったが、エイミーは黙っていた。

「この暗さだ。誰かに襲われるかもしれないぞ」

「ここにいる誰かさんのことかしら？」

「ぼくはただ、きみが大丈夫かどうか確かめに来ただけだ」

「わたしなら平気よ。これで気がすんだ？　だったら早く行って」

「きみのためを思って来たのに、本当に戻りたくないみたいだな。わかったよ」リチャードが慇懃《いんぎん》無礼にお辞儀をした。「おやすみ、ミス・バルコート。どうぞ孤独を楽しんでくれ。船員に襲われても、ぼくに助けを求めないように」

エイミーは鼻を鳴らした。

リチャードは向きを変えて大股で階段へ歩きだしたが、二メートルも行かないうちに思い直し、向きを変えて戻った。エイミーは軽蔑と困惑の色を浮かべ、彼を見あげた。どちらかというと、困惑のほうが勝っているようだ。リチャードは首を振った。

「だめだ。申し訳ないが、ぼくにはできない」

「なにができないの？　まさか、歩けないとか？　そんなのは簡単だわ。片足を出したら、次はもう一方の足を出せばいいのよ。それを繰り返していれば、そのうち階段をおりて、船室に入って、自分の寝台に戻れるから」

「そうじゃない」リチャードはふたたびエイミーの隣に座った。「きみを置いていくわけにはいかないということだ。お互いにとって残念ながら、ぼくは道義心をしつけられて育った。だからこんな真夜中に、しかも真下の船室には荒っぽい船乗りたちが寝ているというのに、若い女性をひとり甲板に残していくなんてできるわけがない。ぼくのなすべきことはただひとつ、きみがここにいると言い張るなら一緒にいるまでだ。それに……」その道義心に、祖国の敵とまじわらないことは含まれていないのかという鋭い指摘が飛んでこないよう、急いで話を続けた。「きみの叫び声を聞いてから駆けつけるより、最初からここにいるほうが面倒がなくていい」

「わたしは叫んだりしないわ」

「きみが叫ばずにすむかどうか試してみるのはやめよう。なにを考えていたのかは知らないが、どうぞまた自分の世界に浸ってくれ。ぼくは邪魔しないから」リチャードはあからさまにそっぽを向き、海のかなたへ視線を向けた。

エイミーはもう一度、両親のことを思いだそうと努めた。だが、稚拙な背景画の前にふたつの紙人形を並べたような薄っぺらい印象しか戻ってこなかった。隣にいる男性の存在感が強すぎるため、頭に思い描いたことがかすんでしまう。彼がいるせいで気が散るのだ。リチャードは三〇センチは離れて座っていた。小うるさいシャペロン、つまりはミス・グウェンのような女性でさえ納得する距離だ。けれども、エイミーには近すぎた。彼がつけている柑《かん》橘《きつ》系のオーデコロンの香りがし、息遣いが聞こえ、ぬくもりまで伝わってくる。硬い床板の上でリチャードが体を動かすたびにびくりとし、襟に髪がこすれる音がするたびに頭を動かしてこちらを見たのではないかと気になった。

〝ぼくは邪魔しないから〟ですって？　よく言うわ。

膝に顎をのせ、固く目をつぶり、お気に入りの夢想に浸ろうとした。〈紫りんどう〉が彼女の手を握りしめ、〝きみがいなければ、ぼくはなにもできない〟と言う筋書きだ。だがそのとっておきの場面も、まるで素人が描いた絵のように奥行きがなく、〈紫りんどう〉の声がリチャード・セルウィックのものにすり替わっていた。

ちらりと横目で隣を眺め、夕方は少々言いすぎたかもしれないと思い直した。この人がフランス軍に協力したのかと思うとぞっとするが、もう五年も前の話だ。そのころは彼もまだ、若造と言っていい年ごろだったのだろう。ミセス・メドウズがよく言っていた。〝若い人は愚かなことや軽率なことをするものよ〟と。もしかすると、リチャードは本当にフランスでなにが起きているのかたいして知らないままエジプトへ行ったのかもしれない。そして、今はそれを後悔しているとしたら？

やはりそろそろ船室に戻ったほうがよさそうだ。こんなふうに彼がそばにいると、どんどん空想が羽を伸ばして飛んでいきそうだ。

やきもきしている相手もまた同じく気が散っていると知れば、エイミーも少しは気が楽になったかもしれない。リチャードはナポレオンのイギリス侵攻計画を探る方法を考えようとしたが、エイミーの存在感に邪魔され、集中砲火を浴びたかのように思考は散り散りになってしまった。

甲板が暗いのをいいことにさりげなくエイミーのほうを向き、穏やかな声で尋ねてみた。

「フランスへはなにをしに行くんだい？」

エイミーがはじかれたように顔をあげて身構える。リチャードは攻撃をかわすように片手をあげた。

「頼むから爪は引っこめてくれないか。きみが怖い女性なのはもう充分にわかったから、夜のあいだくらいは休戦協定を結ぼう」

彼女は疑わしそうな顔をした。

「ほら、フランス革命戦争のあと〈アミアンの和約〉が結ばれただろう？　あれと同じだよ。ぼくはフランス、きみはイギリスだ」

エイミーはいくらか警戒を解いたかに見えた。

「あなたがイギリスよ。わたしは革命前のフランスがいいわ」

「残念ながら、過去に戻ることはできない。ぼくがフランスだ」

「だったら、絶対に海峡を越えて攻めてこないと約束して」甲板に打ちつけられた、ふたりを隔てる木片をエイミーは指さした。

「もしぼくが侵攻したらどうする?」リチャードはいかにもその気だと言わんばかりに眉を動かしてみせた。

「大砲部隊を呼ぶわ」エイミーは船室へおりる階段を示した。ミス・グウェンのことを言っているのだ。

「だめだ。ドラゴンを大砲代わりに使うのは認められない。神話じゃないんだから、今どきの戦争にドラゴンはないだろう」

「どうしてだめなの? どちらも火を噴くわよ」

「それはそうだが……」気のきいた返しが見つからなかった。「ドラゴンはその……怖すぎるし」男らしい勇敢なせりふとはとても言いがたい。

「わたしの勝ちね!」エイミーがうれしそうな声をあげた。

「いや、ドラゴンはとっくに退化しているから役には立たないね」リチャードはしてやったりとばかりに締めくくった。「ぼくの勝ちだな。さて、なにか褒美をもらおうか」

「あら、騎士殿、ご褒美をもらえるようなことはなにもしていないじゃない。ドラゴンを退治したわけでもないくせに」

「いや」リチャードは誇らしげに片手でエイミーの言葉を制した。「ぼくにはその権利がある。きみを言い負かしたんだから、ドラゴンをやっつけたも同じだ」

「そんな程度でわたしを言い負かした気でいるの？」

「褒め言葉のつもりなんだけれどね」

「あなた、あまり人を褒めたことがないでしょう？　褒め方が下手だもの。学ぶ気があるなら練習につきあうわ。まずはわかりやすく〝すばらしいな、エイミー。きみは切れ者だ〟と言えばいいの。あとはそこから発展させていくだけよ」

「とにかく……」リチャードが前かがみになった。金髪が銀の光を受けて輝いている。「ぼくは褒美が欲しい」

エイミーの鼓動が速まった。「なにが欲しいの？」

「そうだな……」思わせぶりな低い声で言う。「きみがフランスへ行く理由を教えてくれないか」

「まあ」

「そんなに重大な秘密なのかい？」リチャードはからかった。

彼女はわけもなくがっかりした。

「まさか、違うわ。でも、聞いても退屈するだけよ。パリにいる兄と一緒に暮らすの」

「きみにはがっかりだな、ミス・バルコート。あれほどフランスを悪く言っていたのに、じつはそのフランスに兄上がいるのかい？」

エイミーはよろよろと立ちあがり、爪先でスカートの裾を踏んで手すりをつかんだ。リチャードを見おろす。「兄は半分フランス人なの。わたしもそうよ。あなたって本当に頭にくる人ね。ほかになにか知りたいことは？　そろそろ船室に戻りたいんだけど」

リチャードはエイミーの手をつかみ、また座らせようと引っ張った。

「兄上がフランス、きみがイギリス。ということは、ご両親はどこにいるんだ？」

彼女は逆らわなかったが、いつでも逃げだせるようにか、腰はおろさずにただしゃがみこんだ。「マダム・ギロチンに抱擁されたの」そっけなく言った。

リチャードは慰めるように、まだつかんでいたエイミーの手をそっと握りしめた。

「実際に処刑されたのは父だけなんだけど、母も一緒に殺されたも同然よ。母は父を愛していたから。イギリスへ渡るときは、いつまでも名残惜しそうに別れの挨拶をしていたわ。だから、ふたりとも革命軍に命を奪われたようなものなの。恋愛結婚だったのよ」

リチャード自身はかたくなに結婚を拒んできたが、エイミーの両親の状況は察することができた。彼の父母もまた恋愛をし、結婚してからも愛しあっていたからだ。しかも、見ていてわずらわしいほどに。思春期の少年にしてみれば、両親がテーブルの下で手をつないでいるのを目撃するのは複雑な気分だった。まして廊下でキスをしている場面にでくわしたときは勘弁してくれと言いたくなった。よく、それを見て顔をしかめたり、ときには聞こえよがしに舌打ちをしたりしたものだ。親がいちゃついているなんてみっともなくてしかたがない。だが、内心ではすてきな夫婦だと思っていた。あの勝ち気な母が父になにかささやかれると頬を赤らめたり、急にそわそわしたりする。あのいかめしい父が、貴族院で議論を交わしている最中だというのに、母とお茶を飲むためにいきなり席を立つ。もちろん、妻の顔を見たいので失礼するとは誰にも告げずに。

ところがイートン校を卒業していろいろな遊びを覚えていくうちに、気づいたことがある。父母のような仲のいい夫婦は社交界では珍しいのだ。どこの家庭でも、両親は朝食のテーブルの下でこっそり手を握りあったり、廊下でキスをしたりするものと思っていた。だが世間では、妻のいる男性が娼館《しょうかん》に通うし、夫のいる女性が香水の匂いをぷんぷんさせながら言い寄ってくる。互いにたいした……いや、なんの感情も抱かないまま、契約を交わすように結婚する男女がいかに多いことか。数えきれないほどの舞踏会に出席してきたが、それなりに愛情のある夫婦は一〇組に一組、深く愛しあっている夫婦となると一〇〇組に一組しかいない。それを知って初めて、両親の仲のよさがいかにすばらしく、そして珍しいことであるかを知った。だからこそ、自分もそういう相手とめぐりあえるまでは結婚する気などさらさらない。

エイミーも愛しあう両親の姿を見たのだ。しかも、その愛が悲しく引き裂かれるのを。

「すまなかった」リチャードは静かに言った。

「なぜ謝るの？　あなたがギロチンの刃を落としたわけじゃないわ」

「父上のことも知らずに、意地悪なことを言ってしまった。まさかきみがそんな経験をしてきたとは思いもしなかったんだ」

リチャードの態度が急に変わったことに戸惑い、エイミーは彼に視線をやった。だが、月が雲に隠れて顔が見えないため、どういうつもりで言ったのか探ることはできなかった。雲間からひと筋の月明かりでも差しこめば……。けれども、どんな表情を見たいのかは自分でもよくわからなかった。ただ、リチャードが誠実なのかあるいは嘘をついているのか、それを確かめたい。

「本当に申し訳なかった」低い声が耳元で響いた。エイミーは悟った。この人は心から謝罪している。そう確信できた。それはジェインがいい人であるのと同じくらい、ヒツジがぞっとする存在であるのと同じくらい、自分が〈紫りんどう〉を見つけるのは間違いないのと同じくらい、とても確かなことに思えた。

リチャードがもう一方の手も握ってきたのは、至極当然に感じられた。彼がこちらへ体を傾け、自分も相手のほうへ身を寄せたのは、もっと自然なことに思われた。つないだ両手は、先刻エイミーが笑いながら海峡になぞらえた木片に架けられた橋のようだ。どちらがどちらを引き寄せたのか、エイミーにはわからなかった。どこまでが自分の腕で、どこからがリチャードの腕なのかさえも。だけど、そんなことはどうでもいい。エイミーは目をつぶり、唇に彼のあたたかい息を感じた。

7

バキッ！

先ほどまでエイミーがもたれかかっていた手すりが折れ、音をたてて海に落ちた。ふいに、手が自分だけのものに戻った。エイミーはなにが起きたのかわからず、目をしばたたいた。海峡に見立てた甲板の木片がまたもやふたりを隔てているのに気づいた。リチャードの手は両脇に置かれている。一瞬、今のは夢だったのかと思ったが、唇にはしっかりとあたたかい息の感触が残っていた。

「船長に修理させなくては」リチャードの声はいくらかうわずって聞こえた。「明日の朝、ひと言言っておこう」

エイミーはうなずいた。どういうわけか言葉が出てこなかった。こんなことはめったにないのに。〝ちょっと、今、わたしにキスをするつもりだったんじゃないの？〟まさか若い女性がそんなふうに尋ねるわけにもいかない。たとえシャペロンもなしに真夜中の甲板で男性と過ごすような、レディにあるまじき女性だとしてもだ。それに、もし〝いや、そんなつもりはなかった〟と言われたら、どうしていいのかわからない。まったく、落ちた手すりがうらめしい。

エイミーは海に顔を向けて、唇を噛んだ。ほら、早くどうするか考えなさいよ。どうしてなにも思い浮かばないの。こんなことは今までなかったじゃない。でも、当然だわ。だって、自分がどうしたいのかわかっていないんだもの。キスをされたいの？　それとも、キスをするつもりだったことを認めさせたいだけ？　だいたい、どうしてそんなに彼の気持ちが気になるの？　ああ、もういや。エイミーは硬い甲板にしゃがみこんだまま身じろぎした。王政復古のための計画を立てるほうが、もう少しでキスをするところだったという気まずさを解消するより、ずっと簡単だ。

そうよ、君主制の復活と〈紫りんどう〉を見つける作戦を練らなければならないというのに、道義心に問題のある男性に心を迷わされている場合ではないわ。たとえ、その男性が彫刻家も泣いて喜ぶ整った顔立ちをしているとしても……。エイミーはまた唇を噛んだ。

リチャードは後ろに手をついた。甲板はざらついていたがかまわなかった。かえって感覚がはっきりするかもしれない。もしかして、ぼくはエイミーにキスをしようとしていたのか？　なんて愚かなことを。いったいなにを考えていたんだ。いや、なにも考えていなかった。それが問題だ。理性が働いていなかったのだ。そう、理性だ。リチャードはささくれだった甲板に手をこすりつけ、理性的に状況を判断しようと努めた。よく考えてみろ、エイミーにキスをするのは大きな間違いだ。その言葉を二度ばかり心のなかで繰り返す。そんなことをすれば、フランスへ行ってからもエイミーと会わざるをえなくなる。

もちろん、エイミーと一緒に過ごすのは楽しい……。リチャードは慌てて訂正した。エイミーと一緒に過ごすのは楽しいかもしれない。いいや、いけない。だが、そんなことをしている時間はない。手遅れになる前に、フランスのイギリス侵攻計画を探りださなければならないからだ。ナポレオンは動きだすと早い。そのことをぼくはいちばんよく知っている（もちろん、フランス革命戦争に巻きこまれたイタリアとオーストラリアとオランダも身にしみて知っているだろうが）。それにエイミーとかかわると、やきもきしてそちらに気がいってしまいそうな悪い予感がする。

キスさえしなければ、エイミーと会う必要もなく、気をもむような事態にもならない。ほらみろ、理性的に考えれば、これが正解だとわかる。

リチャードはちらりとエイミーを見た。彼女は柄にもなく黙りこみ、膝を抱えて夜の海を見つめながら唇を噛んでいる。暗くて色まではわからないが、エイミーの唇ならはっきり覚えていた。驚くほど深いピンク色をしており、肌が白いだけになおさら目を引かれた。話したり、笑ったりと、とにかくよく動く唇だ。そんなふうに噛んでいると、なおさらふっくらとして赤みを増すだろう。ちょうどキスをしたあとのように……。おい、いいかげんにしろ。理性を働かせるんだ。リチャードは自分に言い聞かせ、顔をあげて空を見た。視線を戻すと、エイミーはまだ唇を噛んでいた。

彼は慌てて目をそらした。

「兄上の名前はなんというんだい？」リチャードは尋ねた。質問の中身などどうでもよかった。なんでもいいからしゃべらせれば、エイミーは唇を噛むのをやめるはずだ。

「エドゥアール」彼女はそっけなく答えた。「わたしより七歳年上よ」

「エドゥアールだと？」あまりに驚いて急に背筋を伸ばしたせいで、リチャードは頭がくらくらした。「まさか、エドゥアール・ド・バルコートかい？」

「ええ！　知っているの？」

「彼がきみの兄上なのか？」

「知っているのね？」エイミーがせきこんで尋ねる。

「面識があるという程度だよ」リチャードは慎重に言葉を選んだ。ただの顔見知りでしかないのは本当だ。エドゥアール・ド・バルコートとはなるべくかかわらないようにしてきたのだ。

「兄のことを話してもらえない？　お願い、なんでもいいの。兄とは六歳のときに別れたきりだし、手紙もあまり来なくて……」あの男ならそうだろうとリチャードは思った。「きっとイギリスへ送る手紙は検閲を受けると思っていたのよ。兄はどんな人なの？」

「そうだな……」リチャードは指で甲板をこつこつと叩いた。これほど顔を輝かせているところをみると、エイミーはおそらくずっと期待に胸をふくらませてきたのだろう。くそっ、どうしてぼくがこんな役まわりを務めなければならないんだ。エドゥアール・ド・バルコートは宮廷で嘲笑の的になっている。気取り屋のくせに趣味が悪く、ナポレオンに取り入ろうとしている節操のない男だ。いや、それもひいきめに見た場合であり、実際はそれどころではない。

　バルコートがエイミーの兄だって？　赤ん坊のときに拾われでもしたのか？　とても血がつながっているとは思えない。

　エイミーがじれったそうに先を促した。「ねえ」

「きみとはあまり似ていない」非難めいた言い方を避けようとすると、それくらいの言葉しか思いつかなかった。

「子供のころはそれなりに似ていたのよ」エイミーは昔を思いだすようにほほえんだ。「母がよく言っていたわ。どうしてふたりとも父方の血筋を引いてしまったのかしらって。母方のほうはみんなジェインみたいに長身で、色白で、風格があるの。でも、兄とわたしは小柄で色黒なのよ。父は背が高かったのにね。肩車をしてもらうと、星に手が届きそうな気がしたものよ」

　ふと、父親の肩の上で跳ねていたときのことを思いだし、エイミーは物思いにふけった。父からは小さなダイヤモンドのブレスレットを贈り物にもらったこともある。父は言っていた。〝これは星をつないで作ったブレスレットだよ。おまえが子供部屋で眠っているあいだに、空へのぼって星を取ってきたんだ〟

「父はわたしが大きくなったら、夜空へ連れていってくれると約束したのよ。自分でお星様を集めてネックレスを作ればいいって」思わず涙がこぼれそうになり、目をしばたたいて空を見あげた。

今夜は星が見えない。

隣でリチャードがじっと自分のほうを見ているのに気づき、イカロスが空から真っ逆さまに落ちるようにエイミーはわれに返った。そして、戸惑った。

どうしてこんなことまでしゃべってしまったのだろう。父母の記憶は自分だけのものであり、どれほどたくさんの星のネックレスよりも大切な宝物だ。両親の思い出を誰かに語ったことはない。ジェインは妹も同然であり、親友でもあり、世界中でいちばんの理解者だが、彼女にさえ打ち明けてはいなかった。それなのに、リチャードには自然に話してしまった。月きっと、月の光を浴びたり、キスをしかけたりしたせいで、頭が混乱しているのだろう。月は人をどうにかしてしまうというもの。月が雲に隠れてだいぶたつけれど、そんなのは関係ない。空の上にはあるのだから、たとえ目には見えなくても影響は受けているはずだ。

だが、月明かりのせいばかりではないのもたしかだ。原因はリチャードにもある。彼には人の心を開かせるなにかがある。一緒にいると無防備になってしまうのだ。それがいいことなのかどうかはわからない。

エイミーは自分が黙りこくっていたことに気づき、明るく言った。「ああ、これでもうわたしのことはわかったでしょう。今度はあなたのことを話して。フランスへはなにをしに行くの？」

なんと強い女性だろうと感心し、そちらに気を取られていたせいで、リチャードは深く考えずに質問に答えた。「ぼくはナポレオンのもとで、エジプト学術調査の責任者を務めているんだ」これまでにも何度も繰り返してきたせりふなので、言葉が自然に口をついて出てしまった。

エイミーがまばたきをした。「ナポレオンのもとで？」

「そうだ。エジプトから戻ったあと、ナポレオンに乞われて……」エイミーがよろよろと立ちあがったのを見て、リチャードは言葉を切った。「どうした？」

「本気で謝っていたわけじゃなかったのね」弱々しい声で言う。

「なんだって？」

「あのときの言葉は意地悪じゃなくて本心だったのよ。あなたは悪かったなんて思っていないんだわ」

「エイミー、ぼくは……」リチャードはエイミーの手をつかもうと腕を伸ばした。だが、彼女はあとずさりし、汚れがついてしまったとでもいうようにスカートに両手をこすりつけた。

「わたしにはわからない」エイミーが涙声で言った。喧嘩腰になじられたときより彼は胸に応えた。「あなたはずっとフランス軍の近くにいた。一度もそこを離れていない。さまざまな出来事を彼らの側から見てきたのよ。だったら、あの人たちがひどいことをしているなんて思うわけがないじゃない。それなのにどうして謝るのよ？　わたしをばかにしているの？」

「そうじゃない、エイミー。聞いてくれ――」

「よくもぬけぬけと。同情するふりはやめてちょうだい」

エイミーは怒りがおさまらないとばかりに甲板を歩きまわった。

「あなたを好きになりかけていた。信用もした。ばかみたいだわ。わたしったら両親のことまで話したのよ！」

つまりもう好きではない、信用もしていないと言われているように聞こえ、リチャードはむっとした。「ご両親のことがどう関係あるんだ？」

彼は手すりをつかみ、立ちあがった。

「なんでもないわ」エイミーは拒絶するように荒々しく手を振った。「あなたが恥知らずで人でなしの裏切り者だということに変わりはないもの」

恥知らずで人でなしだと言われるのも心外なのに、そのうえ裏切り者だと？　侮辱には甘んじて耐えようと思っていたが、ここにきて我慢の限界を超えた。

「ぼくがなんだって？」リチャードは忍び寄るヒョウのような足取りでエイミーに近づき、低い声ですごみをきかせた。「裏切り者とはどういう意味だ」

エイミーはリチャードの緑の瞳に危険な光が宿るのを見た。だが、翡翠《ひすい》のような目でにらまれ、かえって怒りの炎に油を注がれた。退いたりするものですかと心に決め、勇んで前に進みでた。「裏切り者とは……」精いっぱい顔をあげてにらみつけた。鼻先がリチャードの顎に触れそうになる。「みずからの意思をもって祖国の敵に協力する人のことよ」

そう言い捨てて、半歩さがった。決して怖じ気づいたわけではない。首が痛くなったのだ。身長差がうらめしい。妖精が彼の揺りかごの上で杖を振って身長が伸びる魔法をかけたからといって、どうしてわたしがこんなふうに見おろされなければならないの？　そんな魔法の贈り物には少しも値しない人なのに。もし、見た目に性格が表れるとしたら、リチャードはきっと背が低くて、顔はしわくちゃで、心のひねくれた老人の妖精になるはずだ。間違っても、うら若き乙女を恥じらわせるギリシア神話の美青年アドニスなどではない。あまりの不公平さにエイミーはますます腹が立ってきた。

「裏切り者とは……」彼女はいっそう声を張りあげた。「良識も感性もある男性のふりをして純真な女性をだまし、その裏で――」

「純真だと？」リチャードも大声を出した。「よく言うよ。喧嘩を吹っかけてくるのは、いつもきみのほうだろう。冗談じゃない。ぼくこそ無邪気にエジプトの話をしていたんだ。そうしたらきみが勝手に不機嫌になって、ぼくの性格をなじったんじゃないか」

「それはあなたがナポレオンに仕えていたからよ」

「だが、少なくともぼくは隣のガラスの家に石を投げたりはしない」

「そうよね、隣人をギロチンにかければすむ話だもの」

リチャードはエイミーの両肩をつかんだ。「きみは……」肩を揺さぶった。「どうしようもない……」もう一度、揺さぶった。「大ばか者だ！」

エイミーがリチャードの足を思いきり踏みつけた。

「大ばか者だなんて言ったお返しよ！」

「痛っ！」リチャードは不覚にもとっさに手を離してしまった。こんな小さな足のどこにそんな力があるんだ？　大の男に襲われたときだって、これほど痛い思いはしなかったぞ。

彼女は腹の虫がおさまらない顔で後ろにさがった。「触らないで、話しかけないで、ついてこないで」吐き捨てるように言い、大股で階段へ向かった。「もう寝るわ!」

「今夜初めてまともなことを言ったな!」リチャードも応戦し、片足を引きずりながらあとについていった。

エイミーが振り返った。今しがたの痛みがよみがえり、リチャードは思わずびくりとした。それを見て、エイミーの目が意地悪そうにきらりと光った。たまたま差しこんだひと筋の月明かりが反射しただけかもしれないが、痛む足が間違いなく悪意に満ちた笑みだと確信していた。

「ついてこないでと言ったでしょう!」

「ぼくに甲板で寝ろというのか」リチャードは不機嫌に言った。

エイミーがなにかつぶやき、短い階段をおりかけた。

リチャードはその背中を眺め、カールした髪の下あたりをつついた。エイミーがすばやく身を引いたのを見て、ひそかにほくそえんだ。「ほかにはなんと言っていたかな?」

彼女はこぶしを握りしめ、そのまま階段をおりつづけた。

「あなたと話す気はないわ」

「今、話したじゃないか」リチャードはからかった。

エイミーが鼻を鳴らす。

「それはしゃべったうちに入らないかな」

船室のドアの取っ手に手をかけ、エイミーはいらだったように小さく足を踏み鳴らした。もう少し大げさにそうすれば、まるで地団駄を踏んでいる子供だ。「わたしにかまわないで」ささやき声でぴしゃりと言い、力をこめてドアを開けた。「自分の寝台から出てこないでちょうだい。わたしのことは放っておいて」

「仰せのままに」リチャードはわざとらしくお辞儀をしてみせ、物音ひとつたてずに、外套をつないだ仕切りの内側に滑りこんだ。

エイミーはいらだちに駆られながら船室に入り、先刻つまずいたミス・グウェンの旅行鞄にまたもやしたたかに爪先を打ちつけた。即座になんのためらいもなく、これはリチャードのせいだと結論づけ、痛む足をさすりつつ勢いよく寝台に座りこんだ。このいまいましい船に閉じこめられる原因となった嵐もリチャードのせいに違いない。きっと彼のせいで気分を害した下っ端の女神が、このときとばかりに仕返しをしたんだわ。

「あんな人、大嫌い、大嫌い、大嫌い」エイミーはつぶやきながら眠りに落ちた。

気がつくと、舞踏室の外にあるバルコニーに立っていた。開け放たれたフレンチドアから楽しそうな笑い声と音楽が聞こえる。蠟燭の明かりが足元におもしろい形の影を落としていたが、それには目がいかなかった。

エイミーは庭を眺めていた。手のこんだ造りの広大な庭園だ。薔薇の花が咲き乱れ、遠くの丘には神殿の複製が立ち、花壇と通路に囲まれた中央部には生け垣で作った複雑な迷路がある。そのとき、彼の姿を見つけた。マントのフードで顔を隠した人影が迷路から出てきたのだ。エイミーが腕を伸ばすと、彼はその手を取り、バルコニーの柵をひらりと飛び越えた。

「きっと来てくれると思っていたわ」革手袋を通して、彼が紋章のついた指輪をはめているのがわかった。小さな紫の花の紋章に違いない。

「来ないわけがないだろう？」

エイミーは彼の手をひしと握りしめた。「どうかあなたのお手伝いをさせて。それがわたしの夢だったの。ああ、顔を見せてくれないかしら？」

〈紫りんどう〉に頰をなでられ、うれしさに体が震えた。「もちろんだとも」

この夢を見るのは今夜が初めてではない。それどころか、何十回見たかわからないほどだ。だから、知っている。いつもここで目が覚めるのだ。そのたびにもどかしさを覚え、絶対に本物の〈紫りんどう〉を見つけてみせると心に誓ってきた。

だが、今夜は違った。彼がマントの首紐に手をかけた。エイミーは震えながら成り行きを見守った。〈紫りんどう〉が首紐をほどき、ゆっくりとフードをおろす。金色に揺らめく蠟燭の明かりに顔が照らされ、ずる賢そうな緑の目がにやりと笑みの形に変わった。

「まさかぼくだとは思わなかっただろう？」リチャード・セルウィックが間延びした口調で言った。

エイミーはぞっとして跳ね起きた。

「冗談じゃないわ！」あの人でなし、夢にまで邪魔しに入ってこないでよ！　エイミーは枕を叩いて仰向けになり、ふたたびまぶたを閉じた。浅い眠りのなかにまたリチャードが侵入してきたが、今度はエイミーも満足した。リチャードを船から突き落としている夢だったからだ。

同じ船室の反対側ではリチャードがもんもんとしていた。もちろん、エイミーの夢のなかで船から突き落とされたことなど知らなかったのだが。そのエイミーにも、そして自分にも腹が立ち、なかなか眠れなかった。癪に障ることに、妹のヘンリエッタにそっくりな声が頭のなかで勝手にしゃべりだし、〝そんな七歳児みたいなことをしていては彼女の気は引けないわよ〟と嫌みたらしく言った。〝喧嘩を始めたのはあっちだ〟言い返したせいで、さらに気分が悪くなった。くそっ。この場にいもしない相手に返事をするようでは、諜報活動をしているより精神病院に行ったほうがいいのかもしれない。

陸軍省向けの指南冊子を作ることでも考えながら眠りにつくことにした。題名は『諜報活動中に異性を回避する必要性についての考察――解説編』だ。ぴったりの題名を考えるだけでも長い時間を要した。第一項目『どのような状況下にあっても、当該女性がどれほど読書家でも、かつどれほど魅力的な目をしていても、決して会話すべからず』の内容を練り終えるころにはいつの間にか眠りに落ち、おなじみの悪夢に迷いこんでいた。

リチャードはパリ郊外にあるヴァンセンヌの森を歩いていた。アンドリュー、トニー、ソムリエ侯爵の三人と合流するためだ。パーシーはサンタントワーヌ伯爵夫妻を自分の船に乗せ、カレーで待っているはずだった。〈紅はこべ〉の秘密結社はまたふたり救出するのに成功したというわけだ。

任務がうまくいったにもかかわらず、リチャードは気分が晴れなかった。先日、ディードリの家を訪問したときのことをくよくよと考えていたからだ。リチャードが訪ねると、ディードリはジェラード男爵から贈られた花を活けていた。よりによってあのジェラードが恋敵だということに、リチャードはショックを受けた。ゆうに四〇歳は超えているし、狩猟で馬でも駆けようものなら落馬するのではないかと思われるくらい頼りなさそうな男だ。ましてこの自分のように、革命軍の半分はいようかという人数の敵に追われながらさっそうと救出任務を成功させることなど、とうてい不可能に決まっている。ところがリチャードがその花はどうしたのかと尋ねると、ディードリはわけありげな口調でジェラードの名前を口にした。「ジェラード男爵がお見えになったの」なにか秘密があるとでも言いたげな、やけにうれしそうな言い方だった。それを聞いた瞬間に、リチャードはむっとした。ぼくの美しいディードリが、ジェラードごときのことでうれしそうな顔をするとは！　そう思い、つい自分も秘密をもらしてしまった。

もちろん……そんなことをするべきではなかった。だが、そこまで重大な事柄を打ち明けたというのに、ディードリはジェラードの憎らしげな花をいじりながら、愉快そうに笑ったのだ。「まあ、冗談でしょう！」

「じゃあ、フランス人の首を皿にのせて持ってきたら信じるのか？」リチャードは腹立ち紛れにそう言い捨てて、大股で応接間をあとにしたのだった。

ジェフが脇腹をつついた。「おい、変だぞ」

リチャードはまばたきをした。すでに待ちあわせ場所の小屋まで来ていた。ジェフの言うとおり、様子がおかしい。桟の壊れかけた窓に目印としてあるべき小さな赤い布がないし、不吉なことにドアが少し開いている。

ふたりはしばし目を合わせたのち、忍び足で小屋へ近づいた。「行くぞ」リチャードが小声で言うと、ジェフがうなずき、呼吸を合わせてなかに飛びこんだ。男の遺体が転がっていた。おのれの血で衣服が真っ赤に染まり、体がねじれている。

トニー。

そのときのジェフの言葉を、リチャードは何本ワインを飲もうが忘れることができなかった。ジェフはこう言ったのだ。「情報がもれたに違いない」

「くそっ！」リチャードは眠ったまま身をよじった。「あの女だ」

8

玄関から声が聞こえ、わたしははっとしてエイミーの世界から抜けだした。

船体にぶつかる波の音しかしないはずのところへ笑い声が響いてきたため、心ならずも二一世紀に引き戻されてしまった。目をしばたたき、甲板や帆布のイメージを追い払った。一瞬、ここがどこなのか思いだせず、頭がくらくらする。風邪薬を倍量のんでしまったような感覚だ。あたりを見まわし、自分がいまだミセス・セルウィック・オールダリー宅のリビングルームにおり、ペルシャ絨毯の上に座りこんでいることに気がついた。暖炉の火が消えかけている。今が何時なのかも、どれくらいの時間、手紙を読んでいたのかもわからなかった。片脚がしびれ、肩が凝っていた。

ちゃんと動くかどうか心配になり、しびれた脚を伸ばしてみた。ちょうどそのとき、誰かがドア口に姿を見せた。

あの〝ブロンドの君〟だった。暖炉の上の家族写真に写っていた若者だ。過去と現在のあいだで頭が混乱していたわたしは、ふと、彼が写真から抜けだしてきたのかと思った。ばかばかしいと思いつつもちらりと暖炉の上に視線をやり、ちゃんと写真のなかにおさまっているかどうか確かめた。若者は永遠に変わらない笑みを浮かべ、馬の横に立っていた。もう一度、ドアのところにいる男性に視線を戻し、写真の若者とは違いがあることに気づいた。彼は灰色のズボンにブレザー姿だし、ブロンドの髪が濡れて黒っぽくなっている。

それに隣にいるのは馬ではなく、エレガントなお嬢様だった。

身長はわたしと同じくらいだが、似ているのはそれだけだ。長くつややかな焦げ茶色の髪が、シャンプーのコマーシャルのオーディションでも受けているのかと思うほど顔のまわりでさらさらと揺れている。茶色のスエードのブーツは、今しがた〈ハロッズ〉の靴店から出てきたばかりのようにきれいだ。茶色いウールのワンピースは、ノッティング・ヒルのしゃれたブティックで買ってきたものだと自己主張していた。とにかくふたりは、『タウン&カントリー』誌から抜けだしてきたようなすばらしくすてきなカップルだった。贅沢《ぜいたく》な暮らしをひけらかしている夫妻といった感じだ。

当然、こちらはみじめな気分になる。

みじめさにかまけていたせいで、別の点に気づくのが遅れた。目の前にいる男性は写真の若者のような笑顔ではないばかりか、今にも怒りを爆発させそうな表情をしている。しかも、どうやらその矛先はわたしに向けられているらしい。

「こんにちは」片手に手紙の束を持ったまま、わたしはもう一方の手を床についてふらふらと立ちあがった。黄ばんだ紙が二、三枚、膝から床に落ちた。「わたしはエロイーズ――」

〝ブロンドの君〟はつかつかとこちらへ歩み寄り、床に置いてあった手紙を乱暴に取りあげると、それを木箱のなかに放りこんでバタンと蓋を閉じた。

「誰が許可した？」

写真に写っていたときはあんなに愛想のよかった男性が態度を豹変《ひょうへん》させたことに驚き、わたしの頭と口は示しあわせたように動くのをやめた。

「誰って……」わたしは口もきけず、手に持っていた手紙の束に視線をやった。「ああ、これのことですか？　それなら、ミセス・セルウィック・オールダリーが――」

「おば様か！」〝ブロンドの君〟がうなった。

「ミセス・セルウィックがこの手紙を読んでもいいと――」

「セレーナ、おば様を呼んできてくれないか」

〝エレガントなお嬢様〟が唇を噛む。

「とりあえず、出かける用意ができているかどうか見てくるわ」

〝ブロンドの君〟は手紙に触らせまいとするように木箱の上に腰をおろし、わたしをにらみつけた。

わたしは困惑し、手にしていたエイミーの手紙をコーヒーのしみがついたセーターに押しあてた。この人はわたしの目的を誤解しているのではないだろうか。わたしのことを、アメリカでいうところの内国歳入庁に相当する行政組織がよこした鑑定士かなにかと勘違いしているのかもしれない。わたしがこの国宝級の手紙を財産と見なし、おばに莫大《ばくだい》な税金を課すのではないかと心配しているのだろう。あるいは、たちの悪い図書館員がこれを盗みに来たとでも考えているのだろうか。世の中には美術品を盗む者がいるのだから、たまには文書を盗む者がいてもおかしくはない。きっとわたしを卑劣な文書泥棒だと思っているのだ。自分が卑劣に見えるとは思わないが――たしかに服装は乱れているけれど、大きな青い目をしてすぐに顔を赤くする女性はあまり卑劣には見えないものだ――文書泥棒にもいろいろなタイプがいそうだ。

「ミセス・セルウィックがこの手紙を読むのを許可してくれたんです。目的は論文を書くための研究です」

〝ブロンドの君〟は黙ってこちらを見ていた。まるで女主人のいちばん高級なダイヤモンドのティアラのそばをうろついていた、ヴィクトリア朝時代の皿洗いのメイドを見るような目だ。

「博士号を取ろうとしているんです」そう言ったあと、さらにつけ加えた。「ハーヴァード大学で」どうしてそんなことを言ってしまったのだろう。これではまるで、革の肘あてがついたツイードのジャケットを着て、角縁眼鏡をかけて、〝ハーヴァード〟を〝R〟の音を抜いて発音する鼻持ちならない学者みたいだ。

〝ブロンドの君〟も同じことを考えたらしい。「王室歴史家のデイヴィッド・スターキーが来たところで同じだ。この手紙はおおやけには公開していない」

〝ブロンドの君〟などと呼ぶのはもったいない。ただの〝ブロンドの男性〟で充分だ。いいえ、〝ブロンドのいけすかない男〟のほうがいいかもしれない。

「わたしは〝おおやけ〟じゃなくて個人です」そう指摘したとき、〝エレガントなお嬢様〟が開けたままのドアからそっと部屋に入ってきた。「それに、あなたのおば様が来てもいいとお手紙をくださって、この手紙を見せてくれたんです」

「愚かなことを」〝ブロンドのいけすかない男〟が毒づいた。

「そうかしら、コリン」ねたましいくらいにきれいなブーツを履いた姫君が言った。「それほど目くじらを――」

「コリンですって？」疑惑がむくむくと頭をもたげ、わたしは一歩前に進みでて目を細めた。「まさか、セルウィック・ホールの所有者のコリン・セルウィックじゃないわよね？」

すべてが読めた。

わたしは問題となっている手紙を張りぐるみの椅子に置いた。「よもやあなたが、アメリカの学生に嫌みな手紙を書くのが好きなコリン・セルウィックなんてことはないでしょう？」

「べつに嫌みのつもりは……」コリンはいらだっているように見えたが、そんなことはかまわなかった。これ以上、彼にしゃべらせてはならない。どうせ最後には反抗した皿洗いのメイドみたいに追いだされるとしても、こっちにだって追いだされ方というものがある。

「たしかこう書いてあったわ。〝大西洋の向こう側では、相手の迷惑も考えずに私的な文書を見せろと要求することが許されているのですか？〟」勝ち誇った顔で手紙の文面を暗唱した。

〝エレガントなお嬢様〟が顔をしかめる。

「コリンったら、本当にそんなことを書いたの？」

ブーツの件は許してもいいかなという気になってきた。「ええ、本当よ」

「あの日は虫の居所が悪かったんだ」コリンが木箱にのせたヒップをもぞもぞと動かした。「きみは誤解している。ぼくはなにも――」

とげのひとつも刺されればいいのに。いいえ、ひとつじゃ足りないわ。たくさんがいい。「きみは誤解している。ぼくはなにも――」

「あら、誤解なんてしていないわ」わたしは愛想よく言った。「だって、とてもわかりやすい手紙だったもの。そうそう、こんなことも書かれていたわ。〝学者というのは、腐ったハムサンドイッチほどにも役に立たないことをぐだぐだと研究している輩《やから》です〟」

「そんなことは――」

「〝腐ったハムサンドイッチ〟の部分はちょっと捏造《ねつぞう》したけど」〝エレガントなお嬢様〟のために訂正しておいた。「わたしがいかに社会貢献をしていないか表現するのに、彼がどんなすてきな言葉を使ったのかちょっと思いだせなくて」

「きみはいつもそんなふうに文面を覚えているのか？」コリンが不機嫌な顔で木箱から立ちあがった。

「だってあなたの手紙は強烈だったから。毒舌にかけては抜群の才能があるのね」

「きみは想像力がたくましすぎる」彼は長い脚で二歩進み、目の前に来た。

「勝手に話を作ったとでも言いたいの？」わたしは声を荒らげた。

コリンが肩をすくめる。「とてつもなく誇張していると言いたいだけだ」

「じゃあ、あなたがきわめて失礼な態度をとっているように見えるのも、わたしのたくましい想像の産物というわけね」相手をにらみつけるには、精いっぱい顔をあげなければならなかった。

顎の真下という特殊な位置にいるせいで、相手の喉元がごくりと動いたのが見えた。きっと、このうえなくお上品な言葉をのみこんだに違いない。

「いいか」コリンが押し殺した声で言った。「考えてみろ。どこの馬の骨ともわからないやつが自分のものをあさっていたらどう思う？」

「べつに下着が入った引き出しをかきまわしていたわけじゃないわ。それにこの状況を見るに、手紙はあなたのものでさえなさそうね」

どうやら痛いところをつかれたらしい。スポーツマンなのか、よく日焼けした顔がまだらに赤くなった。「それはぼくたち一族のものだ」

わたしはゆっくりと笑みを浮かべた。

「本当を言うと、あなたにはこの手紙をどうこうする権利なんてないんでしょう？」

「その手紙は公開していない」

歯を食いしばりながら話す人を初めて目の前で見た。どうりでイギリス人は歯が悪いわけだ。

「なぜ？」わたしは無謀にもさらに詰め寄った。「わたしに読まれるのがどうしてそんなにいやなの？　なにか知られたくないことでもあるのかしら？」

れを無視した。

「コリン……」〝エレガントなお嬢様〟がコリンの腕を引いた。わたしたちはふたりともそ

「〈紫りんどう〉がフランスに寝返ったとか？　それとも彼は女性の下着が大好きだったの？　わかった、〈ピンク・カーネーション〉のことを隠しておきたいんでしょう？」コリンがぴくりと動いた。一瞬、わたしを絞め殺したくなったのだろう。だが、それがヒントになった。

わたしは髪を耳にかけ、コリンの目を見据えたまま、とどめを刺しにかかった。

「きっとそうなのね。〈ピンク・カーネーション〉は……じつはフランス人だったとか？」

肝心のところでミセス・セルウィックが慌ただしく部屋に入ってきた。黒と真珠色の外出着に着替えている。わたしたちは遊び場で喧嘩しているのを見つかったやんちゃな子供のように固まった。

「待たせてごめんなさい。コリン、エロイーズにはもうご挨拶したの？」

まったく、とんだご挨拶だわ。

コリンは絨毯に向かってなにやらぶつぶつとつぶやいた。

ミセス・セルウィックがカシミアのストールを肩に巻きながら言った。「エロイーズは〈ピンク・カーネーション〉について調べているのよ。すてきでしょう？　エロイーズ、今度、コリンにいろいろと話してやって。彼は〈ピンク・カーネーション〉のこととなると熱くなるから」

「そのようですね」わたしは年代物のシェリー酒のような辛口の口調で答えた。

コリンがこちらをにらんだ。

わたしはお返しに皮肉な笑みを浮かべてみせた。

するとコリンもにやりとした。「お帰りいただかなければならないのが残念だな」

お帰りいただくですって？　わたしの笑みは暖炉でくすぶる燃えさしの火より早く消え去った。コリンはまだにやにやしている。悔しいが、この勝負はわたしの負けらしい。ミセス・セルウィックが出かけるのなら、わたしも立ち去るしかない。アパートメントの地階にある部屋に戻り、〈セインズベリーズ〉の冷凍ディナーを食べ、全国ネットで放送されるダーツ・チャンピオンシップを見るのだ。コリンがこの調子では、もう一度この家に招待される見込みは薄い。

いったい今は何時だろう？　クリーム色のカーテンがかかった窓から見える空はすっかり暗くなっている。少なくともディナーの時刻にはなっているのだろう。あるいはそれをはるかに過ぎているのかもしれない。断腸の思いで椅子の上の手紙に目を向けた。ようやく〈ピンク・カーネーション〉の正体がわかるかと思ったのに……。いいえ、そればかりではない。リチャードとエイミーがキスをしたのかどうかも気になる。リチャードは仕切りの反対側へ忍びこんで……そこで間違えてミス・グウェンにキスをしたりはしなかったのだろうか？これではまるで恋愛もののリアリティ番組を途中で中断されたようなはがゆさだ。

だが、ミセス・セルウィックは肩にショールを巻き、すっかり出かける用意ができている。

「ごめんなさい」わたしは申し訳ないことをしたと思いながら彼女のほうを向いた。「とっくにおいとましていなければならないのに、エイミーの手紙を読んでいたら時間を忘れてしまって。今日は本当にありがとうございました。なんとお礼を申しあげていいかわかりません」

「早くしないと約束の時間に遅れますよ」コリンがせかした。

「夢中になるといつもそうなんです」

「そういうことなら――」ミセス・セルウィックが口を開いた。

「ぼくたちはもう出かけるから」コリンが言った。「どうぞ帰ってくれ」

「そういうことなら……」ミセス・セルウィックは同じ言葉を繰り返し、無作法な甥《おい》を叱るような目で見た。「泊まっていけばいいわ」

わたしはサンタクロースと、歯の妖精と、イースター・バニーが一緒に来たみたいな気分になった。「本当に？　ご迷惑ではないでしょうか？」

「泊まるですって？」

「迷惑なものですか。セレーナ、彼女をお客様用のベッドルームへ案内してくれる？　クローゼットに洗ったネグリジェがあると思うから」

コリンが低い声でうめいた。「おば様、それはちょっと」

ミセス・セルウィックはやきもきしている甥を穏やかな目で見た。

「箱の中身は知っているでしょう？」

「でも、〈ピンク・カーネーション〉は――」

ミセス・セルウィックは小さく首を振って甥の言葉を止めた。「彼女は自分で見つけるわ」それは甥への警告でもあり、わたしへの信頼でもあるように聞こえた。

そうしてミセス・セルウィックはすぐにまたおっとりとした口調に戻った。「エロイーズ、バスルームは右側の三番目のドア、キッチンは左側のいちばん奥よ。食器は自由に使って。洗う必要はないから。明日の朝、コンスエラが来て片づけてくれるわ。ほかになにか言っておかなければならないことはなかったかしら？」

コリンがなにかぶつぶつとこぼした。〝常識的に考えろ〟と言ったように聞こえた。

ミセス・セルウィックが無視したので、わたしもそれにならうことにした。

「手紙は大切に扱います」わたしは約束し、部屋の隅にある宝箱に視線をやった。あのなかにもっとたくさんの手紙が入っている……。

「当然だ」コリンが短く言い捨てた。「おば様、行きましょう」

彼は頭をあげて背筋を伸ばし、平然とした態度を保っていたが、最後で間違いを犯して肩越しに振り返った。悔しそうな顔だ。できるものならわたしの首に縄を巻いて自分の肩にかけ、いちばん近くのドアから放りだしたいところなのだろう。いや、窓でもいい、こいつを追いだせるなら方法はなんでもいいという表情をしている。

わたしは平然とした態度でその視線を受け止めた……と言いたいところだが、そうはいかなかった。

得意満面の笑みを見せたのだ。遊び場で子供がするように、白い歯をむきだしにして。

コリンは顔をそむけ、ぴしゃりと部屋のドアを閉めて出ていった。すぐに玄関のドアが閉まる音も聞こえた。今度はぴしゃりというほどではなかったが、ドアを閉めた人のいらだちが充分に伝わってくる音ではあった。

にんまりしたままペルシャ絨毯に座りこんだ。この勝負はわたしの勝ちだ。威厳に満ちた勝利だとは言いがたいが、それでもコリン・セルウィックがなすすべもなく腹を立てているのを見るのはこのうえなく愉快だ。客に対する彼の失礼きわまりない態度も許せないが、それとは別にあの侮辱的な手紙を読んだときから仕返しをしてやりたいと思っていたのだ。そうそう、もうひとつ思いだした。封筒を開けるとき、紙で指を切ってしまった。まったく、嫌みなばかりか凶暴でもある手紙だった。

どうしてコリンはそこまでいやがるのだろう。わたしは腕を伸ばし、肘掛け椅子の上の手紙を手に取った。なにも彼の日記を見せろと言っているわけじゃあるまいし。

それにしても、コリンがおばの前では感情を抑えなければならないと感じている点がおもしろい。もしかするとミセス・セルウィックの遺産を相続する予定になっていて、彼女の怒りを買うのを恐れているのだろうか。昔のテレビドラマにありそうな設定だ。高齢のエキセントリックな親戚に、気の短い相続人という構図。もしそうなら、コリンがわたしに対して憎悪をむきだしにする理由は別のところにあるのかもしれないという気がしてくる。〈ピンク・カーネーション〉など関係ない。本当は、わたしが祖先の歴史を調べているうちにミセス・セルウィックのお気に入りとなり、財産が奪われてしまうのを恐れているのかもしれない。

想像するとわくわくする。わたしは黒いドレスを着て、一九二〇年代の水玉模様のベールのついた帽子をかぶり、金色の装飾が施された椅子に座っている。そのそばで、顔色の悪い弁護士が淡々とした口調で遺言書を読みあげる。「〝わたしの財産はすべてミス・エロイーズ・ケリーに相続させるものとする〟」すると短ゲートルをつけ、つば広のソフト帽をかぶったコリン・セルウィックが大声で悪態をつき、大股で部屋から出ていく。これで彼の希望は永遠についえた。無作法な手紙を書くとこういうはめになるのだ。それはそれでなかなか心躍る空想だが、もし本当にそうだとすれば、アメリカの大学院生がおばの家を訪ねてくるたびに、コリンはやきもきしなければならないことになる。けれど彼があの嫌みったらしい手紙を書いたのは、わたしがミセス・セルウィックのリビングルームに座りこんでいるのを見る前だから、遺産相続が絡んでいるという筋書きは成立しない。

まあ、そんなことはどうでもいい。コリンの頭がどうかしているのは間違いないが、それは彼が自分でなんとかすべき問題だ。わたしはわたしで忙しい。こんな大きな木箱にたくさんの手紙が入っていて、しかもひと晩じゅうそれを読んでもいいと言われたのだから。せっかく膝丈のズボンをはいて肩マントをまとった勇者たちの物語を読めるというのに、現代の鼻持ちならない男性のことを考えている暇はない。

エイミーの手紙から察するに、たとえリチャード・セルウィック卿があの不愉快な子孫と同じくらい癪に障る男性らしいとしてもだ。

少なくとも、リチャードにはちゃんとした理由があるのだから大目に見ることができる。自分の正体を隠さなければならないのは気苦労も多いだろう。

わたしは貴重な手紙を脇に置き、壊疽《えそ》にかかったような見た目のブーツを脱ぎ、横座りをして肘掛け椅子にもたれかかった。手紙をぱらぱらとめくり、リチャードが友人のマイルズ・ドリントンに宛てた一通を読みはじめた。

リチャードのほうがあの無礼千万な子孫よりずっとましな男性だということがわかるかもしれない……。

9

エドゥアールの馬車は来ていなかった。

エイミーはこの五分間で五回も通りの向こうに目を向けた。だが何度見ても、バルコート家の紋章がついた馬車はやってこない。昨日発ったドーヴァーの港はミス・グウェンが顔をしかめるほど騒々しかったが、弱々しい朝の光に包まれたカレーの波止場は不気味なくらいひっそりと静まり返っていた。肌寒い夜明けの海辺にやってきた馬車はこれまでに一台しかない。ランプが壊れ、側面にはねた泥がついたままの、古びた黒い馬車だ。一時間前、よろよろと船を降り、まだ薄暗い夜明けのなかでその馬車を見たときは、てっきりエドゥアールがよこしたものだと思った。だが、御者が三人の前を通り過ぎ、まっすぐ船倉に置かれた貨物のほうへ向かうのを見て、エイミーはがっかりした。ほかにすることもないので、粗末な作業着を着た三人の男たちが船と波止場をつなぐ踏み板を行ったり来たりしながら、さまざまな形や大きさの荷物を馬車に運び入れる様子を、ぼんやりと眺めていた。

玉石を踏み鳴らす蹄《ひづめ》の音が聞こえ、エイミーははっとした。四頭の黒い馬が視界に入った。その後ろには、磨きこまれた黒い馬車がつながれている。御者が立ちあがり、聞き違えようのない英語で挨拶をした。あまり使用人らしくない口調だ。それに応じたのは、よく知っている声だった。リチャード・セルウィック卿だ。不公平だわ、とエイミーは思った。こんな名誉も知らない人の馬車が時間どおりに到着して、わたしたちの馬車がまだ来ないなんて。正義はどうしたの？　彼は祖国を裏切っているのだから、神様の懲罰人名簿のいちばん上に名前があってしかるべきじゃない？　いいえ、まだ正義の鉄槌《てっつい》が下される機会はあるかもしれない。リチャードは馬車が溝に落ちて立ち往生するかもしれないもの。

「やあ、ロビンズ！」リチャードが旅行鞄から腰をあげ、馬車へ歩み寄った。「道中はどうだった？」

「フランスのくそったれな道にしちゃあ快適でしたよ、旦那。おっと、これは失礼」ミス・グウェンが汚い言葉をとがめるように鼻を鳴らしたため、御者は疲れた様子の女性が三人そばにいることに気づいた。「こっちの道は穴やらくぼみやらが多いもんでしてね」彼は慌てて言い訳をした。

ミス・グウェンはもう一度、鼻を鳴らした。

御者は肩をすくめ、おかしな帽子をかぶった小うるさい女性に背を向けた。

「いつになったらまたイギリスの道を走らせてもらえるんです、旦那？」

「ナポレオンがすべての遺物を大英博物館に譲渡したらだ」リチャードはそっけなく答えた。なにも考えなくても口から出てくる言葉だった。ロビンズとはこれまでに何度も同じやり取りをした。リチャードは、吹きさらしの港で身を寄せあっている女性三人に視線を向けた。

エイミーと目が合ったとたん、怖い顔をされた。

なかなか強烈なしかめっ面だったが、風のせいで顔が髪に覆われてしまった。エイミーが口に入った髪を不器用によけているのを見て、リチャードは思わず笑った。まるで毛玉とじゃれている子ネコだ。

もちろん、エイミーのことなどなんとも思っていない。たしかに風のせいでドレスがまつわりついて脚の形がはっきり見えると、困ったことにズボンのなかの部分がこわばる。リチャードは息を吐き、彼女の体の線など気にかけるんじゃないと自分に言い聞かせた。だが、これはたんなる生理的反応だ。相手が誰であろうが、女性を見ればこうなる。とりわけ、キューピッドの弓のような輪郭の唇をして、上等なモスリンの黄色いドレスを着た女性となれば……。だからといって、エイミーに気があるわけではない。彼女はたまたま同じ船に乗りあわせただけの相手だ。ぼくを嫌うなら、それでもかまわない。どうせ、ろくに知りもしない女性だ。

しかし、エドゥアール・ド・バルコートのことは知っている。あの男なら、迎えの馬車を手配することが自分の都合に合わなければ、待たせているのが身内の女性だろうが平気で一週間かそこらカレーに放っておくだろう。流行の最先端をいくズボンを試着するのに忙しくて、馬車のことなどすっかり忘れているのかもしれない。いかにもそういうことをしそうな男だ。育ちのいい若い女性が港で途方に暮れているところなど、想像もしないに違いない。

もちろんこのあたりにも宿屋はあるが、そういう場所に泊まるのはこの三人とはまったく異なる種類の客だ。少なくとも一軒はまともな宿屋があったはずだが、そこだって安全とは言いきれない。何度も海峡を往復した経験があるからよく知っているが、波止場というのはとかく柄のよろしくない連中を引き寄せるものだ。たしかにミス・グウェンに先端のとがった傘があれば向かうところ敵なしかもしれないが——ジェインとエイミーのシャペロンにミス・グウェンをあてがった人物は人を見る目がある——それでも、仮に妹のヘンリエッタがカレーで一週間も足止めされたらと考えると……。リチャードは唇を引き結んだ。やはりぼくが三人をパリまで連れていくしかなさそうだ。

リチャードと目が合ったエイミーの顔が赤くなり、彼女は慌てて視線をそらした。

「いやな人！」

「ねえ、ちゃんと話してよ。彼となにがあったの？」

「しいっ。こっちに来るわ」

リチャードは片手で帽子を振りながら、エイミーとジェインのほうへ寄ってきたが……そのままふたりの前を通り過ぎ、ミス・グウェンにお辞儀をした。

「お待ちになっている馬車はどうやら……到着が遅れているようですね。こんなことを申しあげるのは失礼かもしれませんが、よろしければぼくの馬車でお送りしましょうか」

冗談じゃないわ。エイミーはあせった。やめて、やめて、やめて。

彼女は立ちあがり、一六〇センチの身長を精いっぱい伸ばして顎をあげた。「結構よ！もうすぐ兄の馬車が来るはずだもの。遅れる理由なんていくらもあるわ。車輪が壊れたとか、強盗にでくわしたとか……」声が尻すぼみになった。ミス・グウェンとリチャードが恐ろしいくらいに同じ表情で彼女を見おろしていたからだ。ふたりとも礼儀正しさは守りつつも、そんなわけがないだろうという顔をしている。「だって、強盗は絶対にいるはずだし、車輪が壊れることだってあるし」

「もちろんそうだな」リチャードは疑念をにじませ、不愉快そうに答えた。

実際、すこぶる不愉快に感じていた。くそっ。ゆうべはあれほど失礼なことを言われたにもかかわらず、こっちは親切にしているんじゃないか。それなのに、地の果てに連れていかれるとでも言わんばかりに、エイミーは激しく抵抗している。せめてもっとうまく断ってくれればいいものを。いいかげんにしてくれ。ぼくが彼女の両親を殺したわけじゃないんだ。

エイミーは深く息を吸いこみ、地団駄を踏みたい衝動をこらえた。足を踏み鳴らして、できるものなら思いきり彼の足を踏んづけたい。昨日の夜みたいに。「それに、もし兄の馬車が来たら……というか絶対に来るけれど……待っていなかったら失礼でしょう？　だって、御者は兄に言われてわざわざカレーまで来るんですもの。御者はわたしたちがまだ到着していないと思って、カレーにとどまるかもしれない。ここでおろおろして待つはめになったらかわいそうだわ」

「きみが兄上の御者を心配する気持ちには敬服するが、ミス・バルコート」リチャードが心配する矛先が違うだろうという顔で皮肉な笑みを浮かべた。「このままでは、きみたちのほうがおろおろして馬車を待つはめになるぞ」

さらに反論しようとエイミーが肩を怒らせたときだった。ミス・グウェンがパラソルの先端で地面を突いた。「もうそれ以上は聞きたくないわ、エイミー。お兄様の馬車は約束どおり来ないじゃないの。ここはセルウィック卿のご親切をお受けするよりほかにないわ。まさかとは思うけれど、万が一にもお兄様の馬車が来たら、御者はパリに戻るくらいの良識は働かせるでしょう。わかった？　セルウィック卿、御者に荷物を運ばせてくださって結構よ」

「仰せのままに。もっとお近づきになれるかと思うとお互い楽しみですね、ミス・バルコート」

「もちろん楽しみだわ」エイミーはリチャードの言葉をそのまま返した。二倍の疑念をにじませて。

リチャードは笑った。無作法にも、文字どおり声をあげて笑ったのだ。

エイミーは座っていた旅行鞄から立ちあがり、地団駄を踏んだ。リチャードの御者とふたりの水夫が荷物を馬車の天井に積みはじめた。エイミーとしては足を踏み鳴らしたつもりだったのだが、木製の板に革製のブーツを打ちつけてもほとんど音はしなかった。このいらだちを解消するにはもっと大きな音をたてたい。ドアを勢いよく閉めたり、食器を割ったり、あるいはミス・グウェンみたいにパラソルの先端で地面を突いたり……。「だからミス・グウェンはいつもパラソルを持っているのね」エイミーは波に向かってつぶやいた。波はそうだと言わんばかりに打ち砕けた。

「親切な申し出だと思うけど？」ジェインがエイミーの腕に手を滑りこませた。

「そう見えるだけよ」エイミーは不機嫌な声で答えた。ちらりとリチャードのほうを見ると、彼はミス・グウェンを相手にもったいぶった口調でなにか話していた。「おなかのなかは真っ黒なくせに、それを隠そうとするのがいかにも彼らしいわ」

ジェインが心配そうに眉根を寄せる。「そこまで言うなんて、いったいなにがあったの？　彼がなにかぶしつけなことでもしてきたの？」

「まさか」これ以上不愉快にはなれないと思うほど胸がむかついた。キスをしかけたときの記憶が頭の片隅でからかうように躍っている。だいたい彼は本当にキスをしようとしたのかしら？　どちらにしても、自分の愚かさに腹が立つ。どうしてあんな卑劣な人に唇を許しかけたのだろう。魅力を振りまいて自分の気を引いたリチャードのことをいまいましく思っているのか、その魅力に負けて彼を好きだと思ってしまった自分にいらだっているのか、よくわからない。いずれにしろ、悔しくてしかたがなかった。

ジェインが返事を促すような顔でこちらを見ている。だめ、キスの話はできない。

「そういうことじゃないの。彼がなにをしたかではなくて、どう考えているかが問題なの。あの人、ナポレオンに雇われているのよ！　イギリス人のくせに、しかも貴族だというのに、ナポレオンのために――」

「彼がどんな人なのかはまだわからないわ」波の音より高くなりかけたエイミーの声をジェインがさえぎった。

「信じて、ジェイン。よくよく考えた末の結論よ」

「昨日会ったばかりなのに」

「一日一緒にいれば充分だわ」エイミーはかたくなに言った。「ああ、いやだ。どんどん荷物が積まれていくわ。早くお兄様の馬車が来てくれないかしら。そうでないと、本当に彼と一緒に行かなくてはならなくなってしまう」

エイミーとジェインがミス・グウェンのそばに行くと、リチャードはふたりに向かって礼儀正しく深々とお辞儀をした。心のなかではわたしを小ばかにしているくせにとエイミーは苦々しく思ったが、次の言葉を聞いて本当にそうなのだと確信した。リチャードは顔をあげると、こう言った。「おはよう、ミス・ウーリストン、ミス・バルコート。ゆうべはよく眠れたかい？」なに食わぬ顔でジェインとエイミーに視線を向けている。

「ええ、ぐっすりと」ジェインが答えた。

エイミーはリチャードをにらみつけた。

「わたしは甲板の足音が気になって眠れなかったわ」

リチャードは穏やかにほほえんだ。「見に行かなくて正解だったよ。ドーヴァーからの定期船には荒っぽい水夫も乗っているからね」

「わたしもそう考えたの」

ジェインはボンネットをかぶった頭を左右に動かし、ふたりを交互に眺めた。そして麦わら帽のつばに隠れてエイミーをじろりと見た。「なにかわたしに隠しているでしょう？」エイミーだけに聞こえるようにささやく。

「あとで話すわ」エイミーもささやき返した。

リチャードはレディが男性の前でひそひそ話をしたときはそうするものだと言わんばかりに、憎らしいほど慎み深い態度でふたりを見ていた。

ミス・グウェンはそこまで慎み深くはなかった。「こんなところでいつまでも風に吹かれていないで、さっさと出発しましょう」そう言うと、差しだされたリチャードの手をつかみ、堂々とした足取りで馬車に乗った。ジェインも小さく礼を言いながら乗りこみ、ミス・グウェンの隣に座った。

エイミーはリチャードの手に触れるのをあからさまに避け、馬車のなかをのぞきこんだ。なんなのこれは？　わたしが彼の隣に座るの？

彼女はできるだけ窓際に身を寄せて座席に腰をおろした。リチャードはいくぶんあざけりのこもった顔で乗りこみ、御者に指示を出した。馬車が出発した。彼は床に落ちた手袋を拾うふりをしながらエイミーに体を寄せた。

「うれしくなさそうだな」

エイミーはなにか言い返そうと口を開きかけたが、ミス・グウェンにハヤブサが獲物を射すくめるような目で止められた。せいぜい威厳を保ちつつリチャードに背を向け、窓の外をにらんだ。

長いあいだそうしているうちに海岸線が見えなくなり、やがて首が痛くなった。一時間もすると、顔をまっすぐに戻せるのか心配になってきた。リチャードは低い声で愛想よくジェインと話していた。「モーツァルトに比べるとベートーヴェンの作品は……」ジェインが熱い口調で語った。隣でリチャードがなにか答えたが、その声がしだいに遠ざかっていって……。本人はひどくいやな人なのに、どうして声はこんなに耳に心地よいのだろうと困惑しているうちに、エイミーはいつの間にかまどろみはじめた。

ジェインとリチャードは新しく台頭してきたロマン派音楽のよさについて語りあっていた。やがてエイミーが眠りこんだのを見て、ジェインはショールをかけようと危なっかしげに体を伸ばした。

ジェインが座席の端から落ちそうになっているのを見て、リチャードが言った。「ぼくがかけよう」ジェインは礼を述べてショールを手渡し、腰を引いてベルベットのクッションにもたれかかった。御者のロビンズはフランスの道をいまいましく思っているため、くぼみを見つけるたびに荒々しく手綱を引く。そのせいで、馬車は嵐に遭遇した昨夜の定期船よりも激しく揺れた。

リチャードはよろめいて座席の背もたれに倒れこみ、エイミーのほうを向いた。エイミーはあてつけがましく彼に背を向け、片手を頬の下に置き、窓にもたれて丸くなっていた。片足を床から少し浮かせて眠っている姿は小さくてか弱く見える。不思議なものだ、とリチャードは思った。こんな印象を受けたのは初めてだ。残念ながら、そういう一面をかいま見るほど長くは一緒に過ごさなかったということなのだろう。起きているときの彼女は、ギリシア神話に登場する女性だけの戦士からなる部族のアマゾネスよりも迫力がある。それに脚の力もなかなかのものだ。したたかに足を踏みつけられたのだから侮辱されたと感じてもよさそうなものだが、どういうわけか怒りはわいてこない。それどころか、あのときのことを思いだすと愉快になり、認めたくはないがエイミーに好意さえ覚える始末だ。

あと何時間かすれば彼女ともお別れだ。もちろん、バルコートの妹なのだからテュイルリー宮殿で顔を合わせる機会もあるだろう。だが運がよければ、エイミーはばい菌を見るような目でぼくを避けるはずだ。そしてぼくは、それを幸運だと思うべきなのだ。これでやっと任務に戻れる。定期船ではひょんなことから同じ部屋で寝るはめになってしまったが……。

リチャードは眠っているエイミーにそっけなくショールをかけた。

エイミーはなにやらつぶやきながら寝返りを打ち、リチャードの肩に頭をのせた。ずいぶん深く眠っているのか、はっと跳ね起きもせず、彼の上等なウールの上着に鼻を押しつけた。リチャードは無意識にその肩に腕をまわしたあと、しまったと思い、後ろめたさを覚えてちらりとミス・グウェンのほうを見た。幸いにもミス・グウェンは読書に没頭していたため、自分が預かっている娘が男の肩にもたれかかったことには気づいていなかった。リチャードは慌てて腕をおろした。余計なことをしてパラソルの鋭い先端でつつかれるのはごめんだ。起きているときは礼儀も知らないような女性についうっかり腕をまわしてしまった程度で腹を突き刺されたりしたら、なおさら頭にくるだけだ。もっと楽しいことをして痛い目に遭うのならしかたがないが……。いや、エイミーにもたれかかられているのが楽しくないわけではない。彼女はやわらかであたたかく、昨夜は風呂にも入っていないというのにいい香りがする。リチャードはこっそり嗅いでみた。ラベンダー水の香りだ。なかなかいい。リチャードはもう一度、鼻をひくつかせた。

バタン！　ミス・グウェンが大きな音をたてて本を閉じた。

慌てて顔をあげたせいで、リチャードはめまいがした。

「なんて下品な！」ミス・グウェンが嚙みついた。「ヒツジの番犬でさえもっと品よく匂いを嗅ぐでしょうよ。エイミー！　起きなさい！」エイミーが身じろぎし、いっそうリチャードの上着に鼻をうずめた。

「ヒツジがどうしたの……？」彼女はリチャードの肩のあたりでぶつぶつとつぶやいた。

「ヒツジなんて大嫌いよ……」

ジェインが笑い声をもらした。ミス・グウェンがパラソルを手に取ったのを見て、リチャードは身構えた。だが、ミス・グウェンの凶器は別の人の腹をつついた。エイミーが目をしばたたく。

「なに……？」

「今すぐにセルウィック卿から離れなさい」

パラソルの先端よりその言葉のほうが効いたらしい。エイミーは上着に視線を向け、それからリチャードの顔を見あげ、跳ね返りそうな勢いで馬車の壁に身を押しつけた。

「まあ……わたしったら……そんなつもりは……」

リチャードは上着についたカールした髪をつまみあげ、エイミーに差しだして厳かに言った。「これはきみのだと思うが?」

「それは……あの、あなたにあげるわ」エイミーはせわしなく座席の端で身を縮めた。

「それは光栄だ」

エイミーは寝ぼけまなこでリチャードをにらみ、馬車の壁にもたれかかった。正面に座っているミス・グウェンがまた読書に戻った。エイミーは目を細め、背表紙の文字を読んだ。

「まあ、『ユードルフォの秘密』を読んでいるの?」

「題名を見ればわかるでしょう」ミス・グウェンはページをめくった。

「あなたがそういうゴシック……いえ、小説を読むとは思わなかったものだから」

「読まないわ」ミス・グウェンが背表紙越しにエイミーを見た。その目が嘘だと語っていた。

「だけどほかに読むものもないし、誰もがあなたみたいに人前でも平気で居眠りするわけじゃありませんからね」嫌みを言ったことで気が晴れたのか、少し愛想がよくなった。「文体はおもしろいけれど、ヒロインには共感できないわ。世の中、気絶すればすむと思ったら大間違いよ」

「ご自分でお書きになったらどうです?」リチャードが言った。「もちろん、このおふたりの教育になるようなものを、ということですよ」

エイミーとリチャードは一瞬、忍び笑いを交わした。リチャードがにやりとしたのを見てそれに応えようとしたとき、エイミーは自分が嫌っている相手と目を合わせていたことに気づいて悔しくなり、ふたたび座席で丸くなった。

どうしてわたしを放っておいてくれないのよ。

ふと顔をあげ、窓の外を見た。そろそろパリに着いてもいいころじゃないの？

きっと、もうすぐだ。とっくにお茶の時間を過ぎているもの。もっともここはシュロップシャーではないから、お茶は出てこないけれど。そんなことを考えていると、馬車が城門を通り抜けた。

御者のロビンズが馬車の速度を落とした。一度、馬車を急旋回させたとき、もっとゆっくり走らせないとパラソルで突き刺すとミス・グウェンに脅されたのだが、なにもそれに恐れをなしたわけではない。通りが狭いため、これ以上は速く進めないからだ。道路では玉石があらかたなくなり、中央にはごみの浮いた水が流れている。ぬかるんだ道に窓から汚水が捨てられ、エイミーは慌てて顔を引っこめた。人々は足が汚れるのもかまわず往来を行き来し、ときおり馬車に向かって毒づいた。エイミーはフランス語の口語表現をまたたく間にたくさん覚えた。

「まあ、フランスらしいこと」ミス・グウェンがこれ見よがしにハンカチを鼻に押しあてた。

「どこもかしこもこんなふうというわけじゃないんでしょう？」ジェインが尋ねた。その遠慮がちな言い方がおもしろく、リチャードは声をあげて笑った。

「大丈夫だよ。きみのいとこの屋敷はここよりずっとましな地区にあるから。でも、そうだな、パリのほとんどは気の毒な状況と言っていいだろう。ナポレオンは町を立て直す大がかりな計画を練っているが、実行に移す時間がないらしい」

「ほかの国を侵略するのに忙しくて、ということかしら？」エイミーは言った。

「それを聞いたら、ナポレオンはかえって喜ぶに違いない」

エイミーはむっとして顔を赤くし、窓の外を見た。

そのとき、危うくミス・グウェンのパラソルがリチャードの腹に突き刺さりそうになるほど馬車が鋭く角を曲がり、ガタガタと音をたてて門に入った。兄の屋敷のオテル・ド・バルコートに着いたのだ。ところが、馬車はふいに停止した。みすぼらしい別の黒い馬車が行く手をふさいでいたからだ。側面には泥はねがつき、エイミーに近いほうのランプが壊れてぶらぶらと揺れている。数人の男たちが茶色い紙で包まれて紐で縛られた大きな荷物を次々と馬車からおろしていた。

「どうして停《と》まったのです？」ミス・グウェンが噛みつくように尋ねた。

「別の馬車が玄関の前をふさいでいるわ」エイミーはそう答え、窓から顔を突きだした。「ミスター・ロビンズ、この人たちにどいてと頼んでみてもらえないかしら？ 子爵の妹が来たと言って」

ロビンズは息を吸いこみ、文法の破綻したフランス語で、女主人が到着したからそこをどけと怒鳴った。

男のひとりが手を止めて、この家には女主人などいないと怒鳴り返した。

「それがいるのさ。ここにいるレディを誰だと思ってんだ」ロビンズが声を張りあげる。

男はとても上品とは言いがたい言葉を口にした。エイミーは、イギリスで育ったうら若き女性がそんな言葉を理解できてはならないことにはたと気づき、目を丸くしてリチャードに尋ねた。「あの人、今なんて言ったの？」

「きみがこの家の女主人だとは思えないという意味のことを言ったんだ」いいかげんな通訳だ。

ロビンズが怒りで顔を真っ赤にし、英語とフランス語がごちゃまぜになった独自の罵声を浴びせた。

「本当のことなんですか？」ミス・グウェンが英語の部分を聞き取って声をあげる。

「そう言っていますね」リチャードが感銘を受けたかのように言った。ラクダの性交渉に関する描写だったのだが、まさかそれが本当だとはエイミーにはとても思えなかった。

「おかしいわ！」

「そうよ！」バタン！　本が閉じられた。「純真な動物であるラクダを、そんなふうにいやらしい言葉で表現するなんて――」

「違うわ、そうじゃないの。この状況よ」エイミーが腕を広げて立ち往生した馬車や石敷きの敷地を指し示した拍子に、リチャードの顎をひっぱたきそうになった。彼は疑わしげな目でエイミーを眺めた結果、今のはわざとではなく、たまたまだったのだろうと結論づけた。

「だってそうでしょう？　ここまで来ているのに、馬車のなかにじっと座っているのはおかしいわ。玄関まで歩けばいい話じゃない。そのために足があるんだもの。わたし、お兄様を捜してくるわ」そう宣言し、ドアの鍵を開けて今にも飛びだそうとした。

だが、スカートをつかまれて引き戻された。

「だめだ」リチャードが言った。「今、外に出てはいけない」

スカートの後ろをつかまれていては、振り返って彼をにらみつけるのは難しかった。エイミーはいらだちを覚えながらスカートを引っ張り、体をねじった。これでずっとましになった。思う存分リチャードをにらみつけると、喧嘩腰で詰め寄る。「どうして?」

リチャードは皮肉のこもった表情で眉をつりあげ、外を見てみろと目で示した。むさくるしい男ふたりが怒鳴っている男に加勢し、御者のロビンズと知性のかけらもない言葉の応酬をしている。悔しいが、リチャードの言うとおりだ。

「だからってこうしてはいられないわ」

「そのとおりだ。ぼくが行こう」

「あなたが?」エイミーは呆然《ぼうぜん》として聞き返した。ちょっと待って。もしかして今、彼はわたしの言ったことに賛同したの?

「きみの兄上の顔を知っているのはぼくだけだ」

「自分の兄くらい見分けられるわ」エイミーは言った。本当にわかるかどうかは自信がなかったため、ごく小さな声にしておいた。

そのとき玄関のドアが開き、袖口にやたらとレースのついた服を着た太った男性が現れ、早口のフランス語で男たちを叱りつけて、なぜ遅れているのだと責めた。

リチャードがすばやく馬車を降りた。

「やあ、バルコート」

男性が顔をあげた。リチャードと同じく、革命以降に流行となった短い髪をしているが、彼は耳の下に頰髭を生やしていた。その頰髭は顎まで続き、あきれるほど高い襟に達している。頰に先端が触れるような高襟の服を着ていて、はたしてリチャードのほうを振り向けるのかどうか心配になるくらいだ。それに加え、男性の顎はやたらと派手に結んだクラヴァットに埋もれていた。

クラヴァット越しに声が聞こえた。「セルウィックか？ どうしてまたここに？」

まさかあれがお兄様なの？ そんなはずはないわ。

悪い予感は的中した。リチャードがこう答えたのだ。

「きみの妹を送り届けに来た。忘れていたのか？」

エイミーは最後に兄の姿を見たときのことを思いだした。エドゥアールは一三歳の少年で、金色の応接間にあった鏡の前に得意げな顔で立ち、手にしていた剣につまずいてこけた。長い髪は後ろで束ねて青いリボンで結び、お母様の寝室からくすねてきた粉おしろいでにきびを隠していた。六歳児の目には、たいそう背が高く見えた。今にして思えば、あのころの流行だったかかとの高い靴を履いていたのだろう。わたしがお兄様の寝室からその靴を持ちだして履いて歩きまわっていたら、お兄様が烈火のごとく怒ったのを覚えている。だけど……でっぷりとした頰に糊《のり》のきいた襟が突き刺さり、ベストの前がはちきれそうになっているこの男性が自分の兄だとは、とても思えない。きっとなにかの間違いだ。

男性が馬車を見た。

「ぼくの妹だと？」

そのとき男性が、兄のかかとの高い靴を履いていたエイミーを見つけたときの彼とまったく同じ顔をした。

「お兄様！　お兄様なのね！」

エイミーは馬車から飛びだした。たいらにならされていない地面につまずき、慌てて両手を振りまわして転ぶのを避けた。リチャードがくすっと笑った気がしたが、それは無視した。フランス人の使用人たちにじろじろ見られるのもかまわずに、玉石からいやな臭いが立ちのぼっているのも気に留めず、両手でスカートの裾をつかんで兄のもとへ走った。

「お兄様、わたしよ、エイミーよ。やっと家に戻ってこられたわ」

エドゥアールの顔に――顔が見える部分に――困惑と動揺が交互に浮かんだ。

「エイミー？　到着は明日じゃなかったのか？」

10

「だから馬車が来なかったのね！　きっとなにか理由があると思っていたわ。わたしったら、てっきり今日の到着だと手紙に書いたつもりでいたから——」

「そう書いたわ」ミス・グウェンが冷ややかに口を挟んだ。

「でも、こうしてちゃんと着いたわけだし、それが大事なことだもの。ああ、お兄様、会えてうれしいわ」エイミーは衝動的にエドゥアールを抱きしめた。

エドゥアールがぎこちなく妹の背中をぽんぽんと叩いた。「ああ、ぼくもうれしいよ」

「いとこのジェインを紹介するわね。頭がよくて、とてもいい人なの」エイミーは兄を馬車のほうへ引っ張っていったが、ことのほか力が必要な様子に見えた。エドゥアールは石敷きの道のあちこちに落ちている汚物を不快そうに眺め、雨の日に白い靴をおろした少女のような足取りで慎重にエイミーの通ったあとをついていった。それを目にし、リチャードはにやりとした。自分の靴や靴下が汚れないように、エドゥアール・バルコートが召使いに命じて彼の歩く先に板を敷かせているのは有名な話だ。だが、エイミーに向かってノーと言うのは難しい。

「ジェイン、ジェイン！　エドゥアールよ」

　エドゥアールはレースの縁取りをしたハンカチを鼻と口に押しあて、くぐもった声で挨拶した。

「わたしたちをいつまでここに座らせておく気なの？」馬車のなかからいかめしい声が聞こえた。

「そうそう、あちらにいるのはミス・グウェン・メドウズ。シュロップシャーでお隣に住んでいて、今はわたしたちのシャペロンを務めてくれているの。ミス・グウェン、どうぞ馬車を降りて、お兄様に会ってちょうだい」

「馬車が玄関先に着いてから降りるわ」馬車から聞こえる姿なき声はデルフォイの神託（デルフォイは古代ギリシアの聖地で、アポロン崇拝の中心地。その神託は女性の神官が伝えた）のように厳かで恐ろしげだった。

「ああ、少しお待ちを」エドゥアールは気を取り直して小走りで玄関へ戻り、待っていた使用人になにか告げた。エイミーとリチャードも玄関に向かった。最後の荷物が大急ぎで家にはこびこまれ、みすぼらしい馬車は門を出ていった。

　リチャードはそれをじっと目で追っていた。エドゥアールが彼の視界をさえぎるように立ち、そわそわと説明した。「今ちょうど西翼を改装している最中なんだ。これでやっと両親が遺したかび臭い品々を処分できるよ。それはともかく、改装となるとたくさんのカーテンが必要でね。あの荷物はカーテンなんだよ」そう言うと、汗の浮きでた額をハンカチでぬぐった。

「なにもかもすっかり変えてしまったの?」エイミーは心配になった。リチャードの馬車が玄関のそばにやってきた。

「いや、そんなことはない。改装は時間がかかるからね。母上の寝室はまだ手をつけていないよ。よかったらそこを使うといい」

「本当? うれしいわ」

「まあ、おまえさえよければ」どうしてそんな部屋を使いたがるのかわからないが、自分は兄なのだから妹に調子を合わせておこうという口調だ。エドゥアールが男同士の共感を求めてリチャードへ顔を向けた。だが、リチャードはエイミーを見つめていた。

エイミーは、七月にもう一度クリスマスをしようと言われた子供のように顔を輝かせている。

リチャードは胃がひっくり返ったような気がした。そんな経験をしたのは〝ジェントルマン・ジャクソン〟の拳闘場で勢いづいたマイルズから、腹に一発お見舞いされたとき以来だ。

エイミーから顔をそむけ、馬車へと向かった。ジェインとミス・グウェンに手を貸して、さっさと馬車から降ろすためだ。そうするほうが無難でいい。突然、バルコート家とそれに関係する人たちとはひたすら距離を置きたい気分になった。彼らとかかわると、気が散ってしかたがない。〝彼ら〟だって? ぼくはなにをごまかそうとしているんだ。ひと晩じゅう眠れなかったり枕を叩いたりしたのは、エドゥアール・ド・バルコートのせいではないし、偉そうなミス・グウェンのせいでもないし、まして穏やかなジェインはなんの関係もない。

元凶はエイミーだ。

これほど自分ががっかりするとは思っていなかったので、エイミーは戸惑った。一日じゅう、避けていた男性が――狭い馬車のなかで隣に座っている相手を避けるのはたしかに限界があったが――さっさと馬車に乗りこんで帰ってしまったからだ。

ふと気がつくと、エドゥアールが彼女たちを屋敷に招き入れようとしていた。兄はずっとしゃべりつづけている。

「セルウィックに送ってもらえてよかったよ。足元に気をつけて。旅はどうだった?」

エイミーは頭の奥にある戸棚にリチャードのことを全部しまいこみ、大きな文字で〝開けるべからず〟と書いた紙を貼りつけた。「ちゃんと着いたんだから、道中のことなんでどうでもいいじゃない」わざとらしく聞こえるほど明るい声で言い、愛情をこめて兄の腕をきつくつかんだ。「呼び戻してくれてありがとう、お兄様。ああ、どんなにここに帰ってきたかったことか……まあ!」

「目をみはるだろう?」

この玄関広間のことをしみじみと考えているのか、エドゥアールのおしゃべりがいっときやんだ。得意げに胸を張っているせいで、ベストのボタンが飛びそうになっている。

「〝わが目を疑う〟の間違いじゃないかしら?」ミス・グウェンが鋭く指摘した。

「なんというか……その……」エイミーは言葉を探した。「たいしたものだわ」語尾が尻すぼみになる。

記憶にある優雅だった玄関広間の面影はどこにもない。昔と変わらないのは大理石でできた弧を描く階段だけだ。タペストリーも、金色に縁取りされた鏡も、階段の両側に据えられていたルイ一五世様式のテーブルも、壁のくぼみに置かれていた古典的な彫像も、すべてなくなっている……。エイミーは思わず目の玉が飛びだしそうになった。あの片隅にあるのはもしかして石棺なの？　模造品のオベリスクが東翼への入口の左右に陣取り、二頭のスフィンクスが階段を守るように鎮座している。ジェインがエイミーの肩にそっと手を置いた。

エドゥアールが満面に笑みをたたえ、エイミーが到着して以来、初めてくつろいだ表情を浮かべた。「今、フランスではエジプト風が大はやりなんだ」うれしそうな声で言う。

エイミーは眉をひそめてジェインを見た。

「わたしたち、スフィンクスのなぞなぞに答えないと寝室にあがれないのかしら？」

エドゥアールがきょとんとした顔になった。「疲れているのかい？」

「お父様が教えてくれたお話を覚えていないの？　いいえ、なんでもないわ」エイミーは言った。「新しいカーテンもエジプト風なの？」

「カーテン？　ああ、カーテンね。そうだ。いや、違う」

エドゥアールの態度がまたよそよそしくなった。そわそわとスフィンクスに近寄り、心ここにあらずといった様子でその頭をなでた。

「ああ、エイミー、母上の寝室の件だけど……」

「お母様の部屋を使えるなんて本当にうれしいわ」

エドゥアールは落ち着かなげにごてごてとしたクラヴァットを引っ張った。「その件なんだが……母上の寝室を使うのは一、二週間待ったほうがいいかもしれない。その……西翼は改装中でごちゃごちゃしているんだ。埃っぽいし……ネズミがいるし。そうそう、ネズミが出るんだ。西翼へは行かないほうがいい。危ないし、汚いし。そうなんだ、すごく汚れていて……」彼は言葉に詰まった。

「お兄様が危ないと言うなら――」

「ああ、危ないとも！　メイドに言って、ほかの部屋に案内させるよ。ディナーは部屋まで運ばせよう。ぼくはその……芝居を見に行く約束があるから……もう行かないと。ではまた明日！」エドゥアールはエイミーの両頬にほんの形ばかりのキスをし、ジェインとミス・グウェンに大慌てでお辞儀をしたため転びそうになりながら、そそくさと西翼へ姿を消した。

「おかしいわね」ミス・グウェンが言った。

エイミーもなにか変だと思わざるをえなかった。機会を見つけしだい、真っ先に西翼を探りに行こう。

そうできる機会は意外に早く訪れた。ミス・グウェンが『ユードルフォの秘密』をしっかりと小脇に抱えたまま案内された部屋に入り、今夜は早く寝ると言ってドアを閉めたからだ。その勢いで廊下のテーブルに置かれた花瓶がカタカタと揺れ、三人のあとについてきた従僕が帽子箱を三つ落とした。

エイミーは自分の部屋のドアを開け、西翼に行くにはどう進めばいいのか考えた。一七世紀に建てられた屋敷の大多数にもれず、オテル・ド・バルコートは中庭を囲むように四つの翼が四角く並んでいる。ただし正面から見ると、左右の翼が少し手前に張りだしていた。つまり、玄関広間のある翼と左右の翼の張りだした部分で、先ほど馬車で入ってきた正面の前庭を囲んでいる形だ。屋敷の全体図を頭に描くと、西翼へ向かう方法はすんなりとわかった。左手の窓に中庭の緑が見えるように進めば迷わずに行けるはずだ。エイミーに用意された寝室は東翼の張りだした部分にあった。エイミーは歩いてきたばかりの廊下を戻って、ジェインとミス・グウェンの部屋の前を通り過ぎ、屋敷の奥へと進んだ。その廊下には途中、使用人用の狭い階段を挟んで、ずらりと客用寝室が並んでいた。

果てしなく歩いてきたような気がしたころ、ふいに廊下が曲がり角にあたり、北翼と思われる建物に入った。半分開いたドアから、ふた間続きの広い部屋が見える。兄の部屋に間違いない。オーデコロンの強烈な香りが廊下まで漂ってきている。エドゥアールの近侍が主人のフロックコートにブラシをかけながら、下品な歌を口ずさんでいた。エイミーは忍び足で通り過ぎた。

さらにいくつもドアが並んでいた。これほど広い屋敷だとは知らなかった。数え間違えていなければすでに寝室が一五室はあったというのに、まだ西翼にたどりつけない。一七番目の寝室を数えたとき、いきなり行き止まりになった。エイミーは腰に手をあてて突きあたりまで進んだ。左手の壁には床まである大きなタペストリーがかかっている。そこに描かれているのは女性のヒツジ飼いたちがこちらに向かってにやにやしながら杖を振り、彼女が困惑しているのを見てあざ笑った。エイミーはそれを無視し、模様もなにもない赤い壁をにらんだ。この先に西翼があるはずなのに！　兄の部屋にいる近侍に聞こえないよう気をつけながら壁を叩いてみた。痛っ。エイミーは手の甲をさすった。間違いなく硬い。壁紙の下は石造りだろう。

廊下を少し戻り、中庭に臨む窓から外を見た。やっぱりあるじゃない！　右手にずらりと窓が並んでいる。いちばん手前の窓などすぐそこだ。ここの窓枠によじのぼれば、向こうの窓枠に足が届くだろう……。だが、エイミーはその案を却下した。下に見える中庭は優雅に花が咲き乱れているが、この程度の低木では落下したときクッションになるとは思えない。もっと安全に西翼へ行く方法があるはずだ。

そうだ、なぜ気づかなかったのだろう。東翼から北翼に入るときは窓伝いに廊下が続いていたのに、ここは窓がとぎれて壁になっている。エイミーは大きなタペストリーに目を向けた。一八世紀に流行ったロココ調のみごとな作品で、庭園と東屋と恋人たちが描かれているのだが、よく考えてみると古典主義を基調としているこの廊下にはまったく似合わない。廊下は壁紙が赤く、天井との境目に彫刻の施された横木があり、ポンペイと古代の陶器を表現していた。廊下のところどころに飾られた絵はどれもフランスの画家ダヴィッドの作品らしく、大胆な色使いと力強い線で古典的な場面が描かれたものばかりで、庭園や東屋や恋人たちを描いた絵は一枚もなかった。

それなのに、どうしてこのタペストリーだけが、女性のヒツジ飼いたちとその恋人とおぼしき牧夫たちの絵柄なのだろう。しかも、彼らの隣には……ユニコーン？　これは絶対におかしい。なぜ一八世紀の恋人たちの隣で、ユニコーン狩りが行われているの？　そのさらに向こう隣はまた絵柄が変わっていた。古典的な悲劇の一場面だ。煤のついた白い長衣をまとった女性が、燃え盛る神殿を見て悲しげに涙を流している。トロイだわ。エイミーはぴんときた。泣いている女性はトロイ王の妻ヘカベに違いない。わかったわ！　これは一枚のタペストリーなんかじゃない。三枚が隙間を空けずにぴったりと並んでいるのよ。まるでなにかを隠すように……。

エイミーは埃っぽいタペストリーに手を伸ばし、トロイ戦争の勇者パトロクロスが手にしている槍《やり》の先と、まるでその標的となっているように見えるユニコーンのあいだを探った。ドアの取っ手でも見つかるかと思いきや、気がつくとタペストリーの裏側に入りこんでいた。

「お父様……」

エイミーはつぶやいた。

「ああ、お母様……」

よろめきながら両親の部屋を見まわした。記憶がよみがえり、めまいがする。埃よけの布はかけられていなかった。長い歳月が経過してすべてのものが色あせているが、それでもエイミーと母がエドゥアールと父を残してイギリスへ発った一四年前となにひとつ変わっていない。母の書き物机には蓋が開いたままの文房具箱があり、瓶に入ったインクが乾いてひび割れていた。父の化粧室にはいまだかつらが並んでいる。さまざまな思い出がいっきにあふれだし、エイミーは固く目をつぶった。今にもお母様が出てきて、わたしを抱きあげてくれそうだわ……。

お兄様がこの部屋を封印した理由がよくわかる。

気を取り直し、父の書斎から階下に続くらせん階段をおりた。板がきしんだが、割れることはなかった。そこは図書室だった。フランス革命を経て埃の積もった書物を見ていくと、ギリシア語で書かれたホメロスの作品がそろっており、本棚のひとつは全部の棚がラテン語の美しい装丁本で埋め尽くされていた。お父様が集めたものに違いない。お父様はしばしばお母様の居間でわたしを膝にのせ、ケンタウロスの胸ときめく物語や、英雄と乙女たちの不思議な話を語り聞かせてくれた。

頬に伝った涙をぬぐい、次の部屋に向かった。お父様の本はまたあとで見に来ればいい。今はお兄様が戻る前に西翼を探るのが先だ。

そこは舞踏室だった。中央で人々が踊れるように、優雅な形のソファや椅子などの家具はすべて壁際に置かれている。この広さだと、おそらく西翼の大部分を占めているのだろう。中庭に面してフレンチドアが並んでいたが、一四年分の汚れでガラスが曇り、咲き乱れる花は見えなかった。薄暗いなかで目を凝らし、蠟燭を持ってくればよかったと後悔した。壁に取りつけられた燭台にはクモの巣が張りめぐらされ、その主《あるじ》たちが自分たちにしか聞こえない音楽に合わせるように奥へと逃げこんだ。部屋の端には作りつけの低い舞台があった。楽団がそこで演奏したのだろう。ハープシコードやハープがまだ残っている。茶色い紙で包まれた荷物も置かれていた。

小走りで寄せ木細工の床を横切り、舞台へ駆け寄った。

先ほどの男たちが運んでいた荷物だ。たくさんの紙包みのほかに、壁に沿ってさまざまな大きさの木箱も積まれている。カレーの道をひた走る早馬が蹄の音を響かせるように、エイミーの想像力が雷のごとくとどろいた。これがカーテンですって？　どちらかというと、〈紫りんどう〉の一団が偽装した荷物に見えるわ。

荷物の包み紙を引き裂きたかったがなんとかこらえ、苦労しながら紐をほどいていった。ようやく最後の結び目がほどけ、膝の上で包み紙が開いた。

白いモスリン地だ。

埃のついたスカートの上にあふれだした白い布をエイミーは呆然と見つめた。いったい何メートルあるのかと思うほどの量だが、ただのインド産の布地であることに変わりはない。

そうだわ！　エイミーは顔を輝かせた。きっとこの奥に拳銃か……剣か……もしかすると黒マスクが隠されているのかもしれない。途中で検問を受けたときのために大量の布で大事なものを包みこんでおくのはすばらしい考えだもの。

布地のなかを引っかきまわした。だが、どこまでいってもモスリンの布地しか出てこない。がっかりしたのと、なぜという思いがあいまって、エイミーは床に座りこんだ。

ああ、でもまだ木箱がある！　箱に飛びつき、蓋を引っ張った。とげが三本刺さり、爪が一本裂けたが、蓋はびくともしない。この蓋を閉めた人はこれでもかというほど釘《くぎ》を打ちつけている。

「もう！」

ブーツで木箱を蹴飛ばすと、中身が動く音がした。

その音に興味を覚え、箱を揺すってみようと思いたち、膝をついて座りこんだ。重量があるためわずかしか動かせなかったが、また音がした。さらさらしたものが入っているらしい。木の葉か、粉か……。

火薬かもしれない。

エイミーはよろよろと立ちあがり、蓋をつかんだ。こじ開けるのに使える棒みたいなものがそのへんに落ちていないだろうか。火かき棒でもいい。いいえ、木箱を倒してみたらどうかしら？　そうすれば衝撃で蓋が開くかもしれないし、そのほうが火かき棒を探しに行くより手っ取り早そうだ。ふたたび膝をつき、ざらざらした木材でてのひらが痛むのもかまわずに木箱の底に指を差し入れて持ちあげた。しかし倒すところまではいかず、箱はガタンともとの位置に戻った。歯を食いしばり、もう一度底に指を入れ、渾身《こんしん》の力をこめて持ちあげた。大きな音をたてて木箱が倒れた。だが、蓋は開かなかった。

両手を腰にあて、箱をにらみつける。やはり火かき棒を探すしかなさそうだ。

そのとき、なにか聞こえた。誰かがかすかに吐息をもらしたような、あるいは小さくうめいたような……。エイミーはぞっとして、おぼつかない足取りで壁際に寄った。きっと風の音だ。古い屋敷はどこでも隙間風が吹く。それともネズミ？　いやだわ。自分を怖がりだとは思わないが、ネズミはごめんだ。スカートを足元にたぐり寄せ、床を見まわした。

誰かが置き忘れたのか、ソファの端からブーツが片方垂れていた。いや、脚が入っている。ルイ一四世の愛妾《あいしょう》だったマダム・ド・ラ・ヴァリエールの肖像画の下で、額に血のにじんだ包帯を巻いた男性がソファに寝ていた。

11

「ジェイン！　たいへん！　信じられないものを見つけたの！」

エイミーはノックもせずにジェインの部屋へ駆けこんで乱暴にドアを閉め、肩で息をしながらへなへなと座りこんだ。

「屋根裏部屋に行ったら、骸骨が二体と幽霊が三人と頭がどうかした人でもいたの？」ジェインが関心のない様子で答えた。

「怪我人よ！」

「なんですって？」ジェインが読んでいた分厚い本が膝に落ちた。「ああ、ページがわからなくなったじゃないの。あのね、使用人が指にかすり傷を負っていたくらいじゃ、怪我人とは言わないのよ」

「おもしろくないわ、その冗談。違うの、頭に包帯を巻いた男性よ。ねえ、気つけ薬は持っている？」

「ええ、持っているけれど、そんなものどうするの？」ジェインは本をベッドに置き、けげんな顔をした。

「彼を起こして話を聞きたいんだけど、頭に怪我をしている人を揺さぶるのはよくないと思って。ああ、ジェイン、説明をしている暇はないわ。すぐに西翼へ戻らなきゃ」

「そんな状態の人が姿を消すとは思えないわ」ジェインはのんびりと答え、小さな手提げ袋《レティキュール》のなかを探り、緑色のガラスの小瓶を取りだした。「なにを尋ねるつもりなの？」

エイミーはじれったさに足踏みしながら、いとこをドア口に引っ張っていった。

「〈紫りんどう〉の居場所に決まっているじゃないの！」

「いったいまたなにを思ってその人が――」ジェインがそう言いかけたが、エイミーは聞いていなかった。

「正面の階段をおりて右へ行けば……」ぶつぶつとつぶやきながら階段へ駆けだし、ジェインに腕をつかまれた。

「普通に歩いたほうが怪しまれないわ」

エイミーはもどかしい思いでジェインを見たが、たしかにそうするほうがいいのはわかっていた。幸運にも、西翼から興奮して駆け戻ってきたときは使用人にでくわさなかったが、二度目もうまくいくとは限らない。いいえ、そういえば……お兄様の近侍がシーツの山を抱えて部屋から出てくるのを見かけた。かまうものですか。もしお兄様が近侍から聞きつけてなにか言ってきたら、タペストリーを見ていたときにネズミが飛びかかってきてとかなんとか、うまくごまかせばすむ話だ。

てのひらに爪を突きたてないと我慢できないほどじりじりしながら、見かけだけは落ち着いた足取りで正面階段をおりた。階段をおりきると、使用人がいないかどうかすばやく確かめた。玄関広間はまだ蠟燭の明かりがついていたが、人の気配はしなかった。左に進めば東翼への入口、右に進めば……行き止まりだった。

だが、なにを探せばいいのかはわかっている。エイミーの目には、まるでここが西翼の入口だと言わんばかりに目印が貼りつけられているかに見えた。そこにはタペストリーがかかっていた。今度はルクレティアが凌辱《りょうじょく》されている場面だ（ローマ王の息子に人妻ルクレティアが凌辱され自殺したことがきっかけとなり、ローマの王政は倒され共和政が誕生。絵画などの題材にされてきた）。二階の入口より一階の入口のほうが人目につきやすいせいか、ご丁寧にもタペストリーの前に、大理石の台座にのったジュリアス・シーザーの彫像が置いてあった。

エイミーは気が高ぶった。「あれよ。あそこが入口に違いないわ」

ジェインは大理石造りの石棺もどきの上にあった小さな柄つき燭台を手に取った。

「入りましょう」

ふたりは重いタペストリーを持ちあげ、なかに入った。そこは美しい控えの間だった。壁は金細工の装飾が施され、眺めているだけで壊れるのではないかと思うほど華奢で優雅な椅子が置かれていた。次の部屋には大きなピアノがあった。音楽室だったのだろう。ピアノには牧歌的なお祭り騒ぎが描かれていた。ジェインは黄ばんだ鍵盤を弾いてみたそうに眺めていたが、エイミーはそれを尻目にさっさと舞踏室へ入った。ジェインの立っている場所からは舞踏室の内部がよく見えなかった。茶色い紙で包まれた荷物の山に視界をさえぎられていたからだ。

「たいしたものは入っていないわよ」エイミーはささやき、荷物を避けて舞踏室に入った。「ただのモスリン地だから」

「そんなものをこんなところに置くのはおかしくない？」

「乾燥用の戸棚がいっぱいだったんでしょう。怪我人が寝ているのはあのソファよ。ほら、マダム・ド・ラ・ヴァリエールの肖像画の下」エイミーはジェインの手から燭台を取り、足早にソファのほうへ向かった。「木箱は蓋が開かなかったけど……」怪我人を照らそうと燭台を向け、言葉に詰まった。誰もいなかった。

「どこへ行ったの？」警戒するのも忘れ、思わず甲高い声をあげた。燭台をせわしなく動かし、怪我人がいたはずのソファの下やほかのソファも見てまわった。「ちゃんといたのよ、マダム・ド・ラ・ヴァリエールの絵の下に……。ぐっすり眠っていたんだから！」

「エイミー……」

エイミーは振り向いた。蠟燭の炎が激しく揺れる。

「お願いだから、わたしの見間違いだなんて言わないで。絶対にこの目で見たのよ！」

「そんなことを言うつもりはないわ」ジェインが真面目な声で答えた。「ここを照らしてみて」

エイミーは言われたとおりに燭台を向け、いとこの視線の先に目を向けた。黄ばんだシルクのソファに鮮血がひと筋残っていた。

ジェインが指先でその血に触れた。

「まだそんなに遠くへは行っていないはずよ。血が乾いていないもの」

「でも、いったい誰がどこへ動かしたというの？」部屋の隅に悪者が潜んでいるのではないかと、エイミーは明かりをかざしてみた。

「あのフレンチドアから運びだしたんじゃないかしら」ジェインが考えこむように言う。

エイミーはいちばん近いフレンチドアに駆け寄った。長年の汚れがたまっているドアにしては、きしむことなくすんなり開いた。

「最近、油を差したみたいね」ジェインが小声で言った。

エイミーはいとこに燭台を手渡し、三段の階段を飛びおりて中庭に出た。ジェインはドアを調べはじめた。ここのところ雨が降っていないため地面が硬く、足形のくぼみもなければ、石敷きの細道に足跡の泥が点々とついていることもなかった。そのうえ、中庭はフレンチドアで囲まれていた。東翼にも北翼にも南翼にもフレンチドアがある。これでは怪我人がどこへ運びこまれたのか推測のしようがない。エイミーは建物に沿って歩きながら、屋内をのぞいてみた。西翼とは違い、東翼と北翼のガラスは掃除が行き届いている。応接間がふた部屋、さっき通ってきたのとは別の音楽室、それに朝食の間があり、北翼の一階の大半は広い食堂になっていた。

「エイミー」肩越しにジェインがささやいた。手にした燭台の明かりが、手すりに奇妙な形の影を落としている。「こっちへ来て。見せたいものがあるの」

「きっと怪我人は、このフレンチドアのどこかから家のなかに運びこまれたのね」

ジェインが考えこんだ。「そのまま階段を使って、使用人の区画に連れていかれたのかもしれないわ。あとを追うのは無理ね」建物に沿って、ふたりは来た道を戻った。途中、ジェインはギリシア神話の女神アフロディーテの腕のない胸像の前で足を止めた。「その人がどうして舞踏室で寝ていたのか、理由がわかるようなものはなにもないみたい。どんな怪我だったの？」

「頭の怪我よ」エイミーは自分の左側頭部を指さした。「包帯をしていたから怪我の状態はわからないけど、とにかく傷口は左側よ。そこが血で濡れていたもの」

「もしかすると……」ジェインがゆっくりと言う。「その人はさっき馬車から紙包みをおろしていた男性で、作業の途中で頭を打っただけかもしれないわ。そう考えるのがいちばん簡単だもの」

「じゃあ、どうしてこんな小細工をするのよ。なぜ舞踏室に隠したり、そこからまた運びだしたりするわけ？」エイミーは風で顔にかかった髪を払いのけた。

「気分がよくなったから、自分で歩いて出ていったのかもしれないわ」

「本当にそう思う？」日が沈み、気温がさがってきた。ドレスの薄い生地を通して夕暮れの冷えこみが肌にしみこみ、エイミーは身震いした。「本気でそんなふうに考えているの？」

ジェインはアフロディーテにもたれかかってしばらく思案していたが、やがて体を起こして顔をしかめた。

「いいえ。わたしも怪しいと思うわ。その理由を見せてあげるから、一緒に来て」

エイミーはいとこについて急ぎ足で舞踏室へ戻った。ジェインがフレンチドアの前で立ち止まった。

「なんなの？」エイミーはせかした。ジェインったら、石橋を叩いて渡る人なんだから。

「これよ」ジェインがガラスを指さす。

「汚れているわね」

「それどころか、汚れすぎていると思わない？　まるで泥を塗りつけたみたい。ほら、ここを見て。自然についた埃にしては厚みがあるし、汚れにむらもある。まるで――」

「舞踏室のなかを見えないようにしているみたいだわ！」エイミーは興奮して声をあげ、汚れをよく見ようと顔を寄せた。ジェインが燭台をガラスに近づける。エイミーの短い髪が風ではためいた。

ジェインがうなずいた。「わたしもそう思うの。でも、理由がわからないわ。エドゥアールはなにを隠したがっているのかしら？」

エイミーはドアを閉め、目を輝かせてジェインを見た。

「そんなのはわかりきっているじゃないの。お兄様は〈紫りんどう〉の仲間なのよ！」

〈紫りんどう〉はひらりと馬車を降り、独身男性らしい慎《つつ》ましやかな自宅の敷地に立った。慎ましいとはいっても寝室が五部屋あり、使用人は近侍と料理人と御者を除いても一〇人いる。リチャードは心からほっとしてため息をついた。

「ああ、やっぱり家はいい」玄関で待っていた、ベストとシャツ姿の細身の男性に声をかけた。

「ロンドンの中心部に潜入して、危険な任務を終えてきたばかりだからな」人生で二番目に古い友人であるジェフことジェフリー・ピンチングデイル・スナイプが穏やかな口調で冗談を言った。この性格に魅力を感じ、イートン校時代、リチャードとマイルズはジェフを自分たちのグループに引き入れたのだ。

「うるさい」リチャードは文句を言い、帽子を取って髪をすいた。「生きて帰るのはたいへんだったんだぞ」

長年の友情を確かめるように短く固い握手をしたのち、玄関広間に入り、帽子と手袋と外套をたまたま目についたところにそれぞれ置いた。執事のスタイルズはうんざりした顔で天井を見あげ、主人のあとについてドアの取っ手から帽子を、床から手袋を、椅子から外套を取りあげた。

「お脱ぎになるものはこれですべてでございますか」スタイルズはシェイクスピアの作品に登場するリア王さながらに苦悩の表情を浮かべた。

「なにか食べたいと料理人に伝えてくれ。腹が減って死にそうだ」

「仰せのままに」執事は顔をしかめ、よろめきながら厨房へ向かった。

「八〇代の老人にしか見えないな」リチャードはそう言い、どうせ料理はすぐに出てくるだろうと楽観的に考えてまっすぐ食堂を目指した。「真実を知らなければ、だまされるところだよ」

途中、ジェフは書斎に寄り、手紙の束を手に戻ってきた。「ぼくもだまされそうになったよ。たまには白髪に染めている染料を落として、酒場で気晴らしでもすればいいと思って、先週の土曜日に休みをやったんだ。ところが外出するのかと思いきや、厨房の火のそばに椅子を置いて毛布にくるまって、腰痛がどうのと終始愚痴っていた」

ふたりはあきれた表情で顔を見あわせた。

「まあ、いい執事を見つけるのは難しいからな」

「喜べ、おまえとスタイルズはこれからも長いつきあいになる」ジェフが結論づけた。

リチャードはうめいた。「もう二度と仕事のない役者を〈紫りんどう〉の仲間に引き入れたりしないぞ。だが、この程度ですんでよかったのかもしれない。スタイルズなら自分をジュリアス・シーザーだと思いこんで、古代ローマ人の格好で町を歩きまわりかねないからな」

「スタイルズは五〇〇人会議の議員になると居心地がいいんじゃないか？」五〇〇人会議とは、革命政府が古代ローマの二院制にならって一七九五年に設立させた議会だ。「連中の半分は自分がブルータスだと信じこんでいる」

リチャードはかぶりを振って嘆いた。「古典の読みすぎだよ。そういうやつらは危険だ。それに比べると、スタイルズのほうがまだましだ。少なくとも、なぜこの家で執事をしているのかはちゃんと覚えている」

「それどころか、八〇歳の執事になりきると心に決めて、嬉々《きき》としてその役を演じているよ。ほら、水曜日になるとフーシェのところの執事とカードゲームをしているだろう？　リウマチの治療についてだとか、昨今の使用人は仕事ができないだとか、そんな話をしているらしいぞ」ジェフがにやりとしてリチャードを見た。「そのうえ、このごろはテュイルリー宮殿の二階つきのメイドと妙な交際をしている。まあ、情報収集のためかもしれないけれどね」

「妙なとはどういう意味だ？」リチャードは料理の匂いはしないかと鼻をくんくんさせながら食堂に入り、まだ皿が並べられていないのを見てがっかりした。

ジェフは上座に近い椅子を引き、持ってきた手紙の束をテーブルに置いてリチャードのほうへ滑らせた。「あなたの銀器の磨き方はすばらしいと褒めたたえて、そのメイドの心をつかんだんだ。あとはクリスタルをぴかぴかに保つ方法について語りあうことで親密になったらしい」

「やれやれ」リチャードは留守中にたまった手紙に目を通しはじめた。「まあ、人の好みはそれぞれだな」

とくに変わった手紙はなかった。領地管理人からの報告書、舞踏会への招待状が数通、それにナポレオンの妹ポーリーヌからの香水を振った手紙もあった。エジプトからフランスに戻って以降、ポーリーヌはことあるごとにリチャードをベッドへ誘おうとしている。それに失敗するたびに手紙に振る香水の量は増えた。手紙の束のいちばん下にあっても、匂いがぷんぷんと立ちのぼってくるほどだ。

「ロンドンはどうだった？」ジェフはそう尋ね、従僕に赤ワインのデカンターを持ってくるよう指示した。「一杯やって景気をつけたほうがよさそうな顔をしているぞ」

「半分もわかっていないくせに」リチャードは手紙の束をテーブルに置き、椅子の背に深々ともたれかかると、正面にいるジェフを見た。「母親に強制されて、ロンドンのおもだった催しにはすべて顔を出してきたよ。客が三〇〇人以上集まるところには、いつでもぼくがいるという具合だ。音楽ばかり聴きすぎて、頭がどうにかなってしまった。耳が聞こえなくなるんじゃないかと思うくらい――」

「わかった、わかった」ジェフがかぶりを振る。「実際は、そこまでひどくもなかったんだろう？」

「そう思うか？」リチャードは片方の眉をつりあげ、横目で友人を見た。「メアリー・オールズワージーがおまえはどうしているかと訊いてきたぞ」

「それで？」ジェフはわざとらしいほどさりげなく答えた。

「最近は評判の悪いフランス人女性とつきあっていて、もうすぐ三人目の子供が生まれるはずだと言っておいた。そうそう、今度は女の子を欲しがっているともつけ加えておいたぞ」

ジェフは赤ワインにむせた。「嘘をつけ。もし本当にそんなことを言ったのなら、今ごろぼくの母から手紙が来ているはずだ」

リチャードは椅子を斜めに倒し、残念そうにため息をついてみせた。「ああ、言わなかった。だが、口がむずむずしたよ。二年間で三人の子供ができるのはおかしいと彼女にわかるかどうか試してみたくてね」

ジェフはふと視線をはずし、リチャードの後ろにあるサイドテーブルに積まれた銀食器の配置が珍しいとでもいうような顔をした。

「おまえがいないあいだに、いろいろとおもしろいことが起きているぞ」

リチャードはメアリー・オールズワージーの話をあきらめた。どのみちジェフがイギリスに帰国するころには、別の哀れな男が彼女の誘惑の餌食になっているはずだ。テーブルに身を乗りだしたリチャードは緑の目をきらりと光らせた。

「どんなおもしろいことだ？」

ひとつ目は、警察省が警備を強化した話だった。リチャードは、馬が逃げたから厩舎の扉をしっかり閉めておくよう通達があったのかとちゃかした。次はナポレオンの義弟ミュラが、野心はあるものの、それをかなえる機会に恵まれずにいらだっている件だった。ジェフいわく、ミュラは他人の意見に左右されやすい男らしい。つまり彼は使えるかもしれないということだ。最後は、海岸線で奇妙な動きがあるという情報だった。

リチャードは耳をそばだてた。「イギリス侵攻のために武器を買いつけているということか？」主語が誰なのかは言わずもがなだ。

「まだわからない。荷物がなんだか確認できていないんだよ。カレーの情報提供者によれば――」

「〈引っかくネコ〉の店主か？」

「そうだ。この二カ月ほど、波止場の出入りがやけに多いらしい。ル・アーヴルの港からも似た情報が入っている。〈おぼれるネズミ〉で働いている下働きの女性によれば、イギリス海峡を渡る定期船から大量の荷物が荷揚げされて、紋章のない馬車でパリの方角に運ばれたそうだ」

「ただの密貿易じゃないのか？」従僕がジャガイモとリーキ（ニラネギ。ポロネギとも）のスープ皿を置いた。リチャードは礼を言い、ジェフの話を聞いてはやる心を抑えようとした。キツネを前にした猟犬の気分だ。だが、まずはそれがキツネであることを確かめなければならない。ただのネズミではなく、まして風に揺れる葉でもないことを……。イギリスとフランスのあいだで戦争が勃発して以来、密貿易はそれまで以上に盛んになった。ブランデーやシルクを積んだ密貿易船がフランス側から海峡を越え、イギリスの商品を満載して戻ってくるのだ。これまでにもフランス人諜報員が乗船していると思いこみ、真夜中にその船に乗りこんだところ、見つけたのは不機嫌な顔をした密貿易業に携わる男たちと、一〇年物のブランデーだけだったことが二度ばかりある。いや、ブランデーならかまわないというわけではないのだが……。

「その可能性もあるが……」ジェフが言った。「スタイルズがフーシェの屋敷の執事から聞いた話では、スイスから運ばれてくる荷物を警備するために、警察省が人員を配置したらしい。その荷物がなにか、いつ運ばれてくるのかは今のところ確認できていないが、とにかく最優先事項として扱われているとのことだ」

「あいまいな点はあるが、たしかに有力な情報だな。もちろん、幹線道路と主な港には見張りを置いてあるんだろうな？」

「侮辱的な含みは無視しよう」ジェフは穏やかに答えた。「ああ、見張りは手配した。ついでにうまいブランデーを三ケース買っておいたぞ。それはともかく、ほかにも手がかりがあるんだ。荷物の中身はわからないが、どうやらジョルジュ・マーストンが深くかかわっているらしい」

リチャードはうんざりして唇の端をゆがめた。「そう聞いても驚きはしないな」ジェフの頭上にある肖像画に視線をやった。

それはこの屋敷を買い取ったときについてきたものだった。もとの所有者の祖先だろう。かすかにせせら笑いを浮かべている。彼ならマーストンのような男は鼻であしらうに違いない。マーストンは父親がイギリスの由緒ある貴族の出身だと豪語しているが、本当はとても自慢できたものではない事情によって母親に育てられたというのは公然の秘密だ。のちに父方の親戚にごり押しして金を出させ、イギリス軍に入隊してはみたものの、戦場で任務を放棄してフランス軍に寝返ったという卑劣な男だ。

「最近、マーストンがしょっちゅう港に足を運んでいる」ジェフが話を続ける。「若い者に監視させているんだが、どうやらやつの行動には一定の規則性があるらしい。二、三日ごとに男が手紙を届け、それが来ると馬車を駆けさせて港に向かう」

「それで？　くそっ」リチャードは慌ててナプキンで膝を拭いた。口元までスプーンを持っていったものの、話を聞くのに忙しくてスープを飲むのを忘れていたため、それが膝にこぼれたのだ。

「くそではない、マーストンだ」ジェフは訂正し、にやりとした。「新調したばかりのズボンじゃないのか？」

リチャードは顔をしかめた。

「とにかく」ジェフが言った。「港に向かうとき、やつはいつも四頭立ての紋章のない黒い馬車を使う」

リチャードはスプーンを皿に置いたことを確かめてから口を開いた。

「派手な二頭立てしか持っていないのかと思っていたよ。あの真っ赤なやつだ」

「あの色でさえなければ、なかなかいい馬車なんだけれどね」

「それにしても、マーストンだと？」リチャードは話を戻した。

「そうだ」馬車に思いを馳《は》せていたのか、ジェフはかぶりを振ってわれに返った。「しかもそんな馬車を使っているとなるとますます怪しい。尾行した結果、近くの貸し馬車屋から借りているものだとわかった」

「真っ赤な馬車ではあまりに目立ちすぎるからな」一家言《いっかげん》持っている馬車の話題にジェフの目が輝いたのを見て、リチャードは慌てて先に進めることにした。「それで、マーストンは港でいったいなにをしているんだ？」

「ぼくは水夫に変装して、マーストンのあとについて評判の芳しくない〈酒と喧嘩〉という名前の酒場に入った。ちなみに、店の名は伊達《だて》ではなかったと言い添えておこう」ジェフが感慨深げに言う。

「ぼくがロンドンの社交界で若い女性たちを相手に四苦八苦していたあいだ、おまえはそんな楽しい冒険をしていたのか？」リチャードは文句を言った。

「あれを〝楽しい冒険〟と言うには少しばかり拡大解釈する必要があるな。とにかく、喧嘩に巻きこまれて刺されないように気をつける合間に、ぼくはマーストンを監視した。やつはごろつきたちと話をして、そのあと奥の部屋に消えた。しばらく待っても戻ってこないんで外に出てみたら、ちょうどマーストンと仲間が茶色い紙で包んだいくつもの荷物を馬車に積み終えたところだった」

「中身はなんだ？」

ジェフは落ち着き払った顔でリチャードをにらんだ。「それがわかっていたら、今も尾行を続けたりすると思うか？　いずれにしろ、中身の一部はオテル・ド・バルコートに届けられた」

「バルコート？」

「知っているだろう？　テュイルリー宮殿に足しげく通っているおべっか男だ」

「誰のことかはわかる」リチャードはスープでいっぱいの口でもごもごと言い、飲みこんでから説明した。「偶然にもカレーまでの船が、ついでに言うならパリへの馬車も、バルコートの妹とそのいとこと一緒だった」

「妹なんかいたのか？」

「それがいるんだよ」空っぽの皿を押しやった。

「そりゃあいい。その妹を使って、バルコートの動きを探れる」

「それは……」リチャードは不機嫌に答えた。「だめだ」

ジェフが納得のいかない顔をした。「バルコートの妹だから、そりゃあ、控えめに言っても性格がいいとは言いがたい女性なんだろう。だが、なにも結婚を申しこめと言っているわけじゃない。馬車でどこかに出かけようと誘ったり、彼女を訪ねたりして、家に入りこむ手段にするだけだ。そうするのはこれが初めてでもないし」

「性格は悪くない」リチャードは椅子を横に向け、ドアをにらんだ。「次の料理はどうした？」

ジェフがテーブルに身を乗りだす。「だったらどうして……ああ、なるほど」

「〝なるほど〟だと？　どういう意味だ？　なにをくだらない想像を――」

「つまり」ジェフはにやりとした。リチャードにはそれが悪魔のほほえみに見えた。「相手の性格が悪いのではなく、相手の性格が悪くないから心穏やかでないというわけだな？」

答える代わりにひとにらみしてやろうかと思ったとき、従僕がソースのかかった料理の皿を運んできた。リチャードはほっとして手を伸ばし、鶏《とり》とおぼしき肉の塊をフォークで突き刺した。従僕は空のスープ皿を持って、そそくさと食堂を出ていった。

「おまえも食え」味つけの批評でもしていればジェフがエイミーの件を忘れるのではないかという淡い期待を抱き、リチャードは料理を勧めた。

「ありがとう」ところが、そううまく事は運ばなかった。「その意中の相手はどんな女性なんだ？」

「べつに彼女のことなんかなんとも思っていない」ジェフの冷ややかな視線は無視した。「想像はつくだろうが、兄とはまったく性格が違う。イギリスの田舎で育ち、ホメロスをギリシア語で読み――」

「重症だな」ジェフがつぶやく。「美人か？」

「なんだと？」

「ほら、髪が美しくてとか、目がきれいでとか……」ジェフはマイルズばりのおどけた仕草をしてみせた。

「兄とは似ていないのかという意味なら、そのとおりだ」

ジェフがテーブルをぴしゃりと叩き、意味ありげな笑みを浮かべる。「彼女を気に入っているなら一石二鳥じゃないか。口説きながら、バルコートの秘密を探れる」

リチャードは口元を拭こうとしたナプキンを思わずねじった。「だめだ。だいたい、ぼくはもう任務に私情は持ちこまないと決めている。それに……」ジェフが口を開きかけたのを見て、慌てて声を高くした。「それに……言わなかったか？　ぼくは彼女から嫌われているんだ」

「そりゃあまた早いな。どうしたらたった一日で嫌われるんだ?」

「一日じゃない、一日半だ」

ジェフが鼻を鳴らし、忍び笑いをもらした。

「笑いたければ勝手に笑え」

「じゃあ、遠慮なく」我慢できないとばかりにくっくっと笑った。「いや、それはぜひ聞かせてほしいね。いったいなにをした?」

リチャードは磨きこまれた天板に両肘をついた。

「ナポレオンのもとで働いていると言ったんだ」

「それだけか?」

リチャードは口元をゆがめた。「彼女はフランス革命に嫌悪を抱いているんだ」

「だったらなぜフランスに――」

「そのとおり。だから、ぼくも同じことを尋ねた」

「おまえは自分の正体を――」

「打ち明けたりするものか」勢いよくテーブルを押したせいで、椅子の脚が折れそうになった。

「たまには最後まで言わせてくれ」ジェフが穏やかな口調で言う。

「すまない」リチャードの声は尻すぼみになった。

リチャードが黙りこんだのを見て、ジェフが続けた。「気に入った美人が見つかるたびに正体を叫んでまわれと言うつもりはない。だが、彼女がおまえにとって特別な存在なら、折を見て打ち明けてもかまわないんじゃないか？　なにもすべてを話す必要はない。そうじゃないと、彼女を失うぞ。それにそこまでフランス革命を嫌悪しているのなら、おまえを裏切ることもないだろう」

そんなことはできるわけがないという反論はいくつも思いついたが、次のジェフのひと言でリチャードはまた言葉を失った。

「みんながみんな、ディードリみたいに浅はかな女なわけじゃない」

リチャードは唇を引き結んだ。「母親みたいな言い方をするな」

「嫌みのつもりだろうが、おまえの母上のことは好きだから、褒め言葉と受け取っておこう」ジェフが両肘をついた。「ある意味、おまえにとっては過去を忘れるいい機会になるんじゃないのか？」

「トニーが帰ってくるわけじゃない」

「いいかげんに自分を責めるのはやめろ。あんなことは二度と起きない。トニーが死んだのは事故だよ。不幸にも偶然が重なっただけなんだ」

「彼女に熱をあげていなければ、ぼくは判断を誤らなかったはずだ」

あのころは期待に胸をときめかせながら、ディードリの家に向かって馬を走らせたものだ。香水の香りを嗅ぐたびに鼓動が速くなり、頭がくらくらした。それなのに今はもう、顔さえ思いだせない。どこまでも青い瞳をたたえる一四行詩を書いたことがあり、まともに韻も踏めていないその下手な詩は覚えているが、肝心の青い目の人のことはすっかり忘れてしまっている。記憶も定かではない相手だというのに、当時はすっかりのぼせあがり、自分の立場を忘れてしまった。また同じことを繰り返すわけにはいかない。恋はいつか冷めるが、恥はいつまでも残る。世の栄華はかく消えゆく《シック・トランシット・グロリア・ムンディ》……。消えゆくのは栄華だけではないのだ。

もっとましなラテン語のせりふがありそうなものなのに、この程度しか思いつかない。きっとエイミーなら……。不毛なことを考えるな、とリチャードは自分を叱った。

ジェフは自分のグラスに二杯目の赤ワインを注いだ。「たしかにディードリとかかわったことで悲惨な結末を見るはめになったが、彼女が悪い人間だったわけじゃない。ただ口が軽かっただけだ。ディードリの侍女がたまたま革命政府に内通していたからな」

リチャードは目をつぶり、額を手で押さえた。「そうだ、悪いのはディードリではなく、あの侍女だ。だが、トニーにとってはどちらだろうが同じことだ」

「彼女に悪気はなかったということだけは言える」

「ぼくが愚かだったということもな」リチャードは苦悩に沈んだ。「考えてみろ。ディードリが侍女に髪をすかせているときにたまたまぽろりとしゃべったことが、トニーを死に追いやったんだぞ。エイミーも――」

「それが彼女の名前か」

「エイミーも誰にも内緒だと言って、いとこのジェインに話すかもしれないじゃないか。内緒事というのはそんなふうにもれていくものだ」リチャードは顔をゆがめた。「ジェインは分別のありそうな女性だから秘密は守るかもしれない。だが、家のなかには使用人が大勢いる。侍女が部屋にいなかったとしても、従僕が聞き耳を立てているかもしれない。それにあの家にはバルコートがいるんだぞ。政府から金をもらって情報提供をしているかどうかまでは知らないが、ナポレオンに気に入られるためならなんでもする男だ。もしあいつに正体を知られたら、ぼくたちの組織はいつまでもつと思う？　あの男なら大慌てで馬車を呼んで、まっすぐにナポレオンの書斎へ駆けこむだろうな」彼はワイングラスを掲げた。「さらば、〈紫りんどう〉よ」

「それは最悪の場合だ」

リチャードは皮肉な笑みを見せた。「最悪の場合に備えるのがぼくたちの務めじゃなかったのか？　だめだ、そんな危険は冒せない。たとえほかにはなんの問題も想定できないとしてもだ。多くの仲間の命がぼくの肩にかかっている」

ジェフは表情を変えなかった。この友人には昔から嫌みも理想主義も通じない。「今ここにマイルズがいたらなんと言うと思う？　おまえはくそ真面目すぎるとこぼすだろうな。この件に関してはぼくも同感だ」

リチャードは目をそらし、椅子の背にもたれかかって話題を変えた。「ぼくがいないあいだに、ほかにおもしろい出来事はなかったのか？　たとえばドラローシュが鶏の骨を喉に詰まらせて昇天したとか？」

ジェフは冷めてしまった鶏肉料理の皿を脇に押しやった。「残念ながら、ドラローシュはまだ生きてぴんぴんしている。相変わらず、芝居っ気たっぷりだ。この前もテュイルリー宮殿に意気揚々とやってきて、〈紫りんどう〉がこの半月ばかりどこも襲撃していないのは、自分に恐れをなしてフランスから逃げだしたからだとナポレオンにしゃべっていたぞ」

「それだけはありえない」リチャードはゆっくりと言い、椅子を斜めにして前後に揺らしながらいたずらっぽい笑みを浮かべた。「いつまでもそんな妄想に浸らせておくのは、ドラローシュがかわいそうだと思わないか？」

ジェフは前のめりになり、目を輝かせた。

「ドラローシュを病的な思いこみから現実に引き戻してやるにはどうしたらいいと思う？」

「そうだな……」リチャードはワイングラスをもてあそび、蠟燭の明かりが深紅の酒を美しくきらめかせるさまを眺めた。「極秘書類を盗みだすのもいいが……以前と同じことをしてもつまらない」

ジェフも調子を合わせた。

「あるいは小ばかにした手紙を枕元に残すのもおもしろいが――」

「それも一度やっている」リチャードは嘆かわしい口調で続けた。「まだぼくたちの知らない極秘書類はないのか？」

ジェフがうなずいた。「もうないだろう。おまえが洗いざらい持ってきてしまったからな。タンプル塔の監獄から誰かを救いだすのはどうだ？　それならしばらくぶりだし、ドラローシュが激怒するのは間違いない」

「それがいい！」勢いよく椅子を戻した拍子に体がテーブルにぶつかり、皿やフォークが跳ねた。「おまえは本当に頼りになる友だな」

ジェフの満面に笑みが広がる。「うれしいことを言ってくれるね」

「どういたしまして」リチャードは優雅に答えた。「タンプル塔はファルコンストンが長々と世話になっているからな。これ以上、食料を与えてもらうのは革命政府に申し訳ない」

「かびの生えたパンと、腐った水か？」

「祝日にはネズミも出るらしいぞ。フランス人にとってはご馳走《ちそう》なんだろう。なんといっても、カエルや牛の脳みそを食うやつらだからな」

ジェフはうめいた。

「だから革命を起こしたのか！　きっとみんな慢性胃弱で苦しんできたんだろう」

「その説はありえるかもしれないな」リチャードはテーブルに手をついて立ちあがった。

「だが、『フランス革命が起こった理由』という本を書くのは別の夜にしてくれ。今夜は忙しくなりそうだ」

12

警察省の小さな執務室で男性が窓から外を見ていた。ゆったりと両手を頭の後ろで組んでいる。前髪をおろしているため、古代ローマの元老院議員を題材にした彫像のごとき穏やかな雰囲気がある。いかにも冷静で、かつ威厳がありそうだ。だが、ひとたび口を開けば、その声は抑えた怒りで震えていた。

「いつまでやつを野放しにしておく気だ、ドラローシュ。ナポレオン閣下はご立腹だぞ。わたしも怒りに駆られておる。われわれはヨーロッパ全土のいい笑い物だ」警察大臣のフーシェがゆっくりと振り返り、氷のような目で補佐官のドラローシュをにらみつけた。「いったいどうするつもりだ」

「抹殺します」

ドラローシュは握りが銀製のペーパーナイフを自分の机にある吸い取り紙に突き刺した。ペーパーナイフは恐怖で震えるように小刻みに揺れた。ドアの前に立っている番兵がびくりとして振り返ったが、フーシェは白目が黄色みがかった目で黙って見ていた。「よかろう。だが、それにはまずあの男を見つけださなければならない。そうじゃないのか？　いったい何年かかっているんだ。四年？　いや五年か？」

「六年目はありません」ドラローシュの血色の悪い顔が、中世の宗教裁判官のように怒りで赤く染まった。「主な容疑者のリストを作り、優秀な部下に昼夜を問わず監視させます。便所に行ったことまで調べあげてみせますから。二度と逃がしはしません。一カ月以内に縄で縛って連れてまいります」歯をむきだしてうなった。

「お手並み拝見といこうか」フーシェが冷ややかに言った。「イギリス侵攻作戦の成功はいかに機密を保持できるかにかかっている。これ以上、情報がもれるのは許さん」手を伸ばし、ドラローシュの机の端から自分の帽子を取りあげた。「新聞がこの醜聞を嗅ぎつけないことを祈るばかりだな。約束は守ったほうが身のためだぞ。さもなくば〈紫りんどう〉だけでなく、おまえまで縄の先で暴れるはめになる。ではまた」

警察大臣は補佐官の執務室をあとにし、ドアを閉めた。

ドア口で見送ったドラローシュは大股で机に戻り、上着の裾をひるがえして椅子に座りこんだ。吸い取り紙の上には、警察大臣が部屋に入ってきたときに投げて置いたクリーム色のカードがあった。

肘をついて両手の指先を合わせ、カードをにらんだ。これがとくに捜査の手がかりになるわけではない。同じものが引き出しにたくさんある。どれも紫りんどうをかたどった判が押されたクリーム色のカードだ。もうずいぶん前に、その紙はロンドンのとりわけ高級な文房具商が売ったものだと突き止めた。紙の出所だけを考えれば、〈紫りんどう〉は皇太子ウェールズ公であっても、貴族の女性であってもおかしくはない。カードの内容は……。ペーパーナイフを引き抜いてカードを開かなくても、いまいましいことに内容は細部に至るまで頭に入っている。宿泊料の請求書だ。かびの生えたパンに一シリング。臭った水に一シリング、ネズミに二シリング、看守がふざけて侮辱した言葉に三シリング、その他諸経費もろもろ。カードの下側には紫の花の判が押され、上側には請求金額に見あうイギリス通貨を積みあげた山が描かれていた。

なにより腹立たしいのは、それがファルコンストン本人の手で書かれていることだ。一度でも検閲した手紙の文字は全部誰のものか覚えている。パリでもっとも監視の厳しい監獄内で、〈紫りんどう〉がファルコンストンにカードを書かせている場面が目に浮かぶようだ。なんとふてぶてしいやつだろう。

なにがなんでも、やつにふさわしい死を与えてやる。

机の引き出しを開け、白い用紙を取りだした。羽根ペンを手に取り、これが〈紫りんどう〉の心臓を突き刺すナイフであればいいのにと思いながら、乱暴にインク瓶に突きたてた。この喜びをすぐにでも現実のものにしてみせる。あの男はあまりにも調子にのりすぎた。これまではやつとの駆け引きを楽しんでいた一面もある。初めて手応えのある敵が現れたことに興奮を覚えたのだ。密偵を気取っている連中はいくらでもいるが、その正体を暴くのはあっけないくらい簡単だし、すべてを吐露させるのは残念なほどたやすい。ほんの少し爪を立ててやるだけでぺらぺらとしゃべりだす。情けない限りだ。

容疑者と思われるひとり目の名前をインクを飛ばしながら書き殴った。パーシー・ブレイクニー男爵だ。

〈紫りんどう〉がイギリス人であるのは間違いない。これほど人を小ばかにした冗談を思いつくのはイギリス人ぐらいだ。クマの扮装《ふんそう》をして踊ったり、監獄の詳細な請求書を置いていったり、こんなふざけたことをするやつがほかにいるはずがない。イギリス人に決まっている！　他国に潜入して活動するのはおもしろ半分でするようなことではないというのに、そんなことさえわからない連中なのだ。

パーシー・ブレイクニーが〈紅はこべ〉だったころ、やつもまたフランス政府に対して同様の振る舞いに及んだ。ずうずうしいことに、いまだに妻を同伴してフランスを訪れ、何カ月も過ごしていく。現に今も、このパリのフォーブル・サン・ジェルマン地区にある自宅に滞在している。もちろん監視はつけてある。だが、昔は何度も見張りの目をすり抜けた。ブレイクニーは毒牙を抜かれたヘビも同じで無害だとナポレオンは言う。おもしろい男だとさえ思っているらしい。だが、ドラローシュは怪しいとにらんでいた。イギリスの新聞もずっと書きたてているではないか。パーシー・ブレイクニーは名前を変えただけで、じつはひそかに活動しているのではないかと。

ドラローシュはふたたびリストに戻った。ロンドンの新聞はボウ・ブランメルの名前も挙げているものの、やつが〈紫りんどう〉だとは思えない。ロンドンで顔を合わせたことがあるが、着飾ること以外に関心のない不愉快な男にしか見えなかった。次に怪しいのはこいつだ。ジョルジュ・マーストン。

マーストンが頻繁に港へ足を運んでいることは調べがついている。イギリス軍を脱走してフランス側についたとき、母方から受け継いだ祖先の血が自分を故郷に帰らせたのだとやつは主張した。フランス軍のほうが給金がいいからだと陰ではささやかれている。だが、三つ目の可能性も大いにある。フランスに忠誠を誓って政府の上層部に近づき、そこで得た情報をかつての上司に報告しているという筋書きだ。

マーストンはナポレオンのまぬけな義弟ジョアシャン・ミュラと知りあいになり、そのつてを頼ってテュイルリー宮殿に出入りするようになった。おそらく酒と賭け事と女を通じて友情を築いたのだろう。ドラローシュ自身はそんなくだらないことに時間を使ったりはしないが、諜報員を気取る連中はそういう遊びを諜報活動に利用するものだと聞いている。

彼はあざけるように鼻を鳴らした。ど素人め。

〈紫りんどう〉をナポレオンに寝返らせることができたらどんなに愉快だろう。マーストンは金で動く男だ。もしやつが〈紫りんどう〉なら、事は簡単だ。イギリス政府がいくら支払っているのかを突き止め、その倍額を提示すればすむ。そうしたうえで、フランス軍における権限を与えてやるのだ。大佐の役職ぐらいでいいだろう。あとはマダム・ボナパルトの取り巻きのひとりとでも結婚させれば、やつは死ぬまでフランスのものだ。なんという快挙だろう。イギリスのくだらない新聞に〝〈紫りんどう〉、ナポレオンに屈服〟という見出しが躍るのだ。

そちらのほうが殺してしまうよりおもしろいかもしれない。ドラローシュは傷跡の残る指先でペーパーナイフの刃をなでた。

そうすれば、いつでもなぶりものにできる。半月ほど、イギリスが物笑いの種にされるのを楽しみ、そのあとフランス軍でいちばん新参者の大佐が失脚するようなちょっとした事件をでっちあげればいい。

ドラローシュは最後にもう一度ペーパーナイフの刃をひとなでし、名残惜しそうに机に置いた。そして三人目の名前を書きつけた。エドゥアール・ド・バルコート。

どこから見てもフランス人の姓だが、バルコートには半分、イギリス人の血が流れている。そのバルコートが何年にもわたり、妹への手紙を装ってイギリスへ定期的に書簡を送っていることはわかっている。妹への手紙だと？　たしかにバルコートに妹はいるが、大の男がたかが妹になぜそこまでする必要がある？　ドラローシュにも妹はいるが、一五年前にルーアンで肉屋を営む男と結婚してからは、ろくに思いだしたこともない。

バルコートは自分の父親の首がギロチン台から転がり落ちるのを見ている。あれは処刑の行われる日にしてはすがすがしすぎるくらいよく晴れた日だった。バルコートの屋敷は略奪を受け、ブドウ園は焼き払われた。すべては共和制のためだが、市民主義を理解しない男には恨みばかりが残っているのかもしれない。

あのけばけばしいベスト、大きすぎるクラヴァット……。フランスの仕立屋はあんな品のないものは勧めない。おそらくバルコートが無理を言って作らせたのだろう。そんなものを着ていること自体、なにかを隠している証拠だ。

だが、どれほど大きなクラヴァットをつけていようが、警察省の目はごまかせない。

ドラローシュは躊躇することなく、これが最後となる四人目の名前を書いた。オーガスタス・ウイットルズビー。ウイットルズビーは自称ロマン派の詩人であり、創作の刺激を求めて美しいフランス《ラ・ベル・フランス》へ来たのだと言っている。カルチェ・ラタンあたりの酒場で見かけることが多く、たいていは白いシャツを着崩し、青白い手を額にあてて、もう一方の手でワインの瓶を握り、気だるげに座っている。あれはドラローシュがたまたま街頭で容疑者を見つけて尾行しはじめようとしたときだった。突然、ウイットルズビーがドラローシュのブーツの上に卒倒した。ドラローシュはいらだちを覚え、具合が悪いのかと語気鋭く尋ねると、ウイットルズビーは芝居がかった口調で答えた。〝いや、病気などではない。たった今、魂が焼けつくような天啓に打たれ、喜びのあまり卒倒したのだ〟と。そしてドラローシュのブーツの上にのったまま、パリの道に敷かれた玉石のために即興詩を披露したいと言いだし、勝手に吟じはじめた。〝汝《なんじ》、美しき玉石よ。その確固たる輝きの上を多くの足が歩かむ。さらに多くの足が歩かむ。さらに多くの幸せなる足が歩かむ。飾り房のつきし、磨かれたるブーツを履きて。泥道の汚れを知らぬブーツを履きて〟幸せな足の詩はさらに二五節も続き、ドラローシュは幸せとは言いがたい気分で美しくもない玉石が敷かれた道に立ち尽くすはめになった。

そのことを思いだし、ドラローシュはペーパーナイフを見ながら思った。ウイットルズビーはたとえ〈紫りんどう〉ではないとしても、やはりイギリスから送りこまれた諜報員なのかもしれない。

部下を四人呼んでこいと番兵に怒鳴ろうとしたとき、毎日報告される膨大な事項のなかからある出来事が頭をよぎり、ふと考えこんだ。昨日、別の男がイギリスからパリに戻ってきた。その男は〈紫りんどう〉が極秘書類を盗みだした直後にパリを離れている。

以前にも目をつけた人物だった。それ自体はたいしたことではない。当時はパリじゅうの人々に目を光らせていたといっても過言ではなかった。しかし、その男のことは長いあいだ気になっていた。そこでマダム・ボナパルト主催のパーティで機会を見つけて、少なくとも七回以上は探りを入れた。約半月かけ、みずから尾行もした。けれども収穫といえばホメロスの言葉をいくつか覚えたことぐらいで、最後にはしぶしぶあきらめた。おそらく周囲が思っているとおりの男なのだろうと判断したのだ。教師が泣いて喜ぶほど古典の知識はあるが、政治についてはなにひとつ知らないただの学者にすぎないと。だが……彼がパリを留守にしていたあいだは〈紫りんどう〉絡みの事件が起きなかったというのが気になる。

ドラローシュは部下を呼ぶ前に、もうひとつ名前を書き足した。

リチャード・セルウィックと。

13

テュイルリー宮殿の〈黄色の間〉に集まった人々を、リチャード・セルウィックはあくびをしながら眺めた。半月ばかりパリを離れていたが、そのあいだに変わったことはなにもなさそうだ。彼は丹念に結ばれたクラヴァットをぐいっと引っ張りたい衝動に駆られた。客の数が多いうえに、蠟燭もふんだんに使われているため、部屋のなかが暑い。体の線もあらわなドレスを着た女性たちがこちらからあちらへと歩きまわっている。まるでランプからランプへと飛びまわる蛾《が》のようだ。だが……と思い、リチャードは愉快になった。蛾とは違って、女性たちは顔を克明に見られるのを嫌って明かりに近づこうとはしない。ナポレオンの妻ジョセフィーヌも自分を若く見せたいのだろう。燭台や鏡を薄織りの布で覆わせてはいるが、それでも頰紅を塗った顔のしわは隠せていなかった。

部屋の奥で騒々しい笑い声があがった。リチャードは片眼鏡を目にあて、カールした髪やしゃれたターバンの向こうに視線をやった。ああ、マーストンか。もみあげを長く伸ばした顔が酒と熱気で紅潮していた。暖炉のマントルピースに片肘をつき、ブランデーのグラスを持った手を振りまわしてしゃべっている。熱心に聞き入っているのはナポレオンの義弟のミユラと、まだ若いくせに不相応にじゃらじゃらと勲章をつけた軍服の男たちだった。さりげなくそばまで行ってみようかとも思ったが、むせ返りそうな香水の臭いのあいだを抜けていくのかと思うとためらわれた。あの下品な笑い声から察するに、くだらない冗談でも言っているのだろう。わざわざ耳をそばだてに行くほどでもなさそうだ。

リチャードは片眼鏡越しに部屋のなかを見まわした。噂話に興じている人々、相手の気を引こうとしている男女、肌を露出しすぎている女性たち、服装が華美になりすぎた男性たち。いつもとなんら変わりはない。これだけを見ても、フランス人が退屈《アンニュイ》を嘆くわけがわかるというものだ。

「バルコートが連れてきたあのやぼったいのは誰だ?」ヴィヴァン・ドゥノンがリチャードの脇腹をつついた。「顔は悪くないが、あのドレスはないだろう」

エジプト調査団を指揮し、現在はルーヴル宮殿に美術館を設立する責任者となっているドゥノンは、美について語らせたらうるさかった。とりわけ女性の美しさに関しては。ドゥノンの愛人マダム・ド・クレミーは優雅なドレスを身にまとい、ときおりこちらのほうへ色っぽいまなざしを投げかけている。ドゥノンに向けられているのだとリチャードは思いたかった。マダム・ド・クレミーはまったく好みではない。

ぼくの好みは……そう思いながらドゥノンの視線の先をたどると、エイミー・バルコートが手袋をはめた手を兄の腕にかけている姿が見えた。リチャードのアンニュイはいっきに吹き飛んだ。エイミーはそわそわと首を伸ばし、バルコートの肩越しに室内をのぞきこんでいる。まるで競馬のスタート地点に入った四歳馬だと思い、リチャードはおかしくなった。バルコートはドアのところでジュノー将軍の妻のロールと挨拶しているのだが、それがエイミーにはじれったくてたまらないらしい。兄妹の後ろには、ミス・グウェンとジェインがいた。ジェインに耳元でなにかささやかれ、エイミーはうんざりしたようなほほえみを見せた。べつにリチャードに向けられたものではなかったが、彼は笑みを返しそうになった。

「田舎娘をテュイルリー宮殿に連れてくるときは、まずはおしゃれのわかるレディに預けて仕立屋に行かせることだな」ドゥノンが言った。

「彼女たちはイギリスから来たばかりなんだ」リチャードはそっけなく答えた。

「ああ、なるほど」ドゥノンはぶしつけにじろじろとエイミーとジェインを見た。「重たそうな生地といい、色気のない直線的なデザインといい、いかにもイギリス人らしいな。フランスは慈善事業だと思って、船一杯分の仕立屋を海峡の向こうに送ってやるべきだよ」

リチャードはエイミーのドレス姿を色気がないとは思わなかった。たしかにフランス風ではない。フランスの女性は肌にぴったりと沿う薄いドレスを着て、しかもスカートが脚に絡みつくようにわざわざ布地を水で湿らせる。冬には寒さで死亡する者もひとりやふたりではないが、フランス女性にとっては死の危険よりもおしゃれのほうが重要らしい。エイミーのドレスはハイウエストの切り替え部分からスカートが上品に垂れさがり、腰の形が少しわかる程度で、かえって男の想像をかきたてる。それに隣の女性が着ているただの白いローン地のドレスに比べると、エイミーのサテン地のドレスは月の光に照らされた雪のごとくきらきらと輝いている。

「フランス風のドレスを着せても、彼女たちはやっぱりイギリス人だよ」リチャードは称賛の気持ちをこめて言った。

ドゥノンは誤解したらしく、かぶりを振りながら応じた。「かわいそうに」

バルコートはロールに妹を紹介したあと、人ごみを縫い、部屋の奥に女王然として座っているジョセフィーヌ・ボナパルトのほうへ向かった。ドゥノンがミス・グウェンを例にあげ、白髪まじりの髪をひっつめにして紫のダチョウの羽根を挿している点を指摘して、イギリス海峡の向こう側がいかに流行から遅れているかを延々と述べた。そのあいだリチャードは、エイミーの姿を眺めて楽しんだ。見ているだけなら問題はないだろう。

エイミーの顔には夕暮れの空かと思うほどのさまざまな色合いの表情が浮かんだ。かつてマリー・アントワネットの侍女を務めていたマダム・カンパンに紹介されたときは、顔が興奮で赤くなった。ジョルジュ・マーストンがうやうやしくお辞儀をしたときは、金糸で刺繍が施されたクジャクのような青緑の上着に目をみはり、扇子の陰でなにかささやいて、あの沈着冷静なジェインを涙が出るほど笑わせた。ハトの群れに紛れこんだカラスのような警察大臣のジョゼフ・フーシェとその補佐官ガストン・ドラローシュに挨拶をしたときは、はた目にもそれとわかるくらい不愉快そうに口元をゆがめた。そして遠くからリチャードを見つけたときは、目を光らせた。

おまけにエイミーはスカートの裾を踏んでよろけた。

転ぶほどではなかったため誰も気づかなかったが、リチャードはそれを見て妙にうれしくなった。彼の存在に気づいた証拠だからだ。エイミーはすぐに体勢を立て直し、リチャードが視界に入らないよう不自然に顔をそむけながら歩きつづけた。どうやらこのぼくを知人だとは認めたくないらしい。

ドゥノンがリチャードをつついた。

「あのイギリス人女性は知りあいじゃなかったのか？」

「まあ、そのようなものだ。おととい、ドーヴァーからの船で一緒だった。ひとりはバルコートの妹で、もうひとりはいとこ、紫のダチョウの羽根はシャペロンだ」

「手ごわそうな女性《ユヌ・ファム・フォーミダブル》だな」ドゥノンがため息をつき、ミス・グウェンのダチョウの羽根を警戒の目で眺めた。「そりゃあたいへんだっただろう。イギリス人女性は社交辞令を解さない。男女の戯れは乙なものなのに、それが通じないとくるからな。さぞ退屈だったんじゃないか？」

「いや、そんなことはない。それは見くびりすぎだ」相手に嫌われているからといって、ぼくまで同じ次元におりて悪口を言わなければならないわけじゃない。「小柄で髪の色が濃いほうがバルコートの妹なんだが、これがよく本を読んでいてね。古代ギリシア文化と古代エジプト文化の関係について自分なりの意見を持っている」

ドゥノンは片眼鏡をあてたほうの目を細めてエイミーを見た。「ああ、なるほど。いわゆる……きみの国の言葉で言うところの才媛《ブルーストッキング》ぶっているというやつか」

「いや、そうじゃない」リチャードはエイミーのカールした髪を見ながら考えこんだ。「なんと言えばいいのかな……」

「個性的だということか？」ドゥノンがあまりにまじまじとエイミーを見ているため、愛人のマダム・ド・クレミーがいらだたしそうにパタパタと扇子を打ち鳴らした。

「そうだな」フランス革命と人食い人種のたとえを思いだし、リチャードは笑みをもらした。

「とびきり個性的だ」

一方、マダム・ボナパルトに挨拶をしようと集まっている人々のあいだでは、ジェインがそのとびきり個性的ないとこにささやいた。

「いつまでそっぽを向いているつもり？」

「彼、まだこっちを見ている？」

「いいえ」語気を強めてささやくということができるものなら、ジェインはまさにそれをやってのけた。「おかしいわよ、そんなふうに横を向いているのは！」

「だって、彼とは話したくないんですもの」

「顔を合わせなければ話さなくてすむとでも思っているの？」

「そうよ！」

「ひそひそ話はお行儀が悪いわよ」ミス・グウェンがひそひそと言った。

エイミーは扇子で顔を隠し、ジェインに向けて目をくるりとまわしてみせた。

首の凝りをほぐしたいと思いながら、彼女は〈紫りんどう〉捜しの進捗状況について考えをめぐらせた。いいえ、正確に言うと、いかに進捗していないかについてだけれど……。パリに来てから一〇回ばかり、鍛えた手腕を駆使して盗み聞きをしてみた。その結果わかったのは、ナポレオンの義理の弟のミュラが仕立屋に多額のつけがあること、パリで最高の革手袋を売っているのはどの店かということ、どこの誰だかは知らないけれど、マダム・ロシュフォールという女性が従僕だか馬丁だかと不貞を働いているらしいということだけだった。最後の情報提供者である大きな緑のシルクのターバンを巻いた女性は、マダム・ロシュフォールの相手が従僕か馬丁か最後まではっきりとは言わなかった。どちらにしても、そのお盛んなマダム・ロシュフォールとやらが〈紫りんどう〉の正体を知っていて、不貞をネタに脅してそれを白状させるというのでもない限り、どの情報も役に立ちそうになかった。

〈紫りんどう〉本人を見つける努力もした。だが、これまでに出会った男性のほとんどは生粋のフランス人だった。〝紫りんどう《パープル・ジェンシャン》〟は〝紅はこべ《スカーレット・ピンパーネル》〟と同じく英語の花の名前だ。フランス人がわざと英語名を使っているのなら話は別だが、常識的に考えれば〈紫りんどう〉はイギリス人のはずだ。ところが、イギリス人の男性にはまだふたりしか会っていない。ひとりはウイットルズビーという名の男性で、ロマン派の詩人らしくシャツを着崩していた。彼はジェインをひと目見るなり、青い靴を履いた足元にひざまずくと、〝青い靴を履いた美しい王女に捧《ささ》げる即興詩〟を披露しはじめた。だが、その詩はまともに韻を踏めていなかった。ミス・グウェンが情け深くも詩人の手を思いきり踏みつけたおかげで、即興詩は二節目の途中で悲鳴とともに中断された。あれが〈紫りんどう〉の芝居だという可能性はなきにしもあらずだけれど……。エイミーは扇子の陰で顔をしかめた。

もうひとりはジョルジュ・マーストンで、名前から察するに両親のうちどちらかがイギリス人なのだろう。ウイットルズビーのしわの寄った白いシャツと同じく、明るい色の軍服が〈紫りんどう〉には似つかわしくない気がするものの、マーストンの青い目には大胆な鋭さがある。金モールのついた軍服を着てはいるが、あの目の持ち主なら〈紫りんどう〉であってもおかしくはない。

丸々とした白い手が伸びてきて、エイミーの扇子を鼻の下まで引きさげた。「マダム・ボナパルト、今日は家族をご紹介できて光栄に存じます。妹のエーメ・ド・バルコートでございます」エドゥアールがフランス語で述べた。

エイミーは膝を深く折り曲げてお辞儀をした。マダム・ボナパルトが椅子から少し腰を浮かせ、軽くうなずいて挨拶を返した。そしてうれしそうなほほえみを浮かべて、フランス語でエイミーに話しかけた。「革命前はお母様とお友達だったのよ。とてもすてきな方だったわ。わたくしが薔薇好きだとわかると、ずっと欲しかった品種の枝を挿し木用に贈ってくださったの。ぜひ一度、マルメゾン城に遊びにおいでなさい。あなたのお母様のものほど愛らしくはないけれど、わたくしのささやかな庭をご覧になって」

マダム・ボナパルトは出身地である西インド諸島のアクセントが残るフランス語で軽く歌うように話し、それが島の日差しのようなあたたかみを感じさせた。ダイヤモンドをちりばめた冠の下で大きなハシバミ色の目が優しく輝いている。以前、マダム・ボナパルトを描いた絵を見たとき、美貌の持ち主だとの評判だが、それほど美人だろうかとエイミーは不思議に思ったことがある。けれどもこうして顔を合わせてみると、彼女の美しさはその顔立ちというより、息をするように自然に発せられる穏やかな人柄のよさにあるのだとわかった。このまま幼子のようにマダム・ボナパルトの足元にうずくまり、おとぎばなしを聞かせてとねだりたい気分にさせられる。だが、いっときの感傷に浸り、長年の計画を台なしにするわけにはいかない。フランス語を流暢に話せると宮廷の人に知れれば、〈紫りんどう〉のために役立てられる能力が半減してしまう。

エイミーは言葉がよくわからないという表情を作り、いかにも外国語として習ったと言わんばかりの文法の間違ったフランス語で言った。

「フランス語、よく覚えていません。尊い方、英語を話しますか？」

マダム・ボナパルトはほほえんだまま、少し残念だという顔をした。エイミーの視界の端で、エドゥアールが恐れといらだちで顔を赤くした。「どうかお許しを」慌てて言い訳をする彼をさえぎるように、マダム・ボナパルトの後ろで若くて美しい女性が椅子にもたれかかった。

「あら、謝る必要はありませんわ、ムッシュー・バルコート」そう言うと、エイミーのフランス語に負けないくらいつたない英語で続けた。「わたしのお母様、こう言いましたよ。あなたのお母様、昔、お友達でしたって」

エドゥアールは、磨き抜かれた寄せ木細工の床が割れて自分をのみこんでくれればいいのにという表情で、慌ててその女性をエイミーに紹介した。名前はオルタンス・ド・ボアルネ・ボナパルト。マダム・ボナパルトと前夫とのあいだにできた娘で、現在はナポレオンの弟であるルイ・ボナパルトと結婚しているらしい。ミス・グウェンがエドゥアールの足を踏みつけた。エドゥアールは思いだしたように、ミス・グウェンとジェインをふたりに紹介した。

「わたしの英語、下手《アボミナブル》でごめんなさい」オルタンスは情けなさそうな顔で扇子を揺らした。「わたしの義理の父、わたしの家庭教師のこと、あまり好きではありませんでした。だからわたし、あまり英語、勉強していないのです」

「いいえ、お上手ですわ」ジェインが英語で答えた。「わたしのフランス語に比べたら、はるかに立派なものです」

「そうですとも。それはご謙遜というものです」エドゥアールがナポレオンの義理の娘の英語力を褒めちぎっているあいだに、エイミーはすばらしい計画を思いついた。うまくいけば、これでテュイルリー宮殿に出入りできるわ……。

「わたしでよろしければ、喜んで英語をお教えいたしますわ！」

オルタンスが目を輝かせ、あまりにうれしそうな顔をしたため、エイミーは少しばかり後ろめたさを覚えた。

「まあ、本当に《ヴレモン》？」

「もちろんですとも」エドゥアールが急に調子づいた。まるで硫黄と雑草ばかりの不毛な土地をのぼってきた先に、肥沃な大地を見いだした地主だ。ふたたび兄としての愛情を思いだしたのか、エドゥアールは妹の手をきつく握りしめた。「われらがバルコート家はいつでも第一統領とそのご家族のためにお役に立つ所存でおります。早速ですが、英語の勉強はいつからにいたしましょうか？」

兄がこれほど権力者にへつらう人だったのかと思い、エイミーは情けなくなった。

オルタンスとエイミーは互いに感謝の念を表情で伝えながら、たどたどしい英語とフランス語で翌日の午後から勉強を始めることに決めた。エドゥアールはお辞儀をしてボナパルト家のレディふたりのそばを離れ、知人のところへ世間話をしに行った。知りあいはいないが自分もそれにならおうとエイミーが思ったとき、背後で咳払いが聞こえた。それが誰なのかは一瞬でわかった。シャツの開いた襟元からのぞく、日に焼けた男らしい喉が目に浮かんだ。腕の皮膚がちくちくし、振り向くまいと思うと首の後ろが痛くなった。せっかく幸運をつかんだというのに、どうして放っておいてくれないの？

「リシャード！」オルタンスの唇からもれると、その名前は異国風のやわらかい響きがした。

リシャードですって？　英語の〝リチャード〟とフランス語の〝リシャール〟がごっちゃになっているのね。オルタンスはフランス語でリチャードに話しかけた。「いつ戻ってきたの？」

リチャードはマダム・ボナパルトとオルタンスの手にキスをした。

「月曜日の夜に戻ってきたんだ」

「それなのに、今まで顔を見せてくれなかったの？　意地悪な人。ねえ、お母様、こんなに長いあいだわたしたちを放っておくなんてひどいと思わない？　あなたに会い損ねたと知ったら、ウジェーヌはさぞがっかりするでしょうね。今夜、兄は劇場に行っているのよ」

エイミーはさりげなくあとずさりしようとしたが、オルタンスにそっと腕をつかまれた。

「今夜はあなたの故郷のイギリスからすてきな女性がお見えになっているのよ。紹介するわね」オルタンスはにっこりしてエイミーを引き寄せた。エイミーはリチャードの視線が気になってしかたがなかったが、おどおどして見えるのだけは避けたかった。オルタンスが英語で言った。「マドモアゼル・バルコート、こちらはリシャード・セルウィーク卿よ」

「存じあげていますわ」エイミーは早口で答えた。

「まあ？」オルタンスは興味津々という顔で、問いかけるようにリチャードを見あげた。

「頼むから、ぼくと彼女をくっつけようなんて思わないでくれよ。すぐにそう考えるのはきみの悪い癖だ」リチャードはフランス語で答えた。そして、エイミーに英語で言った。「もしオルタンスがきみのお相手を決めかねるようなら、ぼくがヴィヴァン・ドゥノンを紹介しよう。エジプト遠征の責任者だった男だ。ああ……軍事行動ではなくて、おまけの遺跡調査のほうだけれどね」

「言いたいことはわかったわ。もうそれ以上は結構」エイミーは扇子の先端についているレース越しにリチャードをにらんだ。扇子とは本当に便利な代物だ。いつでも持ち歩けたらいいのに。「だけど、どうしてその人なの？」

「エイミー！」ミス・グウェンがとがめるように扇子をパタパタと動かした。

リチャードはエイミーの無作法を無視した。

「きみとあいつなら、古典文学談義に花が咲くだろうと思ってね」

「あら、諸国を旅行されている学者の方には、わたしのばかげた自説なんて通用しないと思うわ」エイミーはつっけんどんに言い返し、パチンと扇子を閉じた。

リチャードが緑の目を愉快そうに輝かせた。「いや、きみの説がすべてばかげているとは思わない。ほんの一部だけだよ」軽い口調で言った。

「ジョセフィーヌ！」出し抜けに、蠟燭が振動するほどの怒声が響いた。

エイミーは思わずリチャードの腕をつかみ、室内を見まわした。ほかの客人たちはかまわずにおしゃべりを続けている。

「怖がらなくていい」リチャードは上着の袖を握りしめている彼女の手を安心させるようにぽんぽんと叩いた。「第一統領が来ただけだ」

熱い石炭にでも触ったかのように、エイミーはリチャードの腕からすばやく手を引っこめた。「怖がってなんか――」

「ジョセフィーヌ！」ふたたび怒声が響き、エイミーは口をつぐんだ。隣室から赤いベルベットの塊が突進してきたのだ。その後ろを若い男性が小走りについてくる。エイミーはリチャードの足をよけながら、とっさに脇に飛びのいた。

赤いベルベットの塊はマダム・ボナパルトの椅子のかたわらまで来るとぴたりと止まった。

「おお、客人か？」

動きが止まったおかげで、それが人だとわかった。男性としてはやや背が低く、丈の長い真っ赤なベルベットの上着をまとい、本来は真っ白だったと思われるズボンをはいている。ズボンにはディナーのメニューが想像されるさまざまな色のしみがついていた。

「お願いだから、そんなふうに大声を出さないで」マダム・ボナパルトが色白の手で夫の頬をなでた。

ナポレオンはその手をつかみ、てのひらに大きな音をたててキスをした。「怒鳴らなくては聞こえんだろう？」いとおしそうに妻のカールした髪をひと筋つまむ。「こちらの客人は？」

「イギリスからのお客様よ」義理の娘が答えた。「こちらは……」オルタンスはひとりずつ紹介していった。ナポレオンは足を少し開いて上着に片手を突っこみ、退屈そうに目をなかば閉じたまま聞いていた。

やがて、妻を見おろした。「まだ終わらんのかね？」

パシッ！

そばにいた者はみなぎょっとした。ミス・グウェンがレティキュールでナポレオンの腕をはたいたのだ。「上着から手をお出しなさいませ！　無作法ですし、姿勢が悪くなります。あなたみたいな小柄な方は、もっと背筋をぴんと伸ばしていらっしゃるべきです」

くすっという笑い声が聞こえた気がしてエイミーははっと顔をあげたが、リチャードはわざとらしいほど淡々とした表情をしていた。

室内が不気味に静まり返った。部屋の隅にいた男女はいちゃつくのをやめ、仕事の話をしていた男性たちも口を閉じた。ミス・グウェンがなにを言ったのか理解できなかった人たちが英語のわかりそうな知人の袖を引き、ひそひそと通訳をする声がさざめいた。その通訳には当然のごとく尾ひれがついた。

「暗殺者だわ！」エイミーの近くにいた女性が甲高い声で叫び、軍人の腕のなかに卒倒した。軍人はその女性を扱いかね、放りだしてしまえたらいいのにという顔をした。

「暗殺者じゃありません。ミス・グウェンはこういう人なんです」エイミーは説明しようとした。

そんな状況を尻目に、ミス・グウェンはつかつかとナポレオンに歩み寄った。ナポレオンはあとずさりし、妻の膝に座りこみそうになった。「ちょうどいい機会なので申しあげておきましょう。あなたは招待も受けないのによその国にずけずけと乗りこんでいくのがお好きなようですが、これ以上の無作法はありません。絶対に許されない行為ですよ。一刻も早くイタリアとオランダに謝罪なさい！」

「だが、イタリアは招待してくれたぞ」ナポレオンが憤慨して言い返した。

ミス・グウェンはわがままな子供のたわ言を聞いている家庭教師のような顔でナポレオンをにらみつけた。「なるほど」そんな言い訳は信じられないとばかりに言った。「たとえそうだとしても、あなたの行為には弁解の余地がありません。週末に誰かから招かれたとき、あなたはその屋敷の内装を勝手に変えたり、壁から絵をはずして持ち帰ったりするのですか？　もしほかの人があなたの家でそんな振る舞いに及んだら、あなたはそれを許しますか？　そんなわけがないでしょう」

はたしてナポレオンはイギリスとの講和条約を破ることなく、ミス・グウェンに宣戦布告する方法を思いつくかしら？　「〈アミアンの和約〉もこれでおしまいね」エイミーはジェインに向かってささやいた。だが、ジェインはそこにいなかった。

リチャードとささやかな言いあいをしているあいだにどこかに行ってしまったのだろうか？　彼が邪魔をしに来たときはまだそばにいた気がする。けれどもリチャードにばかり気を取られていたせいで、たしかなことはなにひとつ覚えていない。横目でちらりと右側を眺め、上等な上着に包まれたたくましい腕がそこにあるかどうか確かめた。だが視界に入ったのはふくらんだ袖だけだった。エイミーは首をめぐらして隣を見た。ミス・グウェンが騒ぎだす前はたしかにここにいたのに……。

リチャード・セルウィックは姿を消していた。

部屋のなかを見まわそうとしたが、ナポレオンとミス・グウェンは大勢の人垣に囲まれていた。どうやらナポレオンは背の高い軍人がお好みらしい。目の前には金モールのついた軍服しか見えない。彼らの頭の向こうを見たければ踏み台が必要だ。人の波に潜りこみ、七人の足を踏みつけ、間近で一五種類の香水を嗅ぎ、装飾の施された剣に行く手をさえぎられて、転びそうになりながら抜けだした。

人垣の外側はがらんとしていた。右を見ると女性が男性を部屋の隅に追いつめ、誘うように頬に指をはわせていた。恥じらいもなにもあったものじゃないわ。そう思いながら左へ顔を向けたときだった。今のは……？　慌てて右隅に視線を戻した。

まさか？　嘘でしょう？

マダム・ボナパルトの〈黄色の間〉で、誰に見られるかもわからないのに、平気で女性に頬を触らせているのは裏切り者のリチャード・セルウィックだった。

14

あの人、リチャードの耳をなめているの?

エイミーは視線をそらせないまま、二歩あとずさりした。幸いにもやわらかい靴なので、足音はしなかった。ちょうどふたりの真上に燭台があるため、姿がはっきりと見える。女性が着ているドレスの白いローン地はとても薄く、そのせいか、あるいは水で湿らせてでもいるのか、スリップを着ていないのがわかった。頭につけた真珠の飾り輪から、カールしたつややかな黒髪が垂れている。ドレスは襟ぐりが恐ろしく広く、ハイウエストの切り替えから胸元まではレースの生地がほんの五センチ程度しかない。ただ、たいへん美しい女性であることだけは間違いなかった。

エイミーはひと目でその女性が嫌いになった。

たしかお兄様が名前を教えてくれたはずだ。リチャードの輝く金髪に女性が指を滑りこませるのを見ながら、エイミーは必死に名前を思いだそうと努めた。ポーリーヌ! ナポレオンの妹、ポーリーヌ・ルクレールだ! 恋多き女性で、社交界の男性の半分と関係を持ったのではないかと噂されている。イギリスで育った娘がそんなことを知っているというのもおかしな話だが、エイミーは長年、新聞を丹念に読んできた。ことフランスの話題となるとイギリスの新聞は言葉を選ばず、遠慮なく醜聞を書きたてる。

ヘビに巻きつかれたラオコーン（トロイ戦争時、アテナの怒りに触れ、大蛇に絞殺された）像のようなリチャードの姿を見ながら、エイミーはまったく透けていない自分のスカートに手を滑らせた。改めて考えてみると、これはシュロップシャーの仕立屋が何カ月も前のファッション誌を見ながらデザインしたもので、襟ぐりは上品なことこのうえない。首元に垂れたネックレスの飾りにも触れてみた。ポーリーヌのダイヤモンドに比べると、シルクのリボンがついた金のロケットなど、まるで安っぽい子供のおもちゃだ。急に自分が大人のパーティをのぞき見している未熟な少女のように思えてきた。

かまわないわ、わたしはあんなふうにはなりたくないんだから、とエイミーは自分に言い聞かせた。あんなふしだらきわまりない女性と人目もはばからず戯れるなんて、まったくもってあの人らしい。この恥知らず！　似た者同士よ。

でも、どうしてそんなまねができるのだろう？

「エイミー」誰かに袖を引っ張られた。「エイミー」

「ジェイン！　捜していたのよ。ちょっと、あれを見て」精いっぱいの怒りをこめてささやき、蠟燭の明かりに照らされたふたりを指さした。怒りで指先が震えている。

ジェインがリチャードとポーリーヌを眺め、いとこに視線を戻した。エイミーは血がにじんでいないのが不思議なくらい強く唇を噛み、自身の体に腕をまわしていた。

「彼のほうはあまり楽しんでいるふうには見えないわよ」ジェインが言った。「聞いて、エドゥアールが――」

「だったらどうして逃げないの？」エイミーは小声ながらも声を荒らげた。

「壁に押しつけられているから動けないいんじゃないかしら。それより――」

「そんな言い訳が通じるもんですか！」

「エイミー、エドゥアールが怪しげな会話をしていたから、早く聞きに行ったほうがいいわ」今度こそさえぎられてなるものかとばかりに、ジェインはひと息に言った。

「本当にいやなら……なんですって？」エイミーは怒りも忘れ、驚いて振り返った。

「相手はマーストンよ。みんながミス・グウェンに気を取られているあいだに、ふたりして部屋を抜けだしたの」ジェインが早口で言う。

エイミーはびくりとした。「だったら、どうしてぼやぼやしているの？　なぜこんなところであんな人たちの……ああ、もういや。早くそこへ連れていって。急がなきゃ」エイミーはドアに向かって駆けだした。

ジェインは一瞬だけ天を仰ぎ、いとこのあとを追った。

エイミーがもう少し部屋にとどまっていたなら、リチャードが髪に絡められたポーリーヌの指をおろしているのが見えただろう。

「こんなことをしても無駄だよ。ぼくにその気はない」

第一統領の妹は唇をとがらせ、リチャードの腰に腕をまわした。「いつもそればかりね。

たまにはほかのことを言わせてみたいわ」ポーリーヌは彼のズボンに手を滑りこませた。

「無理だね」リチャードはそっけなく言い、ポーリーヌの腰に手をあてて壁とのあいだから抜けでた。「もっと喜んで相手をしてくれる男を探してくれ」ポーリーヌは色気もあるし、そんなに自分をベッドに誘いたがっている女性がいるというのは悪い気はしない。だが、彼女に興味はなかった。男性遍歴が多すぎる。リチャードは足早にドアへ向かった。先ほどそのドアから、バルコートとマーストンが出ていくのが見えた。あのふたりがなにかにかかわっているのは間違いない。それがなにか探る必要がある。

「あなたを手に入れたいの」ポーリーヌが背後で言った。

「あきらめが悪いな」リチャードはつぶやき、小さく手を振りながら笑顔で振り返った。もっとなびいてくれそうな男を探しに行ったのか、そこにポーリーヌの姿はなかった。これでよかったのだろう。ポーリーヌはナポレオンのお気に入りの妹だ。彼女をあまりにじらせて怒らせれば、ナポレオンとの関係にひびが入るかもしれない。たとえポーリーヌに魅力を感じたとしても、ナポレオンの不興を買うような危険は冒せない。

バルコートがこの〈黄色の間〉を出ていってからどれくらいたつだろう？　五分？　いや一〇分か？　壁に押しつけられて迫られていたせいで、時間の感覚がなくなっている。どちらにしても、残念なことに、バルコートとマーストンはとっくに姿を消しているだろう。テュイルリー宮殿の悪いところは、各部屋がドアでつながっていることだ。ただし、幸いにも廊下はちゃんとある。こうなれば廊下伝いに進み、ひと部屋ずつ声がしないかどうか聞き耳を立てて歩くしかない。部屋から部屋へと移動すれば、盗み聞きしたい会話の真っただ中に入りこんでしまうはめになりかねない。

あせりを覚えながら〈黄色の間〉をあとにし、隣の部屋のドアを少し開けてみた。声はしないが、だからといって誰もいないということにはならない。しかし、バルコートが愛用しているオーデコロンの不快なほど強烈な香りはしなかった。少なくともバルコートはいないと判断し、室内に入った。

奥のドアがほんの少し開いていた。もちろん使用人が閉め忘れたのかもしれないし、客が手洗いを探してのぞいたのかもしれない。バルコートともマーストンとも無関係の者がそのドアを使った可能性は無限にある。だが、今はほかに手がかりもない。リチャードは足音を忍ばせつつ、腕のない神々の彫像が並ぶロング・ギャラリーを進み、開いたドアの隙間から向こう側をのぞいた。

白いサテン地のドレスを着た女性が背中を丸めているのが見えた。

やがて自分がなにを見ているのかを悟ると、たんに部屋をのぞいているだけなのか、じつは下心があるのかわからなくなってきた。エイミーが体をかがめ、狭い部屋の奥にあるドアの鍵穴に耳を押しあてている。

なにをしているんだ？

どういう目的があって、鍵穴に耳などあてているのだろう。そのせいで、彼女の体の一部がちょうどいい具合にこちらへ向けられているのは気にしないとしても……。思わず別のことを考えそうになり、その不埒《ふらち》な思いを論理的な思考に引き戻した。

そんな格好をされたら、こっちの気が散るばかりではない。そもそもそこにいられたら任務の邪魔だ。控えの間で鍵穴に耳を押しあてているべき人物はこのぼくだというのに、イギリスの田舎娘がいったいこんなところでなにをしている？

いまいましさにリチャードは唇を引き結んだ。

隣の部屋でリチャードがやきもきしているとも知らず、エイミーは鍵穴から盗み聞きしていた。しかも都合のいいことに鍵穴は大きかったので、声がくぐもることもなく、なにを言っているのかすべて明瞭に聞き取れた。だが悲しいかな、これまでのところたいした話はしていない。ただひたすら、エドゥアールが愚にもつかないことをしゃべっているだけだ。ほかに表現のしようがない。自分が第一統領の家族にいかに気に入られているかを延々と話しているだけなのだ。エイミーはまったくどうしようもないという顔でジェインを見た。

お兄様は自慢話をするためだけにマーストンを呼びだしたのかしら？　でも、怪しげな会話をしていたとジェインが言ったのだ。ジェインは決して思いつきで騒ぎたてるような人じゃない……。無理に顔をあげているせいで首が凝り、取っ手の真鍮の飾りにあたっている耳も痛くなってきた。舞踏室にあんな怪我人さえいなければ、お兄様は神が創りたもうた退屈な人間のひとりにすぎないと割りきれる。だけど、あの怪我人がいたから……。もしかするとお兄様は、暗号を使って話しているの？　いいえ、違うわ。さっきからマーストンが部屋のなかを行ったり来たりしている足音が聞こえる。おそらくお兄様がひとりでしゃべりつづけていることにいらだっているのだ。少なくとも、マーストンにはそれなりの良識があるという証拠でもある。

今のところ、マーストンが〈紫りんどう〉である可能性がいちばん高い。

ふいにマーストンの足音が止まり、エドゥアールが口を閉じた。

「くだらない話はもういい。密告したのか？」

エドゥアールのあせる声が妙にくぐもった。

「まさか！　なにを言うんだ。そんなことをするわけがないだろう」

「それならいい」そう言うと同時に、なにか重いものを落としたような鈍い音がした。きっとそうだ。彼が〈紫りんどう〉に違いない。言葉にする暇もないほど、エイミーの頭のなかでさまざまな考えがはじけた。

「今夜だな？」エドゥアールが息をのんで尋ねる。

今夜！　今夜ですって！　エイミーは興奮して口の動きでジェインに伝えた。でも、場所は？　さらに強く鍵穴に耳を押しつける。

マーストンがゆっくりと言った。「そうだな、先延ばしにしてもしかたがない」

「ぼくの家の馬車で一緒に帰って、ワインを飲みながらカードゲームでもすると言って書斎にこもってしまえば――」

「おれはあとで行く」

「ああ……わかった」エドゥアールの声が小さくなった。

「もっとも」またマーストンのものとおぼしき足音がした。「おまえの妹と一緒に馬車に乗るのはやぶさかではないが」

「なんだって？」

エイミーは慌てた。足音が近づいてきたからだ。最後のひと言が非常に気になったが、それについて考えたり、続きを聞いたりしている暇はない。鍵穴から耳を離し、ジェインに隠れるよう手振りで伝えた。ふたりは大急ぎで部屋の端にある古びた椅子の後ろに入りこんだ。これではまるで手で顔を覆っただけで隠れた気分になっている子供と同じだ。もしマーストンが蠟燭を持っていればすぐに見つかってしまう。エイミーはいっそう身を縮めた。もし気づかれたら、堂々と言い訳をするしかない。ミス・グウェンが第一統領と騒ぎを起こしたので捜しに来たのだと言えば、お兄様は妹やいとこにかまうどころではなくなるだろう。なぜそんなところでしゃがみこんでいるのだと訊かれたら、ヘアピンを捜していたのだと言えばいい。短い髪型ではヘアピンなど使わないのだが、お兄様がそこまで気づくわけがない。それで言い逃れできなければ、ほかにも理由はいくらでもつけられる。たとえば……。

椅子にぶちあたりそうな勢いでドアが開き、エイミーは思わず身を震わせた。

「待ってくれ！」エドゥアールが精いっぱい威厳をこめた声でマーストンを呼び止めた。暗がりのなかで、エドゥアールはオオヒラメのように見えた。「ぼくの妹だぞ」

マーストンが出てきたかと思うと三歩で控えの間を横切り、その後ろをエドゥアールが小走りでついていった。「だからどうした」マーストンが言った。ドアが閉まり、大理石の床をマーストンが大股に進む足音と、エドゥアールが懸命についていく足音が遠ざかった。ジェインがカメの子のように椅子の後ろから首を突きだした。「なんだかいやな人ね」

「しいっ！　聞こえるわ」

「あのふたりが忍び足で戻ってこない限り、もう大丈夫だと思うわよ」

エイミーは勢いよく立ちあがり、うれしさのあまり飛び跳ねた。「最高だと思わない？　わたしたちは本当についているわ！　あなたがお兄様の跡をつけてくれなかったら――」

ジェインは話を聞いていないらしく、心配そうな声でエイミーの言葉をさえぎった。

「あのマーストンとかいう人、どう見ても紳士ではなさそうね」

エイミーはサテン地のスカートについた埃を払い、顔をあげた。白いドレスは諜報員向きではなさそうだ。

「でも、きっと彼が〈紫りんどう〉よ。だって、ほかにそれらしい人がいる？」

「だけど、危険そうよ。それにまだあの人が〈紫りんどう〉だと決まったわけではないわ」

ジェインがどんな表情でそう言ったのか、エイミーには見なくても想像がついた。

「ああ、ジェイン」もどかしさがこみあげてきたとき、そういえばいとこは鍵穴に耳をあてていたわけではないことに気づいた。急いでふたりの会話の内容を話して聞かせるうちに、あたりを警戒するのも忘れてどんどん声の大きさが増した。ロング・ギャラリーの奥でドアの閉まる音がしたのは聞こえたが、誰かが手前のドアの鍵穴に耳をつけたのはエイミーもジェインも気づかなかった。〝書斎〟と〝今夜〟という言葉を聞いて、緑の目がきらりと光った。

リチャードはバルコートの書斎に忍びこむ方法を考えながら、静かにロング・ギャラリーをあとにした。

「決めたわ」エイミーは狭い控えの間でカールした髪を揺らしながらくるくるまわった。

「今夜はお兄様の書斎に隠れて、あのふたりの会話を盗み聞きするのよ。テュイルリー宮殿じゃ革命政府側の人が多すぎてたくさんは話せなかっただろうけど、書斎ならきっと……」

なんとしてもお兄様より先に書斎に潜りこまなければならない。

「もうすぐわかるのよ、ジェイン！　こんなに早く〈紫りんどう〉が見つかるなんて信じられない！」エイミーは声をあげた。

「そうね、わたしもそんなことは信じられないわ」ジェインが心配そうに答えた。

15

　リチャードはバルコートの書斎に近づいて窓のそばで足を止め、黒マントのフードの端を引いて顔を隠した。この格好をしていると、いつも自分がまぬけに思える。黒ズボン、黒シャツ、黒マント、黒マスク……これではまるで〈黒影〉か〈真夜中の報復〉とでも名乗り、新聞に挿絵つきで〝犯人の心はその衣装のごとく黒くすさんでいるようだ〟と書かれたがっているきざな辻《つじ》強盗だ。冗談じゃない。闇に紛れるのに黒い服がこれほど都合よくさえなければ、もみ革のズボンで任務にあたりたいほどだ。そのうえ、黒マスクをつけると鼻がむずがゆくてしかたがない。どこの世界にくしゃみをする諜報員がいる？

　鼻をこすって黒マスクの位置を直し、書斎の窓を開けた。カーテンは開いているため、室内に誰もいないのはひと目でわかった。これでバルコートが床に寝そべっていたら驚くところだが……。幸いにもそんな姿は見あたらなかった。これならバルコートとマーストンが密会に現れる前に、なにか情報がないか書斎を探り、それから適当な場所に身を隠せる。日付が変わるまでにはまだ一五分ほどあるはずだ。バルコートは陳腐なことが好きな男だから、おそらく密会の時刻は真夜中の一二時と決めているだろう。もし彼が諜報員になったら、嬉々として黒ずくめの衣装に身を包むに違いない。

そこだけは兄と妹が似ている点かもしれない。ふたりとも芝居がかったことが好みだ。

リチャードは両手を窓枠に置いて体を引きあげ、マントの裾が足に絡まらないよう気をつけながら、窓辺にある作りつけの長椅子におりたった。座面のクッションが思っていたよりやわらかかったせいで不覚にもよろめき、つんのめるようにして床におりた。

部屋のなかを手早く調べた。窓の手前にカーテンが垂れさがっているので、廊下から足音が聞こえたらそこに隠れればよさそうだ。室内には机と、ブランデーのデカンターがのった小さなテーブルと、地球儀がひとつあった。家具は高級品ではあるが……それにしてもこれだけしか置いていないのか？ 書斎に本棚がないだと？ 愛書家のリチャードは愕然《がくぜん》とした。バルコートの書斎にある活字といえば、かなり読みこまれたふしのある最新のベストを紹介したファッション誌の山だけだ。

わかりやすい捜し場所といえば机だが、バルコートの机は華奢なテーブルに小さい引き出しがひとつついた程度のものだ。それに、たしかにバルコートは池のなかでいちばん賢いカエルというわけではないが、それでも引き出しに不法行為の証拠を入れておくほど愚かではないだろう。

そういえば、ドラローシュは大事な書類を引き出しにしまっていた。さすがにもうそんなことはしていないだろうが……。リチャードはにやりとした。ドラローシュの名誉のためにつけ加えておくなら、あれは彼が大いにまぬけだったからではない。ただ、警察省に賊が侵入するのは不可能だと過信していただけだ。

机のほかにはどこにものを隠せそうな場所があるだろう？

壁には二枚の絵画がかけられていた。机の上と、その反対側の壁際にあるテーブルの上だ。どちらもまだ新しいらしく、金色の額縁の曲線的な模様には埃がたまっておらず、絵そのものも、日に焼けたり、色がくすんだりはしていない。普段なら、この絵画のように妙に新しいものは無条件に疑うことにしている。だがバルコートの書斎に関する限り、それは難しかった。なぜなら、すべてが妙に新しいからだ。脚に真鍮製のスフィンクスの頭がはめこまれた机は、どう見ても製造後一年もたっていない。デカンターがのった小さなテーブルは、そもそも秘密の収納場所を設けられるほどの厚みもないが、やはり同じ時期に作られたものらしい。暖炉のマントルピースでさえ真新しかった。

じつのところ、この部屋のなかで唯一新しくもなく、当世風でもなく、リチャードの目から見ると許しがたいほど汚いものといえば、テーブルと窓のあいだの隅に置かれた地球儀だけだ。リチャードが子供のころ、アピントン・ホールの図書室にも似たような地球儀があった。当時八歳だったリチャードは、各国の色がまじりあうのがおもしろくて、よくそれを力任せにまわしたものだ。その地球儀は今はもうない。ある日、地球の部分が台座からはずれ、窓から飛びだして噴水に落ち、びっくりしたような顔でそれを見ていた大理石の女性像の前で割れてしまったからだ。そのあと、リチャードは何年間も紙の地図を使うはめになった。

リチャードは八歳児のような笑みを浮かべて地球儀に近寄った。

地球の部分を持ちあげて振ってみた。紙の音がしたのに気づき、興奮を覚えながらもう一度振る。推測が間違っていなければ、かなりの量の紙だ。よし！ 留め具がないかと探ると、赤道のあたりに小さな突起物があった。そのとき、なにかがぶつかったような音と、誰かが〝痛っ〟と言ったような声がした。

まさかバルコートのやつ、本当に床に寝そべっていたのか？

一瞬そう思ったが、すぐにその考えを打ち消した。バルコートが去勢されているのでもない限り、男にあんな高い声は出せない。リチャードは立ち尽くしたまま、どうするべきか考えた。今のは人の声ではなかったのかもしれない。床がきしんだのか、あるいはネズミが鳴いたのか。けれども、人の声だという可能性がわずかでもあるなら、姿を見られる前に一刻も早くここを立ち去るのが賢明な判断というものだ。

自分が賢明だと信じているリチャードは、早速その判断に従おうとした。

だが驚いたことに、気がつくとフランス語で尋ねていた。「誰だ？」

同じくフランス語で返された返事は、リチャードをさらに驚かせるものだった。

「大丈夫よ。わたしだから。痛っ！」

「〝わたしだから〟？」リチャードはわけがわからずに相手の言葉を繰り返した。見覚えのある小柄な人の姿が机の下でもぞもぞと動いた。「もう、この机ったら！」英語でつぶやく声が聞こえ、最初に頭が、次に肩が机の下から出てきた。「いやだわ、スカートが引っかかっちゃった」頭がまた机の下に戻った。

信じられない展開にリチャードは怒ることさえ忘れ、つかつかと歩み寄ると、その細い両腕をつかんで引っ張りだした。軽くこすれる音がしたあと、エイミー・バルコートが姿を現した。

兄の机の下から引きずりだされてもエイミーは声をあげず、膝が絨毯にこすれても顔をゆがめなかった。〈紫りんどう〉の顔を見つめるのに夢中だったからだ。

お兄様の書斎に生身の〈紫りんどう〉がいるなんて……。長い黒手袋と、黒マスクと、黒ズボンと、黒マントのせいで肌はほとんど見えないものの、黒マスクのふたつの穴からは目がのぞいているし、黒シャツの胸は不規則に上下している。

絶対にうまくいくからと言いきったけれど——ジェインには自信たっぷりに話さないと、立ち直れないほど論理的に言い負かされてしまうのだ——もしかすると今夜の収穫はスカートについた埃くらいかもしれないと心配になっていたところだった。そこへ王党派の救世主であり、フランス社会の頭痛の種である〈紫りんどう〉が現れた。あまりに長いあいだ心に思い描いてきた相手だけに、今、本物が目の前に立っているという事実がにわかには信じられなかった。

けれど、彼は生きている本物の〈紫りんどう〉だ。ブーツは傷んでいるし、黒マスクで覆われた顔にはショックを受けたような表情が浮かんでいる。自分の頬をつねってみなくても相手の反応を見れば、これが夢ではないとわかる。〈紫りんどう〉はエイミーの腕をきつく握りしめていた。指先がしびれはじめたので、彼女は少しだけ腕を動かした。

「あの……おろしてもらえる？」エイミーはフランス語で言った。

「なんだと？」リチャードははっとした。両腕をつかんで勢いよく引きあげたままになっていたため、エイミーの体が床から二〇センチ近く浮いている。リチャードは慌ててそっとエイミーを床におろした。「すまない」

「かまわないわ」エイミーはスカートの埃を振って落とし、月明かりしかない薄闇のなかでも輝いて見えるほどの笑みを浮かべた。

「こんなところでなにをしていたのか教えてくれないか？」

「あなたを待っていたの」エイミーはそれがすべてだと言わんばかりの口調で明るく答えた。

「あなたは〈紫りんどう〉でしょう？」

「ぼくがその質問に答えると思うのか？」リチャードは淡々と言った。

「そこのカーテンの後ろに警察官が隠れているかもしれないと考えているなら、心配はいらないわ」エイミーが黒手袋をはめた手をつかんでリチャードを窓際へ引っ張っていくと、カーテンを開け、彼を振り返った。「ほら、フーシェもドラローシュもいないでしょう？　あなたの身は安全よ」

ほかに誰もいない暗い部屋で、適切な距離をはるかに逸脱してエイミーのそばに近づいているのだ。これが安全と言えるかどうかリチャードには疑問だった。ほんの少し顔を傾け、彼女のカールした髪を耳にかけてやり、両手で頬を包みこみさえすれば……。リチャードはあとずさりした。もしエイミーを書斎から追いだせなければ、自分が立ち去るふりをして、そのあとカーテンの背後に隠れるしかない。

「待って、行かないで。あなたと話したくてずっと待っていたの」

〈紫りんどう〉がひらりと窓枠を飛び越えて姿を消してしまわないことをエイミーは切に願った。マントの裾をつかんで引き止めることはできるかもしれないが、それは今まで何度も夢想してきた出会い方とはまるで違う。机の下から引きずりだされたというだけでも、すでに予定が狂っている。まったく、このスカートの裾のせいだ。今はなんとかして自分の勇敢な諜報員としての能力を印象づけなければならないのに。

「あなたのお手伝いをしたいのよ」エイミーは熱く訴えた。

「ぼくの手伝いだと？」

そんなのは無理に決まっているという口調だったが、エイミーはそれを無視した。「ええ！わたしならきっと力になれるわ。わたしは宮殿に出入りできるのよ。マダム・ボナパルトのお嬢さんに英語を教えることになったの。わたしがフランス語を話せることはあなた以外は誰も知らないわ。だからみんな、わたしがいても気兼ねなく話をするでしょう。なにか重要なことを耳にする機会があるかもしれない。わたしは臆病者じゃないし、変装にも自信があるの。だから――」

「だめだ」〈紫りんどう〉が大股で窓辺へ寄った。「そんなのは論外だ」

「どうして？」エイミーはあとを追った。「わたしを信頼できないから？　せめて一度だけでもチャンスをちょうだい。役に立てることを証明してみせるから。もしそれに失敗したら、二度とあなたには近づかないと約束するわ」

昔の自分を思いだし、リチャードはふと考えこんだ。およそ一〇年前、自分もパーシー・ブレイクニーの書斎で必死に懇願した。どうか一度だけでいいからチャンスをくれと。彼は表情をこわばらせた。やはりだめだ。エイミーとぼくとでは条件がまるっきり異なる。たしかにあのころはぼくも若かったが、それでも馬に乗り、剣を使い、拳闘の腕も磨いていた。エイミーは小柄な女性だ。男がその気になれば、たちどころに肩に担ぎあげてしまえる。

エイミーをひとりで諜報活動に送りだすなどできるわけがない。変装には自信があるというが、エイミーが少年の格好をしてパリの町なかをうろついている様子を想像しただけでぞっとする。リチャードはエイミーの頭のてっぺんから爪先までを観察した。もちろん、少年に変装させても安全かどうか確認するためだと自分に言い聞かせながら。たしかに小柄だから体型は少年に見えなくもないが、華奢な首筋を見れば即座に女性だとわかるだろう。

「刺繍でもしていたほうがいいんじゃないのか？」リチャードはいらだった。

「刺繍ですって？」

「楽器の練習をするのもいい」彼はエイミーをドアのほうへ追いやろうとした。「音楽室にハープでもないか見てきたらどうだ？」

「わたしを追い払おうとしているの？」

そうではないと言い訳をしなければならない理由はどこにもない。「そのとおりだ」

エイミーは両手を腰にあて、〈紫りんどう〉の目を――というよりは黒マスクをだが――

まっすぐに見据えた。「あなたはなにもわかっていないわ。わたしがフランスへ来たのは、ひとえにあなたの力になりたいと思ったからよ。世の中にはイギリス人のくせに革命軍と親しくしているような人もいるわ」

　リチャード・セルウィックみたいに……とエイミーはひそかにつけ加えた。

　このぼくのようにとリチャードは思い、心のなかで笑った。彼女はよほど根に持っているらしい。

「でも、わたしはフランスの状況をとても嘆かわしく思っているの。だから、なにかせずにはいられなくて」

「イギリス人の若い女性が考えるようなことじゃないな」

「わたしはほかのイギリス人の若い女性とは違うわ。父はギロチンで処刑されたの。父の死を無駄にしたくない。かたきを取りたいのよ」

　軽口が口元まで出かかったが、エイミーの態度を見ていると適当にいなすのはふさわしくないように感じられた。「父上はきみが幸せに長生きすることを願っているんじゃないだろうか。ぼくたちの仲間になれば、それは望めない」

「わたしの両親は革命軍のせいで幸せになることも長生きすることもできなかったわ」

「だったら、なおさらだ」

「両親の命を奪った人たちがのさばっているのを見ながら、どうしてわたしが幸せになれると思うの？」エイミーがこぶしを握りしめた。「このときのために、ずっと自分なりの訓練を積んできたわ。ハープの練習をしろだとか、幸せな人生を送れだとか、そんな陳腐な言葉でわたしの気を変えるなんてできないから」

くそっ。そうできたらいいと思っていたのに。

エイミーが深く息を吸いこみ、落ち着いた声で続けた。

「たった一度のチャンスでいいの。そんなに無理なお願いかしら？」

「ああ、無理だな」リチャードはエイミーの両肩をつかみ、暖炉の上にある鏡のもとへ連れていって、鏡に映った姿を指さした。「きみはまだうら若い娘だ」

「そんなことは言われなくてもわかっているわ」エイミーが体をよじってリチャードの手から逃れた。「だけど、それがなんだというの？　あなたの手伝いをする障害にはならないわ。だって――」

「いや、大いになりうる」リチャードはエイミーの言葉をさえぎった。「きみは自分がどれほどの危険に飛びこもうとしているのかわかっているのか？」

「あなたに負けないくらい充分わかっているつもりよ。でも、怖くはないわ。本当よ」

リチャードは手袋をはめた手を握りしめた。「怖がるべきなんだ。今だってそうだぞ。こんな暗い部屋で、素性もわからない男とふたりきりでいるなんて愚の骨頂だ。それを言うなら、相手が誰だろうが同じだけれどね」

「あなたの素性ならちゃんとわかっているわ。〈紫りんどう〉とふたりきりでいて、なにを怖がる必要があるというの？　悪い噂が立つことを心配してくれているのだとしたら、ここにはわたしたちを見ている人なんていないわ。誰も知らなければ、なんの問題もない。もちろん、わたしはあなたと会ったことをほかの人にしゃべったりしないし」

リチャードは壁をこぶしで殴りたい気分になった。

「エイミー、きみのそのおめでたい一面が怖いんだ」

思わず〝エイミー〟と呼んでしまったことにはふたりとも気づかなかった。

「わたしはおめでたくなんかないわ」エイミーがかたくなに言い張った。「あらゆる情報をすべて天秤《てんびん》にかけたうえで結論を出すのがおめでたいというなら話は別だけれど。あなたについて書かれた新聞記事はすべて読んだわ。文字どおり、ひとつ残らずよ。あなたが気高い人だというのはよく知っている。ほかの人たちに対しては力を尽くすのに、どうしてわたしには冷たくするの？　それこそ、おめでたいんじゃないかしら？」

リチャードは冷たく答えた。「なるほど。じゃあ訊くが、ぼくが〈紫りんどう〉だという証拠はどこにある？　強盗かもしれないじゃないか」

「指輪よ」

「なんだって？」

「さっき触れてみたの。あなたの手をつかんだとき、手袋越しにりんどうの彫り物のある指輪をはめているのを確かめたわ」エイミーは自分が誇らしかった。「あなたが〈紫りんどう〉だという証拠として、それ以上に確実なものはないわ。わたしはあなたが思うほどおめでたくはないの」

「やるな」リチャードはしぶしぶ褒めた。「しかもなかなか器用だ。さっぱり気づかなかった」

「悟られないように気をつけたもの」エイミーは有頂天になった。「これで……わたしは合格かしら？」

リチャードは目をつぶった。いつまでこんなばかげた会話をしているんだ。これ以上話が複雑になる前に、さっさと退散するのが賢明というものだ。だが、エイミーは見るからに決意が固そうだ。このままだと、きっとぼくの跡をつけようとするだろう。勘弁してくれ。深夜のパリの町で彼女が裏道をうろついているところなど想像もしたくない。

ひとつ解決策はある。ぼくを憎むよう仕向ければいい。エイミーの野心をあざけり、能力をけなし、体格の不利な点をあげつらえばすむ。そうすれば〝待って〟と言うどころか、一〇分後にはぼくを窓際に押しやり、頭から突き落とすついでに背中に蹴りを入れてくるだろう。簡単な話だ。

なのに、それができない。

「困ったな」リチャードはつぶやいた。

「今、なんて言ったの？」エイミーは希望を抱いた。

そのとき、暖炉に置かれた陶磁器製の時計が鐘の音を鳴らしはじめた。

エイミーが身をこわばらせる。

「一二時だ」リチャードは険しい顔で言った。くそっ。予想どおりなら、いつバルコートがやってきてもおかしくない。

最後の鐘の響きが残るなか、フレンチドアの向こうから庭の敷石を踏むいくつものくぐもった足音が聞こえてきた。定刻どおりだ、とリチャードは思った。どうやら敵はひとりではないらしい。

ここで見つかるわけにはいかない。バルコートがナポレオンの密偵であるならもちろんのこと、たとえそうでなかったとしてもやはり大問題だ。バルコートの結婚適齢期を迎えた妹と一緒にいるとなれば言い訳が立たない。

迷っている暇はなかった。リチャードは即座に行動した。

エイミーの腕をつかみ、隠れるためにカーテンの奥にある作りつけの長椅子に逃れたのだ。

16

エイミーは〈紫りんどう〉の胸に倒れこんだ。

思わずもれそうになった悲鳴をのみこみ、荒い息をこらえながら、体がずり落ちないよう努めた。抱えあげられてカーテンの後ろに引きずりこまれた拍子に、彼の膝の上にのってしまった。なんとも落ち着かない格好だ。頰がシャツに押しつけられ、薄い亜麻布を通して細かくスタッカートを刻む心臓の音が聞こえる。エイミーの鼓動もまた速かった。急に動いたせいなのか、見つかるかもしれないという恐怖のためなのか、はたまたたくましい胸の鼓動につられただけなのかは自分でもよくわからない。

シャツの下からぬくもりが頰に伝わり、オレンジの皮の清潔な香りが鼻腔《びこう》をくすぐった。姿勢を変えようと、硬い座面に手をつく。どういうわけか座面がぴくぴくと動き、筋肉の盛りあがりが手に感じられた。彼の腿に手をついてしまったことに気づき、エイミーはミス・グウェンに褒められそうなすばやさで手を離した。

〈紫りんどう〉の体の上でもぞもぞと体を回転させると、彼がうっと声をもらした。

「ごめんなさい、ごめんなさい」声は出せないので口の動きだけで謝った。背を向けた格好になっているため彼から見えないのはわかっていたが、それでも少しは気が楽になった。ちょっとは手を貸してくれればいいのにと思ったとき、自分が〈紫りんどう〉の腕に肘を突きたてていることに気づいた。

腰をひねって体を離そうとしたとき、オレンジの皮の香りがする袖に鼻を突っこんでしまった。

カーテンの布地は厚みがあったが、それでも庭のほうから男性たちの声が近づいてくるのがわかった。ひとりではなく、何人もいる。エイミーは窓枠をつかんで体を支え、〈紫りんどう〉の膝の上からおりた。彼が押し殺したうめき声をもらす。エイミーは顔をしかめ、伝わらないのはわかっていながらも口の動きだけで謝った。こんなに何度も痛い思いをさせていたら、もう仲間に入れてもらえないかもしれない。カーテンのほうを向き、作りつけの長椅子の端から足が落ちたり、スカートが垂れさがったりしないよう膝を立てた。

なにか重いものが落ちたか、あるいは木製のものが割れたような音が聞こえ、ののしる声がした。エイミーは耳をそばだてた。この前リチャードの御者と言いあっていた男性の声に似ている。あのときの人が書斎に押し入ろうとしているの？

あるいはこれもすべて、〈紫りんどう〉の計画の一部なのかしら？　エイミーは隣を横目でちらりと見た。彼の表情からはなにもうかがえない。エイミーはじれったくなった。フードとマスクのせいで顔の大部分が見えないからいけないんだわ。鼻の様子だけから感情を読み取るなんて、どだい無理な話なのよ。

だいたいお兄様と密会するつもりなら、どうしてわたしと一緒にこんなところに潜んでいるの？　わたしだけをカーテンの陰に押しこめばよさそうなものなのに。きっと、わたしが黙って隠れている性格じゃないことを見抜いたのね。

エイミーは庭へ注意を向けた。なにも見えないのがもどかしく、目を閉じてみた。どうせ見えるのはカーテンだけなのだから目をつぶったところでたいして変わりはないのだが、外の音に少しでも集中できるかと思ったからだ。とぎれとぎれに聞こえる声は動いたり重なったりしている。そのくぐもった声にまじって、またなにか重いものが落ちたような音が闇に響いた。「気をつけろと言っただろう、このばか！」

エイミーは目を開け、〈紫りんどう〉にささやいた。「兄だわ」

「静かに」リチャードは手袋をはめた指をエイミーの唇に押しあてた。

黙らせるためにしたことだったが、ひとたび指が唇に触れると、離せなくなった。エイミーの下唇はふっくらとしていてやわらかく、革製の手袋を通しても、少し開いた唇からもれる息遣いが感じられる。あのピンク色の美しい唇だ。

エイミーは〈紫りんどう〉の顔を見た。マスクに隠れていても、息を詰めているのがわかる。一瞬、時間の流れが消え、エイミーの世界はじっと彼女を見つめる〈紫りんどう〉の目と、唇に押しあてられた指の感触だけになった。

リチャードは無意識のうちに指を動かし、その形を記憶にとどめようと下唇の輪郭を何度もなぞった。エイミーが抵抗しなかったため、口の端から指をまわして今度は上唇に触れた。

エイミーは体の震えを止めようと左手で窓枠の端をつかんだ。ぞくぞくする感覚が唇から腕に伝わる。船上でリチャードにキスをされかけたときに感じた震えをちらりと思いだしたが、〈紫りんどう〉の指が唇から髪へと伸びてきた瞬間になにも考えられなくなった。彼の手はカールした髪を後ろにすき、頬を包みこんでそっと引き寄せた。ふたりはベルベットの座面に膝立ちになった。

エイミーは目をつぶり、ただ感じようとした。〈紫りんどう〉の指が髪に絡まり、もう一方の手が背中を滑りおり、息が唇にかかった。彼の顔が近づいて、そっと唇が重ねられる。そのキスに、エイミーはわれを忘れた。

腕のなかに抱きしめられ、胸がシャツに押しあてられた。膝でスカートを踏んでいるせいで胸元が危ないほどあらわになり、肌がじかに亜麻布のシャツに触れている。唇で唇をなぞられる感覚にエイミーは熱くなって、脇におろしていた両手をおずおずと彼の手首にかけた。指を肘へ滑らせると、〈紫りんどう〉が身を震わせたのがわかり、エイミーは舞いあがった。筋肉が硬くなるさまをてのひらに感じたくて、さらに上まで手をはわせる。

肩に手を置いたとき、舌先がかすかに触れあった。

庭から聞こえる声と足音がしだいに遠ざかっていったが、ふたりは気にも留めなかった。庭の奥でドアの閉まる音がしたものの、それさえも耳に入らなかった。

黒い服を来た人影がふたりのいる窓をのぞきこみ、天を仰いだあと、低木のなかに消えたのにも気づかなかった。

このままキスを続けていれば、ふたりともどうなってしまうかわからない。リチャードは自分がどうにかなってしまいそうな不安にとらわれた。エイミーの身を守らなくてはと考え、必死の思いで顔をあげる。音をたてて唇が離れた。彼は顔をゆがめたが、エイミーはよほどうれしいのか、おかしそうにくすくすと笑っていた。

　ふたたび唇を重ねれば氷の塊で頭を冷やさないとわれに返れそうもない気がして、自分を抑えるためにエイミーを抱き寄せ、彼女の頭に顎をのせた。

「きみは間違っている」リチャードはエイミーの髪に頬を寄せた。「ぼくとふたりきりでいるのはよくない」

「暗闇のなかでキューピッドにキスをされたプシュケの気分だったわ」エイミーがうっとりとした口調で言った。

　リチャードはエイミーの両腕をマントのなかに引き入れ、背中を触らせた。

「ぼくにキューピッドの翼はない」

　その声に笑みが含まれていることにエイミーは気づいた。

「だったらわたしがマスクを取っても、あなたは飛んでいったりしないのかしら？」

　彼がエイミーの腕をきつくつかんだ。「試してみようなんて思うなよ」

「プシュケの物語みたいに（プシュケは素姓を隠した愛の神キューピッドと夫婦になるが、ある夜顔を見ないという約束を破り夫の顔をのぞき正体を知ってしまう。キューピッドは怒り去るが、プシュケは世界中夫を捜してさすらい、数々の試練ののちにふたりはめでたく結ばれる）、あなたもわたしに試練を与えてみる？」

「褒美はぼくか？　それとも〈紫りんどう〉の仲間になることか？」

腕をつかまれていては顔を離すことも難しかったが、それでもエイミーは頭を引いて相手の目をのぞきこんだ。

「あなたの名前がわかったら、どちらにするか決めるのも簡単になるのに」

「〝名前になんの意味がある？　人々がりんどうと呼ぶものはほかのどんな名前で呼んでも――〟」

「そんなことをしたら、まったく別の花になってしまうわ」エイミーは片腕を引き抜いて〈紫りんどう〉の手をぴしゃりと叩いた。「シェイクスピアの下手な引用でごまかさないで」

「『ロミオとジュリエット』が嫌いなら『ソネット集』はどうだ？　〝きみを夏の日にたとえようか？　いや、きみのほうが――〟」

「わたしは手ごわいのよ」

エイミーはもう一方の腕も引き抜き、膝に絡まっているマントをどけて長椅子からおりた。

「くそっ」リチャードはつぶやいた。

「今のは聞こえなかったことにしてあげるわ」エイミーが恩着せがましく言った。「だから早く本題に入りましょう。王政を復活させるために、わたしはなにをすればいいの？」

「だめだと言っているのに、どうしてそんなふうに話を飛躍させるんだ？」リチャードはむっとしてカーテンを開けた。「〝たとえきみの力を借りるとしても〟とさえ言った覚えはないぞ」

「でも、そのつもりなんでしょう？」エイミーが当然だとばかりに言った。「あなたのためにわかりやすく言ってあげただけよ」

「きみのために、の間違いじゃないのか？」リチャードはうなった。

「とにかく、わたしはテュイルリー宮殿に入りこんで――」

「いったいなんの根拠があって、ぼくが王政の復活を計画しているなんて思うんだ？」彼女が勝手に危険なまねをする前にあきらめさせる必要があった。そうすれば成り行きでエイミーの力を借りるはめになるのを避けられるし、彼女のせいで生じる余計な手間暇もかからずにすむ。「今はそんなことはまったく考えていない。目下の優先事項は、いかにしてフランスのイギリス侵攻を阻止するかだ。王政はどうでもいい。だから、きみが無駄な労力を使うことはないんだ。いいか、エイミー――」

彼女が目を見開いたのに気づき、リチャードはいやな予感がした。

「わたしが誰か知っているのね？　今、エイミーと名前を呼んだわ」

〈紫りんどう〉が困った顔で肩越しに背後の窓を見た。窓には鍵がかかっていない。

「聞かなかったことにしてくれ」

「待って！」エイミーは両手でマントをつかんだ。「テュイルリー宮殿のパーティで会ったのかしら？　それともイギリスにいたときから知っていたの？」

「今、きみと言い争っている暇はない」〈紫りんどう〉はエイミーを抱きしめ、すばやく唇を押しつけると、唐突に手を離した。そしてエイミーが開いたカーテンの後ろによろめいた隙に、ひらりと窓から外へ飛びおりた。「またいつか会おう」

「それはいつ？　どこでなの？」エイミーは慌てて窓辺に駆け寄った。「まだ話が終わっていないのに……」いかにも〈紫りんどう〉らしかった。彼はすでにマントをひるがえし、東翼の角を曲がろうとしている。

ひどいわ、こんなキスをしておきながら！　エイミーはスカートを膝の上までたくしあげた。ミス・グウェンが見ていたらさぞ怒るだろうが、どうせ今夜はもうレディらしからぬ振る舞いをたくさんしてしまった。今さらためらう必要がある？

〈紫りんどう〉のように自分もひらりと窓枠を越えたかったが、窓の下を見てあきらめた。地面まではかなりの距離がある。彼ぐらい身長があれば問題ないだろうが、わたしには少し無理がありそうだ。でも片足ずつおろして、窓にぶらさがってから飛びおりれば大丈夫かもしれない……。

ああ、どうしよう。こんなことを考えているあいだに、〈紫りんどう〉はイギリスまで半分の道のりを進んでしまうかもしれない！　エイミーは窓枠にのり、左右の窓をきつくつかんだのち、目を閉じて飛んだ。

やけに大きな音とともに地面に着地し、転びそうになったあと、東翼の角を目指して駆けだした。〈紫りんどう〉をつかまえてなにを言うのかは決めていないが、マントの裾をつかんで引き留めてから考えればいい。角を曲がったとき、建物の正面にまわりこむマントの端が見えた気がした。この暗闇のせいでなにかを見間違えただけかしら？　ランタンがあればいいのに！

脇腹が痛かったが、かまわずに走った。片足がなにやら臭い場所に落ちこみ、はからずもバレエでいうところのアラベスクの姿勢を取ってしまったが、慌てて体を起こし、ふらつきながらまた走りだした。いやだ、もしかして今のはどぶ？　すぐに気を取り直し、あまり深く考えないことにした。世の中、知らないほうがいいこともある。暗くて石壁の輪郭と樹木のぼんやりした形しか見えないのは、必ずしも悪いことばかりではないのかもしれない。息があがっているせいで、臭いもたいして感じない。

どのご先祖様だか知らないけれど、どうしてこんなヴェルサイユ宮殿の半分はあろうかというだだっ広い屋敷を建てたの？　祖先の不見識を責めながら、ようやく建物の端までたどりついた。石壁に手をついて角を曲がると、鉄製の門扉に頭から突っこみそうになって、よろよろと立ち止まった。正面の前庭に面したその門扉は、どういうわけか開いていた。

テュイルリー宮殿から戻ったあと、ちゃんと閉めたはずなのに……絶対に間違いない。それなのに、どうしてこんな真夜中過ぎに開いているの？　門扉は高さが四メートル近くあり、開閉するには男性ふたりの力が必要なほど重い。馬丁がふたりがかりで閉めているのをちゃんとこの目で見たのだ。たまたま誰かが触ってしまって開くような代物ではない。お兄様が〈紫りんどう〉を迎えるために開けさせたのかしら？　それならどうして〈紫りんどう〉はわざわざ窓から入って、窓から出ていったの？

エイミーは忍び足で門に近寄った。

徒歩で門に近づくのと、馬車の高い座席から門を眺めるのとはわけが違った。今こうして見あげると、門扉はいかなる者も寄せつけない雰囲気を放ちながら天に向かってそびえたっている。上部で弧を描いて並ぶ白百合《しらゆり》の紋章は昼間の明るい光のなかでは優雅に見えるが、真夜中の暗闇のなかでは立ち並ぶ歩哨《ほしょう》が手にした槍のようだ。

彼女は石壁に背をつけ、前庭を見ようと首を突きだした。花や葉や渦巻き模様が密にデザインされた門扉はそれ自体が一枚板のようであり、向こうからこちらの姿は見えないはずだ。エイミーは首を大きく傾け、花と葉のあいだにある五センチの隙間から前庭をのぞいた。

質素な馬車が出発を待っていた。手綱の先では、馬たちが待ちきれないとばかりに体を動かしている。御者台に座っている男性はよれよれの帽子をかぶり、長い首巻きを顔にまで巻きつけているため、目鼻立ちがよくわからない。踏み台に乗り、兄と小声でなにか話しているのは紛れもなくジョルジュ・マーストンだ。彼は黒いマントをはおっている。

マーストンは黒手袋をはめた腕をエドゥアールに向けて振り、すばやく馬車に乗った。黒手袋、黒マント……エイミーは急いで首を引っこめ、門扉と石壁のあいだの隙間に隠れた。もはや疑いの余地はない。

ジョルジュ・マーストンが〈紫りんどう〉だ。

17

コンタクトレンズが眼玉に張りついている。

手にしていた史料を膝に置き、わたしは目元をこすった。学部学生だったころはよく徹夜をしたものだが、もはやそんなことをする年ではないと目が訴えている。重ねた枕に勢いよくもたれかかり、ナイトテーブルに置いてある陶磁器製の時計をちらりと見た。もう真夜中の二時半だ。どうりでコンタクトレンズをつけているのがつらく感じられるわけだ。

ベッド脇のランプが壁におもしろい影を投げかけていた。ミセス・セルウィック・オールダリーの来客用のベッドルームにはフロック加工を施した壁紙が貼られている。来客用のベッドルームというのは普段は使われていないため少しかび臭く、独特の臭いがするものだ。ミセス・セルウィックのイニシャルが入った古風な鏡台があり、その上に銀色のフォトフレームに入った写真が並んでいた。コリン・セルウィックを含めて知っている顔はひとつもない。隣には、素人目にはアフリカ製に見える、しゃがみこんだ人物の彫像が置かれている。そして部屋の片隅に、異国情緒に満ちあふれた品々が置かれていた。房飾りのついた槍がクローゼットに立てかけられ、脚が何本もあるご神体が親しげに〈マイセン〉のヒツジ飼いの女性と並んで座っている。

かすむ目でふたたび膝の上の日記を読みはじめたが、色あせた筆記体の文字はヘビのようにずるずるとわたしの理解の外へ逃げていった。ジェインの文字はきちんとしているのだが、それに比べてエイミーの文字ははるかに読みづらい。エイミーの日記は線を引いて削除された部分が多く、インクのしみが飛んでいたり、興奮すると文字に余計な輪形部がついていたりする。今、読み進めているページはよほど舞いあがって書いたものらしく、ある小文字の〝m〟など、山が三つも余分に書かれていた。

もちろん、ずっと憧れていたヒーローに抱きしめられたり、その人がひらりと窓から飛びおりるのを見たりすれば、わたしだって舞いあがる。正直なところ、学部学生だったころには名前も知らない相手とキスをしたことが二度ばかりあるが、少なくとも顔が見えなかったわけではない。エイミーの場合は、〝彼は本当にわたしを好きなんだろうか〟という以前の問題だ。かわいそうに。

〈紫りんどう〉の正体を知っているという点では、わたしはエイミーより一歩先を行っている。だけど、〈ピンク・カーネーション〉についてはさっぱりわからない。いったい誰なのだろう？　たしかにエイミーのにらんだとおり、ジョルジュ・マーストンが怪しいのかもしれない。ぶっきらぼうな態度をとるのはなにかを隠している証拠だ。イギリス人とフランス人のハーフだというのも諜報活動にはうってつけだ。ああ、マーストンが〈ピンク・カーネーション〉だったらいいのに。さっきはずみでコリン・セルウィックに〈ピンク・カーネーション〉はじつはフランス人だったのではないかと言ってしまったが、もしそれが本当だったとしたらこれほど愉快なことはない。

至福の笑みがこぼれた。わたしがロンドン大学歴史学研究所で、〈ピンク・カーネーション〉が半分フランス人の血を引いていて、軍人としてナポレオンに仕えていたと暴露したら、コリン・セルウィックはどんな顔をするだろう。

ただ、彼に仕返しをしたいのはやまやまだけど、昔から執心してきた〈ピンク・カーネーション〉がマーストンだったとわかったら、本当はあまりうれしくないかもしれない。マーストンはいやなやつのような気がする。クラブで女性をつかまえては、相手はたんに友達と踊りに来ただけだと言っているのに、本当はおれに会いに来たんだろうと自信満々に決めつけ、有無を言わせず強引に迫り、女性が逃げだすと汚い言葉を浴びせるようなタイプだ。

わたしはオーガスタス・ウイットルズビーが〈ピンク・カーネーション〉ではないかと推測している。彼がジェインに送った〝青い靴を履いた美しい王女《パルクリテューディノス・プリンセス》に捧げる即興詩〟というタイトルの詩集を読んだが、韻の踏み方が下手で、とても詩と呼べる代物ではなかった。もちろん、ミルトンみたいにあえて韻を踏まない立派な詩を書いた詩人もいる。でも、ウイットルズビーは違う気がする。あれほどひどい詩を書いたのにはなにかわけがあるはずだ。きっと本当は詩人ではなかったのだろう。そういえば、〝パルクリテューディノス〟も〝プリンセス〟も〝P〟の文字から始まる。〝ピンク〟と同じだ……。

ずきずきする頭を抱え、うめき声をもらした。とんでもない事実に気づいてしまったのかもしれない。「〝P〟は〈ピンク・カーネーション〉の〝P〟……」セサミ・ストリートのクッキー・モンスターをまねて歌ってみた。

夜更かしをしすぎたらしい。

紅茶が一杯欲しかった。水でもいい。なにか飲めばまた目がさえて、コリン・セルウィックが二度とわたしを家に入れるなとおばを説得するまで史料を読めるかもしれない。

綴《と》じられていない日記をそっとベッド脇のテーブルに置くと、上掛けを押しやり、借り物のネグリジェの長いスカートをたくしあげて、高い位置にあるベッドからはいおりた。

ドアを少しだけ開き、そっと廊下に出て、そこで足を止めた。暗闇で目を凝らしたが、どちらへ進めばいいのかわからない。よく友人のパミーにからかわれるが、わたしは生来の方向音痴なのだ。どこかへ行こうと思うと、必ず反対の方向に歩きだしてしまう。

夜はさまざまな音が聞こえる。水道管の鳴る音、床がきしむ音、公園の枯れ枝を風が吹き抜ける音。それに加えて、大きな振り子時計が時を刻む規則的な音もしていた。キッチンだと思われる方向へ手探りで進んでみた。痛っ！　肘を戸枠にぶつけた。肘をこすりながらなかをのぞいてみると、通りの街灯が室内をぼんやりと照らしている。そこはダイニングルームだった。部屋の真ん中にはつやのある長テーブルが置かれ、カーテンの半分開いた窓の下には食器の入った棚がある。

ここがダイニングルームということは、キッチンも近いはずだ。隣の部屋を見てみようと思い、体の向きを変えた。そこが違ったら、反対側の部屋を……。

ドスン。

なにかあたたかくて硬いものにぶつかった。大きな手に両肘をつかまれ、とっさに逃げようともがいた。

「きみはいったい……」

コリン・セルウィックだ。こんな真夜中になってまで客に無礼を働こうとする人はほかにいない。わたしは彼を両手で押しやった。薄いシャツの下は筋肉そのもので、大きな体はびくともしなかった。

「放して！」小声ではあるが、怒りをこめてささやいた。「わたしよ、エロイーズよ」

コリンはいくらか力を緩めたが、それでも肘は放さなかった。ネグリジェの薄い生地を通して、手のあたたかさが伝わってくる。

「こんな時間になにをしている？」

「めぼしい食器を盗もうとしているのよ。当然でしょう？」わたしは言い返した。

「またくだらないことを」

コリンは手を離し、一歩さがった。暗くて顔がどこにあるのかさえよく見えない。ましてどんな表情をしているのかはさっぱりわからなかった。

「もう一度訊くが、なにをしているんだ？」

「キッチンを探していたのよ」慌てて言い直した。「水を飲みたくて」

「それならこっちだ」

「やっぱりね」

「頼むからおばを起こさないでくれ」そう言うと、わたしがついてくるかどうか確かめもせず、ひとりでさっさと反対の方向に進みだした。

彼は勝手知ったる様子で暗い廊下を進み、小さなテーブル（わたしはそれにぶつかった）や椅子（右記に同じ）や置きっ放しの傘を器用に避けて通った。どうやらコリンはここに泊まっているらしい。わたしは痛む足をかばいながらついていった。この家のことはなにも知らないのだと痛感させられる。ミセス・セルウィックは親切にしてくれるし、ネグリジェまで貸してくれたけれど、わたしはこの家ではまったくのよそ者だ。ネグリジェの裾を踏んで転びそうになり、慌ててスカートをたくしあげた。廊下を曲がってスウィングドアを通り抜け、キッチンに入った。

スイッチを入れる音がして、天井の明かりがついた。わたしはまぶしさに両手で顔を覆った。コリンはスイッチに手をかけたままこちらを見ている。

わたしもまじまじと彼を観察した。明かりがついてみると、真っ暗な廊下でぶつかったときに受けた印象ほど怖くは見えない。着古したTシャツにチェック柄のパジャマのズボンというしまらない格好をしているせいだ。

だが、こちらも高さ八センチのハイヒールを履いていないため非武装だった。ネグリジェの裾から素足を突きだして立っていると無防備な気がする。おまけにコリンの顔を見るためには、かなり首を後ろへ倒さなければならない。それが気に入らなかった。

「なにか言えば？　それとも黙って壁にもたれかかっているのが楽しいの？」

しばらくして、コリンが答えた。「おばはきみを気に入っている」

明らかに、なぜだか理解できないという口調だ。

「数少ないけど、たまにはそう言ってくれる人もいるわ」

珍しくコリンが決まりの悪そうな顔をした。

「ぼくはべつにきみのことを――」

「たちの悪い病気を持っているように扱ったわけじゃないとでも言いたいの？」

コリンがにやりとする。「持っているのか？」

「男性に話すような病気はなにもないわ」〈キャドバリー〉のフルーツ&ナッツ・バーに不健康なくらいはまっているというのは、同性にだって打ち明けない秘密だ。

コリンがにっこりした。気持ちのいいほほえみだ。わたしは戸惑った。意地悪でいてくれるほうが相手にしやすい。「昼間はすまなかった。きみが家にまで来ているのを見て、ついかっとなってしまったんだ」

「まあ」応戦する気満々だったため、肩透かしを食った気分だった。わたしは言葉を失った。

そして、さらにとどめを刺された。

「おばがきみを褒めていた。〈紫りんどう〉に関するきみの研究はすばらしいと」

「どうしてそんなに急に愛想がよくなったの？」腕組みをして警戒しつつ尋ねた。

「きみはいつもそんなにぶっきらぼうなのかい？」

「疲れていて、上手な言いまわしを思いつかないだけ」わたしは正直に答えた。

「わかるよ」コリンが壁から背中を離した。「休戦のしるしにココアでもどうだい？　ちょうど飲みたいと思って出てきたところだったんだ」

そう言うと、彼はシンクの隣にあるカウンターへ行き、使いこまれた茶色の電気ケトルに入っている水の量を確かめた。充分ふたりぶんはあると思ったらしくコンセントにプラグを差しこみ、ケトル側面の赤いスイッチをオンにした。

わたしはリノリウムの床にネグリジェの裾を引きずりながら、カウンターに近寄った。

「ココアに砒素《ひそ》を入れないと約束してくれたら休戦してもいいわ」

コリンはシンクの上の戸棚を探してココアの缶を見つけ、わたしが嗅げるよう鼻の前に突きだした。「ノン砒素のココアだ。満足かい？」

わたしはカウンターに背中をもたせかけ、大理石の天板に両肘をついた。

「砒素は臭いなんかしないんじゃないの？」

「なんだ、ばれたか」コリンは〈キャドバリー〉のインスタントココアの粉をスプーンですくい、ふたつのマグカップに入れた。ひとつには大きな紫の花が描かれ、もうひとつには文字が書かれている。ジェイン・オースティン作品からの引用文ではないかと思われたが、著者の名前はこちらからは見えなかった。「きみの死体はすぐ見つかるところに隠すと約束するよ。それでどうだい？」

「ならいいわ」わたしはあくびをした。

ケトルの湯が沸いたらしく、スイッチ部分の赤い光が消えた。コリンがプラグを抜き、慣れた手つきでふたつのマグカップに湯を注いだ。それを見ながら、わたしは不思議なものだと思った。ディナーに出かける前の彼らと顔を合わせたときは、汚い手で家宝に触るなと言わんばかりだった人が、こうして真夜中にキッチンでわたしのためにココアを作ってくれている。これは幻覚かしら。それとも夢？　こうしているあいだにもコリンは踊るツチブタに変わり、わたしは気がつくと裸で化学の試験を受けているのかもしれない。

コリンが湯気の立つマグカップを差しだした。「花模様のほうでいいかい？」

休戦協定を尊重し、カーネーションだったらなおいいのにという皮肉を言うのはやめておいた。

「あなたの家はここなの？」指が触れあわないように、持ち手の下のほうをつかんだ。

コリンは首を振り、自分のマグカップをテーブルに持っていった。

「ロンドンへ来たときはここに泊まっているんだ」

「さっきの恋人も一緒に？」

コリンがちらりと表情を変えた気がした。わたしが個人的な質問をしたことが気に入らなかったのだろう。だが、口調は至って普通だった。

「セレーナには自分のアパートメントがある」

だったらどうして美しい恋人のもとへ行かずに、年老いたおばの家に泊まっているのかという質問が口元まで出かかったが、それをのみこんだ。きっとディナーの席で大喧嘩をして、もうわたしのベッドに来ないでと言われたのだろう。あるいは、いつも上掛けを自分のほうにたぐり寄せてしまうため、恋人に追いだされたのかもしれない。それとも彼女のいびきが強烈なのだろうか？　その説がいい。あのお色気たっぷりのセレーナがあまりに大きないびきをかくため、最後には耐えきれなくなり、チェック柄のパジャマのままオンスロー・スクエアにあるおばの家まで戻ってきたのかもしれない。

だが、もっと現実的な理由が見つかり、愉快な気分はどこかに消え失せた。招かざる客が真夜中にめぼしい食器を盗んで逃げないよう、見張りに帰ってきた可能性もある。

「なんですって？」物思いにふけっていたため、コリンの言葉を聞き逃してしまった。

「座ったらと言ったんだよ」

彼が靴下を履いていない大きな足で椅子をこちらに押しやった。「嚙みついたりしないから」

「あなたの手紙は充分に嚙みついていたわよ」わたしはネグリジェの裾の扱いに四苦八苦しながら背もたれのまっすぐな椅子に座り、まだ湯気の立っているマグカップをテーブルに置いた。「神聖なるセルウィック・ホールに一歩でも入りこんだら、マスチフ犬をけしかけられるんじゃないかと思っていたわ」

コリンがハシバミ色の目に愉快そうな表情を浮かべた。「ぼ、ぼくは嚙みつかないと言っただけだよ。でも、わが家には番犬がいる」威張って言った。

「昼間はどうしてあんなに怒ったの？」

彼は真面目な顔になって肩をすくめた。一瞬、その話題を持ちだしたことを申し訳なく思ったほどだ。「手紙を見たいという研究者には何度かいやな思いをさせられているんだ。なかには礼儀正しいとは言いかねる人もいたからね」

個人的に意見を述べさせてもらえるなら、あんな態度をとられれば、こちらとしてもひとつやふたつ言い返したくなるのは当然というものだ。

「もう二年くらい前になるかな。〈ピンク・カーネーション〉は女装が趣味の男だと証明したがっている女性がいたんだ。だからそんな女っぽい名前をつけたんだと」

「彼はそんなんじゃないわ！」わたしは憤慨した。異性装者たちのすばらしいファッションセンスには敬意を抱いているが、わたしの〈ピンク・カーネーション〉は男のなかの男に決まっている。怪傑ゾロと、アーサー王伝説のランスロットと、ロビン・フッドを合わせたような男性だ。たしかにロビン・フッドはタイツをはいているけれど、あれは男性の衣装だからかまわない。

「少なくともひとつは意見が一致したな」コリンが皮肉めいた口調で言う。

「それに異性装者だろうがそうでなかろうが、そんなことは関係ないわ」

ぐいっとココアを飲み、そのせいで舌を火傷《やけど》したが、この程度でお得意の熱弁は止まらなかった。

「彼のおかげで何千人ものイギリス人兵士の命が助かったし、何百人ものフランス人諜報員の正体が暴露されたのよ。それを考えたら、〈ピンク・カーネーション〉がどこの誰だろうが、いつなにをしようが、そんなのは……熱っ！」花模様のマグカップを振りまわしてしまったせいで、熱いココアが手にかかった。

「だったらなぜ、そんなに手紙や日記を読みたがるんだ？」コリンが静かに尋ねた。

わたしはしかめっ面をしてみせ、人前で口にすべきではない言葉を吐いた。

コリンが冷ややかに片方の眉をつりあげた。

わたしはマグカップをパイン材のテーブルに置き、身を乗りだした。「そっちこそ、どうしてあなたの一族は長年〈ピンク・カーネーション〉の正体を隠してきたの？」

コリンがつりあげていた眉をさげた。マグカップの底に残った粉の塊が急に気になりだしたらしい。「誰も尋ねなかっただけかもしれないぞ」

「そんなたわ言、くそ食らえだわ」

「ミス・ケリー、言葉に気をつけてくれ」

「あら、お上品なお耳を汚してごめんあそばせ。でも、本当にどうしてこれまで誰もしゃべらなかったの？」

コリンが椅子にもたれかかり、唇の端をゆがめる。「きみもしつこいな」

「あら、褒めたってごまかせないわよ」

「褒めただと？」

「それで、なぜなの？」わたしは促した。

「それは……」コリンは声を潜めた。「どうしても知りたいなら教えてあげよう」

「お願い」

「〈ピンク・カーネーション〉はたちの悪い病気を持っていたんだ」

「嘘つき！」わたしはテーブルを思いっきり叩き、慌ててその手をなでた。「いたた……」

「罪もないテーブルを叩いたりするからばちがあたったな」コリンは自分のマグカップを手に取り、シンクへ運んだ。

「あなたのせいよ」わたしは腕を振りあげた。「痛っ」

コリンがため息をつく。「ほら、出してみろ」わたしはまだココアが半分残ったマグカップを差しだした。「違うよ、そっちだ」彼はマグカップを取りあげてテーブルに置き、わたしの手をつかんだ。「どこが痛む？」

コリンの手に比べると、わたしの手はか細くて白く見えた。てのひらを上に向けられたので手相でも見るつもりかと言いかけたが、荒れた指をなでられたせいで冗談が喉元で止まった。コリンは親指でてのひらの付け根を軽く押しながら痛むところを探った。大きくて日に焼けた親指だ。窓から入る隙間風とはなんの関係もなく、体が震えた。

「なんでもないわ。大丈夫」わたしはかすれた声で言い、手を引き抜いた。

「そりゃあよかった」コリンが立ちあがる。椅子の脚がリノリウムの床にこすれる音がした。

「裁判を起こされちゃかなわないからな」コリンは明るく言い、わたしのマグカップをシンクに置いた。

わたしはぽかんと口を開けた。「裁判なんて――」

コリンはドアへと向かった。「わかっている、裁判なんて起こさないよ」どちらでもかまわないという口調だ。「今日、ぼくたちがしゃべったことや手紙や日記の内容を、外にはもらさないでほしい」

わたしは椅子をひねってコリンのほうに向けた。「どういう意味？」裁判の話の続きだろうかと思い、頭が混乱した。

「〈ピンク・カーネーション〉のことだ。ここで見聞きしたことは、この家の外に出さないでほしいんだ。おばとも話をした。その条件をのんでくれるなら、おばが見せてもかまわないと思うものはなんでも読んでくれていい」

わたしは思わず立ちあがった。「それじゃあ、博士論文が書けないわ」

「論文は〈紫りんどう〉と〈紅はこべ〉について、すばらしい洞察を展開すればいい」コリンはこともなげに言った。「その目的のためなら、ここで読んだ内容のどれを参考にしてくれてもいい。だが、〈ピンク・カーネーション〉はなしだ」

「ひどい！」

コリンはわたしのネグリジェ姿をのんびりと頭のてっぺんから爪先まで眺め、こんなときだというのに笑みをこぼした。

「ジェイン・エアみたいだな」

「美人じゃないと言いたいの？　あなたは逆立ちしたってロチェスターにはなれっこないんだから！」わたしは言い返した。

ささやかな抵抗もむなしく、廊下の奥でコリンの部屋のドアが閉まる音がした。

どうしてよ！

わたしはむしゃくしゃした気分のまま椅子に座りこんだ。なんて底意地が悪いの……。一九世紀の貴族の手紙を読みすぎたせいか、わたしの頭に浮かんだののしりの言葉は〝無礼な人〟だった。〝放蕩者〟というのもよさそうだ。もっと今風の悪口もいろいろ思いついたが、どう罵倒しようが結果は変わらない。あのつかみどころのない男は、謝罪とココアでわたしを手なずけつつ、そうしているあいだもずっと、最後には史料の非公開を言い渡すつもりでいたのだ。

たかがインスタントココアをご馳走になって、ほんの三〇分ばかり人間らしい扱いを受けたくらいで、わたしが自分になつくとでも思ったのだろうか？

そんな手にはのるものですか。わたしはそう簡単にはあきらめない。〝おばはきみを気に入っている〟ですって？　じゃあ、明日の朝になったら、〝ここで見聞きしたことは、この家の外に出さないでほしい〟という条件について、ミセス・セルウィックがなんと言うか訊いてみようじゃないの。

それまでは、とにかく読むしかない。まだ史料はたくさん残っている。朝になれば出ていくしかないかもしれないのだから、ミセス・セルウィックに確認できる時間になるまでにできるだけ読んでしまおう。

わたしは決然とした足取りで部屋に戻ると、勢いよくベッドに座りこみ、意気ごみも新たにベッド脇のテーブルからエイミーの日記を取りあげた。コンタクトレンズがタンゴを踊っていようがかまうものですか。なんとしても、できるだけ多くの事実を見つけだしてやるわ。コリン・セルウィックなんて地獄に堕ちればいいのよ！

18

〝ジョルジュ〟エイミーはその名前を舌先で転がし、顔をしかめた。ためしに英語風に発音してみた。〝ジョージ〟こっちのほうがましだ。〝ジョージ〟……でも、やっぱりだめ。どう発音しても、どんなふうに呼んでみても、〈紫りんどう〉の本名としては違和感がある。〝ジョルジュ〟と綴《つづ》るとあまりにフランス風でしっくりこないし、〝ジョージ〟という文字を見ると王立キュー植物園を散策する恰幅《かっぷく》のいいジョージ国王を思いだしてしまう。

だが、昨夜の出来事を考えると、マーストンが〈紫りんどう〉であることに疑いの余地はない気がする。確固たる証拠があるからだ。テュイルリー宮殿でお兄様と交わしていた会話だけでは充分だとは言えないまでも、馬車に乗るとき黒マントを身につけていたのは決め手になる。あれはわたしがごく間近で見たマントによく似ていた。そのときのことを思い起こしたエイミーは、心臓が早鐘を打った。だいたいあんな真夜中に、お兄様の屋敷に黒マントをはおった男性がたまたまふたりいたと考えるのは無理がある。しかも〈紫りんどう〉が前庭に向かう角をまわりこんだ直後に、マーストンは玄関前に停めた馬車に乗って出ていったのだ。決定的だとしか言いようがない。

前庭を出る兄の馬車の車内で、灰色のベルベットのクッションにもたれかかりつつも、もどかしさで体がむずむずした。昼間の明かりのなかで眺める屋敷は、窓が日の光を受けて輝き、黒塗りの門扉はつやを放ち、昨晩、はらはらしながら見たのと同じものだとはとても思えない。自分の部屋のベッドで目覚めたとき、どろどろに汚れた室内履きが暖炉の端に転がっているのを目にしなければ、昨日の夜のことはすべて夢だったと思うところだ。室内履きは暖炉で燃やしてしまおうと思ったのだが、炭はすでに灰に埋まっていたのでやむなくあきらめた。

なかなか屋敷に入ることができずにあせった記憶は早く葬り去ってしまいたかった。書斎の軒先まで戻り、窓枠によじのぼるべく一五分近くも悪戦苦闘したあと、兄が無情にも窓の鍵を閉めてしまっていることに気づいた。気の弱い女性だったら大泣きしていただろう。こうなれば情けないけれど使用人を起こして、どうしてこんな真夜中にひどい格好で外にいるのか言い訳をするしかないと思ったとき、食堂の窓に鍵がひとつかかっていない箇所があるのを見つけ、必死によじのぼったのだ。

そんなこんなをしているあいだは、少なくともほかのことは考えずにすんだ。自室に戻り、ベッド脇の蠟燭をつけ、揺れる明かりのなかで汚れたドレスを脱いだ。清潔な白いネグリジェに着替えて一五回髪をとかし、ベッドに入って蠟燭の火を吹き消した。だが、目がさえて眠れなかった。

横向きになっても、仰向けになっても、膝を抱えて丸くなっても眠れない。

「信じられない。わたし、〈紫りんどう〉とキスをしたのよ」暗闇のなかで声に出して言ってみた。顔がほころぶのを止められず、頭が枕からずり落ちる。ああ、なんてすてきなキスだったんだろう。

どうして彼はわたしにキスをしたの？　もう一度会いたいと思ってくれるかしら？

午前二時。ベッドの足板のほうへ頭を向けてうつぶせになり、足で枕を蹴りながら、〈紫りんどう〉との会話を何度も思い返していた。ふたりのあいだで交わされたせりふはどんどん美化されていった。

午前三時。ベッドの足元でベッドカバーを小さく丸め、彼がわたしにキスをしたのは詮索するのをやめさせるためだったのかしらと考えた。

午前四時。「愛している、愛していない、愛している、愛していない……」エイミーはつぶやきながら、ベッドカバーの毛玉をむしり取っていた。

オルタンス・ボナパルトに英語を教えに行く初めての時間が近づき、ジェインとミス・グウェンにふたりがかりで叩き起こされた。なにも水差しの水をかけることはないのに、とエイミーはふてくされながら思った。

大あくびをしているうちに、馬車はテュイルリー宮殿に着いた。エイミーとエドゥアールが馬車を降りると、退屈そうな顔をした歩哨がなかに入るように手振りで合図をした。エドゥアールは行儀よくするよう何度も念を押し、二時間後に玄関で落ちあおうと繰り返してため息をついたあと、自分も用事があるらしく廊下を小走りに走っていった。エイミーは顔をしかめた。金のネックレスについた時計を確かめると、オルタンスと約束した時間までまだ二〇分あった。ちょうどお兄様もいなくなったことだし、これはテュイルリー宮殿のなかを探る絶好の機会だ。

昼間のテュイルリー宮殿は夜のそれとはまったく雰囲気が違っていた。昨晩通った部屋はどこもオレンジ色の花や、巧みに組みあわされたさまざまな種類の薔薇で飾られ、花の香りもわからないほど客の香水の匂いが満ちていた。今は花びら一枚落ちていない。使用人がせっせと掃除をしたのだろう。掃除用のアンモニア水と灰汁《あく》の水滴が点々とこぼれている。

昨日の夜は、階段に沿って、兵士が直立不動の姿勢で道しるべのように並んでいた。ナポレオンは権力の源がどこにあるのか隠す気はないらしい。エイミーたちは階段をあがりきると軍歌に導かれ、薄布のかかった燭台のある控えの間をいくつも通り抜けて、迷う余地もなくまっすぐ〈黄色の間〉に入ったのだった。

だが、今が昼間だからといって閑散としているわけではない。なにか怪しいことはないかとエイミーが廊下を進んでいくと、重いバケツを運んでいる使用人や、勤務の終わった兵士とすれ違った。体に合わないフロックコートを着て、指にインクのしみがついている、青白い顔の若い男性も歩いていた。おそらく誰かの秘書だろう。

もしかすると、秘密の打ち合わせに向かう途中かもしれない。跡をつけてみようかと思ったとき、すぐそばの部屋に見覚えのある暗褐色のフロックコートを着た男性がいるのが目に入った。お兄様に違いない。襟や袖口にあそこまでたっぷりと金糸のレースをつけているのはお兄様くらいだ。だが、早口でなにやら長々とささやいている声は、とてもエドゥアールだとは思えないほど威厳に満ちていた。

　相手の顔を確かめようと、エイミーは首を伸ばした。もしかして〈紫りんどう〉かもしれないと思うと胸が高鳴る。もっとよく見ようとドアに近づいた。どうしてお兄様はあんな不格好な大きな肩パッドの入った上着を着ているの？　あれでは、わたしからだと、もうひとりの黒い袖と手しか見えないじゃない。いくら優秀な諜報員だって、こんな遠くからちらりと手を見たくらいでそれが誰だか気づくのは無理だわ。その手すら、じきに滝のような金糸のレースに隠れて見えなくなった。エドゥアールがなにかを手渡したからだ。袖口の飾りに阻まれてはっきりとはわからなかったが、それは紙のように見えた。ノートかなにかかしら？

　エイミーはドアの取っ手のすぐ手前まで近寄った。

　じれったさに思わずため息がこぼれ、慌ててそれをのみこんだ。だが、黒い袖の男性はそのかすかな音を聞き取ったらしく、エドゥアールの腕をつかんで早口でなにかささやくと、そのまま奥のドアへ向かった。エドゥアールは振り返ることなく小走りでついていった。

　けれども、黒い袖の男性は違った。

　オーク材の防壁のようなドアを閉めるとき、ちらりとこちらへ顔を向けた。ほんの一瞬だったが、エイミーには充分だった。知っている顔だ。ジョルジュ・マーストンではない。なんの特徴もない痩せた顔だが、額の左側にまだかさぶた状の新しい傷がある。

「嘘！」

エイミーは慌てて部屋を横切り、奥のドアをそっと開いてのぞいてみた。しかし、そこにふたりの姿はなかった。

舞踏室で怪我をして寝ていた男性をまた取り逃がしてしまったなんて、ジェインにどう言い訳をすればいいの？

19

エイミーは意気消沈しながらも、ふたたびふたりを捜しはじめた。見覚えのある暗褐色と金色がどこかに見あたらないか、手始めにテーブルの下や椅子の後ろをのぞいてみた。だが、あの兄がどうやってついていったのだろうと思うすばやさで、ふたりは姿を消していた。お兄様はいかつい肩パッドとひらひらのレースで、書斎の窓から軽やかに飛びおりた〈紫りんどう〉に負けず劣らずの身軽さで逃げたらしい。

帰りの馬車のなかで、お兄様にこの話題を持ちだしてみようかしら？　〝〈紫りんどう〉の仲間なのね〟と切りだして、〝わたしも協力させて〟と詰め寄るのだ。そのほうがこそこそ探りまわるより手っ取り早いし、お兄様も家で本当の姿を見せることができるようになる。だけど子供のころみたいに、〝余計なことに首を突っこむな〟と言われておしまいになるかもしれない。お兄様は昔から〝分かちあう〟という行為が好きではない。

いろいろ考えあわせると、やはり今回は知らんぷりをしておいて、機会を見つけてお兄様の行動を見張るほうがいいかもしれない……。

「みっともないまねをするな！」誰かが怒鳴った。

エイミーははっとしてわれに返った。自分に言われたのではないと思い、大急ぎであたりを見まわした。そこは小さな控えの間だった。ドアの向こうからその声は聞こえた。誰かが閉め忘れたのか、ドアが少し開いていた。

「ふしだらにもほどがある！」男性の声はさらに大きくなった。

ここは退散したほうがいいだろうかと考えたとき、女性の小さな声が聞こえた。

「でも、お兄様――」

怒鳴っているほうはナポレオンだと気づき、エイミーは息をのんだ。相手は警察大臣のフーシェではなさそうだが、それでも充分に盗み聞きする価値はある。イギリスの新聞に流せるような醜聞でも飛びだしてこないだろうか。両手でスカートの裾を持ちあげ、忍び足でドアの隙間に近寄った。

「ルクレールが亡くなって、まだ一年しかたっていないんだぞ！」

ルクレールですって？　あの女性はナポレオンの妹のポーリーヌ・ルクレールだわ。国を股にかけて活躍する諜報員が聞き耳を立てるほどの相手ではないと思いつつも、エイミーは蝶番《ちょうつがい》でへこみができるくらい強く耳を押しあてた。最後に見たとき、あのはしたない女性はリチャード・セルウィックの耳をなめていた。もちろん、こうして耳をそばだてているのはそれとはなんの関係もないに決まっている。純粋に諜報員としての好奇心からだ。リチャードが誰となにをしようが、そんなのはどうだっていい。それなのに、どうしてこんなことをしているかというと……それは……ボナパルト家を揺るがす醜聞をつかめれば、これからの活動に役立つかもしれないからだ。エイミーは自分を納得させることができて満足した。

ドアの隙間から、ナポレオンがいらだたしげに寄せ木張りの床を歩きまわるブーツの音が聞こえた。「まだ喪が明けたばかりじゃないか！」

「でも、わたしは髪を切って、それを夫の棺《ひつぎ》に入れたわ」

「髪がどうした！」机を叩く音がした。「髪などすぐに伸びる。すでにもとの長さに戻っているではないか。いったいどうしたんだ。男と見ると追いかけまわして！」

〈黄色の間〉でリチャードと戯れていた話が出るのではないかと思い、エイミーの心臓は早鐘を打った。

「警察大臣補佐官のドラローシュから聞いているぞ。あらぬ場所で彼に手を出そうとしたそうだな。またしても！」

「べつにあらぬ場所じゃないわ。わたしの居間だったもの」ポーリーヌは言い訳をした。

エイミーは木製のドアをにらみながら胸がむかついてきた。ポーリーヌ・ルクレールという女性はよほど頭が悪いか、よほど狡猾《こうかつ》なのか、そのどちらかだ。ただし前者だとすると、強敵がいる。シュロップシャーで隣人だったデリクと、いとこのアグネスだ。ポーリーヌはそのふたりをうわまわると思いたい。

ナポレオンもそう考えたのだろう。そっけない口調で尋ねた。

「ドラローシュはなにをしにおまえの部屋へ行った？」

「誰かにつけられているような気がして、彼を呼んだの」ポーリーヌがこともなげに答える。

　ガシャン！　ナポレオンがなにかを壁に向かって投げつけたらしい。エイミーはドアの隙間から部屋をのぞいた。インク壺のようだ。壁に黒いしみができている。

「そんなに怒らないで、お兄様」ポーリーヌが甘えるように言った。「だって、退屈なんですもの」

「退屈だと？　だったら趣味でも見つけろ。買い物にでも行け！」

「わたしのささやかな楽しみをだめだと言うなんて――」

「そのささやかな楽しみは、フランスばかりか外国でもいい物笑いの種だ。いったいどうすればおまえを止められる？　修道院にでもやるか」

　それがいいわ！　堂々と会話に加われるものなら、ぜひその案を強く推したいところだ。

　そのとき、はなをすする音が聞こえた。「どうしてそんなにひどいことを言うの？　わたしはただ……」すすり泣きが始まった。「幸せになりたいだけなのに……」

「家名に泥を塗るなと言っているだけだ！」

「ジョセフィーヌになにか言われたんでしょう？　あの人がお兄様の心を惑わせているんだわ」

　ジョセフィーヌはいい人だ。エイミーには確信があった。趣味がよくて、判断力があって……ただし、ナポレオンと結婚したことだけはなにかの間違いだ。

　見あげたことに、ナポレオンは妻をかばった。「口を慎め！」

「お兄様がそう言うなら、わたしはもう行くわ。二度と会うこともないでしょうね」椅子の脚が床にこすれる音が聞こえ、ポーリーヌが泣きながらエイミーのいるほうへ向かってきた。見つかるのではないかという不安と、ドアが自分にあたるのではないかという心配で、エイミーは身を縮めた。ポーリーヌは少し開いたドアの隙間からするりと出てきた。エイミーはいぶかしく思った。本当に悲嘆に暮れていたら、ここまで優雅に振る舞えるはずがないわ。しかも、ハンカチで顔を隠している。

「ポーリーヌ！　こら、泣くな！」ナポレオンが妹のあとを追った。

勢いよくドアが開いた。ドアがぶちあたり、エイミーは思わず声をもらしたが、幸いにもナポレオンの怒鳴り声にかき消された。

目の前に広がった黒い点々が消えると、エイミーはそっとドアの陰から滑りでた。室内には日の光を受けて埃が舞っている。「衣装だんすに押しこまれたドレスの気分だわ」ぶつぶつと文句を言った。

肩の凝りをほぐして腕を伸ばすと、アイロンをかけられたばかりのドレスではなく、もっと人間らしい気分になった。そっとドアに近寄り、ナポレオンとポーリーヌが立ち去ったあとの室内をのぞいてみた。ドアの約三センチしかない隙間からではそれほど多くのものは見えなかったため、どんな部屋か興味津々だったのだ。

ひとつずつ室内のものを確かめていく。壁にはインクの大きなしみ、薄い色の壁紙を背景にすると、それ自体がインクのしみのようにも見える鉄製の階段、インクの小さなしみが飛び散った絨毯……。もっとも目を引かれるのは、書類が積みあがった机だ。そのまわりには、羽根をむしられた大きなガチョウをもう一度もとの姿にできるくらい大量の折れた羽根ペンが転がっている。

ここはナポレオンの書斎だ。

エイミーはこの幸運に一瞬だけほほえみ、あたりに人がいないのを確かめると、迷わず室内に足を踏み入れた。

折れた羽根ペンと丸められた紙屑《かみくず》を慎重によけながら進んだ。部屋に入った痕跡を残さないようにしなければ、あとで怪しまれてしまう。もしナポレオンが戻ってきたら、オルタンスを捜しているうちに迷ったのだと言えばいい。黄色いモスリンのドレスを着た小娘の言葉を疑う人はいない。机に向かいながら、無邪気で少し頭の回転が鈍いように見える表情の練習をしてみた。目を真ん丸に見開き、口をぽかんと開けて……それでもだめなら泣き落としでいこう。今しがたのナポレオンとポーリーヌの様子をうかがっていて、諜報員として貴重な情報をひとつ得た。ナポレオンは泣いている女性に弱いらしい。

机の前まで来た。震える手を握りしめ、腰をかがめて机の上を見た。真ん中に一枚の用紙がある。文字がびっしりと書きこまれ、その上に放りだされた羽根ペンからインクが飛んでしみができていた。これを書いているときにポーリーヌが入ってきたらしい。

エイミーは用紙を取りあげて読みはじめた。〝八一八条　夫は妻の同意なしに妻の所有する動産及び不動産の分与を請求することができる〟

このたわ言はいったいなんなの？　もし将来の夫がわたしの同意なしに、わたしの動産及び不動産の分与を請求したら、断固拒否してみせるわ。この用紙にある考え方も嫌いだけれど、それ以上にこれは諜報員が読む価値はない。それともナポレオンのイギリス侵攻計画は、この条文をもとにフランスとイギリスを結婚させて、夫であるフランスが妻であるイギリスの動産及び不動産の分与を請求するというものなのかしら？

エイミーはその用紙を吸い取り紙の真ん中に戻し、ナポレオンが放りだしたときと同じ位置に羽根ペンを置いた。

ほかには書類の束があり、その上にはペーパーウエイト代わりに陶器の破片が置かれていた。こんなときでなければ、遺物とおぼしきその陶器のかけらに興味を持っていただろう。だが、今は諜報の任務に携わっている真っ最中だ。よって陶器にはかまわず、書類に手を伸ばした。それは折りたたんで重ねられ、緩く紐で縛ってあった。エイミーは慎重にいちばん上の書類を引き抜いた。一万フラン？　目を細め、クモの巣のような文字を読み直す。わたしの勘違いだろうか？　いいえ、そうじゃないわ。これはジョセフィーヌの仕立屋から送られた、金糸で刺繡を施した白いローン地のドレスの請求書だ。エイミーは二枚目の書類を無造作に引き抜いた。案の定、今度は一枚目にあった白いドレスとおそろいの室内履きの送り状だった。すべての書類を手荒に引っ張りだし、ぱらぱらと内容を確かめた。カシミヤのショール、ダイヤモンドのブレスレット、外国から取り寄せた薔薇の挿し木用の枝、室内履き、手袋、扇子……。しかもそれぞれの品を山ほど買っている。これなら一〇年間、毎日パーティが続いても大丈夫そうだ。書類のなかに、極秘のメモや怪しい商品は含まれていなかった。

でも……これが暗号文だという可能性はないかしら？　室内履きと書かれているのはじつは小銃で、色の違いは種類を表し、薔薇の枝は大砲かなにかを指しているのかもしれない。いったんはがっかりして机に置いた請求書の束をまた手に取り、内容を見直した。よく考えながら調べていけば、暗号の取っかかりが見つかりそうな気がする。

だが、やはり請求書以外のなにものでもなかった。ひとつわかったのは、どうやら自分が諜報員の能力より想像力に長けているらしいことだ。あの魅力的なジョセフィーヌがたいへんな浪費家だということも明らかになったが、それはとうに周知の事実だ。『シュロップシャー・インテリゲンサー』紙以外のもっとまともなイギリスの新聞でさえ、ジョセフィーヌの手に負えない浪費癖のせいでフランスの国庫はすでに破綻したと書きたてている。

エイミーは顔をしかめ、書類の束を紐でくくった。ナポレオンの書斎に忍びこむという千載一遇の機会に恵まれたのに、見つけたのは請求書の山だけだなんて……。

腰に両手を置き、机の上をにらんだ。この散らかった机のどこかに、もっとましな情報が隠されているはずだ。一羽の鳥が窓辺に留まり、胸をふくらませてオペラ歌手のような美しい声で鳴きはじめた。「しいっ！」エイミーはうわの空で言い、手を振って追い払った。鳥はぴょんぴょん跳ねたあと窓枠から飛びたち、耳障りな声で鳴きながら、庭園にいる仲間のもとへ愚痴をこぼしに帰った。

エイミーはもう一度、机の上をざっと調べてみた。〈紫りんどう〉はわたしのことをおめでたいと言った。たしかに、ナポレオンみたいに不穏な国内をまとめあげて並みいる敵を抑えこみ、その一方で周辺諸国を侵略していったほどの人物が、イギリス侵攻計画に関する書類を机の上に置きっ放しにしていると考えるのはおめでたいのかもしれない。

では、見える場所にないなら、極秘書類はいったいどこに隠されているのだろう？　この書斎を出ていくときは、なにか〈紫りんどう〉に報告できる情報をつかんでいたい。彼は目を見開いてぽかんと口を開け、〝驚いたな〟と言うに違いないから、わたしは片方の眉をつりあげて——もとい、片方の眉だけあげるという技はできないので、両方の眉にしよう——〝ざっとこんなものよ〟と答えるのだ。

エイミーは顔をあげ、ものを隠せそうな場所はないか見まわした。奥の壁にある絵の後ろなら秘密金庫を仕込めそうだ。向こうの窓の横に見える長い線は、かつて投げつけられたインク壺の名残かもしれないし、あるいは壁がなんらかの仕掛けで開くことを示しているのかもしれない。もっとよく見ようと、机に手をついて身を乗りだした。

「痛い！」諜報員としての覚え書き、その一。どこかに手をつくときは、そこに怪我をするようなものがないかどうか前もって確認すること。小さな傷を負った人差し指を無意識のうちに吸いながら、凶器はなんだろうと机の上を探した。あの専制君主なら、毒を塗った鋲《びょう》を置いておくくらいのことはやりかねない……。まあ、ただの紙なの？

吸い取り紙の下から鋭く切断された紙の端がのぞいている。怪我をしていない左手でその紙を引きだした。どうせまた請求書のたぐいだろうと、いらだちを覚えながら考えた。数字がたくさん並んでいるのを見てやっぱりと思ったが、ジョゼフ・フーシェの署名があるのに気づいてはっとした。これはフーシェがイギリス侵攻計画の費用を算出した報告書だ。

とっさに、ドレスのなかに隠して逃げようかと思った。だが、報告書を胸元まで持っていったときに良識が働いた。たとえ紙切れ一枚でも、ドレスに入れれば薄い生地がふくらんで目立ってしまう。それに報告書がなくなったことにナポレオンが気づかないわけがない。こうなったら数字を覚えるまでだ。船が二四〇〇隻。エイミーは心のなかで数字を繰り返した。兵士は一七万五〇〇〇名。〈紫りんどう〉に手柄を褒めてもらおうとか、王政が受けた屈辱を思っての悔しさとか、そういったこととはまったく関係なく吐き気がしてきた。豊かすぎる想像力のせいで、一七万五〇〇〇人の兵士がおじの所有するのどかな牧草地を踏みつけ、ヒツジたちを蹴飛ばす場面が頭に浮かんだからだ。

「わたしがここにいるあいだは、そんなまねはさせないわ」エイミーはつぶやき、報告書を読み進んだ。

フーシェの報告によれば、国庫では費用を賄いきれないらしい。なるほどと思いながら、先ほど机に戻した請求書の束にちらりと目を向けた。今度、マダム・ボナパルトに会ったら、ダイヤモンドのティアラを最低でも三個は持ったほうがいいと、さらなる浪費を強く勧めておこう。

腹立たしいことに、フーシェはスイスからの資金調達の途《みち》を確保していた。それを読んで、エイミーは眉をひそめた。〝資金調達を確保〟ですって？〝資金提供を強要〟の間違いでしょうに。資金は金塊の形で四月三〇日の夜に、スイスからパリの〝安全な場所〟へ運ばれるらしい。

「勝手に安全だと思っていればいいのよ」報告書を読みながら、エイミーはネコがカナリアを狙うかのような笑みを浮かべた。

四月の最終日。一〇日後だから、金塊を奪い取るための作戦を練る時間は充分にある。エイミーは能天気に考えた。とにかく〈紫りんどう〉に報告しないと。きっと彼はわたしの働きに感銘を受け、仲間に入れてくれるだろう。資金が調達できなければ、ナポレオンのイギリス侵攻計画は頓挫して、兵士たちの不満が爆発するだろう。その結果、王政が復活する。

エイミーはにこにこしながら報告書を吸い取り紙の下に戻した。シュロップシャーから出てきたばかりの小娘にしては上出来だわ。

急いで書斎をあとにした。オルタンスに英語を教える前に、〈紫りんどう〉に密会を求める手紙を送らなくちゃ。でも、場所は？　リュクサンブール公園なんてどうかしら。小姓を見つけて……。

そのとき、控えの間に入ってきた人物とぶつかり、エイミーは頭がくらくらした。力強い手に体を支えられ、くすくすと笑う声が頭上から聞こえた。

「まさか、こんなふうに再会するとは思わなかったよ」

20

「まあ！」エイミーはあとずさりして、ブルータスの彫像にぶつかった。ブルータスが台座から飛びおり自殺しそうなほど揺れたので、慌てて手で押さえた。「これは……その、つまり……」

「ブルータスを守りたければ、押さえるべき相手は突っこみそうになったぼくだと思うけれどね」リチャードが誘いこむような笑みを浮かべた。エイミーは危うくまたブルータスにぶつかりそうになった。

「ええ、まあ」弱々しく答えた。二度もぶつかったせいか、頭がくらくらする。

背後を探って、なにもないのを確かめた。リチャードがいると、控えの間がひどく狭く感じられた。青い上着と細身の革ズボンを身につけた長身の姿により、視界のほぼ全部が占められている。窓から差しこむ光が後光のように彼を包みこんでいた。後光ですって？　なにをくだらないことを考えているの。リチャードは祖国を裏切ったのよ。パーティの最中に肌を露出した女性とべたべたするような人なんだから、世界中でいちばん後光に値しない男性だわ。

「もうちょっと早く来れば、マダム・ルクレールがいたのに」エイミーはついぽろりと口を滑らせた。

「ポーリーヌが？」リチャードが難しい顔をした。戸惑っているようにも、不機嫌になっているようにも見える。「彼女はぼくを捜していたのか？」

「ええと……」どうしてこんなことを言ってしまったのだろう。もしリチャードが本当にポーリーヌを捜しに行って話をしたら、エイミーなどという女性とはしゃべっていないと言われるに決まっている。そうなると、リチャードはとんでもなく誤った結論に飛びつくかもしれない。つまり、わたしがポーリーヌに嫉妬していると勘違いするかもしれないのだ。

下手な嘘をついてあとでばれるのはまずいと考え、エイミーはドアを指さした。

「そっちへ行ったわ」

「なるほど」返事はそれだけ？

きっと彼はすぐに追いかけていくだろうと思った。ブルータスをほったらかして金細工が施されたドアを抜け、襟ぐりが恐ろしく広く開いている透け透けのドレスを着た彼女のもとへ駆けつけようとするだろう。エイミーはじっと待った。

だがリチャードは相変わらず、羽目板張りの壁に物憂げにもたれかかっていた。まるでこの狭い部屋でエイミーと一緒にいること以外に人生の目的はなにもないといった様子だ。

「彼女を捜しに行かなくていいの？」エイミーはそっと尋ねてみた。

リチャードはしばし考えてからうなずいた。「かまわない」

　エイミーはその端整な顔によぎる表情を探った。どういうつもりだろう？　すぐにでも愛人のあとを追いかけていくかと思ったのに、こんなところでのんびりしている。だけど、彼はこういう人なのかもしれない。テュイルリー宮殿でも、わたしとふざけたあと、平気でポーリーヌと戯れていた。イギリスがフランスと戦っているときでさえ、臆面もなく祖国の敵軍に同行してエジプトへ行ったのだ。なんと節操のない人だろう。

　そう考えると、あれほど嫌いに感じたポーリーヌが急に哀れに思えてきた。かわいそうに、こんな不誠実な男性の魅力にだまされているのだ。ポーリーヌのドレスはたしかにクモの巣よりは少しましという程度かもしれないし、彼女の脳みそはクモの巣よりまだ薄っぺらいかもしれないけれど、だからといってこんなふうに扱われていいわけではない。

「行ったら？」

「どこへ？」

「マダム・ルクレールのところへよ」エイミーは怖い目つきをしてみせた。

　リチャードが問いかけるような顔で彼女を見た。「それはつまり、あっちへ行けという意味かい？　だったら、はっきりそう言ってくれてかまわないよ」

「違うわ！」

「ということは、ぼくにここにいてほしいのか？」

「ああ、もう」エイミーは声にならない声を発した。思い直して深く息を吸いこみ、説明しようと努めた。「あなたを追い払うために言っているわけじゃなくて――」

「それはよかった」

「つまり」彼女は強い口調で言った。「もう少し思慮深く行動したらと言っているの」

「早くいなくなれと思われていることにさっさと気づけと？」

「違うわよ！」エイミーがもどかしそうに跳ねた。これが一〇歳の子供なら、かんしゃくを起こして地団駄を踏む前触れのようだ。

だが二〇歳の若い女性となると、また違って見える。襟ぐりの下で胸が揺れるのを見て、リチャードは困ったと思いながらも思わず笑みをもらした。

「もう一度頼むよ」期待をこめて促してみた。

エイミーがにらんできた。

「〝違う〟という簡単な言葉の意味をどうしてそんなに曲解するの？」

「じゃあ、どういう意味なんだ？」リチャードは自分がさっぱり理解していないことを正直に認めた。「ひとつ前に戻ろう。きみはぼくを追い払いたい」

「そうじゃないわ」残念ながらエイミーは今度は跳ねず、両手で黙ってという仕草をした。

「すぐにそうやってひねくれた解釈をするんだから。お願いだから途中でちゃかさないでね。わたしが言いたいのはつまり、マダム・ルクレールとちゃんと話をして誤解を解くのが誠実なやり方だということよ」

リチャードは目をしばたたいた。「彼女とのあいだに誤解があるとは思えないが？」

どうやらエイミーはもう跳ねないらしいとわかり、彼女がいったいなんの話をしているのかリチャードは真面目に考えてみることにした。どうして彼女はこんなにポーリーヌにこだわっているんだ？　ポーリーヌがぼくからの返事が来ない恋文の件で、なにかエイミーにささやいたりしたのだろうか。いや、彼女がそんなことをするとは思えない。ポーリーヌにとって、恋愛はゲームだ。とことん追いかけはするが、負けたとわかれば潔く引きさがり、めそめそと愚痴をこぼしたりはしない。

「どうしてそんな冷たい仕打ちができるの？」

エイミーのいらだちで紅潮した顔を見て、ようやくぴんときた。

「きみはまさか、ぼくとポーリーヌが……冗談じゃない！」

「〝冗談じゃない〟ってどういう意味よ。ゆうべ、マダム・ボナパルトのパーティであなたたちふたりが一緒にいるところを見たんだから。あれをどう言い訳するつもり？」

リチャードは一瞬、エイミーがなんの話をしているのかわからなかった。昨日の夜はバルコートの書斎でエイミーとあんなことになってしまったせいで、ほかになにをしたのかよく思いだせない。それにテュイルリー宮殿のパーティにはこの何年かで数えきれないくらい出席しているため、どれがいつのことだか記憶が入りまじっている。ゆうべ、ポーリーヌとなにかあっただろうか？

ああ、あのことか。そういえば彼女に迫られた。記憶がたしかなら、ポーリーヌは人目を忍んですべき行為に及んできた。まさかあれをエイミーに見られたとは思いたくないが……これほど怖い目をしているところをみると、きっと見られたのだろう。だが、どうしてエイミーはそんなふうに考えるんだ？　ぼくたちはなにも部屋の真ん中で絡みあっていたわけじゃない。あのときほかの客はナポレオンとミス・グウェンのまわりに集まっていたし、ぼくたちは部屋の隅にいた。エイミーは間違いなくミス・グウェンの近くにいたはずだ。それなのにあの場面を見たということは、ぼくのあとを追ってきたのか？

リチャードはエイミーのふくれっ面に向かってにっこりした。

「ほら、言い訳できないくせに」彼女がかすれた声で言った。

リチャードは肩をすくめた。「どうして言い訳をする必要があるんだ？　ポーリーヌと一緒にいるところを見られていやな男がどこにいる。なんといってもあれほどの美人だ。そうは思わないかい？」

エイミーがぎこちなくうなずく。

「それになんとも言えない目をしている」リチャードは意地悪くつけ加えた。「男がわれを忘れる目だ」

エイミーの顎が三センチばかりグイッとあがり、また同じだけさがった。

リチャードはエイミーのほうへ顔を寄せ、声を落としてささやいた。

「それにおしゃべりじゃない」

彼女がぽかんと口を開ける。

リチャードは顔をあげ、ひらひらと手を振ってみせた。

「ロゼッタ・ストーンの話なんかしないし、ホメロスにはまったく興味がない」

エイミーは頭がぼうっとして、背後の壁に寄りかかった。どうしてポーリーヌの話なんか持ちだしてしまったのだろう。やめておけばよかった。

「エイミー、ぼくと彼女のあいだにはなにもない。昔も今も」リチャードが穏やかに言った。

「あるのはドレスの生地だけ？」エイミーはつぶやいた。

嫌みのつもりではなかったのだが、リチャードのつぼには妙にはまったらしい。彼は咳《せ》きこむほど爆笑した。笑うと目の端に小じわができ、緑の瞳が日の光にきらめく木々の葉のように金色に輝いた。

「正直に言うと、ここへ来たのはナポレオンに会うためなんだが――」

「あっちへ行ったわよ」

「でも、きみに会えてよかった」リチャードはまだ笑みを浮かべている。

「どうしてだかさっぱりわからないわ」

「そうかい？」

「ホメロスの話をする相手が欲しいから？」エイミーは嫌みったらしく言い返し、ふと頭に浮かんだ無粋な場面を追い払おうとした。

だが、ひとたびホメロスの名を口にしたことで想像が止まらなくなった。寒い冬のある日、炎がはぜる暖炉の前で、彼女は大きな革製の長椅子に丸まって座っている。隣にはリチャードがいて、ふたりで『オデュッセイア』の格調高いギリシア語の一節を交互に朗読しているのだ。

エイミーは空想のなかで無理やり本を脇に置き、暖炉の火を消した。リチャードが言った。

「惜しいな。じつはきみに手紙を送ろうと思っていたんだ。明日、ぼくの遺物を見に来ないか？」

〝ぼくの遺物〟という言い方が自慢したくてたまらない目立ちたがり屋の子供のように思え、エイミーはつい笑みをこぼした。〝ぼくの〟じゃなくて〝ナポレオンの〟でしょう？それはナポレオンが革命軍を率いてエジプトへ遠征した際に持ち帰ったものだもの。誇り高いイギリス人の紳士なら、そんな人物とかかわっていることは決して口に出さない。そして誇り高いイギリス人のレディなら、そんなリチャード・セルウィックとは絶対にかかわらない。どんなにすてきな緑の目をしていようが……。

「遠慮しておくわ」エイミーは冷たく答えた。

リチャードが優しい表情でエイミーを見た。「遺物に罪はない。それを見に来たからといって、後ろめたい気持ちになる必要はないんだよ」

エイミーはなんのことだかわからないという顔で顎をあげた。

「考えてもみてくれ」リチャードが静かに続ける。「古代エジプト人が作った像や装身具や日用品の数々は、世界がナポレオンの名前を知る何千年も前から土に埋まっていたんだ。想像してみるといい。フランスがまだ森に覆われ、ロンドンは土くれでできた小屋の集落でしかなかったころから、古代エジプト文明は栄えていたんだよ」

午後の静かな控えの間で、その言葉は魔法の呪文のごとく響いた。灼熱《しゃくねつ》の砂漠で白い長衣の男性たちが忙しく立ち働き、黒髪の女性たちが玄室で涙を流している場面が頭に浮かんだ。

「じゃあ、明日の午後、待っているから。もちろん、ミス・ウーリストンとミス・グウェンも大歓迎だ」リチャードがにやりとする。「ミス・グウェンは自分が書くゴシック小説のなかで、ミイラの棺を使いたくなるかもしれないな」

「まだ招待を受けると決めたわけじゃないわ」

「でも、来たいんだろう？」

癪に障るが、そのとおりだ。リチャードのことをどう思っているかは別として、石に刻まれたヒエログリフや、ローマ将軍マルクス・アントニウスの目をくらませたかもしれない装身具の数々を、ぜひともこの目で見てみたい気持ちはある。ミイラの棺に興味をそそられるのはミス・グウェンだけではない。

「なにを迷う必要があるんだ？」リチャードがさらに強くせっついてきた。「それとも怖いのかい？」

「なにが？」

「古代の呪いとか……あるいは、ぼくと一緒に過ごすこととか」

痛いところをつかれ、エイミーはむっとした。

「そんなわけがないでしょう！　いいわ、明日の午後ね」

「四時でどうだい？　遺物はこのテュイルリー宮殿に置いてあるんだ。いずれはルーヴルへ移すつもりだけどね。どの部屋かは歩哨に訊けばわかる」リチャードがにっこりした。エイミーにはそれが勝ち誇った笑みに見えて悔しくなった。

結局、うまく言いくるめられ、遺物を見に行くと約束させられてしまった。

「まさかリンゴを食べさせるつもりじゃないでしょうね」エイミーは不機嫌な声で言った。

「ぼくはエデンの園のヘビかい？　あまりうれしい役まわりじゃないね。きみもイヴにしちゃあ着こみすぎだ」

こんなやりとりは禁断の実と同じくらい危険だわ、とエイミーは思った。リチャードになにげなく視線を向けられたせいで、自分のドレスがイチジクの葉をつないだだけみたいな気がしてくる。どぎまぎしているのを隠そうと、早口で尋ねた。

「ひとつお願いがあるんだけど」

「はるかアラビアの砂漠から不死鳥の羽根を持ってこいとか？　それとも、宝石をちりばめた大皿にドラゴンの頭をのせてくるのかな？」

「そんなに難しいお願いじゃないわ」エイミーは改めてリチャードの変わり身の早さに舌を巻いた。激怒した次の瞬間でも魅力的な笑みを浮かべることができる、こんな男性を信用してはならない。気まぐれで移り気なのだから。「ドラゴンの頭が道案内をしてくれるというのなら話は別だけど」

リチャードが腕を差しだす。「どこへでもエスコートするよ」

エイミーは青い上着のやわらかな布地におずおずと手を置いた。

「どこまで連れていかなければならないのかわからないのに、親切な申し出ね」

「〝この広い世界の地の果ての、さらにまだ一〇リーグ（一リーグは約四・八キロメートル）先まで〟かい？」

リチャードが気だるげな笑みを見せた。

「〝その程度では旅とも呼べぬ〟ね」エイミーはそれが『ベドラムのトム』（一六〇〇年ごろに作られた作者不詳の詩）からの引用だと悟り、あとを続けた。リチャードが称賛の目でエイミーを眺めた。「そこまで遠くはないと思いたいんだけど、この宮殿は大陸がふたつぐらい入りそうだからどうかしら。オルタンスの部屋を捜しているの」

あながち誇張でもないと思ったのか、リチャードはまさかという顔はしなかった。「だったらすぐそこだ」彼はナポレオンの書斎にある階段の下までエイミーをエスコートした。「この上だよ。階段をあがると、ジョセフィーヌの寝室の前に出る。オルタンスの部屋はその隣だ」

「どうもありがとう」エイミーは階段を一歩あがった。

「どういたしまして」リチャードはらせん階段の柱に腕をかけた。エイミーが階段をもう一歩のぼっても、リチャードはまだそこでほほえんでいた。「たいした旅じゃなかったからね。少なくとも九リーグは得をした。これでひとつ、きみに借りができたな」

「だったら、不死鳥の羽根を持ってきて。それで借りはなかったことにしてあげるわ。では、ごきげんよう。案内してくれてどうもありがとう」エイミーはスカートの裾をつまみあげ、また一歩階段をあがった。

「ミイラの棺じゃだめかい？　ふたつでもいい」リチャードの声に引き留められ、エイミーはスカートをおろして振り向いた。目を合わせると、リチャードの笑顔は言葉を失うくらい魅力的に見えた。彼と唇を重ねたらどんな感じがするだろう？　エイミーはごくりと唾をのみこんだ。

「どうしてそんなにわたしを誘いたがるの？」彼女は不思議に思った。

「知りたいかい？」リチャードは短く答えた。「きみが好きだからだ」

エイミーは階段に下顎がつきそうなほど、ぽかんと口を開けた。リチャードはそんなことにはまったく気づかないという顔でほほえみながらお辞儀をすると、さわやかな口調で挨拶をした。

「では、ごきげんよう、ミス・バルコート」そう言って、立ち去った。エイミーはなんとか顎を戻し、口がきけるようになった。

「ええ、ごきげんよう」つぶやいて、ふらふらと階段をあがった。「〝きみが好きだから〟ですって？　いったいどういう意味？　だいたいわたしったら、どうしてこんなに気にするわけ？　もちろん、気にしてなんかいないわ。だって、どうでもいいことだもの。彼がわたしを好きだろうがなんだろうが関係ないわ。ええ、そうよ。そんなのはちっとも気にならないんだから」階段をあがりきり、顎をあげた。「わたしにはもっと大切なことがあるわ」

彼女は、用事を言いつけられるのを待って廊下を歩いている小姓をつかまえた。小姓なら、秘密の伝言を頼んでも大丈夫だろう。

エイミーは声を落としてささやいた。「伝言をお願いしてもいいかしら？」小姓の少年は頭がどうかした人を見るような目でちらりとエイミーを見あげた。

「はい」

「秘密は守れる？」

少年は自尊心を傷つけられたという顔で、もう一度ちらりとエイミーを見た。どういう伝言かだいたい想像がついたのだろう。「もちろんです」

「よかった！」エイミーは顔を近づけた。「急ぎの用事でお会いしたいと伝えてちょうだい。〝急ぎの用事〟と言うのを忘れないで。ゆうべも話をしたから、とても大切なことだと言えばそれでわかってもらえるはずよ。夜の一二時にリュクサンブール公園でお待ちしていますって」

小姓は困った顔をした。それも当然だろう。

「誰に伝言をお伝えすればいいのですか？」

エイミーはおのれのうかつさに思わず自分の頭をはたきそうになった。リチャードがあんなことを言って心をかき乱すからいけないんだわ。

「ジョルジュ・マーストンよ」レティキュールから硬貨を取りだし、小姓の手に握らせた。

「ほかの人に聞かれないように伝えてね。それから、忘れないで。ちゃんと――」

「わかってます」少年はうんざりした表情で言った。「〝急ぎの用事〟ですね」

エイミーが腰を揺らしながら階段をあがっていくのをリチャードはしばらく眺めていた。

これくらいの楽しみは許される範囲内だろう。だが、あとを追って階段を駆けあがり、彼女を肩に担ぎあげ、手近で誰もいない寝室に忍びこむわけにはいかない。それが残念だ。

かぶりを振りつつナポレオンの書斎をあとにし、控えの間に戻った。エイミーの黄色いドレスがないと、部屋が暗く沈んで見える。彼女もゆうべのキスに心を悩ませているだろうか？

今さらなんだ。以前は何百人の女性とキスをしたかわからないじゃないか。放蕩の限りを尽くしていたころを思いだし、ざっと数えてみた。いや、やっぱり数十人くらいかもしれないが……。どちらにしても、エイミーほど忘れられない女性はいなかった。もう一度キスをする機会はめぐってくるのだろうかと思い悩み、もんもんとしながら一夜を過ごしたのも初めての経験だ。

いつもなら、機会は自分で作る。

浮き名を流していたころは、舞踏室の奥にいる相手にほほえみかけたり、庭にいる女性に軽くうなずいてみせたり、そっと短い手紙のひとつも渡したりすれば事足りた。簡単な話だ。けれどもディードリと出会い、彼女に裏切られてからというもの、キスをする機会は心して見送ることにしてきた。だが……。誰もいない応接間の開け放たれた窓辺で、鳥がやけに元気よく鳴いている。リチャードはその鳥をにらんだ。

その気になればもう一度、エイミーとの密会の場を設定することはできる。しかし、それは〈紫りんどう〉としてだ。そこに葛藤があった。〈紫りんどう〉は二度とエイミーに会ってはならない。この点に関して、〈紫りんどう〉とリチャード・セルウィックの意見は完璧に一致している。昨日の夜の出来事ひとつを考えてもそうだ。バルコートの書斎でおもしろいものを見つけたというのに、エイミーに会ったせいでそれを調べることなく終わってしまった。かさかさと紙のようなものが入っている音がした地球儀だ。もちろん、バルコートの古い恋文がしまってあるだけかもしれない。だが、イギリスの国家防衛に欠かせない情報が隠されていた可能性もある。しかも、それだけではない。エイミーにかまっていたせいで、前庭で行われていたことを見逃してしまった。建物の正面にまわりこんだときには、すでに怪しい男たちは闇に姿を消すところだった。バルコートがマーストンに別れの挨拶をしているのは聞こえたが、そこからはなんの情報も得られなかった。

あのとき、マーストンを尾行するべきだったのかもしれない。いや、〝かもしれない〟どころではない。〈紫りんどう〉としてはそれが当然の行動だった。なのにぼくはオテル・ド・バルコートの茂みに隠れ、エイミーが無事に屋敷に入れるかどうか見守るほうを選んでしまった。

エイミーが必死に窓によじのぼろうとしていた姿を思いだし、リチャードは思わず笑みをこぼした。あれは諜報活動をひとつ犠牲にしても見る価値のある眺めだった。エイミーは窓枠まで体を持ちあげて両肘をつき、そこを越えようと腰を振ってもがいたものの、またずるずると地面に落ちた。あの粘り強さには感銘を受けたし、ついでに目の保養もさせてもらった。

それが一度きりならまだいい。リチャードは厳しい顔で現実に立ち返った。ひと晩の出来事なら笑ってすますこともできる。だが同じ過ちを繰り返せば、無責任のそしりを受けてもしかたがない。それにエイミーのことだから、名前を明かせとか、〈紫りんどう〉の仲間にさせろとか、しつこく言いつづけるに違いない。遅かれ早かれ、ぼくはあの唇に負けて……いや、つまりだ、そのうちになんらかの形で根負けして自分の正体を明らかにするか、あるいは彼女を組織に入れるはめになりそうな気がする。そんなことになったらたいへんだ。だからこそゆうべ、暗くて臭いパリの道を重い足取りで自宅に戻る途中で決心した。〈紫りんどう〉はエイミー・バルコートを避ける。彼女はドラローシュに匹敵する危険人物だ。

けれどもリチャード・セルウィックなら、エイミーを誘ってもなんの問題もない。エイミーと会うのは諜報活動に携わっていないときだけにすれば、任務に影響は出ないだろう。そう考えることで、リチャードは自分を納得させた。

あとはどうやってぼくを好きになるよう仕向けるかだ。それほど難しくはないだろう。たしかに彼女は〈紫りんどう〉とキスをしたかもしれないが、本当に気にしているのはリチャード・セルウィックだという自信がある。もちろん、リチャード・セルウィックとキスをしてくれればもっといいけれど……。

エイミーはぼくの性格に不安を感じているわけだから、それを払拭すればいい。だが、そうはいっても……。リチャードはダヴィッドの絵の前で立ち止まった。正体を隠したままそうするのは厄介だし、相当な努力が必要になる。やはり作戦変更だ。ぼくとかかわっても罪悪感を覚えないようにさせるほうが容易だ。

ああ、これでギロチン台から数多くのフランス人貴族を救いだした策士にふさわしい計画ができた。

彼はひとまずその計画を脇に置き、今夜はナポレオンの魔の手からイギリスを守るため、フランス産のブランデーを飲みながら、かつカードゲームを楽しみながら、諜報活動に専念することにした。

午後八時から一一時までのあいだに四つのパーティに顔を出した。一夜にしては新記録だ。ある応接間では音楽に紛れて交わされたひそひそ話を盗み聞きし、あるカードルームでは勝負に興じながら情報を引きだした。さらに別の屋敷では、詩人が熱弁をふるっているあいだに廊下を一本隔てた書斎に忍びこみ、主人の机のなかを調べた。新記録は五つに更新されるはずだった、ポーリーヌ・ルクレールと遭遇しなければ。応接間に入ったとたん、奥のほうにポーリーヌがいることに気づき、メイドが驚くのもかまわず預けたばかりの帽子と手袋をひったくり、ズボンを脱がされる前に逃げだしたというわけだ。

夜の一一時を少しまわったころ、マダム・ロシュフォールの屋敷の前に着いた。今夜最後の訪問先だ。「迎えはいらない」馬車を降りながら、リチャードは御者のロビンズに言った。

「大丈夫ですかい、旦那?」パリにいる者は全員が追いはぎか刺客だとロビンズは思っている。しかもみながみな、この若い主人の命を狙って裏路地に隠れていると信じこんでいるのだ。

「ああ、大丈夫だ。もう休んでくれ」

「旦那がそう言うなら」

馬車が行ってしまうと、リチャードは帽子をかぶり直して、手袋をきちんとはめ、愛想のいいほほえみを顔に貼りつけて玄関へ向かった。メイドが応対し、帽子と外套を受け取って二階に案内してくれた。リチャードは大理石の階段をあがり、手すりにしがみついているしゃれた服を着た若者を避けた。ずいぶん酔っているようだ。このままでは、階段の下を通る者が気の毒なはめに陥るに違いない。

階段をあがりきり、どうしたものかと迷った。右手の部屋にはすでに軽食が用意され、献身的な伊達男たちが今宵《こよい》のいとしい女性のためにせっせと料理を皿に盛っている。

そんな客たちのなかにこの家の女主人を見つけ、リチャードは会釈をした。マダム・ロシュフォールは上品とは言いがたいほど大きく扇子を振ってそれに応えた。今夜の客はみなこんなふうだ。マダム・ロシュフォールのパーティには危ない遊びが好きな若者や、もう若くはないのに色恋沙汰の絶えない女性や、百戦錬磨の放蕩者が集まってくる。社交界の端にかろうじてしがみついているような者たちだ。マダム・ロシュフォールはふたつ目の部類に入る。かつてはナポレオンの妻であるジョセフィーヌの友人だったのだが、出世して世間体を気にするようになった第一統領にテュイルリー宮殿から追い払われたのだ。

廊下を進むとカードルームがあったが、今夜はいつもより人が少なかった。やはりジョセフィーヌの友人だったテレーズ・タリアンがホイストをしている。お相手は目の覚めるような色の服を着たしゃれ者の男と、まぶたをなかば閉じた若い士官と、そしてデジレ・アムランだ。デジレ・アムランは総裁政府時代の混乱した時期に、女性でありながらロワイヤル広場からリュクサンブール宮殿まで上半身裸になって歩いたことで有名だ。

リチャードはカードルームに入り、知りあいに軽く挨拶をしたり、テレーズ・タリアンからのホイストの誘いを断ったりしながらぶらぶらと歩いた。奥のドアに近いテーブルで、ポール・バラスがひとりでソリティアをしていた。ポール・バラスはかつて総裁政府で国内総司令官を務めた人物であり、ジョセフィーヌの昔の愛人だったとも噂されているが、今では利用価値がないとリチャードは考えている。同じ理由で、縞《しま》模様の大きなターバンを巻き、ぺちゃくちゃとうるさくしゃべっている女性たちにも近寄らなかった。だが、暖炉のそばにはぜひとも話をしたい男がいた。

「マーストンじゃないか」リチャードは声をかけた。「どうやらツキに見放されているみたいだな。やあ、ミュラ」ナポレオンの義弟に会釈をした。ミュラはだらしなく椅子に腰かけている。テーブルにあるブランデーのグラスはそれが一杯目ではないのだろう。

マーストンは金の装飾が施された椅子を蹴ってよこした。

「じゃあ、自分のツキを試してみろ」

「そりゃあどうもご親切に」リチャードは物憂げに腰をおろした。

マーストンが体を起こして伸びをした。「どういたしまして。ミュラに負けた分を取り返したら、おれはさっさと失礼する。今夜はかわいい娘と逢《あ》い引きの約束があるもんでね」

リチャードは椅子をテーブルのほうへ引いた。「いくら払うんだ？」

マーストンが歯をむきだして下品に笑った。

「それが金は絡んでないんだ。いつもとは違うのさ」

リチャードもマーストンにつきあい、歯を見せて笑みを返した。だが正直に言って、マーストンの浮いた話になどまったく興味がなかったため、もっと探りを入れられる内容に即座に話題を変えた。

「ところで、きみの赤い馬車は売る気はないのか？」

「なんだって？　あの大切な馬車を売れだと？　そんなことをしたら、パリじゅうの女が泣くぞ」

「その女性を寝取られた夫たちは大喜びするだろうな」

マーストンがうぬぼれた顔でにやりとした。

「今夜の相手は夫なんかいないのさ。いるのは――」

「どうしてこんなことを尋ねたのかというと……」退屈な自慢話が始まりそうな気配を察し、リチャードは話をさえぎった。「馬車を一台欲しがっている友人がいてね。そいつがきみの赤い二頭立てを絶賛していたものだから、ちょっと訊いてみただけだ」

「あれは評判がいいんだ」マーストンが脚を伸ばした。それだけの思いあがりを毎日支えていてよく脚が折れないものだと、リチャードは不快に思った。

嫌悪感を押し隠し、なにげなく尋ねた。

「箱型の馬車のほうが便利だろうとジェフには言っておいたんだが、どう思う？」

マーストンが鼻を鳴らす。「そんなものを喜ぶのはばあさんだけさ。若い女はみなしゃれたふたり乗りの馬車が大好きなんだよ。この前なんか――」

「公園を乗りまわすにはよさそうだが、旅行に出たり、荷物を運んだりするときは不便だろう。外から丸見えだし、座席が狭い。ミュラ、カードを配ってくれないか？」

「おれがやろう」ミュラが答える前にマーストンが手を伸ばし、慣れた手つきでカードを切った。「なにをする？　ユーカーか、ブラックジャックか」

「きみたちが遊んでいたやつでいい。そうか、やっぱりふたり乗りがいいのか。夜中に女性と会うときはどうするんだ？」

マーストンはリチャードにカードを三枚配った。「貸し馬車を使えばいい」

「お勧めはどこだ？」

「サンジャック通りに、小男がやってる貸し馬車屋がある」マーストンが椅子の背にもたれて自分のカードを見た。「目立たない馬車を持ってて、余計なことは訊かずに貸してくれる。どういう意味かわかるだろ？」

「覚えておくよ」リチャードは会心の笑みを浮かべた。サンジャック通りの小男か。明日、ジェフをやって調べさせよう。これで知りたいことがひとつわかった。「遠出はだめだと言われないか？」

「いや、カレーの港まで往復したこともある」マーストンは顔をしかめ、もう一枚カードを引いた。

「イギリスから家族でも来たのか？」リチャードは明るい声で尋ねた。

「家族じゃないが……」ふいにマーストンが口をつぐんだ。

リチャードはパリの男らしく心得たという顔で笑い、片手をあげて話をさえぎった。「わかった、わかった。それ以上は聞かないよ。レディの噂はするものじゃないからな。悪いが、デカンターを取ってくれ」

マーストンは明らかにほっとした表情になり、緑の布地が貼られた天板の上を滑らせるようにしてクリスタルのデカンターを引き寄せた。リチャードはデカンターを軽く持ちあげ、琥珀色《こはくいろ》の液体をグラスに注いだ。くそっ、マーストンはまだそれほど酔っていないらしい。これ以上詮索したら怪しまれそうだ。

「名もなきレディに乾杯！」リチャードはグラスを掲げた。

「乾杯」マーストンがグラスに残っていた酒を飲み干し、腕を伸ばしてリチャードの前のデカンターをつかんだ。

「ああ、名もなき……レディに」ミュラがろれつのまわらない口調で応じた。

これだけ酔っ払っていれば、こっちの男からは情報を引きだせそうだ。

「平和が続きすぎて、頭がぼんやりしているんじゃないのか？」リチャードはからかった。

「だから酒に手が出るんだ。しっかり働かないと、せっかくの権力を召しあげられるぞ」

「そうだぞ」大嵐のあとの航洋軍艦のように斜めになっている友人をマーストンは指でつつ

いた。「第一統領の義理の弟という立場でうまい汁を吸ってるんだろう？　たとえカロリーヌを妻にしなければならなかったとしてもだ」

「そうなんだ……」ミュラが答える。「我慢の……連続だ。もう一杯……くれ」

リチャードは喜んでミュラのグラスにブランデーを注いだ。

「カロリーヌの相手はそんなにたいへんなのか？」

「そうとも……」大げさな身振りをしたせいで、グラスの中身が半分ほど赤いシルク張りの壁にかかった。「すぐに……かっとなる」

ミュラはさらにグラスを二杯空け、悔しそうに愚痴をこぼした。どこまで信用できるのかわからない話ではあるが、イギリス侵攻に際しては軍の高官につける約束になっているらしい。どうやらカロリーヌがナポレオンをせっついて承諾させたようだ。さもありなん、とリチャードは思った。カロリーヌは天使のような顔をしているが、じつは兄によく似た野心家だ。そう考えると、ミュラが哀れに思えてくる。

だが、いつまでも続く要領を得ない話を聞いているうちに、同情はしだいに薄れていった。結局のところ、イギリス侵攻作戦の開始時期となると、ミュラはもうすぐと言うばかりで詳しいことはなにひとつ知らなかった。〝もうすぐ〟というのは二カ月から一年の範囲らしい。まあ、ないよりはましという程度の情報だ。ナポレオンはなにかを待っているのだという。カロリーヌが声を荒らげて問い詰めたことがあったが、なにかが到着しないうちは準備が整わないと言うばかりで――。

リチャードは慌てて椅子を引いた。ミュラが高価なペルシャ絨毯に突然嘔吐《おうと》したからだ。マーストンがハンカチを差しだし、使用人がバケツと雑巾を持って走ってきた。陸軍省の執務室で仕事をしているマイルズのことがリチャードはつくづくうらやましくなった。彼の職場はさぞ静かで、さわやかな香りがしていることだろう。

「すぐに戻る」シャツの替えでも探しに行くつもりなのか、ミュラはふらふらと部屋を出ていった。

「もう一杯飲んだら気分がよくなるぞ！」マーストンがその背中に向かって怒鳴る。

「テーブルを替えようか」リチャードは言った。悪臭で鼻が曲がりそうだ。

「そうしよう」マーストンが肩をすくめた。「だが、あと一〇分もしたらおれは帰る。今夜の相手と一二時に待ちあわせてるんだ。まあ、二、三分は待たせようと思ってるがね。少しやきもきさせるほうが恋は燃えあがるというし――」

「このテーブルでいいかい？」マーストンから恋の駆け引きについて忠告を受ける気はさらさらなかった。マーストンが今夜の予定を長々と話しはじめる前に、リチャードは先手を打って上着を褒めた。

「おれが使っている仕立屋を教えてやるよ」マーストンが自慢げに言った。

金糸で刺繍を施したうえに、ご丁寧にカメオのボタンまでつけたクジャク色のフロックコートを着るくらいなら、銃殺隊の前に立たされるほうがまだましだ。そうは思ったが、これは誘導尋問する願ってもない機会でもあった。

「バルコートとは親しいんだろう？　仕立屋を変えろと言ってやったらどうだ？　あんな派手な色の服を着られたら、目がちかちかしてまわりが迷惑する」

「あいつはどうせなにを着ても似合わないさ」マーストンは先刻まで座っていたテーブルからデカンターとグラスを手に取った。ちょうどミュラも戻ってきた。クラヴァットとベストは身につけていない。

リチャードは困惑の表情を浮かべてみせた。「友達なのかと思っていたよ」

マーストンは肩をすくめ、持ってまわった言い方をした。

「あんなそそられる妹がいるのが不思議だね」

リチャードは一発殴ってその口を閉じさせたい衝動をこらえた。自分も同じようなことを思ってはいたが、それとこれとは別だ。マーストンの目に下品な光が宿ったのを見て、生来の喧嘩っ早い気性がむくむくと頭をもたげた。

「いとこのほうが美人だという噂だぞ」リチャードはなんのためらいもなくジェインをオオカミの前に差しだした。

「趣味じゃないな。おれは小柄で抱きしめたくなるようなのが好きなんだ。乙に澄ました彫像みたいな女には食指が動かない。きみたちのような学者肌の男はああいうのがいいんだろうが、おれは遠慮しとくよ」

では、やはりエイミーに〝食指が動いている〟ということか？　こうなれば、マーストンがナポレオンの手先として汚い仕事に手を染めていることを願うばかりだ。そのときは職務として、堂々と地獄に叩き堕としてやる。

リチャードがそんなことを考えているあいだにも、マーストンは昨夜、テュイルリー宮殿でエイミーを見たときの感想を並べたてていた。どれひとつとして、首から上について述べたものはなかった。手が滑ったことにしてクリスタルのデカンターで頭を殴ってやろうかと思ったが、理性を働かせてやめた。今、マーストンを気絶させたら、バルコートとの関係について訊きだせない。

リチャードは片手をあげて話を制した。

「もういい！　そんなことばかり言っていると、今夜のお相手が嫉妬するぞ」

「まさか！」マーストンがグラスをテーブルに置き、なにがそんなにおかしいのか腹を抱えて笑いだした。「嫉妬だと？　そんなわけがないだろう」

「なぜだ？」

マーストンは下劣な笑みを浮かべた。「今夜の相手はエイミー・バルコートだからさ」

21

目の前が真っ赤になった。

深紅から緋色《ひいろ》まで想像しうる限りのありとあらゆる赤色で、リチャードの視界が染まった。そこにはマーストンの顔を容赦なく殴りつづけている自分がいた。その幻を現実にしないためには、意志の力を限界まで振り絞らなければならなかった。

リチャードはテーブルの下でこぶしを握りしめて自分を抑え、椅子の背にもたれかかって気だるげに尋ねた。「へえ、そうなのか?」

「世の中には、すべての運を持っているやつがいるんだ」テーブルの端あたりから、ミュラのしゃっくりまじりの声が聞こえた。

「持っているのは運じゃない。ハンサムな顔だ」マーストンは首根っこをつかんで友人を引っ張りあげ、そのまま椅子に座らせた。「ゆうべ、たった五分ほど話しただけなのに、彼女はもうおれのことが忘れられなくなったらしい」

そんな様子はなかったぞ、とリチャードは思った。これはなにかの間違いだ。マーストンが見栄《みえ》を張って嘘をついているに違いない。あるいは逢い引き相手をエイミーと勘違いしているのか。きっと簡単に説明がつくはずだ。

顔が痛いほどこわばっていたが、なんとか言葉を口にした。

「それで、彼女はどうしたんだ？　パーティのあと、きみの部屋に忍びこんだのか？」

「いや」マーストンは無造作に集められたカードの山に、もう一枚カードをのせた。「急ぎの用事があると伝言を送ってよこした。どうだ？　〝急ぎの用事〟だぞ」

「もうぼくにそんなことを言ってくれる女性はいない」ミュラが嘆いた。

マーストンが元気づけるように友人の肩を叩いた。そのはずみで、ミュラは椅子から転げ落ちそうになった。「そりゃあ、カロリーヌがみんな追っ払ってしまうからさ」

「勘弁してくれ」ミュラはうなり、ブランデーのデカンターに手を伸ばした。

「彼女は〝急ぎの用事〟だと言ったのか？」

「うらやましいだろう？」マーストンはグラスの酒をあおった。「〝急ぎの用事で会いたい。ゆうべも話をしたから、とても大切なことだと言えばそれでわかる〟と、まあ、そんな内容だ。これでぴんとこない男がいるか？」

「バルコートに悪いとは思わないのか？」リチャードはつい反論めいた言葉を口にしてしまった。

「バルコートがどうした？」

「妹がきみとこっそり会うと知ったらいい顔はしないだろう」

「あいつが？」マーストンがのけぞって笑った。このまま後ろに倒れてしまえ、とリチャードは思った。そのへんの家具にでも頭をぶつければいい。ちょうどうまい具合にテーブルの角がやつの背後にあり、その頭を狙っている。だが、マーストンの運のほうが強かった。彼はよろめくこともなく頭をもとに戻した。「バルコートがそんな堅苦しいことを言うものか」

フランス人はそういったことに寛大なものだが、それにしてもやりすぎだとリチャードは思った。ましてバルコートにはイギリス人の血が半分流れている。もっと分別をわきまえるべきだ。

「だが、バルコートにしてみれば自分の妹だぞ」リチャードはじりじりしながら立ちあがった。「友人の妹にちょっかいを出すのはどうかと思うが」

マーストンは肩をすくめた。

「あいつには貸しがあるのさ。じゃあ、おれはそろそろ失礼するよ」

「馬車に乗っていかないか？」ドアのほうへ歩きだしたマーストンをリチャードは早口で引き留めた。「少し待ってくれたら、ぼくの馬車を呼ぶ。ぼくも家に帰るから、送っていくよ」

待ちあわせの場所には絶対にたどりつけないようにしてやる、とリチャードは心のなかでつけ加えた。途中でなにが起きてもおかしくない。御者のロビンズはイギリス人だからパリの通りがよくわからず、道に迷って何時間もぐるぐると町を走りまわるはめになることもありうる。残念ながらエイミーがすっぽかされたと思い、怒って帰るくらいの時間はかかってしまうだろう。もしかすると道のくぼみに車輪がはまり、馬車が動かなくなるかもしれない。あるいは赤い馬車を絶賛した新しい友人と意気投合し、マーストンが飲みつぶれてしまうことも考えられる。ほかにも――。

「そりゃあ、どうもご親切に」マーストンはいったん立ち止まったが、すぐにまた足を踏みだした。「だが、短い距離だ。歩くよ」

「本当にいいのか？　どこで会う約束をしているんだ？」

「リュクサンブール公園さ」マーストンがふたたび足を止めた。「ロマンティックでいいと思ったんだろうな。おれはベッドのほうが好みだがね」

こっちはその減らず口をぶん殴ってやるのが好みだ。リチャードは怒りをぐっとこらえ、マーストンに楽しんでこいと声をかけた。大理石の階段の上で少しだけやつの背中を押してみようか。ほんの少しだけ……。いや、だめだ。今夜は客が多いから、誰かに目撃される可能性は大いにある。くそっ、どうしたら疑われずにマーストンを片づけられるんだ？　今、世間の注目を集めたら、〈紫りんどう〉としての仕事がしにくくなる。

階段の下でメイドの手から帽子と手袋をつかみ取った。先まわりをして背後から殴ってやろうか？　パリの町は追いはぎが多い。マーストンがつけている懐中時計の金の鎖は、半径一〇キロの範囲にいる盗人《ぬすっと》全員に盗んでくれと叫んでまわっているようなものだ。マーストンは気を失い、エイミーは助かり、みながめでたしめでたしというわけだ。

ただし、それを実行に移すにはひとつ問題があることに気づき、リチャードは帽子を強く叩いた。マーストンがどの道を通るのかがわからない。ああ、上出来じゃないか。こっちは裏路地に隠れてマーストンが来ないかと待ちつづけ、そのあいだにやつはリュクサンブール公園でエイミーを押し倒しているに違いない。

いったいエイミーはなにを考えている？

マダム・ロシュフォールの屋敷を出て玄関前の階段をおりると、マーストンがセーヌ川のほうに向かって歩いているのが見えた。橋を越えてそのまま進めば、エイミーのいるリュクサンブール公園に着く。一瞬、妹の一大事をバルコートに知らせようかとも思った。だが、その考えは即座に捨てた。たとえバルコートが今夜はたまたま自宅におり、マーストンが思うほど色恋沙汰に寛大ではなかったとしても、バルコートを椅子から引きずりおろして馬車に押しこむころには、すでにエイミーはどうなっているかわからない。

それにマーストンをぶちのめすという楽しみを誰かに譲るのも気に食わない。

こうなったら方法はひとつだ。くそっ。リチャードは方向を変えて自宅へ急いだ。玄関の小さなテーブルや壁の絵にぶつかりながら書斎へ突き進み、本棚の前に膝をつくと、いちばん下の段にある本をかきだした。

真夜中に赤の他人との密会を求めるなんて、いったいエイミーはどういうつもりなんだ？　誰か彼女に常識を教えてやらなかったのか？　それとも、自分は無敵だとでも思っているのだろうか？　エイミーを見つけたらへなへなと座りこむまで肩を揺すり、どこかの部屋に閉じこめて、錠前を一〇個はつけてやる。いや、やはり二〇個がいい。そうすれば、こんな非常識な時間に会いたいなどという愚かな伝言を、あんなげすなやつに送ることは二度とできなくなる。

隠し場所に手を突っこみ、折りたたんである黒マントを引っ張りだした。服を着替えている暇はない。革ズボンはマントで隠すしかないだろう。少なくとも、ブーツは黒で膝まである。黒マスクを取りだすと、手に持ったまま廊下を駆けだした。途中でジェフとぶつかってなにごとかと訊かれたが、あとで話すと答えて玄関を飛びだした。

その直後、リュクサンブール公園へ向かう道に〈紫りんどう〉が重い気分で姿を現した。エイミー・バルコートとはかかわらないと決めたのに、わずか一日で誓いを破るはめになってしまった。

エイミーはフードを取った。残念なことに、顔を出しても視界はましにはならなかった。「ランタンを持ってくればよかったわ」彼女はつぶやいた。フードのついた外套を着てきたし、丈夫なブーツも履いてきたし、急いで伝えなければならない情報は頭に叩きこんできた。それなのに、ランタンを忘れた。明かりがないと、自分がどこにいるのか見当がつかない。もちろん、ここがリュクサンブール公園であることはわかっている。だが、その公園内のどこかということになるとさっぱりだ。暗闇のなかでは、どの茂みも同じように見える。

「ああ、そこにいたのか！」並木道のほうから低い声が聞こえ、マーストンが姿を見せた。開けた場所では声の聞こえ方がまったく違うものらしい。その声は昨夜より太く、まったくの別人のもののように思えた。マーストンは英語で話していた。ああ、だからだわ！　言語が変わると声の印象もずいぶん違うものだ。

「待っていたわ」

マーストンが敷石にブーツの音をたてながら近づいてきた。月の光を受け、上着の金糸が光った。昨日の夜、テュイルリー宮殿で見たのと同じ豪華なフロックコートを着ているらしい。帽子はかぶっていなかった。エイミーは霧のように立ちこめる不安を追い払った。もう正体はわかっているのだから、今さら黒マントに黒マスク姿じゃないのは当然よね。むやみやたらにその衣装で町をうろつかないのは良識があるというものだわ。

「ごめんなさい。迷ってしまって」自分の声がやけに細く聞こえた。

「埋めあわせをしてくれればいいさ」マーストンがエイミーの肩を抱いた。「こんなふうにね」

彼は〈紫りんどう〉だ。昨夜、抱きしめられてわれを忘れた相手なのだ。エイミーは戸惑いを押し殺し、肩を抱かれた。目をつぶり、彼の胸に頬を寄せて、前日と同じ香りを嗅ごうとした。だが……彼女は目を開けた。

香りが違う。

はっとして体を引いた。彼の上着は煙草とブランデーと革の臭いがしみついている。オレンジの皮の香りはしない。

「じらせるもんじゃない」マーストンがエイミーをつかまえようとした。

エイミーはすんでのところで彼の手を逃れた。ああ、どうしよう。マーストンは〈紫りんどう〉じゃない。そのうえ、恐ろしい思い違いをしている。

「ほら、おいで。その気なんだろう？」マーストンがエイミーの腕をつかんで引き寄せた。湿った唇が唇に押しあてられた。抵抗したものの、歯のあいだに舌が分け入ってくる。声を出すこともできず、エイミーは相手の胸を押しやった。懐中時計の鎖がてのひらにこすれたが、痛みさえ感じる余裕はなかった。マーストンがよろめき、おかしな音をたてて唇が離れた。

エイミーは手の甲で唇をぬぐった。マーストンは怖い顔をしている。

「これは……誤解だわ。そんなつもりで呼んだわけじゃないの。つまり、その……話がしたかっただけよ。あの……兄の誕生日の件で」

「誕生日だと？」そんな話が信じられるかという口調だった。当然だろう。自分でも突拍子もない話だと思っている。

「ええ！　ほら、離れて育ったものだから、兄がなにを好きなのかわからなくて。でも、わたしをフランスに呼び戻してくれたお礼に、すばらしい誕生パーティをしてあげたいと思っているの」木立まであとずさりしながら、愚にもつかないことを並べたてた。

ばか、ばか、ばか。エイミーは自分をののしった。だけど、いったん芝居を初めてしまったからには最後まで貫き通すしかないわ。

「勘違いをさせてしまったのだとしたら、あの……ごめんなさい」唇を噛み、必死にこの場を切り抜けようとした。「わたしがいけないの。あなたが怒るのももっともだわ。本当にごめんなさい」

マーストンの表情が緩んだ。謝罪を受け入れてくれたらしい。

エイミーはほっとしてため息をもらした。

「ああ、わかってくれてありがとう」

マーストンはじりじりと近づくと、すばやく腕を伸ばしてエイミーの体にまわした。どうやら謝罪の言葉をまったく違うふうに解釈したらしい。この金梃《かなてこ》みたいな腕を引き離せさえすれば、なんとか説得できるかもしれないのに。

「そんなに恥ずかしがることはない」マーストンがなだめるように言った。「ほら、おいで。本当はこうしてほしいんだろ？」

「それは……誤解よ……」きつく抱きしめられているせいで、エイミーは声がうまく出なかった。

マーストンがさらに腕の力を強め、唇を耳に押しあててくる。

「誤解なもんか。きみはただ照れてるだけなんだ」

耳をなめられた。両腕をがんじがらめにされ、刺繍の金糸が肌にこすれる。どうして放してくれないの？　エイミーはパニックに襲われ、手が震えた。マーストンがキスを迫ってくる。

彼女は顔をそむけ、なんとか腕を引き抜こうともがいた。耳元でマーストンの荒い息がする後ろから、皮肉にも夜に鳴く鳥の無邪気なさえずりが聞こえていた。

「違うの、話せばわかってもらえるはず……」息が詰まった。マーストンは執拗《しつよう》に迫ってくる。エイミーは顔をそむけすぎて首筋が痛くなった。とにかく一瞬でも突き放すことができれば、これは間違いなのだと訴えられるかもしれない。湿った唇が頰をはう。エイミーはようやく片腕を引き抜き、渾身の力をこめてマーストンの顔を押しやった。

鈍い音がした。

望んでいた以上の結果になってしまったらしい。

「このあばずれ！」マーストンが怒鳴って彼女の腕を放した。「鼻の骨を折りやがったな」マーストンの指のあいだから滴る黒っぽい液体にエイミーは目が釘づけになった。彼は左手でクラヴァットをむしり取って鼻に押しあてた。

「ごめんなさい、あの……そんなつもりは……」エイミーはしどろもどろになった。丸めたクラヴァットの上から淡い色の目が彼女をにらみつけた。それは殺気に満ちていた。マーストンが低い声をもらしながらクラヴァットを放り投げて近づいてくる。

どうやら、ごめんなさいではすまされないようだ。

あと一メートル……五〇センチ……マーストンは距離を縮めた。

「このツケはきっちり払ってもらうからな」

どうもお金のことを言っているのではないらしい。

いとこのネッドが馬屋番の少年と拳闘ごっこをしていたときのことを思いだし、エイミーは腕を引いて構えた。「それ以上近づくと、ほかのところの骨も折るわよ」

「自分が痛い目を見るだけだぞ」

両手をつかまれ、背中にまわされた。彼女は愕然とした。生まれてこのかた、二〇年のあいだ、こんなふうに暴力を受けたり、怒って腕をつかまれたりしたことは一度もない。それなのに、兄の友人にこんなまねをされている事実が信じられなかった。

ねじられた肩の痛みでわれに返った。抱きすくめられてしまわないように、力を振り絞って腕を前に突きだす。だが、長年おじの図書室で本を出し入れしてきた程度の訓練ではとてもマーストンの力にはかなわず、腕は徐々に後ろに戻された。エイミーは不安で息が荒くなった。声をあげて助けを求めるべきなのかもしれないが、こんなところにほかに人がいるとは思えない。マーストンの鼻血が頬にかかり、エイミーは小さく悲鳴をあげて顔をそむけた。その一瞬の隙を突いて、マーストンが力をこめてエイミーの腕をねじりあげ、片手で両手首をつかんだ。エイミーは全身で抵抗し、体をそらしてできるだけ相手から離れようとした。だが、すぐに背中を押されて、マーストンの体に押しつけられた。両手首はまるで水夫に縛りあげられたようにびくともしない。

いや！　エイミーは心のなかで叫んだ。マーストンに抱き寄せられ、上半身の自由がきかなくなった。マーストンが空いているほうの手でエイミーの髪をつかんで後ろに引いた。その痛みで、彼女の目に涙がにじんだ。

「さあ、どう償ってくれるのか、話とやらをしようじゃないか」マーストンが手荒に髪をつかんだまま言う。

「こんなことをしたら、兄が決闘を申しこむわよ」

マーストンはくっくっと笑い、もう一度乱暴に髪を引っ張った。

「バルコートはナメクジ一匹撃てないやつだよ」

エイミーは鼻のなかが熱くなった。「たいした自信ね」

「そうさ、この小娘が……あうっ！」

エイミーは丈夫なブーツでマーストンの爪先を思いきり踏みつけた。硬い靴底がマーストンの革靴に食いこみ、小気味よい音がした。痛みに耐えかねたマーストンが大声をあげてうめく。彼の手の力が緩んだのを幸いに、エイミーは手首をねじって引き抜いた。駆けだそうとしたが、ドレスをつかまれた。爪先ではなく、指の骨を折っておくべきだったとエイミーは後悔した。ドレスの裂ける音がした。このままではまた引き戻されてしまう。

いやよ！　そうはさせるものですか！　エイミーは振り返るとこぶしを握りしめ、マーストンの顔をめがけて繰りだした。こぶしは顎の下をかすめて宙を切った。

マーストンの体が巨人ゴリアテのように倒れた。

22

エイミーは荒い息をつきながら、わけがわからずにマーストンを見おろした。そんなに強く殴った覚えはまったくなかったからだ。そのとき別の息遣いが聞こえることに気づき、はっと顔をあげた。黒い人影がマーストンをまたぎ、エイミーの前で止まった。

「大丈夫か？」怒鳴りつけるような声で尋ねられた。

エイミーは目をしばたたき、地面に伸びているマーストンを見たあと、目の前に立っているフードをかぶった男性を見あげた。

「マーストンでないなら、あなたはいったい誰なの？」

「こいつのことを〈紫りんどう〉だと思っていたのか？　ああ、だからか……まあいい。それはあとで話そう」黒マスクをつけていても険しい表情かどうかわかるというのなら、彼は間違いなく怖い顔をしていた。「怪我はないか？」

「ええ」エイミーはうなずいた。心臓がいまだ早鐘を打っていたが、頭はそれよりもせわしなく働いていた。どうしてこんな人を〈紫りんどう〉だと思いこんでしまったのだろう？　マーストンが並木道から姿を見せたとき、すぐに気づいて逃げださなかった自分が愚かに思える。ふたりを見比べれば、違いは一目瞭然なのに。もっとも片方は情けない姿で気絶しているわけだから、公平に比較するのは難しいけれど……。マーストンは贅肉がたっぷりついているが、〈紫りんどう〉の体は細身で引きしまり、動作が優雅だ。エイミーの足元に転がっている人物の手は指が太くて短く、手の甲に毛が生えているが、〈紫りんどう〉が脇におろしている黒手袋をはめた手は指が長い。歯ひとつ見てもわかることだ。マーストンの歯はやたらと大きくて歯並びが悪いけれども、〈紫りんどう〉の歯はなんてきれいなのだろう。

エイミーは両手で顔をこすり、こみあげてくる笑いをこらえた。

「いったいどういうつもりだ！」〈紫りんどう〉がうなるように訊いた。エイミーが答えなかったため、じれったそうに先を促す。「なんだってまた、この男をぼくだと思ったりしたんだ？」

彼は地面に倒れているマーストンをにらみつけた。

「そっくりじゃないの！」エイミーは笑うまいと思ったが、しゃっくりが始まり、我慢しすぎて体が震えた。

「いいかげんにしろ！　笑い事じゃないぞ」

彼女は体を折り曲げて腹を抱えた。息が詰まる。「まあ……怒っているのね！」

「そうとも、ぼくは怒っている！」〈紫りんどう〉がエイミーの体をつかんで起こした。彼女は笑いすぎて涙をこぼしながら相手を見た。「こいつがなにをするつもりだったかわかっているのか？　力ずくできみを自分のものにする気でいたんだぞ」

「そんなこと……知るわけが……放して！」

〈紫りんどう〉はエイミーを見据えたま手を離した。エイミーは座りこんだ。脚に力が入らず、体も疲れきっていた。

「マーストンにも放してと言ったのか？　こいつは言うことを聞いたか？」

自分の名前が聞こえたのか、マーストンがもぞもぞと動き、うめき声をもらした。〈紫りんどう〉はひとまたぎでその体を越え、容赦なく顎を蹴りあげた。マーストンの首ががくんと後ろに倒れたのを見て、エイミーは眉をひそめた。

「少し……やりすぎなんじゃないの？」

「そんなことはない。この男の意識が戻ってもいいのか？」エイミーが身震いしたのを見て、〈紫りんどう〉は唇にゆがんだ笑みを浮かべた。「そうだろう。こいつの頭がどうにかなって、今夜の一件は思いだせなくなることを祈るんだな。そうなるように、もうひと手間かけておくか」再度、顎に蹴りを入れた。はずみで、倒れている体がひっくり返る。〈紫りんどう〉は相手の様子を確かめた。「これでいい」

エイミーはカニのように横歩きでマーストンから遠ざかった。腕のつかまれたところが痛み、キスをされたときの不快な感触が唇に残っている。彼女は胃のあたりを両腕で押さえた。その磨きあげられたブーツに吐きそうだと言ったら、〈紫りんどう〉はどんな顔をするだろう。

「もう帰りたいわ」

「まだ話がすんでいない」〈紫りんどう〉は腕組みをして厳しい顔になった。

お風呂に入りたい、とエイミーは思った。今はそれだけが望みだ。歯磨き粉を使って入念に歯を磨いて、熱いお湯にゆっくりとつかりたい。

「お願いだから、がみがみと小言を言うのはやめて」

「そんなことはしない。男はそういう言い方はしないものだ。くそっ、そんな顔でこっちを見るのはやめてくれ」

「どんな顔よ」

「だから……」否定したそばからがみがみと小言を言いそうになっていることに気づき、リチャードは言葉をのみこんだ。「自分がどんな危険なまねをしたのかわかっているのか？」努めて淡々と尋ねた。これなら、〝やっぱりがみがみ言っている〟などとは言わせないぞ。

エイミーは顔をしかめ、よろめきながら立ちあがった。

「あなたが名前を教えてくれさえしていたら、こんなことにはならなかったのに」

「ぼくを捜せと言った覚えはないぞ」

「大事な話があったのよ！　それなのにゆうべのあの様子では、あなたからわたしに接触してくれるかどうかさえわからなかったんだもの」

「ぼくのせいだというのか？　こっちは必死の思いで助けに来たのに」

「助けなんか必要なかったわ！」

「じゃあ、なんだ？　ぼくが来たとき、きみたちは楽しくおしゃべりをしていたとでも言うつもりか。どうなんだ？　それどころじゃなかっただろう！　きみはシャペロンも護衛もつけずに、こんな真夜中にのこのこと公園に出てきたんだぞ。襲ってきたのがマーストンだけでよかったと思うんだな。町には悪いやつらがたくさんいるというのに……」

エイミーが危険な目に遭っている場面が次々と頭に浮かんだ。暗い裏路地に引きずりこまれていたかもしれない。地面に押し倒されたかもしれない。背後から殴られていたかもしれない。どれもありうる事態だ。そういう事例は何度も目にしてきた。あのままマーストンに乱暴されていたらと思うと悪い想像が止まらなくなり、リチャードは動揺してわれを忘れた。倒れている体をまたぎ、エイミーの両肩をつかむと、引きずり寄せてマーストンへ顔を向けさせた。ショックを受けたのか、エイミーは抵抗するどころか声のひとつもあげず、小さな吐息をもらしたかと思うと、倒れこむようにリチャードの胸にもたれかかった。

それ以上、夜の闇にエイミーの吐息が聞こえることはなかった。

リチャードは荒々しさと紙一重の激しさで彼女の唇をふさいだ。マーストンがエイミーの名前を口にしたとき以来、ずっと感じていた怒りと緊張を全部注ぎこんだようなキスだった。ふたつの唇はひとつに溶けあった。エイミーは濃厚なキスにたじろぐことなく、リチャードの首に腕をまわし、背伸びをして応えた。リチャードはうめき声をもらしながら、彼女をきつく抱きしめた。何キロも走りつづけたときのように息が荒くなり、肺が苦しかったが、唇を離す気になれなかった。このひとときが続くものなら、いつまでも走りつづけてみせる。髪に手が差し入れられたのを感じ、エイミーに触れているところは、腿も、胸も、肩も、筋肉が躍動した。

エイミーは夢中で〈紫りんどう〉にしがみつきながら、熱いキスがマーストンとの望まぬ出来事を焼き尽くしてくれる気がしていた。炎はすべてを浄化するというもの、と頭の片隅でぼんやりと考えた。彼女は燃えあがっていた。〈紫りんどう〉のマントに包まれ、腕のぬくもりを感じ、唇をふさがれ、体がほてっている。自分が不死鳥のように感じられた。炎に身を焼かれ、そこから生まれ変わるという奇跡の鳥だ。耳元で火のはぜる音が聞こえ、耳たぶが熱くなっている。

〈紫りんどう〉が顔をあげ、腕をエイミーの腰から離した。彼女は声にならない声をもらし、腕の力をいっそう強めて顔を寄せた。「お願い、やめないで……」

「エイミー……」優しく頬を包みこまれた。革手袋の感触がやわらかい。〈紫りんどう〉はエイミーの額に、まぶたに、頬骨に、鼻先にキスをし、それからもう一度、そっと唇を重ねた。「きみの身をどれほど心配したか……この男がきみに触れているのかと思うと――」

「そんなのはちっともうれしくなかったわ」決して離すまいと、エイミーは彼にもたれかかった。

胸に頬をすり寄せ、さっきは懐中時計の鎖で痛みを覚えたことを思いだした。ふたたび腰に腕をまわされて髪に優しくキスをされ、ほっとしてよろめいた。

「この男をどうにかしなければならないな」リチャードはエイミーの髪に唇を押しあてたままつぶやいた。風に揺れる木の葉の音のように小さな声だった。

「このままここに置いていくわけにはいかないの？」

リチャードは未練を覚えつつも顔をあげ、そっとエイミーの体を離した。

「それはまずいだろう」

「家に送り届けるのは？」

「だめだ。使用人に見られたら噂になる」

苦々しく思いながらマーストンのまわりを歩いた。気絶してまでも手こずらせる男だ。もしマーストンが今夜の出来事をしっかりと覚えていて、しかも自分を殴った相手をちらりとでも見ていたら、黒マスクの男とぼくを結びつけて怪しいと考えるかもしれない。そんなことになったら、貴重な情報源がエジプトの砂漠にこぼれた水のごとく消え去ってしまう。さて、こいつをどうしたものだろう。なぜここに来るまでに酔いつぶれて寝こんでしまわなかったんだ？

「それだ！　酒だ」リチャードはまるでロゼッタ・ストーンの碑文を読み解くことができた学者のような声をあげた。

「飲みたいの？　今、ここで？」エイミーは男心はわからないと思いながら、マーストンの近くに膝をつく〈紫りんどう〉の邪魔にならないよう脇にどいた。「なにをしているの？」

彼はマーストンに鼻を近づけている。

軽やかに立ちあがると、〈紫りんどう〉は手の汚れを払った。「服にブランデーをこぼしている。ちょうどいいから、カルチェ・ラタンあたりの酒場の裏にでも捨ててこよう。どうせほかにも行き倒れている酔っ払いがいるだろうから、目立たずにすむ」

「いいわね」マーストンの姿を見おろしながら、エイミーはいつになく気分が沈んだ。地面にだらりと伸びていて指先ひとつ動かないが、それでも目にしているだけで虫唾《むしず》が走る。鼻が曲がっているのを見て、ようやく溜飲《りゅういん》をさげた。少しなりとも自力で身を守れた証拠だ。

〈紫りんどう〉がマーストンの頭側にまわり、ぐったりとした体を抱き起こした。長袖を着ているため、懐中時計の鎖で痛い思いをすることはなさそうだ。マーストンが目を開けないかどうか確かめたあと、エイミーは彼の足を持った。

ふたりは黙って静かな並木道を進んだ。〈紫りんどう〉は大股で後ろ向きに歩き、エイミーは小股でそれについていった。

しっかりとした足取りで後ろに進む長身の姿を、彼女は頼もしいと感じながら見つめた。止まってと言えば、すぐに応じてくれるだろう。彼の胸に顔をうずめ、腰に腕をまわせばきっと元気が出るはずだ。ひと言お願いするだけでそれがかなう。なんてすてきなんだろう。

だが、自尊心が邪魔をした。

しかたがないので、ナポレオンの鼻先からスイスの金塊を奪う作戦を考えることにした。ふと、金糸で刺繍を施した上着を着た男性が公園に入ってくるのを見てエイミーはびくりとしたが、〈紫りんどう〉はからかうようなことはなにも言わなかった。彼女はふたりのあいだにぶらさがっている厄介者を一瞥《いちべつ》し、マーストンは意識がなく無害であることを確認した。

とりあえず安心して、火薬を使う利点と問題点について考えてみたが、そのあいだも木の葉が鳴るたびにびくびくした。

ほっとしたことにようやく公園の端までたどりつき、カルチェ・ラタンのにぎやかな通りに出た。酒場の窓は明るく、笑い声や怒鳴り声が聞こえる。エイミーはまぶしさに目をしばたたき、こぼれた酒の酸っぱい臭いに顔をしかめた。

ある酒場では、学生たちが下品な歌をラテン語で歌っていた。息継ぎをする部分に差しかかるたびに、大きなジョッキでワインをあおっている。向かいの店では、学生に負けじと船乗りたちがさらに下品なはやし歌を怒鳴っていた。ドアから酔っ払いが転がりでて、エイミーたちの前をふらふらと横切ったかと思うと、そのまま溝に落ちて眠りこんだ。そのドアの向こうでは、太った女性が面倒臭いのをひとり追いだせてせいせいしたとばかりにハンカチで手をぬぐっていた。

誰も〈紫りんどう〉とエイミーには目もくれなかった。

フードをかぶった男性と髪の乱れた女性が意識不明の男性を運んでいる姿など、この界隈《かいわい》ではごくありふれた光景なのだろう。

〈紫りんどう〉はマーストン越しにエイミーに顔を寄せ、喧騒に紛れてささやいた。「この荷物を適当なところに捨てたら、きみを家まで送っていくよ」

「荷物ね」エイミーは繰り返し、マーストンの足をしっかり持ったまま言った。「ところで、大事な話が――」

「ここがよさそうだ」〈紫りんどう〉はエイミーにはかまわず、袋小路をのぞきこんだ。すでにひとり、溝に落ちて眠りこんでいる。両腕を広げ、足は片方しかブーツを履いていない。「ここに置いていこう。お仲間もいることだし、ちょうどいい」そう言うと、おかしそうに笑った。

そうね、とエイミーは思った。ここはナポレオンのイギリス侵攻計画について話すのにふさわしい場所とは言えない。それに意識がないとはいえ、革命軍の軍人のそばでそんなことをささやくのはまずいだろう。気絶しているふりをしながら、復讐《ふくしゅう》を誓いつつ、ふたりが立ち去るのを待っているということもありうる。ふと、〈紫りんどう〉がマーストンの顎を蹴りあげたときの音を思いだし、エイミーは顔をしかめた。いいえ、頭が鋼でできているのでもない限り、マーストンが芝居をしているということはなさそうだ。どちらにしても、恐ろしく重要な情報を伝えるのだから、もう少し人けのない通りへ行くまで待とう。

〈紫りんどう〉が溝のなかへマーストンの体を無造作に落とすのを見て、エイミーも慌てて手を離した。溝のなかにある液体は捨てられたワインだと思いたい。

リチャードは満足し、両手を打ちあわせて汚れを払った。最後にもう一度、溝のほうを見ると、マーストンはだらしなく口を開け、いびきをかきはじめていた。派手な上着は泥で汚れ、血のしみがついている。上着の状態といい、下品な顔といい、まるで使用人が主人の服を着て喧嘩をしてきたようにしか見えない。これで空の酒瓶でも握らせれば完璧だ。

リチャードは不機嫌な顔でマーストンをひとにらみした。

「ぼくとこの男のいったいどこが似ているんだ？」

「〝うぬぼれし者よ、汝の名は男なり（『ハムレット』の〝弱き者よ、汝の名は女なり〟のもじり）〟」

「こいつとは比べられたくないね」リチャードはマーストンを指さし、エイミーの腕を取ってセーヌ川のほうへ歩きだした。「ぼくはうぬぼれているわけじゃない。自尊心に満ちあふれているだけだ」

「あのときは似ていると思ったのよ」エイミーはぽつりとつぶやいた。「違うわ、そういう意味じゃないの！」〈紫りんどう〉が噴火寸前の火山のように怒りを爆発させそうになったのに気づき、エイミーは慌てて言い訳をした。今ではふたりが似ているなんてこれっぽっちも思っていないことを長々と前置きしたあと、マーストンが〈紫りんどう〉だと思うようになったいきさつを説明した。「ちょうどそのときマーストンが前庭にいて、しかも黒マントと黒手袋を身につけていたの。だから、間違いないと思いこんでしまったというわけよ」

「まあ、それならしかたがないな」〈紫りんどう〉はしぶしぶ納得した。ふたりはセーヌ川の船着き場へ続く階段をおりていった。小舟が一艘《そう》、停泊していた。客を拾ってセーヌ川をくだる舟だ。「それにしても、違う点がいくつもあるだろう――」

「彼には一度しか会ったことがないし、しかもほんのちょっと話しただけだったもの。だから情報を見つけたとき――」

〈紫りんどう〉が目を細めた。「その情報というのは、真夜中に密会して伝えなければならないほど重要だったとでも言う気か？」

エイミーは横目で彼をにらんだ。「またその話？」

「そうだ」〈紫りんどう〉が腕組みをする。

「内容を聞いたら、なるほどと思うかもしれないわよ」

黒マスクをつけていても、彼が疑わしそうな顔をしたのがわかった。

「いいわ、ナポレオンのイギリス侵攻計画なんか聞きたくないというなら結構よ」

23

「なんだって？」〈紫りんどう〉は黒マントをなびかせながら、エイミーを船着き場の端へ連れていった。

「ナポレオンが立てた計画よ。彼の机で、計画を書いた紙を見つけたの。吸い取り紙の下にあったわ」

テュイルリー宮殿でエイミーとばったり会ったときのことをリチャードは思いだした。そうか、あのときエイミーはナポレオンの書斎から出てきたのか。偶然に会えたのがうれしくて、エイミーの気を引くことに夢中になり、どうして控えの間に彼女がいたのか考えなかった。

「ナポレオンは一七万五〇〇〇名の兵士を二四〇〇隻の船で上陸させるつもりよ」エイミーは早口でささやいた。「でも、マダム・ボナパルトの浪費癖のせいで国庫にはお金がないの。だから遠征の費用となる金塊が届くまでは作戦を決行できないのよ」

「それか！」ミュラが言っていたのはこれだったのか。なにかが到着しないうちは準備が整わないというのは金塊のことだったのだ。リチャードは自分を蹴飛ばしたい気分だった。六年間もナポレオンと親しく接し、そのあいだずっと妻の金遣いが荒いと愚痴を聞いてきたのに、どうして気づかなかったのだろう。「それで、ナポレオンは金塊を手に入れたのか?」

「そこよ!」エイミーは有頂天になり、〈紫りんどう〉の腕にしがみついた。「ナポレオンは返済する気があると見せかけて、スイスの銀行家たちに借金を頼んだの。その金塊が四月三〇日の夜、パリの倉庫に到着するのよ。すばらしいでしょう? それがナポレオンの手に渡る前に――」

「その金塊を横取りできれば……」〈紫りんどう〉がエイミーの代わりに言い、満面に笑みを浮かべた。

「イギリス侵攻を阻み、フランス政府を倒せるわ!」

「しいっ」

「ごめんなさい」エイミーは唇を噛んだ。「ちょっと興奮してしまって。とにかく、わたしたちでその金塊を奪い取ればいいのよ」

「でも、どうやって?」〈紫りんどう〉は船着き場を行ったり来たりした。エイミーはうっとりしながら、マントの裾が足元でひらめくさまや、考え事をしているときに顎が動く様子を眺めた。なにより〝わたしたち〟という部分に異を唱えられなかったのがうれしかった。

ひときわ格好よくマントをひるがえし、〈紫りんどう〉が彼女のほうを向いた。

「護衛の数はどれくらいだ?」

「わからないわ。フーシェの報告書にはただ〝厳重な警備〟としか書かれていなかったの」

はじめた。

「おそらく極秘裏に輸送するのだろう」〈紫りんどう〉はまた船着き場を行ったり来たりし

「小さな〝トロイの木馬〟を使うのはどう？」

「小さな……なんだって？」

エイミーは杭《くい》に腰かけた。

「〝トロイの木馬〟というのはギリシア神話のなかの物語で――」

〈紫りんどう〉がマントの裾をはためかせて振り向いた。「そんなことは知っている。小さな木馬でスイスから金塊が到着するのを阻止しようというのか？」

「そうじゃないわ」エイミーは脚をぶらぶらさせた。木煉瓦に靴底があたり、鈍い音がした。「倉庫に樽をいくつか届けるの。彼らの大好きなものが入っている樽よ。樽が運びこまれたら、なかに入っていた人たちが飛びだして金塊を奪うわけ」

小剣を片手に樽から姿を現すというのは悪くない、とリチャードは思った。〝年代物のワインじゃなくてすまないな〟落ち着き払った声でそう言い、樽から飛びだすと、きらりと光る剣を突きだして敵を威嚇する。剣を巧みにさばきながら先へ進み、責任者の男と一騎打ちになる。相手の剣を部屋の反対側まではじき飛ばし、金塊を守っている男の顎にすばやく一発お見舞いする。そこで振り返り、後ろから襲ってきた三人を、ひとり目は腹に蹴りを入れ、ふたり目は脚を払って倒し、三人目は軽やかにかわして金塊に駆け寄る。〝〈紫りんどう〉、参上！〟勝ちどきの声をあげると、仲間たちが拍手喝采するのだ。

そんなふうにうまくいけばいいが……。

リチャードはかぶりを振り、冒険に満ちた妄想を振り払った。現実はそれほど甘くはない。「相手が樽を受け取らなかったらどうする？　フーシェのことだから、厳しく部下を統制しているはずだ。たとえでかでかとした文字で〝莫大な財宝入ってます〟と書いた宝箱に入って、すぐそばの川をぷかぷかと浮いていったとしても、フーシェの部下なら目もくれないだろう」

「残念だわ」エイミーは靴のかかとでぼんやりと木煉瓦を蹴った。「だったら、作戦その二もだめね」

「その二？」

「トロイの木馬がだめなら、わたしとジェインが仕事を探している踊り子に変装して――」

「それはいいから、その三はないのか？」

「あら、踊り子作戦は好きじゃないの？」

〝好きじゃないの？〟だって？　〝好き〟とか〝嫌い〟とかいう言葉は底が浅い。たしかに踊り子に扮したエイミーの姿は見てみたいが、だからといって作戦その二が好きだということにはならない。それは金を憎んだギリシア神話のミダス王に〝金は好きじゃないの？〟と訊くようなものだし、肉体的快楽を苦と考えた哲学者エピクロスに〝食べ物は好きじゃないの？〟と尋ねるも同然だ。ミス・グウェンがパラソルの先を突きつけるのが好きなのかといえば、あれはやむをえずしていることだろう。〝嫌い〟もまたしかりだ。筋骨たくましい男たちが金塊を守っている倉庫にエイミーが入っていくと想像しただけでわき起こる激しい感情を、嫌いなどという単純な言葉では語りきれない。つまり、倉庫に潜入する危険に比べればマーストンの一件など、社交シーズンもたけなわな季節の夕方に、シャペロンつきでハイド・パークを散歩するようなものだ。

「作戦その二はぞっとするし、不適切きわまりないし、言語道断だ」リチャードはそっけなく答えた。

「倉庫に火をつけるのは？」エイミーは即座に別の案を出した。

〈紫りんどう〉が足を止め、台座にのった彫像のごとく杭の上にちょこんと座っているエイミーのそばに膝をついた。「金塊ごと倉庫を燃やし尽くすということか？」

その案は作戦その六として考えられ、やがて作戦その一三にまで順位をさげ、結局、現実的ではないので廃案にしたのだが、今それを話す必要はないだろう。「煙がたくさん出るような小さな火事を起こすのよ。なにか方法はあるはずだわ。そして〝火事だ！〟と叫ぶの。うまくいけば、敵はほうほうのていで倉庫から逃げだすでしょう。たとえそうはならなくても、敵は火を消すのに必死だろうから、混乱に乗じて建物のなかに忍びこめば金塊を持ちだせるわ」

「金塊は重い」〈紫りんどう〉が指摘した。だが、まるでだめだと思っているわけでもなさそうで、なにやらじっと考えこんでいる。

「じゃあ、火をつけて、混乱している敵を殴り倒してから金塊を持ちだすのはどう？」

「それは悪くないかもしれない。警備にあたる男たちがなにを着るのか探っておく必要があるな。おそらく制服ではなく、労働者の格好をするだろう。ぼくの仲間を同じような服装で潜りこませられれば……」そのとき、〈紫りんどう〉がエイミーの顎をかすめんばかりの勢いで立ちあがった。「待ってくれ。どの倉庫かをどうやって特定するんだ？　片っ端から火をつけて歩くわけにはいかないだろう」

エイミーは杭の上で軽く跳ねた。「そんなことをする必要はないわ。クラウディウス通りにある木材倉庫だと報告書に書かれていたもの。傲慢よね」

〈紫りんどう〉が唇の端をゆがめた。「クラウディウス……はるか昔、やがてイギリスとなる土地を征服した古代ローマの皇帝の名前にちなんだ通りだな。よく考えたものだ」

「でも、わたしたちのほうが一枚うわてよ！」エイミーは喜びを分かちあおうと、にっこりして両手を差しだした。

〈紫りんどう〉はその手を取らず、エイミーの腰に腕をまわして抱きあげ、勝ち誇ったようにくるくるとまわった。エイミーは声をあげて笑った。彼の肩に置いたてのひらに筋肉の動きが感じられ、黒マントは脚にぴったりとまつわりついている。彼女は頭を後ろに倒し、歓喜のひとときを心から味わった。スパイごっこをしているより、こっちのほうがずっといい。これまでに空想したどんな場面よりもすばらしいわ。

〈紫りんどう〉は腕に力をこめ、最後にもうひとまわりすると、エイミーを抱きしめたままゆっくりと地面におろした。エイミーは振りまわされているうちに、言葉がどこかへ飛んでいってしまった。黒マントがスカートに絡みつくほど〈紫りんどう〉と親密になれたことより、今はナポレオンを倒す方法を考えるべきなのはわかっている。気のきいたせりふを言わないとと思うのに、薄い布地を通して伝わってくるぬくもりを肌に感じ、なにも言葉が出てこない。

うまく会話をつなげられないことに気まずさを覚え、とりあえず話題をもとに戻した。

「倉庫に向かうときは、どこで待ちあわせすればいいかしら？」

リチャードは目をしばたたいた。二回も。「待ちあわせ？」

キスをしようかと考えていた幸せな気分が、そのひと言で吹き飛んだ。〝待ちあわせ〟だと？　なんと不吉な言葉だ。

船着き場に舟のぶつかる音が聞こえ、ひとまず会話をはぐらかすきっかけを見つけた。きわめて厄介な話しあいをしなければならないところを救われた。舟乗りにはあとでたっぷり心づけを渡してやろう。今夜のうちに、またこの話題が出るのはわかっている。まさか取っ組みあいの喧嘩にまではならないだろうが、かなり激しい言いあいになるのは間違いない。だが、どうせ避けられないのなら、彼女を自宅の前まで送り届けてからにしたい。そうすればエイミーがなんと言おうが、そのまま置いて闇に逃げ去ることもできる。それがお互いのためだ。シェイクスピアも〝用心は勇気の大半〟だと書いているじゃないか。つまり、逃げるが勝ちだ。

舟の上にいるあいだはなんとしても金魂の話題を避けるとしよう。そのためならどんな手を使ってもかまわない。冷たくて汚いセーヌ川に飛びこんでずぶ濡れになるのだけは勘弁してほしいが……。

「乗らねえんですか、旦那？」舟乗りはそう言い、川に唾を吐いた。

「ああ、乗せてもらおう」リチャードは舟乗りに行き先を告げ、反対される前にさっさとエイミーを舟のほうへ連れていった。リチャードの手を借りて舟に乗るとき、エイミーがスカートの裾を踏み、よろめきながら舟底に足をついた。舟が大きく揺れ、舟乗りが口汚くののしった。幸いにも、エイミーはきょとんとしている。言葉がわからなかったのだろう。リチャードは軽やかに舟に飛び移り、エイミーが転ばないよう支えた。

「これだから旅行者はいやなんだ」舟乗りがぶつぶつと文句を言い、船着き場から舟を出した。

「大丈夫かい？」リチャードはエイミーを隣に座らせ、肩を抱いた。もちろん彼女が寒くないようにと思ってのことだ、と自分に言い訳しながら。

「ええ。少なくとも川に落ちはしなかったもの」

舟に転げ落ちたときのはずみで、エイミーはそれまでしっかりと握りしめていた外套から手を離していた。リチャードは顔を曇らせた。「ドレスが破れているじゃないか」彼は眉根を寄せ、エイミーの肩をきつく抱きしめた。

「あら」彼女は驚いてドレスを見おろした。胸元から腰高の切り替えにあるリボンまで生地が裂けている。破れた部分が両側に開き、下の薄いシュミーズと、さらにその下にあるやわらかい丸みが見えていた。エイミーは慌ててドレスの前をかきあわせた。「マーストンから逃げようとしたときに破れたのね。そういえば破れるような音がした気が……」

エイミーの右肩を抱いている手に力がこもった。

「もっとこっぴどく痛めつけてやればよかった」

落ち着いた口調だが強い怒りが感じられ、エイミーは〈紫りんどう〉の顔を見あげた。彼は怒っていた。細められた目や、ゆがんだ口元からそれがわかる。だが、そこにはもっと深い感情も潜んでいた。エイミーは強い酒を口にしたときのように、体の奥が熱くなるのを感じた。

「充分こっぴどく痛めつけたわ」ドレスの胸元から手をおろして隣を向き、〈紫りんどう〉の顔を正面から見た。「こんなのはただ生地が裂けただけのことよ。わたしはマーストンの鼻の骨をへし折ってやったわ。ドレスを破られたお返しにしては上出来でしょう？」

〈紫りんどう〉は答えなかった。具合が悪いのではないかとエイミーは心配になった。目がいくらかうつろで、苦しげな表情だ。熱はないかと彼女は顔をのぞきこんだが、額が赤くなっているふうには見えなかった。しかし、息遣いは先ほどより激しい。

「大丈夫？」

彼が顔をかすかに傾けた。それは震えているようにも、うなずいたようにも見えた。

だめだ。リチャードは右手をドレスの裂け目に向かって伸ばしかけた自分を戒めた。やめておけ。リュクサンブール公園でキスなどするのではなかった。そのせいで、エイミーには二度と会わないという決意が揺らいでいる。少なくとも〈紫りんどう〉としてはもう近づかないと決めたはずだ。だがリチャード・セルウィックに戻れば、あと一週間は、いや、もしかすると二週間くらいはキスをさせてもらえないかもしれない。それがつらかった。

だめだとわかっていながら、さっきは唇を求めてしまった。バルコートの書斎で唇を重ねたのも間違いだったが、リュクサンブール公園でのそれは致命的な過ちだ。書斎でのキスはまだ楽しかったものの、公園でのキスは自分を苦しめるものにほかならない。ここでもう一度エイミーに触れてしまえば、火山の噴火で埋もれてしまったポンペイの町と同じ運命をたどるはめになる。あとは破滅するだけだ。破れたドレスに手を伸ばしていい理由はどこにもない。だが、そうしてはいけないという絶対的な根拠もまたない。

不合理は苦しい。

シュミーズが隠すというよりは透かし見せているふっくらとしたふたつの乳房、それに薔薇色の頂、これもまた不合理そのものだ。

「怪我をしていないかどうか確かめたほうがいい」リチャードは低い声で言い、エイミーの胸の谷間に手を差し入れた。

「平気よ。べつに……」彼の手が胸の先をかすめ、エイミーはどきりとした。「痛くはないし……」語尾がかすれた。

「本当か？」手袋越しにてのひらが乳房に触れる。革の感触に、水面から立ちのぼる冷気とはなんの関係もなく、彼女の体は震えた。

少し考えてから、エイミーは弱々しい声で言った。「ええ、大丈夫」本当は怪我をしているかもしれない。だから肌に触れられたときも、彼が手を離したときも、胸がずきんとしたのだ。

リチャードは口でくわえて手袋を脱ぐと、それをエイミーの膝に投げた。

最小限にとどめるんだぞと自分に言い聞かせ、ドレスの裂け目にそっと手を入れた。余計なことはしない。本当に怪我をしていないかどうか確かめるだけだ。なんともないとわかれば、すぐにドレスの前をかきあわせてエイミーを外套でくるみ、あとはミス・グウェンが目の前に座っているかのようにおとなしくしていよう。

ところがなめらかな肌に触れたとたん、決意はどこかに吹き飛んだ。ミス・グウェンの怖い顔も水のようにはじけて消えた。左胸を上のほうから手で確かめ、円を描いて乳房の下へ進んだ。まさかもう片方の胸もこんなにやわらかいのだろうか……。もちろん、同じだった。右胸の青白いふくらみも左と変わらず、このうえなくやわらかかった。どちらもひととおり確かめ終えたが、念のためと自分に言い訳して乳房のまわりをあと半周した。

心残りを覚え、最後にもう一度シルクのような肌をかすめたのち、リチャードは手を引っこめた。「傷はないみたいだ」

「じゃあ、どうしてこんなに胸が痛むの？」それがあまりにエイミーらしい口調だったため、リチャードは思わずキスをした。

いとおしさからついしてしまったことだ。軽く一度だけ口づけて終わるつもりだった。しかし、そうはならなかった。エイミーが唇を開き、彼の首に腕をまわしてきたからだ。そして、なぜそんな事態になったのかはよくわからないが——というか、あまり考えていなかったのだが——気がつくとエイミーをなかば押し倒して片肘を座席につき、もう一方の手でふたりのあいだに挟まった邪魔な外套を引き抜いていた。

「胸が痛むのは……」リチャードは一瞬だけ唇を離して息を吸った。「怪我をしたからじゃなく……」キスをした。「きみが……」またキスをした。「こうなることを望んでいるからだ」われながら教育的だと思う助言を与えたあと、ふたたび唇をむさぼった。

あらわになった胸に〈紫りんどう〉のシャツが触れ、すでに敏感になっている乳房が苦しいほどに刺激された。エイミーは彼を強く抱きしめ、みずからキスをした。そして自分がされたように、〈紫りんどう〉の唇を舌先でなぞったり、軽く嚙んだりした。

リチャードは気力を振り絞って理性を取り戻そうとした。

「ここは戸外《そと》だ」荒い息をつきながら唇を引き離す。

頭ではなく体のほうが先走っているため、キスをやめたところで理性が戻ってくるはずはなかった。

エイミーは幸せそうな顔で彼を見つめ、頰から唇へと指をはわせた。

「そうね。こんなにたくさんの星は初めて見たわ」

見あげるまでもなかった。満天の星明かりがエイミーの青い瞳に映っている。

「あれで星のネックレスを作ってあげようか」リチャードは優しく言った。

エイミーがはっとして手を止めた。「星のネックレス？」

キスの名残に酔いしれていた頭に警戒信号がともった。なにかまずいことを言っただろうか？　リチャードは両肘をつき、袖がとげに引っかかったのもかまわずに体を起こした。

「どうかしたのかい？」

エイミーが首を振った。扇のように広がった髪が波打つ。

「いいえ……」呆然としていた目がうれしそうに輝いた。「なんでもないわ」

「それならいいが――」リチャードの言葉はそこでさえぎられた。エイミーが彼の首に腕をまわし、あふれんばかりの情熱でぎこちないキスを浴びせてきたからだ。キスは額から頬骨へ、そして耳へと滑りおりていった。黒マスクの端をなぞったのはたまたまだったのだろう。そのまま唇の端に移り、おかしなことに顎の線をたどったあと、鼻先へ飛んだ。

さっき、ぼくはなにを言った？　彼女がこんなふうになるなら、何度でも同じせりふを口にしたい……。だが甘い感覚に酔いしれ、あまり深くは考えられなかった。キスは耳の輪郭をなぞり、喉をおりていく。リチャードはうめき声をもらし、ラベンダーの香りのするエイミーの髪に手を差し入れた。

顔にかかった髪を後ろにすき、キスを返そうと身を乗りだして、彼女の右側に肘をついた。いや、つこうとした。ところが、座席の端で肘が滑った。一瞬、首に巻きつけられた腕に支えられたものの、エイミーが耳に熱いキスをしたせいで、ふたりの体は転がった。

ガタン。

鈍い音とともにリチャードが下になる体勢でふたりは舟底に落ち、舟が大きく揺れた。春のよく晴れた夜のセーヌ川ではなく、冬の大嵐に見舞われた海原にいるようだ。エイミーが彼の胸に両手をついた。リチャードは息が苦しかったが、文句を言う気にはなれなかった。ドレスの裂けた生地が垂れているせいで、すばらしい光景を眺める恩恵にあずかれたからだ。

舟のへりを越えて水しぶきが入ってきた。「アマン!」舟乗りが吐き捨てるように言う。〝恋人たち〟というフランス語がまるで侮蔑の言葉のように響いた。

「〝エイミー、アマース、アマト……〟」リチャードは体を起こそうともがいているエイミーの腰をつかんだ。

「それを言うなら、〝アモー、アマース、アマト〟でしょう」エイミーがラテン語の〝愛する〟という動詞の活用を口にして、くすくす笑った。

「ぼくは自分で作った活用のほうが好きだな」リチャードは彼女の耳たぶを軽くつまんだ。

エイミーがリチャードの胸を両手で押して体を起こそうとすると、また舟が大きく揺れた。

「このままでいたほうがいい。そのほうが安全だ」リチャードはささやき、スカートの生地の下に片手を入れてエイミーのブーツをつかんだ。

「誰にとって?」エイミーははっとした。〈紫りんどう〉の手が足首からふくらはぎを通り、膝へ伸びてきたからだ。その手は靴下のリボンをいじったあと、なにも身につけていない腿に触れた。エイミーはびくりとした。

「もちろん、舟乗りにとってだよ」〈紫りんどう〉が笑みを浮かべる。「舟を転覆させられずにすむ」

「まさかそんなことには……」だが、それ以上は言葉が続かなかった。〈紫りんどう〉が空いているほうの手をエイミーの髪に潜りこませ、なにも言わないでくれとばかりにじっと見つめてきたからだ。

長い沈黙の末、息を詰めているエイミーに彼は言った。

「さっき、きみはこういうふうにぼくを見おろしていたんだ」

頭を引き寄せられ、エイミーは目を閉じた。まぶたの裏に無数の星が輝いている。そっと重ねられた唇は、夜の闇を思わせるベルベットのごとく感じられた。あたたかい舌が甘く絡められた。優しいキスと腿をはう手に、エイミーは自分がワインレッドの海を漂っているみたいな気がした。揺れているのは舟？　それともわたしなの？　目をつぶったまま、〈紫りんどう〉のシャツのなかに手を滑りこませる。全世界が揺れているような感覚のなかでは、彼のたくましくて硬い胸だけがよりどころだった。指先に胸毛が触れた。

てのひらに触れる胸毛のやわらかさと、湿った舌の甘美な味に、エイミーはうっとりした。〈紫りんどう〉の指が彼女の亜麻布の下着に触れた。甘い予感と不安がこみあげ、エイミーは背中をそらした。彼が唇を離し、頭をあげてピンク色の乳首を口に含む。驚いたエイミーは体を引こうとしたが、背中を押さえられた。頭を引き離そうと腕を伸ばしたものの、めくるめく感覚におぼれ、フードの内側から差し入れた手は、〈紫りんどう〉の頭を引き寄せていた。

「ああ……」エイミーはあえいだが、彼はなにも言わなかった。

そのとき、彼女は小さな悲鳴をあげた。〈紫りんどう〉の手が下着のなかに滑りこんで、あたたかく湿ったところを探ったからだ。鋭い快感がわき起こり、体が震えた。〈紫りんどう〉は愛撫《あいぶ》を続けたまま、エイミーの体をそっと舟底に寝かせた。

「きみを歓《よろこ》ばせたい」唇を近づけてそうささやき、舌が分け入ってきた。

言葉は出なかったが、彼の手に押しあてるように自然と腰が動いた。小さな稲妻が体を貫き、爆発して嵐に変わる。極限にまで達していた緊張がいっきに解き放たれ、エイミーはとどろく雷鳴のような喜悦に襲われた。あまたの流れ星がこの世のものとも思えないすばらしい炎となって全身の神経に触れていった。

それはエイミーにとって、人生でもっとも幸福な夜だった。

そして、リチャードにとっては最悪の夜となった。

24

衝撃とともに理性が戻った。

ズボンのボタンに手をかけていたリチャードは一瞬遅れて、それが物理的な本物の衝撃だったことに気づいた。偶然か故意か、舟乗りが手にしている櫂《かい》が後頭部にあたったのだ。しかし後頭部にできたふくらみは、ズボンのなかのそれを解消してはくれなかった。くそっ、ずきずきする。体のある特定の部位が極度の疼痛《とうつう》を訴えていた。目の前にはエイミーが仰向けに横たわっている。赤く充血した唇をうっすらと開き、うるんだ目に情熱の色をたたえて……。彼女のスカートをたくしあげるのはとても自然で、至極簡単に思えた。

リチャードは座席に戻り、冷たい川の水に両手を入れて、エイミーの悩ましい香りを洗い流した。ついでに頭も突っこみたかったが、それはやめておいた。川のなかにはなにがいるかわからないし、この舟乗りなら櫂を使って首から下も水に落としてやろうと考えかねない。だが、彼には感謝すべきだろう。さっきの一発がなければ今ごろは……。水が凍りつきそうなほど冷たいこととはなんの関係もなく、リチャードは青ざめた。ぼくは本当にこんなセーヌ川の真ん中で、しかも小汚い舟のなかで、エイミーと関係を持つつもりだったのか？　いったいなにを考えているんだ。

いや、なにも考えていなかった。それが問題だ。

手が冷たくなったのと背筋がぞっとしたおかげで、もやもやとしていた不埒な気持ちが消え去った。するとしばらく前からぼんやり聞こえていた雑音が、じつは水の音ではなく、舟乗りのひとり言だということに気づいた。彼はぶつぶつと文句を言っていた。「勝手にやってろ。どうせおれなんかいないも同然なんだろ？　大事な舟を娼館代わりにしやがって。おれがどう思うかなんて気にすることはない。好きにやってればいいさ」

赤面したのは一七八八年の夏、まだにきびだらけの一二歳の少年だったころ、デヴォンシャー公爵夫人の胸に衝突してしまったときが最後だ。それからの一五年分がいっきにやってきたかと思えるほど、今は顔が真っ赤になっていた。フードと黒マスクで顔が隠れているのが幸いだった。リチャードは体を折り曲げ、エイミーが起きあがるのに手を貸した。ほんのりと紅潮した頬とうれしそうに輝く目はあまり見ないようにして。

「最高だったわ」エイミーが幸せそうにため息をもらした。

最高じゃない、最低だ、とリチャードは思った。エイミーはぼくを信じきっている様子で隣に寄り添ってくる。この愚か者め！　エイミーでなく、自分のことだ。神だかなんだか知らないが、後戻りできない一線を越えないように見張ってくれている力に感謝するばかりだ。

「着きましたぜ。それとも、もう一回戻るんですか」舟乗りは嫌みったらしく言うと、慣れた手つきで縄を杭に引っかけた。

「もういい」リチャードは舟乗りのごつごつした手に硬貨を数枚握らせた。自己嫌悪で頭がいっぱいになっていたせいで、エイミーがひとりで舟を降りようとしていることに気づくのが遅れた。エイミーは片足を船着き場にのせたままふらつき、今にも川に落ちそうになっている。

これでまた、自己嫌悪の材料がひとつ増えた。

リチャードは手を差し伸べて、エイミーを舟から降ろした。エイミーが名残惜しそうに手を離したことや、大きすぎるフードの下から輝く笑顔が見えたことには気づかないふりをした。ついさっき、ふたりのあいだに起きた出来事を考えれば、彼女がもう少し手をつないでいたいと思うのも、愛情に満ちた笑みが返ってくるのを期待するのも当然だろう。それどころか、膝をついて求婚されたとしてもおかしくない。少なくとも、ぼくの正体を聞く権利ぐらいはある。

だが、今はそのどれもぼくにはかなえてやることができない。

ほほえんでいるエイミーを視界からさえぎるように、トニーの亡霊が現れた。元気だったころの姿ではない。生前のトニーは刺繍のついたベストを着るような伊達男で、ダンスを踊らせれば軽やかなステップを踏み、女性のおしゃれにはうるさく、色恋には至って寛容だった。けれども今、目の前に現れたのは、ヴァンセンヌの森にある小屋で血に染まり、地面に捨て置かれていたトニーだ。彼がそんな非業の死を遂げるはめになったのは、ぼくが女性にうつつを抜かしていたからだ。

もうひとつ、スイスから輸送されてくる金塊の件で引っかかっている点がある。エイミーに心を惑わされていなければ、もっと早くに気づいていただろう。いったい彼女はどこでそれを知ったんだ？　ぼくもナポレオンの書斎を調べたが、エイミーが言っていたような報告書は見あたらなかった。だからこそ酔っ払っているミュラに食いついて、なんとか情報を引きだそうと粘ったのだ。もしエイミーが金塊に関する情報を書斎で見つけたのではないとすれば、どこでだ？

冷たい夜気とは関係なく、寒けが走った。ジェフからも報告があったし、ぼく自身もこの目で見たように、バルコートは怪しい荷物の輸送にかかわっている。また、仕立屋に行かないときは、テュイルリー宮殿をこそこそと動きまわっている様子だ。これらの状況から察するに、バルコートが金塊輸送にかかわっている可能性は大いにある。エイミーはバルコートの妹だ。しかもどういうわけか、ナポレオンがイギリス侵攻計画に着手したのと時期を同じくしてイギリスから呼び戻されている。これほど巧妙な作戦はない。〈紫りんどう〉に情報を提供してこちらの作戦を探り、そして……金塊強奪の現場にドラローシュを呼ぶ。バルコート家の兄妹がナポレオンの恩寵《おんちょう》を得るのは間違いない。

リチャードは横目でエイミーを見た。安心しきった様子で小さな手を彼の腕にかけている。リチャードは心のなかで毒づいた。

とてもこれが芝居だとは思えない。百歩譲って、両親の死について語ったときの動揺ぶりは演技だったとしても、それでもたいしたものだ。ロンドンのドルリー・レーン王立劇場で希代の名優キーンと共演できるだろう。〈紫りんどう〉としての一〇年間で磨かれた本能が、彼女は無実だと叫んでいる。

しかし、危険を冒すわけにはいかない。金塊の強奪には多くの仲間が加わるからだ。少なくとも五、六人の部隊にはなるだろう。たったふたりしかいない親友のうちのひとりであるジェフも行くと言うに違いない。

やはりエイミーとは別れるしかなさそうだ。彼女には、任務が成功してイギリス侵攻作戦を無事に阻止し、すべてが終わったときにきちんと償いをするしかない。

〈紫りんどう〉のたくましくてあたたかい腕を取りながら、この世はなんて魔法に満ちているの、とエイミーは考えていた。どうしてパリの町は汚いなんて思ってしまったのかしら。道に敷かれた玉石は月の光を受けて輝いているし、家々の暗い窓は星明かりを映してきらめいている。ああ、なんて美しい星空なのかしら。エイミーは空を見あげ、知っている星座を探した。

星のネックレスですって？　エイミーはその言葉を恋文のように胸に抱いた。彼がそう口にしたとき、わたしは人生でこれほど驚いたことはないというくらいの衝撃を受け、声も出なかった。まだ知りあって二日しかたっていないというのに――まあ、たしかにもう何年も妄想のなかには登場させてきたけれど――〈紫りんどう〉はこっそりわたしの心に入りこみ、胸の奥に秘めていた宝物をのぞいていった。そんなことができる人がこの世にいるとは思いもしなかった。でも、あのおかしな舟の底で彼の優しい顔と満天の星を見あげたとき、すべてがひとつにつながった。きっとお父様とお母様が、これは本当の恋だよと教えてくれたんだわ。それよりほかに説明のつけようがない。

それにあのとき、夜空に星がひとつ、きらりと大きくまたたくのが見えたのだから。

オテル・ド・バルコートの建物の横に着いたことに気づき、エイミーはわれに返った。〈紫りんどう〉が鍵の開いている窓を探した。横向きになった彼の顔はフードに隠れて鼻先しか見えない。そのフードに手を入れて髪に触れたときの感触がてのひらによみがえる。さらにそれ以外のことも思いだされ、体が熱くなった。

一階に鍵のかかっていない窓がひとつ見つかった。エイミーは黒マスクをつけた顔を見あげた。「ありがとう。わたしを助けてくれたことと、そのほかのいろいろなことにお礼を言うわ」小さな声で言った。

〈紫りんどう〉に近づき、別れのキスをしようと爪先立って顔をあげた。だが彼が後ろにさがったため、エイミーは前につんのめりそうになった。

「すまない」〈紫りんどう〉が出し抜けに言った。「今夜のことは忘れてほしい」

その声は暗く、なにを考えているのか読み取れない。フードを目深にかぶって建物の陰に立っている姿は、ゴシック小説に出てくる顔のわからない修道士のように見えた。〈紫りんどう〉がこんなに遠く感じられるのは暗い場所にいるせいよ。だって彼は一緒に笑い、わたしにキスをして、星のネックレスを作ると言ってくれた人だもの。たしかにリュクサンブール公園へ行ったときは、マーストンを〈紫りんどう〉と間違えてしまった。けれども今は、たとえフードと黒マスクで顔を隠してはいても、彼が一時間だか三〇分だか前と同じ人だと確信できる。ずっとその腕に手をかけていたのだから。

つい、今しがたまで。

こんなふうに別れるのは耐えられないと思い、エイミーは一歩前に出ると、〈紫りんどう〉の胸に手をあてて、気持ちをこめて伝えた。「謝ったりしないで。マーストンのことで面倒な事態に巻きこんでしまって、わたしこそごめんなさい。でも、そのほかのことはなにひとつ後悔していないわ。今夜は人生でいちばんすてきな夜だった。あなたはすばらしい人だし――」

〈紫りんどう〉が首を振る。「それ以上は言わないでくれ」

てのひらに触れている彼の胸は硬くて微動だにせず、息をしていないのかと思うほどだった。エイミーはめまいがしそうなくらい首を後ろに傾け、黒マスクに隠されている表情をうかがった。「このまま褒めさせておくと、素顔の話になるんじゃないかと心配した？　マスクを取らなければならないはめになったらどうしようって」少しからかってみた。

〈紫りんどう〉は視線をはずし、エイミーの背後に目を向けた。なにをそんなにじっと見ているのだろうと思ったが、彼女は振り返りたい気持ちをこらえた。

「ぼくは真面目に言っているんだ」〈紫りんどう〉が暗い声で言った。

「わたしもよ」エイミーは明るく答えた。「だって、本当にあなたはすばらしい人だと思っているもの。どうしたら信じてもらえるのかしら。もしあなたが死んだら、ギリシア神話で妻のエウリュディケを取り戻しに行ったオルフェウスみたいに、わたしも冥界まであなたを追いかけていくわ。わたしだって——」

「エイミー、もう会うのはよそう」

熱い気持ちを伝えようと思っていたのに、そのひと言で言葉が続かなくなった。

「どういう意味？」

きっとなにか別の含みがあるはずだ。こんなふうに夜中に会うのはやめようということかもしれない。もちろんわたしだって、昼間にちゃんと顔を見あわせてしゃべるほうがいいに決まっているから、それなら納得できる。でも、もしかしたら文字どおりの意味だということもありうる。二度と彼には会えないのだろうか。エイミーは必死に理由を考えた。

「言葉どおりの意味だ」

なんの説明にもなっていないが、こわばった体と同じくらい硬い口調から、やはりそうとしか解釈のしようがないのだと悟った。星空から足元の汚れた玉石にまでいっきに気分が落ちこんだ。

「もう、わたしには会いたくないというの？」自分の声がかすかに震えているのが情けなかった。

〈紫りんどう〉がゆっくりとうなずく。

そんなはずはないわ。どう考えてもおかしいもの。たしかにわたしは舞いあがっていたけれど、それくらいはわかる。思わず強い口調で〝嘘よ〟と言いかけ、エイミーは言葉をのみこんだ。彼がわたしを好きなのは間違いない。だから助けに来てくれたし、キスもしたし、ああ、それに星のネックレスのこともある。どれもわたしを愛している証拠だわ。

頭が混乱していた。エイミーはこぶしを握りしめ、冷静になろうと努めた。なにか理由があるはずだ。

「あなたと会っていることが世間の噂になれば、わたしに迷惑がかかると思っているの？ それならこっそり会えばすむ話よ」

「そういうことじゃない」冬の庭のように冷たくて生気のない声だった。そこには今夜の出来事を後悔している響きがあった。〈紫りんどう〉は胸に置かれたエイミーの手を取り、そっと下におろした。

これまで彼女はなんとかして〈紫りんどう〉の感情を読み取ろうと必死になっていた。だが今は、どうか無表情に戻ってと願っていた。後悔している表情を見せられるくらいなら、なにもわからないほうがずっとましだ。

「すまない」〈紫りんどう〉が相変わらず人を魅了してやまない優しい声で言った。「こんな結果になってしまって残念だ」

よくあるそのせりふが、エイミーの張りつめていた神経を逆なでした。靴に入った小石と同じだ。このまま放ってはおけない。「なにが残念なの？ そんな言い方はあいまいだわ。どうしてもう会えないの？ わたしにはわからない！」

〈紫りんどう〉が口を引き結び、答えを探すように空を見あげた。そこには彼がネックレスを作ると約束してくれたときと同じ星がまたたいていた。

エイミーはじっとその様子をうかがった。

「ぼくには任務がある」

「ああ、そういうこと」だが、すぐに言い直した。「いいえ、やっぱりわからないわ。わたしが提供した情報はあなたの任務の役に立つはずよ」

「そのとおりだ」

「じゃあ、なぜなの？　わたしが危険な目に遭うのを心配しているの？　だったら、約束するわ。もうむちゃなことはしない。これからは――」

〈紫りんどう〉は顔を下に向けてエイミーを見つめ、淡々とした口調で言った。

「いっときの恋におぼれている暇はないんだ」

そんな言い方はしてほしくなかった。

「いっときの恋？　それだけ？　それがあなたのわたしへの気持ちなの？」

凍りつくような沈黙が流れた。ナイチンゲールは黙りこみ、風は止まり、星はまたたくのをやめ、月は硬くなって今にもひびが入りそうに見えた。わたしの心と同じだ。

〈紫りんどう〉が肩をすくめる。

「そういう言い方もできる」

月が粉々に砕け散った。わたしへの気持ちはその程度のものなの？　いっときと言いきったということは、本物の愛どころか真面目な恋でさえない。でも、そういえば思いあたることがひとつある。お兄様の書斎でわたしにキスをしたあと、〈紫りんどう〉はさっさと窓から出ていった。あれはわたしから逃げたのだ。わたしがお荷物で、任務の邪魔にしかならないから。

これまで分かちあってきたものはすべて、彼にとっては余計なことでしかなかったの？　だけど、これでもまだましなのかもしれない。〈紫りんどう〉はわたしに別れのキスをして、愛されていると思いこませたまま立ち去ることもできたはずだ。少なくともわたしの気持ちをおもんぱかって、嘘はつかなかった。それに感謝すべきなのだろう。けれども、なかなかそうは思えない。

「ありがとう。正直に話してくれて」エイミーはこわばった声で言った。

「違うんだ、エイミー、そんなふうに思わないでくれ……くそっ」

どうしていつまでもこの場にいるんだろう？　彼の黒マント姿はさっそうとしていてすてきだけれど、少年のような危うさも感じられる。それがとげの刺さった指先についた塩がしみるみたいに、鋭く心に突き刺さる。

「おやすみなさい」エイミーはぎこちなく挨拶し、うつむいたまま建物があると思われる方向へ足を出した。ここで顔をあげたら泣いてしまいそうだ。そんなのは耐えられない。「家まで送ってくれてありがとう。どうぞ、もう行って」

だが、〈紫りんどう〉は立ち去らなかった。

ためらいがちな足取りでエイミーに近づいてきた。マントの裾がこすれる音がする。ほんの少し前かがみになり、声を出そうとしているのか喉の筋肉を動かした。エイミーは思わず身を乗りだした。もっとちゃんと説明して謝ってくれないかしら？　さっきのは失言だった、本当はそんなふうに思っているわけじゃない、すまなかったと。

「エイミー……」

「なに？」エイミーは必死さが顔に出ないように努めながら促した。

〈紫りんどう〉がやりきれないといった様子で後ろにやや体を引き、また無表情に戻った。

「窓から入るのを手伝うよ」

エイミーは顔がゆがむのをこらえた。〝いっときの恋におぼれている暇はない〟と言われたときは、これ以上傷つく言葉を聞くことはないと思った。失恋の痛みに限界値があるなら、すでにそこに達したと感じていた。それなのに〝窓から入るのを手伝うよ〟などというありふれた言葉に、どうしてまたこんなに胸が痛むのだろう。いいえ、違うわ。わたしがこれほどつらいのは彼がそう言ったからではなく、彼がそれしか言わなかったからだ。ほかの言葉を期待していたわたしが愚かだった。

〈紫りんどう〉は片手を差しだしたまま待っていた。エイミーにはその手が毒ヘビのように見えた。

彼女は窓枠に手をかけた。「ひとりで入れるから大丈夫よ」

〈紫りんどう〉の顔にかすかに愉快そうな色が漂った。

「いや、大丈夫じゃない。ゆうべはできなかったじゃないか」

エイミーは恥ずかしさのあまり凍りついた。まさかあのぶざまな姿を見られていたの？　さぞおかしかったでしょうね。いいえ、それだけですまされる話じゃないわ。だからわたしを仲間にしてくれなかったのかしら？　自分の家の窓にもよじのぼれない諜報員なんて、とんでもなくまぬけだ。

「さあ」〈紫りんどう〉がエイミーの腰に手をかけ、穀物袋を荷馬車にでも放りこむように押しあげると、さっさと手を離した。わたしに触れているのもいやなのだろうか。ほんの一時間前はあんなに優しく愛撫してくれたのに。

エイミーは後ろを見ずに、脚を窓枠まで持ちあげて食堂におりた。背後で黒マントが風にはためく音がした。どんな姿か想像するまいと思ったが、自分を止められなかった。

「おやすみ、エイミー」優しい声が窓の外から聞こえた。

エイミーは振り返らなかった。足を一歩前に出し、さらにもう一歩前に出し、ぎくしゃくとした足取りで食堂のドアへ向かった。歩くという簡単な動作さえするのがやっとの精神状態だったため、その小さな声が現実なのか幻聴なのかはよくわからなかった。

「必ずこの償いはするから。待っていてくれ」

オテル・ド・バルコートの建物の角を曲がりながら、やめておくんだとリチャードは自分を叱りつけた。ここで謝罪に舞い戻ったら意味がない。今はこうするしかないのだ。これでよかったのだと繰り返し自分に言い聞かせれば、エイミーの凍りついた表情を記憶からぬぐい去ることができるかもしれない。多くの善良な人々をむざむざと死なせるより、エイミーひとりを悲しませるほうがずっとましなはずだ。だが高潔な志を思い起こしても、今度ばかりは少しも効き目がなかった。リチャードは罪悪感と欲求不満で身もだえした。

くそっ、さっさと金塊を奪い取って早く決着をつけてしまわないと、いつまでもこんな気持ちでいるのは耐えられない。せめて、〈紫りんどう〉に失恋したことで、エイミーがリチャード・セルウィックの魅力に目を向けてくれるよう祈るばかりだ。

風呂に入りたいところだが、その前にもうひとつしておかなければならないことがある。リチャードは窓の数を数え、目的の部屋を探した。厚いカーテンが閉じられていたが、室内に明かりがともっていないことは確認できた。獰猛な笑みを浮かべ、その窓から誰もいない書斎に忍びこんだ。作りつけになっている長椅子のベルベット張りのなめらかな座面におりたつ。昨夜と同じだ、とリチャードは思った。ただし、今夜はエイミーが机の下に隠れていることはない。

いや、たぶん、ないと思う。

だがエイミーのことだから、なにをするかわからない。彼は念のため、机の下をのぞきこんだ。エイミーの姿はなかった。ほっとするかと思ったが、どういうわけか妙に寂しくなった。

地球儀は昨晩戻しておいた場所にそのまま置かれていた。地球儀にありがちな赤道の接続部に沿って指をはわせると、小さな突起物にたどりついた。それは留め具だった。案の定、地球儀が北半球と南半球に分かれて開いた。リチャードはにやりとした。

けれど、その笑みは消え、彼はぽかんと口を開けた。なぜだ？　慌てて地球儀の内側を探った。書類が貼りつけられていないかと、北半球を調べてみる。南半球のなかをよく見ようと顔を突っこんだせいで、鼻先が底にぶつかった。リチャードは痛む鼻を押さえ、地球儀を閉じながらふらふらふらと後ろにさがった。

誰か先に中身を抜いた者がいる。

25

あたたかくて居心地のいいミセス・セルウィック・オールダリーの家から戻ってみると、わがアパートメントはいつにもまして狭くわびしげに見えた。エントランスの電球がまた切れてしまったせいで、青い壁紙が貼られた空間は陰気に映り、青い絨毯敷きの階段は薄暗かった。ベイズウォーター駅のそばにある〈スターバックス〉で買ってきたキャラメルマキアートと小脇に抱えた荷物を器用に支え、地階にある自分の部屋へ続く階段をおりながら、誰かが（つまりわたしが）怪我をする前に電球を替えてくれとオーナーに電話をかけること、と心のなかでメモをした。三回目の挑戦で鍵を鍵穴に差しこむのに成功し、真っ暗な部屋に入ると手探りでスイッチを探した。

家具つきの部屋なのでそれほどひどい物件ではないが、狭かった。入口を入るとすぐに小さなキッチンとバスルームがあり、あとはリビングルームとベッドルームと書斎を兼ねた部屋がひとつあるきりだ。オーナーは良心的な人のようで、部屋を明るくしようと壁はクリーム色に塗り、カーテンは花柄のものを選び、壁にはトスカーナ地方の田園地帯を描いた大きな風景画を飾っていた。だが、その絵はイタリアの太陽の光と、小さな窓から申し訳程度に入ってくる明かりの違いを際立たせる効果しかなかった。

小さな円テーブルにキャラメルマキアートを置き、ビニール袋で覆われた包みをそっとベッドにおろしてから、椅子に座りこんでブーツと格闘した。延々と雨のなかを歩いてきたせいか、左側のファスナーが硬くなっていた。力任せに引くと、ストッキングを引っかけて破いた経験のある人なら誰でも知っている音をたててファスナーが開いた。

いつもなら最後のストッキングがだめになるといらいらするのだが、今日はそんなことはどうでもよかった。カフェインと糖分でハイになった頭で、真夜中のキッチンでのやり取りを繰り返し思いだしていたからだ。今朝の三時からずっとそうだった。

来客用のベッドルームでエイミーの手紙を読むのに集中しようとしたが、気がつくと、手紙を持っていた手をおろして宙をにらみ、コリン・セルウィックの背中に投げつけてやればよかったと思う言葉を五〇〇個ほど考えついていた。喧嘩とはそんなものだ。相手が気持ちよく眠りに落ちたころに、こっちはこれぞと思う辛辣なせりふを思いつく。コリンを叩き起こして、とりわけ気のきいたひとつをぶつけてやりたい気分だったが、さらにみじめになるだけだと思ってやめておいた。

それに妙な誤解をされても困る。男性はとかく、〝女性〟＋〝ベッドルーム〟＝〝あるひとつのこと〟という計算をしがちだ。

朝の七時に、わたしはふらふらになりながらキッチンへ行った。コリンの姿はなく、ミセス・セルウィックがパイン材のテーブルの前に座り、紅茶を飲みながら〈デイリー・テレグラフ〉紙を読んでいた。

わたしは半分がっかりし、半分ほっとした。がっかりしたのは、せっかく苦労して練りあげたせりふを披露するチャンスがないとわかったからだった。ほっとしたのは、朝の七時に自分がどんなふうに見えるか知っているからだ。

ミセス・セルウィックはすぐに新聞を置き、ぐっすり眠れたかと愛想よく尋ねたあと、トーストと紅茶を勧めてきた。わたしはトーストを断り、紅茶だけもらった。真夜中にここでコリンとしゃべったことは黙っていた。シンクにココアの跡がついたマグカップがふたつあることでなにか言われるかと思ったが、ミセス・セルウィックはそれに気づいていないのか、あるいはわざわざ話題にするほどでもないと思っているのか、その件には触れなかった。もしかすると、コリンがココアを飲みながら誰かとおしゃべりするのはしばしばあることなのかもしれない。

自分がひどくまぬけに思えた。

わたしは記録的な速さで紅茶を飲み干した。

「わが家の古文書は気に入ってもらえたかしら？」ミセス・セルウィックが尋ね、舌を火傷したわたしが返事をするのを待ってくれた。

「すばらしい史料です」わたしは思っているとおりに答えた。「お礼の申しあげようもありませんわ。でも……」

「どうしたの？」

「コリンは……あの、つまり、あなたの甥御さんは……」わたしったらなにを言っているの？　わたしに言われなくても、彼女はコリンが自分の甥だということはよくわかっている。わたしは最初から言い直した。「どうして彼はわたしが史料を読むのをあんなにいやがるのでしょう？」

ミセス・セルウィックは〈デイリー・テレグラフ〉紙の見出しに目を向け、少し考えてから答えた。「あの子は自分こそが家宝を守らなければならないと真面目に考えているのよ。ところで、〈ピンク・カーネーション〉のことはどう思った？」

「まだそこまで行っていないんです。手書きの文字になかなか慣れなくて、半分しか読めていないものですから」

「エイミーの文字は癖があるものね。じゃあ、誰が〈ピンク・カーネーション〉だろうと思っているの？」

「マイルズ・ドリントンではないかという気がしています」合っているのか間違っているのか気になり、じっとミセス・セルウィックの表情をうかがった。

だが、なにも読み取れなかった。彼女は涼しい顔でトーストにマーマレードを塗っている。

「理由は？」

「〈ピンク・カーネーション〉の活動が初めて記録に登場するのは一八〇三年の四月の終わりです。マイルズなら〈紫りんどう〉と連絡を取りあっていたからパリでの出来事には精通していますし、イギリス陸軍省という後ろ盾もあります。それに……」とっておきの証拠を持ちだした。「四月末、マイルズはパリにいました」

「まだ半分しか読んでいないのに、どうしてそんなことがわかるの？」

「ぱらぱらと先を見たんです」わたしは白状した。「パリで書かれた四月三〇日付の手紙に、マイルズの署名がありました。つまり彼がパリにいた時期と場所を考えあわせると、〈ピンク・カーネーション〉である条件を満たしていることになります」

「ジョルジュ・マーストンもそのころパリにいたわよ」

「エイミーを襲うような人ですよ」まさか彼はないだろう。

「偉業をなした人が高潔だとは限らないわ。偉大だとされている人物が、私生活では意外に野蛮だったりするものよ」

地団駄を踏みかけている五歳児の気分になり、わたしは思わず顔をしかめた。「〈ピンク・カーネーション〉に限ってそんなことはありません」きっぱりと否定し、エデンの園でヘビが知恵の樹《き》をはったように、不安がぞくりと背筋をはう感覚は無視した。

だからコリンが史料の公開をいやがるの？〈ピンク・カーネーション〉が女性を無理やり手ごめにしようとするような男だったから？　いいえ、やっぱりそんなことはない。マーストンは絶対に違う。もし彼が〈ピンク・カーネーション〉なら、一八〇三年の四月よりはるか以前の記録があるはずだ。マーストンはその何年も前にイギリス軍を脱走しているのだから。やはりマイルズだ。それしか考えられない。

「……かまわないわよ」ミセス・セルウィックが言った。

「なんですって？」

ミセス・セルウィックは同じ言葉を繰り返した。わたしは自分の耳を疑い、唖然《あぜん》とした。

「本当に？」もしかして彼女は今、手紙や日記を持ち帰ってもかまわないと言ったの？　朝はたいがい頭がぼんやりしているけれど、まだ幻聴を聞いたことはないはずよ。ということは、今のはやっぱりわたしの聞き間違い？

「そこまでいったら最後まで読まないと」ミセス・セルウィックが新聞を折りたたんで脇に置いた。「〈ピンク・カーネーション〉があなたの期待どおりの人だったかどうか、あとで感想を聞かせてね」

「でも、もしわたしが史料をなくしたらどうするんですか？　地下鉄に置き忘れるかもしれないし、雨に濡らしてしまうかもしれないし……」

「大丈夫よ」ミセス・セルウィックが自信ありげに言う。「あなたなら安心して預けられるわ」

そう言われては返す言葉がなかった。わたし自身が最後まで読みたくてしかたがないのだからなおさらだ。ベッドルームから史料を取ってきて箱に戻し、衣類乾燥棚から借りた清潔なシーツでくるみ、丈夫なビニール袋を最低七枚は重ねたなかに入れ、最後に〈フォートナム＆メイソン〉のショッピングバッグにおさめた。長く借りるつもりはない。明日には返そうと思っている。それならコリンに気づかれずにすむかもしれない。

史料を傷めないためというのは言うまでもないが、コリンがそこまで秘密にこだわる理由が気になる。ゆうべ、彼はなぜあれほどまでに強い調子で、おばの家からなにも外に出すなと言ったのだろう。

タブロイド紙に騒がれて家名に傷がつくのを恐れているというなら、いちおう理解はできる。だが、しょせんは二〇〇年も昔の話だ。現代人が飛びつくような醜聞などあるだろうか。コリンの曾祖父のさらに曾祖父である〈紫りんどう〉がじつはフランスに寝返って、〈ピンク・カーネーション〉に正体を暴かれたとか？　たとえそうだとしても、まあ学者は興味を示すだろうし、ほかになにもニュースがない日なら〈デイリー・ミラー〉紙にベタ記事（紙面下段に一段にまとめられた一般記事）ぐらいは載るかもしれないが、それで世間が大騒ぎするとはとても思えない。

それにここまで読んだ限りでは、〈紫りんどう〉は信念を持って任務にあたっているように見える。彼に関して気に入らない点はただひとつ、エイミー・バルコートの心をもてあそんだことだけだ。かわいそうなエイミー。まぶたが重力に負けて眠りこんでしまう寸前までエイミーの日記を読んでいたのだが、あまりに不憫《ふびん》で、リチャード・セルウィックの頭をはたいてやりたくなった。どんなにハンサムだろうが関係ない。それを言うなら、グラントだってハンサムだったのだから。

まあ、グラント、こんなところに出てこないでよ。しっ、しっ！

わたしは顔をしかめてキャラメルマキアートを飲み干し、空の紙カップをごみ箱に捨て、意味もなく力をこめて押しこんだ。

「べつに未練があるわけじゃないんだから」わたしは不機嫌につぶやき、足取りも荒くベッドへ向かった。芸術史専攻のアリシアが絡んでくるずっと前から、どうせグラントとの関係は冷えていたのだ。最後の二、三カ月はお義理で一緒にいたようなものだ。金曜日の夜のスケジュールを埋める相手をほかに探すのが面倒臭かったにすぎない。

花柄のベッドカバーに座り、ビニール袋に包んだ荷物を手に取った。悲しいかな、わたしは自分がなんの病気にかかっているのかを知っている。〝最後の男症候群〟つまり〝最後に交際したくだらない男にいつまでも未練を抱いている症候群〟というやつだ。そう病名の診断が下されている患者は少ないが、じつはかなりのシングル女性がこの病気にかかっている。

ちなみに、この病名を考えたのはわたしと昔のルームメイトだ。最後に別れた恋人が気になるのはなぜかと考えて、名前を思いついた。たとえどれほどつまらない相手でも、別れて二、三週間もすると思い出がほんのりと薔薇色に染まり、〝三人の女性をかけ持ちしていたようなやつだけどさ、ダンスを踊らせたらすてきなのよね〟とか〝あんなのアルコール依存症も同然だけど、しらふのときは優しかったのよ。一度なんか花束をプレゼントしてくれたことがあってね〟などと思えてくるようになる。理由はわからないが、半月もひとりでいると、なぜか別れた恋人が魅力的に見えてくるものなのだ。

だが、作られてから日にちがたちすぎた古いものを食べるとおなかを壊す。だから、ゆめゆめ昔の恋人とよりを戻そうなんて思わないほうがいい。

これが、生物学専攻の女の子と四年間同じ部屋に寝起きした末に出した結論だ。

〝最後の男症候群〟の治療法は、ほかになにか気が紛れるものを見つけることだ。なんといっても特効薬は新しい恋人を作ることだが、頓服薬としては本を読んだり、映画を見たりするのもいいし、それ以外にも歴史上の人物の私生活を調査するという作業もなかなか効果がある。

わたしはにんまりして、膝に置いた荷物の中身をビニール袋から取りだしはじめた。まずは緑の〈ハロッズ〉のビニール袋、次は〈フォートナム＆メイソン〉の食品売り場の青緑の袋、三枚目は去年の一月のセールで使われていた〈ハロッズ〉の袋……そこまできたときだった。レインコートがモーツァルトのソナタを奏ではじめた。

わたしは慌てて荷物を脇に置き、レインコートの振動しているポケットから、ソナタの三小節目で携帯電話を引っ張りだした。

まだ朝の八時だ。こんな非常識な時間に電話をかけてくるのは誰だろう？　ミセス・セルウィックが、やっぱり日記と手紙は返してほしいと言うためにかけてきたのだろうか？　それとも激怒したコリン・セルウィックが、わたしを古文書泥棒としてロンドン警視庁に告訴すると脅そうとしているのだろうか？

携帯電話のディスプレイには大文字で〝パミー〟と表示されていた。

ああ、そうだ、パミーならこの時刻に電話をかけてきてもおかしくない。なぜ思いつかなかったのだろう。

パミーとはマンハッタンの女子校で一〇年生まで一緒だった。ところがパミーの両親が離婚したため、イギリス人の母親が首に縄をつけるようにして娘を故郷に連れ帰った。そのあとも、わたしたちは連絡を取りあった。最初のうちはかわいい便箋を使って文通し、やがてそれは延々と続くEメールのやり取りに変わった。彼女のことは大好きだ。それは本当。パミーは……とてもパワフルで個性的だ。繊細かというと、まあ、建設作業員程度の繊細さは持ちあわせている。つまり、セルウィック家の物語を語っても理解してもらうのは難しいということだ。

一瞬、着信を切る赤いボタンを押してしまおうかと迷った。だが、パミーはそれぐらいで引きさがる相手ではない。電話に出るまで何度でもかけ直してくるだろう。わたしはあきらめた。

「もしもし、パミー？」

「今夜はなにを着てくるの？」パミーは挨拶もなしに尋ねてきた。

そうだ、今夜だった。すっかり忘れていた。ああ、電話になんか出るんじゃなかった。カクテル・パーティで本人が意気揚々と自己紹介をしていたように、パミーは広報関係の仕事をしている。それはわたしの目から見れば、他人のお金で豪華なパーティを催すことだった。今夜は、今をときめく新進気鋭のデザイナーがコヴェント・ガーデンに店をオープンした祝賀パーティが開かれる予定だ。新進気鋭のデザイナーのパーティとくれば、客が着る服も摩訶《まか》不思議なデザインだったり、チベット産のヤクの革といった特殊な素材を使ったものだったりする。もちろん、ヤクの革のドレスをクリーニングに出すときはドライクリーニングだろう。ファッション業界に詳しいパミーは、彼は次世代のマーク・ジェイコブズになると豪語している。おそらく今夜のパーティもいつものごとく人でごった返し、恐ろしくスタイルのいい女性たちが大勢集まるのだろう。彼女たちの腰骨の鋭さときたら、隠し持った凶器と言ってもいいほどだ。

「パミー、行けないの」わたしはなるべく残念そうに聞こえるよう言った。

「欠席するなんてだめよ。来なかったら、わたしがベイズウォーターまで迎えに行くから」

パミーならやりかねない。なんといっても彼女は、六年生のときに参加したチャリティのダンス・パーティでは、わたしの前にアンディ・ホークステターを引っ張ってきて、一緒に踊らなかったらそのネクタイで首を絞めるわよと脅した少女だ。

「疲れているのよ」わたしは言い訳をした。

パミーが鼻を鳴らす。

「だったらひと眠りしなさいよ！　ほかに用事があるわけじゃないんでしょう？」

大学院生は研究をしなければならないものだという概念が、どうしてもパミーには理解できないらしい。

「読まなきゃならない史料が山ほどあるの」

「エリー、そんな五〇〇年も前に死んじゃってる人の史料なんて、今さら一日読むのが遅れてもどうってことないじゃない」

パミーには時代の概念もないらしい。一八〇三年はほんの二〇〇年前であって、〈紫りんどう〉は映画『ロック・ユー！』の登場人物みたいな格好をしているわけではないと説明するのはあきらめた。

「あなたが今夜、パーティに出たからって、その五〇〇年前の人たちには……なにしてるのよ！」

タイヤのきしむ音が聞こえたことから察するに、最後のひと言はわたしに向けられたものではないらしい。

「大丈夫？」運転者同士がののしりあう声が聞こえ、わたしは慌てて尋ねた。

「本当にもうなにを考えてんだか」ほんの二日前、自身のアパートメントからわたしを車で自宅まで送ってくれたとき、危うく三人の歩行者をなぎ倒しそうになったパミーがぼやいた。声が言いくるめるような調子に変わった。「ねえ、エリー、来なさいよ。自分の部屋にぽつんと座って、やっぱり行けばよかったなんて後悔するのはいやでしょ？　たまには外に出てなにかしなきゃ。きっと楽しいわよ」

「そうね」針のように細いモデルたちがシュールレアリストの悪夢のようなドレスを着て歩きまわり、自分は魅力的だと思っている人たちが生ぬるくなったシャンパンを片手に声を張りあげてしゃべっている光景は楽しいのだろうか。でも、シャンパンは飲みたい気がする。パミーはいつもおいしいお酒を注文するからだ。

彼女が今度は懇願の口調になった。「ねえ、コヴェント・ガーデン駅からほんの数ブロックなのよ」息継ぎをする暇もなく住所を告げた。「頭に入った？」

「いいえ」

「エリー！」

わたしはペンとノートを引き寄せた。このままではハリケーンと言いあうはめになる。

「もう一回言って」

説明が終わるころには、ノートの二ページ分がメモで埋まった。わたしがひどい方向音痴なのを知っているパミーは、〝エリー仕様〟と呼ぶところの微に入り細をうがった描写をしてくれた。おかげで目的地の半径一〇ブロックにある目印をすべて書きつらねた複雑なリストができた。「〈スターバックス〉が見えたら、行きすぎだから」説明が終わった。「携帯電話の電源は切らないでおくわ。着信音は聞こえないかもしれないけど」それはそうだろう。

「とにかく、道に迷ったら電話をかけて。捜しに行くから」

「〈スターバックス〉が見えたらだめなのね」パミーの言葉を繰り返しながら、乱雑な文字でメモを取った。「わたしの知っている人は誰か来るの？」

パミーはすらすらと何人かの名前を挙げた。いくつかは別のパーティで紹介された覚えのある名前だった。パミーの現在の恋人も入っていた。投資銀行にでも勤めていそうなタイプで、やけに明るい色のネクタイだけが印象に残っている。

「あとはセント・ポールズ校時代の同級生が何人か来るけど」パミーがマンハッタンのチェイピン校をやめたあとに転入したロンドンの私立学校だ。「あなたが面識のある人はいないと思うわ。さてと」これで前置きは終わりという口調で快活に尋ねた。「今夜はなにを着てくるの？」

「まだ考えてもいないわ」わたしは正直に答えた。パミーが招待してくれるパーティは服を決めるのがたいへんだ。

受話器を耳にあてたまま、クローゼットのなかをのぞいた。ぴんとくる服はひとつもなかった。そもそもロンドンへはそれほどたくさんの服は持ってきていないのに、見る限りそのどれもがツイードだ。どうやらわたしはアカデミックな服装に趣味が偏っているらしい。

「よかったら服を貸すわよ」パミーが待ってましたとばかりに言う。「ついこの前、すっごくすてきなやつを一枚買ったの」

「ねえ、わたしが持っている黒のミニのワンピースはどうかしら？」ヘリンボン柄とチェック柄をよけながら提案してみた。

「だめよ」即座に却下された。「それじゃあまるで、チェイピン校に行く保護者みたいじゃない」

これは言いすぎだ。たしかにシンプルなワンピースだが、生地がやわらかくて体にぴったりしたデザインなので、保護者会に着ていくのにはふさわしくない。去年の秋、〈バーグドルフグッドマン〉で奇跡的にセールで見つけたものだ。それ以来、カクテル・パーティで着ていくものがないときはこれに決めている。たしかにパミーの趣味ではないかもしれないけど……。

パミーは自分の趣味について語りだした。「これから地下鉄の駅におりるから、電話が切れちゃうかもしれない。ねえ、こういうのはどう？　大きなスカーフを二枚用意するの。一枚は胸に巻いてトップにして、もう一枚は――」

ありがたいことに、話が終わる前に圏外になった。『千夜一夜物語』のシェヘラザード姫だって、もう少し布地の多い服を着ている。

クローゼットの扉をぴしゃりと閉め、ベッドに戻った。どの服にするかはまたあとで考えればいい。もしかするとパミーがわたしに似合うと思う服を持って、ここにやってくるかもしれない。前回のパーティのとき、彼女がわたしに着せようとした服には赤い革製のビスチエが含まれていた。あとは推して知るべしだ。

枕をふくらませ、ほっとしてベッドに倒れこみ、うつぶせのまま開きかけの荷物に視線をやった。ひと眠りするか、それともこれを読むか。体は眠りたいと言っているけれど……。やっぱり荷物に手を伸ばしてしまった。

エイミーの日記を一、二ページ読むだけよと、わたしは疲れきっている体に約束した。リチャード・セルウィックの遺物を見学に行ったエイミーがどうなるのかを知りたいだけだから。

26

ノートルダム大聖堂の尖塔《せんとう》のまわりの空は暗く、今もって夜は明けていなかった。どの家もまだ火はおこしておらず、市民たちはぐっすりと眠っていた。だが警察省では、ガストン・ドラローシュがすでに執務室で机についていた。

廊下では四人の人々が待機していた。ひとりは玉ねぎ売りの格好をして、臭いをぷんぷんさせ、暇そうに三つの玉ねぎでお手玉をしていた。ふたり目は旅行者だった。足に拍車をつけ、帽子をかぶり、マントをはおっている。タイルの模様がおもしろいとでもいうようにうつむき、ときおり飛んでくる玉ねぎをよけていた。三人目は体格のいい女性で、茶色いウールのドレスを着て、頭の上で髪をまとめていた。壁に置かれた蠟燭の明かりで熱心に爪を見ている。最後のひとりは大きな町の通りならどこにでもいそうな痩せた小汚い少年で、腕についた汚れを引っかいていた。

廊下で黙りこくっている四人には共通点がふたつあった。ひとつは印象の薄さだ。さまざまな格好をしているにもかかわらず、廊下を通った者にどんな特徴だったかと尋ねても、誰もまともに答えられないに違いない。

ふたつ目の共通点はドラローシュだ。

四人ともドラローシュに集められた者たちで、毎朝、執務室に呼び入れられるまで、ここで待機している。ドラローシュからもう来なくていいと言われるまでは、毎日この日課を続けるだろう。

四人はドラローシュの……スパイというのは安っぽい呼び名だ。諜報員のほうがふさわしい。つまり、ドラローシュの目であり、耳であり、潜んでいる敵や危険な人物をドラローシュに代わって追いかける者たちだ。

暗い裏街道からひそかに呼び寄せられた者ばかりなので、どんな書類を見ても彼らの存在は記載されていない。四人ともドラローシュに命の借りがある。

茶色いドレスの女性が〝レディ〟の称号に値するかどうかは大いに疑問のあるところだが、それでも女性であることを尊重していちばん初めに呼び入れられた。ドラローシュの命令によって赤い目をした番兵がドアを開け、女性が執務室に入るとドアを閉めた。彼女はそのときどきに応じて芝居をするのを楽しんでいた。あるときは洗練された高級娼婦に扮して猫なで声を出し、次は魚売りの女になって甲高い声で怒鳴るという具合だ。そうやって諜報活動を行った結果、昨日オーガスタス・ウイットルズビーは町にある牧神の彫像の足元で一日ぼんやりと過ごし、夜はマダム・ピンピンの館で娼婦の腕に抱かれながら沈思黙考していたということだ。

「もっと情報を取ってくるように」ドラローシュはそう言い、女性を退室させた。

次に、玉ねぎ売りが呼ばれた。彼は警察大臣補佐官にこう報告した。昨日、パーシー・ブレイクニーは自宅の図書室で読書をしたのち、妻とカードゲームのピケを楽しみ、そのあと親戚をもてなした。身元のわからない人物が屋敷に入ることも、ブレイクニーが外出することもなかった。

三番目は旅行者だった。床のタイルに拍車のあたる音は威厳に満ちていたが、口調は情けなかった。旅行者はもごもごと謝りながら、マダム・ロシュフォールのパーティでジョルジュ・マーストンを見失い、カルチェ・ラタンの袋小路で行き倒れている姿を発見したと報告した。

「愚か者！」ドラローシュは机に乱暴に手をついた。「たるんどるぞ！」

旅行者は拍車を引きずりながら、しょげ返った表情で執務室を出た。ほかの三人はペスト患者でも見るような目で旅行者から離れた。不幸はうつらないとも限らない。

最後は痩せた少年だった。少年は路上で生きる者特有の身軽さでドアの隙間をすり抜けた。ドラローシュの机の上には燭台があり、それは蠟燭を立てるばかりではなくときには凶器にもなりうるのだが、そのわびしい明かりのなかで見ると、少年の顔はじつはそれほど若くはないようにも見えた。

少年は子供のソプラノとも大人のテノールとも聞こえる声で、リチャード・セルウィックは女遊びに忙しいらしく、二日前の夜はバルコートの屋敷で若い女性と密会していたと話した。

「ゆうべはどうしていた？」ドラローシュは目を細めた。

ゆうべは……と少年は説明を始めた。マーストンは鼻血を出していたようだと少年は小汚い顔を輝かせてつけ加えた。そして、マーストンがすぐに伸びてしまったため殴りあいにはならず、セルウィックは女を連れだして人目もはばからずお楽しみにふけっていたと締めくくった。

「マーストンはセルウィックにやられたというわけだな」女をめぐって喧嘩をしているようでは、マーストンもセルウィックも容疑者に足る人物ではないと判断せざるをえない。マーストンが袋小路で行き倒れていたとの報告を受けたときは脈ありだと思ったのだが、女のことで殴り倒されるなどお粗末にもほどがある。ドラローシュはいらだたしく思い、鼻を動かした。残る容疑者はパーシー・ブレイクニーとオーガスタス・ウイットルズビーだ。ドラローシュはこのふたりに関する報告の内容を思い返した。きっとなにか手がかりがあるはずだ。

揺らめく明かりのなかで少年の唇がぴくりと動き、興奮した笑みを見せた。「リチャード・セルウィックは……」ゆっくりとつけ加えた。「フードをかぶって黒マスクをつけてました」

もうさがってよしと身振りで示そうとしたドラローシュの手がぴたりと止まった。

「黒マスクだと？」

「おとといもゆうべも、女と会う前に自宅へ戻ってるんです。ふたたび出てきたときは、黒マスクに黒マント姿でした。ちょうど〈紫りんどう〉みたいな――」

「それだけではまだ不充分だ。黒マントなど世にあふれているし、黒マスクもなんらかの説明がつくかもしれない。もっと確実な証拠がいる。なにかほかに……」ドラローシュは少年をにらんだ。「女はふたりだと言ったな？」

「はい」返事は簡潔なほうがいいと少年はすでに学んでいた。

「なるほど」クモがハエを見るような目でドラローシュはにやりとした。「それが答えだ」

「なんですって？」

「わからんのか？」ドラローシュは愉快そうに笑った。「考えてみろ。セルウィックの行動に不審な点があるのはおまえの頭でもわかることだ。やつは……イギリス人だ」

「ああ、そうか」少年も理解しはじめた様子だった。

ドラローシュは勝ち誇った顔で手をこすりあわせた。「セルウィックがフランス人なら、なにもおかしいことはない。即刻、容疑者からはずすまでだ。だが、やつはイギリス人だ。イギリス人というのは不感症で、血が騒ぐことを知らない。ふた晩でふたりの女性を口説くなど、イギリス人にできるわけがないだろう」

ドラローシュはゆっくりと椅子から立ちあがり、窓辺へ寄った。「いいか」あまりにうれしそうな声だったため、そういう表情の男たちに何度もナイフを突きつけられた経験のある少年は怖くなって震えだした。「リチャード・セルウィックを昼夜関係なく見張れ。いつでも特殊部隊と連絡を取れるようにしておくんだ。絶対に目を離すんじゃないぞ」

「わかりました」

「聞こえなかったのか？」ドラローシュは少年を振り向いた。「目を離すなと言ったのだ。さっさと行かんか！」

少年は返事もせずに執務室を立ち去った。

血の匂いを嗅いだ猟犬のごとく、ドラローシュは鼻をひくつかせた。〈紫りんどう〉は油断しつつある。女との密会を装って仲間と会うとは下手な手を使ったものだ。

リチャード・セルウィックは革命政府のよき友であり、ナポレオンにも気に入られ、その義理の子供たちに勝るとも劣らない影響力を持っている。だが、エジプト調査団の有能な学者が、じつは学問とはなんの関係もない活動に従事していると知ったら、第一統領はどんな顔をするだろう。

ドラローシュは三日月刀のような笑みを見せた。

「あとひとつ間違いを犯せ、セルウィック。もう一度尻尾を出したらつかまえてやる」

27

「おはよう、お寝坊さん」すぐそばでジェインの声が聞こえた。エイミーは上掛けを肩まで引きあげたまま仰向けになった。早起きが習慣になっているジェインにしてみれば、こんな時間まで寝ているなんてありえないのだろう。「もう一一時過ぎよ。一日の半分が終わっちゃうわ」

「べつにいいの」エイミーは小声で言った。いつもの心地よい会話にもかかわらず、心は重く沈んでいた。目がかゆく、風邪の引きはじめのように喉が痛い。昨夜の記憶が断片的に戻ってきた。地面に倒れているマーストン、満天の星、〈紫りんどう〉の言葉……。〝もう会うのはよそう〟という言葉を頭から追い払いたくて、エイミーはさらに強く目をつぶった。

「ホットチョコレートを持ってきたわよ」だから早く起きなさいというようにジェインが言った。「それに、話もあるの」

エイミーは上掛けを少しおろし、ぼんやりとジェインを見た。ギリシア風のドレスを着て髪を後ろでまとめ、片手に紙の束、もう片方の手にホットチョコレートが入ったポットを持っている。まるで神話に登場する女神だ。その穏やかさがうらやましかった。

「これを読んだら目が覚めるわよ」ジェインが自信ありげに言った。だがエイミーの目が赤くなっていることに気づくと、とたんに心配そうな口調に変わった。「どうしたの？　大丈夫？」

エイミーはいとこを見た。ポットが傾き、ホットチョコレートがぽたぽたと上掛けに垂れているのにも気づいていないらしい。それほどわたしのことを気にかけてくれているのだと思うと、目に涙がこみあげてきた。

エイミーは枕で顔を覆った。「こんなに朝早くから起こすからよ」

「もう朝ではないわよ」ジェインは紙の束を脇に置き、エイミーの手から枕を取りあげると、ホットチョコレートを注いだカップをエイミーに手渡した。「ゆうべ、なにかあったの？」

エイミーの腰のそばに座った。白いドレスが白いシーツに溶けこんでいる。「ドアの閉まる音が聞こえたから部屋をのぞいてみたんだけど、あなたがベッドに潜りこんで身じろぎもしなかったから声をかけられなかったの。〈紫りんどう〉と話をしたの？」

「わたしたち、彼の力を借りずに王政復古への道を探すしかなさそうよ」エイミーはホットチョコレートのカップに視線を落とした。「でも、〈紫りんどう〉とはかかわらないほうが自由に動けていいと思わない？」

ジェインがエイミーの口元をじっと見つめた。「なにがあったの？」

「べつになにも。ただ、違いを感じてしまっただけ……」なにが違うと言えばいいのだろう。感情の深さ？　キスの重み？　エイミーは唇を引き結んだ。「目的が違うの」なるべく明るい口調で答えた。「〈紫りんどう〉はイギリス侵攻を防ぎたい。わたしは王政を復活させたい。それだけよ」

「そのふたつは矛盾しないと思うわよ」

でも、彼の考えはそうではない。イギリス侵攻を防ぐのにわたしの存在は邪魔だと思っている。〈紫りんどう〉にとって、任務とわたしは相いれないものなのだ。

甘いはずのホットチョコレートが苦く感じられた。

「〈紫りんどう〉の力なんか必要ないわ」エイミーは両肘をついて体を起こした。「たまたま彼が……」ハンサムで、魅力的で、冗談がうまくて、優しくて、それに……。「経験に富んでいたとしても、彼がいなければなにもできないということにはならないもの。わたしたちだけで頑張りましょう」

エイミーは心にぽっかりと穴が空いたような寂しさに襲われた。〈紫りんどう〉になんか出会わなかったし、だから好きになることもなかったと思えばすむ話よ。

「彼となにかあったのね。不愉快な人だったの？」ジェインが暗い声で尋ねる。「まさか暴力をふるわれたわけじゃないでしょうね？」

「違うわ！　そんなんじゃないの。ただ……ただ……」

「ただ……なに？」ジェインの目には、なんとしても聞きだそうという固い意志が表れていた。

「いろいろあったのよ」

ジェインはカップにお代わりのホットチョコレートを注ぎ、エイミーに手渡した。

「話せないほどいろいろあったとは思えないんだけど」

エイミーはしかたなく、ひととおり説明した。書斎で出会ったこと、リュクサンブール公園で助けられたこと——ジェインがお説教をしそうな顔になったので、この部分はなるべく手短にすませた——家に入る前に別れを告げられたこと……。舟の上での出来事はキスをしたこと以外は黙っておいたし、星のネックレスに関してはまったく話さなかった。

ジェインは真剣な顔で聞いていた。

「エイミー、それってあなたが思っているのとはちょっと事情が違うかもしれないわよ」

エイミーは上掛けに施された百合の刺繍を力なく引っ張った。

「〈紫りんどう〉にはもう会わないわ。そう決めたの」

「エイミーったら、そんなふうに——」

「大きな志がある人にとっては、いっときの恋なんて邪魔なだけよ」

「類は友を呼ぶというし……」ジェインがつぶやく。「あなたの話を聞いた限りでは、どうやら——」

「そういえば、なにか話があると言っていなかった？」エイミーは思いだして尋ねた。

ジェインは紙の束を手に取った。「これはまたあとで話すわ。四時にはテュイルリー宮殿に行かなければならないし、それまでにすませておきたいことがひとつふたつあるから」

エイミーはふたたび枕を顔に押しあてた。

「ああ、そうだった。遺物を見に行く約束をしていたんだったわ」

その数時間後、約束に遅れないようにミス・グウェンがせわしなく一行をテュイルリー宮殿へ追いたてたときも、エイミーはまだ気分が沈んでいた。ミス・グウェンがテュイルリー宮殿の番兵に英語で命じ、戸惑う彼らをパラソルの先でつついているのを見ても、いつもほどにおもしろいとは感じられなかった。三人の従僕が痛む脇腹を押さえながら、ようやく一行をリチャードの執務室へ案内してくれた。

執務室は思っていたより狭かった。部屋じゅうが遺物であふれているせいで狭く見えるだけかもしれなかったが。長テーブルが三脚、部屋の中央と左右の壁際に置かれ、装飾品の破片や花瓶や陶器が並べられていた。テーブルの下には木箱がぎっしりと押しこまれていて、それでも入りきらなかったものが部屋の隅に危なっかしげに積みあげてある。リチャードは部屋の奥で、大きな革張りの台帳の山に隠れるように座っていた。少し近づいてみると、目を細めて陶器のかけらを見ているのだとわかった。片手は羽根ペンを持ったまま宙で止まり、開いたページには細かい文字が半分ほど書きこまれている。

リチャードの服装はきちんと整っていなかった。

上着は椅子の背にかけられ、ベストは前ボタンがはずされている。シャツの生地はとても薄かった。エイミーはじろじろ眺めないように気をつけたが、シャツから透けて見える健康そうな腕に思わず目がいった。羽根ペンの先をインク壺に浸すために腕を伸ばすと、シャツの袖が揺れながら引っ張られ、筋肉の動きがよくわかった。エイミーの視線は腕をのぼり、喉へとたどりついた。クラヴァットが緩められているため、喉元がときおり動くのが見える。

ミス・グウェンが聞こえよがしに大きな咳払いをした。隣国のさらに向こうの国までにも嵐を引き起こしそうな咳払いだ。

「これは失礼」リチャードは上着をつかんだ。「約束の時間にはまだ一五分くらいはあるかと思っていたものですから。来てくださってありがとうございます」三人を部屋のなかに招き入れ、とりわけエイミーに向かってにっこりとほほえんだ。

「エジプトにはいつ行かれたの？」ミス・グウェンが有無を言わせぬ口調で尋ねたため、エイミーはなにも言わずにすんだ。

「一七九八年にナポレオンのエジプト遠征に同行して、その年の終わりに帰ってきたんですよ」リチャードはエイミーの目を見るのを避けた。

くそっ。今日はエイミーの気を引こうと思って三人を招待したのに、ミス・グウェンはなんだってまたそんな微妙な話題を持ちだすんだ？　あとひとつふたつエジプト遠征の話が続けば、エイミーはぼくがひとりでフランス貴族の半分をギロチンにかけたがごとく怒りだすだろう。だが考えてみればエジプトの遺物を見せるために呼んだわけだから、エジプト行きに関する質問が出るのは当然といえば当然だ。リチャードはこの板挟みの状態をどうするべきか考えた。残念ながら無難な古代ローマや古代ギリシアの遺物は置いていないし、来たばかりなのに追い返すわけにもいかないから、ここはなんとかうまくかわすしかない。

「ネルソン提督がフランス艦隊を撃沈していたころ、あなたはエジプトにいらしたというわけね？」

「ええ、まあ」

ミス・グウェンがリチャードをにらみつけた。彼は不安を覚え、慌てて壁際のテーブルから首飾りを取りあげた。

「これは彩釉《さいゆう》陶器の首飾りで――」

「あなたはどこにいらしたの？」

くすんだ赤と青の首飾りがエイミーの前にぶらさげられたまま止まった。リチャードはミス・グウェンを振り向き、困惑した様子で片方の眉をつりあげた。「いつの話です？」

「もう結構」ミス・グウェンは女王のように手をひらひらさせた。「今さらどうでもいいことですわ」

ジェインがリチャードに助け船を出した。「これはなにかしら？」壁に立てかけられている石板を指さした。文字とおぼしき形と絵が刻まれている。

「死者を弔う石碑だろうと考えている」リチャードはいとおしそうに石版の表面をなでた。「上部の中央にいるのが神に捧げ物をしている王、その左側で背の高い帽子をかぶっているのが女王だろう」

「どこの誰だったのかしら？」エイミーは知らず知らずのうちにリチャードのそばへ寄っていた。

「さあ、わからない」リチャードが少年のような笑みを浮かべてエイミーを見た。「想像してごらん。彼女はじつは遠い国の姫君で、海を越えてエジプトに連れてこられたのかもしれない」

「エジプトの海岸沖で船が難破して、お姫様は少年の格好をして身を隠したの。ところが粗末なローブを着ていても内面の高貴さがおのずとにじみでて、王《ファラオ》に見初められることになったのよ」

「そして幸せに暮らしましたとさ」リチャードが物語を終わらせた。

「本当はどんな人生だったのかしら」エイミーは読めない文字を目で追った。こうしていると、幼いころ父の本を開いて初めてギリシア文字を目にしたときのことを思いだす。まさかその奇妙な記号がアリアドネの恋とテセウスの裏切りの物語を紡ぎだすとは思わなかった。そういえばギリシア神話には、男性が自分を愛する女性を拒絶する物語が多い。テセウスとアリアドネ、イアソンとメデイア、アイネイアスとディド。もっと早くに教訓を学んでおくべきだった。

「ふたりが幸せに暮らしたとは思わないのかい？」小さな鳥の絵をなぞるエイミーの指に、リチャードの手がかすかに触れた。

「本のなかなら最後はそうなるかもしれないけれど、現実はそんなに甘くないわ」

「本というのは現実を反映しているんじゃないのかな」

リチャードはあと少しエイミーのほうへ体を傾けたい誘惑に駆られた。髪から漂うラベンダーの香りが鼻腔をくすぐる。焦げ茶色のカールした髪や、頬のやわらかい丸みや、首元のキスをしたくなるようなくぼみに目が引きつけられた。

リチャードの視線が気になり、エイミーは一歩さがった。「そういうことは、ゴシック小説を書こうとしているミス・グウェンに訊いてみて。きっといろいろ語ってくれるわ」

だが、リチャードはミス・グウェンのほうへ顔を向けようとはしなかった。緑の目を細めてじっとエイミーを見ている。彼の声や、その存在感や、物語の幸せな最後について語る口調のなにに、わたしはこんなにどぎまぎしているのだろう。リチャードのしなやかな指が石板に刻まれた彫り物をなぞるのを見て、エイミーは頬を染めて彼の顔を見あげた。まつげが金色で、目尻に小じわがあり、鼻筋に軽く前髪がかかっている。

「アピントン！」ミス・グウェンが唐突に声をあげた。驚いた拍子にリチャードは石版に頭を打ちつけ、息を詰めていたエイミーはそれを見て思わず笑った。「アピントン・ホールを所有するセルウィック家ですね。爵位はアピントン侯爵、記憶が正しければ領地はケント州」ミス・グウェンが続けた。

リチャードはこぶをさすりながら、今の一撃で急にヒエログリフがすらすらと読めるようになっていないだろうかと期待した。痛みをこらえてほほえみ、ミス・グウェンに言った。

「『ディブレット貴族名鑑』がよく頭に入っていらっしゃいますね」

ミス・グウェンが鼻を鳴らす。「わたしはイギリスの地方で暮らしていたんですよ。アメリカの開拓地ではありません。文化から切り離されて生きてきたと思ったら大間違いです」

「それは失礼しました」

「社交界にデビューしたとき、わたしはロンドン社交界の若い娘たちのなかでいちばん貴族名鑑を覚えていましたわ。遠くにちらりと馬車の影が見えただけで、どの家の紋章か言いあてたものですよ。たしかアピントン侯爵家の領地は、ブレイクニー家と隣接していますね」

「じゃあ、〈紅はこべ〉本人を知っているの?」エイミーは息が止まりそうになるほど驚いた。

リチャードは石板に刻まれた王様のような悠然とした表情になった。エイミーは目をしばたたいた。こういうときに動じないのはいかにも彼らしい。リチャードはほほえみをたたえ、ミス・グウェンに答えた。「子供のころはよくブレイクニー家の厨房に入りこんではお菓子をあさっていたものですよ。ミイラをご覧になりますか? ゴシック小説の材料になるかもしれませんよ」

彼はミス・グウェンの細い腕を取り、エイミーから引き離すように部屋の中央へ連れていった。

エイミーは慌ててあとを追いかけた。「〈紅はこべ〉はどんな人なの?」

「優しい人だよ」リチャードは穏やかに答えた。「ぼくがプラム・プディングのプラムを全部食べてしまっても、パーシーは怒らなかった」

エイミーは笑い、リチャードも笑みを返した。互いに笑顔になった心あたたまる一瞬だった。

それが恐ろしい瞬間に変わった。ミス・グウェンがパラソルを床に突きたてたのだ。爪先をぶすりとやられなくてよかった、とリチャードは内心ひやりとした。

「ご親切に甘えて長居をしすぎましたわ」ミス・グウェンはリチャードの手を振り払い、エイミーの腕をつかんだ。「もう知りたいことはわかりました。つまり……エジプトの遺跡についてということですよ。さあ、ジェイン、エイミー、帰りましょう。いつまでもお邪魔していてはお仕事の妨げになるわ」

パラソルの先端でふたりを追いたてるミス・グウェンに、リチャードは申しでた。

「馬車までお送りしましょう」

ミス・グウェンは寛大にもそうするのを許可してくれた。広大なテュイルリー宮殿の廊下を歩きながらリチャードは、子供のころの冒険談や、それをパーシーがあたたかく見守ってくれたことなどをエイミーに語った。エイミーも〈紅はこべ〉の秘密結社に入りたくて、訓練を積んだことをしゃべった。夜中に子供部屋を抜けだしたり、ぼろぼろのペティコートやおじのかつらで変装したりしたことだ。

「そういえば、口笛を吹いたらヒツジがいっせいに行動するように訓練したこともあったわね」ジェインがつけ加えた。

リチャードはわけがわからないという顔で片方の眉をつりあげた。

「襲撃されたときに役立つかと思ったのよ」エイミーはわれながらおかしくて笑いだしそうになった。「だって、騎兵隊がいたわけじゃないから、手近なもので代用できないかと考えたの」

「ひとつ訊いてもいいかな？」リチャードが声を落とし、いかにも秘密の話だという口調で尋ねた。「ヒツジに乗ったことはないのか？」

エイミーは自分がヒツジのようにおどおどして赤くなった。

「木製の剣を突きあげて、ときの声をあげたものね」ジェインが答える。

「それは八歳のときの話よ！」エイミーは言い訳をした。

「そうね。でも、髪を焼いたのは一二歳だったわ」

「なにをしたのかあててみようか？」リチャードがにやりとした。「どこかの監獄を爆破しようと思って、火薬の実験をしたんだろう？」

「違うわよ」エイミーは精いっぱい虚勢を張った。「髪に灰を塗りつけたらおばあさんに見えるかどうか試してみたのよ。でも、くすぶっていた火をちゃんと消し損ねて、髪が焦げてしまったの。バートランドおじ様が火薬なんか触らせてくれるわけがないわ」正面玄関から外へ出ながら、エイミーは残念そうに言った。

リチャードはのけぞって大笑いした。おかしくてたまらないとばかりに笑い声を響かせながらバルコート家の馬車まで三人の女性につき添い、ミス・グウェンとジェインにお辞儀をしてから手を貸して馬車に乗せた。開いた扉の前にエイミーが残された。

「火薬はやめておけ」リチャードがエイミーの手を取ってかがみこみ、低く親密な声でささやいた。エイミーは鳥肌が立ち、ミス・グウェンに首根っこを引っ張られるのではないかと不安になった。彼はいたずらっぽい顔でちらりと馬車のなかに目を向け、ミス・グウェンがジェインと話しこんでいるのを確かめるとエイミーの手を返し、てのひらにゆっくりと思わせぶりなキスをした。

エイミーははっと顔をあげた。リチャードは笑っている。エイミーははた目にもそれとわかるほど動揺し、彼を凝視した。馬車のほうへ顔を向けようとした瞬間に、てのひらを親指でいとおしそうになでられた。リチャードがウインクをした。

〝火薬はやめておけ〟ですって？

28

なにがなんだかわけのわからないまま、エイミーは馬車に転がりこんだ。このところ、頭が混乱する出来事ばかり続いている。自信満々だった昔の自分が嘘のようだ。今はなにをどう考えればいいのか、これからどうすればいいのかさっぱりわからない。誰を信用すべきかさえ判断がつかなくなった。最初は〈紫りんどう〉だった。わたしに好意を抱いているそぶりを見せながら、てのひらを返したように拒絶した。そして今度はリチャード・セルウィックだ！　最初は好感の持てる学者だと思い、それが虫唾の走るフランス支持者に変わり、ついにはポーリーヌ・ルクレールの愛人だと確信したが、そのたびに彼はわたしを戸惑わせる振る舞いをする。〈紅はこべ〉のことをあんなに懐かしそうに語る人が、どうしてフランスを支援などできるのだろう。つい先日わたしをいらだたせておきながら、どうして今日は気を引こうとするのだろう。

エイミーは膝の上でこぶしを握りしめた。わたしが惚《ほ》れっぽいだけなのかもしれない。昨日は〈紫りんどう〉を愛していると思い、今日はリチャード・セルウィックに惹かれているとは、なんて底の浅い人間だろう。でも、〈紫りんどう〉を思う気持ちは揺るぎないと思った。彼のわたしへの気持ちもそうだと思う。〈紫りんどう〉が星のネックレスを作ってあげようと言ってくれたとき、わたしは神がかり的な力を感じた。彼こそが本当の恋の相手だと天に認められた気がしたのだ。

〝星のネックレス〟という言葉が頭のなかをぐるぐるまわっていた。なにかが引っかかる。星のネックレス……星のネックレス……。どうして〈紫りんどう〉はそんなことを言ったのだろう。彼にはお父様の話はしていない。それどころか、両親が亡くなったことさえしゃべっていないのだ。星のネックレスにまつわる子供時代の思い出を知っている人物はフランスにただひとり。パーシー・ブレイクニーの隣人として育ち、フランス艦隊が撃沈されたときはエジプトに滞在していた男性だ。その人は昨日の午後、ぴったりした革ズボンをはき、柑橘系の香りのオーデコロンをつけていた。

「なんてひどい人！」

ジェインがミス・グウェンとの会話を途中でやめ、エイミーの手に触れた。「大丈夫？」

ふたりが見ているのもかまわず、エイミーは手を振りあげ、座席を叩いた。

「白々しいにもほどがあるわ。嘘つき！」

「エイミー、なんのことか話してくれない？」自分も叩かれては困ると思ったのか、ジェインが体を引いて尋ねた。ぶちのめしてやりたい相手はテュイルリー宮殿にいる人だから、あなたは大丈夫よ、とエイミーは言いたかったが、今はそれを理路整然と話せる自信がなかった。

「最低だわ、あんな人。ああ……もういや！」

エイミーは何度もこぶしを座席に打ちつけた。ジェインは精いっぱい後ろにさがり、心配そうにミス・グウェンの顔を見た。「どうすればいいのかしら？」

だが、ミス・グウェンは動じるふうもなく、少し意地悪な笑みを浮かべてエイミーを見た。「今ごろ気づくとは時間がかかったものね」

「知っていたの？」エイミーは眉を髪の生え際に届きそうなほどつりあげた。「ずっとわかっていたのに、教えてくれなかったの？」

ジェインが明るい顔になり、エイミーの悔しそうな顔からミス・グウェンの取り澄ました顔へと視線を移した。「リチャード・セルウィック卿が〈紫りんどう〉なのね？」

「ジェインまで！　どうしてそうなるのよ！」エイミーは座席のクッションに顔から突っこんだ。

「わたしだってそれに気づいたのは今日の午前中なのよ」ジェインは申し訳なさそうに言い、自分のスカートの端をエイミーの頭の下から引き抜いた。

「上出来だわ。わたし以外はみんなわかっていたのね」エイミーは吐き捨てるように言った。

ジェインが慰めた。「ナポレオンはまだ知らないわ。政府当局の人たちも」

「でも、その人たちは彼とキスしたわけじゃないもの！」エイミーはうっかり口を滑らせた。

「それはつまり、あなたはリチャード卿とキスをしたということかしら？」ハゲワシが獲物を見るような目でミス・グウェンがにらんだ。

「ええと……」

「世間の目もはばからず、なんと軽率な振る舞いに及んだのかとは言わないわ」鉤爪《かぎづめ》が生肉を引き裂くように、ミス・グウェンの言葉はエイミーの心をえぐった。「道徳心の問題はあなたの分別に任せましょう。起きてしまったことは取り返しがつかないのだから、あとはその嘆かわしい経験をいかに生かすかが大切よ」

「これを教訓にして、二度と誰ともキスをするなというの？」

ミス・グウェンが軽蔑しきった目でとどめを刺した。「そうよ、学びなさい！　あなたはばかを見たのだから、これ以上リチャード卿に振りまわされないための方法を考えるのよ。それと、あとでそのキスのことを詳しく報告しなさい。わたしの小説に書いてあげるわ」

なにもかもがめちゃくちゃだわ、とエイミーは思った。ナポレオンに仕える学者が〈紫りんどう〉で、ミス・グウェンはわたしの不道徳な行為に腹を立てるどころか小説の材料にしたいと考えている。次はいったいなにが起きるのだろう？

呆然としてしばしリチャードのことを忘れていたが、すぐにまた怒りがこみあげてきた。

「どうしてリチャードはこんなひどいことをしたの？」エイミーの目が涙で曇った。

「ねえ、テュイルリー宮殿に戻って、全部知っていると彼に話してしまったら？」ジェインが提案する。

エイミーが激しく首を振ったせいで、髪の先端がジェインの鼻先を鋭く打った。

「それじゃだめなの。リチャードにも同じ苦しみを味わわせなきゃ納得できないわ」

ミス・グウェンが鼻で笑った。「青春の恋というやつね」

エイミーは顔をしかめて天を仰いだ。

「ああ、神様。ミス・グウェンがなにを言っているのか、わたしにはわかりません」

「みだりに神の名を口にするものではないわ。あなただっていつかは神のもとに行きたいのでしょう？」ミス・グウェンが薄ら笑いを浮かべる。エイミーはじりじりした。ミス・グウェンはエイミーをさんざんじらしたあと、ようやく口を開いた。「簡単なことだわ。仕返しをしたいと思うのは、彼のことを愛している証拠よ。ふむ、なかなかいいわね。これも小説に使えそうだわ」

「わたしのみじめな経験がせめて誰かの役に立てば光栄だわ」

「そんな口のきき方をするのはやめなさい。この件に関して、わたしはあなたの味方よ。そんなに目をむくものじゃないわ。リチャード卿はあなたの気持ちをもてあそんだのだから、どんな罰でも甘んじて受けるべきよ」ミス・グウェンは少し考えてつけ足した。「もっとも、手足を切断するなんていうのはもってのほかね。こちらの品性が疑われるわ」

エイミーは泣いているのか笑っているのか自分でもわからなくなった。

「さてと、ではどういう復讐をしたいと考えているの？」ミス・グウェンが尋ねる。

エイミーはほっとして、お得意の空想の世界に入りこんだ。作戦を立てよう。悲しみを癒やすにはそれがいちばんだ。

理想的な復讐の形は、彼にもわたしと同じつらい思いをさせることだ。黒いベールをかぶってリチャードの寝室に忍びこみ、イギリス陸軍省から遣わされた諜報員だと信じこませるのはどうだろう。いいえ、イギリスの味方をしたいと願っているフランス人諜報員になるのもいい。どうせ顔は見えないのだし、フランス南部のプロヴァンス人が話すような異国風の訛りで吟遊詩人みたいに愛を語れば、きっとわたしだとはわからないだろう。そして苦しいくらいにわたしを愛するよう仕向け、真夜中にリチャードの自宅の脇で別れを告げるのだ。目には目を、歯には歯を、嘘には嘘を。それが正義のもっとも純粋な形だ。

まさに完璧な作戦だけど……。

でも、現実的ではない。だいたい彼がわたしを愛するかどうかわからないし、力ずくでベールをはがされてしまえばそれまでだ。エイミーはまた考えにふけった。

リチャードにとっていちばんの痛手とはなにかしら？　どういう状況になれば、彼は打ちのめされるの？

「スイスの金塊をリチャードより先に奪うのよ。ナポレオンの計画を阻止できるのは〈紫りんどう〉だけじゃないことを思い知らせてやるわ」

ミス・グウェンが値踏みするような目でエイミーを眺めた。

「気概のある娘だとは思っていたわ」

ジェインとエイミーはぽかんと口を開けてミス・グウェンを見た。

「今のは褒め言葉？」エイミーはささやいた。

「そんなふうに聞こえたけど？」ジェインが目を丸くする。

「うぬぼれるんじゃありません。あなたならできるかもしれないという可能性の問題を指摘しただけよ。本当に成し遂げられるかどうかは自分で証明してみせなさい」

「ありがとう」エイミーは答えた。

「リチャード卿を苦しめるより、そっちの作戦のほうがずっといいと思うわ」ジェインは賛同し、身を乗りだした。

「あら、今でも苦しめてやりたいと思っているわ」エイミーは頑固に言った。「ミス・グウェンの言ったとおりよ。彼はわたしの気持ちをもてあそんだの。同じことをされたらどう感じるか思い知らせてやりたいところだけど、どうせわたしだとばれてしまうだろうから、それは没にしただけよ」

「その話はもうやめておきましょう」ジェインがさえぎる。「それより、どうやって金塊を奪うの？」

「彼がとる策はわかっているの」エイミーは悲しみをこらえながら、昨晩、〈紫りんどう〉と一緒に立てた計画を詳しく説明した。ミス・グウェンは熱心に聞き入っていた。「相手の手のうちがわかっているなら、出し抜く方法も見つかるというものよ」

「それにしても、こっちは人数が少なすぎるわ。〈紫りんどう〉には多くの仲間がいるけど、わたしたちは三人だけだもの」ジェインは現実的な問題を指摘したあと、慌ててつけ加えた。

「だからといって、怖がっているわけじゃないのよ」

「だったら、こちらも秘密結社を作るまでよ」ミス・グウェンが宣言した。

「それよ！　ああ、エイミー、覚えている？」ジェインは愉快そうに口を丸く開け、興奮のあまり言葉もなく座席の背もたれに倒れこんだ。そして片手を自分の胸にあて、もう一方の手をいとこのほうへ伸ばした。

「なんなのか言いなさい」ミス・グウェンが迫った。

「〈ピンク・カーネーション〉よ！」ジェインがあえぐように答えた。

この子は頭がどうかしたのだろうかという顔でミス・グウェンがジェインをにらんだ。

「エイミー、忘れていないわよね！　まだ〈紫りんどう〉が世に出ていなかったころ、わたしたちが秘密結社を作ったらその名前は――」

「〈ピンク・カーネーション〉にしようと言っていた……」エイミーの沈んだ顔に小さな笑みが浮かんだ。「〈無敵の蘭〉よりそっちのほうがいいと話しあったのよね」声がかすれていた。

「その名前にしましょうよ」ジェインが白い頰をかすかに紅潮させ、息も絶え絶えに提案した。「秘密結社の名前は〈ピンク・カーネーション〉がいいわ」

「ああ、ジェイン」エイミーは身を乗りだしていとこを抱きしめた。「最高の名前ね！　ナポレオンがカーネーションの花を見ただけで震えがくるようにしてやりましょう！」

「わたしは〈無敵の蘭〉のほうが好みだわ」ミス・グウェンがきっぱりと言った。

エイミーもジェインも聞いてはいなかった。ふたりはすでに〈ピンク・カーネーション〉の計画を練るのに没頭していた。

29

パミーに呼ばれたパーティの会場にたどりつくまでに、わたしはたった三度しか道を間違えなかった。

その程度ですんだのは、パミーの懇切丁寧な道順の説明のおかげだ。抜群に調子のいいときでさえ地図に強いとは言いがたいのに、こんなにぼんやりしていてよくスコットランドに行きつかなかったものだと、そっちのほうが不思議なくらいだ。なぜだかはさっぱりわからないが隣のハイ・ホルボーン駅に着いてしまい、はるばるコヴェント・ガーデン駅まで戻ってきたときは、このまま地下鉄に乗って家に帰ろうかと思った。だが、今夜はひとりでいるともんもんとしてしまうのがわかっていたため、レインコートのポケットから道順を書いた紙を取りだし、わたしは気持ちも新たにもう一度挑戦した。

今はとにかくシャンパンが欲しかった。

入口にたどりつくとパミーがわたしを見つけ、ピンクの小さなバッグを投げ縄よろしく頭の上で振りまわした。「エリー！」ボーリングのボールがピンをはね飛ばすように、パミーは邪魔なモデル嬢たちをかき分けながら、警備の男性の脇をするりと抜け、歩道にいるわたしのところへ駆け寄った。つい先日の火曜日に会ったばかりとは思えないほど、わたしたちは大げさに再会を喜びあった。これではまるで、ようやく解放された人質同士が歓喜にわいているみたいだ。

わたしは心ここにあらずの状態で頭に霧がかかっていたが、それでもパミーの新しい服を見たときは、ぽかんと開いた口がふさがらなかった。パミーは目も覚めるようなピンク色をしたヘビ革のパンツ姿だった。ヘビの種類は〈クリスチャンラクロワ〉、生息地はファッションという名のジャングルだ。そのパンツに、青とピンクとオレンジが渦を巻いている〈エミリオ・プッチ〉のトップを合わせている。それだけでも色がぶつかりあっているのに、あろうことかブロンドのショートヘアに赤いメッシュまで入れていた。どう考えても色彩感覚に問題があるとしか思えないが、パミーが着るとファッション誌『コスモポリタン』の表紙から抜けだしてきたかに見えた。

わたしは〈ビーシービージーマックスアズリア〉を着ていた。ベージュ色のスエードのタイトなミニのワンピースだ。正面から見ると控えめで上品だけれど、後ろは腰から上が露出している。背中の真ん中あたりで紐状の布が左右アンバランスに結ばれているが、それは肌が見えていることを隠すものではなく、むしろ強調するものだった。これはわたしがエゴを満足させたいときに着る服だ。色合いがやわらかいせいで赤毛がいくらか茶色く見えるし、大胆な背中のデザインのおかげで自分が色っぽくなった気がする。言うなれば、昔のハリウッド女優の気分を味わえるのだ。

パミーはわたしの服装を見て非難めいた顔をした。

「まあ、真珠のネックレスをつけてこなかっただけましと言うべきね」

パミーは緑のネオン・スティックをわたしの手に握らせた。パミーのはピンク色だ。ショッキングピンクのパンツに色を合わせたのだろう。わたしの手を引いて赤いロープが引かれた入口を通り過ぎ、混雑した室内に入った。立っているとほかの客の邪魔になるので、DJブースの仕切りに腰かけている人もいる。部屋の奥には仮設のキャットウォークがあり、酔っ払った女性客がステージにはいあがろうとしていたが、ふたりのモデル嬢がそれにはかまわず、肩を引いて腰を突きだすポーズを取っていた。クロークルームがあるふうには見えなかったし、たとえあってもこの客の数ではどうせいっぱいになっていると思い、わたしはレインコートを脱いで自分の腕にかけた。

「シャンパンが来たわ」数メートル先にウエイターを見つけ、パミーが声をあげた。「こっちよ！」

パミーはわたしの手にグラスを押しつけ、わたしを誰かに紹介した。音楽がガンガン鳴るなかで怒鳴りあうように挨拶を交わし、その場を離れた。

ほかの客たちをよけながら、パミーのあとについていった。「あれはロデリック。つまんない男よ」パミーが話しかけてきた。わたしはうなずいてみせたものの、内容は半分も聞き取れなかった。それは音楽や人ごみや目がちかちかするストロボライトのせいばかりではない。わたしの心が一八〇三年に飛んでいたからだ。

長年、妄想のなかで恋しつづけてきたわたしのさっそうたるヒーローは、じつは女性だった。〈ピンク・カーネーション〉が同性だったなんて……。

それを知ったのは出かける直前だった。着替えをすませ、レインコートとバッグを用意してからベッドの端に腰かけ、時間ぎりぎりまであと一ページだけでも読もうと思い、エイミーの日記を開いた。リチャード・セルウィックが本当のことを打ち明けるかどうか気になっていたし、エイミーのためにもぜひそうなってほしいと願っていた。

ところがこの新事実に遭遇して、わたしは愕然とした。ここで〈ピンク・カーネーション〉が出てくるとは思ってもいなかったし、〈ピンク・カーネーション〉は男性だとなんの疑いもなく信じこんでいたからだ。だからこそ、マイルズ・ドリントンか、ジェフ——ジェフリー・ピンチングデイル・スナイプか、あるいはオーガスタス・ウイットルズビーではないかと考えていたのだ。そもそもエイミーの日記に書かれているのは個人的な事柄ばかりなので、〈ピンク・カーネーション〉についての記述は出てこないだろうとあきらめていた。可能性があるとすれば、マイルズがリチャードに宛てた手紙に、〝やあ、友よ。今度、ぼくがおまえの代わりにイギリス陸軍省から派遣されることになった。与えられた名前はいささかばかげているが、任務はさぞおもしろいだろうと楽しみにしている〟といったことが書かれているのではないかと想像していたのだ。それがまさかこんな展開になるとは……。

膝に日記を広げたまま、こうなることを匂わせる内容がこれまでの日記になかったかどうか考えてみた。そういえばエイミーは子供のころからとんでもないことをいろいろとしでかしてきたし、なんとしてもナポレオンを統治者の座から引きずりおろしたいと願っていたし、秘密結社への憧れがとても強かった。今にして思えば、充分考えられたことだ。

それにしても〈ピンク・カーネーション〉が女性だとは誰が想像しえただろう。わたしは藁《わら》にもすがる思いだった。まだエイミーが〈ピンク・カーネーション〉だと決まったわけじゃない。彼女が思いついただけの段階だ。その計画を誰かにしゃべったのかもしれない。でも、誰に？　ジェフかしら？　いいえ、それはないだろう。ジェフはリチャードの友人であって、エイミーとはこれまでのところ面識すらない。ならばウイットルズビーなの？　いいえ、それも違う。エイミーは彼をくだらないことばかり口にしている詩人でしかないと思っている。だいたい、せっかく自分の秘密結社を作ろうと思いたったのに、あのエイミーがそれを他人任せにするはずがない。

やはりどう考えても、エイミーが〈ピンク・カーネーション〉に間違いなさそうだ。

電車の座席に腰をおろしたわたしは茫然《ぼうぜん》自失としていた。隣に座っていた、毛糸の帽子をかぶり虫歯のある年配の女性が具合でも悪いのかと尋ねてきた。わたしは首を振ってお礼を言ったけれど、激しく動揺していたせいでどう答えたのかよく覚えていない。

なぜ気がつかなかったのだろう。研究者のくせにうかつだった。先入観にとらわれ、大事なことを見落としていた自分が情けない。ひとりよがりな思いこみに惑わされるなんて、歴史家として失格だ。

いいえ、正直に認めよう。打ちのめされた理由はそれだけではない。本当にショックだったのは、長年の空想ががらがらと音をたてて崩れ落ちたことだ。憧れつづけてきた〈紫りんどう〉がじつはリチャード・セルウィックだと知ったとき、エイミーも同じように感じたのだろうか？　彼女もまた、現実は自分の想像とはまったく違っていたことを思い知らされたはずだ。

勝手な妄想ではあるけれど、わたしの頭のなかには〈ピンク・カーネーション〉の人物像が明確にあった。アンソニー・アンドリュースが演じた〈紅はこべ〉と怪傑ゾロを足して二で割ったような顔立ちで、危険な笑みを浮かべ、うぬぼれた顔で首を傾け、剣を使わせたら右に出る者はいない男性だ。今も目をつぶれば、その姿がまぶたの裏にまざまざと浮かぶ。でも、実際はまったく違った。さようなら、わたしの怪傑ゾロ／アンソニー・アンドリュース版の〈ピンク・カーネーション〉。主役の座を奪ったのは、小枝模様をあしらったモスリンのドレスを着た、小柄で元気な二〇歳の女性だ。

コリン・セルウィックがこの事実を知っていたのだと思うと、わたしは顔が赤くなった。〈ピンク・カーネーション〉が異性装者だという説をわたしが憤慨して否定したとき、きっと彼は腹のなかで笑っていたのだろう。

〝少なくともひとつは意見が一致したな〟とコリンが皮肉めいた口調で言ったとき、それは〝まさかきみと意見の一致を見るとはね〟という意味だと解釈した。でも、本当はわたしを小ばかにしていたのだ。もちろん、〈ピンク・カーネーション〉が異性装者であるわけがない。エイミーがドレスを着ていて、ピンク色の花の名前を自分につけたのは、彼女がれっきとした女性だからだ。異性装者でカーネーションに異常な執着心を抱いている男性ではなく、ピンクが好みだというありがちな伊達男ですらない。

何人目に紹介された相手だかもわからなくなっている男性にほほえみながらうなずき、わたしは空のグラスを置くと、次のシャンパンに手を伸ばした。

「なんですって?」

その彼がなにか話しかけてきたが、三杯目だか、もしかすると四杯目だかのシャンパンのせいで気づくのが少し遅れた。改めて相手をよく眺めてみると、なかなか背が高く、ちょうどコリン・ファースみたいな茶色いカールした髪をしている。暗い照明の下で見るぶんにはそれなりにハンサムな顔立ちで、ルーファス・シーウェルに似ていなくもない。

男性がまたなにか言ったが、わたしにはさっぱり聞き取れなかった。

「本当ね。わたしもそう思うわ」わたしは陽気に答えた。

彼はけげんそうな表情を浮かべ、向こうに行ってしまった。

「エリー!」パミーが耳元で非難した。「彼、あなたの名前を訊いてきたのよ」

「どうでもいい話かと思ったの」わたしは言い返した。

シャンパンのいいところは、何杯か飲むと自分をまぬけだと思う能力が低下することだ。

「ねえ、見て!」パミーはまだ先ほどの男性がいるほうへ顔を向けていたが、見ているのはそのずっと向こうらしかった。茶色い髪の男性はあからさまにこちらを無視していた。パミーが友人を見つけて声をあげるのはそれが初めてではなかったので、わたしは気にも留めなかった。「まさかセレーナが来ているなんて。セレーナ！」

茶色い髪の男性がわずかに位置を移動したため、人垣の隙間に女性の姿が見えた。あの〝エレガントなお嬢様〟だ。そういえばセレーナという名前だった、とわたしは思いだした。セレーナの後ろにはコリン・セルウィックがいた。

足に冷たいものがぽたぽたと垂れた。いけない。わたしは慌ててシャンパングラスをまっすぐに戻した。

「セレーナ！　こっちへ来ない？」これほどうるさい部屋のなかでも、パミーの声はよく通った。

セレーナは軽くほほえんで手を振り、コリンに声をかけたあと、人ごみを縫いながらこちらへ向かってきた。

「彼女を知っているの？」わたしは驚いて尋ねた。セレーナは茶色い髪の男性をよけた。その後ろにはコリンもついてきている。

「セント・ポールズ校で一緒だったの。ちょっと内気だけど、とてもかわいい人よ」パミーがセレーナを抱きしめ、両頰にキスをした。「紹介するわ。幼なじみのエロイーズよ。エリー、彼女はセレーナ、そしてこちらは――」

「知っているわ」わたしはパミーの紹介をさえぎり、にっこりしてシャンパンを掲げた。

「こんばんは、セレーナ」

たしかにセレーナにはかわいらしさがあった。昨日とはまた違う、手触りのよさそうな黒い革のすてきなブーツを履いている。黒いミニのワンピースはチェイピン校に行く保護者には絶対に見えない。

「ちょうどよかったわ」わたしはグラスをコリンに突きつけた。あとでパミーになにか言われそうだが、そんなことはかまわない。シャンパンのおかげで大胆な気分になっていた。コリンの顔を見たら、〈ピンク・カーネーション〉の件で文句を言わずにはいられなくなった。〈ピンク・カーネーション〉が女性だったことについてだ。「話があるの」

コリンが片方の眉をつりあげた。「なんの話だ?」

「そうよ、なんの話なの?」パミーが割りこんでくる。

わたしはパミーをひとにらみして黙らせた。「ここじゃあだめ。一緒に来て。ちょっと彼を借りるわね」わたしはセレーナに言い残して、彼女の恋人を部屋の奥へと引っ張っていった。キャットウォークのある一画の隅なら、なんとか人に聞かれずに会話ができそうだ。モデル嬢たちはすでに退場し、ステージの上では酔っ払った客がふたり踊っていた。そのうちのひとりはスパンコールのついた緑のワンピースを着ていた。まるで歩くクリスマス・ツリーだ。

コリンはおとなしく引っ張られていたが、部屋の隅まで来ると腕を引き離した。「ジェームズ・ボンドの件か?」〝スパイ〟に引っかけているのだろう。

「女性だったのね!」

彼はクリスマス・ツリーの女性を一瞥し、眉をひそめた。「男かもしれないぞ」

わたしはもう光らなくなっていたネオン・スティックでコリンを叩いた。「彼女のことじゃないわ。面倒臭い冗談はやめて。ちゃんとわかっているくせに。〈ピンク・カーネーション〉は女性だったのねと言っているのよ！」

その言葉に、コリンが反応した。「しいっ！」

わたしは怖い顔をした。「誰も気に留めないわよ。たとえ耳に入ったとしても、新しいロック・バンドの名前かなにかだと思うだけだわ」

コリンが表情を緩め、愉快そうな顔になった。「たしかに」

「どうして教えてくれなかったのよ」

「訊かれなかったからだ」

「幼稚な言い訳ね」

彼は空のグラスをステージに置いた。「じゃあ、どう答えればいい？」

「全部わかっていながら、わたしにさんざんしゃべらせておいたくせに」

コリンはなんのことだという顔をした。

「なにをわかっていながら、なにをしゃべらせておいたって？」

「〈ピンク・カーネーション〉が女性だったということよ！」

「なにか怒っているのか？」

「もう！」ここまで白々しい相手にはかなわない。

コリンはわけがわからない様子で、たまたまそばを通ったウエイターのトレイからシャンパンをふたつ手に取った。

「ほら、一杯やったほうがよさそうな顔をしているぞ」

たとえ相手がコリンであれ、それは適切なアドバイスに思われた。わたしはありがたく頂戴した。

「わたしを追い払いたかったのはわかるけど、あんなふうに人をばかにするもんじゃないわ」

「ぼくがいつきみをばかにしたかな？」本当に芝居がうまい。

わたしは信じられない思いだった。「ゆうべよ」

コリンはしばらく考えていたが、ようやく思いだしたのか、ハシバミ色の目を輝かせた。

「ああ、ネグリジェ姿をからかったことか？　だって、あれは本当にジェイン・エアみたいだったたと思わないか？」

腹の立つ話は一度にひとつずつでいい。「その件は忘れて」

「そりゃあ無理だよ」コリンの唇がぴくりと動く。「シャーロット・ブロンテの小説の主人公が同じ屋根の下にいるなんて、めったに――」

「やめて」わたしはいらだった。「違うわ。わたしを狂気じみたゴシック小説の主人公にたとえたことじゃなくて――」

「べつに狂気じみているとは言っていないけれどね」コリンがわたしの言葉をさえぎってに

やりとした。

「うるさい！」わたしは怒鳴った。きっとコリンは、狂気じみているという言葉の真の意味を今しみじみと悟ったことだろう。「〈ピンク・カーネーション〉が男らしいってことよ。ひどいわ！」

「なんだって？」

わたしはグラスの脚を握りしめ、息を整えて最初から言い直した。「あなたが止めなかったから、わたしは〈ピンク・カーネーション〉がいかに男性的かということについて熱弁をふるったの。なのにあなたは〈ピンク・カーネーション〉の正体がエイミーだと知りつつ、わたしを勝手にしゃべらせておいた」

「きみは〈ピンク・カーネーション〉がエイミーだと……」コリンは口をつぐんだ。「まあいい。それより、話をもとに戻そう。そもそも記憶にないんだけれど、きみは〈ピンク・カーネーション〉が男らしいなんていう話をしたかな？」

いやだ、わたしの思い違い？　わたしはシャンパンでぼんやりしている頭をフル回転させた。たしかコリンは〈ピンク・カーネーション〉が異性装者だと思っている研究者がいたとかなんとか言って、それを聞いたわたしが……なんと答えたんだったかしら？　だめ、思いだせない。

「あら」わたしは小さな声で言った。シャンパンを何杯飲んでも、自分がまぬけだと思う能力は完全には消えてなくならないらしい。

「まだある」コリンが続けた。「だいたいぼくは――」ところが折よく誰かがコリンの腕を引っ張り、会話が中断した。おかげで、わたしは恥のうわ塗りをせずにすんだ。わたしたちはその人物を見た。セレーナだった。

「気分が悪いの」セレーナがか細い声で言った。

コリンは一瞬のうちに愛情深い表情になり、気遣うようにセレーナの肩を抱いた。

「家まで送ろうか？」

わたしはお邪魔虫の気分になって、一歩さがった。コリンはすでにセレーナのことしか頭にない様子だ。心配そうに眉根を寄せながら顔をのぞきこみ、ほかの客がぶつからないように覆いかぶさるようにしてセレーナをかばっている。わたしは胃のあたりが空っぽになった気がした。ディナーをとっていないこととはなんの関係もない。

理由はわかっていたし、お酒がまわっているせいで自分の気持ちをごまかす気力もなかった。

嫉妬だ。

べつにコリンを好きなわけじゃないでしょう、とわたしは自分に言い聞かせた。こんな人、冗談じゃないわ！　ただ、彼みたいな恋人が欲しいと思ってしまうだけだ。わたしが現れたら会話を中断して、気分が悪いと言ったらごく自然に人ごみからかばってくれるような恋人がいたらどんなにいいだろう。そういうことと縁がなくなってから、もうずいぶんたつ。

まあ、いなければいないでなんとかなるものだ。ひとりで家に帰れるようにお酒は飲みすぎず、いざというときに頼れる友達を見つけ、なにかあったときに必要な電話番号を携帯電話に登録し、バッグには常に絆創膏《ばんそうこう》を忍ばせ、夜遅くなってもタクシーを拾えるようにお金は余分に持っておく。でも、それとこれとは話が別だ。わたしはセレーナがうらやましかった。

だけど、今のセレーナはあまりねたましい状態ではなかった。両手で胃のあたりを押さえ、コリンにぐったりともたれかかっている。

「やっぱりタクシーを呼んでくるよ」コリンが不安そうに言った。「すぐに戻ってくるから――」

セレーナが首を振る。「だめみたい」唇をきつく引き結び、真っ青な顔をしている。「吐きそう……」そう言うと、手の甲を口に押しあてた。

コリンが慌てて室内を見まわした。「トイレはどこだ?」

「任せて」わたしはセレーナの腕を取った。「たしかあっちにあったと思うわ」

コリンは見るからにほっとした顔をした。「すまない。出口で待っているから」

おしゃべりをしている人たちを無造作にかき分けながら、わたしはセレーナをトイレへ連れていった。もはや我慢の限界に見えた。列ができていたが、それを押しのけて個室へ進んだ。セレーナの蒼白《そうはく》な顔と背中を丸めている様子を見て、並んでいる人たちはどういう状況か察した様子だった。

「ちょっと!」ひとりがむっとした声をあげたが、被害に遭わないように〈マノロ・ブラニク〉の靴を急いで引いたのをわたしは見逃さなかった。

昔、酔っ払ったルームメイトを介抱したときと同様に、セレーナのそばに膝をつき、片手を肩にまわし、もう一方の手で長い髪が顔にかからないように気遣い、毒にも薬にもならない言葉をかけた。「大丈夫よ。心配しないで。吐いちゃいなさい。楽になるから」

セレーナは何度も嘔吐した。

やがて吐き気が少しおさまったのか、顔をあげて涙目でわたしを見た。「恥ずかしい……どうしちゃったのかしら。一杯しか飲んでいないのに……いつもはこんなふうには……」そこまで言うと、また突っ伏した。

「大丈夫よ」わたしはセレーナの垂れてきた髪をふたたび脇へどけ、せっせと慰めた。「食べたものがいけなかったのかもしれないわね。誰もあなたのことを悪くなんて思わないから。ちゃんとトイレまで我慢したんだもの。あなたはまだましなほうよ。わたしなんて、昔、恋人の靴に向かって吐いたんだから」

セレーナがうつむいたまますっと笑った。

彼女が座りこんだのを見て、わたしはトイレットペーパーを丸めて差しだした。「性格のいい人だったから、仕返しのつもりだという言い訳もできなくて困ったわ」軽い口調で言い、もうひと巻き、丸めたトイレットペーパーを手渡した。「しかも、新しい靴だったのよ」

「その人はどんな反応をしたの？」セレーナは鼻をかんだ。

「吐いたこと自体は怒らなかったわ。でも、わたしが彼の靴を見て笑い転げたものだから、それは許せなかったみたい。どう、ちょっとは気分が楽になった？」

セレーナが小さくうなずく。

わたしはトイレットペーパーを取りつけた棚を支えにして立ちあがり、セレーナに手を差し伸べた。「口をすすぎに行きましょうか。たしか、ミントがあったと思うんだけど……」肩で個室のドアを押しあけ、列に並んでいる女性たちからにらまれているのは無視し、〈コーチ〉のバッグに手を入れてミント・タブレットを探した。幅一〇センチ、縦五センチしかないバッグに、口紅もヘアブラシも、それにミント・タブレットまでおさまるのが昔から不思議でしかたがない。

そっと腕に触れられたのに気づき、顔をあげた。

「ありがとう」セレーナが弱々しい声で礼を言った。マスカラは流れているし、鼻は赤くなっているが、目つきはさっきよりしっかりしていて、頬に色も戻っている。「優しいのね」

わたしは首を振り、またミント・タブレットを探した。「誰でも一度はここに来ているもの。つまり、ほら、このトイレでってわけじゃないけど、みんな同じってことよ。どうぞ」ふた粒を差しだした。

「ありがとう」セレーナは洗面台にかがみこみ、冷たい水を顔にかけた。わたしはペーパータオルを渡した。「昨日のことだけど……」セレーナがペーパータオルを濡れた顔に押しあてながら、ためらいがちに切りだした。「謝らなきゃと思っていたの」

「あなたはなにも悪くないわ」わたしはきっぱりと答えた。〝わたしよりすてきなブーツを履いていること以外はね〟と思ったけれど、それは口に出さなかった。

「コリンが失礼なことを言ったもの」

その解釈に関してはまったく同意見だった。わたしはあいまいにうなずき、ミニサイズのマスカラを差しだした。

「いつもはあんなふうじゃないのよ」セレーナは心配そうに言葉を続け、ハシバミ色の目で鏡に映るわたしを見た。つい最近、同じ色の目を見た気がしたが、それがどこでだったのか思いだせなかった。「あのあと、コリンも後悔している様子だったわ」

恋人をかばう態度はすばらしいと思ったが、コリンのために謝罪する言葉は聞きたくなかった。

「わたしたち、にらまれているみたいよ」わたしは早口で言った。「もう平気そうなら、次の人のために鏡の前を空けましょうか」

化粧品をしまい、セレーナを外へ連れだした。コリンとパミーが出口のドアのそばで待っていた。セレーナを引き渡すと、コリンはコートを着せかけ、警備の男性にタクシーを拾うよう頼んだ。セレーナがパミーに別れの挨拶をしているとき、コリンがふたりに背を向けてわたしを見た。

「ありがとう、助かったよ」静かな声で言う。

「わたしもたまにはいいことをするのよ」偉そうにひらひらと手を振ってみせた拍子に、足元がふらついた。二時間しか眠っていないのに、四杯も——五杯だったかしら?——シャンパンを飲んだせいで、ずいぶん酔いがまわっている。

コリンに肘をつかまれた。

「ふらついているぞ。家まで送ってもらったほうがいいんじゃないのか？」

いいえ、やっぱり五杯だ。コリンは笑みを浮かべている。馬が近くにいないことを除けば、ミセス・セルウィック・オールダリー宅の暖炉の上にあった写真と同じ表情だ。世界がぐるぐるまわるのを止めようと、一瞬わたしは目をつぶり、そして首を振った。

「わたしなら大丈夫。ちっとも……」コリンが手を離したので、わたしは慌てて手を伸ばしてバランスを取った。「ふらついてなんかいないわ」

「そのようだな」コリンがにやりとする。

わたしは懸命にバランスを保とうと努めた。

コリンの笑みが大きくなった。

彼は一歩さがり、セレーナの肩に腕をまわした。「そろそろ行こうか」セレーナがうなずき、信頼しきった様子でコリンに寄り添う。彼がわたしに向かって言った。「一緒に乗っていかないか？　家まで送るよ」

酔いが抜けてきたのか疲れがこみあげ、わたしは少し気分が悪くなった。

「遠慮しておくわ」明るい口調で答え、飲む気もないシャンパンを取りあげて乾杯するふりをした。「わたしはパミーにくっついているから。夜はまだまだこれからだもの。そうよね、パミー？」

パミーが、頭がどうかしたんじゃないのという顔でわたしを見た。「まあね」

「きみがそう言うなら」コリンはセレーナを出口へ連れていった。「じゃあ、また」

きっと、ふらついている女性はひとりで充分だと思っているのだろう。わたしが気を変える前にさっさと帰ろうとしているのかもしれない。

「エロイーズ」セレーナがコリンの腕のなかでこちらを向いた。「いろいろとありがとう」

わたしは赤いロープの向こう側に出るふたりを見送った。飲むつもりのないシャンパンのグラスがやけに重く感じられた。

セレーナをタクシーに乗せるコリンの背中を見ながら、パミーが言った。

「セレーナのお兄さんって、あんなにハンサムだったかしら」

わたしは振り向いた。「誰のこと?」

「だから、セレーナのお兄さんよ。ほら、今の背が高くて、髪はブロンドで、名前は……コリーじゃないし、コービーでもないし……」

「コリン」

「そうそう。彼、昔よりずっとすてきになったわ」

「お兄さんなの?」

「本当はローマ教皇よ……なんてわけがないでしょ。ええ、実のお兄さんよ。セレーナったらかわいそうに」パミーが続けた。「先月、恋人と別れたんですって。だからコリンが気を遣ってるらしいわ。あなたが彼と内緒話をしに行ったときにセレーナが話してくれたの。そういえばあなたたち、いったいなにをしゃべってたのよ。エリー？　エロイーズ？　こら、聞こえてる？　あなた、ちょっと変よ」

今しがたコリンとその〝妹〟が出ていったドアを、わたしはぼんやりと見つめていた。

「ええ、変どころじゃないわ」

30

幸いにもまだライバルの花が誕生したことを知らない〈紫りんどう〉は、足取りも軽やかに自宅前の短い階段をあがり、執事が迎えに出るのも待たずにドアを開けた。テュイルリー宮殿からの帰り道はずっと機嫌がよかった。てのひらに別れの挨拶のキスをしたときのエイミーの顔を思いだしていたからだ。宮殿の庭園では、はっとした彼女の顔をまぶたに浮かべると自然に口笛が出た。道路では、かすかに開いた唇を思いだしてにんまりしつつ、上階の窓から太ったメイドが投げ捨てた汚物をよけた。エイミーの気を引く作戦は大成功だ。リチャードはひとりほほえみながら玄関広間に入り、いつもそこにある小さなテーブルに帽子をのせようとした。

だが、ひとつ問題があった。

テーブルがなかったのだ。いや、たとえあったとしても、これでは見えなかっただろう。玄関広間には帽子入れの箱が山ほど積まれていた。

「母上?」

リチャードは二度、まばたきをしてみた。だが、母の姿は消えなかった。

「あら、帰ってきたのね」アピントン侯爵夫人は息子に手を振り、執事のスタイルズに視線を戻した。「もう一度言うから、よくお聞きなさい。このふたつの帽子入れは正面の寝室へ。その大きな旅行鞄は……」

スタイルズはいつものごとく芝居っ気たっぷりにうめいてみせた。そうできることがリチャードには少々うらやましかった。

「あの……母上？」

「なにかしら？」レディ・アピントンはそう言ってからスタイルズに向き直り、彼が抱えている箱の山の上に容赦なくもうひとつ箱をのせた。「そんな情けない声を出さないで。半分の年にしか見えないくらい立派な体つきをしているくせに」

「スタイルズは見た目の半分の年齢ですよ」リチャードはそっけなく言った。「どうして母上がここにいるんです？」

冷静に尋ねるつもりが、子供が怒っているような口調になってしまった。

「あらいやだ」レディ・アピントンがリチャードの言葉に気を取られた隙に、スタイルズはさっさと逃げだした。彼女は息子をにらんだ。「わたしたちはあなたの力になるためにわざわざ来たのよ。そんなこともわからないの？」

リチャードは頭がくらくらして、旅行用の巨大な鞄の上に座りこんだ。この大きさからするに、銀食器一式と、衣装だんすふたつ分のドレスと、もしかすると従僕がひとりかふたり入っているのかもしれない。少なくとも、所有している靴は全部入れてきたに違いない。

まずは、いちばんの疑問点から尋ねることにした。

「その〝わたしたち〟というのは誰なんですか？」

「ついさっきまでここにいたのよ」大量の箱のなかから今にもイギリス貴族の半分が飛びだしてくるはずだとでもいうように、レディ・アピントンが荷物に視線を向けた。「ジェフが応接間に案内したんじゃないかしら。お父様もいらしているのよ。この前一緒にパリに来たのは本当に昔の話だわ」うっとりとほほえむ。「あのときにあなたができたんですもの」

「母上！」

なんの因果でこんな目に遭うんだ？　ファラオの墓に足を踏み入れた祟《たた》りか？

耳まで真っ赤になっている息子を哀れに思ったのか、レディ・アピントンはリチャードが喜びそうなことを教えた。「ヘンリエッタも来ているのよ。次の社交シーズンにはデビューさせるから、それまでに少しパリの洗練された空気に触れさせておこうと思って」

さらに話は続くはずだったのかもしれないが、重い足音と、リア王をまねたとおぼしきスタイルズの耳障りな悲鳴と、男性の驚いた声とで会話は中断された。

リチャードは顔をしかめた。「今のはヘンリエッタの声には聞こえませんでしたよ」

「そうね。あれは――」

「やあ、リチャード！」マイルズが目にかかった髪をかきあげながら、箱の山をまわってやってきた。「おまえのところの執事はどうしてぼくを嫌うんだ？」

「うぬぼれるな。嫌われているのはおまえだけじゃない」リチャードは母のほうを向いた。

「ほかにぼくが覚悟しておくべき人はいないんですか？　ハイアシンス大おば上とか、従僕見習いの子供とか」

「いやあ、また会えてうれしいよ」マイルズがリチャードの肩を力強く叩いた。「文句ばっかり言っていないで、応接間に来い。ジェフが紅茶と軽食を用意してくれたぞ」

マイルズについて応接間へ向かいながら、リチャードはその後頭部にしかめっ面をしてみせた。

応接間に入ると、ヘンリエッタが立ちあがり、爪先立ちになってリチャードの頰に軽くキスをした。「ごめんなさい。わたしが止めるべきだとは思ったんだけど」彼女はささやいた。「その気持ちだけでうれしいよ」リチャードは妹の肩をぎゅっとつかんだ。

「でも、パリを見てみたかったし……」ヘンリエッタが許してというように肩をすくめた。

「そうか」リチャードは不機嫌に答えた。

ヘンリエッタは手で口を覆い、椅子に戻った。「ごめんなさい」

「その絵は曲がっているんじゃないの？」レディ・アピントンは部屋に入るなりそう言い、長椅子の上の壁にかけてあったヴァトーの女ヒツジ飼いの絵をやや左に動かした。「よくこんなに雑然とした家に暮らしていられるわね。長椅子の下には汚れたクラヴァットが落ちているし、テーブルの上には空のグラスが置きっ放しだし、ヘンリエッタが座っている椅子の下にあるのはチーズじゃないかしら？」

ヘンリエッタが衣ずれの音をさせて、急いで長椅子に移った。

レディ・アピントンはかぶりを振り、別の絵もまっすぐに直した。

「お茶をいただいたら、メイドと少し話をしましょう」

「ぼくの家にけちをつけに来たんですか？」

「そんなわけがないでしょう？　お願いだから座って。そんなふうに歩きまわられたら、こっちの目がまわるわ。それじゃあまるで、ロンドン塔のライオンよ」

リチャードはロンドン塔に集められた珍獣に同情しながら椅子に腰をおろし、その腰を一五センチほど前にずらしてそっくり返った。レディ・アピントンはそんな息子の姿をいとおしげに眺めた。ロンドン塔の動物に対して覚えるのと似たような感情を抱いているのかもしれない。リチャードは母を愛していて、それを否定するつもりはまったくなかった。とてもすばらしい母だし、ほかの誰でもなく、この母のもとに生まれてきてよかったと心から思っている。だが子供も二七歳になれば、多少は私生活を認められてもいいんじゃないのか？　フランスで活動する諜報員のなかで、いやイギリスでもロシアでもアメリカの開拓地でもいい、とにかく母親がなんの連絡もなく突然家に現れるという諜報員はぼくだけだろう。こんなのは絶対におかしい。

「あなたがイギリスを発ったあと、考えたのよ」レディ・アピントンが話しはじめた。「女性というのはあれこれ考えるのが好きなものだからな」アピントン侯爵が安全な場所から言った。

レディ・アピントンは夫を叩くまねをした。手が届く範囲から一メートルも離れているため本当に叩けるはずもないのだが、それでもかまわないらしかった。「とにかくいろいろ考えて……」夫をにらんだ。「お父様とも相談した結果、わたしたちが力になったほうがあなたの仕事は早く終わるだろうという結論に達したの」

リチャードは振り返り、父をにらんだ。アピントン侯爵は小さく妻を指さし、自分は無実だという顔をした。だが、リチャードはそんな表情にはだまされなかった。この数年間というもの、父はことあるごとに息子の任務にかかわろうと画策してきた。じつのところ、母より始末が悪いのだ。リチャードは鋭い目つきで父を見据えた。イギリス貴族であり、地位にも財産にも恵まれ、領地を四箇所も所有し、数百人の使用人を養っているアピントン侯爵が、顔を赤らめてもじもじし、急にクラヴァットをいじりだした。

「〝わたしたちが力になったほうが〟ですって?」リチャードは言った。「ああ、母上」

最悪の事態になった。これ以上悪い出来事が起こるはずがない。とにかく目の前の問題から解決しよう。リチャードがそう思ったとき、別の災難が発生した。

ジェフの隣に座っていたマイルズが飛びあがり、大声を発した。

「リチャードが恋をしているだと?」

部屋じゅうの人々が固まった。ジェフは後ろめたそうな顔でカップを口元で止め、ヘンリエッタはビスケットを手から落とし、レディ・アピントンは壁にかかった絵をまっすぐに直していた手を止め、アピントン侯爵はクラヴァットから顔をあげた。

「恋をしているの?」レディ・アピントンが口を丸く開けて、うれしそうに言った。「ああ、リチャード！」

「マイルズ、おまえ！　ぼくはなにも……くそっ」リチャードは絶望の声を発した。

レディ・アピントンが息子の腕を引っ張る。

「すばらしいわ。それで、どちらのお嬢様なの？」

リチャードは肩をすくめた。

「ぼくは恋をしているなんて言っていな……ああ、もう勘弁してください」

マイルズが憎らしげな笑みを満面にたたえ、したり顔でうなずいた。「ああ、たしかにおまえはキューピッドの矢に射抜かれたらしい。おっと！　クッションを投げたということは、認めたも同然だぞ。なあ、ヘンリエッタ？」

「ヘンリエッタは意見を述べる気はないそうだ。次のドーヴァー行きの船に放りこまれたくはないからな」リチャードは冷ややかな声で言った。

ヘンリエッタがぴたりと口を閉じた。

これだけ体が大きければ放りこまれるはずはないと自信を持っているマイルズは、そう簡単に口をつぐんだりしなかった。

「おまえの意中の相手にぜひともお目にかかりたいな」彼は恋に苦悩する表情を浮かべ、リュートの弦をかき鳴らすまねをした。「彼女の部屋に、『ロミオとジュリエット』に出てきたようなバルコニーはないのか？　あれば下から呼びかけられるのに。〝おお、エイミー、エイミー、どうしてきみはエイミーなんだ〟」

「くたばれ」リチャードは歯を食いしばってつぶやいた。

マイルズが苦悩する男を演出するため眉にあてていた指をおろした。

「誰も彼女の噂をしてはならないというのか？」

「ぼくはおまえのことを言っているんだ」

「黙っていないとまずいなんて知らなかったんだよ」

「少し静かにしてもらえないかしら」ヘンリエッタがつかつかとマイルズに歩み寄った。そしてたまたま足を踏んでしまったため、マイルズはしゃべろうにもうめき声しか出なくなった。「あなたがからかってばかりいるから、ちっとも真面目な話が聞けないわ」

マイルズは大きな手でヘンリエッタの腰をつかんで足の上からどかすと、長椅子に座り直させた。「真面目な話なんてつまらないじゃないか」

「マイルズの言うことにも一理あるわね」レディ・アピントンがつぶやいた。

五つの頭がいっせいに振り向いた。いや、六つだ。執事のスタイルズが半分開いたドアの外で話を聞いていたからだ。

アピントン侯爵が妻に声をかけた。「わたしはここにいる誰よりも昔からきみのことを知っている。きみはとても聡明《そうめい》で真面目な女性だ。わたしはそのことに何度も感銘を受けてきた。今さら性格を変えるのは思いとどまってもらえたらうれしいんだがね」

「ありがとう、あなた」レディ・アピントンは夫に投げキスを送った。「わたしもあなたの性格を好ましく思っているわ。違うの、わたしが言っているのは、そのエイミーという女性に会ってみたいということよ。ディナーのあとにでも訪ねてみましょうか」

「そんな時刻に訪問するなんて非常識ですよ」リチャードは阻止しようとした。

「なにを言っているの」レディ・アピントンが陽気に言った。「ここはフランスなのよ。非常識かどうかなんて誰がこだわるものですか」

リチャードは目で父に訴えた。

「わたしを見ないでくれ」アピントン侯爵は両脚を長々と伸ばした。「こういう場面では彼女の邪魔をしないほうがいいと、わたしは長年の経験から学んだのだ」

レディ・アピントンがにっこりする。

「ありがとう。あなたのそういうところが大好きよ」

「ぼくがお供しましょう」マイルズが屈託のない笑顔で申しでた。

「誰もおまえに頼んでいない」リチャードは一刀両断した。

「それが長年の友に言うことか？」

「今となっては〝昔の友〟だ」

「ぼくに怒るなよ。おまえの恋の話を持ちだしたのはジェフだ」

「マイルズが行くなら、わたしも行くわ！」ヘンリエッタが兄に反旗をひるがえした。「家族でもなんでもないマイルズが同行するんだったら、当然わたしにも権利があるわよね。だってわたしにとっては、将来のお姉様になるかもしれない人だもの」

リチャードは嫌みな口調で言った。

「いいか、勝手に教会を予約するんじゃないぞ。まだそんな段階ではないんだ」

「わたしたちがあなたに恥をかかせるとでも思っているの？　ちゃんと礼儀正しく振る舞いますとも。お父様にもおとなしくするようお願いしておくわ」レディ・アピントンは夫のほうを向き、鼻にしわを寄せてみせた。

「母上、いいかげん父上といちゃつくのはやめて、こっちの話も聞いてください」

「やめるわけがないわ」レディ・アピントンがのんびりと言った。「こうしているおかげで、結婚生活がこんなに幸せなんですもの。あなたたちもずっといちゃつける相手を見つけなさい」夫妻は息子の目から見ると甘ったるいとしか形容しようのない視線を交わした。

「顔を合わせてそんなにたっていないのに、いつもの家族関係に戻れるなんて不思議よね」いつの間にか椅子の後ろに来ていたヘンリエッタが言った。

「まだおまえには怒っているんだ」リチャードは妹に警告した。

「あら、でもすぐに許してくれるわ」ヘンリエッタは明るい声で言い、兄の頬に軽くキスをした。「大好きな妹でしょう？　それに……」応接間のなかを見まわした。「今夜、みんなをお行儀よくさせておくには、わたしの協力が必要なはずよ」

「まるでどこかに出かけるような口ぶりだな」

ヘンリエッタが哀れむように兄を見た。その目は、現実から目をそむけるわけにはいかないのよと語っていた。

一九歳にしては賢い妹だ。

31

「出てこい！　あのくそあまはどこだ！」激怒したジョルジュ・マーストンが片足を引きずりながらバルコート家の食堂に入ってきた。食堂では、ちょうど内々でディナーをとっているところだった。マーストンは怒りに燃えた青い目でエイミーをにらみつけた。「こいつ！」テーブルに沿って彼女のほうへ進んだ。

「その態度は失礼でしょう！」ミス・グウェンの声に、マーストンが足を止めた。「いったい誰に用事があるのですか」

「彼女だ！」マーストンが口から唾を飛ばしながら答えた。

「〝彼女に〟です」ミス・グウェンが訂正した。

「そうだ、彼女だ！」マーストンが口元をゆがめるのを見て、エイミーは隣の部屋へ逃げこむ口実があればいいのにと思った。ついでに鍵をかけてしまえたらもっとすばらしい。マーストンに腕を強くつかまれた記憶がよみがえり、そこが痛んだ。二度とわたしに触れさせるものですか。マーストンの頭でワイングラスを割って、その破片で追い払ってみせる。それより、もう一度、爪先の骨を折ってやろうかしら。いいえ、あれはあまり気持ちのいい経験ではなかったから、やっぱりやめておこう。

ミス・グウェンがため息をついた。「違いますよ、ミスター・マーストン。〝彼女《シー》だ〟ではなく〝彼女《ハー》に〟です。イギリスにいらっしゃるお父上のご家族は、あなたに正しい英語の文法を教えなかったのですか？　それとも軍隊にいたせいで語学力が衰えて、そんな初歩的な文法を間違えるようになったのですか？　わたしは〝誰に〟と質問したのですから、〝彼女〟は主格ではなく目的格でなければなりません」

「目的格だと？」マーストンが目をぎらつかせた。怒っている理由は文法のことではなさそうだ。「おれの目的を教えてやろう。こいつだ。おまえを訴えてやる」太い指でエイミーを指さした。

エイミーは椅子から立ちあがった。

「わたしもあなたを紳士らしからぬ行為で訴えるわ。わたしの家から早く出ていって！」

「ぼくが出ていくよ……」エドゥアールがつぶやき、そわそわと腰を浮かせる。

「お座りなさい！」ミス・グウェンが命じた。エドゥアールは腰をおろし、どういうわけかマーストンまで椅子におさまった。「犬のしつけは昔から得意だったのです」

マーストンが慌てて立ちあがった。

ミス・グウェンが眉をつりあげる。

「なかにはしつけに時間のかかる犬もいますけれどね」

マーストンはミス・グウェンの言葉を無視して、ふたたびエイミーをにらんだ。「〝わたしの家〟から出ていけだと？　ここは〝バルコートの家〟だ。そして、バルコートはおれの言うことならなんでも聞く。あとで痛い目に遭うからな。そうだろ、バルコート？」

「あの……」エドゥアールは、テーブルを離れてはならないなら、せめてテーブルの下に潜りこみたいという顔をしている。

「ミスター・マーストン、どうぞおかけになって。ちゃんと話しあえば、きっとわかりあえますわ」ジェインが言った。

マーストンはそれも無視してエイミーのほうへ突き進んだ。ジェインのことなどテーブルに並べられた燭台か、食器棚のそばで黙りこくっている従僕ぐらいにしか思っていないらしい。わたしが襲われたら、この白いかつらをつけたふたりの男性はわたしを助けてくれるのかしら、とエイミーは思った。

「お立ち寄りくださってうれしいですわ、ミスター・マーストン」ジェインが有無を言わさぬ口調で言った。彼女がなにを考えているのか、エイミーにはさっぱりわからなかった。

「ぜひ、お尋ねしたいことがありましたの。紅茶とインド産のモスリン地の件で」

エイミーまであと椅子ふたつという地点で、マーストンが足を止めた。首輪を強く引っ張られた飼い犬のように、目と舌が飛びだしている。

「紅茶だと？」振り返りもせずに低い声で聞き返した。

「それと、インド産のモスリン地です」ジェインは静かにつけ加えた。エイミーはその目を見て、いとこがこの状況を楽しんでいるのに気づいた。だが、いかにもジェインらしく、声にも態度にもそんなことはおくびにも出さず、無邪気な口調で尋ねた。「教えてくださいませんか？　貿易業を営んでいらっしゃることを当局には届けてありますの？」

　エイミーのなかで万華鏡のようにくるくると変化していた模様が、ぴたりとひとつの形を取った。舞踏室にあった荷物だ。あのなかに、〈紫りんどう〉にかかわるものは入っていなかった。それに、泥を塗って外から室内が見えないように細工されたフレンチドア。そのふたつが意味することをジェインは見抜いたらしい。マーストンが怒りをたぎらせている様子から察するに、おそらく図星なのだろう。お兄様は〈紫りんどう〉の仲間ではなかった。それに、マーストンも。

　ふたりは密貿易に携わっているのだ。

　マーストンは鋭く視線を走らせ、エドゥアールに目を留めた。エドゥアールは真っ青になり、激しく首を振った。

「じゃあ、怪我をしていた人は誰なの？」エイミーは尋ねた。

「税関吏よ。名前はピエール・ラロク」ジェインがマーストンを見据えたまま答える。「ちょっとした出来事を見逃してもらうために、いくらお渡しになったのかしら、ミスター・マーストン」

「なんの話だかさっぱりわからないな」マーストンがうめくように言い、今度はジェインのほうへ進んだ。

「あら、そうですか。それなら、きっとエドゥアールに尋ねても無駄でしょうね」ジェインは穏やかな声で言い、エドゥアールを見た。彼は太った体をガタガタと震わせた。クラヴァットも小刻みに揺れている。ジェインはため息をついた。「しかたがないですね。それでは、舞踏室にあった紅茶とモスリン地の件は当局に尋ねてみることにします。そうそう、たしか紅茶はイギリスの製品でしたわね」

マーストンは骨折した鼻を怒りで真っ赤にした。「そんなことはさせんぞ！」

「あら、あなたはなにもご存じないんでしょう？」

「証拠がない」唾が飛んだ。「もう舞踏室は空っぽだからな」

「ところがそうでもありませんのよ」ジェインの静かなほほえみに、部屋じゅうがしんとなった。「証拠はあります。あなたが書いた密貿易の記録とあなたの手紙が、エドゥアールの書斎に置かれていた地球儀のなかに入っていましたわ。あなたの自筆ですもの、ごまかしようがありませんわね」

マーストンが大きな手を強く握りしめた。非常に危険な兆候に見えたが、ジェインは少しもひるまなかった。

「もしもう一度、ミス・バルコートに指一本でも触れたら……」ジェインは背筋をまっすぐに伸ばし、凛《りん》とした声で続けた。「それが怒りからだろうが、よこしまな気持ちからだろうが、あるいはたとえ挨拶のためだろうが、書類は即刻当局の手に渡るでしょう」

緊張した空気が、ミス・グウェンの乾いた拍手の音によって破られた。室内は一瞬で大混乱と化した。マーストンが怒鳴りながらエドゥアールに襲いかかった。エドゥアールは金切り声をあげ、必死に言い訳をした。マーストンに首を絞められ、エドゥアールの喉がごぼごぼと鳴る。陶磁器の皿が寄せ木細工の床に落ち、派手な音をたてて割れた。エイミーはジェインのもとへ駆け寄り、きつく抱きしめた。ふたりの従僕は誰も自分たちのほうを見ていないのを確かめ、そっと食堂を抜けだした。ミス・グウェンはスープスプーンを握りしめ、言うことを聞かない飼い犬にお仕置きをするようにマーストンの後頭部を殴りつけた。

執事が咳払いをした。

だが騒ぎがおさまらないためだんだん声の調子があがり、しまいには気弱な人が聞いたら一カ月は黙りこんでしまいそうなほどの音量になった。ミス・グウェンはスプーンをマーストンの頭上で止めた。マーストンはエドゥアールの喉を絞めあげたまま固まった。エドゥアールは舌を出し、目をむいて震えていた。

執事は銀のトレイにのせたカードを主人に差しだした。ミス・グウェンが代わりに受け取る。

「アピントン侯爵夫妻がご挨拶にお見えです」執事は奇妙な格好のまま静止している三人の頭の上に視線を漂わせた。

「〈緑の間〉にお通しして」口のきけないエドゥアールを見て、ミス・グウェンが執事に指示を出した。ただしエドゥアールがなにも言えなかったのは、頭が働かなかったからではなく、まだマーストンに首を絞められていたせいかもしれない。「なにをしているの！」彼女は少しへこんだスプーンで、またしてもマーストンの頭を殴った。「首を絞めるのをやめて、さっさとここから出ていきなさい。さあ、早く！」

マーストンはおとなしく手を離し、互いの腰を支えているジェインとエイミーに向けて狡猾そうな笑みを浮かべ、執事のあとについてふらふらと食堂を出ていった。

「アピントン侯爵夫妻と鉢合わせしないといいんだけど」ミス・グウェンがスープ皿に音をたててスプーンを置いた。

アピントン？　聞き覚えのある名前のような気がしたが、エイミーはマーストンがちゃんと帰るかどうか気になり、それ以上は深く考えなかった。

「密貿易のことはいつ知ったの？」ジェインにささやいた。

「ゆうべよ」ジェインもささやき返す。「今朝、話そうと思ったんだけど……どうしてわたしたち、小声で話しているの？」

エイミーはどう答えていいかわからず、肩をすくめた。「さあ、なんとなくよ」

「早くいらっしゃい。お客様をお待たせしては申し訳ないわ」ミス・グウェンがふたりをせかした。

「あなたが落ち着いているのが驚きだわ」〈緑の間〉のドアまで来たところで、ジェインがエイミーに言った。

「あまり不安は感じなかったもの。あなたのほうこそ、さっきの態度はみごとだったわ」

ジェインが戸惑った顔になった。「ああ、マーストンのこと？　そうじゃなくて、わたしが言っているのは……」燭台を手に先導していた従僕が〈緑の間〉のドアを開けた。「リチャード卿のことよ……」語尾が小さくなった。

エイミーは言葉もなく、ただぽかんと口を開けた。

リチャード・セルウィックが腕を組んでミイラの棺にもたれかかっていた。エイミーの姿を見ると腕をおろし、うれしそうな笑顔になった。エイミーは村で見たサーカス団の演技よりも激しく心臓が飛び跳ねた。

そのすてきな笑みを浮かべている唇に、昨夜わたしはキスをされた。片眼鏡をいじっている手に頬を包みこまれ、髪をなでられて、それから……。エイミーは真っ赤になった。

アピントン……自分の頭をはたきたい気分だ。ラテン語やギリシア語の本ばかり読んでいないで、『ディブレット貴族名鑑』の内容をちゃんと頭に入れておくべきだった。そういえば今日の午後、セルウィック家の爵位はアピントン侯爵だとミス・グウェンが教えてくれたじゃないの。

緑色のドレスを着た小柄な女性が興味深そうに骨壺のなかをのぞきこみ、それより少し背が高くて若い女性が隣で話しかけていた。

「お母様、本当にそんなものを見たいと思っているの？」

ジェインが慰めるようにエイミーの腕に手を置いた。エイミーとジェインが近づくと、ふたりは顔をあげた。緑色のドレスの女性がリチャードによく似た笑顔で前に進みでる。「お邪魔でなければいいんですけれど、息子が船でご一緒したという方にぜひご挨拶をしたいと思いましたの。あなたがミス・バルコートね？」

若い女性が母親の頭越しに手を振った。「こんばんは、自己紹介するわね。わたしはヘンリエッタよ！　ヘンと呼んでくれてもいいわ。わたしのことは聞いている？　妹よ！　お兄様はわたしについて話しているのかしら？」

ヘンリエッタの隣にいる肩幅の広い、クラヴァットのゆがんだ男性があきれた顔で天を仰いだ。「きっとぼくについては話しているよね？　リチャードの親友なんだ！」ヘンリエッタの浮かれた挨拶をまねているのか、やけににこにこしている。「親友のことは聞いているかい？　マイルズだ」

ヘンリエッタがハシバミ色の目で隣をにらんだ。

「マイルズ、あなたってときどきすごく子供っぽいんだから！」

「ヘンリエッタ、次のドーヴァー行きの便だぞ」リチャードが脅す。

ヘンリエッタはぴたりと黙りこんだ。マイルズがからかうように舌を出しても、ヘンリエッタはおとなしく我慢していた。

「ふたりともあなたに会えてうれしいのよ」アピントン侯爵夫人が申し訳なさそうに言った。

カツ、カツ、カツ、カツ。

「そこのお若い方！」ミス・グウェンが床に打ちつけたパラソルにもたれかかった。「口から出しているものをしまっていただけないかしら？」

兵隊が城に駆け戻って城門の格子戸を落とす勢いで、マイルズは慌てて口を閉じた。

「すばらしいわ」レディ・アピントンがミス・グウェンのそばに寄り、骨ばった腕に親しげに手を置いた。「わたしも見習わないと。お名前はなんておっしゃるの？」

ミス・グウェンは顎をあげ、たとえ侯爵夫人であろうが失礼があれば許せないという態度を隠しもせずに名乗り、ジェインとエドゥアールを紹介した。エドゥアールはまだ首まわりの肌がうっすら赤く、目がうつろだった。

レディ・アピントンはミス・グウェンの態度を気にも留めず、エイミーに向かってほほえんだ。「まだ自己紹介をしていなかったわね。わたしはリチャードの母親よ。そして……」

少し離れた場所でにこやかな表情で立っている灰色の髪の男性に向けて、エメラルドの大きな指輪をはめた手を振った。「夫のアピントン侯爵よ。娘のヘンリエッタはご挨拶したわね」ヘンリエッタの頬にえくぼができた。「髪がぼさぼさでお行儀の悪い人は……」

マイルズが慌てて髪を手ですいた。ヘンリエッタがくすっと笑う。

「マイルズ・ドリントンよ。ええと……リチャードのことは知っているから、これで全員紹介したかしら？」

ヘンリエッタが母親の腕に手をかけた。「またジェフを忘れているわ」

「あら、いやだ」レディ・アピントンはしまったとばかりに声をあげ、リチャードの隣にいる物静かな男性を見た。「無視するつもりじゃなかったのよ」

ヘンリエッタがエイミーのかたわらに来た。「いつものことなの」

レディ・アピントンがとがめる目つきで娘を見る。「意地悪を言わないの。ジェフはここにいる誰よりもお行儀がいいから、ついそこにいることを忘れてしまうのよ」

「おまえ、褒められているのか？」マイルズがジェフに尋ねた。

「いつもこんな調子なのよ」レディ・アピントンはエイミーに言った。

アピントン侯爵家一行の襲撃にすっかり面食らっていたエイミーは、ただほほえみ返すことしかできなかった。リチャードの母親が明るくしゃべりつづけてくれることにほっとしていた。おかげで息子と話をせずにすむ。レディ・アピントンとヘンリエッタのほうを見ていれば、リチャードなどそこにいないかのように振る舞うこともできた。完璧にはいかないけれど……。本当は気にしないようにすればするほど、ついリチャードのほうへ目が泳いでしまった。

いったいどんな態度をとればいいのだろう。和気あいあいとしている一行を見ながら、エイミーは思った。怒ったり、物を投げつけたりするわけにはいかない。それではわたしがリチャードの二重生活に気づいたことを暴露するも同然だ。彼を苦しめるのがいちばんの仕返しだと馬車のなかでは思ったけれど、いざ本人を目の前にすると単純なことがとても複雑になる。裏切られたから恨みを晴らすというのは明快でわかりやすいことなのに、レディ・アピントンの後ろからリチャードが笑いかけてくるたびに、ついほほえみ返したくなってしまう。

でも、それでいいのかもしれない。復讐を果たすまでは油断させておかなければならないのだから。今は彼の気を引いて、時が来たら拒絶し、金塊の件でも見返してやるわ。

ようやくレディ・アピントンが、ジェフを第二代ピンチングデイル子爵で第八代スナイプ男爵のジェフリーだと紹介した。

「爵位では負けるが、身長では勝っているぞ」マイルズは精いっぱい背筋を伸ばし、自分より五センチほど低いジェフを見おろした。

「筋骨は隆々だけど、脳みそはちょっとしかないくせに」ヘンリエッタがからかった。

「先週、チェッカーで勝ったのはどっちだったかな？」

「わざと盤にぶつかったのは誰よ」

マイルズは屈託のない笑顔で言い返した。「覚えていないな。わざと盤をひっくり返して駒を並べ直すなんて子供じみた振る舞いを、ぼくがするわけがないだろう？」

「リチャードはチェッカーでずるなんてしないわよ」レディ・アピントンがエイミーにささやく。

「こいつが卑怯なことをするのはクロッケーだけだ」マイルズが皮肉っぽく言い添えた。

「それともなにか？　あれは球が勝手に曲がって、ふたつのフープをいっぺんにくぐるのか？」

「わかっているぞ」リチャードが輪に加わった。「この前ぼくがおまえの球を茂みに飛ばしてしまったから、それを恨んでいるんだな？」

「球を捜しに入ったら、お気に入りのズボンがとげでぼろぼろになった」マイルズが文句を言う。

「だからあのズボンはやめたのね！」ヘンリエッタが納得した顔で言う。

「あれをはかなくなって、マイルズはちょっと服装の趣味がよくなったと思わないか?」リチャードがにやりとした。

「ああ、どうしてぼくはこの家族と一緒にいるんだろう」マイルズがエイミーとジェインに嘆いた。

「それは、わが家に来れば食事ができるからよ」ヘンリエッタが説明した。

「そりゃあどうも」マイルズがヘンリエッタの髪をくしゃくしゃに乱す。「言われなきゃ気づかなかったね」

「ほら、家までついてくる野良犬っているでしょう? あんな感じよ」ヘンリエッタは話をやめなかった。「一度食べ物をやると、ずっと厨房のドアを引っかいたり、悲しそうな顔で見あげてきたりするの」

「うるさいぞ」マイルズが怒った。

「ぼくの家族はみな、頭がどうかしているわけじゃないからね」リチャードが穏やかな声でエイミーに言い訳をした。「兄のチャールズは至ってまともだし、だいたいマイルズは赤の他人だ」

「いや、遠い親戚だよ」マイルズが抗議した。

「血はつながっていない」エイミーを見つめたまま、リチャードは肝心な点を指摘した。

「今日は楽しんでもらえたかい?」

テュイルリー宮殿から帰ったのち、エイミーはベッドにうつぶせになり、リチャードを油で釜茹《かまゆ》でにするのと、逆さづりにして釘つきの棍棒《こんぼう》で叩くのとどちらがいいだろうと考えていた。

「ええ、とても」そう言ったあとで、彼の気を引くべきだったことに気づき、急いでつけ加えた。「古代の遺物はとても興味深かったわ」

「遺物が好きなの？」レディ・アピントンがちらりと息子を眺め、ふたりの会話に口を挟んだ。「それはよかったわ。もっと話を聞かせてちょうだい」

彼女はほんの一〇分で、エイミーがフランスで生まれ、イギリスのシュロップシャーで育ち、カブはあまり好きではないことを聞きだした。このままでは古典文学が好きなことや、政治に関心があることまで知られてしまうのではないかとリチャードははらはらした。ちょうど母親が足のサイズを尋ねかけたとき、幸いにもヘンリエッタが割りこんできた。

「お兄様が子供のころ、庭の東屋の床をつるはしで壊そうとした話はもうしたの？」

リチャードに生まれかけた妹に感謝する気持ちはあっさり消え失せた。ヘンリエッタの後ろに体の大きなマイルズがそびえたっているせいで、圧迫感も覚えた。

「ミス・バルコート」リチャードはしゃべっている母親を無視して、エイミーに声をかけた。レディ・アピントンは、リチャードが植木を相手に剣で戦い、誤って園丁を突き刺してしまったことを大げさに話していた。「中庭の彫像がすばらしいそうだね。案内してもらえないかな」

エイミーは行きたくてうずうずした。理性はやめておきなさいと言っているが、これだけ人がいるのだから誰かつき添ってくれるはずよと説得した。復讐の第一歩としてはまたとない機会だ。月明かりに照らされた庭はとてもロマンティックなので、これを利用しない手はない。

「ええ、喜んで」エイミーは躊躇なく答えた。

「……あたり一面に血が飛び散ってたいへんだったの。あら、リチャード、どうしたの？」

「ミス・バルコートに中庭を案内してほしいとお願いしたんです。言っておきますけど、ぼくは園丁にかすり傷ひとつ負わせていませんから」

「まあ、お庭ですって。それはいいわ。ああ、もちろんシャペロンは必要だけど。ヘンリエッタ、一緒にお行きなさい」

「わたしにこそシャペロンが必要なのに、どうしてわたしがシャペロンになるの？」ヘンリエッタがぶつぶつ言った。レディ・アピントンはじれったそうに娘の足を踏み、耳元でなにごとかささやいた。「もちろん！」ヘンリエッタはそう言うと、意味ありげに眉を動かした。

「行こうか」リチャードは平静を装い、エイミーに腕を差しだした。

兄と妹は顔を見あわせながらフレンチドアから外に出た。ヘンリエッタがわざとらしく大きなあくびをすると、石のベンチに座りこんだ。

「今日は本当に長い一日だったわ。悪いけれど、ここで星を眺めていてもいいかしら？」

リチャードは口だけ動かして、妹にありがとうと伝えた。

そしてエイミーの手をしっかりと腕にかけさせ、階段をおりて庭へ出た。

32

中庭の中央にある噴水のほうに進みながら、なにを話そうかとエイミーは考えた。

リチャードは彼女に合わせてのんびりと歩いている。エイミーはうつむいてリボンのついた靴とつややかなブーツをにらんでいたが、意を決して顔をあげ、敵と向きあうことにした。リチャードがちらりと彼女を見おろした。その顎の角度がまさに〈紫りんどう〉と同じであることに気づき、胸が痛んだ。ばかねと自分を叱り、怪しまれないよう口元に笑みを張りつける。もちろん、似ているに決まっているじゃないの。だってこのひどい人こそが〈紫りんどう〉なんですもの。砂利の音に紛れて歯ぎしりが聞こえませんように。そうエイミーは願った。

「本当に植木を相手に決闘をしたの？」わたしは強いんだから、と自分に言い聞かせる。石の心を持っているのよ。

「あれはドラゴンだと父に言われたからだよ」リチャードが石をも溶かしそうな笑みを浮かべた。いいえ、鉄の心にしよう、とエイミーは急いで訂正を加えた。リチャードが腕を伸ばして茂みに触れながら言った。「この庭なら、ぼくに荒らされずにすみそうだ」

「剣で少し枝を落としたくらいのほうがちょうどいいわ」彼女は腰をかがめ、伸び放題になっている薔薇の茂みに触った。「痛っ」

「とげか？」リチャードがエイミーが痛がっているほうの手を取り、てのひらにとげが刺っていないかどうか確かめた。彼の指が触れている手首がひどく熱く感じられる。

「薔薇だってどうにかして自分の身を守らないと」エイミーは手を引き抜いた。

「やけに薔薇の気持ちがよくわかるんだな」

「おばが栽培しているの」エイミーはあっさりと言ってリチャードの視線を避け、薔薇の茂みを離れて小道を進んだ。今のところは上出来だ。どうでもいい会話を続け、彼の手が触れても動じなかった。いいえ、嘘だわ……。本当は手首の脈が激しく打っている。

「でも、多少はとげを抜いたほうがいいとおばに言っておくわ」

手が触れたことなんか忘れるのよ。そうでなくても体が震えているんだから。

「彫像を見てまわらなくていいの？　レディ・アピントンにそう言って外へ出てきたのに」

エイミーは息をするのも苦しかった。

「そのことでは謝らなければならないな。こんなふうに家族や友人と押しかけてしまってすまなかった」

叱られた子供みたいな顔をしたって、同情なんかしてあげないわ。あなたがわたしにした仕打ちに変わりはないんだから。妻を六人も殺した青髭だって、きっと家族はいたに違いないのだもの。

「すてきなご家族だわ」それは本心からの言葉だった。

「まあね」リチャードは顔をしかめ、バルコニーでわざとらしく星空を見あげている妹に視線を向けた。「ぼくもいつもはそう思っている」

「あんなご家族がいて幸せよ」

エイミーの気持ちを察したらしく、リチャードの緑の目に深い憂いの色が浮かんだ。

「ご両親のことは本当に胸が痛むよ」

彼女はどう答えていいかわからず、肩をすくめた。

「その話題を蒸し返すのはもうやめましょう」

「いや、そういうわけにはいかない」ろくに手入れのされていない茂みをまわりこんだところでリチャードが足を止め、エイミーの手を握った。「ぼくたちの関係は喧嘩から始まってしまった。だから、ちゃんとやり直したいんだ」

「そんな必要はないわ」エイミーは手を振り払ったものの、また握られたらどうしようと思うと不安になり、両手を背中に隠した。そのせいで胸を突きだす姿勢になってしまい、胸元に熱い視線を感じた。彼女は襟ぐりを引きあげたいのを我慢して、体の脇に手をおろした。

「あなたは親切にしてくれているもの。今日もわざわざわたしたちを招いて遺物を見せてくれたし」やけに明るい口調になってしまった。「よくしてもらっていると思っているわ。だから……その……これで喧嘩はおしまいよ」

だが、リチャードはそれで満足しなかったらしく、エイミーに近づいてきた。「ぼくが国王を処刑した残忍な革命兵士と同じではないことを、どうしたらわかってもらえるんだろう」

ドレスの薄い生地がとげに引っかかった。エイミーはじれていた。いつからこんな会話になってしまったのだろう。本当はわたしがリチャードの気を引いて、リチャードがわたしに夢中になって、わたしは華奢な靴のかかとで彼の希望を踏みにじるはずだった。それなのに庭の薔薇の香りをしのぐリチャードのオーデコロンの香りに記憶を呼び覚まされ、せつなさに胸がつぶれそうになっている。

「もうわかっているわ」糊のきいたクラヴァットの先が鼻の頭をくすぐるほど、ふたりの距離は近かった。彼があと一歩近づいたら膝がぶつかりそうだ。「本当よ」

クラヴァットが少し後方に遠ざかった。「よかった」

エイミーは顔をあげた。それが間違いだった。

「きみにひどい男だと思われたくないんだ」夕暮れどきのそよ風のようにやわらかい声だった。リチャードがエイミーの頰にかかったひと筋の髪をそっとどけた。愛情のこもった緑の目で見つめ、ゆっくりと顔を傾ける。

「だめ……」エイミーは髪が近くの枝に引っかかるくらい激しく顔をそむけた。動揺して青い目を大きく見開く。「いけないわ、だめよ」

リチャードが後ろにさがり、ポケットに両手を入れて落ち着いた声で訊いた。

「なぜだ？　ぼくのことがそんなに嫌いか？」

嫌いかですって？　なんて的はずれな言葉だろう。わたしは彼の両肩をつかんで、歯がガタガタいうほど揺さぶり、息も継げないほどキスをしたいと思っている。そのわたしに嫌いかと尋ねるのかしら？　どう答えればいいかわからない。この激しい感情をいったいなんと言い表せばいいの？　英語にぴったりの言葉があるとは思えない。〝いいえ、嫌いじゃないわ〟ではすまない感情だもの。

ひとりの人をこれほど恋しく思い、同時にこれほど憎らしく感じるなんて、なんという矛盾だろう。きっと外国語にだって、この感情をひと言で表現する言葉はないに違いない。

「いいえ……」エイミーはかすれた声で答えた。「嫌いじゃないわ」

リチャードが見るからにほっとした表情になった。「じゃあ、どうして？」

いっそ真実を告げてしまおうかしら？　もしかしたら、彼は納得のいく説明をしてくれるかもしれない。エイミーはリチャードを見つめた。まっすぐな鼻筋、洞察力を感じさせる緑の目、すっきりとした頬と顎の線。これが黒マスクをはずした〈紫りんどう〉の顔なのだ。

別れを告げられたときのつらい記憶がまざまざとよみがえった。だめ。わたしがどんなに傷ついたか、彼は思い知るべきよ。

エイミーは目をそらし、決意をこめて答えた。「愛している人がいるの」

百科事典の内容を端から思いだしてもまだ時間が余るほど長いあいだ待たされ、考えこんでいるエイミーを見つめながらさまざまな返事を想像したが、まさかそんな言葉が返ってくるとは、リチャードは思いも寄らなかった。

「相手は誰だ？」

「訊かないで」

胃がよじれ、頭のなかが真っ白になる。いったいどこのどいつだ？　そいつの顔にぜひ一発お見舞いしてやりたい。よほどの変態が好みでない限り、相手がマーストンだということはありえない。じゃあ、ほかにフランスでエイミーが知っている男は誰だ？　それともイギリスに恋人を残してきたのか？　だったらどうして〈紫りんどう〉とキスをしたんだ？　あぁ……そういうことか……。倒れてきた太い柱が頭にぶつかった気分だった。

恋敵は自分だ。

世界中の歴史を繙《ひもと》いたところで、こんなばかげたことがあっただろうか。アーサー王であれ、スパルタの王メネラーオスであれ、恋敵はれっきとした他人だった。わが身に恋路を邪魔されるまぬけがどこにいる？

それがいた。リチャード・セルウィックと〈紫りんどう〉だ。

くそっ。

エイミーと同じく、リチャードもまたこの状況を表現する適切な言葉を見つけられずにいた。

「よっぽど非の打ちどころのない男なんだろうな」

「そんなことはないわ」

「違うのか？」リチャードはむっとした。〈紫りんどう〉のどこがいけない？　誰もが認める英雄だし、男のなかの男でもあるし……おっと、恋敵を褒めてどうする。

エイミーが彼を見あげた。

「〝この世に完璧な男性なんていない〟ミス・グウェンが言いそうなせりふね」

「そいつのなにが気に入らないんだ？」リチャードはすばやく考えてみた。息が臭かったのか？　それともあの古いマントのせいか？

「その人はわたしを信用してくれないの」エイミーは即答し、じっと彼を見た。

マントを買い替えるほうがずっと簡単だ。

ぼくにどうしろというんだ。〈紫りんどう〉としての自分をかばうべきか。それともリチャード・セルウィックとして嫉妬すべきか。頭が混乱してきた。この複雑な状況を解決する方法がまったくないわけではないのだが……。

リチャードは口を開いた。ところが、言葉が出てこなかった。ディードリに自分の正体を話してしまったとき、これで肩の荷がおりたと思った。でも、その結果はどうだ？　今度は誰を犠牲にするつもりだ？　ジェフか、マイルズか？

彼は唇を固く引き結んだ。

エイミーが顔をのぞきこんだ。「今、なにを言おうとしたの？」

リチャードは肩をすくめた。「いや、誰だか知らないが、きみに愛されるとは幸せなやつだと思っただけだよ。さあ、みんなのもとへ戻ろうか」

中庭に出てきたときに比べると、部屋に戻る足取りは恐ろしく速かった。エイミーはときおり小走りになりながらリチャードについていった。息が切れるせいだろうか、計画どおり彼を拒絶できたにもかかわらず、勝利は蜜の味がしなかった。だいたいこれが勝利と言えるの？　リチャードは振り返りもせず、さっさと室内へ戻ろうとしている。

もし本当にわたしを好きなら、これほど簡単にあきらめたりしないはずだ。悔しいけれど、わたしとのことは〝いっときの恋〟ですらなく、〝ただの遊び〟だったのだろう。

リチャードとエイミーの姿を見つけたヘンリエッタが待ち構えていたとばかりに顔をあげ、明るい声で尋ねた。「あら、おかえりなさい。どう？　楽しかった……」兄が厳しい表情をしているのに気づき、語尾が小さくなった。

「よかったら、妹としばらく話をしてやってくれ」リチャードはすげなくエイミーの手を腕からはずし、形ばかりのお辞儀をすると足早に応接間へ入っていった。

「まあ、リチャード！」レディ・アピントンが息子の腕をつかみ、模造品の棺の裏側へ引っ張っていった。「ほら、いらっしゃい」

「痛いじゃないですか」リチャードは手首をさすりながら母親をにらんだ。息子にお相手を見つけようという話になると、この小柄な母親は普段の一〇倍も力が強くなる。つまり、拳闘家一〇人分ということだ。

「あら、ごめんなさい」レディ・アピントンはさらりと謝って流し、そんなのはどうでもいいというようにもどかしげに尋ねた。「どうだったの？　ずいぶん長いあいだ中庭にいたわね」

リチャードは話題を変える努力をしてみた。

「マイルズは相も変わらずヘンリエッタのところへ行ったんですか？」

レディ・アピントンがあきれ顔で目をくるりとまわした。「もしそうだとしたら、ヘンリエッタも喜んで相手をしているでしょうから、あなたが気にすることはないわ。それにミス・グウェンがしっかり目を光らせているから大丈夫よ。話をそらそうとするのはやめなさい。どうしてわが家の子供たちは、そうやってわたしをごまかそうとするのかしら」

「いつぼくがそんなことをしました？　母上をどうこうできるなんて、誰も思っていませんよ」

レディ・アピントンが目を細める。「いつだったかしらね。あなたとチャールズが……いけない、その手にはのらないわよ。ほら、散歩がどうだったのか……」ミイラ《マミー》の棺を叩いた。「ママ《マミー》に話してごらんなさい」

リチャードはうめいた。「笑えませんよ、そのだじゃれは」

「親を敬う気持ちがあるなら、少しは笑う努力をしなさい。それで、どうだったの？」

「エイミーは〈紫りんどう〉に恋をしています」

「だって、あなたがその〈紫りんどう〉じゃ――」

「わかっていますよ」

ちょうどそのとき、棺の反対側からマイルズがぬっと顔を出し、はがゆそうな表情をしているレディ・アピントンと、怖い顔をしているリチャードを交互に見比べた。

「どうしてふたりともそんなに不機嫌な顔なんですか?」

リチャードは親友をにらんだ。「いいから黙っていろ」

「おとなしくしているから、ここにいてもかまわないかな? バルコニーで姫君たちが盛りあがっているから近くまで寄ってみたら、ヘンリエッタに〝邪魔よ〟と言われて追い払われたんだ。このぼくをのけ者にするなんてひどいと思わないか? しかも、〝邪魔よ〟だぞ」

マイルズが不満そうにため息をつき、レディ・アピントンは娘が誇らしいというようににっこりした。リチャードはどちらにも気づかなかった。棺の後ろから首を伸ばし、フレンチドアの向こう側にいる女性たちを見ていたからだ。恐ろしいことに、ジェインとヘンリエッタとエイミーの三人が頭を寄せあっている。ひそひそ声がときおり聞こえてくるが、内容まではわからない。自分が話題にのぼっているのではないかと思うと、なにをしゃべっているか知るのが怖かった。

リチャードが棺の端をつかんで様子をうかがっていると、妹が座ったまま跳ねたのが見えた。「嘘よ! 信じられない!」三人はまた顔を近づけて小声に戻った。

もしバルコニーでの会話がすべて聞こえていたら、リチャードはとても平静ではいられなかっただろう。

「それでもお兄様は本当のことを言わなかったの? ひどい話だわ」

エイミーはうなずいた。この一〇分ほど、どうとでも取れるあいまいな言葉を使ったり、ときおり眉をつりあげて相手の反応を探ったりしてみた結果、ヘンリエッタが兄の二重生活を知っていることを確信した。それがわかると話もしやすくなった。

「そこまで言われても認めないなんて、いったいどういうつもりかしら」ヘンリエッタは離れた場所にいる兄をにらんだ。「本当に……」〝ひどい話だわ〟という表現は少し前に使ってしまったので、別の言葉を探した。「冷たい人だわ」

「もっと早くに気づくべきだったの。でも、まさか〈紫りんどう〉がナポレオンのお膝元にいるなんて思いも寄らなかったから……」

「お兄様もなかなかやるでしょう？」そこまで言ってから、今は兄を非難していたことを思いだし、ヘンリエッタはつけ加えた。「でも、あなたにはちゃんと話すべきだわ」

エイミーは胸のうちをもらした。「信用してもらえないのがつらいの。わたしは愛している人がいるとまで打ち明けたのよ。彼だってなにか言ってくれてもいいじゃない」

「〝ところで、じつはそれはぼくなんだ。うっかり話すのを忘れていたよ〟とか？」ヘンリエッタが続ける。

エイミーは思わず笑った。「そんな感じね」

「べつに難しいことじゃないのに……。とてもいい兄なんだけど、そういうところが子供なのよ」ヘンリエッタがじれったそうにかぶりを振った。「自分が偉いと思いこんでいるの。男の人はみんなそうだわ。なんでも自分がいちばんよくわかっていると信じていて、ほかの人の人生まで仕切ろうとするんだから」

「そうなのよ」エイミーは熱くなった。「そんなことはできないんだってことをリチャードに知ってほしいの」

「そのとおりよ！」ヘンリエッタが賛同する。

「そのためにはなにかしないと」

「大賛成よ」ヘンリエッタは力強くうなずいた。「男性たちはたまに鼻っ柱をへし折られたほうがいいのよ。それが全女性のためだわ」

「本気で実行に移すつもりなの？」ジェインが尋ねた。

「まさかもうなにか考えているの？　お願い、わたしにも教えて！　絶対に誰にもしゃべらないから」ヘンリエッタが長い髪を後ろにすき、懇願するように身を乗りだした。

「ええ、計画があるの」エイミーは胸が高鳴った。

ヘンリエッタは熱心に聞き入り、エイミーとジェインが説明し終えると感嘆の声をあげた。

「すばらしいわ！　最高じゃない？　とくに、〈ピンク・カーネーション〉という名前がすてきよ」くすくすと笑った。「それで、わたしはなにをすればいいの？」

「しいっ」突然、ジェインが言った。「彼が来るわ」

三人は即座に背筋を伸ばし、膝に手を置いた。

リチャードはバルコニーに出ていきながら、疑いの目で妹を見た。ヘンリエッタが無邪気な笑みを返す。いやな予感があたったらしい。妹がこういう表情をするときは要注意だ。

リチャードは妹の頰とジェインの手にキスをした。

エイミーにはキスも会釈もせず、ただ顔を見つめた。万感の思いをこめて……。

やるせない表情で見つめられ、エイミーは声を発することも体を動かすこともできなくなった。彼女もまたせつなさと苦悩をこめてリチャードを見つめ返した。本当は自尊心などかなぐり捨てて、彼の手を握りしめたい。だが、それは余計なことだとわかっていた。手を握らずとも、言葉を交わさずとも、見つめあう目が互いの思いを伝えている。

リチャードが先に視線をはずした。

「おやすみ、ミス・バルコート」抑揚のない声でそう言うと、背を向けた。かたくなな背中がフレンチドアを抜けて応接間を遠ざかり、ドアの向こうへ消えるのをエイミーは見送った。

ヘンリエッタがエイミーの腕に手を置いてぎゅっと力をこめた。

「元気を出して。世の女性のために頑張りましょう」

「そうね」リチャードが出ていったドアを見つめたまま、エイミーは力なく答えた。「女性のために……」

この夜、エイミーは何度となくその言葉をつぶやいた。

33

セーヌ川の中州として知られるシテ島は夜の闇に包まれていた。その暗い裏路地に面したある部屋で、一本の蠟燭の明かりが揺れていた。わびしい明かりに似つかわしい寒々とした部屋だった。壁際に寝心地の悪そうな狭いベッドと質素なナイトテーブルがあり、傷だらけの床に古い革製の室内履きが無造作に放りだされている。部屋にひとつしかない窓のそばには背もたれのまっすぐな椅子が置かれ、そこに警察大臣補佐官ガストン・ドラローシュが座っていた。

真夜中の二時半、窓の下からフクロウの鳴き声を模した合図の音が聞こえた。ドラローシュが窓を開けると、屋根の張り出しの陰に人影が滑りこんだ。ここではささやき声は夜のさまざまな音にのみこまれる。建物が密集する裏通りでは、高くなったり低くなったりするいびきや、ロープを張ったベッドのきしみや、羽根を詰めたマットレスのかささという音が常に渾然一体となっている。ドラローシュが借りているアパートメントの上流のほうから、小さな子供のくぐもった泣き声と、男のいらだたしそうなうめき声が聞こえてきた。ドラローシュは静かに窓を閉めた。屋根の張り出しの陰は誰もいないただの暗闇に戻った。

古びた椅子を引きずってきて座り直すと、天板のひずんだ机がガタンと揺れた。蠟燭の明かりが消えかけたが、彼は気にしなかった。

二度だ。昨日、リチャード・セルウィックは二度、エイミー・バルコートに会った。最初はテュイルリー宮殿で、そして夜にはバルコート邸に入っていくところを目撃されている。そのときはイギリスから来た家族らと一緒だったらしい。

一日に二度も同じ女性に会うのはどういう理由からだ？

おそらく、エイミー・バルコートは諜報員ではないのだろう。兄のエドゥアール・バルコートはナポレオンの取り巻きのひとりだ。もちろんそれが、妹が潔白だという保証にならないのはわかっている。家族の絆《きずな》などくそくらえだ。たしかに血は尋問部屋の床にたまった水よりは濃いかもしれないが、しょせんその程度だ。だが長年の経験から、このことわざには別の側面があることに気づいた。家族の絆は障害になりうる。弱い者にとっては支えだが、強い者にとっては足枷《あしかせ》だ。

もしパリに新たな諜報員が潜入して活動していれば、とっくにこのわたしの耳に入っているはずだ。裏社会の暗い池には噂というさざ波が立ちやすい。だが、今のところそんな情報は聞こえてこない。つまり、エイミー・バルコートは〈紫りんどう〉の仲間ではない。

そうなると、先ほどの疑問がわいてくる。だったらなぜ〈紫りんどう〉は貴重な時間を小娘に割いているのだ？

わたしが雇っている情報提供者が、最初にリチャード・セルウィックとエイミー・バルコートがキスしている場面を目撃したのはバルコートの屋敷だった。マダム・ボナパルトが主催したパーティであのふたりが一緒にいるところを、自分も見たことがある。ドラローシュの顔に侮蔑に満ちた笑みが広がった。

誰にでも弱点はあるものだ。あの怖いもの知らずの〈紫りんどう〉にさえも。

「もうひとつ間違いを犯せ、セルウィック」ドラローシュは闇に向かってつぶやいた。「それで息の根を止めてやる」

バルコートの小娘を駒として使えば、あの男をつかまえられる。

ドラローシュは蠟燭の火を消した。

34

シテ島から遠く離れた大きな屋敷のある部屋で、ドラローシュにも〈紫りんどう〉にも知られることなく、秘密結社の〈ピンク・カーネーション〉が初任務の計画を練っていた。

輝かしい業績の第一歩を飾るにはどんな仕事がふさわしいか、議論が重ねられた。ミス・グウェンは高襟のドレスの下に、剣闘士とライオンの戦いを娯楽ととらえる血に飢えた魂を隠し持っていたらしい。三人が選んだフランス人を剣で突き刺し、ギロチン台の刃に逆さづりにするのがいいと言いだした。

ジェインは驚いた顔でミス・グウェンを見たあと、ドラローシュの執務室から書類を盗みだすのはどうだろうと提案した。これは多数決で即座に否決された。あまりに地味だというのがエイミーの意見で、血が流れなくてはつまらないというのがミス・グウェンの感想だった。エイミーの作戦その一は、巧妙な変装をして監獄であるタンプル塔に忍びこみ、助けるにふさわしい囚人を脱獄させるというものだった。だが、これもあとのふたりに一蹴されて終わった。作戦その二も、その三も同じ運命をたどった。作戦その四はひと昔前のドレスに身を包み、小麦粉をはたいて全身を真っ白にして、処刑された貴族の亡霊となってナポレオンの寝室を歩きまわるというものだ。小説の材料としておもしろいと思ったのかミス・グウエンは興味を示したが、最終的には却下した。理由は、たっぷりとふくらませたドレスを着てテュイルリー宮殿の窓によじのぼるのは困難をきわめるし、全身に小麦粉をはたいていればあたりを汚すからだ。

ジェインがほっとした顔になった。

「なにも派手な事件を起こさなくてもいいと思うの」エイミーが作戦その五の説明を始める前に、彼女は釘を刺した。「初任務は挨拶みたいなものよ。新しい敵ができたと警察大臣に知らしめることができればそれでいいわ」

「〝手ごわい敵〟よ」ミス・グウェンが鼻を鳴らす。

「本当の目的はスイスから運ばれてくる金塊を奪うことなんだから、最初の仕事は軽くいきましょうよ」ジェインが続けた。

「いい考えがあるわ」長椅子に座っていたエイミーは背筋を伸ばし、青い目をいたずらっぽく輝かせた。「ドラローシュの寝室に忍びこんで、枕の上にカードとピンク色のカーネーションを置いてくるのはどう？」

いつもの癖で冷笑を浮かべかけたミス・グウェンが、表情を緩めて考えはじめた。

「あら、いいわね」ジェインが賛成した。エイミーが考えたにしてはまともな作戦だと言わんばかりの口ぶりだ。

「カードに書く文章は韻文がいいわ」エイミーはくすくす笑った。「こういうのはどう？

〝〈ピンク・カーネーション〉参上。忍耐強い捜査も、失敗は必定〟」

「全然なっていないわね」ミス・グウェンが批判した。

「即興で作ったんだもの」

ミス・グウェンが、即興とはいえ、その程度のものしか考えつかないのかという顔をした。

「散文がいいんじゃないの？」ジェインが提案する。「たとえば……」

「だったら、こういうのは？」エイミーはうれしくなってジェインを見た。「〝スイスの金塊が消え失せた件については、〈ピンク・カーネーション〉に感謝されたし〟というカードを、金塊を奪う直前に置いてくるの」

この提案は満場一致で可決され、エイミーは恐れ多くもミス・グウェンからうなずいてもらえるという栄誉に浴した。ジェインがカードに文章を書き、器用にカーネーションの絵を描いた。ミス・グウェンは馬丁の部屋から変装用の服を調達した。ドラローシュの予定を探る仕事はエイミーに任された。テュイルリー宮殿で小さなパーティがあった夜、エイミーは玄関先でバルコート家の馬車が来るのを待ちながら、ドラローシュの馬丁とおしゃべりを楽しんだ。ドラローシュの馬丁は貴族の女性に話しかけられて困惑するふうもなく、主人の予定を平気でぺらぺらとしゃべった。そして四月三〇日の夜はパリの外で用事があるのだと何度か繰り返した。あっさり調べがついたことを喜ぶべきだとはわかっていたが、それから二日もするとエイミーは、もっと忙しい仕事を割りあてられていたらよかったのにと思うようになった。リチャードのことを思いださなくてすむように……。

それは容易ではなかった。レディ・アピントンがエイミーとジェインを誘いだし、とりわけエイミーをちらちらと横目で眺めつつ、リチャードの子供時代のかわいらしい思い出をたくさん話して聞かせたからだ。エイミーはなるべく聞き流そうと努めたが、そんなことができるわけもなかった。幼いリチャードがイチイの木を相手に剣を振りまわしている愛らしい姿が目に浮かび、大人になったリチャードがマーストンをぶちのめした姿がそこに重なり、そのあとふたりで過ごした時間が思いだされ……。リチャードの母親と妹の前だというのに甘い記憶がよみがえって、エイミーは真っ赤になった。

正直なところ、リチャードの思い出に悩まされるのは彼の家族と一緒にいるときだけではなかった。ミス・グウェンと作戦を練っている際も、鏡の前に座って髪をとかしているあいだも、とりわけベッドで寝つけずにいるときは当然のように、リチャードはずかずかと心のなかに侵入してきた。朝食のテーブルについているときでさえ、ささやき声が耳に聞こえ、てのひらが頬に感じられ、エイミーは自分が食べかけのパンをぼんやりと眺めていることに気づいて腹が立った。そして毎回、最後は、彼がマントをひるがえして夜の通りに消えていった後ろ姿がまぶたに浮かび、心臓が喉元にせりあがってくるような胸の痛みに襲われた。

どうしてわたしを放っておいてくれないの？　皮肉なことに現実の世界では、リチャード・セルウィックも、もうひとりの彼自身である〈紫りんどう〉も、極端なほどにエイミーを避けていた。エイミーが彼の母親と妹にお茶に招かれ、ジェインとともにセルウィック邸を訪問したときは、書斎にこもって出てこなかった。マダム・ボナパルトのパーティでは、いつも離れたところに立っていた。エイミーは背の高い軍人たちに邪魔をされて、リチャードが彼女のほうを見ているかどうかさえ確かめられなかった。テュイルリー宮殿でオルタンスに週一度の英語を教えたあとぼんやりと廊下を歩いていたときは、見慣れた金髪が廊下の角にすばやく消えるのが見えた。もちろん、彼が黒マスクに黒マントという〈紫りんどう〉の姿で深夜にこっそり訪ねてくることもなかった。

かまわないじゃないの、とエイミーは自分に言い聞かせた。リチャードに会うのはあと一度だけだ。わたしのほうが一枚うわてだったという事実を突きつけるときだけでいい。きっと彼はいたたまれなくなって、イギリスに帰るだろう。そしてわたしは、リチャード・セルウィックとも〈紫りんどう〉とも永遠に決別する。

エイミーはちぎったパンをにらみつづけていた。

スイスからの金塊が到着する当日、エイミーは自分の部屋で窓辺を行ったり来たりしながら、まだ明るい夕方の空をいらだたしい気分で見ていた。早く暗くなればいいのに……。出かける時刻には早いが、着替えを始めた。

胸に布を巻く作業は意外に難しかった。どうしてシェイクスピアの作品ではみんなそんなに簡単に少年の格好ができるの？　またほどけてしまった布を見つめ、エイミーはうんざりした。痛みに顔をしかめつつ三度巻き直し、それでもうまくいかなかったため、やけを起こして布を暖炉に放りこんだ。どうせシャツはゆったりしているのだから、少し背中を丸めて歩けば誰も女性だと気づかないだろう。

臭いに閉口しながら、何色かさえわからないほど汚れているズボンに脚を通す。おそらくもともとは茶色か黒だったのだろう。ベージュ色の粗末な亜麻布のシャツを頭からかぶった。これですっかり馬屋番の少年の臭いがするようになった。

泥のついたブーツを履いて支度を終えると、またしてもすることがなくなった。鼻が曲りそうに臭い。次の機会には、臭わない優雅な変装をしたいものだ。たとえば、客に会いに行く高級娼婦とか。

オレンジ色のなおも残る夕暮れの空をにらんでいると、ジェインがドアをノックした。

「用意はできた？」

「一時間も前にね」

頬に煤を塗り、汚い男性の格好をしたいとこの姿を見て、ジェインは笑みを浮かべた。

「そのようね。今、ミス・グウェンと話してきたの。夜中の一一時にここでわたしたちと合流して、一緒に倉庫へ向かうと言っていたわ」

「ドラローシュの家には行かないの？」エイミーは髪を後ろにかき寄せて片手でつかみ、化粧台にあるリボンへもう一方の手を伸ばした。

「そうみたいね」ジェインがリボンを手に取り、エイミーのカールした髪をきつく結びはじめた。毛糸の帽子のなかにおさまりやすくするためだ。「肝心なときのために、力を残しておくんですって。部屋をのぞいたら、パラソルで枕を串刺しにしていたわよ」

「シャペロンの鑑ね」

「せいぜい頼りにしましょう」ジェインがリボンを結び終えた。「わたしも着替えてくるわ。エイミー、あなた本当に大丈夫？」

「じりじりしているだけよ」その言葉どおり、エイミーは乾いた泥を絨毯にまき散らしながら、ふたたび窓辺を行ったり来たりしはじめた。「明日、わたしたちの成功を知ってリチャードが歯ぎしりするのを見たら、きっとすっかりいい気分になるわ」

「歯ぎしりさせるのはナポレオンじゃないの？」

「一石二鳥というやつよ」エイミーは顔をそむけた。

ジェインはかぶりを振り、ドアへ向かった。「五分で支度をすませてくるわ」

エイミーはちらりと時計を見た。もうすぐ七時半だ。八時には……。


夜七時半、オテル・ド・バルコートよりははるかに小さな屋敷で、ジェフがリチャードの書斎に首だけ突っこんだ。

「紅茶でも飲むか？」

「部屋に入りたいなら入ればいい。噛みつきはしないから」リチャードは不機嫌な声でいい、机から離れて椅子の背にもたれかかった。

「本当だな？」ジェフが恐る恐るドアを開けた。「さっきは、おまえがバターナイフでマイルズを突き刺すんじゃないかと思ってはらはらしたぞ」リチャードはジェフのほうへ別の椅子を蹴りやった。

「マイルズか……」言葉にしなくても言いたいことはわかるだろうと、リチャードは肩をすくめた。「ブランデーはいるか？」

「もらおう」ジェフがグラスを受け取った。「彼女に話してしまったらどうだ？」

リチャードはブランデーを注ぎかけた手を止めた。「誰にだ？」

ジェフがリチャードに視線を向ける。「シバの女王だよ。ほかにいるか？」リチャードはジェフのグラスにブランデーを注いだ。「わかっているだろう？　エイミーだよ」

彼はデカンターに栓をして、また椅子の背にもたれかかった。「ダーツでもするか？」話題を変えようと誘ってみた。

ジェフはのってこなかった。「今夜の任務が終わったら、どうにかするつもりでいるんだろう？　どうする気でいるのかは知らないが、最近のおまえは感じが悪すぎるぞ」

「それはどうも」

「どういたしまして。それで？」

「べつになにも考えていない」

リチャードはジェフの目を見ずに言った。子供のころからの親友というのはこういうときに具合が悪い。嘘をついてもすぐに見抜かれるし、おまけに遠慮なくそれを指摘される。もちろん、考えはあった。いや、それればかり考えていたと言っても過言ではない。エイミーにどう話そうかと、二〇とおりほど練習したくらいだ。〝イギリスを守る任務のために正体を明かせなかったんだ〟これではあまりに重すぎる。〝ところで知りたくないかい？　じつはぼくが〈紫りんどう〉なんだ。結婚しよう〟いや、軽すぎるのもよくない。いろいろ気にしだすと、どんどん陳腐なせりふしか思いつかなくなった。

「今夜の仕事の前に、ちょっと偵察に行ってこようかと思っていたんだ」リチャードは大きな声で言った。相手はすぐ目の前にいるのだから大声を出す必要はまったくなかったが、この重苦しい沈黙を打ち破りたかった。

リチャードは椅子から立ちあがった。偵察に行くと言ったのはただの思いつきだが、口に出してみるとそれも悪くない気がしてきた。なにかしていればエイミーのことをいっときでも忘れられるし、今夜の仕事に向けて気分を高揚させることもできる。

「ちょっとドラローシュの部屋へ行って、極秘の書類綴じに今夜の情報が入っていないかどうか確かめてくる」

「枕の下にあるやつか？」今度はジェフものってきた。「警察大臣補佐官ともあろう者がうかつなことをするもんだな」

「開いた口がふさがらないとはこのことだ」リチャードは愛想よく応じ、話題が変わったのを幸いとばかりに、ジェフがここへ来た用件を思いださないうちに逃げだそうとドアへ向かった。「執務室の引き出しに、寝室の枕の下。簡単すぎてつまらないよ。じゃあ、これから着替えてくる」

「なにかぼくにできることはないか？」ジェフが尋ねる。

「母が書斎へ来ようとしたら、適当に話しかけて思いとどまらせてくれ。それさえなければ

は手慣れたものだし、かえって気が休まるほどだ。ちらりと時計に視線をやると、七時半を少しまわったところだった。三〇分もあれば向こうへ着けるから、一〇時には戻ってこられるだろう。

夜八時、ドラローシュの留守宅は千客万来だった。

窓枠に片足をかけたとき、カチッとドアが開く音が聞こえたため、リチャードは動きを止めた。中途半端な姿勢のせいで腿が張っていたが、それは無視した。ドアが静かに開いて、黒い人影が狭い部屋に滑りこんだ。

ドラローシュか？　いや、違う。部屋のなかが暗いためよく見えないが、ドラローシュにしては体が小さすぎる。フランス人男性としてはかなり小柄なほうだ。だいたいドラローシュがなぜ自分の部屋にこそこそ忍びこむ？　やつは少し頭がどうかしているきらいはあるが、まさか真っ暗な自室を物色する趣味はないだろう。どちらかというと、真っ暗な他人の部屋を物色することに喜びを感じる男だ。ただし、その点に関してはいささか共感を覚えるが。

小柄な男は腰を振りながらベッドのほうへ進んだ。腰を振りながら？　あの歩き方には見覚えがある気がする。リチャードは思わず窓に顔を近づけた。侵入者は足音をたてずにいることで頭がいっぱいらしく、リチャードが動いたのには気づかなかった。あれは女性の歩き方だ。もしかして……嘘だろう？　エイミーだ！　どうりで腰の動きに見覚えがあるはずだ。

この半月のあいだ、ずっと後ろ姿を見続けてきたのだからわからないはずがない。

あの侵入者はエイミーに間違いない。

いったいなにを思ってドラローシュの部屋に忍びこんだんだ？

エイミーは窓の開く音に驚き、無造作に置かれた室内履きにつまずいた。転んでうめく自分の声にかき消され、一歩目の足音は聞こえなかった。体を起こしたとき、もう一方の足が床につくのが見えた。少し視線をあげると、黒ブーツに絡まる黒マントの裾が目に入った。

まさか……。

手が冷たくなった。

いや、全身が凍りついたのかもしれない。埃っぽい床に片手をついてかがみこんだまま、体が動かなくなった。恐る恐る目をあげると脚にぴったり沿う革ズボンが見え、続いて窓枠に置かれた黒手袋が視界に入った。

ひどいわ。復讐がかなう寸前になって、どうしてこんなところに現れるの？　昨日、お茶の席に来ればよかったじゃない。おとといのマダム・ボナパルトのパーティでもいい。どうして今なのよ。さらに視線をあげると、フードの奥に贅肉のない喉といつものように軽く傾けている顔が見え、エイミーは体を震わせた。あの腕のなかに飛びこめたらどんなにいいだろう。でも、きっと彼はそんなことを望んではいない。わたしたちの関係は終わってしまったのだから。もう幕はおろされた。だったらなぜ、なおもわたしを苦しめるの？　こんなのは間違っている。

「どうしてここにいるのよ」エイミーは立ちあがり、手についた埃を膝で払った。窓に背を向けているせいでわずかな月明かりがさえぎられ、彼がどんな表情をしているのか見えない。

「こっちが訊きたい」マントの裾をなびかせ、〈紫りんどう〉が一歩前に出た。

その存在感に圧倒され、エイミーは思わずあとずさりした。だが、その程度で逃れられるはずもなかった。彼がすぐそばにいると思うと全身が緊張し、肌がぴりぴりして指先がしびれる。手を強く握りしめたが、しびれはかえっててのひらに広がった。

〈紫りんどう〉がかぶりを振り、優しい声でおかしそうに言った。

「あきらめの悪い人だな」

エイミーは心臓がぎゅっと縮んだ気がした。彼はわたしを捨てたばかりか、わたしのしていることを鼻で笑った。

「大事なことはね」

「夜の散歩中というわけではなさそうだけれど?」

エイミーはドラローシュ宛《あて》のカードをポケットの上から押さえた。〈ピンク・カーネーション〉の存在をここで知られてしまうわけにはいかない。動揺しながらも、頭はそのことでいっぱいだった。〈紫りんどう〉がまた一歩前に進みでた。エイミーはさらにあとずさりし、ベッドにあたった。ああ、ポケットが深くてよかった。

「極秘書類でも捜しに来たのなら」〈紫りんどう〉がさらに近寄ってきた。「いいことを教えてやろう。ドラローシュは枕の下に書類綴じを隠している」

「そうなの？」エイミーはそれ以上さがることができず、体をそらした。「ありがとう」

「見てみないのか？」

それは一瞬だった。枕に腕を伸ばした〈紫りんどう〉を避けようとして、彼女はよろめいた。気がつくと、〈紫りんどう〉の手の上に頭がのり、腰はマットレスから半分ずり落ち、脚をなかば開いた状態でベッドに倒れていた。

エイミーは目を見開いた。〈紫りんどう〉は笑っていた。からかいの笑みではなく、細めた目に獲物を狙う猛禽類《もうきん》のような表情が浮かんでいる。エイミーは呼吸が速くなり、口を開いた。黒マントの裾が腕に触れ、柑橘系のオーデコロンの香りが記憶を呼び覚ます。彼女は大きな手に頭を包みこまれた。

「嘘よ……」

「そうだ」〈紫りんどう〉が答えた。息がかかるほど顔が近くにある。ブランデーと丁子《ちょうじ》となにか別の香りがした。「これは幻だ」

35

幻ではないとわかっていながらも、エイミーは抵抗できなかった。ひとたび唇を重ねられると、つらい現実は刹那的な喜びの霧のなかに消えた。深く分け入ってきた舌にわれを忘れ、〈紫りんどう〉の首にしがみつくように腕をまわした。いっきに燃えあがったのは長いあいだ会えなかったせいだろう。ふたりは互いの唇をむさぼり、舌を絡め、体を押しつけた。

〈紫りんどう〉がエイミーを固く抱きしめる。

彼女は小さな声をもらし、背中をそらして必死に唇を求めた。キスぐらいしてもいいわよね、とくらくらする頭の片隅で思った。これから何度も寂しい夜が続くのだから、最後の思い出が欲しい。二度と彼にキスをされることも、このたくましい胸に抱かれることもないのだから。こんなふうに彼の髪に触れるのも、熱く唇を合わせるのも、手のぬくもりを背中に感じるのもこれが最後よ。今夜だけ。それであきらめるから……。エイミーは彼のシャツをズボンから引き抜き、なめらかな背中に手をはわせた。この背中の感触をずっと覚えておきたい……。

〈紫りんどう〉はエイミーの頬から顎へと唇をさまよわせた。エイミーはすねるような声をもらしてキスを求めたが、彼は意地悪くほほえみ、首筋に舌をはわせて……。

鼻をひくつかせた。首の臭いを嗅ぎ、顔をしかめてふたたび鼻を近づけた。

「なんだ、この臭いは？」

エイミー自身はすっかり鼻が慣れていたため、臭いのことを忘れていた。それに話をするのは気に入らなかった。しゃべるためには、つじつまが合うようにいろいろと考えなければならない。

「息をしなければいいのよ」それだけ言うと、ふたたび〈紫りんどう〉の顔を引き寄せた。

彼はそれ以上なにも言わずにまた唇を重ねると、エイミーのぶかぶかのズボンに手を滑りこませ、自分の高ぶったものを押しつけた。

エイミーは彼の腰に足を絡め、なかば抵抗し、なかば懇願するような声をもらした。

「リチャード……」

ふいに〈紫りんどう〉が両肩をつかんでエイミーを座らせた。

「今、なんと言った？」

「なんですって……？　あ……」エイミーは息をのんだ。急に起こされたため頭がふらふらしていたが、それでも緑の目が古代の彫像にはめこまれた翡翠のように冷たい光を放っているのは見て取れた。「たった今、気づいたと言っても、きっと信じてもらえないわよね」

リチャードが小さくうなずく。「いつから知っていたんだ？」

嘘をつくことも考えたが、肩をつかんでいる手の力の強さと、こちらを見据えている目の厳しさを見て、やめておいたほうがよさそうだと判断した。

「セーヌ川に行った日の翌日からよ」

「じゃあ、きみの家の中庭で話をしたときには、すべてわかっていたのか？」

エイミーはうなずいた。

「くそっ！」急に手を離されて彼女はマットレスに倒れこみそうになり、ナイトテーブルの端をつかんだ。「こっちはもうひとりの自分に嫉妬してもんもんと悩んでいたのに、そのあいだきみはずっと黙っていたというわけか」

「わたしは……」喉がからからに渇いていたせいで、うまく声が出なかった。エイミーは唇を湿らせた。「わたしがどんな思いをしたのか、気持ちをもてあそばれるのがどういうことか、あなたにもわからせたかったの。ごめんなさい」自分がなにを言っているのかよくわからない。ただ、リチャードの言葉が頭のなかをぐるぐるまわっていた。嫉妬ですって？　彼は嫉妬していたというの？

「ごめんなさい？　ごめんなさいだと？」強烈な皮肉がこめられているのを感じ、エイミーは消え入りたい気分になった。

だが、ふたたび謝罪の言葉を口にしかけたとき、はっとして立ちあがった。「どうしてわたしが謝らなければならないの？　記憶に間違いなければ、わたしを捨てたのはあなたのほうなのに」

「あれは……そうするしかなかったからだ」いかにもこの会話の流れは気に食わないという

口調でリチャードが言った。

エイミーは腰に手を置き、一歩前に出た。そんな怖い顔さえしていなければ、リチャードはその腰を見て目の保養になると思っただろう。

「あなたは〈紫りんどう〉として別れを言って、その翌日に今度はリチャードとしてわたしの気を引こうとしたのよ」

「あのときはそれがいちばんいいと思ったんだよ」

「あなたは気まぐれでわたしの心をもてあそんでいるのね」

「違う」

「いいえ、そういうふうにしか見えないわ。女性の気持ちをなぶりものにして喜んでいるいやな男よ。あなたははっきりと言ったじゃない。わたしとのことは〝いっときの恋〟にすぎないって」

「それには理由があるんだ」

「いいわ。じゃあ、その理由とやらを聞かせて。それとも、これからひねりださなければならないから、考えるのに時間がいる？」

きみには関係のない話だと言って切り捨ててしまいたかったが、リチャードはその言葉をのみこんだ。関係のないはずがない。まさに当事者だ。エドゥアールの書斎でキスをしたときから巻きこんでしまっている。エイミーの怒った顔を見ていると、リチャードは叱られている子供の気分になった。どうして天下の〈紫りんどう〉がこんなにおどおどしているんだ？　彼は気持ちを奮いたたせた。ちゃんとした理由はある。ディードリのこと、任務のこと、イギリスを守らなければならないこと。国のためというのは、理由として立派に格好がつく。それでエイミーを納得させられれば、後ろめたい気分も少しは払拭されるだろうか。

「昔、ある女性に恋をしたんだ。もう何年も前の話だ」

エイミーは嫌みを言いたいのを我慢した。その名もなき女性への気持ちは、〝いっときの恋〟以上のものだったの？　その人にも舟の上でキスをしたり、遺物を見せたりしたのかしら？　彼女はわたしより美人で頭がいいの？　もしかして金髪？

「どこの誰なの？」

リチャードは肩をすくめた。「近くに住んでいた貴族の娘だ」どう話したものか迷った。ディードリのこともトニーのことも細部に至るまで頭に刻みこまれているため、それを言葉にして考えたことがない。そのうえ事情を知っている者は、みな詳しい状況をわかっている。だからジェフもマイルズも両親も、それ以上の説明を求めてこない。誰もこの話題には触れないのだ。

「ぼくはその女性に恋をした」これではまるで失恋した愚かな男の口ぶりだ。それを強調したところで、もっと悲惨な事実を避けて通れるわけじゃないのに。「もう一〇年近くも昔の話だ」

「まだその人を好きなの？」エイミーがかすれた声で尋ねた。

リチャードは驚いてエイミーの顔を見た。

「まだ好きかだって？　冗談じゃない。彼女はただの――」

「〝いっときの恋〟？」

リチャードはそれが嫌みだということにすら気づかなかった。「そう、一時の気の迷いだった。たまたま近くに若くてかわいい女性が住んでいたから、その気になってしまっただけだ」

エイミーが軽蔑するように鼻を鳴らす。

「ぼくには恋敵がいた。伴侶を亡くした中年の男だ。そのころのぼくはパーシーのもとで仕事を始めて一年ほどたっていた。だから思ったんだ、自分が果たしている役割のことを話せばもしかして彼女は……と。黙っていられなかった。ただ自慢したいだけの愚かな子供だった。ジェラード男爵のことがなくても、きっと遅かれ早かれディードリにはしゃべっていただろう」

ディードリ。名前を知ったことで急に現実味が感じられるようになった。ディードリ。いやな名前だわ、とエイミーは思った。本当は昔から好きな名前で、一〇歳のころには三番目にお気に入りだった人形をディードリと呼んでいた事実は、この際忘れることにした。

「ところが、ディードリの侍女が政府に内通していたんだ」

エイミーは驚いてリチャードの顔を見あげた。

リチャードが苦しげな表情をさらにゆがめ、いっきに先を続けた。「愚かにもぼくは、予定されていた任務の内容をディードリにもらしてしまった。ディードリの侍女はそれを警察省に通報した。そして彼らは、ぼくたちが待ちあわせに使っていた小屋を襲った」

「怪我でもしたの？」

「ぼくが？」リチャードは苦々しく笑った。「かすり傷ひとつ負わなかったよ。犠牲になったのはトニー……ぼくたちの優秀な仲間がひとりと、彼が脱獄させたフランスの伯爵だ。ぼくとジェフが小屋に着いたとき、伯爵はふたたび警察省につかまり、トニーは殺されたあとだった。ディードリから情報がもれたことはすぐにわかった」

「つらい話ね」

「後悔したよ」リチャードがかぶりを振る。「だがいくら悔やんだところで、トニーが生き返るわけじゃない」

唇を引き結んで苦悩の色を浮かべているリチャードを見ていると、エイミーの怒りは矛先を失った。ついさっきまでは、自分が激怒するのは当然だと思っていた。彼はわたしの心をおもちゃにして、わたしを傷つけた。それに関しては、リチャードが弁解する余地はまったくない。彼がディードリのことを話しはじめたとき、わたしはかっとなって、裏切られたことを笑ってやろうかと思った。毒を塗った矢で突くように、甲高い声であざわらったらさぞすっきりするだろうと考えていた。

友人が亡くなったことを聞いた今でさえも、まだ言いたいことはたくさんある。〝それが理由なの？　ほかの女性のことが原因で、あなたはわたしを苦しめたの？　わたしはその人ではないし、わたしがあなたの信頼を裏切ったわけでもないのに。そんなことのために、わたしを悲しみのどん底へ突き落としたの？〟

けれど、言えなかった。

深い後悔の念が亡霊のようにふたりのあいだをさまよっている。トニーという名の亡霊だ。

「わたしはディードリじゃないわ」エイミーは言わずにいられなかった。

「打ち明けるわけにはいかなかったんだ。多くの仲間の命が懸かっている」リチャードが静かに答えた。

エイミーは黙ったままリチャードを見た。だったら、わたしにちょっかいなんか出さなければよかったじゃない。放っておいてくれたらすんだのに。気を引くような振る舞いをしておきながら、どうして信用してくれなかったの？　わたしは絶対にほかの人にしゃべったりしなかったのに。リチャードの二重生活を知って以来、何度も心のなかで繰り返してきた言葉があふれだした。だが、彼の重いひと言の前では、どのせりふも力なく消え失せた。〝多くの仲間の命が懸かっている……〟

エイミーはかぶりを振り、一歩さがった。「わたしには……」頭が混乱して、言葉が続かなかった。

〝わたしにはわからない〟なんて言えるわけがない。彼のしたことは正しいし、とても立派だ。人の生死に比べれば、わたしの心の問題などたいしたことじゃない。好きな詩の一節が頭に浮かんだ。〝ぼくが名誉を重んじる男でなければ、きみをこれほどには愛せなかっただろう〟（イギリス王党派詩人リチャード・ラヴレイスの詩の一節）なんという高潔な感情なのかとずっと思ってきたけれど、その高潔な感情が具現化して目の前に立っていると、どういうわけか食ってかかりたくなる。ほんの五分で立場が逆転してしまった。ついさっきまで彼は不誠実な裏切り者で、わたしはそれに翻弄されたかわいそうな女だった。それなのに今は、自分が間違っていたのかもしれないと思い、頭痛さえしている。

でも、わたしは傷ついたのだ。

どうしていやな人のままでいてくれなかったのだろう。そうすれば憎みつづけられたのに。今となっては頭のなかがぐちゃぐちゃで、なにをどう考えればいいのかさえわからない。

「帰るわ」エイミーはかすれた声で言った。

リチャードがそばに寄ってきた。「送っていこう」

「結構よ」エイミーは首を振り、そそくさと窓辺へ逃げた。今はひたすら歩きたかった。早足で歩きつづければ、この千々に乱れた思いから逃げきれるかもしれない。「ひとりで帰れるから……きゃあっ！」

背後から腹部に腕をまわされ、窓の外に引きずりだされた。エイミーは悲鳴をあげた。

「放して！」敵の腕に肘鉄砲を食らわせる。相手はうっと声をもらし、さらに腕の力を強めた。息が苦しかったものの、エイミーは必死に敵を蹴ろうとした。だがその努力もむなしく、後ろに引きずられた。

リチャードはマントの裾をひるがえして窓から飛びだし、裏路地に多くの兵士がいるのを見て凍りついた。暗いため階級章まではわからないが、マスケット銃を構えているのは月明かりしかなくても充分に見て取れた。

　背の低いがに股の男が半円を描く銃口の前に気取った足取りで進みでた。「〈紫りんどう〉だな？」ドラローシュはにやりとした。

36

「彼女から手を放せ」リチャードは語気鋭く言い放った。

だが小男の笑みが大きくなったのを見て、自分が作戦を誤ったことを悟った。「感動的な逢い引きだったな。それになんとも……好都合だった」ドラローシュが低い声で言った。

兵士の数は一五人。リチャードはすばやく状況を確かめた。細い裏路地に体格のいい一五人の歩兵がひしめいている。そのうちの三人はエイミーを押さえこむのにかかりきりだった。ひとり目はエイミーに体当たりされ、軍帽を飛ばされてよろめいた。ふたり目はエイミーがばたつかせている脚を右に左によけながら、手首を縄で縛ろうとしている。三人目はエイミーの腰を腕で押さえていたが、頭突きを食らわされ、軍服の白い部分に鼻血が垂れた。

残りの一二人は銃口を彼に向けていた。

「一歩でも動いてみろ。美しいマドモワゼル・バルコートが撃たれるはめになるぞ」ドラローシュが言った。

一二人はいっせいに銃口をエイミーに向け直した。

「女性に暴力をふるうとは堕ちたものだな、ドラローシュ」芝居などしなくても、自然に侮蔑の思いがリチャードの声ににじみでた。「自分より小さな相手でないと殴れもしないからな」

「友よ、わたしを侮辱してもこの窮状から抜けだすことはできんぞ」ドラローシュが笑みを浮かべる。「まんまと罠《わな》にかかったものだな」

「罠ですって？」エイミーが声をあげた。

「そう、罠だ」ドラローシュがさも痛快そうに答えた。「誰にでも弱点はあるのだよ、ムッシュー。ある者にとって、それは酒だったり、賭け事だったりする」

「今ここで人間の性《さが》について講釈を垂れる必要があるのか？」リチャードは話をさえぎり、横目でエイミーを見た。すでに手首は背後で縛りあげられている。

「おまえにとっては……女だ」ドラローシュがリチャードの言葉を無視して続けた。「しかも、この女だ」

「彼女はなんの関係もない」

「そう思うか、ムッシュー？　この女はおまえをおびきだす餌になったぞ」

「嘘よ！」エイミーは兵士につかまれながらも激しく暴れた。「わたしは――」大きな手に口をふさがれて声がとぎれた。だが、兵士はすぐに悲鳴をあげ、嚙まれた手をエイミーの口から引き離した。

エイミーは自分の過ちに気づいて青ざめた。ドラローシュの馬丁だ。あのにやにやしたにきびだらけの少年は、そういえばやけにぺらぺらと主人の外出の予定をしゃべった。エイミーは吐き気を覚えて体をふたつに折り曲げた。気分が悪くなったのは兵士の腕に腹を押さえつけられているせいではなかった。

リチャードはゆったりと構え直し、エイミーのいるほうへ手をひらひらと振った。

「そんな小娘がどうしたというんだ」

「小娘だと？」

リチャードはエイミーの目を見ないようにした。こちらの真意を察してくれることを願うばかりだ。「尻の軽い女でね」退屈している遊び人の雰囲気を装った。「だからちょっと遊んでみただけだ。フランス人ならわかるだろうに。それともなにか？　今の政府になって、そういう粋なことは忘れてしまったのか？」

「〝ちょっと遊んでみただけ〟か」ドラローシュは眉をひそめ、その言葉を舌の上で転がした。「おまえがそう言うなら、本当かどうか試してみるとしよう。ピエール？」

兵士のひとりがエイミーの顔をつかんで顎をあげさせた。彼女が苦しそうな声をあげる。

「アントワーヌ？」

エイミーの喉に光るものが押しあてられた。ナイフだ。

「わたしの命令ひとつだぞ」ドラローシュは穏やかな口調で言った。「たしか〝小娘〟だとか言ったな？」

エイミーが息の詰まったような声をもらした。喉にひと筋の赤い線ができた。

「なにが望みだ」リチャードは険しい声で言った。

「聞かずともわかるだろう、ムッシュー？」

「さっぱりだな」

「おまえの降伏と告白だ」

「だめよ！」エイミーが叫ぶ。「ムッシュー・ドラローシュ、あなたは勘違いしているわ。彼とは本当になんでもないの。わたしにこんなことをしても……痛い！　その汚い手を口からどけて！」

「ひとつ条件がある！」リチャードはエイミーを黙らせようと大声を出した。「彼女を放せ。その条件をのまなければ、降伏も告白もない。怪我ひとつさせずに彼女を解放すると約束するなら、おまえの言うとおりにしよう」

ドラローシュがうなずいた。「よかろう」兵士がエイミーの喉からナイフを離し、腕をつかんでいた力を緩めた。小男の目が勝ち誇ったように光った。「では、マスクを取ってもらおうか」

リチャードはマスクの紐に手を伸ばした。

「やめて！」紐を引こうとしているリチャードに向かって、エイミーは叫んだ。「だめ！」

リチャードのもとに駆け寄ろうと、つかまれている腕を必死に振り動かした。このままではドラローシュにリチャードの正体がばれてしまう。そんなことをさせるわけにはいかない。彼がおそらく命懸けで築きあげてきたであろうものが、このままではすべて崩れ去ってしまう。しかも、このわたしのせいで……。紐の結び目が緩むのを見つめながら、エイミーは胃がねじれるような苦痛を覚えた。リチャードにそんなことをさせてしまったら、わたしの非はディードリどころではない。

黒マスクが地面に落ちた。静まり返った裏路地に、エイミーの声にならない悲鳴が響く。全員が固唾《かたず》をのんで見守るなか、リチャードがフードをおろし、月明かりに鼻筋の通った顔が現れた。金髪が銀光を受けて輝き、緑の目が冷たい光を放っている。これでもう、フランス共和政の敵はリチャード・セルウィックだということが明らかになってしまった。

「逃げて！　こんなことをする必要はないのよ！」エイミーは叫んだ。

地面に落ちた黒マスクの上に、黒手袋がひとつ、そしてまたひとつと重なった。リチャードは長い指でマントの留め具をはずし、それを脱ぎ去ると優雅にお辞儀をしてみせた。

「さあ、ドラローシュ、マスクをはずしたぞ。これでぼくはおまえのものだ。だから彼女を解放しろ」

ドラローシュが指を鳴らし、エイミーは腕を縛られたまま地面に転がされた。自由にならない手をついて、少しでもリチャードのそばへ行こうと地面をはった。なにか方法はないかと必死に知恵を絞る。兵士たちの気をそらす手段はないかしら？　火事は？　だめだわ。たとえ腕を縛られていなくても火をおこせるものがなにもない。ジェイン！　なにをしているの？　近くに隠れているんでしょう？　きっとなんとかして時間を稼ごうとしているのよね。ああ、でも早くして。火をつけるとか、〝人殺し〟と叫ぶとか、酔っ払った男のふりをして転がりこむとか。お願い、なんとかして！

エイミーの目の前で、ドラローシュはリチャードが差しだした手首を縄で縛った。マスケット銃を構えた一五人の兵士がリチャードのほうに詰め寄る。背の高い軍帽にさえぎられ、エイミーからはリチャードの姿が見えなくなった。

「このままじゃすまさないわよ！」エイミーは地面をはい進みながら紺色の軍服の背中に向かって叫んだ。「〈ピンク・カーネーション〉が彼を助けだすわ。あなたたちはみんな、縛り首よ！」

兵士たちはリチャードに気を取られ、エイミーの言葉など聞いていなかった。いちばん端にいた兵士がちらりと振り返り、親指をエイミーに向けた。

「この女はどうしますか？」

宿敵がうなだれてはいないまでも縛りあげられている姿から目を離すことなく、ドラローシュが肩をすくめた。

「放っておけ。犬にでも食わせろ」

遠ざかる兵士たちの足音にまじってドラローシュの声が聞こえた。

「さあ、いろいろと話を聞かせてもらおうか、ムッシュー・セルウィック。洗いざらい吐いてもらうからな」

リチャードは振り返らなかった。

兵士たちの背中を目で追いながら、エイミーはもはや怒りの声さえあげられずにいた。事の重大さがじわじわと重くのしかかってくる。兵士たちが騒ぎたて、黒服のリチャードが軽やかに闇に姿を消さないかと目を凝らしたが、そんなことは起きなかった。

「エイミー！」ジェインが駆け寄ってきた。「前かがみになって。縄をほどくから」

「連れていかれたわ」エイミーは力なくつぶやいた。

「わかっているわ。見ていたもの」ジェインは無造作に切断された縄の結び目をほどいた。

「だったら、どうしてなにもしてくれなかったの？」エイミーは手首をさすりながらジェインを振り向いた。

「敵は一五人もいたのよ」ジェインが縄を巻き取り、手首にかけた。「助けを呼びに行くことも考えたけど、状況を見きわめるほうが大事だと判断したの」

判断ですって？　その言葉がやけに冷たく聞こえた。「だったらもう状況は見きわめたんだから、リチャードのあとを追わないと」エイミーはジェインの足元に寄った。

ジェインがエイミーの手首をつかんだ。縄の跡が痛み、エイミーは顔をしかめた。「わたしたちだけじゃだめよ、エイミー。リチャード卿を助けられないわ。かえって彼を操るための道具にされるのがおちよ」

エイミーは顔をゆがめた。「今だってそうだったわよ。だからといって、リチャードをこのままにはしておけない。警察省につかまったのよ。警察省がどんなことをしてきたかは知っているでしょう？　ああ、どうしたらいいの。時間がないわ」

「いいかげんにして！」ジェインがエイミーの体を揺さぶる。「今、わたしたちだけであとを追ったとしても、いったいなにができるというの？」

エイミーは大きく見開いた目でジェインを凝視した。「だったらどうすればいいの？　彼が処刑されるのを黙って見ていろとでもいうの？　そんなのは耐えられない。自分がとらえられて拷問されたほうがまだましよ」

「リチャード卿は必ず助けるわ」ジェインが深いため息をついた。月明かりに照らされた顔は疲れて青ざめている。「絶対に見捨てたりはしない。エイミー、〈ピンク・カーネーション〉になりたいんでしょう？　今が絶好の機会よ。〈ピンク・カーネーション〉ならどうするか考えなさい。恐怖小説に出てくるヒロインみたいにおろおろしているだけじゃだめ。理性を働かせて考えるの。わたしたちには助っ人が必要だし、どうするのがいちばんいいか、作戦を練らなければならないわ」厳しい口調で諭した。

ジェインの言うとおりだと思いながらも、エイミーは体の震えを止められなかった。「リチャードのご家族に頼みましょう。彼の家に行けば、〈紫りんどう〉の仲間がいるかもしれない。きっと力になってくれるわ」

一瞬たりとも無駄にしたくなかった。エイミーは立ちあがって走りだした。警察省の残忍さはふたりとも聞いていた。虐待や拷問どころか、黒魔術まで使っているのではないかと噂されている。イギリスの諜報員が逮捕され、二度と戻ってこなかったというのはよくある話だ。それよりひどいのは――どちらがより不幸かはわからないが――身も心も廃人のようになって送り返されてくることだ。

ふたりはうるさい酔っ払いの脇を駆け抜け、汚い水たまりに足を突っこみながら、曲がりくねった道をひたすら走った。ジェインがぬかるみで転んだ。エイミーはその体を抱きあげ、また急いで前に進んだ。

激しい後悔の念に襲われていた。リチャードの言ったとおりだ。彼はわたしにかかわるべきじゃなかった。わたしに出会ってさえいなければ、今ごろはまだ自由の身でいられたのに。ドラローシュは病的なまでに執念深く、職務上の理由からだけではなく、個人的な恨みからもリチャードを拷問にかけたがっている。ああ、わたしが浅はかだったばかりに……。どうして気づかなかったのだろう。今にして思えば、ドラローシュの馬丁はあまりに口が軽すぎた。あれでは子供でも罠だとわかりそうなものだ。それなのにわたしは調子にのって、ドラローシュの予定を簡単に探りだせたのは自分に諜報員としての才覚があるからだと思いこんだ。本当はフランス警察省に格好の手駒として使われていたとも知らずに……。おまけにわたしはリチャードをあの場に引き留めた。警察大臣補佐官の部屋でいつまでもぐずぐず話していたなんて、愚かにもほどがある。わたしがドラローシュの部下だったとしても、これほど上手にリチャードを罠にかけられたかどうかわからないくらいだ。

自分たちの秘密結社を作るというのは、リチャードと革命政府の両方に泡を吹かせられる一挙両得のすばらしい考えに思えた。それがどんな結果を招くことになるか、なぜよく考えなかったのだろう。ディードリよりはるかにひどい裏切りだ。ディードリはただ秘密をぽろりとしゃべってしまっただけだけれど、わたしのしたことはもっとたちが悪い。リチャードが命の危険を冒してまでも〈紫りんどう〉として活動しているのを知っていながら、その彼の邪魔をしようとしたのだから。こうなることは予見すべきだった。ちゃんと考えればわかったことなのに。

肺が苦しく、脚が痛かったが、それでもエイミーは自虐的に〝もし〟と自分に問いつづけるのをやめなかった。もし自尊心を傷つけられたことにわたしがこんなにこだわっていなかったら？　もしすべてを知っているとリチャードに話して、それでも愛していると伝えていたら？

もし彼を取り戻せたら、そのときは心の底から謝ろう。二度とつまらないことで文句をつけたりしない。リチャードの顔を眺めていられたらそれだけで充分だ。愛されなくてもかまわない。彼が無事でさえいてくれたら。

エイミーは断片的に浮かぶリチャードの記憶にしがみついた。いたずらをたくらんでいるかのように輝く緑の目、愉快なことに出合ったとき少しゆがむ口元、少年のような人懐っこい笑顔。おもしろいことを言い、わたしの手を取り、わたしをからかう彼……。

リチャードの自宅へは一度しか行ったことがない。レディ・アピントンからお茶に誘われたときだ。そのうえパリの通りはわかりにくく、方向感覚に優れたジェインがいるというのに道に迷ってしまい、ようやく玄関先にたどりついたときには貴重な時間をずいぶん無駄にしていた。エイミーはあせって、金属製のノッカーを激しくドアに打ちつけた。急にドアが開き、つんのめって玄関広間に転がりこんだ。

銀髪の執事が鼻をひくひく動かした。馬丁から奪い取ってきた服が臭いを発しているのだろう。執事は倒れているエイミーを磨かれた靴先でそっと押しやると、不快そうに言った。

「物売りなら裏口にまわりなさい」

　重い木製のドアが閉じかけた。

「スタイルズ、どなたなの？」玄関広間の奥から声が聞こえた。ドアの隙間から見あげると、階段の上にレディ・アピントンが立っていた。化粧着をはおり、リボンのついたナイトキャップをかぶってはいるが、その姿は守護天使のように輝いて見えた。

「エイミー・バルコートとジェイン・ウーリストンです」エイミーは叫び、慌てて立ちあがった。

「こんな遅い時刻にお邪魔して申し訳ありません」ジェインが礼儀正しくつけ加える。

「なにをしているの、スタイルズ。早くおふたりを入れてさしあげなさい」レディ・アピントンは足早に階段をおりた。「まあ……」珍しく言葉に詰まり、唖然とした顔でふたりの風変わりな格好を眺めた。

「リチャードが……」エイミーはレディ・アピントンの手を握った。「警察省に連れていかれたんです」

　手にした蠟燭に照らされたレディ・アピントンの顔が青ざめた。彼女は燭台を置いた。

「だったら助けないと」

「お母様？」ヘンリエッタが白い亜麻布のネグリジェをひらひらさせて階段を駆けおりてきた。「なにかあったの？　まあ、エイミー！　どうしたの、こんな遅くに？」

マイルズとジェフが廊下の奥のドアから現れ、アピントン侯爵も階段の上に姿を見せた。レディ・アピントンが厳しい顔でみなの顔を見まわした。こういう表情はリチャードにそっくりだと思い、エイミーは胸が痛んだ。

「リチャードが警察省に連行されたそうよ。あなた――」

アピントン侯爵は妻の言葉を最後まで聞かずに答えた。

「大使館へ行って、ウイットワースと話をしてくる」

「ありがとう」夫妻が険しい表情で視線を交わしたのを見て、エイミーは涙がこみあげそうになった。

ヘンリエッタがエイミーのそばへ寄った。「なにがあったの？　任務に失敗したのね？」

「任務？　なんの話なの？」夫が執事から帽子と外套を受け取って玄関を出ていくと、レディ・アピントンはエイミーとヘンリエッタに視線を戻した。そしてヘンリエッタが薄手のネグリジェ姿であることに気づき、緑の目をしばたたいて娘に警告した。「ヘンリエッタ・アン・セルウィック、今すぐに化粧着を着てきなさい！」

そのひと言に、マイルズとジェフがヘンリエッタを振り返った。マイルズはぽかんと口を開け、親友の妹でさえなければ口笛のひとつも吹きたそうな顔をした。「おっと……」ジェフは紳士らしく、戸惑った様子を見せた。

ヘンリエッタはふたりを無視した。

「いやよ、大事な話を聞き逃すかもしれないもの」

「その任務とやらの件はもう知っているんでしょう?」レディ・アピントンがすごみをきかせた。

「だけど――」

「行きなさい!」

ヘンリエッタは部屋に戻った。

レディ・アピントンは心配そうな面々を見まわし、いくらか冷静になった。「ここで立ち話をしていてもしかたがないわ。応接間に行って座りましょう。ジェフ、スタイルズにお茶の用意をさせてちょうだい。今夜は長い夜になりそうだもの、元気をつけなくてはね。エイミー、なにがあったのか話して」

少人数だがよく統制の取れた軍隊のように、四人はレディ・アピントンについて応接間に入った。エイミーは〈紫りんどう〉を出し抜いてスイスの金塊を奪う計画について説明した。どうしてそんなことを思いたったのかという理由は黙っていたが、レディ・アピントンはなにか察したらしく目を細め、こんなときでなければ楽しんでいるのかと思うような表情を浮かべた。

「すばらしい作戦だわ」上座にある大きなブロケード張りの椅子で、昔を懐かしむ顔になった。「わたしがあなたの立場でも、きっと同じようなことを考えたでしょうね」そう言うと、またきびきびとした口調に戻った。「でも、今はそんな話をしている場合じゃないわ。リチャードのことをなんとかしないと。ジェフ?」

「なんでしょう？」

「警察省はリチャードをどこへ連れていったのかわかる？」

ジェフが即答した。「大物を相手にするとき、ドラローシュは特別な尋問部屋を使います。おそらく、しばらくは独房に閉じこめて不安定な精神状態にしたあと、その尋問部屋に移すと思われます。地下にあるので、窓からの侵入は不可能です」

「番兵のふりをすることはできないかしら？」エイミーは尋ねた。「頭を殴りつけて軍服を奪い取って、番兵の格好をして入りこむというのはどう？」

ジェフは首を振った。「お勧めしないな。番兵の数が多すぎる」

ヘンリエッタが応接間に駆けこんできた。襟の詰まった濃い色の化粧着を着ているが、ボタンを全部かけ違えている。「話はどこまで進んだの？」

「リチャードをどうやって独房から救出するかというところまでよ」レディ・アピントンが答えた。

「それならいい考えがあるわ。番兵の頭を殴りつけて――」

「残念だな。その案はたった今出たところだ」マイルズがさえぎった。そしてヘンリエッタの頭のてっぺんから爪先まで眺めると、服を着たいつもの姿にほっとしたのか、体の力を抜いてつけ加えた。「ミス・バルコートが提案したが、その作戦はなしになった」

「じゃあ、どうしろというのよ」ヘンリエッタがエイミーの隣に腰をおろす。

「ほらほら」レディ・アピントンが厳しい顔で割って入った。「今は口喧嘩をしているときではないでしょう。あら、お茶が来たわ。ヘンリエッタ、みなさんにお注ぎして」

「こういうのはどうでしょう？」マイルズが横柄な態度でちらりとヘンリエッタを見た。ヘンリエッタはお茶の支度を始めながら、彼に向けて顔をしかめた。「ジェフとぼくが自首しに来たと言って、警察省に出頭するんです。そして番兵に襲いかかって――」

「頭を殴るの？」ヘンリエッタがマイルズに紅茶の入ったカップを手渡した。

「のみこみが早いな、お嬢さん」

「不確定な要素が多すぎます」ジェインが静かに口を挟んだ。汚い男物の服に身を包み、口のまわりに髭を描いているが、それでも上品で落ち着いて見えた。「おそらくおふたりは番兵に身柄を拘束されて、わたしたちはひとりではなく三人を救出しなければならない状況に追いこまれるでしょう。番兵の頭を殴るという考えはひとまず忘れて、もっと目立たない方法を探すのが良策だと思われます」

「誰かになりすまして潜りこめないかしら」エイミーはぽつりと言った。まるでごく普通のお茶会のような和やかな会話にじれったくなり、金箔《きんぱく》の貼られた椅子の上で身をよじった。

「このなかで誰か、警察省の関係者に似ている人はいないの？」

「ジェフはフーシェに似ているぞ」マイルズが言った。

五人がいっせいにマイルズをにらんだ。

「真面目な話だ」彼は抗議した。「そう思わないか？　それに警察大臣なら、警察省に入りこむのも簡単だ」

ジェインが残念そうに首を振る。「申し訳ないけれど、ちっとも似ていないと思います」

「大きな帽子でもかぶらせたらどうだ？」

「彼女の言うとおりだよ」ジェフがせわしなく三杯目のお茶を飲みながら答えた。「帽子じゃ身長はごまかせない。それに番兵は毎日のようにフーシェを見ているんだ。当然、顔の見分けぐらいはつく」

エイミーはもどかしさに立ちあがった。

「お願いだからもっと真剣に考えて。あなたたち、誰かを脱獄させたことはないの？」

ジェフが一瞬明るい顔をしたが、すぐに首を振った。

「ほかの監獄ならもちろん経験はある。だが、ドラローシュのところからはない」

意気消沈した雰囲気のなか、アピントン侯爵が帰ってきた。肩を落としている様子をみると、どうやら外務省筋との交渉はうまくいかなかったらしい。

「ウイットワースは助けにならない」アピントン侯爵が疲れた声で報告した。「つい先日、ナポレオンとマルタ島に関してなにやら口論してしまったらしい。ちょうど荷造りをしている最中で、力にはなれないと言われてしまった」

「自力でなんとかするしかないということね。予想どおりだわ」レディ・アピントンが答える。

アピントン侯爵が妻の手を握りしめた。「そうだな」ジェフに鋭い視線を向けた。「そのドラローシュという男は賄賂で動いたりはしないんだろうな？」

「絶対に無理ですね」

「まあ、そうだろうと思った。信念を持った異常者ほど怖いものはない」

ジェインが灰色の目で宙を見据えた。「ひとつ方法があるかもしれません。エイミー、昔、歯に煤を塗ったことを覚えている？」ジェインがこんなふうにじれったいくらい持ってまわった言い方をするのは、なにかとてつもないことを思いついたときだ。

エイミーはうなずきながら、それがなにかを必死に考えた。

「もちろんよ。あれはたしか……わかった、使用人ね！」

「ぼくたちにもわかるように説明してくれないかな」マイルズが言う。

「使用人を集めて警察省を襲わせるの？」ヘンリエッタが紅茶のカップから視線をあげ、納得した顔になった。「なかなかよさそうね」

「違うわ」慌てて首を振ったせいで、エイミーの頭から毛糸の帽子が落ちた。「わたしたちが使用人に変装するの。警察省だって掃除をする人はいるはずよ。バケツを持った掃除婦なら、警察省に入っていっても怪しまれないわ。ジェイン、さすがよ！」

「すばらしいわ！」レディ・アピントンが賞賛した。「そのとおりよ。誰も掃除婦の顔なんて見ていないわ。ジェフ、警察省の入館証は作れる？」

「ドラローシュの紋章の模造品を持っていますから、それは大丈夫ですが……」ジェフが答える。「まさかご自分が行かれるおつもりじゃないでしょうね？」

全員がいっせいにしゃべりだした。アピントン侯爵とジェフとマイルズは、危険だからやめるようにとレディ・アピントンとエイミーの説得に努めた。エイミーは、止めたければドアも窓もない塔に自分を閉じこめるしかない、そんなものはこの近くにはないけれど、と言い張った。マイルズは、自分はリチャードの親友なのだから行くしかないと主張した。アピントン侯爵は家長の特権を行使してテーブルを叩いた。普段は穏やかなジェフまでも、いつになく声を張りあげ、リチャードが監禁されている場所を知っているのは自分だけだと決定的なひと言を発した。

「あなたたちが女性に扮した姿なんて、見るもおぞましいだけよ」レディ・アピントンが有無を言わせぬ声で全員を黙らせた。「もちろんわたしとエイミーにしたところで、正体を見破られる可能性はあるわ。だけどたとえつかまっても、あなたたち男性よりはましな待遇を受けられるはずよ」

「それに……」ジェインが落ち着き払った声で口を挟んだ。「スイスからの金塊を強奪しに行く人も必要です」

「そうだ、そっちの件を忘れていた」マイルズがうめく。

「〈ピンク・カーネーション〉は計画どおり金塊を奪います」ジェインがきっぱりと言いきった。「〈紫りんどう〉がとらわれの身となっている今だからこそ、なおさら〈ピンク・カーネーション〉の登場が重要になりますから。ただ、エイミーがリチャード卿の救出にまわるなら、金塊のほうの人手が足りなくなります」

マイルズが力強くうなずいた。「ぼくが行こう」

「わたしも！」ヘンリエッタも声をあげる。

レディ・アピントンが厳しい声を出した。「あなたは家にいなさい。革命政府に子供がふたりもとらえられたら、母親として耐えられないわ。わかったわね」ヘンリエッタがそれ以上なにか言いだす前に、一方的に結論を下した。「エイミーとわたしがリチャードを助けに行くわ。ジェフ、案内役として一緒に来てちょうだい。マイルズとジェインとアピントン侯爵は金塊のほうをお願い。それでいいかしら？」

全員が紅茶のカップを置いて立ちあがり、銘々がなすべきことを口にした。エイミーは使用人部屋へ行って服を借りてくると言った。ジェインは従僕を呼び、ミス・グウェンにリチャード卿の家に来るよう伝えてくれと頼んだ。ヘンリエッタがじれったそうな声を出した。

「でも、お母様――」

「〝でも〟はなしです」

ヘンリエッタはいらだちもあらわに唇を引き結んだ。「もう一緒に行きたいと言って駄々をこねるつもりはないわ。でも、みんな、大事なことをひとつ忘れているわよ。お兄様を助けだしたあと、どうやってパリから脱出させるの？」

まだひとり紅茶を飲んでいたマイルズがカップを手から落とした。そんなに重要なことにどうして誰も気がつかなかったのだろうと、エイミーは愕然とした。誰もが呆然としているところをみると、誰もそれに思い至らなかったらしい。エイミーは急いで考えをめぐらせた。オテル・ド・バルコートにかくまっておけないだろうか。警察省はそのうちに別の標的を見つけ、リチャードをあきらめるかもしれない。

ジェインがにっこりした。「それならいい方法があるわ。馬車と船を用意できて、わたしたちのためなら喜んで使わせてくれる男性をひとり知っているの」

「マーストンね！」エイミーは叫んだ。

「そうよ」ジェインが答える。「どなたかジョルジュ・マーストン卿を訪ねてくださいませんでしょうか。わたしが書類を持っていることを思いださせてあげれば、喜んで応じてくださると思いますわ」

「わたしが行こう。道を教えてくれ」アピントン侯爵がジェインのほうへ寄った。

ジェインはうなずいて感謝の意を示した。「御者はこちらの人に代えたほうがいいかもしれません。それからカレーに何人か人をやって、船を押さえさせてください。マーストンの約束は信用できませんから」

マイルズが珍しく真面目な顔で使用人を呼ぶ鈴の紐を引いた。「この家の御者なら安心して任せられる。それからスタイルズに従僕を五人つけて、先にカレーへ行かせるとしよう。その件についてはぼくから話しておく」

「行きましょう」エイミーはほかの人々を促し、ドアを出ようとした。

あとをついてきたレディ・アピントンが、もう一度振り返った。

「馬車をオテル・ド・バルコートへまわしておいて。警察省の人に少しでも知恵があれば、この屋敷には見張りをつけるでしょうから。まあ、あまり頭のいい人たちだとは思えないけど、そこに賭けるわけにはいかないわ。夜中の一時にオテル・ド・バルコートで落ちあいましょう。もしその時刻までにわたしたちが戻らなかったら……」

エイミーはレディ・アピントンの話を最後まで聞かず、さっさと使用人部屋へ向かった。計画が失敗したときのことを考えてもしかたがない。この瞬間にもリチャードはドラローシュから拷問を受けているかもしれないのだから……。

37

足音が聞こえ、扉の前で止まった。

リチャードは縛られた手を床につき、身をよじりながら立ちあがった。数時間前、番兵に不必要なまでの乱暴さでこの独房に放りこまれた。そんなことをするのは力の無駄遣いだと忠告を与えてやったにもかかわらず、番兵は豚のように鼻を鳴らしただけで、せっかくの助言を無視した。けち臭いことに番兵は、彼がひそかに練っていた逃亡作戦を実行に移す機会を与えてくれようともしなかった。もし番兵が縄を解くためにうつむいたら、その頭を殴りつけ、軍服を奪ってやろうと考えていたのに、そうできなくて残念だ。二年前はこの計画がみごとに成功した。番兵はそのときの噂を聞いていたのかもしれない。だから、頑として縄を解こうとしなかったのだろう。しかたがないのでここ数時間は、藁の散らばった床に寝転がったまま、ただひとつのことを心配していた。ドラローシュのことでも、あの頭がどうかした男がいそいそと準備しているであろう拷問のことでもない。エイミーだ。あの裏路地で腕を縛られたまま地面に転がされていた姿が脳裏から離れない。

鍵のまわる耳障りな音がしたあと、扉が蹴られた。「さっさと開けんか、この愚か者め！」

怒鳴り声がした。

「固いんです」答える声は震えていた。

罵倒の言葉が響き、また扉が激しく揺れ、そして開いた。体当たりをしたのか、ふたりの番兵が独房に転がりこんだ。その後ろにはドラローシュが立っていた。いつ見ても笑える男だ。背が低くて痩せており、全身黒ずくめの服装をしている。イギリスの政治家オリヴァー・クロムウェルを安っぽくしたような格好だ。こちらに踏みだした足の先を見ると、ブーツがひどく汚れていた。リチャードは縛られた足で一歩前に跳び、からかうようにお辞儀をしてみせた。

「やっとおまえに会えた」ドラローシュがだみ声で言った。

「そうだな」リチャードは穏やかに答えた。「たしか初めて顔を合わせたのは、マダム・ボナパルトのパーティだったと記憶している」

「いくら権力者の友人がいようが、助けは期待しないほうがいい。ここではわたしが絶対だ」ドラローシュが薄気味悪く笑った。

「そのがら声は医者に診てもらったほうがいいぞ」リチャードはさも心配しているふうにして相手の顔をのぞきこんだ。「こんな隙間風の入る牢獄《ろうごく》をぶらぶら歩きまわるのを趣味にしているから、体を壊したんじゃないのか？」

「ふん。自分の体の心配をしておけ」その嫌みな笑い方がそろそろリチャードの鼻につきはじめた。床に散らばる藁や砂利を踏みながらぐるぐる歩きまわるのも、やめてほしい。ずっと見ていると首が痛くなる。

ドラローシュはがに股の脚で扉へ近づき、手を打ち鳴らして大声を出した。

「尋問部屋の用意をしろ！」

「いつものほうですか？」ひとりの番兵が石造りの戸枠の向こう側に立ったまま、恐る恐る尋ねた。

「いや、違う」ドラローシュがまた下卑た笑い声をあげた。「特別室のほうだ」

番兵が青ざめたのを見て、リチャードは気分が悪くなった。

何階か階段をおりて地下通路を進んだところで、ドラローシュはわが家を自慢する女主人のように、その特別室とやらの扉を誇らしげに開けた。

「見ろ！」ドラローシュが高らかに命じた。番兵はリチャードを部屋のなかに押しこむと、慌てて廊下へ戻った。

床に落ちている藁のせいで足を少し滑らせながらも、リチャードは部屋の内部を見た。警察省には特別な尋問部屋があるらしいとリチャードとジェフは耳にしていた。諜報員のあいだで噂がささやかれていたのだ。〝フランス警察省へのいやがらせ作戦〟の一環としてこの特別な部屋に侵入することも考えていたのだが、実行に移す機会がないまま今に至っている。正直なところ、じつは警察省が革命政府の敵を威嚇するためにでっちあげた作り話ではないかと思っていた。もちろん、ドラローシュが哀れな犠牲者をいたぶる小部屋ぐらいはあるだろうし、あの男のことだから親指を締めつける責め具のひとつぐらいは持っているかもしれない。だが、まさかこれほど本格的な拷問のための部屋だとは想像もしていなかった。これはあまりに中世的だし、芝居がかっているし、それに……ドラローシュらしい。くそっ。この程度のことは想像してしかるべきだった。

「おまえの友達か？」リチャードは壁に並んだ槍の先にかけてある頭蓋骨の数々を指さした。

「いや」ドラローシュが答える。「おまえがもうすぐ友達になるやつらだ」

その言葉をリチャードはほとんど聞いていなかった。この異様な状況に会話を続ける気力さえ失せていた。こいつは思っていた以上に頭がどうかしているらしい。頭蓋骨はやや埃をかぶっているが、拷問具はどれも手入れが行き届いている。これだけのおもちゃをそろえるには、おそらくヨーロッパじゅうの城という城の地下牢を探しまわったのだろう。サド侯爵が好きそうな道具のほかに、その昔、魔女狩りの責め具として使われていたと思われるものまでそろっている。ドラローシュからあまり長く目を離していたくないため急いで見まわしたところでは、〝鉄の処女〟が少なくとも二体、大小さまざまな親指締め具がざっと一〇個、それに上等な拷問台が一台あった。ドラローシュはそのひとつひとつに声をかけてまわっているように見えた。さすがに名前までは呼ばなかったが、いかにもいとおしげになでている。いや、こいつのことだから、じつはひそかに名前をつけているのかもしれない。

部屋の奥でドラローシュが両刃の斧《おの》をそっと台に置いた。両方の刃を際立たせるため、特別に作らせた台のようだ。「さて、どれからいくかな」ドラローシュが寄ってきた。願わくはまだその段階には進みたくない。ほかに挨拶すべき道具はないのか？「この場にふさわしく、かつ趣のあるものがいいな。拷問は芸術だよ。細心の注意を払い、巧みに進めなければならない。イギリス人は尋問になにを使うんだ？　拷問台か？　それともこぶしか？」

「たいしたことはない」リチャードはのんびりした口調で答えた。「〝法の定める適正な手続き〟というのに則《のっと》るだけだ」

ドラローシュは一瞬、興味深そうな顔をしたあと、肩をすくめた。「それがなんであるにせよ、すべての犯罪者に対して同じ方法をとるのは素人のすることだ。われわれは相手によって手法を変える」

「さすがだな」

「お世辞を言っても無駄だぞ。わたしはおまえたちイギリス人が愛してやまない紅茶に毒を盛ることもできる。いやいや、殺したりはしない。ただ苦しませるだけだ。進んで自白したくなるほどのたうちまわる薬だよ。あるいはマダム・ギロチンから国家の敵を数多く奪った罰に、どこか体の一部を切断してもいい」

「頭から始めたらどうだ？」

ドラローシュが拷問方法を決めかねているあいだに、リチャードは縄が緩んでいないかと手首を動かしてみた。だが、無駄だった。それでも、背後ではなく体の前で腕を縛られているだけましだと思い直した。ドラローシュが近くに来たら、不意を突いて頭を殴ることもできる。本当はそのあと蹴りを入れたいところだが、脚を縛られているため、そんなことをしたらこっちがひっくり返るのが関の山だろう。

「わかったぞ！」リチャードはこれまでに四つほど拷問方法を聞き流していたが、ドラローシュがあまりに嬉々とした声をあげたため、思わず耳を傾けた。「おまえは女と一緒にいるのが好きらしいから」ドラローシュはあざけるように笑った。「あの片隅にいるレディを紹介してやろう」

ドラローシュが〝鉄の処女〟へ腕を伸ばした。それは凝った装飾が施された拷問具だった。そういえば、エジプトでこれに似たミイラの棺を見たなとリチャードは思った。全体が女性像に見えるよう、蓋に絵が描かれている。内側の構造を知っているせいか、心なしかその顔が血に飢えているもののように見えた。

取っ手はスカートの赤と金の模様に溶けこむように作られていた。ドラローシュがそれをつかみ、趣味の悪い女性像が描かれた蓋をゆっくりと開いた。内部は釘だらけだった。〈紫りんどう〉として過ごした長い経験のなかで、リチャードは初めて本気でもうだめかもしれないと思った。ドラローシュの裏をかくすべを思いつかない。これはかなりつらい最期になりそうだ。

もちろん、今までもずっと死は覚悟してきた。〈紅はこべ〉の組織に入る者は、命を落とす可能性について必ずパーシーから説明を受ける。初めのうちはそれを差し迫ったものとして感じていたわけではなかったが、トニーの悲劇を見て考えが変わった。自分にもいつ同じ運命が訪れてもおかしくない。なぜならトニーを死に追いやった男なのだから。そのあとの数カ月は、自殺行為とすら言える無謀さで任務にあたった。死は避けられないものではないにしても、常に可能性として身近にあった。それでもぼくは生き残った。運命とは不可解なものだ。

腹をくくったことは何度もある。監獄に忍びこむときや、武装した敵のまっただなかに突っこむときはいつも、自分はすばらしい人生を送ってきたと思った。ここで死んでも、ぼくには誇れるものがある。誰もがこんなふうに人生の幕を閉じられるわけではないと。

それなのに、どうして今はそんなふうに感じられないんだ？　英雄としての誇りを思いだせ。ギリシア神話を見ればアイアスやアキレスなど、手本はいくらでもあるじゃないか。

だが、今はエイミーのことで頭がいっぱいだ。

ヘンリー五世がフランスのオンフルールで戦った場面を考えようとしても、まぶたに浮かぶのは机の下から出てきたエイミーの姿だ。アキレスがトロイの壁の前で雄たけびをあげている姿を頭に描こうとしても、エイミーがマーストンの鼻をへし折ったときのことが思いだされる。エイミー、エイミー、エイミー、彼女のことばかりだ。たびたびとんでもないところに姿を現し、驚かせてくれたものだ。リチャードは思わず笑みを浮かべそうになったが、ドラローシュを見て現実に引き戻された。ドラローシュは釘のとがり具合を確かめるように指先で触れていたが、慌てて腕を引き、ハンカチを手に押しあてた。

くそっ、まだ死にたくない。トニーがあんなことになったあとでさえ、心底死んでしまいたいと思ったことはなかった。まして今は……。ここで力尽きてしまったら、エイミーに愛していると伝えられなくなる。

ドラローシュが血のついたハンカチを投げ捨てて、リチャードに歩み寄った。

「セルウィック、覚悟しろ」鼻息も荒く言う。

マイルズとジェフが救出に来てくれることを、リチャードは心の底から願った。


「こんなにいくつも部屋があるとは思いませんでした」エイミーはささやいた。

ごつごつした石壁に背中を押しあて、もう一度、廊下の角からそっと顔を出した。だめ、まだいるわ。帯鉄のついた大きな木製の扉の前に、紺色の軍服を着てマスケット銃を手にした三人の番兵が立っている。この廊下にはほかに五つ部屋があった。そのうちの四つは鉄格子のついた普通の牢だ。ひとつの牢でなにかが動き、別のひとつでは痩せた腕のようなものが見えた。五つ目の部屋は、番兵が立っている部屋の小型版に見えた。扉は鉄製の蝶番と飾り鋲のついた重そうなオーク材でできていて、男性の顔の高さに小窓があり、今はそこが閉まっている。エイミーはまた大きな扉に目を戻した。そちらの小窓も閉まっている。扉が厚くて壁が石造りのため、部屋のなかの音は聞こえてこない。だが、エイミーには確信があった。あそこがドラローシュの特別な尋問部屋だ。あのなかにリチャードがいる。

三人の番兵をどうすればいいの？

警察省の建物に入るだけでも神経のすり減る思いだった。入口で番兵に止められ入館証を提示しろと言われたときは、心臓が止まるかと思った。疑っているのか、あるいは視力が悪いのか、番兵はジェフが偽造した入館証をやけにじっくり見ていた。エイミーとレディ・アピントンは互いの顔を見ないよう努めた。そんなまねをすれば、いかにもやましいことをしていますと言っているようなものだ。永遠とも思える時間が過ぎたのち、番兵はぞんざいに入館証を返し、建物に入るのを許可した。実際はせいぜい三〇秒程度だったのだろう。

そのあと番兵は、バケツの中身を見せろと太い声で言った。「今夜はとくに厳重に警戒しろと言われてるんだ」エイミーが手にしていたバケツの水が跳ね、縁にかけていた雑巾が水のなかに落ちた。ふくらはぎにあたっている短剣の鞘《さや》が気になってしかたがなかったが、懸命にさりげないふうを装った。そして掃除婦らしく、バケツの重みに負けたように少し体を傾けて立っていた。

エイミーはちらりと隣に視線をやり、ジェインの手仕事のすばらしさと、レディ・アピントンの芝居のうまさに感嘆した。まさかこの女性がイギリスの侯爵夫人だとは誰も思わないだろう。銀色のまじった金髪は、灰をかけて大胆にとかしたせいで傷んだ白髪に変わっている。頭にかぶっている煤をこすりつけた布は、元はハンカチだったものが雑巾になり、今は頭用に使われているように見えた。よれよれの茶色いドレスを着て腰を曲げ、いかにも寒そうに分厚いショールを二枚もはおっている姿は老婆そのものだ。顔までが別人だった。ジェインが炭で目尻のしわを目立たせたせいもあるが、それよりもとろんとした目やぽかんと開いた口の芝居が、全体の印象を大きく変えていた。

第一関門を突破して、エイミーとレディ・アピントンは真夜中の廊下を進んだ。壁際に並んだたいまつの明かりがバケツの水に映って揺らめく。ふたりは地下牢へ続く階段をおりた。

物陰には隠れず、堂々と明かりのなかにいるようにした。マイルズに、そのほうが怪しまれない、掃除婦はこそこそしたりしないものだと忠告されたからだ。

地階の廊下の敷石は音が響くので、エイミーとレディ・アピントンは靴を脱いだ。ふたりの脇を通るのは兵士ばかりだった。兵士たちの拍車のついたブーツの足音は遠くからでもよく聞こえたため、誰かが近づいてくるとふたりは充分な余裕を持って膝をつき、掃除に没頭しているふりができた。

だが、ここまでの苦労が水の泡になるのではないかと思えるほど、目の前に立ちはだかる障害は大きかった。あの三人の番兵をどうにかしないと、尋問部屋には入れない。だけど、こちらの武器はあまりに貧弱だわ、とエイミーは心細く思った。空想のなかでは、いつも片手に剣、もう一方の手に銃を持って戦ってきた。剣も拳銃も扱い方を習った経験はないが、そんなことはかまわない。屈強な男たちが護衛についていたからだ。剣や銃の扱いに長けた〈紫りんどう〉の仲間たちだ。まさか現実にはパリでいちばん警備体制の厳しい建物の地下牢に、決して若くはない侯爵夫人とふたりきりで侵入するはめになるとは思わなかった。しかも武器は、ふくらはぎに紐で縛りつけた短剣が一本と、アピントン侯爵が最後に撃ったのが一七七二年という決闘用の拳銃が一挺《ちょう》と、アヘンを入れたブランデーの小瓶が一本だけだ。乱闘になったらブランデーなど役に立たないとマイルズは言ったが、ジェインが持っていくように勧めた。瓶は棍棒代わりになるだろうとエイミーは判断した。

こっちにあるのは短剣と拳銃と瓶。あっちはマスケット銃で武装した大柄な番兵が三人。

「部屋のなかにも番兵はいるんでしょうか？」エイミーは小声で尋ね、鞘のなかにちゃんと短剣が入っているかどうか確かめた。

「そのときはそのときよ」レディ・アピントンが分厚いショールの下に隠した銃を軽く叩く。「さあ、敵を少しばかり驚かせてやりましょう」

エイミーは胸元を留めている紐を緩め、襟ぐりをきわどいところまで引きさげた。これで武器が四つになったわ、と楽観的に考えた。革命軍の兵士だろうが、男性であることに変わりはない。若い女性の体を目の前にしながら無視することなどできないはずだ。使用人部屋で服を選ぶとき、ジェインはまさにその目的にかなうものを探した。そしてこの襟ぐりが深くて前身ごろを紐で編みあげるブラウスと、腰の線がはっきりわかり、足首のよく見えるウールのスカートを見つけだした。

「ええ、行きましょう」

ふたりは床に膝をつき、雑巾で敷石を拭きながら廊下の角を曲がった。バケツの水で雑巾を洗ってはまた敷石を拭く作業を繰り返し、二メートルほど番兵に近づいた。もう一度雑巾を洗い、さらに一メートル進んだ。ブーツを履いて黒いゲートルをつけた三人の足が見えている。掃除の仕方がいいかげんなのに気づかれていないだろうかと、エイミーは不安になった。もっともこの汚れ具合から察するに、もう長いあいだ掃除などしていない様子だから、べつにきれいにならなくても誰も気にしないのかもしれない。あのしみは血の跡かしら？エイミーは茶色いしみを避け、服が触れないようにスカートをたぐり寄せた。

「そこの女！」ひとりの足が列から離れ、エイミーのほうへ近づいた。

エイミーは四つんばいのまま顔をあげたが、ブーツ、ゲートル、紺色のズボンまで見えたところで首があがらなくなり、上半身を起こした。いちばん体の大きな番兵だった。おそらく三人のなかではリーダー格なのだろう。三日間は放置していると思われる無精髭を生やし、顎の肉が垂れさがり、巨人ゴリアテを思わせる。ひと筋縄ではいかないだろうとエイミーは覚悟した。あとのふたりは扉の両側に立っていた。あくびをしているほうは体が極端に小さく、さしずめゴリアテを倒した少年ダビデといった感じだ。残るひとりは肌が浅黒く、体は引きしまり、エイミーがジェインの口のまわりに描いたのとはまったく違う細い口髭をたくわえていた。いつでも飛びだせるようにじっと力をためているような怖さがある。まるでぱちんこ《スリングショット》だ、とエイミーは思った。要注意人物だと考えたほうがいいだろう。

「おい、そこの女！」ゴリアテが怒鳴った。

「はい？」

「こんなところでなにをしてるんだ？」

エイミーはバケツに視線をやり、隣で同じ敷石をぐるぐると拭いているレディ・アピントンを見た。「掃除ですけど？」

「そんなことは言われなくてもわかる」ゴリアテは顎の無精髭をなでた。「この階はきれいにしなくてもいいと誰かに言われなかったのか？」

いらだってはいるが、疑ってはいないらしい。エイミーはひそかに安堵《あんど》の息をつき、戸惑った顔をしてみせた。「いいえ」立ちあがり、継ぎのあたったスカートの埃を払った。「ただ床を掃除しろと言われただけよね、母さん？」

「ええ、ええ」レディ・アピントンがかすれ声で答えた。それ以上しゃべると、イギリス訛りが出てしまう。

番兵がうなずいた。「うっかりしてたんだろうな。この建物はでかいからな」

エイミーはそのとおりとばかりにうなずき、相手の注意を引かないように気をつけながら、じわじわと扉に近づいた。「ここはしなくていいんなら、そりゃあうれしいわ。これなら夜明け前にベッドに入れるかも。母さんは明日も仕事なの。サン・ジェルマン地区の立派なお屋敷よ」いかにも貴族を軽蔑しているというふうに顔をしかめてみせた。

「長い夜だな」番兵がうなずく。

「ええ、ええ」レディ・アピントンが答えた。

驚いたことに、番兵は笑みを浮かべた。「感じのいいばあさんだな」

レディ・アピントンは煤を塗った汚い歯をのぞかせ、うれしそうににっこりした。「ええ、ええ」煤や松脂を使って変装する方法は必ず役に立つ日が来ると、エイミーはずっと思っていたのだ。

つられて笑いそうになったとき、尋問部屋からかすかな音が聞こえ、レディ・アピントンの芝居を見て愉快になりかけた気持ちが消え去った。この扉の向こうにリチャードがいる。尋問されて、もしかすると、いいえ、おそらくは拷問も受けているだろう。余計なおしゃべりはもうおしまいだ。

エイミーは肩をそらして少し前かがみになり、緩めたブラウスのなかがのぞけるようにした。ダビデがほうけた顔で口を開け、同じように前かがみになった。マスケット銃がさがっている。エイミーは自分の髪に指を絡めながら、甘ったるい声で言った。

「あなたたちにとっても長い夜でしょう?」

「それほどでもないよ」ダビデは早口で言い、もっとよくエイミーの胸を拝もうと二、三歩前に出た。ひとり陥落した、とエイミーは思った。レディ・アピントンはバケツをさりげなく扉のほうへ寄せている。

ダビデをさらに扉から引き離そうとエイミーは一歩さがり、今度はゴリアテにほほえみかけた。「ひと晩じゅう立っていなければならないなんて、きっと退屈よね。わたしだったら脚が痛くなっちゃうわ。あなたは体が大きくてたくましいから、大丈夫かもしれないけど」

　いかにも同情しているという口調で言った。

　レディ・アピントンのほうから鼻を鳴らしたような音が聞こえたが、ゴリアテは気にもかけず、誇らしげに胸を突きだした。「たいしたことはないさ」

「スタミナがあるからな」ダビデが意味ありげに眉を動かす。

エイミーははっきり意味がわかったわけではなかったが、ダビデの下卑た笑いを見て、だいたいのところを察した。そこで、さもなるほどというように自分も笑ってみせ、ブラウスのなかが見えるようにまた少し前かがみになった。

ただひとりスリングショットだけは、エイミーの魅力にも胸の谷間にもなびかなかった。自分の持ち場を離れることなくしっかりマスケット銃を抱えたまま、五分前と同じ格好で立っている。彼はエイミーをうさん臭い目で見ていた。ほかのふたりより職務に忠実なのか、あるいは頭がいいのか、ネコがネズミを見るような目で眺めていた。

ネズミ？　その言葉でスリングショットを扉から引き離す方法を思いつき、エイミーはにんまりした。ゴリアテはまだ意味のない謙遜を続けていた。エイミーは叫び声をあげた。尋問部屋のなかまでは届かないが、番兵は驚く程度の叫び声だ。

「ネズミがいる！」エイミーはスカートの裾を持ちあげて片足ずつ飛び跳ねた。「ネズミよ。助けて！」

彼女はスリングショットのところに駆け寄った。驚いてよろめいたスリングショットの腕を取り、大騒ぎしながら廊下の真ん中へ引っ張りだした。

「あそこよ！」適当な場所を指さした。「あそこにいるのが見えたの！　真っ黒で、毛がふさふさして、鋭い牙があったんだから！　ああ、気持ち悪い！」エイミーはスリングショットに抱きついて動けないようにした。スリングショットの腕と体の隙間から、レディ・アピントンがはいながら尋問部屋へ近づくのが見えた。だが、すぐに扉を開けようとはしなかった。エイミーは早く入ってと手で合図を送ったが、レディ・アピントンは首を振った。どうして？　なにを待っているの？

エイミーは眉をひそめた。レディ・アピントンは喉を鳴らし、ダビデが振り返ると急いでうつむいた。わかった、ブランデーだ！

ゴリアテがエイミーの肩を叩いた。「ほらほら、もう大丈夫だ」

エイミーはスリングショットの腕をしっかりとつかんだまま、大きな目で心配そうにゴリアテを見あげた。「本当に？　これくらいあったのよ」片手で大きさを示してみせた。「脚に毛が触ったんだから」

ネズミが触れたところを見るふりをして、スカートの裾を大胆に持ちあげた。男たちの視線が脚に集まった。

「悪いネズミはおれが追っ払っといてやるから」ダビデがエイミーの脚を見ながらにやにやした。

「こんなときは……」エイミーはさりげなくスリングショットにもたれかかった。今は脚に目がいっているかもしれないが、彼女が手を離したらすぐにでも持ち場へ戻ってしまいそうな気がしたからだ。「ちょっと引っかけないとやっていられないわ」エイミーはスカートのポケットからブランデーの入った小瓶を取りだし、栓を抜いてぐいっと飲むふりをした。

「ああ、生き返るわ！」これ見よがしに手の甲で口元をぬぐった。「あなたたちもやる？」

「勤務中だからな……」ゴリアテが物欲しげに瓶に視線をくれた。

エイミーは瓶を差しだし、目をしばたたいた。

「平気よ。誰にもしゃべったりしないから」

「飲んじまえよ」ダビデがそそのかす。「でも、おれのぶんも残しといてくれよな」

ゴリアテは瓶を受け取り、たっぷりと口に含んで飲みこむと、それをダビデにまわした。ダビデもおいしそうにひと口飲み、瓶をスリングショットに差しだした。スリングショットは首を振った。「仕事中はまずい」怖い顔をしている。

「べつにちょっとぐらい――」

バン！

尋問部屋の扉が開いて壁にあたり、ダビデが驚いて黙りこんだ。レディ・アピントンがすばやく部屋に入った。スリングショットが慌ててエイミーをつかまえようとしたが、彼女はその手を振りほどき、レディ・アピントンに続いて尋問部屋へ飛びこんだ。よれよれのドレスを着た掃除婦が汚いショールから金細工の施された優雅な拳銃を取りだしたのを見て、廊下にいる番兵たちは凍りついた。

レディ・アピントンは決闘に慣れているかのような手つきで銃をドラローシュに突きつけた。

「その忌まわしい道具を捨てて、わたしの息子から離れなさい」

38

「母上？」リチャードは息をのんだ。まだ拷問されてもいないというのに、もう幻覚を見ているのか？　いや、やっぱりこれは母上だ。その後ろにいるのは……エイミー？

リチャードは目をしばたたいた。やはりエイミーに間違いない。しかもブラウスの胸元の紐を緩めているせいで、なかなか楽しい眺めとなっている。

「動かないで！」レディ・アピントンがドラローシュに言った。エイミーはその隣をすり抜け、リチャードのそばへ駆け寄った。太ったのと、背の低いのと、背が高くて痩せた三人の番兵がエイミーのあとを追おうとしたが、レディ・アピントンの銃を見て足を止めた。

「怪我はない？」エイミーはリチャードの腕を取り、複雑に結ばれた縄に指をかけた。「出血はしていないみたいだけど」

エイミーは縄をほどくことに集中し、部屋の隅にある蓋の開いた〝鉄の処女〟は見ないようにした。床に散らばった藁が素足にちくちくして、よどんだ空気の湿ったいやな臭いが鼻をつく。血と恐怖の臭いだ。エイミーは吐き気を覚えながら、結び目に爪を食いこませた。

リチャードはうつむいているエイミーの頭越しに母を見ていた。レディ・アピントンはドラローシュの脇を慎重にまわりこみ、番兵を含む四人が一度に視界に入る位置まで移動した。

「マスケット銃を捨てなさい。早く！」レディ・アピントンがいらだたしげに咳払いをした。

マスケット銃を床に置く音が三つ聞こえた。

レディ・アピントンは銃を構えながら番兵の三人をにらんだ。

「ひとりでも余計なまねをしたら、ムッシュー・ドラローシュを撃つわよ。わかった？」

三人はもぞもぞと動き、口々になにか言った。

「話もなしよ！」レディ・アピントンが銀色の握りをした銃を振り動かしたため、ドラローシュがびくりとした。「腰抜けね。心配しなくてもいいわ。これでも銃の扱いには慣れているのよ。撃つときはその気で撃つから」

母が銃を触っているところなどリチャードは見た覚えがなかった。だが、あの母のことだから実際はなにをしているかわかったものではない。そう考えるとぞっとした。そして、エイミーがスカートの下に手を入れて短剣を取りだしたときも、ぞっとした。

「結び目が固いの」リチャードのショックを受けた顔を見て、エイミーが説明した。「ほどくのは無理だわ」

「どうやってここに入ったんだ？」リチャードはめまいがしてきた。大事な血管のそばで短剣の刃が前後に動いているさまには目を向けないよう努めた。繊維の一部が切れ、わずかに縄が緩んだ。

「あとで説明するわ」エイミーが落ち着かない様子の番兵たちを不安そうにちらりと見る。

てのひらを切られそうになり、リチャードはびくりとした。

薬が効くまでにはどれくらい時間がかかるのだろう、とエイミーは思った。この小さいブランデーの瓶にジェインは一〇回分の服用量に相当する白い粉を投入し、象を一週間眠らせておけると請けあった。だが、象に似ていなくもない巨人ゴリアテも、少年ダビデも、いっこうに眠る気配がない。ダビデはあくびをしているが、廊下にいるときからそうだったし、だいたいもう真夜中だ。ふたりとも動きが鈍いようにも見えるけれども、それは薬のせいではなく、レディ・アピントンがドラローシュに銃を突きつけているからかもしれない。

「痛い」リチャードが声をあげた。

「ごめんなさい」エイミーは手元に意識を集中した。縄は少しずつ切れはじめ、リチャードが手首をひねると完全にほどけた。

彼女は膝をつき、今度は足首を縛っている縄を必死に切りはじめた。スリングショットがレディ・アピントンを見ている目つきが気になるし、ドラローシュが両刃の斧へじりじりと近づいているのも心配だった。

「ぼくがやろう」リチャードはそっとエイミーをどかした。母上がドラローシュに銃を突きつけ、エイミーが縄を切断しようとするのを見ていると、自分がとても無力に思える。きっとこの件では、一生マイルズにからかわれるだろう。二度と男社会ではやっていけないかもしれない。クラブの会員権は返上して、裁縫の会にでも入ったほうがいいかもしれない。それにしても、母上はなんと嬉々としているのだろう。

「止まりなさい！」小柄な番兵がマスケット銃のほうへにじり寄っているのを見て、レディ・アピントンが鋭い声をあげた。彼はぴたりと足を止め、その勢いで体が左右に揺れた。

「眠くなってきた」小柄な番兵は壁にもたれかかった。

リチャードは足首の後ろにある結び目を力いっぱいねじり、縄の端を輪から少しずつ引き抜いた。

そのとき、大きな物音がした。

大柄な番兵ががくんと膝をつき、顔から床に倒れこんだのだ。藁と埃が派手に舞う。小柄な番兵はまた大あくびをしたかと思うと大柄なほうの上にくずおれ、高々といびきをかきはじめた。ドラローシュが驚いてそちらへ首をねじる。レディ・アピントンはふたりが倒れるのを見て顔を輝かせ、一瞬、手元に気がまわらなくなった。

スリングショットにはその一瞬で充分だった。エイミーが恐れていたとおり、じっとためこんでいた力を使って前に飛びだすと、銃を叩き落としてレディ・アピントンを羽交い締めにした。銃が床の上を滑り、レディ・アピントンが足をばたつかせる。

短剣が床に落ちる音が響いて、エイミーとドラローシュは銃を取ろうと飛びついた。スカートの裾に邪魔をされ、エイミーはわずかに出遅れた。ドラローシュの痩せた手が銃を拾いあげ、彼女は宙と藁をつかんだ。床に倒れたはずみに左腕をしたたかに打ちつけ、痛みに空気を求めてあえごうとしたとき、目の前に突きだされた金銀の模様が施された銃身を見て息をのんだ。

エイミーは汚い床に座ったまま慌てて後ろにさがった。ドラローシュが骨張った顔に満足げな笑みをたたえながらついてくる。

脚にまつわりつくスカートを蹴りやり、彼女はよろめきながら立ちあがった。ドラローシュがエイミーに狙いをつけたまま銃口をあげた。レディ・アピントンとスリングショットが争う音がドラローシュの背後から聞こえていたが、エイミーは鈍い光を放つ自分の心臓に向けられている銃口から目を離すことができなかった。左側で、リチャードが必死に縄を切ろうとする息遣いと、縄をこする刃物の音が聞こえた。

「マドモアゼル・バルコート」銃口を凝視したままあとずさりするエイミーに、ドラローシュはじりじりと詰め寄り、容赦なく追いつめた。「わたしの持ち駒だと思っていたのに、勝手なことをしてくれたものだ。こんなことをされると目障りでならない。だが、それももう終わりだ」

ドラローシュの痩せた顔に恐ろしい笑みが浮かんだのを見て、エイミーは足がすくんだ。背後を確かめてぞっとした。エイミーを待ち受けるように、五〇センチほど後ろで〝鉄の処女〟の蓋が開いている。

「あなたは獣《けだもの》よ」

「なんとでも言うがいい」ドラローシュは笑いが止まらない様子だ。「もう少し後ろへさがってくれたまえ」礼儀正しく銃を振ってみせた。

恐怖のどん底へ突き落とされ、エイミーは逃げ道を探した。右側は〝鉄の処女〟の開いた蓋があるため逃げられない。左側は……。リチャードがそばに来たのを見た彼女は、安堵のあまり涙声とともにいっきに息を吐いた。リチャードはエイミーを〝鉄の処女〟の前から引き寄せ、ドラローシュとのあいだに割って入った。左足にはまだ縄がついたままだ。

「今夜のお楽しみはここまでだ」リチャードは険しい声で言い、短剣を突きだした。「あとは男らしく戦え」

ドラローシュがうなり声をもらす。

「リチャード、銃に気をつけて」エイミーはささやいた。

「母上！」リチャードはドラローシュから目を離さずに尋ねた。「その銃にちゃんと弾は入っているんですか？」

「そんなの……うっ」レディ・アピントンはスリングショットに口をふさがれたが、負けじと肘で脇腹を鋭く突き返した。「弾なんて知らないわよ！」

「なるほど」リチャードは〝鉄の処女〟から遠ざかるようにドラローシュの脇にまわった。母上なら弾がこめられていない銃を手に警察省に乗りこむぐらいしかねない。今はそれに賭けるだけだ。

「撃ってみればわかる」ドラローシュが甲高い声で笑った。「死ね、セルウィック」

ドラローシュが引き金を絞った瞬間、エイミーがその腕に体当たりした。銃声が響き渡り、石壁から破片が飛ぶ。弾は入っていたらしい。だが、これで攻勢にまわれる、とリチャードは思った。銃の反動でドラローシュが後ろによろめいた。銃口から流れる火薬の臭いで、エイミーがくしゃみをした。

ドラローシュはまだ煙の立ちのぼっている銃口をにらんでいたが、用なしになった銃を床に捨てると、両刃の斧へ駆け寄った。

「リチャード！」エイミーが叫び、ふたつの頭蓋骨のあいだにかけられていた広刃の刀を取りあげたものの、重みで足がふらついた。リチャードはすばやくそばに寄り、刀を受け取った。ドラローシュが台に置かれていた斧をつかみあげる。

「これを！　母を頼む」リチャードはエイミーの手に短剣を握らせた。

たいまつがあるのもかまわず、ドラローシュがその炎を切るように、リチャードめがけて斧を振りおろした。リチャードは後ろに飛びのいた。斧は石壁にあたり、火花が飛び散った。リチャードはフェンシングの要領で刀を片手に持ったが、重すぎて手首が折れそうになり、慌てて刀の柄を両手で支え、力をこめて構え直した。くそっ。アンジェロのフェンシング学校ではこんな刀の扱い方は教えてくれなかったぞ。はるか昔にヘンリー五世が使ったような刀じゃないか。これは、甲冑《かっちゅう》に身を包んで軍馬にまたがった、武骨でたくましい男たちが振りまわすために作られたものだ。一九世紀の繊細なフェンシング用の剣に慣れた紳士が使う代物ではない。リチャードはドラローシュを狙って切りつけたが、一五センチばかり目標からそれた。

斧と刀がぶつかり、刀の刃が欠けた。衝撃でリチャードの腕が震えた。

この細い男のどこにこんな力があるんだ？

リチャードはいったん後方にさがり、子供のころに読みあさった中世の戦い方を思いだそうとした。覚えていることはほとんどなかった。たしかこういう刀は突き刺すのではなく、頭上から振りおろして使うものだった気がする。だが、それが正しいのかどうかはわからない。

斧が音をたてて宙を切り、慌てて飛びのいたリチャードの腹をかすめた。ドラローシュがはずみでよろめいた。

こつをつかみはじめたリチャードは、もう一度、刀を大きく振りおろした。また狙いがはずれたが、戦いはじめよりは思うように扱えた。ドラローシュは飛びのいたものの、斧の重みでふらついている。リチャードはにやりとした。

斧と刀がぶつかる荒々しい音が響くなか、エイミーは部屋の反対側でスリングショットともみあっているレディ・アピントンのもとへ駆け寄った。頭にかぶった布は裂け、灰色の髪は乱れ、目のまわりに紫色のあざを作りながらも、レディ・アピントンはひるまず素足で番兵のすねを蹴っていた。番兵は暴れる彼女の腕を押さえこもうとしていたが、その顔は目から顎にかけていくつも引っかき傷ができていた。

「汚らわしい！　手を放しなさい！」レディ・アピントンが苦しそうに息をした。「あなたのお母様はこんなまねをしろとあなたに教えたの！」またすねを蹴りあげる。

「母の悪口を言うな！」スリングショットが怒鳴り、レディ・アピントンの腕を押さえるのをやめて首に手をまわした。レディ・アピントンが苦しそうな声をあげた。

「やめなさい！」エイミーはスリングショットに突進した。短剣が軍服の袖を切り裂き、番兵の腕から血が流れた。スリングショットは痛みに叫び声をあげ、レディ・アピントンから手を放すと、ふらふらと後ろにさがりながら怒りに燃えた目をエイミーに向けた。エイミーは血に濡れた短剣の刃を凝視した。どうしよう。わたしは人を刺してしまった。きっと怒った番兵が襲いかかってくるだろう。わたしにもう一度同じことができるかしら？　エイミーは覚悟を決め、赤く染まった短剣を番兵に向けた。

レディ・アピントンが床に捨てられたマスケット銃に駆け寄り、一挺を取りあげた。スリングショットが血と怒りでまだらに赤くなった顔でエイミーに詰め寄った。彼女は叫んだ。「刺すわよ！」

だが、その必要はなかった。レディ・アピントンがよろけながらマスケット銃を振りあげ、重い木製の銃床で番兵の後頭部を強打したのだ。スリングショットはその場で気絶した。

「ほら、見なさい！」レディ・アピントンがかすれた声で言った。「悪いことをしているとこうなるのよ」

尋問部屋はさながら『ハムレット』の最終場面の様相を呈してきた。床には男たちが倒れ、部屋の真ん中ではシェイクスピアが若かりしころにはすでに年代物だったと思われる武器で、リチャードとドラローシュが戦っている。こんな決闘はエイミーも想像したことがなかった。すばやく身をかわしては優雅に剣を打ち交わす現代の戦い方とはまるで違う。ふたりとも重い武器を振りまわしているせいで足元がおぼつかず、汗に濡れた柄を握りしめ、肩で息をしている。リチャードが刀の刃を横に向け、ドラローシュの左腕を殴りつけた。ドラローシュは右手で痛む腕を押さえた。

「止めないと」斧がリチャードの左腕をかすめたのを見て、エイミーは狼狽《ろうばい》した。

「危ないわ。邪魔になるだけよ」レディ・アピントンが言った。生き生きとした目と紅潮した頬がなんてよく似ている親子なのだろうと、こんなときながらエイミーは思った。

ドラローシュが突っこむ。リチャードは斧の刃先をかわし、苦しそうに息をつきながら言った。「礼儀を知らないやつだな」

「おまえから説教を受ける気はない！」ドラローシュが歯をむいた。

「それが客をもてなす手か？　少し作法を学んだほうがいいぞ」

ドラローシュはうなり声をあげ、乱暴に斧を振りまわした。

「まずは……」リチャードは相手の隙をつき、刀で斧の柄を力任せに叩いた。「降参するときの決まり事を覚えろ」斧がくるくると回転しながら飛んだ。

ドラローシュが後ろによろめいた。「降参するのはおまえだ！　わたしじゃない！」

リチャードは前に進みでた。

「いや、おまえだ。さもないと、刀で急所を突かれるはめになるぞ」

「イギリス人というやつは……」ドラローシュが吐き捨てる。「傲慢きわまりないな」

彼は身をひるがえし、扉に向かって走った。リチャードは刀を投げだしてあとを追った。

「番兵！」ドラローシュが怒鳴った。

もう一度、番兵を呼ぼうとしたとき、床に放りだされたままのマスケット銃に足を引っかけ、勢いよく転んだ。リチャードはドラローシュにつまずく寸前で立ち止まった。エイミーはこのときとばかりに手近にあった武器をつかんだ。レディ・アピントンが置いておいたバケツだ。そしてドラローシュが再度怒鳴ろうと口を開けた瞬間に、頭めがけて水をぶちまけた。ドラローシュは汚水を顔に浴び、口からその一部を吐きだした。濡れた雑巾が耳に引っかかっている。

「早く！」レディ・アピントンが雑巾をつかみ、ドラローシュの口に押しこんだ。ドラローシュは番兵を呼ぼうにも声が出せなくなった。エイミーは急いでドラローシュの脚を縛り、リチャードが腕を背後でねじあげた。手足の自由を奪われて口に雑巾を押しこまれ、目を飛びださせているドラローシュの姿は、まずそうな豚のように見えた。

レディ・アピントンが一歩さがり、ドラローシュをにらみつける。

「〝鉄の処女〟に押しこめてやりましょう！」

ドラローシュはリチャードにマスケット銃の銃身で後頭部を殴られ、頭を垂れて気を失った。リチャードは母親とエイミーの腕をつかんだ。「今のうちだ。逃げよう！」

エイミーとレディ・アピントンは喜んでそれに従った。

39

オテル・ド・バルコートの前庭では数人の人々がじりじりしながら待っていた。紋章のない黒い馬車につながれた馬までもが、落ち着きなく体を前後に揺すったり、たてがみを振ったりしている。そこへ乱れた服装の男女三人が門から忍びこむように入ってきて、いっせいに歓声があがった。

「きっと大丈夫だと思っていたわ！」ヘンリエッタが母と兄に抱きついた。

「なにをぐずぐずしていたんだ？」マイルズが親友の背中を叩く。

エイミーはレディ・アピントンの後ろに隠れ、みんなからもみくちゃにされているリチャードを見ていた。ヘンリエッタは兄の腕にしがみつき、ときどき興奮した声をあげてはしゃべりつづけた。ジェフは何度もかぶりを振り、〝信じられない〟とつぶやいた。マイルズは主人に忠実な猟犬のようにリチャードのそばにくっついていた。アピントン侯爵は万感の思いをこめた表情で息子と握手し、見ている者の涙を誘った。あのミス・グウェンまでもが、〝無事に帰られてなによりです〟と言葉をかけた。ミス・グウェンにしてみれば、驚異的に感情をあらわにしたことになる。

誰もが陽気に浮かれていた。ただひとり、エイミーを除いては……。彼女はこの場に座りこんでしまいたかった。とにかく長い一日だった。金塊を強奪する計画で朝から興奮し、ドラローシュの部屋ではリチャードと口論になり、そのあとは彼を助けだすので精いっぱいだった。加えて、警察省を脱出してからは、パリの町の半分はあろうかという距離をひた走った。これで疲れないわけがない。

エイミーもみんなの輪に加わろうとはしてみた。リチャードを救出できたのだから少しくらい喜びにわいてもよさそうなものだが、とてもそんな気分にはなれなかった。たしかに救出には成功したかもしれない。けれどもそれはレディ・アピントンと旧式の銃の力を借りてのことだし、そもそもリチャードをそんな状況に追いこんだのはこのわたしだ。彼にはとことん愛想を尽かされているに決まっている。ここまで来るあいだ、リチャードは話しかけてこなかった。レディ・アピントンが三人分しゃべっていたからかもしれないが、実際、わたしとは口をきく気にもなれなかったのだろう。こんな女とかかわらなければよかったと思っているはずだ。わたしがしたことはディードリの裏切りよりなおひどい。なんといっても、〈紫りんどう〉をこの世から抹殺してしまったのだから。

すべておしまいだ。〈紫りんどう〉がみずからマスクを取るところを、ドラローシュばかりか、一五人もの兵士が見ていた。朝になればパリじゅうの噂になるだろうし、明日の昼には挿し絵つきの新聞記事がロンドンの町をにぎわすだろう。リチャードはもうフランスにはいられない。リチャード・セルウィックは命が助かったかもしれないが、〈紫りんどう〉は死んだ。ドラローシュはさぞかし鼻が高いに違いない。

できるものならこのままこっそり家のなかに入り、枕の下に顔をうずめてしまいたかった。

「エイミー！」ヘンリエッタが駆け寄り、エイミーをみんなのほうへ引っ張っていった。「あなたってすごいわ！　ねえ、拷問部屋ってどんなところ？」

「拷問をしていたなんて大昔の話だわ」ミス・グウェンが言う。

ヘンリエッタはそれを無視した。「気味が悪かった？」

エイミーは言葉に詰まった。リチャードがなにを考えているのか読み取れない顔で彼女を見ていたからだ。この家まで戻ってくるときもずっとそうだった。言葉はかけてこないのに、ずっとそういう目を向けてきた。

エイミーはぼんやりとうなずき、おうむ返しに答えた。「ええ、気味が悪かったわ」さっさと怒鳴って終わりにしてくれればいいのに。〝きみが憎い。きみはぼくの人生を台なしにした〟と言って……。

「まあ！　ぜひあとで話を聞かせてね。でも、今はあなたに見せたいものがあるの」ヘンリエッタは即興で勝利のダンスを踊った。「あの馬車のなかよ。わたしたちの戦利品！」

「わたしたちだと？」マイルズが眉をつりあげた。「誰が奪ってきたと思っているんだ？」

ふたりが言い争っている隙に、リチャードはじわじわとエイミーに近寄った。自分が家族や友人と呼ぶこの騒々しい人々が今はわずらわしくてしかたがなかった。警察省からここへ来るときもなんとかしてエイミーと話す機会を見つけようとしたのに、母上があまりにせかすものだから、結局ひと言も話せずに終わってしまった。

言葉をかけてきたジェフを無視し、母の陰になかば隠れるようにして立っているエイミーを見つめつづけた。どうにかしてそばへ行こうと思うのに、そのたびに誰かに邪魔をされる。最初はマイルズに脱出方法を教えろと詰め寄られた。次は、負けじと寄ってきたヘンリエッタに、拷問部屋の様子を詳しく話すようせがまれた。それから父の登場だ。いつものように物静かな口調ながら、金塊を強奪した武勇伝の詳細を叙事詩のごとくとうとうと語りつづけた。輸送馬車の行く手を阻む車止めがどんなものだったのかという説明を、リチャードはうわの空で聞き流した。マイルズが敵と戦っているあいだに自分はいかにして馬をなだめていたかというくだりは、あからさまに無視した。ミス・グウェンが敵のひとりから武器を取りあげ、別のひとりの腹におなじみのパラソルを突きたてたという部分まで来たとき、ついに聞いているふりをするのをやめて、話の途中だったがその場を離れた。

どうしてそんなに悲しそうな顔をしているのかエイミーに尋ねたかった。ドラローシュに〝小娘〟だとか〝尻の軽い女〟だとか〝ちょっと遊んでみただけ〟だとか言ったのは、決して本心ではないことをわかってほしかった。いや、そんなのはどうでもいい。ただ、彼女が欲しかった。気に入った女性の頭を殴って気絶させ、自分の洞穴に運ぶ原始人のやり方はある意味では正しい。遠まわしに話したところで、この生きたまま心臓をえぐられてさらしものにされているような感覚は伝わらない。

そうだ。リチャードはポケットに両手を突っこみ、背筋を伸ばした。エイミーにはっきり愛していると言おう。決着をつけるんだ。

「ごめんなさい」エイミーはリチャードに先になにか言われるのが耐えられず、自分から口を開いた。「なにもかもめちゃくちゃにしてしまったわ。謝って償えるものじゃないけど」

「なんの話だ？」

「〈紫りんどう〉のことよ」エイミーは気まずくなり、靴を履いていない足をもぞもぞと動かした。「あなたはもう任務につけないわ」

「なにもかもがだめになってしまったわけではないわよ」ミス・グウェンが口を挟んだ。「金塊は手に入れたし、セルウィック卿をパリから脱出させる手段も整えたわ」

「ああ、船を待たせてあるんだ」ミス・グウェンの隣にマイルズが入りこむ。一瞬でいいからエイミーとふたりだけで話したいというリチャードの願いはついえた。

「ジョルジュ・マーストンから取りあげたんだ」ジェフも会話に加わった。

「あなたの荷物をまとめて、わたしたちもすぐにイギリスへ帰るわ」レディ・アピントンがつけ加えた。「全部こちらでしておくから、あなたはなにも心配しなくていいのよ」

「すべて計画ずみなんですね」リチャードは淡々と言った。

行かないで、とエイミーは懇願したかった。でも、それはできない。ドラローシュに正体を知られてしまったのだから、リチャードがこのままパリに残るのはマダム・ギロチンと戯れるも同然だ。ミス・グウェンの言うとおり、すぐにパリを脱出するしかない。

必死に涙をこらえているせいで、体じゅうがうずいた。これからは〈ピンク・カーネーシヨン〉として生きていけるじゃないの、とエイミーは自分を慰めた。そのためにフランスに来たんでしょう？　だけど、その夢が今はなんだか色あせて見える。リチャードがいないパリなんて考えられない。ミセス・ボナパルトの〈黄色の間〉を見ても、テュイルリー宮殿の廊下を見ても、わたしは彼を思いだすだろう。セーヌ川も……そこに浮かぶ舟も……馬車も……お兄様の家でさえ、リチャードの思い出でいっぱいだ。パリの町はどこもかしこも彼の面影に満ちている。空の星を見てさえ恋しくなるだろう。

「連れていって」

ヘンリエッタが話の途中でぴたりと口を閉じた。ミス・グウェンはパラソルの先でマイルズをつつくのをやめた。全員がしんとなって、エイミーのほうに顔を向けた。魔法で誰もが動けなくなってしまった眠り姫の城のようだ。

「一緒に行きたいの」静まり返った前庭に、エイミーの声がやけに大きく響いた。リチャードが身動きもせず答えもしないのを見て、彼女は言い足した。「もちろんあなたが許してくれたらだけど」

「ぼくが許す？」リチャードが信じられないという顔で繰り返した。「ぼくが許したらだって？」

七人の目に見つめられているせいで、エイミーは顔が赤くなった。

「ええ。それが問題ね」弱々しい声で言う。

「許すもなにも！」リチャードはエイミーを抱きあげてくるくるとまわった。「違うんだ、きみは勘違いしている。問題は……」ゆっくりとエイミーを地面におろした。「きみがぼくを許してくれるかどうかだ。きみに隠し事をして状況を複雑にしてしまったのはこのぼくだから」

「だけど、あなたの正体をばらしてしまったのはわたしよ」エイミーは息もつけなくなった。リチャードが笑みを浮かべる。「ぼくがもっと早くに話しておくべきだったんだ」

人は歓喜のあまりはじけ飛んでしまうことがあるのかしら？　もしあるとしたら、わたしはもうすぐそうなるに違いない。胸が高鳴って心臓が破裂しそうだし、笑みが広がって唇は端が切れそうだし、頭が空っぽになって地面から体が浮いてしまいそうだ。

「ドラローシュに連れていかれたことで、わたしを憎んでいないの？」

「〝尻の軽い女〟だと言ったことをきみが怒っていなければね」

「〝小娘〟のほうが傷ついたわ」エイミーはめまいを起こしながら答えた。リチャードに手を握りしめられ、笑った彼の目尻に小じわができているのを見て有頂天になった。

「五〇年かけて償うよ」リチャードが言う。

「エイミー、それって求婚よ」ヘンリエッタがうれしそうに口を挟んだ。

「おまえはどこかよそに行っていてくれないか」リチャードが顔をしかめた。

「お兄様、求婚の作法が間違っているわ。ちゃんと膝をつかないと――」レディ・アピントンが娘の口を手で押さえた。

「お黙りなさい。せっかくいいところなのに」母はたいして小さくもない声でささやいた。

「お願いだから、みんな、どこかへ行ってくれ」リチャードがうなった。

エイミーはそんなことはまるで気にならないくらい幸せだった。今ならナポレオンだろうが、フランス警察省だろうが、なんでも愛せそうだ。

「せっかくのところ申し訳ないけれど」ミス・グウェンが水を差した。「セルウィック卿、あなたのほうこそさっさと旅立たれたほうがいいんじゃないかしら。早くしないと追っ手が来ますよ」

リチャードは険しい顔になり、エイミーを振り向くと小声で優しく言った。「エイミー、愛している」全員が前のめりになって耳をそばだてた。「結婚してほしい。野次馬がいなくなったら、きみが望むだけ何度でもひざまずくよ。だから、ぼくと一緒に来てくれないか?」

「世界の果てまでもついていくわ」エイミーは答えた。「カレーのほうが近ければそちらでもいいけど」

リチャードがにやりとする。「じゃあ、カレーにしよう。ぼくはきみに愛されていると思っていいのかい?」エイミーにだけ聞こえる小さな声で言った。

「ええ、もちろん!」

「夜のセーヌ川が効いたかな」

「なんの話だ?」マイルズが背後から叫んだ。

「静かにして!」ヘンリエッタが怒った。実の兄のことだというのに、〝夜のセーヌ川〟でなにがあったのか興味津々らしい。

エイミーは唇を噛んだ。

「わたしを誘惑したことをご家族の前でしゃべるつもり？」

 そのはにかんだ表情があまりに愛らしかったため、リチャードはエイミーにキスをせずにはいられなくなった。家族と友人がはるか遠くの島にいようが、あるいは肩越しにこちらをのぞいていようが関係ない。今このときにキスをしないでどうする。


「かまうものか」彼はささやき、顔を傾けた。「ぼくたちは結婚するんだから」

「そうね……」

「しいっ！」マイルズが〝キスするぞ〟と言いかけたのを、ヘンリエッタが制した。

リチャードは唇が触れあう直前で体をこわばらせ、いらだちをあらわにした。エイミーがまた真っ赤になり、リチャードの胸に顔をうずめる。自分からほかの人が見えなければ、ほかの人からも自分は見えないだろうという古典的な理屈に従っての行動だ。

「くそっ、もう行こう」リチャードは奥歯を噛みしめたまま言った。

「おいおい、〝夜のセーヌ川〟でなにをしたのか見せてくれよ」マイルズがからかい、すぐに声にならない悲鳴をあげた。ミス・グウェンにパラソルの先端で腕を突かれたからだ。

「いててて……」

「そういうわけにはいかないわよ」レディ・アピントンが慌てて言った。「たしかにわたしは放任主義の母親だけど……」ヘンリエッタが抗議しかけたが、それが咳払いに変わった。

「でも、ちゃんとしたご家庭のお嬢さんをこんなふうに連れていくのを認めるわけにはいかないわ。しかも、夜をともに過ごすなんて許されないことよ。わたしたちがエイミーを連れてイギリスに戻るから、それまでお待ちなさい。なるべく早くに披露宴を執り行ってあげるわ。もちろん、エイミーのおじ様やおば様のお許しが得られればの話だけれど。教会の手はずもすぐにつけて――」

エイミーがリチャードの腕にしがみついたまま提案した。「シャペロンがいれば大丈夫じゃないかしら」いとこを目で誘った。「ジェイン、一緒に来ない？」

ジェインが顔を曇らせ、腰に手をあてた。

「じつはわたし、イギリスへはしばらく戻らないつもりなの」

「どうして？」

ジェインがかすかに頬を染める。「あなたの夢を横取りする形になって申し訳ないんだけど、もしよければわたしが〈ピンク・カーネーション〉になってもかまわないかしら？」

「まあ、もちろんよ。でも、本当にそれでいいの？」

「ええ、よく考えた末の結論よ」ジェインは簡潔に答えた。

「〈ピンク・カーネーション〉ってなんだい？」リチャードはエイミーにささやいた。

「あとで話すわ」エイミーもささやき返す。

みんなの気を引くために、ミス・グウェンがパラソルを突いて音をたてた。「わたしもジェインと一緒に残るわ。だから、わたしがイギリス行きのシャペロンを務めるなんて期待はしないでちょうだいね、エイミー」

「そりゃあよかった」リチャードはつぶやいた。

「わたしが行きたいわ」ヘンリエッタが名乗りをあげた。「でも、きっとお母様が許してくれないでしょうね」

どんどん不機嫌になる親友を無視して、マイルズが指摘した。「それに、大人数だと人目につきやすい。さっさと婚約者にキスをして、ひとりでイギリスへ帰れ」

「もういいわ」エイミーはじれったくなった。自分たちにとってこれほど大事なことを多数決で決められるのは気に入らない。こうなったら実行あるのみよ。彼女はリチャードの手を握りしめた。「わたしはふたりきりでもかまわない」

「おいおい、なんでこいつだけがこんなに幸せなんだ？」みんなが啞然とするなか、マイルズがため息をついた。

「エイミー、嘘でしょう？」レディ・アピントンが言った。

「本当だな？」リチャードはエイミーの耳元でいたずらっぽく尋ねた。エイミーの手が震えているのがわかる。

「これが世間に知れれば、陰口をたたかれて、あなたがつらい思いをするのよ」レディ・アピントンは続けた。

「もしわたしがリチャードとふたりきりでイギリスに帰ったことが噂になったら、じつはフランスでひそかに結婚していたことにしてもらえないでしょうか？　この場にいる人たちが黙っていてくだされればわからないことです」エイミーは懇願するように全員の顔を見まわした。ヘンリエッタは今にも拍手しそうな顔をしていた。ミス・グウェンは冷ややかな目でエイミーを見た。「お願いです。また彼と引き離されるなんて、もう耐えられないんです」

「同感だ」リチャードがエイミーの肩を抱き寄せた。

味方は意外なところにいた。後ろから状況を見守っていたアピントン侯爵が、妻を見ながら低い声で笑ったのだ。「わたしたちに若者の恋を邪魔する資格はないんじゃないのか？　たしかあのときぎみは……」

レディ・アピントンが真っ赤になった。

アピントン侯爵は満面に笑みをたたえ、妻の手を優しくなでた。

「覚えてくれていると思ったよ」

リチャードは驚いて両親の顔を見比べ、ぶつぶつとつぶやいた。

「ぼくは知りたくないぞ。冗談じゃない」

「リチャード、おまえがちゃんと彼女を守る姿勢を見せれば、世間はなにも言わんよ」

エイミーはこれまで以上にアピントン侯爵が大好きになってにっこりした。驚いたことに、侯爵はウインクをしてみせた。

「エイミー、きみはもうわたしたちの家族だ。歓迎するよ。さあ、そろそろ行きなさい」

「ぼくはきみのことを〝いっときの恋〟だとも〝尻の軽い女〟だとも〝小娘〟だとも思っていない」パリを出発してからというもの、リチャードはそのせりふをもう一〇回は繰り返していた。

エイミーは肩にまわされた腕に心地よく身を預け、心の底から幸せだと感じていた。パリからここカレーまでは、大きいとはいえ快適とは言えないワイン樽に入って運ばれた。だが、足のしびれも腕の凝りも苦にはならなかった。リチャードが自分の入っている樽の注ぎ口から、いかに本気で誠実に彼女を愛しているかささやきつづけたからだ。ハムレットは〝クルミの殻に閉じこめられていても、無限の天地を支配する王者のつもりになれる〟と言ったが、そのせりふの意味が今のエイミーにはよく理解できた。大きなクルミの殻のようなワイン樽に入っていても、リチャードが〝先週はきみを思ってずっと眠れなかった〟などとささやくたびに、心は無限のかなたまで舞いあがったからだ。

もちろん、ようやく樽の外に出ることができ、こうして無限の空間に立っていられるのは大いなる喜びだった。樽の注ぎ口からリチャードにキスをしようとするたび、唇にとげが刺さるのはもう勘弁してほしい。

せっかく樽を出られたのだからと、エイミーは髪をなでているリチャードの手にキスをした。「あと六〇年くらい、そうやってわたしを説得しつづけてちょうだい」

リチャードは考えた。あの手この手を使ってエイミーを口説きつづけるのは悪くない。とりわけドレスを脱がせながらなら。

「いいね」

ふたりはマーストンの船の甲板に立ち、遠ざかるフランスの陸地と、いきりたっている警察省の追っ手を眺めていた。マーストンの船員たちは金を握らされると喜んで船を明け渡し、近くの酒場に向かった。リチャードは自分の家の使用人たちのせめてひとりかふたりは船の操舵法《そうだ》を知っていますようにと祈った。さもないと、いつまでも海の上を漂うはめになってしまう。だが、それでもかまわなかった。船の上なら、ふたりだけで過ごせる部屋もある。あとはあたたかい風呂とやわらかいタオルとオイルでもあれば……。

リチャードはうめいた。

「大丈夫？」エイミーが眠たげな目で尋ねた。ひと晩じゅう、樽に押しこめられて運ばれてきたせいで疲れているのだろう。リチャードの肩にもたれかかって顔をあげたせいで、やわらかい胸が彼の脇腹に押しあてられた。

リチャードは歯を食いしばった。どうせあと一週間かそこらで結婚するのだ。もうしばらくの辛抱じゃないか。その程度だったら我慢できるだろう？

体の特定の部位がそれは絶対に無理だと反対した。

「母のことだから、結婚式はカンタベリー大聖堂で挙げろと言いだすだろうな。五〇〇人が参列する披露宴を計画するとなると、いったい準備に何日ぐらいかかるだろう」

「五〇〇？」エイミーがあくびをした。

リチャードは彼女を抱き寄せた。エイミーが問いかけるように彼を見あげる。「たしか船長は結婚式を執り行うことができたはずだ。法律で認められているんじゃなかったかな？」

「なあに？」エイミーは目をこすった。「ごめんなさい、眠くて……五〇〇隻の船の船長がどうかしたの？」

「結婚しよう！」

「そのつもりよ」

「違う。今すぐに、この船の上で結婚するんだ。船長にはその権限がある。誰が船長かは知らないが」

「いいけど、どうして？」エイミーが戸惑った顔をした。リチャードはエイミーを甲板の手すりに押しつけ、熱いキスをした。いつぞやの小型定期船とは違い、設備の修理が行き届いているのが幸いだ。そうでなければ、ふたりとも海に落ちていただろう。

エイミーは眠気が吹き飛び、頭がはっきりしてきたらしい。

「すばらしいアイデアね」

「よし、じゃあ早速」リチャードはエイミーの手をつかんで手すりから引き離し、甲板を見渡しながら大声をあげた。「船長は誰だ?」

「おれだ!」

執事のスタイルズがふたりのもとへ向かってきた。リチャードは目を見開いた。スタイルスが真っ赤なバンダナを頭に巻いていたからだ。白髪に染めていた髪がどうなっているのかは定かではない。片耳に銀色の輪状のイヤリングをつけ、白いシャツの裾をズボンから外に出し、その裾はわざとぼろぼろに破ってあった。あろうことか、肩にはオウムの剥製までのせている。

「グアッ!」剥製が鳴いた。

おっと、本物だ。

「おれが船長だが?」スタイルズがすごみをきかせて言った。

「エイミー、執事のスタイルズだ。わかるかな」

「船の上じゃ、執事の仕事をしている暇はないもんでね、お嬢さん」スタイルズはいかにも苦労が絶えないという顔をした。「海賊は追い払わなくてはならないし、海は荒れるし、もたもたしていると船が沈んじまう」

「忙しいところ恐縮だが、ぼくたちの結婚式をする暇はあるかい?」

スタイルズは戸惑い気味に何度もうなったあと、たぶん大丈夫だと答え、祈禱《きとう》書を探しに行った。密貿易船で宗教的な儀式が執り行われることはめったにないらしく、祈禱書は見つからなかった。スタイルズは適当に代用できそうなものを持ってきた。

それは想像をはるかに超えた結婚式だった。午前の太陽がふたりを祝福するように輝き、空気は潮と魚の匂いがし、船体にあたる波の音が音楽を奏でている。参列者はリチャードの従僕たちで、船が揺れるたびに右に左によろめいた。花嫁のベールは帆布を裁断しただけのものだし、立会人は元俳優で、昨日までは執事で、今は海賊気取りの船長だ。結婚式の式次第は適当きわまりなく、カンタベリー大主教が見たらきっと何日も寝こんだことだろう。エイミーはそのすべてが大いに気に入った。これがウェストミンスター寺院だったら、新郎が新婦の腰に腕をまわして頭を寄せあうなど、許されない。もちろん、誓いのキスを五分もするなんてもってのほかだ。こっちのほうがずっといいわ、とエイミーは思った。

「チカイマス、チカイマス」オウムが鳴いた。この儀式で、もう少し中心的な役割を果たしたいと思っているらしい。

長い誓いのキスが終わり、エイミーは目を開けた。「これが法的に正式な結婚として認められるのかどうかは知らないけれど、そんなことはかまわないわ」

リチャードはにやりとして、法的に正式な妻として認められないかもしれない女性を抱きあげ、鼻先にキスをした。「きみが大好きだ」

エイミーもキスを返した。「こんなふしだらなことを許してしまう花嫁なのに？」

リチャードがエイミーを抱きあげたまま狭い階段をおり、船室のドアを肩で押し開けた。

傷だらけの床に日の光が差しこんでいた。重そうなテーブルと椅子、それに大きなベッドがあった。いかにもマーストンらしく、ベッドには赤いベルベットのカバーがかかっている。

「ここがぼくたちの始まりだよ」

エイミーはリチャードの肩に頭をのせたままかぶりを振り、声をあげて笑いだした。「わたしたちらしいわね。なにひとつまともじゃないんだから。新婚初夜どころか、これじゃあ新婚初昼よ」自分の言葉がおかしくて、また笑った。

リチャードがエイミーの体を少し横に向けながら入口を通り抜け、ドアを蹴って閉めた。「いや、違うね」派手な赤いカバーにそっと新妻をおろした。「ぼくたちは結婚初昼のあとに、結婚初夜を迎えるんだ」

「まあ、すてき……」

胸がうずくような優しいキスをされ、エイミーの言葉の語尾は消えていった。

「ちゃんとあなただとわかってキスできるのがうれしいわ」何度か唇を重ねたのち、彼女はそう言い、リチャードの首に腕をまわした。

エイミーはしばし考え、枕に頭をつけた。その白い首筋をリチャードは思わず指でなぞり、「〈紫りんどう〉が恋しいかい？」リチャードはエイミーの顔にかかった髪をどけた。

唇で触れた。

エイミーが声をもらす。「そんなことをしたら答えられなくなるわよ。いいえ、〈紫りんどう〉のことは恋しくないわ。彼はただの幻だもの。あなたのほうが――」きつく抱きしめられて、言葉がとぎれた。

「いい返事だ」

「本当のことよ。それに……」エイミーはにっこりした。「あのマスクはくすぐったいもの」

リチャードは爆笑した。まさか自分が新婚初夜に——正確には新婚初昼だが——これほど大笑いをするとは思わなかった。だが、今は声をあげて笑わずにいられなかった。体じゅうにあふれる喜びが出口を必要としている。もうひとつ、体の別の部分で出口を求めているものがあったが、それはなるべく長く我慢させることにした。エイミーには誰よりもすばらしい初体験をしてほしい。

彼はエイミーの髪を後ろになでつけた。「愛しているよ」

「もう一度言って」エイミーが青い目を輝かせる。「何度聞いても足りないわ」

「愛している」リチャードは彼女の鼻の頭にキスをした。エイミーがくすくすと笑った。「愛している」彼が肩のくぼみに唇をあてると、エイミーは甘い息をもらした。「愛している」リチャードはブラウスの胸元へ唇を滑らせた。「きみのすべてを愛している」上半身を起こし、ブラウスの開いた襟元から脚に絡まるウールのスカートへと視線をさげた。「この服がなかったら、もっと愛している」そうして、ブラウスの前身ごろの紐を緩めはじめた。

「待って」エイミーがかすれた声で言い、紐を手で押さえた。「あなたは脱がないの？」

胸の谷間だけを見せられお預けを食らった気分だったが、リチャードは自分も服を脱ぐのはやぶさかではなかった。

エイミーは片肘をついて体を少し起こし、リチャードが頭からシャツを脱ぐのを見ていた。まるで古代ローマの伝説に出てくる勇士ホラティウスだ。あるいは太陽神アポロンかもしれない。金色の胸毛が日の光を受けて輝き、とても神々しく見える。彼はわたしのもの。わたしだけのもの。そう思うとぞくぞくする。

せっかくの新しい人形は眺めているだけではつまらない。エイミーは腕を伸ばしてなめらかな腹部にそっと触れ、筋肉がぴくりと動く感覚を楽しんだ。ぬくもりを頼もしく思いながら手を滑らせ、胸毛の感触をてのひらで味わう。

リチャードがエイミーの腕をつかみ、ベッドカバーにおろした。「今度はきみの番だ」

「でも、あなたはまだ――」彼はその言葉が終わるのを待たずに、ブラウスとシュミーズを脱がせた。

「このほうがずっといい」それらの服を脇へ放り投げた。「どれほどこうしたかったことか」つぶやくように言い、胸のふくらみを片方ずつそっと包みこむ。

「もう二度とこんなことは起こらないのかと思っていたわ」てのひらが胸の先に触れたのを感じ、エイミーは吐息をこぼした。

リチャードがふと顔を曇らせ、自分のものだと言わんばかりに乳房に触れる手に力をこめた。「ぼくは何度でもこうするよ」右の乳房の先端に唇で軽く触れた。「いつでも」左にも同じことをした。「いつまでも」右に戻り、そこを口に含んだ。

エイミーはもうおしゃべりなどどうでもよくなった。硬くなった頂をじらすように舌でもてあそばれて声をもらした。リチャードをせかそうと背中をそらし、彼の髪に指を差し入れる。

「辛抱が足りないな」リチャードがささやき、スカートに手を伸ばした。

エイミーは彼の頭を引き寄せ、唇を合わせた。「せっかちなところがわたしの美徳なの」

自分がなにを求めているのかわからなかったが、引きしまった体に触れ、胸の先端に胸毛のやわらかさを感じていると、体の奥からうずきがこみあげてくる。リチャードの肩に手を置くと、スカートを脱がせる腕の筋肉の動きが伝わってきた。リチャードが唇を離し、スカートをおろしながら、腰から腿、そしてふくらはぎへと、あらわになった肌に唇を押しあてた。

彼はスカートと下着をできるだけ遠くに放り投げ、上体を起こしてエイミーの体を眺めた。もちろん想像したことはある。血の通った男なら当たり前だ。だが、夢想は現実には遠く及ばなかった。リチャードは口を開けたまま、その完璧な美しさを目で味わった。赤いベッドカバーに横たわったエイミーの裸身は肌が透き通るように白く、腕や脚、やわらかそうな腹、そして腰のくびれはとても繊細だ。

「きみは小さくて、申し分ないほどきれいだ」

エイミーが体を起こして彼の首に腕をまわした。「あなたもよ」リチャードは腰から胸へと手をはわせ、乳房を包みこんだ。

「おっと」からかうように手を離してみせた。

エイミーが赤くなる。

「小さくはなかった。だが、きれいだというのは本当だよ。心からそう思っている……」

エイミーの恥じらう姿があまりに愛らしく、リチャードは男としてすべきことをした。熱烈なキスで唇をふさいだのだ。

ふたりは手足を絡めて枕のほうへ移った。リチャードがエイミーの全身に手をさまよわせ、耳たぶの縁を唇でなぞる。エイミーは身をよじり、声にならない声をもらしてリチャードの肩にしがみつき、彼の鼓動が伝わってくるくらい強く体を押しつけた。そして自分もリチャードの耳たぶにキスをし、彼が身を震わせたのを感じてうれしくなった。荒い息遣いが聞こえる……。

エイミーは困惑して眉をひそめた。「どうしてギリシア語で数を数えているの？」

「我慢しているんだよ」リチャードはエイミーの腿の内側に手を滑りこませ、付け根にある茂みを探った。「果てそうになるのを」

「まあ」その言葉の意味がはっきり理解できたわけではなかったが、エイミーはもうそれどころではなくなっていた。リチャードの指が湿ったところに分け入ってきたからだ。ああ、こんな歓びがこの世にあったなんて……。セーヌ川での夜を思いだした。あのときと違うのは彼の肌に直接触れていること、顔がちゃんと見えること、そしてその顔に苦しげな表情が浮かんでいることだ。あの夜より何十倍もすてきだけれど、こんな熱い感覚が続いたら途中で息ができなくなってしまいそうだわ……。体の奥に指が差しこまれたのを感じ、エイミーは小さな悲鳴をもらした。

「もうだめだ」リチャードはうめき声をもらし、ズボンのボタンをもどかしげにはずした。

ボタンがひとつ壁のほうへはじけ飛んだ。エイミーが笑い声ともすすり泣きともつかない悩ましげな声をあげ、リチャードが革製のズボンを脱ぐのを手伝った。「くそっ」ズボンが足首に絡まった。リチャードは足を振ってそれを蹴りやり、エイミーに向き直って抱きしめると、唇をむさぼった。「どこまで進んでいたんだったかな?」彼の息は荒かった。

エイミーがリチャードの手を取り、自分の感じやすい部分へ押しあてる。リチャードはいっきに体が熱くなった。もう一度、ギリシア語で数を数えようとしたが、そんなことではもはや我慢できそうになかった。エイミーがまた身もだえしはじめたのに気づいてそっと手を離すと、はちきれそうになった自分のものを茂みにあてがった。彼は唇をきつく噛み、急くなとみずからに言い聞かせながら少しだけ腰を沈めた。

エイミーは腿のあいだが満たされる初めての経験に体を震わせ、その先を求めて背中をそらした。「お願い……」

「痛むかも……しれないぞ」リチャードは苦しい息の合間に言った。

エイミーは彼の腕に爪を立て、敏感なところに硬いものが触れているのを感じ、欲求が満たされないのがもどかしくなった。「ああ、リチャード」

リチャードにとって、その声は体が耐えきれないほどの喜びだった。また少し腰を沈め、あまりのきつさに動きを止めた。エイミーが体をこわばらせる。

「やめたほうがよさそうかい?」

彼女は唇を噛んで首を振り、顔をあげてリチャードを見た。

「やめないで。お願いだから続けて」

自分を抑えきれるかどうかわからないと思いつつも、リチャードは時間をかけて奥へ進み、唇に舌を分け入らせながらエイミーの体が慣れるのを待った。エイミーが不器用にゆっくりと腰を動かしはじめ、しだいに高まる喜悦に苦しげな声をあげた。彼の腰に足を絡めて、懇願するように自分のほうへ引き寄せる。

リチャードがもう我慢できないとばかりにうめき声をもらし、奥深くまで身をうずめた。エイミーは彼の背中に鋭く爪を立て、激しく唇を求めて背中をそらした。無数のダイヤモンドのかけらが火花となってはじけ、体じゅうが歓喜に満たされる。エイミーの体が小刻みに跳ねた直後に、リチャードがかすれた咆哮《ほうこう》をあげ、彼女の上にくずおれた。

彼は声も出ない状態のまま横へ転がり、エイミーを腕のなかに引き寄せた。

エイミーはリチャードのたくましい胸にしがみつき、脚を腿のあいだに滑りこませ、肩に頭をのせた。まるでエイミーのためにその空間があるように、彼の肩と首のあいだに顔がすっぽりとおさまった。

彼女は満足のうめき声をこぼし、無意識のうちにリチャードの胸毛を指に絡めていた。

「幸せよ」

リチャードも同じくうめき声をもらして、鼻をくすぐる彼女の髪を脇にどけた。

「ロンドンに戻ったら、もうしばらくはこんな思いができないなんて耐えられないな」

「なぜだめなの?」エイミーが不満げな顔をする。

「正式に結婚するまでは無理だろう」

「どれくらい待たなければならないの？」

「数週間か、あるいは数カ月か」リチャードはぞっとした。「結婚式の準備には時間がかかる」

「そんなのはいやよ。じゃあ、ずっと船から降りないというのはどう？」

「いいね」

「嵐にならないかしら」前回、イギリス海峡を渡ったときは嵐に見舞われたことを、エイミーは思いだした。

リチャードが目を細める。「そういえば、この前は嵐のせいで二日かかったな」

エイミーは片肘をついて体を起こし、彼の顔をのぞきこんだ。

「またそうなりそうな予感はない？」

「そう言われれば、そんな気がしてきた」リチャードが考えこむ顔になった。「でも、決定的に違うことがひとつある」

「なんなの？」

「あのときのきみは……」彼はエイミーの腰に手を置き、乳房へと滑らせた。「ドレスを着ていた」

「それだけ？」

「それがすべてだろう」

「いいえ、もうひとつあるわ」エイミーはまた体がうずいてきた。「服を着ているか脱いでいるかぐらいしか思いつかないな」

エイミーは首を振った。「あててみなさい」

「降参だ」

「今回は、わたしがあなたを愛しているということよ」

41

晴れた日のオンスロー・スクエアは、雨の日に見たときよりずっときれいだった。

いや、もしこれほどひどい二日酔いに悩まされていなければ、そう見えただろうと思っただけだ。本当のところは、鉄柵や車の窓に反射する太陽の光がまぶしくてしかたがない。わたしは四三番地に立つ家の玄関の前にたたずみ、ブザーをにらんだ。できるものなら頭痛薬をもう二錠口に放りこみ、ミセス・セルウィック・オールダリーにはペストにかかったと言い訳をして、このまま自分の暗いアパートメントへ戻りたかった。

もちろん、そのためにはまた地下鉄に乗るはめになる。それも考えものだ。二日酔いで胸がむかついているときの地下鉄は快適な乗り物とは言いがたい。

加えて、吐き気だけが問題なら我慢して乗ることもできるが、この荷物の件がある。ミセス・セルウィックから借りた史料をビニール袋で包み、〈ウォーターストーンズ〉の大きな袋に入れて持ってきた。今日、これを返すと約束したのだから、このまま帰るわけにはいかない。

ゆうべのわたしはいったいなにを考えていたのだろう？　インターフォンに頭をぶつけた

い気分だ。コリン・セルウィックの前で愚かな振る舞いをしてしまった。たしか転びはしなかったわよね？　歌も歌わなかったと思うんだけど……。必死に昨日の夜のことを思いだし、恥ずかしさがこみあげて顔をしかめた。転びはしなかったし、歌も歌わなかったはずだ。今夜、パミーに電話をかけて尋ねてみようか。とくに記憶をなくした覚えはないが、はっきりしたことはわからない。酔って記憶をなくしたときは、記憶をなくしたこと自体を覚えていないのが問題なのだから。

それにしても愚かなまねをしたものだ。なぜネオン・スティックでコリンを叩いたりなんかしたのかしら？　いや、それはまださほどさいなほうかもしれない。そもそも彼を部屋の奥へ引っ張っていったのが間違いだった。そこで、わたしは、気にすることはないわよ、と自分に言い聞かせた。そう思ったのはもうこれで一五回目だ。悪いのはコリンのほうなのだから。彼はセレーナが自分の恋人だとわたしに思いこませた。たしかにわたしが勝手にそう思いこんだだけなのだけれど、コリンもそれをわかっていながら訂正しなかった。どうして？　わけはひとつぐらいしか思いつかない。きっと、もし自分に恋人がいないとわかったら、わたしがしつこくまとわりつくんじゃないかと考えたのだろう。わたしにとってはあまりうれしくない理由だ。それほど寂しそうに見えるのかしら？

コリンがもうセルウィック・ホールに帰っていればいいのに。映画を見に出かけたというのでもかまわない。とにかくこの家にさえいなければ、それで充分だ。

いつまでも悩んでいてもしかたがない。この史料を返し、ミセス・セルウィックと一緒にお茶の一杯でも飲み、あとはすみやかに退散するだけだ。たいしたことじゃないわ。わたしはブザーを押した。

「はい」

「わたしです。エロイーズ――」

「まあ、いらっしゃい。どうぞ入って」ミセス・セルウィックの声が聞こえ、鍵がはずされたことを告げるブザーが鳴った。金属的な音が頭蓋骨に響いた。

ずきずきする頭を抱え、にこやかな笑みを顔に貼りつけながら二階へあがった。開いたドアの内側に人影が見えた。

愛想笑いなんか浮かべなければよかった。

「二日酔いか？」コリン・セルウィックが戸枠にもたれかかっていた。

「どうしてそう思うわけ？」わたしは小声で文句を言った。これではあんまりだ。コリンだってゆうべはシャンパンを何杯も飲んでいたのに、どうして目の下にくまができていないの？　たしかにわたしのほうがスタートは四杯ほど早かったけれど、だからといって彼があんなにすっきりした顔でわたしをじろじろ見ているのは不条理だ。

まさかそんなふうに言うわけにもいかず、しかたがないのでせいぜい不機嫌な顔をして、持ってきた荷物を乱暴に突きだした。

「ほら、おば様からお借りしたものよ」

コリンの表情から察するに、わたしがそれを持ち帰ったことを知らなかったらしい。彼は当惑した顔をしていた。幸いにもコリンがわれに返って怒りだす前に、ミセス・セルウィックが姿を見せた。

「エロイーズ！　よく来てくれたわね」

「史料をお返しにうかがいました」気のきいた挨拶の言葉が浮かんでこなかった。ありがたいことに、コリンはなにか言うのをあきらめたらしい。本当は激怒しているのかもしれないがそれを顔には出さず、黙って史料をミセス・セルウィックに手渡した。「お借りしたものはすべて入っています」わたしはコリンのために言い添えた。

「もちろん信じているわよ」ミセス・セルウィックがわたしをリビングルームへ招き入れた。コリンもあとをついてきた。どうして一緒に来るのよ、とわたしは思った。出かけていればよかったのに。彼がいたら、好きに話もできない。顔を見るだけでいらいらする。

リビングルームはおととい来たときとなにも変わらず、テーブルにはお茶のトレイがのっていた。ただし、この前とは違って暖炉に火は入っていないし、トレイにはティーカップが三客用意されていた。やだ、やだ、やだ。わたしは前回と同じソファに座り、ミセス・セルウィックはその左側に腰をおろした。コリンはわたしの右手に置かれた椅子に陣取った。

「妹さんはいかが？」わたしは皮肉をこめて彼に尋ねた。

コリンはその嫌みに気づいたらしい。「だいぶよくなった。昼に食べたエビのサンドイッチが悪かったんじゃないかと言っていたよ」

「どうしたの？」ミセス・セルウィックが心配そうにお茶のトレイから顔をあげた。「セレーナは具合でも悪いの？」

コリンが説明した。わたしはそれを聞きながらティーカップを受け取り、少しでもあっさりしたビスケットがないかと皿を見た。「きみに感謝していたよ、エロイーズ」彼は言い、長い脚をゆったりと伸ばした。「タクシーのなかで、きみのことをさんざん褒めていた」

まさかコリンからそんなことを言われるとは想像もしていなかった。なにか裏でもあるのかしらと疑い、わたしは横目でちらりと彼を見た。

「まあ、エロイーズ、本当にありがとう」ミセス・セルウィックが感銘を受けた顔で礼を述べた。「コリン、ビスケットはいかが？」

コリンは三枚も取った。

どうやら部屋を出ていく気はないらしいと察し、わたしは彼を無視して話をすることに決めた。ティーカップをテーブルに置き、コリンをのけ者にするように、わざとらしく左側へ体を向けた。

「リチャードとエイミーはイギリスへ帰ったあと、どうなったんですか？」

ミセス・セルウィックが考えこむように軽く顔を傾けた。「もちろん、結婚したわ。ジェインとミス・グウェンも結婚式には出席したのよ。それにエドゥアールも。ロンドン大主教がアピントン邸で式を執り行って、披露宴にはウェールズ公もお見えになったそうよ」

「初夜権を行使しに来たんじゃないのか？」コリンがちゃかした。

わたしはそれを無視した。ミセス・セルウィックはわたしより上手に甥を扱った。

「コリン、肖像画を取ってきてちょうだい」

コリンは部屋の奥へ行き、大きな木箱の上にかかっている二枚の小さな細密肖像画をフックから慎重にはずし、ミセス・セルウィックのもとに持ってきた。

「結婚式のすぐあとに描かれたものなの」コリンがこちらへ椅子を寄せ、ソファの肘掛けに手をつき、わたしの肩越しに絵をのぞきこんだ。わたしは腰をずらしてなるべくコリンから遠ざかった。「これが……」ミセス・セルウィックが一枚をわたしに手渡した。高襟シャツを着て、クラヴァットを複雑に結んだ男性の肖像画だった。「リチャードよ」

リチャードはコリンに似ているのだろうとわたしは思っていた。だが、想像ははずれた。彼はコリンより顔が細く、頬骨が目立ち、鼻が高い。髪と目の色はいくらか似ていたが、リチャードのほうが髪の色が薄く、こんな小さな肖像画でもはっきりわかるほど目は印象的な緑だ。同じ一族でも、二〇〇年もたてば顔立ちは変わるのだろう。エイミーの日記にリチャードの髪は金髪で、態度が横柄だと書かれていたため、コリンに似ていると思いこんでしまった。いいえ、態度のほうは……やっぱり二〇〇年たっても血は争えないのかもしれない。

「そしてこちらが……」ミセス・セルウィックが二枚目の肖像画を差しだした。わたしはそれを受け取り、リチャードの肖像画を膝に置いた。「エイミーよ」

エイミーは髪の色が濃く、顔の横の部分は巻き毛になっている。ちょうどイギリス国営放送が製作した『高慢と偏見』のエリザベスみたいな髪型だ。シンプルなデザインの白いハイウエストのドレスを着て、隣の肖像画のほうへ伸ばしているようにも見える手に紫色の釣り鐘状の小さな花を持っている。わたしは園芸の趣味があるわけではないが、それがなんの花なのかはわかる気がした。とてもかわいい花だ。

エイミーはかわいいというよりは美人と言えるタイプだった。髪をカールさせ、薔薇のつぼみのような印象の唇に笑みを浮かべている。パジャマ・パーティで、真夜中にキッチンへ食べ物を探しに行くタイプだ。ナポレオンの書斎に忍びこんだというのもうなずける。

わたしはエイミーの肖像画をリチャードの肖像画の隣にそっと置いた。また仲よく並ぶことができて、ふたりは喜んでいるように見えた。エイミーがいたずらっぽく目を輝かせ、卵形の額縁越しにリチャードを見たような気がした。一方、リチャードはそれほど横柄とは思えない態度で〝あとで会おう〟と言ったように聞こえた。

エイミーはイギリスでの暮らしを死にそうに退屈だとは思わなかったのだろうか？　なにしろあれほどの冒険を経験した女性だ。フランスに残って、〈ピンク・カーネーション〉としてジェインとともに行動していれば、もっとさまざまな活躍ができたかもしれない。もしリチャードのせいでその機会を逃してしまったと後悔して、不機嫌な老婆になっていたとしたら、あまりに悲しすぎる。

「このふたりは……幸せだったんですか？」わたしは尋ねた。

「結婚生活が幸せに続いたかどうかということかしら？」ミセス・セルウィックが訊き返した。

鼻を鳴らすような音が右側から聞こえた。

「気性の激しいふたりにしては、仲よく暮らしたほうだと思うわ」ミセス・セルウィックが答える。「でも、食堂の椅子には、ある夜エイミーがデカンターからリチャードの頭にぶちまけた赤ワインのしみが残っているのよ」

「もっと上等なワインを買えとリチャードが文句を言ったんだよ」コリンがチョコレート・ビスケットを頰張りながら口を挟んだ。

「エイミーだったらそれくらいしかねないとわかっていたでしょうに」わたしは言った。

「だから挑発したんじゃないのか？　そうしたら、まずいワインを飲まなくてよくなる」

話の筋が通らない気もしたが、頭痛のせいでそれ以上は考えられなかった。

「飲んでしまえばすむじゃないの」

「ゆうべみたいにかい？」コリンの笑みにつられて思わずほほえみそうになり、わたしは慌ててティーカップに視線を戻した。

コリンは自分の座っている椅子の肘掛けに両肘をつき、わたしのほうに顔を傾けた。

「もう知りたいことはわかったんだから、アメリカへ帰らないのか？」

「そんなわけがないでしょう！」彼はどうしてもわたしを追い払いたいらしい。そう思うと、腹が立ってきた。「尋ねたいことはまだ山ほどあるわ。たとえばジェイン・ウーリストンのこととか……彼女は〈ピンク・カーネーション〉としてそのあとも活動したの？」

わたしはコリンをにらんだ。そういえばゆうべのパーティで彼は、〝きみは〈ピンク・カーネーション〉がエイミーだと思っているのか〞と言いかけて口をつぐんだ。結果的にジェインがその名前を名乗ることにしたと知っていたくせに、二日酔いのわたしに最後まで史料を読み通すという苦行を強いたのだ。だけど……よく考えてみれば教えてくれなくて正解だったのかもしれない。きっとわたしはいらぬおせっかいだと感じていただろう。

憶測はまじえず、素直に尋ねてみた。「ポルトガルでウェリントン公を支援したのはジェインなの？　それともほかの人が〈ピンク・カーネーション〉を名乗っていたとか？」

「ああ、それはジェインだ」コリンが愛想よく答えた。

「ほかに質問は？」ミセス・セルウィックが尋ねる。

わたしが最後に読んだ手紙に、興味深い記述がひとつあった。それはフランスに戻ったジェインに宛ててエイミーが書いたもので、日付は結婚式の直後になっていた。せっかく築きあげた秘密工作の知恵や技術をそのまま埋もれさせるのはあまりにもったいないから、サセックスにあるリチャードの屋敷で諜報員向けの私塾を開いてはどうかという内容だ。思いつきで書いただけのように見えたし、エイミーはいろいろな計画を立てるのが好きな女性だから、これも実現せずに終わってしまったのかもしれないという気はする。だが、質問してみて損はない。

「スパイ塾のことなんですけど、本当にそんな塾を開いたんですか？」

「エロイーズ」コリンが背筋を伸ばした。「おもしろい話だとは思うが――」

「そのことなら、ヘンリエッタの手紙に詳しく書かれているわ」ミセス・セルウィックが穏やかな声で答えた。

「リチャードの妹さんの?」

「ええ、そうよ。それを読んで、リチャードが怒ったの。ヘンリエッタの口からその塾の噂が広まることを恐れたのね」

「その手紙もここにあるんですか?」例の大きな木箱にはまだたくさんの書類が入っているのを、わたしは二日前にこの目で見た。わたしに手渡されたのはほんの一部だ。もちろん、残りはどうでもいいようなメモ類だという可能性もある。でも……。

「塾に関する手紙のたぐいは……」ミセス・セルウィックがコリンのほうへ顔を向けた。

「まだセルウィック・ホールにあるのよ」

「保存状態がひどく悪いんだ」コリンが不機嫌そうに言う。

「大切に取り扱うわ。手袋をはめるし、ペーパーウエイトを使うし、光にあてないように気をつける」

もしコリンが望むなら、防護服を着て、まつげを消毒し、満月の下でかがり火の周囲を時計まわりとは反対の方向にぐるぐるまわってもいい。その手紙を読ませてもらえるのならなんでもする。そこに書かれている内容を出版させてくれと持ちかけてみようかしら?

「わが家にある文献を公開するつもりはない」コリンは音をたててティースプーンを皿に置いた。

わたしは鼻の頭にしわを寄せた。

「前にもあなたと同じ会話をした気がするんだけど?」

コリンが唇をゆがめて笑みのようなものを浮かべた。「ぼくが手紙に書いたんだ」そして、少しは人間味のある調子でつけ加えた。「セルウィック・ホールはロンドンから行くにはとても不便なところにある。いちばん近い駅からでも何キロもあるし、タクシーはまずつかまらない」

「泊まればいいじゃないの」ミセス・セルウィックがそれしかないという口調で提案した。

コリンがおばに険しい目を向ける。

ミセス・セルウィックはとぼけた顔で甥を見た。

わたしは自分のティーカップをそっと皿に戻した。「無理にとは言わないわ」

「だったら――」コリンが言った。

わたしは慌てて話を続けた。「でも、それほど迷惑にならないようなら、ぜひそれを読ませてほしいの。史料を保管してある場所さえ教えてもらえたら、あとは放っておいてくれてかまわない」

コリンが不愉快そうな声をもらした。

気持ちはわかる。わたしも週末に客を泊めるのはあまり好きなタイプではない。

「自分の食事は自分で作るわ。いえ、ほかの人たちのぶんも用意するから」わたしは必死に食いさがった。

「その必要はない」コリンがそっけなく答える。「じつは今週末、向こうに帰るつもりでいるんだが、そう急に言われてもきみにも予定があるだろう。一杯おごるから、来週あたり、どこかの店でぼくが内容を説明しよう」

そんなことでごまかすつもり？　冗談じゃないわ。

「いいえ、今週末はなんの予定も入っていないの」わたしはにこやかに応じた。本当はパミーと一緒に買い物に行く約束をしているのだが、きっと彼女はわかってくれるだろう。一九世紀の史料を読みに行くと言っても理解を得るのは難しいかもしれないが、セレーナのすてきなお兄さんの家へ行くと教えれば寛大になってくれるかもしれない。「招待してくれてありがとう」

まだ本当に招待されたわけでないのはわかっていた。コリンは苦々しく思っているだろうし、ミセス・セルウィックでさえ少し驚いているかもしれない。膝の上のリチャードとエイミーも苦笑いをしているだろう。だけど、いったん口にしてしまえばこっちのものだ。それを断ろうと思えば、コリンはかなり無作法な振る舞いをするしかなくなる。社交辞令を盾に取ればこんなものだ。

コリンはしつこくわたしを断念させる方法を模索した。

「今日の午後には車で帰ろうと思っているんだ。そんなにすぐにはきみも用意が――」

「一時間で荷造りをするわ」

「そうか」コリンは唇を引き結び、椅子から立ちあがった。「じゃあ、早速、用意をしてこよう。四時でいいかな？」

それはさすがに無理だという返事を期待しているらしい。

「ええ、大丈夫よ」わたしは元気よく答えた。

自分の住所をコリンに教えた。念のため二度も。あとで建物を間違えたという言い訳をさせないためだ。

「じゃあ、四時にきみの家の外で待っているよ」

「ええ、よろしくね！」リビングルームを出ていくコリンの背中に向かって、わたしは陽気に頼んだ。不思議なことに、その史料を読めるとわかったら二日酔いが消えた。まだ頭痛はするが、気にならなくなったのだ。

廊下からぴしゃりとドアの閉まる音が聞こえた。

先が思いやられる。

ミセス・セルウィックが立ちあがり、食器の後片づけを始めた。手伝おうとしたが、断られた。

「あなたは荷造りをしないと」ミセス・セルウィックはわたしに向けてティースプーンを振った。

そして、もう少し居残ろうとするわたしをドアのほうに追いたてた。

「ぜひあとで感想を聞かせてね」彼女はきっぱりと言った。

わたしは礼を言い、小走りで玄関へ向かった。

「そうそう、エロイーズ」わたしは足を止めて振り返った。「コリンの言うことを気にしちゃだめよ」

「はい」わたしは明るく答えて手を振り、玄関を出た。

〝手紙、手紙、手紙〟と小声で歌った。だが、ちょっと前の気丈な返事とは裏腹に、だんだん心配になってきた。サセックスといったら車で二時間はあるじゃないの。そんなに長いあいだ、コリンと差し障りのない会話なんてできるかしら。それどころか、同じ屋根の下にふた晩も泊まって、彼の家で丸二日も過ごすのよ。

ああ、楽しい週末になりそうだわ。

ヒストリカル・ノート

歴史を扱った小説を読むと、わたしはいつもどの部分が本当の出来事なのだろうと気になってしかたがありません。この小説では残念ながらリチャードとエイミーの活躍はフィクションですし、花の名前を冠した諜報員たちは三人とも架空の人物です。しかし、ナポレオンがイギリス侵攻を計画していたというのは事実です。ナポレオンは一七九七年にはすでに海峡を隔てた隣国に目をつけ、〝フランス政府はイギリス王室を倒さなければならない。それが成し遂げられたとき、ヨーロッパはわれわれの足元にひれ伏すだろう〟と述べています。一八〇二年、イギリスとフランスのあいだで〈アミアンの和約〉と呼ばれる講和条約が締結され、これによりいったん戦争は終結しますが（そのおかげでエイミーはフランスにいる兄のもとへ帰れるようになるわけです）、そのあともナポレオンはイギリス侵攻に備え、軍隊輸送に使用する平底船の準備を進めていました。一八〇三年四月には戦費を捻出するため、スイスから金塊を借りるのではなく、当時はフランスが所有していたルイジアナをアメリカに売却しました。

ナポレオンやその家族の描写については、いくらか誇張しておもしろおかしく書いてはいますが（エイミーが愛読していた新聞がやりそうなことです）、基本的な部分はすべて史実に沿っています。当時のテュイルリー宮殿の様子に関しては膨大な量の回想録が残っており、伝記もたくさん書かれています。ナポレオンの妻ジョセフィーヌが浪費家であったこと、その妻の主催するパーティにナポレオンがいきなり乗りこんだこと、ナポレオンの妹ポーリーヌが恋多き女性だったことなどはよく知られた事実です。ジョルジュ・マーストンの飲み友達であるジョアシャン・ミュラは、ナポレオンの妹カロリーヌとの結婚で本当に苦労しました。ジョセフィーヌの娘オルタンスはテュイルリー宮殿で英語のレッスンを受けていましたが、その英語教師はイギリスの諜報員かもしれないという理由でナポレオンに解雇されています。また、ボウ・ブランメルは実際しゃれ者でした。

物語を盛りあげるために史実に少し脚色を加えた点もあります。じつはフランスの警察省は一八〇二年に解体され、警察大臣だったジョゼフ・フーシェはそのときに大臣職を失っています。一八〇四年に警察省は復活し、フーシェはふたたび警察大臣に任命されるのですが、この小説は一八〇三年を舞台にしているため、それではちょっと困ったことになります。秘密警察を作り、フランス国民とイギリス人諜報員を恐怖に陥れたフーシェを語らずして、ナポレオン時代のパリで活躍した諜報員の物語は書けません。そこでわたしは、実際より一年早い一八〇三年にフーシェを警察大臣に復活させました。そして、彼にはシテ島に立派な新庁舎をプレゼントしました。現存する建物で、ガストン・ドラローシュが喜びそうな拷問部屋のあるものが見つからなかったためです。

イギリスの秘密情報機関についてもほんの少し変更を加えました。ナポレオン戦争の時代、イギリスの諜報活動は〝陸軍省〟ではなく、内務省管轄の〝エイリアン・オフィス（〝外国人局〟というような意味）〟が担当していました。ただ、この時代を描いた小説では諜報員は陸軍省の所属とされることが多いということもあって、わたしはリチャードとマイルズに〝エイリアン・オフィス〟へ情報を報告させることはしませんでした。そんなことをしたらきっと読者のみなさんが困惑して、眉間にしわを寄せたり眉をつりあげたりしながら、〝どうして陸軍省じゃないの？　〝宇宙人《エイリアン》〟ってどういうこと？　そういう小説だとは知らなかったわ！〟と思われるでしょうから。妥協策として、名称こそ〝陸軍省〟にしたものの、実際の活動内容は当時の〝エイリアン・オフィス〟そのままにしました。その〝エイリアン・オフィス〟を含むさまざまな事柄に関しては、エリザベス・スパロウ氏の書いた〝Secret Service: British Agents in France 1792-1815〟を大いに参考にさせていただきました。この書籍はまさにエロイーズが博士論文に書きたがっている内容そのものです。でも、エロイーズは嫉妬なんてしていませんよ。なんといっても〈ピンク・カーネーション〉についての大発見をしましたし、それに彼女はフィクションの世界に生きる人ですから。

訳者あとがき

ＲＩＴＡ賞受賞作家ローレン・ウィリグ、待望の初邦訳はお楽しみいただけましたでしょうか。本作『The Secret History of the Pink Carnation』は二〇一一年度のＲＩＴＡ賞リージェンシー・ヒストリカル・ロマンス部門賞を受賞した『The Mischief of the Mistletoe』のシリーズ第一作です。

ハーヴァード大学の大学院生エロイーズ・ケリーは恋人と別れ、図書館で延々とマイクロフィルムを見る日々にうんざりし、博士論文を書くために奨学金をもらってロンドンに留学しようと思いたちます。研究内容は、フランス革命戦争及びナポレオン戦争における貴族の隠密行動について。なんとも重厚そうなテーマですが、それを選んだのはじつは黒マスクをつけた英雄が大好きだからという、結構単純な理由（？）からでした。ナポレオンの時代に多くのフランス貴族をギロチン台から救った三人の英雄、〈紅はこべ〉、〈紫りんどう〉、〈ピンク・カーネーション〉は彼女にとってまさに理想の男性でした。〈紅はこべ〉と〈紫りんどう〉に関しては少なくとも実名はわかっていますが、〈ピンク・カーネーション〉については、華々しい活躍を報じた新聞記事こそ山ほどあるものの、その正体はまったくの謎に包まれていました。

ところが、いざロンドンに行ってはみたものの、研究は遅々として進まず、エロイーズは大いにあせります。そんな折、やけくそで講じた手段が功を奏し、思わぬ史料を発見することになりました。ただし、そこにはもれなく邪魔なおまけもついてきました。〈紫りんどう〉の子孫であるコリン・セルウィックです。コリンは一族に伝わる史料を公開するのをかたくなに拒みました。誠にもって憎らしい相手なのですが、これが妙に魅力的だというのが困りものです。そのコリンの妨害を巧みにかわし、エロイーズはなんとか史料を読み進めるのですが……。

ときは一九世紀初頭、ヨーロッパはナポレオンが権勢をふるう時代でした。フランス革命で両親を亡くしたエイミー・バルコートは、大勢のフランス人貴族の命を救った〈紫りんどう〉に憧れ、いずれは自分も彼のもとで諜報員として活躍することを夢見て、いとこのジェインとともに日々、修行に励んでいました。そして一八〇三年、二〇歳になったとき、フランスに住む兄のもとへようやく帰れる日が来たのです。

ドーヴァー海峡を渡る船のなかで、エイミーはリチャード・セルウィックという名の男性と知りあいます。じつはそのリチャードこそが、かの憧れの〈紫りんどう〉なのですが、もちろんそんなことは知る由もありません。

リチャードはエイミーにひと目惚れしますが、祖国を守らなければならない諜報員にとって、女性の存在は大いなる障害以外のなにものでもありません。心は惹かれつつも……。

著者のローレン・ウィリグは六歳のときに初めてロマンス小説を読み、九歳のときには処女作を書きあげ、それを出版社に送ったというつわものです。残念ながらその原稿は即座に送り返されてきたのですが、それでもロマンス小説への情熱が失せることはありませんでした。

彼女はイェール大学でルネサンス学と政治学を学び、ハーヴァード大学でヨーロッパ近世史を研究し、現代のヒロインであるエロイーズ・ケリーと同じく、イギリスに留学します。その後、ハーヴァード法科大学院を卒業し、短期間ではありますが法律事務所で働いたというじつに多彩な才能の持ち主です。

作家としてはハーヴァード法科大学院に入学した一カ月目に出版社と契約、一年生のときに本作『The Secret History of the Pink Carnation』を書きあげ、それからは毎年のように新作を上梓《じょうし》しています。二〇〇六年にはクィル賞候補となり、二〇一〇年からは母校であるイェール大学でロマンス小説について教鞭《きょうべん》を執り、二〇一一年にはシリーズ七作目でＲＩＴＡ賞の受賞と相なるわけです。

『The Secret History of the Pink Carnation』は現在シリーズ九作目まで続いているヒス

トリカル・ロマンスの大ヒット作です。シリーズ二作目となる『The Masque of the Black Tulip』もライムブックスより二〇一三年二月刊行の予定です。『ニューヨーク・タイムズ』紙のベストセラーリスト作家であるローレン・ウィリグの壮大なロマンスと歴史の世界を楽しみにしていただければ幸いです。

二〇一二年九月

ライムブックス

ピンク・カーネーションの秘密

著　者　ローレン・ウィリグ
訳　者　水野凜《みずのりん》

2012年9月20日　初版第一刷発行

発行人　成瀬雅人
発行所　株式会社原書房
〒160-0022東京都新宿区新宿1-25-13
電話・代表03-3354-0685　http://www.harashobo.co.jp
振替・00150-6-151594
ブックデザイン　川島進(スタジオ・ギブ)
印刷所　中央精版印刷株式会社

落丁・乱丁本はお取り替えいたします。
定価は、カバーに表示してあります。

ISBN978-4-562-04436-8　Printed in Japan